全国计算机技术与软件专业技术
资格(水平)考试试题分类精解

信息系统项目管理师考试

试题分类精解 （第4版）

希赛教育软考学院　张友生　桂　阳　主编

电子工业出版社

Publishing House of Electronics Industry

北京·BEIJING

内 容 简 介

本书由希赛教育软考学院组织编写，作为计算机技术与软件专业技术资格（水平）考试中的信息系统项目管理师级别考试的辅导与培训教材。本书根据最新的信息系统项目管理师考试大纲，对历年考试试题进行了分析和总结，对考试大纲规定的内容有重点地进行了细化和深化。对于论文试题，书中给出了试题的解答方法，并提供了论文的写作知识、常见问题，以及解决办法。

考生可通过阅读本书掌握考试大纲规定的知识点、考试重点和难点，熟悉考试方法、试题形式、试题的深度和广度、考试内容的分布，以及解答问题的方法和技巧。

本书适合作为信息系统项目管理师考试的冲刺复习图书，也可作为系统集成项目管理工程师和信息系统监理师考试的参考书籍。

图书在版编目（CIP）数据

信息系统项目管理师考试试题分类精解 / 张友生，桂阳主编. —4 版. —北京：电子工业出版社，2011.4

（全国计算机技术与软件专业技术资格（水平）考试试题分类精解）

ISBN 978-7-121-13019-9

Ⅰ.①信… Ⅱ.①张…②桂… Ⅲ.①信息系统—项目管理—工程技术人员—资格考核—解题 Ⅳ.①G202-44

中国版本图书馆 CIP 数据核字（2011）第 031179 号

责任编辑：孙学瑛

印　　　刷：北京东光印刷厂
装　　　订：三河市皇庄路通装订厂
出版发行：电子工业出版社
　　　　　　北京市海淀区万寿路 173 信箱　邮编 100036
开　　本：787×1 092　1/16　印张：31.5　字数：919 千字
印　　次：2011 年 4 月第 1 次印刷
印　　数：4 000 册　定价：55.00 元

凡所购买电子工业出版社图书有缺损问题，请向购买书店调换。若书店售缺，请与本社发行部联系，联系及邮购电话：（010）88254888。

质量投诉请发邮件至 zlts@phei.com.cn，盗版侵权举报请发邮件至 dbqq@phei.com.cn。

服务热线：（010）88258888。

前　言

随着 IT 项目规模越来越大，复杂程度越来越高，项目失败的概率也随之增长。因此，项目管理工作日益受到重视。从 2005 年上半年开始，全国计算机技术与软件专业技术资格（水平）考试（以下简称为"软考"）开设了信息系统项目管理师的考试，这将为培养项目管理人才，推进国家信息化建设和软件产业化发展起到重要的作用。同时，国家人事部也规定，凡是通过信息系统项目管理师考试者，即可认定为计算机技术与软件专业高级工程师职称，由用人单位直接聘任，享受高级工程师待遇。2008 年 4 月，工业与信息化部规定，系统集成企业申报资质时，原来需要提供的高级项目经理资格证书，改为提供信息系统项目管理师证书，正式确定了信息系统项目管理师在 IT 企业中的地位。

《信息系统项目管理师考试试题分类精解》是为软考中的信息系统项目管理师级别的人员而编写的考试用书，全书分析了历年信息系统项目管理师考试的所有考题（尤其添加了 2010 年的考题），对试题进行了详细的分析与解答，也对有关重点和难点进行了深入的分析。对论文试题，给出了试题解答方法，以及论文的写作知识、常见问题和解决办法。

作者权威，阵容强大

希赛教育（www.educity.cn）专业从事人才培养、教育产品开发、教育图书出版，在职业教育方面具有极高的权威性。特别是在在线教育方面，稳居国内首位，希赛教育的远程教育模式得到了国家教育部门的认可和推广。

希赛教育软考学院（www.csairk.com）是全国计算机技术与软件专业技术资格（水平）考试的顶级培训机构，拥有近 20 名资深软考辅导专家，他们主要负责高级资格的考试大纲制订工作，以及软考辅导教材的编写工作，共组织编写和出版了 60 多本软考教材，内容涵盖了初级、中级和高级的各个专业，包括教程系列、辅导系列、考点分析系列、冲刺系列、串讲系列、试题精解系列、疑难解答系列、全程指导系列、案例分析系列、指定参考用书系列、一本通等 11 个系列的书籍。此外，希赛教育软考学院的专家还录制了软考培训视频教程、串讲视频教程、试题讲解视频教程、专题讲解视频教程等 4 个系列的软考视频。希赛教育软考学院的软考教材、软考视频、软考辅导为考生助考、提高通过率做出了不可磨灭的贡献，在软考领域有口皆碑。特别是在高级资格领域，无论是考试教材，还是在线辅导和面授，希赛教育软考学院都独占鳌头。

本书由希赛教育软考学院张友生和桂阳主编，参加编写的人员有王冀、谢顺、施游、朱小平、李雄、何玉云、胡钊源、王勇、周玲。

在线测试，心中有数

上学吧（www.shangxueba.com）在线测试平台为考生准备了在线测试，其中有数十套全真模拟试题和考前密卷，考生可选择任何一套进行测试。测试完毕后，系统会自动判卷，考生可当即查看测试分数。

对于考生答错的地方，系统会自动记忆，待考生第二次参加测试时，可选择"试题复习"。这样，系统就会自动把考生原来答错的试题显示出来，供考生重新测试，以加强记忆。

如此，读者可利用上学吧在线测试平台的在线测试系统检查自己的实际水平，加强考前训练，做到心中有数，考试不慌。

诸多帮助，诚挚致谢

在本书出版之际，要特别感谢全国计算机技术与软件专业技术资格（水平）考试办公室（以下简称"软考办"）的命题专家们，编者在本书中引用了部分考试原题，使本书能够尽量方便读者的阅读。在本书的编写过程中，参考了许多相关的文献和书籍，编者在此对这些参考文献的作者表示感谢。

感谢电子工业出版社孙学瑛老师，她在本书的策划、选题的申报、写作大纲的确定，以及编辑、出版等方面，付出了辛勤的劳动和智慧，给予了我们很多的支持和帮助。

感谢参加希赛教育软考学院辅导和培训的学员，正是他们的想法汇成了本书的源动力，他们的意见使本书更加贴近读者。

由于编者水平有限，且本书涉及的内容很广，书中难免存在错漏和不妥之处，编者诚恳地期望各位专家和读者不吝指正和帮助，对此，我们将十分感激。

互动讨论，专家答疑

希赛教育软考学院（www.csairk.com）是中国最大的软考在线教育网站，该网站论坛是国内人气最旺的软考社区，在这里，读者可以和数十万考生进行在线交流，讨论有关学习和考试的问题。希赛教育软考学院拥有强大的师资队伍，为读者提供全程的答疑服务，在线回答读者的提问。

有关本书的意见反馈和咨询，读者可在希赛教育软考学院论坛"软考教材"版块中的"希赛教育软考学院"栏目上与作者进行交流。

希赛教育软考学院
2011 年 1 月

目 录
CONTENTS

第1章 信息系统开发基础 ················· 1

试题 1（2005 年上半年试题 1）················· 1

试题 2（2005 年上半年试题 2～3）··············· 2

试题 3（2005 年上半年试题 4～6）··············· 3

试题 4（2005 年上半年试题 18～19）··········· 4

试题 5（2005 年上半年试题 21～22）··········· 5

试题 6（2005 年上半年试题 23）··············· 6

试题 7（2005 年上半年试题 24～25）··········· 7

试题 8（2005 年下半年试题 1）··············· 8

试题 9（2005 年下半年试题 2）··············· 9

试题 10（2005 年下半年试题 3）·············· 9

试题 11（2005 年下半年试题 4）·············· 9

试题 12（2005 年下半年试题 6）·············· 10

试题 13（2005 年下半年试题 18）············· 10

试题 14（2006 年下半年试题 7）·············· 11

试题 15（2006 年下半年试题 16）············· 11

试题 16（2006 年下半年试题 17）············· 12

试题 17（2006 年下半年试题 18）············· 12

试题 18（2007 年下半年试题 6）·············· 13

试题 19（2007 年下半年试题 8）·············· 14

试题 20（2007 年下半年试题 9）·············· 14

试题 21（2007 年下半年试题 12～13）········· 15

试题 22（2007 年下半年试题 14～15）········· 16

试题 23（2007 年下半年试题 16～17）········· 16

试题 24（2008 年上半年试题 13）············· 17

试题 25（2008 年上半年试题 14）············· 17

试题 26（2008 年下半年试题 1）·············· 18

试题 27（2008 年下半年试题 2～3）··········· 18

试题 28（2008 年下半年试题 10～12）········· 19

试题 29（2008 年下半年试题 13）············· 19

试题 30（2008 年下半年试题 17）············· 19

试题 31（2009 年下半年试题 1～2）··········· 20

试题 32（2009 年下半年试题 3）·············· 20

试题 33（2009 年下半年试题 4）·············· 21

试题 34（2009 年下半年试题 5）·············· 22

试题 35（2009 年下半年试题 7）·············· 22

试题 36（2009 年下半年试题 8）·············· 23

试题 37（2009 年下半年试题 9）·············· 23

试题 38（2009 年下半年试题 10）············· 23

试题 39（2009 年下半年试题 11）············· 24

试题 40（2010 年上半年试题 1～2）··········· 24

试题 41（2010 年上半年试题 8）·············· 25

试题 42（2010 年上半年试题 9）·············· 26

试题 43（2010 年下半年试题 1）·············· 26

试题 44（2010 年下半年试题 2）·············· 27

试题 45（2010 年下半年试题 3）·············· 27

试题 46（2010 年下半年试题 8）·············· 28

试题 47（2010 年下半年试题 9）·············· 28

试题 48（2010 年下半年试题 10）············· 29

试题 49（2010 年下半年试题 52）············· 29

试题 50（2008 年下半年试题 25）············· 30

第2章 信息化与系统集成技术 ········· 31

试题 1（2005 年上半年试题 59）·············· 31

试题 2（2005 年下半年试题 20）·············· 32

试题 3（2005 年下半年试题 21）·············· 33

试题 4（2006 年下半年试题 4）··············· 33

试题 5（2006 年下半年试题 6）··············· 34

试题 6（2006 年下半年试题 10）·············· 34

试题 7（2006 年下半年试题 14）·············· 35

试题 8（2006 年下半年试题 22）·············· 37

试题 9（2006 年下半年试题 23）·············· 37

试题 10（2007 年下半年试题 2）············· 37

试题 11（2007 年下半年试题 4）············· 39

试题 12（2007 年下半年试题 5）············· 39

试题 13（2007 年下半年试题 10）············ 39

试题 14（2007 年下半年试题 66～68）········ 40

试题 15（2008 年上半年试题 2）············· 40

试题 16（2008 年上半年试题 3）············· 41

试题 17（2008 年下半年试题 19）············ 41

试题 18（2008 年下半年试题 20）············ 42

试题 19（2009 年上半年试题 37）············ 42

试题 20（2009 年上半年试题 38）············ 43

试题 21（2009 年下半年试题 6）············· 44

试题 22（2009 年下半年试题 24）············ 45

试题 23（2009 年下半年试题 25）············ 46

目 录
CONTENTS

试题 24（2009 年下半年试题 26）………… 47

试题 25（2009 年下半年试题 27）………… 47

试题 26（2010 年上半年试题 3）………… 47

试题 27（2010 年上半年试题 4）………… 49

试题 28（2010 年上半年试题 5）………… 49

试题 29（2010 年上半年试题 6）………… 50

试题 30（2010 年上半年试题 24）………… 51

试题 31（2010 年上半年试题 25）………… 52

试题 32（2010 年上半年试题 27）………… 52

试题 33（2010 年下半年试题 4）………… 53

试题 34（2010 年下半年试题 5）………… 53

试题 35（2010 年下半年试题 6）………… 53

试题 36（2010 年下半年试题 24）………… 54

试题 37（2010 年下半年试题 25）………… 54

试题 38（2010 年下半年试题 26）………… 55

试题 39（2010 年下半年试题 27）………… 56

第 3 章　计算机网络与信息安全………58

试题 1（2005 年上半年试题 10～11）…… 58

试题 2（2005 年上半年试题 12）………… 60

试题 3（2005 年上半年试题 13）………… 60

试题 4（2005 年上半年试题 61）………… 61

试题 5（2005 年上半年试题 64～65）…… 62

试题 6（2005 年上半年试题 62）………… 64

试题 7（2005 年上半年试题 63）………… 66

试题 8（2005 年下半年试题 9～10）…… 66

试题 9（2005 年下半年试题 11）………… 67

试题 10（2005 年下半年试题 12）………… 68

试题 11（2005 年下半年试题 13）………… 69

试题 12（2005 年下半年试题 58）………… 70

试题 13（2005 年下半年试题 59）………… 71

试题 14（2005 年下半年试题 61）………… 72

试题 15（2005 年下半年试题 62）………… 72

试题 16（2005 年下半年试题 63）………… 73

试题 17（2005 年下半年试题 64～65）… 73

试题 18（2006 年下半年试题 5）………… 75

试题 19（2006 年下半年试题 9）………… 76

试题 20（2006 年下半年试题 11）………… 76

试题 21（2006 年下半年试题 12）………… 77

试题 22（2006 年下半年试题 19）………… 77

试题 23（2006 年下半年试题 20）………… 77

试题 24（2006 年下半年试题 21）………… 78

试题 25（2006 年下半年试题 24）………… 78

试题 26（2006 年下半年试题 25）………… 78

试题 27（2006 年下半年试题 58）………… 79

试题 28（2006 年下半年试题 59）………… 79

试题 29（2007 年下半年试题 1）………… 80

试题 30（2007 年下半年试题 3）………… 80

试题 31（2007 年下半年试题 18）………… 81

试题 32（2007 年下半年试题 19）………… 81

试题 33（2007 年下半年试题 20）………… 81

试题 34（2007 年下半年试题 21）………… 83

试题 35（2007 年下半年试题 22）………… 83

试题 36（2007 年下半年试题 23）………… 84

试题 37（2007 年下半年试题 24）………… 84

试题 38（2007 年下半年试题 25）………… 85

试题 39（2007 年下半年试题 26）………… 85

试题 40（2007 年下半年试题 27）………… 86

试题 41（2008 年上半年试题 15）………… 86

试题 42（2008 年上半年试题 16～20）… 87

试题 43（2008 年上半年试题 21）………… 88

试题 44（2008 年上半年试题 22）………… 88

试题 45（2008 年上半年试题 23）………… 89

试题 46（2008 年下半年试题 4）………… 89

试题 47（2008 年下半年试题 5）………… 90

试题 48（2008 年下半年试题 6）………… 90

试题 49（2008 年下半年试题 7）………… 91

试题 50（2008 年下半年试题 8）………… 91

试题 51（2008 年下半年试题 9）………… 91

试题 52（2008 年下半年试题 16）………… 92

试题 53（2008 年下半年试题 21）………… 93

试题 54（2009 年上半年试题 1）………… 93

试题 55（2009 年上半年试题 2～3）…… 93

试题 56（2009 年上半年试题 4）………… 94

试题 57（2009 年上半年试题 13）………… 94

试题 58（2009 年上半年试题 40）………… 95

试题 59（2009 年下半年试题 15）·········· 96

试题 60（2009 年下半年试题 16）·········· 96

试题 61（2009 年下半年试题 17）·········· 97

试题 62（2009 年下半年试题 18）·········· 97

试题 63（2009 年下半年试题 19）·········· 98

试题 64（2009 年下半年试题 20）·········· 98

试题 65（2009 年下半年试题 21）·········· 99

试题 66（2009 年下半年试题 22）·········· 99

试题 67（2009 年下半年试题 23）·········· 100

试题 68（2010 年上半年试题 15）·········· 100

试题 69（2010 年上半年试题 16）·········· 101

试题 70（2010 年上半年试题 17）·········· 101

试题 71（2010 年上半年试题 18）·········· 101

试题 72（2010 年上半年试题 19）·········· 102

试题 73（2010 年上半年试题 20）·········· 102

试题 74（2010 年上半年试题 21）·········· 103

试题 75（2010 年上半年试题 22）·········· 104

试题 76（2010 年上半年试题 23）·········· 105

试题 77（2010 年下半年试题 15）·········· 106

试题 78（2010 年下半年试题 16）·········· 106

试题 79（2010 年下半年试题 17）·········· 107

试题 80（2010 年下半年试题 18）·········· 107

试题 81（2010 年下半年试题 19）·········· 109

试题 82（2010 年下半年试题 20）·········· 110

试题 83（2010 年下半年试题 21）·········· 111

试题 84（2010 年下半年试题 22）·········· 111

试题 85（2010 年下半年试题 23）·········· 112

第 4 章　法律法规与标准化知识······ 113

试题 1（2005 年上半年试题 14）·········· 113

试题 2（2005 年上半年试题 15）·········· 114

试题 3（2005 年上半年试题 16）·········· 114

试题 4（2005 年上半年试题 17）·········· 115

试题 5（2005 年下半年试题 14）·········· 115

试题 6（2005 年下半年试题 15）·········· 116

试题 7（2005 年下半年试题 16）·········· 116

试题 8（2005 年下半年试题 17）·········· 117

试题 9（2006 年下半年试题 8）·········· 117

试题 10（2007 年下半年试题 47）·········· 118

试题 11（2007 年下半年试题 48）·········· 118

试题 12（2007 年下半年试题 49）·········· 118

试题 13（2008 年上半年试题 9）·········· 118

试题 14（2008 年上半年试题 10）·········· 119

试题 15（2008 年上半年试题 11）·········· 119

试题 16（2008 年上半年试题 24）·········· 120

试题 17（2008 年下半年试题 22）·········· 121

试题 18（2008 年下半年试题 23）·········· 121

试题 19（2008 年下半年试题 24）·········· 122

试题 20（2009 年上半年试题 34）·········· 122

试题 21（2009 年上半年试题 35）·········· 123

试题 22（2009 年上半年试题 42）·········· 123

试题 23（2009 年下半年试题 12）·········· 123

试题 24（2009 年下半年试题 13）·········· 124

试题 25（2009 年下半年试题 14）·········· 124

试题 26（2009 年下半年试题 28）·········· 125

试题 27（2010 年上半年试题 7）·········· 125

试题 28（2010 年上半年试题 12）·········· 126

试题 29（2010 年上半年试题 13）·········· 127

试题 30（2010 年上半年试题 14）·········· 127

试题 31（2010 年上半年试题 30）·········· 127

试题 32（2010 年上半年试题 33）·········· 128

试题 33（2010 年上半年试题 12）·········· 129

试题 34（2010 年上半年试题 13）·········· 130

试题 35（2010 年上半年试题 14）·········· 130

试题 36（2010 年下半年试题 28）·········· 131

第 5 章　信息系统服务管理············ 133

试题 1（2005 年上半年试题 60）·········· 133

试题 2（2005 年下半年试题 60）·········· 134

试题 3（2006 年下半年试题 64）·········· 135

试题 4（2006 年下半年试题 65）·········· 135

试题 5（2007 年下半年试题 62）·········· 136

试题 6（2007 年下半年试题 63）·········· 136

试题 7（2007 年下半年试题 64）·········· 137

试题 8（2007 年下半年试题 65）·········· 137

试题 9（2008 年上半年试题 62）·········· 137

目 录
CONTENTS

试题 10（2008 年上半年试题 63～64）… 138

试题 11（2008 年上半年试题 65）……… 138

试题 12（2008 年下半年试题 61）……… 139

试题 13（2008 年下半年试题 62）……… 139

试题 14（2008 年下半年试题 63）……… 139

试题 15（2008 年下半年试题 64）……… 140

试题 16（2008 年下半年试题 65）……… 140

试题 17（2009 年上半年试题 5）……… 140

试题 18（2009 年上半年试题 32）……… 141

试题 19（2009 年上半年试题 33）……… 142

试题 20（2010 年下半年试题 64）……… 142

第 6 章　项目管理一般知识………… 143

试题 1（2005 年下半年试题 19）……… 143

试题 2（2007 年下半年试题 7）……… 145

试题 3（2007 年下半年试题 41）……… 145

试题 4（2007 年下半年试题 56）……… 145

试题 5（2008 年上半年试题 7～8）……… 146

试题 6（2008 年上半年试题 31）……… 146

试题 7（2008 年上半年试题 43）……… 147

试题 8（2008 年下半年试题 14～15）…… 147

试题 9（2008 年下半年试题 18）……… 148

试题 10（2008 年下半年试题 49）……… 149

试题 11（2008 年下半年试题 50）……… 149

试题 12（2009 年上半年试题 39）……… 150

试题 13（2009 年上半年试题 45）……… 151

试题 14（2009 年上半年试题 46～47）… 151

试题 15（2009 年下半年试题 31）……… 152

试题 16（2009 年下半年试题 43）……… 152

试题 17（2010 年上半年试题 10）……… 153

试题 18（2010 年上半年试题 60）……… 154

试题 19（2010 年下半年试题 11）……… 154

试题 20（2010 年下半年试题 44）……… 154

第 7 章　项目立项管理………………… 156

试题 1（2006 年下半年试题 60）……… 156

试题 2（2007 年下半年试题 32）……… 157

试题 3（2007 年下半年试题 50）……… 159

试题 4（2008 年下半年试题 31）……… 159

试题 5（2008 年下半年试题 32）……… 160

试题 6（2009 年下半年试题 52）……… 160

试题 7（2010 年上半年试题 26）……… 161

试题 8（2010 年上半年试题 41）……… 162

试题 9（2010 年上半年试题 42）……… 163

试题 10（2010 年上半年试题 55）……… 163

试题 11（2010 年下半年试题 41）……… 164

试题 12（2010 年下半年试题 42）……… 165

试题 13（2010 年下半年试题 55）……… 166

试题 14（2010 年下半年试题 56）……… 166

试题 15（2010 年下半年试题 68）……… 167

试题 16（2010 年下半年试题 69）……… 167

试题 17（2010 年下半年试题 70）……… 168

试题 18（2005 年下半年试题 56）……… 168

第 8 章　项目整合管理………………… 169

试题 1（2005 年上半年试题 27）……… 169

试题 2（2005 年上半年试题 29）……… 170

试题 3（2005 年上半年试题 33）……… 170

试题 4（2005 年上半年试题 44）……… 171

试题 5（2005 年下半年试题 28）……… 172

试题 6（2005 年下半年试题 31）……… 172

试题 7（2005 年下半年试题 55）……… 172

试题 8（2006 年下半年试题 28）……… 173

试题 9（2006 年下半年试题 35）……… 173

试题 10（2008 年上半年试题 28）……… 173

试题 11（2008 年上半年试题 33）……… 174

试题 12（2008 年上半年试题 35）……… 174

试题 13（2008 年上半年试题 44）……… 175

试题 14（2008 年下半年试题 52）……… 175

试题 15（2009 年上半年试题 18）……… 175

试题 16（2009 年上半年试题 19）……… 176

试题 17（2009 年上半年试题 20）……… 176

试题 18（2009 年上半年试题 27）……… 177

试题 19（2009 年上半年试题 28）……… 177

试题 20（2009 年上半年试题 29）……… 178

试题 21（2009 年上半年试题 30）……… 178

试题 22（2009 年下半年试题 41）………179

试题 23（2009 年下半年试题 42）………179

试题 24（2009 年下半年试题 60）………180

试题 25（2010 年下半年试题 45）………180

试题 26（2010 年下半年试题 46）………181

第 9 章　项目范围管理……………182

试题 1（2005 年上半年试题 28）…………182

试题 2（2005 年上半年试题 32）………183

试题 3（2005 年上半年试题 53）………183

试题 4（2005 年上半年试题 54）………184

试题 5（2005 年下半年试题 27）………185

试题 6（2005 年下半年试题 29）………185

试题 7（2005 年下半年试题 33）………186

试题 8（2005 年下半年试题 54）………187

试题 9（2006 年下半年试题 29）………188

试题 10（2006 年下半年试题 30）………188

试题 11（2006 年下半年试题 31）………189

试题 12（2006 年下半年试题 32）………189

试题 13（2006 年下半年试题 33）………189

试题 14（2006 年下半年试题 34）………190

试题 15（2006 年下半年试题 54）………190

试题 16（2006 年下半年试题 55）………191

试题 17（2007 年下半年试题 53）………191

试题 18（2007 年下半年试题 55）………192

试题 19（2008 年上半年试题 1）…………192

试题 20（2008 年上半年试题 12）………192

试题 21（2008 年上半年试题 37）………193

试题 22（2008 年上半年试题 39）………193

试题 23（2008 年下半年试题 34）………194

试题 24（2008 年下半年试题 39）………194

试题 25（2008 年下半年试题 40）………194

试题 26（2009 年上半年试题 16）………195

试题 27（2009 年上半年试题 17）………195

试题 28（2009 年下半年试题 36）………196

试题 29（2009 年下半年试题 39）………196

试题 30（2009 年下半年试题 40）………197

试题 31（2009 年下半年试题 61）………197

试题 32（2010 年上半年试题 39）………198

试题 33（2010 年上半年试题 40）………198

试题 34（2010 年下半年试题 7）…………199

试题 35（2010 年下半年试题 39）………199

试题 36（2010 年下半年试题 40）………199

第 10 章　项目时间管理……………201

试题 1（2005 年上半年试题 8）…………201

试题 2（2005 年上半年试题 30）………202

试题 3（2005 年上半年试题 34）………203

试题 4（2005 年上半年试题 35）………203

试题 5（2005 年上半年试题 36）………204

试题 6（2005 年上半年试题 45）………205

试题 7（2005 年下半年试题 24～25）……205

试题 8（2005 年下半年试题 30）………206

试题 9（2005 年下半年试题 32）………206

试题 10（2005 年下半年试题 34）………207

试题 11（2006 年下半年试题 26）………207

试题 12（2006 年下半年试题 36）………208

试题 13（2007 年下半年试题 35）………208

试题 14（2007 年下半年试题 36）………209

试题 15（2007 年下半年试题 37）………209

试题 16（2007 年下半年试题 38）………209

试题 17（2007 年下半年试题 69～70）…210

试题 18（2008 年上半年试题 36）………211

试题 19（2008 年上半年试题 40）………212

试题 20（2008 年上半年试题 42）………212

试题 21（2008 年下半年试题 47）………212

试题 22（2008 年下半年试题 66～67）…213

试题 23（2008 年下半年试题 69）………214

试题 24（2009 年上半年试题 12）………214

试题 25（2009 年上半年试题 14）………215

试题 26（2009 年上半年试题 15）………215

试题 27（2009 年上半年试题 26）………216

试题 28（2009 年上半年试题 43）………216

试题 29（2009 年上半年试题 44）………217

试题 30（2009 年上半年试题 52～53）…217

试题 31（2009 年上半年试题 57～58）…218

目录
CONTENTS

试题 32（2009 年下半年试题 37～38）… 219

试题 33（2010 年上半年试题 35～36）… 220

试题 34（2010 年上半年试题 37～38）… 220

试题 35（2010 年上半年试题 54）……… 220

试题 36（2010 年上半年试题 66～67）… 221

试题 37（2010 年上半年试题 70）……… 222

试题 38（2010 年下半年试题 35）……… 223

试题 39（2010 年下半年试题 36）……… 223

试题 40（2010 年下半年试题 37）……… 224

试题 41（2010 年下半年试题 38）……… 225

第 11 章　项目成本管理……………226

试题 1（2005 年上半年试题 9）………… 226

试题 2（2005 年上半年试题 37）……… 227

试题 3（2005 年上半年试题 38）……… 227

试题 4（2005 年下半年试题 7～8）……… 228

试题 5（2005 年下半年试题 36～37）…… 229

试题 6（2005 年下半年试题 38）……… 230

试题 7（2006 年下半年试题 37）……… 230

试题 8（2006 年下半年试题 38）……… 230

试题 9（2006 年下半年试题 39）……… 231

试题 10（2007 年下半年试题 39）……… 231

试题 11（2007 年下半年试题 40）……… 232

试题 12（2007 年下半年试题 54）……… 233

试题 13（2008 年上半年试题 54）……… 233

试题 14（2008 年上半年试题 55）……… 234

试题 15（2008 年上半年试题 57）……… 234

试题 16（2008 年下半年试题 45～46）… 235

试题 17（2009 年上半年试题 55）……… 235

试题 18（2009 年上半年试题 70）……… 236

试题 19（2009 年下半年试题 35）……… 236

试题 20（2009 年下半年试题 36）……… 236

试题 21（2009 年下半年试题 57）……… 237

试题 22（2009 年下半年试题 58）……… 237

试题 23（2009 年下半年试题 59）……… 237

试题 24（2010 年上半年试题 56）……… 238

试题 25（2010 年上半年试题 57）……… 238

试题 26（2010 年上半年试题 58）……… 238

试题 27（2010 年上半年试题 59）……… 239

第 12 章　项目质量管理……………240

试题 1（2005 年上半年试题 41）……… 240

试题 2（2005 年上半年试题 42）……… 241

试题 3（2005 年下半年试题 40）……… 242

试题 4（2005 年下半年试题 41）……… 242

试题 5（2006 年下半年试题 40）……… 243

试题 6（2006 年下半年试题 41）……… 243

试题 7（2006 年下半年试题 42）……… 243

试题 8（2007 年下半年试题 11）……… 244

试题 9（2008 年上半年试题 5）……… 244

试题 10（2008 年上半年试题 6）……… 245

试题 11（2008 年上半年试题 56）……… 245

试题 12（2008 年上半年试题 59）……… 246

试题 13（2008 年上半年试题 60）……… 246

试题 14（2008 年上半年试题 61）……… 247

试题 15（2008 年下半年试题 35）……… 247

试题 16（2008 年下半年试题 36）……… 247

试题 17（2008 年下半年试题 37）……… 248

试题 18（2008 年下半年试题 38）……… 248

试题 19（2009 年上半年试题 48～50）… 248

试题 20（2009 年上半年试题 56）……… 249

试题 21（2009 年下半年试题 47）……… 250

试题 22（2009 年下半年试题 48）……… 250

试题 23（2009 年下半年试题 49）……… 250

试题 24（2010 年上半年试题 11）……… 250

试题 25（2010 年上半年试题 47）……… 251

试题 26（2010 年上半年试题 48）……… 251

试题 27（2010 年上半年试题 49）……… 252

试题 28（2010 年下半年试题 47）……… 252

试题 29（2010 年下半年试题 48）……… 253

试题 30（2010 年下半年试题 49）……… 253

试题 31（2010 年下半年试题 61）……… 253

第 13 章　项目人力资源管理…………255

试题 1（2005 年上半年试题 43）…………255

试题 2（2005 年下半年试题 42）…………256

试题 3（2005 年下半年试题 43）············ 257

试题 4（2005 年下半年试题 44）············ 258

试题 5（2006 年下半年试题 43）············ 259

试题 6（2006 年下半年试题 44）············ 259

试题 7（2007 年下半年试题 45）············ 260

试题 8（2007 年下半年试题 46）············ 260

试题 9（2007 年下半年试题 60）············ 260

试题 10（2008 年上半年试题 45）············ 261

试题 11（2008 年上半年试题 46）············ 261

试题 12（2008 年上半年试题 47）············ 262

试题 13（2008 年上半年试题 48）············ 263

试题 14（2008 年下半年试题 41）············ 263

试题 15（2008 年下半年试题 42）············ 264

试题 16（2008 年下半年试题 43）············ 264

试题 17（2009 年上半年试题 21）············ 265

试题 18（2009 年上半年试题 22）············ 265

试题 19（2009 年上半年试题 23）············ 266

试题 20（2009 年上半年试题 51）············ 266

试题 21（2009 年下半年试题 44）············ 266

试题 22（2009 年下半年试题 45）············ 267

试题 23（2009 年下半年试题 46）············ 268

第 14 章　项目沟通管理················269

试题 1（2005 年上半年试题 20）············ 269

试题 2（2005 年上半年试题 26）············ 269

试题 3（2005 年上半年试题 40）············ 270

试题 4（2005 年上半年试题 46）············ 271

试题 5（2005 年下半年试题 26）············ 272

试题 6（2005 年下半年试题 39）············ 272

试题 7（2007 年下半年试题 42）············ 273

试题 8（2007 年下半年试题 43）············ 273

试题 9（2007 年下半年试题 44）············ 273

试题 10（2007 年下半年试题 61）············ 274

试题 11（2008 年上半年试题 34）············ 274

试题 12（2008 年下半年试题 51）············ 274

试题 13（2008 年下半年试题 54）············ 275

试题 14（2008 年下半年试题 55）············ 275

试题 15（2008 年下半年试题 56）············ 275

试题 16（2008 年下半年试题 59～60）··· 276

试题 17（2009 年上半年试题 41）············ 277

试题 18（2009 年下半年试题 55）············ 277

试题 19（2009 年下半年试题 56）············ 277

试题 20（2010 年上半年试题 44）············ 278

试题 21（2010 年上半年试题 45）············ 279

试题 22（2010 年上半年试题 46）············ 279

试题 23（2005 年下半年试题 35）············ 279

第 15 章　项目风险管理·················281

试题 1（2005 年上半年试题 47）············ 281

试题 2（2005 年上半年试题 48）············ 282

试题 3（2005 年下半年试题 45）············ 282

试题 4（2005 年下半年试题 46）············ 283

试题 5（2005 年下半年试题 47）············ 283

试题 6（2006 年下半年试题 45）············ 284

试题 7（2006 年下半年试题 46～47）····· 284

试题 8（2006 年下半年试题 48）············ 285

试题 9（2006 年下半年试题 62）············ 285

试题 10（2008 年上半年试题 49）············ 286

试题 11（2008 年上半年试题 50）············ 286

试题 12（2008 年上半年试题 51）············ 286

试题 13（2008 年上半年试题 52）············ 287

试题 14（2008 年上半年试题 58）············ 287

试题 15（2008 年下半年试题 44）············ 287

试题 16（2008 年下半年试题 52）············ 288

试题 17（2009 年上半年试题 24）············ 288

试题 18（2009 年上半年试题 25）············ 289

试题 19（2010 年上半年试题 61）············ 289

试题 20（2010 年下半年试题 60）············ 289

第 16 章　项目采购管理·················291

试题 1（2005 年上半年试题 31）············ 291

试题 2（2005 年上半年试题 49）············ 292

试题 3（2005 年上半年试题 50）············ 292

试题 4（2005 年下半年试题 48）············ 293

试题 5（2005 年下半年试题 49）············ 293

试题 6（2005 年下半年试题 50）············ 294

目 录
CONTENTS

试题 7（2005 年下半年试题 51）…………294

试题 8（2006 年下半年试题 49）…………296

试题 9（2006 年下半年试题 50）…………296

试题 10（2006 年下半年试题 51）…………297

试题 11（2007 年下半年试题 28）…………297

试题 12（2007 年下半年试题 29）…………298

试题 13（2007 年下半年试题 30）…………298

试题 14（2007 年下半年试题 31）…………299

试题 15（2007 年下半年试题 33）…………300

试题 16（2007 年下半年试题 34）…………301

试题 17（2008 年上半年试题 25）…………301

试题 18（2008 年上半年试题 26）…………302

试题 19（2008 年上半年试题 27）…………302

试题 20（2008 年上半年试题 29）…………303

试题 21（2008 年上半年试题 41）…………303

试题 22（2008 年下半年试题 26）…………303

试题 23（2008 年下半年试题 27）…………304

试题 24（2008 年下半年试题 28）…………304

试题 25（2008 年下半年试题 29）…………304

试题 26（2008 年下半年试题 30）…………305

试题 27（2008 年下半年试题 33）…………305

试题 28（2009 年上半年试题 6）…………305

试题 29（2009 年上半年试题 7）…………306

试题 30（2009 年上半年试题 8）…………306

试题 31（2009 年上半年试题 9）…………307

试题 32（2009 年上半年试题 10）…………307

试题 33（2009 年上半年试题 11）…………308

试题 34（2009 年下半年试题 29）…………308

试题 35（2009 年下半年试题 30）…………309

试题 36（2010 年上半年试题 28）…………309

试题 37（2010 年上半年试题 29）…………310

试题 38（2010 年上半年试题 43）…………310

试题 39（2010 年上半年试题 29）…………311

试题 40（2010 年下半年试题 30）…………311

试题 41（2010 年下半年试题 43）…………312

试题 42（2010 年下半年试题 57）…………312

试题 43（2010 年下半年试题 58）…………313

试题 44（2010 年下半年试题 59）…………313

第 17 章　项目配置管理………………315

试题 1（2005 年上半年试题 51）…………315

试题 2（2005 年上半年试题 52）…………316

试题 3（2005 年下半年试题 52）…………317

试题 4（2005 年下半年试题 53）…………317

试题 5（2006 年下半年试题 52~53）……317

试题 6（2009 年下半年试题 62）…………317

试题 7（2009 年下半年试题 63）…………318

试题 8（2009 年下半年试题 64）…………318

试题 9（2009 年下半年试题 65）…………319

试题 10（2010 年上半年试题 62）…………319

试题 11（2010 年上半年试题 63）…………320

试题 12（2010 年上半年试题 64）…………320

试题 13（2010 年上半年试题 65）…………320

试题 14（2010 年下半年试题 62）…………321

试题 15（2010 年下半年试题 63）…………321

试题 16（2010 年下半年试题 65）…………322

第 18 章　组织级项目管理……………323

试题 1（2005 年上半年试题 39）…………323

试题 2（2005 年上半年试题 55）…………324

试题 3（2005 年上半年试题 56）…………324

试题 4（2006 年下半年试题 27）…………325

试题 5（2006 年下半年试题 56）…………326

试题 6（2007 年下半年试题 51）…………326

试题 7（2007 年下半年试题 52）…………327

试题 8（2008 年上半年试题 30）…………327

试题 9（2008 年上半年试题 38）…………328

试题 10（2008 年上半年试题 32）…………328

试题 11（2008 年上半年试题 53）…………329

试题 12（2008 年下半年试题 57~58）……329

试题 13（2009 年上半年试题 31）…………330

试题 14（2009 年上半年试题 54）…………330

试题 15（2009 年上半年试题 62）…………330

试题 16（2009 年上半年试题 63）…………331

试题 17（2009 年上半年试题 64）…………331

试题 18（2009 年上半年试题 65）…………332

试题 19（2009 年上半年试题 66）…………332

试题 20（2009 年上半年试题 67）·········· 333

试题 21（2009 年上半年试题 68）·········· 333

试题 22（2009 年下半年试题 32）·········· 334

试题 23（2009 年下半年试题 50）·········· 334

试题 24（2009 年下半年试题 51）·········· 335

试题 25（2009 年下半年试题 53）·········· 335

试题 26（2010 年上半年试题 50）·········· 335

试题 27（2010 年上半年试题 51）·········· 336

试题 28（2010 年上半年试题 52）·········· 336

试题 29（2010 年上半年试题 53）·········· 337

试题 30（2010 年下半年试题 50）·········· 337

试题 31（2010 年下半年试题 51）·········· 338

试题 32（2010 年下半年试题 53）·········· 338

试题 33（2010 年下半年试题 54）·········· 339

第 19 章　项目管理高级知识·········· 340

试题 1（2005 年上半年试题 57）·········· 340

试题 2（2005 年上半年试题 58）·········· 341

试题 3（2005 年下半年试题 57）·········· 341

试题 4（2006 年下半年试题 57）·········· 342

试题 5（2007 年下半年试题 57）·········· 343

试题 6（2007 年下半年试题 58）·········· 343

试题 7（2007 年下半年试题 59）·········· 344

试题 8（2008 年上半年试题 4）·········· 344

试题 9（2009 年下半年试题 33）·········· 345

试题 10（2009 年下半年试题 34）·········· 345

试题 11（2009 年下半年试题 54）·········· 346

试题 12（2009 年下半年试题 70）·········· 347

试题 13（2010 年上半年试题 31）·········· 347

试题 14（2010 年上半年试题 32）·········· 348

试题 15（2010 年上半年试题 34）·········· 348

试题 16（2010 年下半年试题 31）·········· 349

试题 17（2010 年下半年试题 32）·········· 350

试题 18（2010 年下半年试题 33）·········· 350

试题 19（2010 年下半年试题 34）·········· 351

第 20 章　专业英语·········· 352

试题 1（2005 年上半年试题 66～68）····· 352

试题 2（2005 年上半年试题 69～71）····· 353

试题 3（2005 年上半年试题 72）·········· 353

试题 4（2005 年上半年试题 73）·········· 354

试题 5（2005 年上半年试题 74）·········· 354

试题 6（2005 年上半年试题 75）·········· 354

试题 7（2005 年下半年试题 66）·········· 355

试题 8（2005 年下半年试题 67）·········· 355

试题 9（2005 年下半年试题 68）·········· 355

试题 10（2005 年下半年试题 69）·········· 355

试题 11（2005 年下半年试题 70）·········· 356

试题 12（2005 年下半年试题 71）·········· 356

试题 13（2005 年下半年试题 72）·········· 356

试题 14（2005 年下半年试题 73）·········· 357

试题 15（2005 年下半年试题 74）·········· 357

试题 16（2005 年下半年试题 75）·········· 357

试题 17（2006 年下半年试题 66）·········· 358

试题 18（2006 年下半年试题 67）·········· 358

试题 19（2006 年下半年试题 68）·········· 358

试题 20（2006 年下半年试题 69）·········· 359

试题 21（2006 年下半年试题 70）·········· 359

试题 22（2006 年下半年试题 71）·········· 359

试题 23（2006 年下半年试题 72）·········· 360

试题 24（2006 年下半年试题 73）·········· 360

试题 25（2006 年下半年试题 74）·········· 360

试题 26（2006 年下半年试题 75）·········· 361

试题 27（2007 年下半年试题 71）·········· 361

试题 28（2007 年下半年试题 72）·········· 361

试题 29（2007 年下半年试题 73）·········· 362

试题 30（2007 年下半年试题 74）·········· 362

试题 31（2007 年下半年试题 75）·········· 362

试题 32（2008 年上半年试题 71～72）··· 363

试题 33（2008 年上半年试题 73）·········· 363

试题 34（2008 年上半年试题 74）·········· 364

试题 35（2008 年上半年试题 75）·········· 364

试题 36（2008 年下半年试题 71）·········· 364

试题 37（2008 年下半年试题 72）·········· 365

试题 38（2008 年下半年试题 73）·········· 365

试题 39（2008 年下半年试题 74）·········· 365

目录
CONTENTS

试题 40（2008 年下半年试题 75）…………366

试题 41（2009 年上半年试题 71～75）……366

试题 42（2009 年下半年试题 71）…………367

试题 43（2009 年下半年试题 72）…………367

试题 44（2009 年下半年试题 73）…………367

试题 45（2009 年下半年试题 74）…………368

试题 46（2009 年下半年试题 75）…………368

试题 47（2010 年上半年试题 71）…………368

试题 48（2010 年上半年试题 72）…………369

试题 49（2010 年上半年试题 73～75）……369

试题 50（2010 年下半年试题 71）…………370

试题 51（2010 年下半年试题 72）…………370

试题 52（2010 年下半年试题 73）…………370

试题 53（2010 年下半年试题 74）…………371

试题 54（2010 年下半年试题 75）…………371

第 21 章　管理科学基础……………372

试题 1（2005 年下半年试题 22）…………372

试题 2（2006 年下半年试题 61）…………373

试题 3（2006 年下半年试题 63）…………374

试题 4（2008 年上半年试题 66～67）……376

试题 5（2008 年上半年试题 68）…………377

试题 6（2008 年上半年试题 69）…………378

试题 7（2008 年上半年试题 70）…………379

试题 8（2008 年下半年试题 53）…………380

试题 9（2008 年下半年试题 68）…………381

试题 10（2008 年下半年试题 70）…………381

试题 11（2009 年上半年试题 59）…………382

试题 12（2009 年上半年试题 60）…………383

试题 13（2009 年上半年试题 61）…………383

试题 14（2009 年上半年试题 69）…………384

试题 15（2009 年下半年试题 66～67）……384

试题 16（2009 年下半年试题 68）…………385

试题 17（2009 年下半年试题 69）…………386

试题 18（2010 年上半年试题 68）…………386

试题 19（2010 年上半年试题 69）…………387

试题 20（2010 年下半年试题 66）…………387

试题 21（2010 年下半年试题 67）…………388

第 22 章　信息系统项目管理案例
分析……………………390

试题 1（2005 年上半年试题 1）…………390

试题 2（2005 年上半年试题 2）…………393

试题 3（2005 年上半年试题 3）…………395

试题 4（2005 年下半年试题 1）…………398

试题 5（2005 年下半年试题 2）…………402

试题 6（2005 年下半年试题 3）…………404

试题 7（2006 年下半年试题 1）…………407

试题 8（2006 年下半年试题 2）…………408

试题 9（2006 年下半年试题 3）…………410

试题 10（2007 年下半年试题 1）…………412

试题 11（2007 年下半年试题 2）…………414

试题 12（2007 年下半年试题 3）…………416

试题 13（2008 年上半年试题 1）…………418

试题 14（2008 年上半年试题 2）…………420

试题 15（2008 年上半年试题 3）…………422

试题 16（2008 年下半年试题 1）…………424

试题 17（2008 年下半年试题 2）…………426

试题 18（2008 年下半年试题 3）…………427

试题 19（2009 年上半年试题 1）…………430

试题 20（2009 年上半年试题 2）…………432

试题 21（2009 年上半年试题 3）…………433

试题 22（2009 年下半年试题 1）…………435

试题 23（2009 年下半年试题 2）…………436

试题 24（2009 年下半年试题 3）…………438

试题 25（2010 年上半年试题 1）…………440

试题 26（2010 年上半年试题 2）…………442

试题 27（2010 年上半年试题 3）…………444

试题 28（2010 年下半年试题 1）…………446

试题 29（2010 年下半年试题 2）…………448

试题 30（2010 年下半年试题 3）…………450

第 23 章　信息系统项目管理论文……453

试题 1（2005 年上半年试题 1）…………453

试题 2（2005 年下半年试题 1）…………455

试题 3（2005 年下半年试题 2）…………456

试题 4（2006 年下半年试题 1）…………458

试题 5（2006 年下半年试题 2）············ 460

试题 6（2007 年下半年试题 1）············ 462

试题 7（2007 年下半年试题 2）············ 464

试题 8（2007 年下半年试题 3）············ 465

试题 9（2008 年上半年试题 1）············ 467

试题 10（2008 年上半年试题 2）············ 468

试题 11（2008 年上半年试题 3）············ 469

试题 12（2008 年下半年试题 1）············ 470

试题 13（2008 年下半年试题 2）············ 471

试题 14（2009 年上半年试题 1）············ 472

试题 15（2009 年上半年试题 2）············ 473

试题 16（2009 年下半年试题 1）············ 474

试题 17（2009 年下半年试题 2）············ 476

试题 18（2010 年上半年试题 1）············ 477

试题 19（2010 年上半年试题 2）············ 478

试题 20（2010 年下半年试题 1）············ 480

试题 21（2010 年下半年试题 2）············ 482

主要参考文献··························· **484**

第 1 章

信息系统开发基础

本章知识是信息系统项目管理师考试的一个重点，根据考试大纲，要求考生掌握以下几个方面的内容。

（1）信息系统：信息系统的概念和功能、信息系统的类型和发展。

（2）信息系统建设：信息系统建设的复杂性、信息系统的生命周期、信息系统建设的原则和信息系统开发方法。

（3）软件工程知识：软件需求分析与定义、软件设计、测试与维护、软件复用、软件质量保证及质量评价、软件配置管理、软件开发环境、软件过程管理。

（4）软件构件技术知识：构件及其在信息系统项目中的重要性、常用构件标准。

（5）软件体系结构：软件体系结构定义、典型体系结构、软件体系结构设计方法、软件体系结构分析与评估。

（6）面向对象方法：面向对象的基本概念、统一建模语言与可视化建模、面向对象分析与设计。

（7）软件工具：建模工具、软件开发工具、软件测试工具、项目管理工具。

从历年的考试试题来看，本章的主要分数集中在软件工程知识、面向对象方法和信息系统建设这 3 个知识点上。

试题 1（2005 年上半年试题 1）

在关于用例（Use Case）的描述中，错误的是 __(1)__ 。

(1) A. 用例将系统的功能范围分解成许多小的系统功能陈述

　　 B. 一个用例代表了系统的一个单一的目标

　　 C. 用例是一个行为上相关的步骤序列

　　 D. 用例描述了系统与用户的交互

试题 1 分析

在软件开发中，用户并不想了解系统的内部结构和设计，他们所关心的是系统所能提供的功能和服务，也就是被开发出来的系统将是如何被使用的，这就是用例方法的基本思想。

用例模型主要由以下模型元素构成。

（1）执行者（Actor）。执行者是指存在于被定义系统外部并与该系统发生交互的人或其他系统，他们代表的是系统的使用者或使用环境。

（2）用例（Use Case）。用例用于表示系统所提供的服务，它定义了系统是如何被执行者所使用的，它描述的是执行者为了使用系统所提供的某一完整功能而与系统之间发生的一段对话。用例是一个行为上相关的步骤序列，既可以是自动的也可以是手动的，其目的是完成一个单一的业务任务。用例实例是在系统中执行的一系列动作，这些动作将生成特定参与者可见的价值结果（一个目标）。一个用例定义一组用例实例。它确定了一个和系统参与者进行交互、并可由系统执行的动作序列。

（3）通信关联（Communication Association）。通信关联用于表示执行者和用例之间的对应关系，它表示执行者使用了系统中的哪些服务（用例），或者说系统所提供的服务（用例）是被哪些执行者所使用的。

用例模型描述的是外部执行者所理解的系统功能，主要用于需求分析阶段，它的建立是系统开发者和用户反复讨论的结果，表明了开发者和用户对需求规格达成的共识。

试题 1 答案

（1）D

试题 2（2005 年上半年试题 2~3）

在用例建模的过程中，若几个用例执行了同样的功能步骤，这时可以把这些公共步骤提取成独立的用例，这种用例称为___（2）___。在 UML 的用例图上，将用例之间的这种关系标记为___（3）___。

（2）A. 扩展用例　　B. 抽象用例　　C. 公共用例　　D. 参与用例

（3）A. association　　B. extends　　C. include　　D. inheritances

试题 2 分析

两个用例之间的关系可以概括为两种情况。一种是用于复用的包含关系，用构造型"include"表示；另一种是用于分离出不同行为的扩展关系，用构造型"extend"表示。

（1）包含关系： 当可以从两个或两个以上的原始用例中提取公共行为，或者发现能够使用一个构件来实现某一个用例很重要的部分功能时，应该使用包含关系来表示它们。其中这个提取出来的公共用例称为抽象用例。

（2）扩展关系： 如果一个用例明显地混合了两种或两种以上的不同场景，即根据情况可能发生多种事情，则可以将这个用例分为一个主用例和一个或多个辅用例进行描述可能更加清晰。

另外，用例之间还存在一种泛化关系。用例可以被特别列举为一个或多个子用例，这被称做用例泛化。当父用例能够被使用时，任何子用例也可以被使用。例如，购买飞机票时，既可以通过电话订票，也可以通过网上订票，则订票用例就是电话订票和网上订票的抽象。

试题 2 答案

（2）B （3）C

试题 3（2005 年上半年试题 4~6）

UML 提供了四种结构图用于对系统的静态方面进行可视化、详述、构造和文档化。其中 (4) 是面向对象系统规模中最常用的图，用于说明系统的静态设计视图；当需要说明系统的静态实现视图时，应该选择 (5)；当需要说明体系结构的静态实施视图时，应该选择 (6)。

（4）A. 构件图 B. 类图 C. 对象图 D. 部署图

（5）A. 构件图 B. 协作图 C. 状态图 D. 部署图

（6）A. 协作图 B. 对象图 C. 活动图 D. 部署图

试题 3 分析

UML 2.0 版本中包括十四种不同的图，分为表示系统静态结构的静态模型（包括类图、对象图、包图、构件图、部署图、制品图、组合结构图），以及表示系统动态结构的动态模型（包括用例图、序列图、通信图、定时图、状态图、活动图、交互概览图）。

（1）用例图（Use-Case Diagram）。用例图用于显示若干角色，以及这些角色与系统提供的用例之间的连接关系。用例是系统提供的功能的描述，通常一个实际的用例采用普通的文字描述，作为用例符号的文档性质。用例图仅仅从角色使用系统的角度描述系统中的信息，也就是站在系统外部查看系统功能，它并不能描述系统内部对该功能的具体操作方式。

（2）类图（Class Diagram）。用来表示系统中的类和类与类之间的关系，它是对系统静态结构的描述。类图不仅定义系统中的类，表示类之间的联系如关联、依赖、聚合等，也包括类的内部结构（类的属性和操作）。类图中每个类由三部分组成，分别是类名、类的属性和操作。类图描述的是一种静态关系，在系统的整个生命周期都是有效的。一个典型的系统中通常有若干个类图，一个类图不一定包含系统中所有的类，一个类还可以加到几个类图中。

（3）对象图（Object Diagram）。是类图的实例，几乎使用与类图完全相同的标识。它们的不同点在于对象图显示类的多个对象实例，而不是实际的类。一个对象图是类图的一个实例。由于对象存在生命周期，因此对象图只能在系统某一时间段存在。

（4）包图（Package Diagram）。描述由模型本身分解而成的组织单元以及它们的依赖关系。

（5）序列图（Sequence Diagram，顺序图）。用来反映若干个对象之间的动态协作关系，也就是随着时间的推移，对象之间是如何交互的。序列图强调对象之间消息发送的顺序，说明对象之间的交互过程，以及系统执行过程中，在某一具体位置将会有什么事件发生。

（6）通信图（Communication Diagram）。是一种交互图，它强调收发消息的对象或角色的结构组织。序列图和通信图表达了类似的基本概念，但每种图强调概念的不同视图，序列图强调时序，通信图强调消息流经的数据结构。

（7）定时图（Timing Diagram）。是一种交互图，它展现了消息跨越不同对象或角色的实际时间，而不仅仅是关心消息的相对顺序。

（8）状态图（State Diagram）。描述类的对象所有可能的状态，以及事件发生时状态的转移条件。通常，状态图是对类图的补充。事件可以是给它发送消息的另一个对象或者某个任务执行完毕。状态变化称做转移（Transition），一个转移可以有一个与之相连的动作（Action），这个动作指明了状态转移时应该做些什么。在实用上并不需要为所有的类画状态图，仅为那些有多个状态，其行为受外界环境的影响并且发生改变的类画状态图。

（9）活动图（Activity Diagram）。描述满足用例要求所要进行的活动，以及活动间的约束关系，有利于识别并行活动。活动图由各种动作状态构成，每个动作状态包含可执行动作的规范说明。当某个动作执行完毕，该动作的状态就会随着改变。这样，动作状态的控制就从一个状态流向另一个与之相连的状态。活动图中还可以显示决策、条件、动作的并行执行，以及消息的规范说明等内容。

（10）构件图（Component Diagram，组件图）。描述代码构件的物理结构及各构件之间的依赖关系。一个构件可能是一个资源代码构件、一个二进制构件或一个可执行构件。它包含逻辑类或实现类的有关信息。构件图有助于分析和理解构件之间的相互影响程度。

（11）制品图（Artifact Diagram）。描述计算机中一个系统的物理结构。制品包括文件、数据库和类似的物理比特集合。制品常与部署图一起使用。制品也展现了它们实现的类和构件。

（12）部署图（Deployment Diagram，配置图）。定义系统中软硬件的物理体系结构。部署图可以显示实际的计算机和设备（用节点表示），以及它们之间的连接关系，也可显示连接的类型及构件之间的依赖性。在节点内部，放置可执行构件和对象以显示节点与可执行软件单元的对应关系。

（13）组合结构图（Composite Structure Diagram）。它可以描述结构化类（例如构件或类）的内部结构，包括结构化类与系统其余部分的交互点。它显示联合执行包含结构化类的行为的部件配置。组合结构图用于画出结构化类的内部内容。

（14）交互概览图（Interaction Overview Diagram）。活动图和顺序图的混合物。

在面向对象分析过程中，用概念模型来详细描述系统的问题域，用类图来表示概念模型。"问题域"是指一个包含现实世界事物与概念的领域，这些事物和概念与所设计的系统要解决的问题有关。而建立概念模型，又称为问题域建模、域建模，也就是找到代表那些事物与概念的"对象"。

状态图适于描述跨用例的单个对象行为，但不适于描述包含若干协作对象的行为；交互图适于描述单个用例中若干对象的行为，即适于描述一组对象的整体行为。

试题 3 答案

（4）B （5）A （6）D

试题 4（2005 年上半年试题 18～19）

以下关于信息库（Repository）的叙述中，最恰当的是 __(18)__ ； __(19)__ 不是信息库所包含的内容。

（18）A. 存储一个或多个信息系统或项目的所有文档、知识和产品的地方

B. 存储支持信息系统开发的软件构件的地方

C. 存储软件维护过程中需要的各种信息的地方

D. 存储用于进行逆向工程的源码分析工具及其分析结果的地方

（19）A. 网络目录 B. CASE 工具 C. 外部网接口 D. 打印的文档

试题 4 分析

在信息工程工具中，一般都具有存储开发信息和进行协调控制功能的计算机化的信息库。信息库中积累了信息系统的规划、分析、设计、构成各个阶段的相关开发信息，以及系统维护的有关信息，并提供综合信息的工具，是信息工程工具的核心部分。James Martin 在其著作中曾将信息库比喻为百科全书。

信息库是针对软件开发或信息系统开发中的大量信息管理工作提出来的。是一个包罗万象的，随着项目进展而不断修改与补充的数据集合。信息库的特点是数据结构相当复杂，而且会不断变化，使保持一致性的任务变得十分复杂和艰巨。应当存入信息库的内容如下：

（1）软件的工作环境、功能需求、性能要求，有关的各种信息来源的状况、用户的状况、硬件环境，以及在该领域中的作用等外部信息。

（2）需求分析阶段中收集的有关用户的各种信息，包括用户本身提供的和在调查研究中得到的信息。

（3）逻辑设计阶段的各种调查材料和由此生成的各种文档，包括调查记录、原始数据、报表及单证的样本、绘制的各种图，以及最后生成的系统说明书。

（4）设计阶段的各种资料，包括所有的数据库与数据文件格式、数据字典、程序模块的要求、总体结构、各种接口及参数的传递方式，以及最后形成的设计方案。

（5）编程阶段的所有成果，包括程序代码、框图、变量说明、测试情况（输入数据及输出结果）、验收报告、使用说明等。

（6）运行及使用情况的详细记录，包括每次使用的时间、状态、问题，特别是有关错误及故障的记录情况。

（7）维护及修改的情况，包括修改的目标、责任人、过程、时间，修改前后的代码、文档，以及修改后的结果、原系统的备份。

（8）项目管理的有关信息，包括人员变更、资金投入、进度计划及实施情况，还包括版本信息，即各次版本的备份、每个版本的推出日期，以及与以前版本相比的变更说明等。

由于信息库结构的特殊性，只有一般的数据库功能是不够用的。一方面，许多信息（如原始单证、报表样张等）计算机中只能有目录，这就需要把计算机内外的信息存储统一起来管理。另一方面，除了规定复杂的内部结构以存放信息外，还需要认真设计有关的界面，以便使用。因为信息库要面对分析人员、程序员和维护人员（一般不直接面对用户）等不同的对象，不同的使用人员有不同的权限和使用目标。因此，信息库的特殊性决定了其功能的特色。

试题 4 答案

（18）A　　　　（19）C

试题 5（2005 年上半年试题 21～22）

下列要素中，不属于 DFD 的是　(21)　。当使用 DFD 对一个工资系统进行建模时，　(22)　可以被认定为外部实体。

（21）A．加工　　　　B．数据流　　　　C．数据存储　　　　D．联系

（22）A．接收工资单的银行　　　　B．工资系统源代码程序

　　　　C．工资单　　　　　　　　D．工资数据库的维护

试题 5 分析

结构化分析（Srtuctured Anlysis，SA）方法最初由 Douglas Ross 提出，由 DeMarco 推广，由 Ward 和 Mellor，以及后来的 Hatley 和 Pirbhai 扩充，形成了今天的结构化分析方法的框架，在 20 世纪 90 年代得到了广泛的应用。

SA 是一种面向数据流的软件分析方法，适用于开发数据处理类型软件的需求分析。数据流图是需求分析阶段使用的一种主要工具，它以图形的方式表达数据处理系统中信息的变换和传递过程。与流图配合使用的是数据词典，它对数据流图中出现的所有数据元素给出逻辑定义。有了数据词典，使得数据流图上的数据流、加工和文件得到确切的解释。

通常在数据流图中，可能出现下面四种基本符号，数据流、加工、数据存储、外部实体（数据源及数据终点）。数据流是具有名字和流向的数据，在数据流图中用标有名字的箭头表示。加工是对数据流的变换，一般用圆圈表示。数据存储是可访问的存储信息，一般用直线段表示。外部实体位于被建模的系统之外的信息生产者或消费者，是不能由计算机处理的成分，它们分别表明数据处理过程的数据来源及数据去向，用标有名字的方框表示。

试题 5 答案

（21）D　　　　（22）A

试题 6（2005 年上半年试题 23）

关于白盒测试，以下叙述正确的是　__(23)__　。

（23）A. 根据程序的内部结构进行测试

　　　B. 从顶部开始往下逐个模块地加入测试

　　　C. 从底部开始往上逐个模块地加入测试

　　　D. 按照程序规格说明书对程序的功能进行测试，不考虑其内部结构

试题 6 分析

软件测试的工作量约占软件开发总工作量的 40%以上，其目的是尽可能多地发现软件产品（主要是指程序）中的错误和缺陷，并改正软件中的错误。测试的过程大致是：

（1）设计测试用数据（称为测试用例）；

（2）执行程序；

（3）分析结果找出错误并改正。

这个过程可能会有反复。测试用例的设计是测试的重要环节，设计测试用例的目标是选用少量高效的测试用例尽可能多地发现软件中的问题。

测试的关键是测试用例的设计，设计方法可分成两类，分别是白盒测试和黑盒测试。

（1）白盒测试： 把程序看成是装在一只透明的盒子里，测试者完全了解程序的结构和处理过程。白盒测试根据程序的内部逻辑来设计测试用例，检查程序中的逻辑通路是否都按预定的要求正确地工作，白盒测试的具体方法主要是逻辑覆盖，由于覆盖的详尽程度不同，逻辑覆盖由弱到强又分为语句覆盖、判定覆盖、条件覆盖、条件组合覆盖和路径覆盖等。

（2）黑盒测试： 把程序看成是装在一只不透明的盒子里，测试者完全不了解（或不考虑）程序的结构和处理过程。黑盒测试根据规格说明书规定的功能来设计测试用例，检查程序的

功能是否符合规格说明的要求。黑盒测试方法具体有等价类划分、边界值分析、错误推测和因果图等，其中最常用的是等价类划分和边界值分析。

软件测试的主要步骤有单元测试（模块测试）、集成测试（组装测试）、系统测试和确认测试（验收测试）。

（1）单元测试：通常在编码阶段进行，主要用来发现编码和详细设计中产生的错误，一般采用白盒测试。

（2）集成测试：对由各模块组装而成的模块进行测试，主要检查模块间的接口和通信。集成测试主要用来发现设计阶段产生的错误，通常采用黑盒测试。

（3）系统测试：把软件放在实际的硬件和网络环境中进行测试，主要测试软件的非功能需求和质量属性是否得到满足。系统测试通常采用黑盒测试。

（4）确认测试：检查软件的功能、性能和其他特征是否与用户的需求一致，它是以需求规格说明书作为依据的测试，通常采用黑盒测试。

在确认测试时，如果一个软件是为某个客户定制的，那么由客户实施验收测试，以便确认该软件是他所需要的。但是，对于那些作为产品被众多客户使用的软件，就不可能为每个客户做验收测试。大多数软件生产商使用一种α测试和β测试的过程。

（1）α测试：在开发者的现场由客户来实施的，被测试的软件是在开发者从用户的角度进行常规设置的环境下运行的。

（2）β测试：在一个或多个客户的现场由该软件的最终用户实施的。与α测试不同的是，进行β测试时开发者通常是不在场的。

从使用的工具来看，软件测试的方法又可分为静态测试、动态测试。

（1）静态测试：指人工评审软件文档或程序，借以发现其中的错误，由于评审的文档或程序不必运行，所以称为静态测试。人工评审的手续虽然比较简单，但事实证明这是一个相当有效的检验手段。由于评审人员的能力有限，静态测试显然不可能发现所有的错误。

（2）动态测试：指通常的上机测试，这种方法是使程序有控制地运行，并从多种角度观察程序的行为，以发现其中的错误。

在软件维护阶段，当修改软件后，除了对修改部分的软件进行常规的测试外，还应对软件的其他部分进行回归测试，所谓回归测试是指全部或部分地重复已做过的测试，它主要检查软件的修改是否在软件的未修改部分引入了新的错误。

模块测试、集成测试一般以软件系统开发人员为主来测试。系统测试和验收测试，一般不能以开发人员为主来测试。这是因为系统测试是整体性的测试，而测试的根本任务是做"否定性"工作，为减少或避免开发人员的主观影响，使系统测试具有更大的客观性，一般应由开发该系统的部门外人员来承担。

试题 6 答案

（23）A

试题 7（2005 年上半年试题 24～25）

软件的维护并不只是修正错误。软件测试不可能揭露旧系统所有潜伏的错误，所以这些程序在使用过程中还可能发生错误，诊断和更正这些错误的过程称为 __(24)__ ；为了改进软件未来的可能维护性或可靠性，或者为了给未来的改进提供更好的基础而对软件进行修改，这类活动称为 __(25)__ 。

(24) A. 完善性维护　　　B. 适应性维护　　　C. 预防性维护　　　D. 改正性维护

(25) A. 完善性维护　　　B. 适应性维护　　　C. 预防性维护　　　D. 改正性维护

试题 7 分析

软件经过测试，交付给用户后，在使用和运行过程中可能在软件运行/维护阶段对软件产品进行的修改就是所谓的维护。软件维护占整个软件生命周期的 60%～80%，维护的类型主要有以下四种。

（1）改正性维护：为了识别和纠正软件错误、改正软件性能上的缺陷、排除实施中的误使用，应当进行的诊断和改正错误的过程叫做改正性维护。

（2）适应性维护：在使用过程中，外部环境（新的硬、软件配置）、数据环境（数据库、数据格式、数据输入/输出方式、数据存储介质）可能发生变化。为使软件适应这种变化，而去修改软件的过程叫做适应性维护。

（3）完善性维护：在软件的使用过程中，用户往往会对软件提出新的功能与性能要求。为了满足这些要求，需要修改或再开发软件，以扩充软件功能，增强软件性能，改进加工效率，以及提高软件的可维护性。这种情况下进行的维护活动叫做完善性维护。

（4）预防性维护：这是为了提高软件的可维护性、可靠性等，为以后进一步改进软件打下良好基础。通常，预防性维护定义为："把今天的方法学用于昨天的系统以满足明天的需要"。也就是说，采用先进的软件工程方法对需要维护的软件或软件中的某一部分（重新）进行设计、编制和测试。

试题 7 答案

(24) D　　　　(25) C

试题 8（2005 年下半年试题 1）

为了使构件系统更切合实际、更有效地被复用，构件应当具备 __(1)__ ，以提高其通用性。

(1) A. 可继承性　　　B. 可变性　　　　C. 可封装性　　　D. 可伸缩性

试题 8 分析

构件是具有一定的功能，能够独立工作或能同其他构件装配起来协调工作的程序体，构件的使用同它的开发、生产无关。从抽象程度来看，面向对象技术已达到了类级重用（代码重用），它是以类为封装的单位。这样的重用粒度还太小，不足以解决异构互操作和效率更高的重用。构件将抽象的程度提到一个更高的层次，它是对一组类的组合进行封装，并代表完成一个或多个功能的特定服务，也为用户提供了多个接口。整个构件隐藏了具体的实现，只用接口对外提供服务。为了使构件更切合实际、更有效地被复用，构件应当具备可变性和灵活性，以提高其通用性。

构件开发的目的是重用，为了让构件在新的软件项目中发挥作用，库的使用者必须完成以下工作：检索与提取构件，理解与评价构件、修改构件，最后将构件组装到新的软件产品中。其中构件组装是指将库中的构件经适当修改后相互连接，或者将它们与当前开发项目中的软件元素相连接，最终构成新的目标软件。构件组装技术大致可分为基于功能的组装技术、基于数据的组装技术和面向对象的组装技术。

试题 8 答案

（1）B

试题 9（2005 年下半年试题 2）

当__（2）__时，用例是捕获系统需求最好的选择。

（2）A．系统具有很少的用户　　　　B．系统具有很少的接口

　　　C．系统算法复杂，功能单一　　D．系统有很多参与者

试题 9 分析

根据试题 1 的分析，我们知道，用例描述的是系统的执行者（参与者）与系统的交互，同时也是开发人员与用户进行交流的工具，可用来很好地定义系统的边界。所以，当执行者较多的时候，用例是捕获系统需求最好的选择。

试题 9 答案

（2）D

试题 10（2005 年下半年试题 3）

现有两个用例 UC1 和 UC2，其中 UC2 是一个完整的用例，可被实例化，而 UC1 需要 UC2 中的事件流才可被实例化，且 UC1 指定了使用 UC2 的精确位置，则 UC1 和 UC2 间的关系是"__（3）__"。

（3）A．include　　　B．extend　　　C．generalize　　　D．call

试题 10 分析

根据试题的描述，"UC2 是一个完整的用例，可被实例化，而 UC1 需要 UC2 中的事件流才可被实例化，且 UC1 指定了使用 UC2 的精确位置"，以及在试题 2 的分析中给出的包含关系和扩展关系的定义，可以知道，UC1 和 UC2 之间的关系是包含关系。

试题 10 答案

（3）A

试题 11（2005 年下半年试题 4）

下列关于面向对象的分析与设计的描述，正确的是__（4）__。

（4）A．面向对象设计描述软件要做什么

　　　B．面向对象分析不需要考虑技术和实现层面的细节

　　　C．面向对象分析的输入是面向对象设计的结果

　　　D．面向对象设计的结果是简单的分析模型

试题 11 分析

OOA 是软件需求分析的一种方法，而需求分析所关心的是软件要做什么，不需要考虑技术和实现层面的细节问题。OOA 的结果是分析模型及说明文档，同时 OOA 的结果是 OOD 的输入。

试题 11 答案

（4）B

试题 12（2005 年下半年试题 6）

下列关于 UML 叙述正确的是 __(6)__ 。

（6）A. UML 是一种语言，语言的使用者不能对其扩展

　　　B. UML 仅是一组图形的集合

　　　C. UML 仅适用于系统的分析与设计阶段

　　　D. UML 是独立于软件开发过程的

试题 12 分析

UML 是一个通用的可视化建模语言，用于对软件进行描述、可视化处理、构造和建立软件系统的文档。它记录了对必须构造的系统的决定和理解，可用于对系统的理解、设计、浏览、配置、维护和信息控制。

UML 是独立于软件开发过程的，它适用于各种软件开发方法、软件生命周期的各个阶段、各种应用领域，以及各种开发工具，UML 是一种总结了以往建模技术的经验并吸收当今优秀成果的标准建模方法。在需求分析阶段，可以用用例来捕获用户需求。通过用例建模，描述对系统感兴趣的外部角色及其对系统（用例）的功能要求。分析阶段主要关心问题域中的主要概念（如抽象、类和对象等）和机制，需要识别这些类以及它们相互间的关系，并用 UML 类图来描述。为实现用例，类之间需要协作，这可以用 UML 动态模型来描述。在分析阶段，只对问题域的对象（现实世界的概念）建模，而不考虑定义软件系统中技术细节的类（如处理用户接口、数据库、通信和并行性等问题的类）。这些技术细节将在设计阶段引入，因此设计阶段为构造阶段提供更详细的规格说明。

UML 包括概念的语义、表示法和说明，提供了静态、动态、系统环境及组织结构的模型，它允许用户对其进行扩展。它可被交互的可视化建模工具所支持，这些工具提供了代码生成器和报表生成器。UML 标准并没有定义一种标准的开发过程，但它适用于迭代式的开发过程。它是为支持大部分现存的面向对象开发过程而设计的。

UML 不是一种可视化的编程语言，但是 UML 描述的模型可与各种编程语言直接相连，即可把用 UML 描述的模型映射成编程语言。

试题 12 答案

（6）D

试题 13（2005 年下半年试题 18）

建立企业信息系统应该遵循一定的原则，以下原则不适当的是 __(18)__ 。

（18）A．必须支持企业的战略目标　　　　B．应该自上而下地规划和实现

　　　C．应该支持企业各个管理层的需求　　D．应该向整个企业提供一致的信息

试题 13 分析

建立企业信息系统的基本原则包括：

（1）一个信息系统必须支持企业的战略目标，BSP 本身就是一个将企业的战略规划转化为信息系统的战略的过程。

（2）一个信息系统的战略应当表达出企业中各管理层次的需求。

（3）一个信息系统应该向整个企业提供一致的信息，应该按照自顶向下的方法进行数据的分析。

（4）一个信息系统的战略规划，应该是自上而下地规划，自下而上地分步实现，即应当由总体信息系统结构中的子系统开始实现。

试题 13 答案

（18）B

试题 14（2006 年下半年试题 7）

一个设计良好的软件系统应具有　（7）　的特征。

（7）A．低内聚、低耦合　　　　　B．高内聚、低耦合

　　　C．高内聚、高耦合　　　　　D．低内聚、低耦合

试题 14 分析

软件系统可以划分为若干个小的简单的功能模块，每个模块可以独立开发、测试。模块独立是软件设计开发的基本原则之一。

耦合是指模块之间联系的紧密程度，耦合超高则模块的独立性越差；内聚是指模块内部各元素之间联系的紧密程度，内聚度越低，模块的独立性越差。

耦合性和内聚性是模块独立性的两个定性标准，将软件系统划分模块时，应尽量做到高内聚、低耦合，提高模块的独立性。

试题 14 答案

（7）B

试题 15（2006 年下半年试题 16）

　（16）　是专业的建模语言。

（16）A．XML　　　　　B．UML　　　　　C．VC++　　　　D．Java

试题 15 分析

显然，UML 是专业的建模语言。XML 是可扩展到标记语言，是目前比较通用的数据表示格式，VC++ 和 Java 是程序设计语言。

试题 15 答案

（16）B

试题 16（2006 年下半年试题 17）

__（17）__ 是信息系统开发的过程方法。

（17）A. EGP   B. RUP   C. RIP   D. BGP

试题 16 分析

RUP（Rational United Process，Rational 统一过程）适合于大、中型项目的开发，可以分为 4 个顺序的阶段，分别是初始阶段、细化阶段、构建阶段、移交阶段。

初始阶段的任务是为系统建立业务模型并确定项目的边界。在初始阶段，必须识别所有与系统交互的外部实体，定义系统与外部实体交互的特性。在这个阶段中所关注的是整个项目的业务和需求方面的主要风险。对于建立在原有系统基础上的开发项目来说，初始阶段可能很短。

细化阶段的任务是分析问题领域，建立健全的架构基础，淘汰项目中最高风险的元素。在细化阶段，必须在理解整个系统的基础上，对架构做出决策，包括其范围、主要功能和诸如性能等非功能需求，同时为项目建立支持环境。

在构建阶段，要开发所有剩余的构件和应用程序功能，把这些构件集成为产品，并进行详细测试。从某种意义上说，构建阶段是一个制造过程，其重点放在管理资源及控制操作，以优化成本、进度和质量。构建阶段的主要任务是通过优化资源和避免不必要的报废和返工，使开发成本降到最低；完成所有所需功能的分析、开发和测试，快速完成可用的版本；确定软件、场地和用户是否已经为部署软件作好准备。在构建阶段，开发团队的工作可以实现某种程度的并行。即使是较小的项目，也通常包括可以相互独立开发的构件，从而使各团队之间实现并行开发。

当基线已经足够完善，可以安装到最终用户实际环境中时，则进入交付阶段。交付阶段的重点是确保软件对最终用户是可用的。交付阶段的主要任务是进行 β 测试，制作产品发布版本；对最终用户支持文档定稿；按用户的需求确认新系统；培训用户和维护人员；获得用户对当前版本的反馈，基于反馈调整产品，如进行调试、性能或可用性的增强等。根据产品的种类，交付阶段可能非常简单，也可能非常复杂。例如，发布现有桌面产品的新发布版本可能十分简单，而替换一个国家的航空交通管制系统可能就非常复杂。交付阶段结束时也要进行技术评审，评审目标是否实现，是否应该开始演化过程，用户对交付的产品是否满意等。

试 16 答案

（17）B

试题 17（2006 年下半年试题 18）

极限编程技术 XP 适用于 __（18）__ 。

（18）A. 需求稳定，开发队伍规模庞大，组织项目的方法为"周密计划，逐步推进"

   B．需求多变，开发队伍规模较小，要求开发方"快速反馈，及时调整"

   C．需求稳定，开发队伍规模较小，组织项目的方法为"周密计划，迭代推进"

   D．需求不定，开发队伍规模庞大，组织项目的方法为"分步计划，逐步推进"

试题 17 分析

极限编程技术 XP（eXtreme Programming）是一种开发软件的轻量级的方法。XP 适用于小型或中型软件开发团队，并且客户的需求模糊或需求多变。XP 是一种螺旋式的开发方法，它将复杂打开发过程分解为一个相对比较简单的小周期。通过交流和反馈，可以根据实际情况及时地调整开发过程。

与其他方法相比，其最大的不同如下：

（1）在更短的周期内，更早地提供具体、持续的反馈信息。

（2）迭代地进行计划编制，首先在最开始迅速生成一个总体计划，然后在整个项目开发过程中不断地发展它。

（3）依赖于自动测试程序来监控开发进度，并及早地捕获缺陷。

（4）依赖于口头交流、测试和源程序进行沟通。

（5）倡导持续的演化式的设计。

（6）依赖于开发团队内部的紧密协作。

（7）尽可能达到程序员短期利益和项目长期利益的平衡。

XP 由价值观、原则、实践和行为四个部分组成，它们彼此相互依赖、关联，并通过行为贯穿于整个生命周期。XP 的核心是其总结的四大价值观，即沟通、简单、反馈和勇气。它们是 XP 的基础，也是 XP 的灵魂。XP 的 5 个原则是快速反馈、简单性假设、逐步修改、提倡更改和优质工作。而在 XP 方法中，贯彻的是"小步快走"的开发原则，因此工作质量决不可打折扣，通常采用测试先行的编码方式来提供支持。

在 XP 中，集成了 12 个最佳实践：计划游戏、小型发布、隐喻、简单设计、测试先行、重构、结对编程、集体代码所有制、持续集成、每周工作 40 小时、现场客户和编码标准。

试题 17 答案

（18）B

试题 18（2007 年下半年试题 6）

在面向对象开发方法中，用 UML 表示软件体系架构，用到 5 个视图：逻辑视图、构件视图、部署视图、__(6)__。

（6）A．使用视图和动态视图　　　　B．用例视图和动态视图

    C．用例视图和进程视图　　　　D．静态视图和动态视图

试题 18 分析

UML 对系统构架的定义是：系统的组织结构，包括系统分解的组成部分、它们的关联性、交互、机制和指导原则，这些提供系统设计的信息。而具体来说，就是指 5 个系统视图。

（1）**逻辑视图**：以问题域的语汇组成的类和对象集合。

（2）**进程视图**：可执行线程和进程作为活动类的建模，它是逻辑视图的一次执行实例。

（3）实现视图：对组成基于系统的物理代码的文件和组件进行建模。

（4）部署视图：把组件物理地部署到一组物理的、可计算节点上。

（5）用例视图：最基本的需求分析模型。

试题 18 答案

（6）C

试题 19（2007 年下半年试题 8）

结构化分析方法的主要思想是 ___(8)___ 。

（8）A．自顶向下、逐步分解　　　　　B．自顶向下、逐步抽象

　　C．自底向上、逐步抽象　　　　　D．自底向上、逐步分解

试题 19 分析

结构化分析方法给出一组帮助系统分析人员产生功能规约的原理与技术。它一般利用图形表达用户需求，使用的手段主要有数据流图、数据字典、结构化语言、判定表以及判定树等。结构化分析方法(SA)的主要思想是自顶向下、逐步分解。

结构化分析的步骤如下：

（1）分析当前的情况，做出反映当前物理模型的数据流图（Data Flow Diagram，DFD）。

（2）推导出等价的逻辑模型的 DFD。

（3）设计新的逻辑系统，生成数据字典和基元描述。

（4）建立人机接口，提出可供选择的目标系统物理模型的 DFD。

（5）确定各种方案的成本和风险等级，据此对各种方案进行分析。

（6）选择一种方案。

（7）建立完整的需求规约。

试题 19 答案

（8）A

试题 20（2007 年下半年试题 9）

在面向对象软件开发过程中，设计模式的采用是为了___(9)___。

（9）A．允许在非面向对象程序设计语言中使用面向对象的概念

　　B．复用成功的设计和体系结构

　　C．减少设计过程创建的类的个数

　　D．保证程序的运行速度达到最优值

试题 20 分析

随着面向对象技术的出现和广泛使用，一方面软件的可重用性在一定程度上已经有所解决，另一方面对软件可重用性的要求同时也越来越高。设计面向对象的软件很难，而设计可重复使用的面向对象的软件难度更大。开发人员必须找到适当的对象，将它们分解到粒度合适的类、定义类接口和继承体系，并建立它们之间的关键联系。

在某些时候，设计师的设计可能是针对当前的具体问题而进行的，但它应该可能通用到足以适应未来的问题和需求。因为他们总是希望避免重复设计，至少将之减少到最低水平。在一个设计完成之前，有经验的面向对象的设计师往往要重复使用若干次，而且每次都要进行改进。他们知道，不能只用最初的方法解决每个问题，常常重复使用那些过去用过的解决方案。当他们找到一个好的解决方案时，总是一次又一次地使用它。这些经验也正是他们成为专家的法宝，这就是设计经验的价值。

因此，我们可将设计面向对象软件的经验记录成设计模式。每个设计模式都有系统的命名、解释和评价了面向对象系统中一个重要的设计。我们的目标是将设计经验收集成人们可以有效利用的模型。为此，可以记录一些最重要的设计模式，并以目录形式表现出来。

利用设计模式可方便地重用成功的设计和结构。把已经证实的技术表示为设计模式，使它们更加容易被新系统的开发者所接受。设计模式帮助设计师选择可使系统重用的设计方案，避免选择危害到可重用性的方案。设计模式还提供了类和对象接口的明确的说明书和这些接口的潜在意义，来改进现有系统的记录和维护。

试题 20 答案

（9）B

试题 21（2007 年下半年试题 12～13）

在面向对象方法中，对象可看成属性（数据）以及这些属性上的专用操作的封装体。封装是一种　(12)　技术。类是一组具有相同属性和相同操作的对象之集合，类的每个对象都是这个类的一个　(13)　。

（12）A. 组装　　　　B. 产品化　　　　C. 固化　　　　D. 信息隐蔽

（13）A. 例证　　　　B. 用例　　　　C. 实例　　　　D. 例外

试题 21 分析

面向对象方法包括面向对象的分析、面向对象的设计和面向对象的程序设计。我们首先介绍面向对象方法的一些基本概念。

（1）对象。在计算机系统中，对象是指一组属性以及这组属性上的专用操作的封装体。属性可以是一些数据，也可以是另一个对象。每个对象都有它自己的属性值，表示该对象的状态，用户只能看见对象封装界面上的信息，对象的内部实现对用户是隐蔽的。封装目的是使对象的使用者和生产者分离，使对象的定义和实现分开。一个对象通常可由三部分组成，分别是对象名、属性和操作（方法）。

（2）类。类是一组具有相同属性和相同操作的对象的集合。一个类中的每个对象都是这个类的一个实例（instance）。在分析和设计时，我们通常把注意力集中在类上，而不是具体的对象上。通常把一个类和这个类的所有对象称为类及对象或对象类。一个类通常可由三部分组成，分别是类名、属性和操作（方法）。每个类一般都有实例，没有实例的类是抽象类。抽象类不能被实例化，也就是不能用 new 关键字去产生对象，抽象方法只需声明，而不需实现。抽象类的子类必须覆盖所有的抽象方法后才能被实例化，否则这个子类还是个抽象类。是否建立了丰富的类库是衡量一个面向对象程序设计语言成熟与否的重要标志之一。

（3）继承。继承是在某个类的层次关联中不同的类共享属性和操作的一种机制。一个父类可以有多个子类，这些子类都是父类的特例。父类描述了这些子类的公共属性和操作，子类还可以定义它自己的属性和操作。一个子类只有唯一的父类，这种继承称为单一继承。一个子类有多个父类，可以从多个父类中继承特性，这种继承称为多重继承。对于两个类 A 和 B，如果 A 类是 B 类的子类，则说 B 类是 A 类的泛化。继承是面向对象方法区别于其他方法的一个核心思想。

（4）封装。面向对象系统中的封装单位是对象，对象之间只能通过接口进行信息交流，外部不能对对象中的数据随意地进行访问，这就造成了对象内部数据结构的不可访问性，也使得数据被隐藏在对象中。封装的优点体现在以下三个方面：好的封装能减少耦合；类的内部的实现可以自由改变；一个类有更清楚的接口。

（5）消息。消息是对象间通信的手段、一个对象通过向另一对象发送消息来请求其服务。一个消息通常包括接收对象名、调用的操作名和适当的参数（如有必要）。消息只告诉接收对象需要完成什么操作，但并不能指示接收者怎样完成操作。消息完全由接收者解释，接收者独立决定采用什么方法来完成所需的操作。

（6）多态性。多态性是指同一个操作作用于不同的对象可以有不同的解释，产生不同的执行结果。与多态性密切相关的一个概念就是动态绑定。传统的程序设计语言把过程调用与目标代码的连接放在程序运行前进行，称为静态绑定。而动态绑定则是把这种连接推迟到运行时才进行。在运行过程中，当一个对象发送消息请求服务时，要根据接收对象的具体情况将请求的操作与实现的方法连接，即动态绑定。

试题 21 答案

（12）D　　　（13）C

试题 22（2007 年下半年试题 14～15）

类之间共享属性和操作的机制称为　__(14)__　。一个对象通过发送　__(15)__　来请求另一个对象为其服务。

（14）A．多态　　　　B．动态绑定　　　C．静态绑定　　　D．继承

（15）A．调用语句　　B．消息　　　　C．命令　　　　　D．口令

试题 22 分析

请参考试题 21 的分析。

试题 22 答案

（14）D　　　（15）B

试题 23（2007 年下半年试题 16～17）

在 UML 提供的图中，　__(16)__　用于描述系统与外部系统及用户之间的交互；　__(17)__　用于按时间顺序描述对象间的交互。

（16）A．用例图　　　B．类图　　　　C．对象图　　　　D．部署图

（17）A．网络图   B．状态图   C．协作图   D．序列图

试题 23 分析

请参考试题 3 的分析。

试题 23 答案

（16）A   （17）D

试题 24（2008 年上半年试题 13）

OMG 组织、微软公司、SUN 公司所提出的软件构件的标准依次是 __（13）__。

（13）A．①CORBA ②EJB ③COM   B．①UML ②VB ③J2EE

       C．①CORBA ②COM ③EJB   D．①CORBA ②C# ③JAVA

试题 24 分析

OMG 组织、微软公司、SUN 公司所提出的软件构件的标准分别是 CORBA、COM/DCOM 和 EJB。

CORBA（Common Object Request Broker Architecture，公共对象请求代理体系结构）是由 OMG 组织制定的一种标准的面向对象应用程序体系规范。或者说 CORBA 体系结构是对象管理组织（OMG）为解决分布式处理环境(DCE)中，硬件和软件系统的互连而提出的一种解决方案。

COM（Component Object Model，组件对象模型）是一种跨应用和语言共享二进制代码的方法。COM 通过定义二进制标准解决了这些问题，即 COM 明确指出二进制模块（DLLs 和 EXEs）必须被编译成与指定的结构匹配。这个标准也确切规定了在内存中如何组织 COM 对象。COM 定义的二进制标准还必须独立于任何编程语言（如 C++中的命名修饰）。一旦满足了这些条件，就可以轻松地从任何编程语言中存取这些模块。由编译器负责所产生的二进制代码与标准兼容。这样使后来的人就能更容易地使用这些二进制代码。DCOM 是分布式的 COM，支持分布式应用。

EJB（Enterprise JavaBean）是 SUN 的服务器端组件模型，最大的用处是部署分布式应用程序，类似微软的 COM 技术。凭借 Java 跨平台的优势，用 EJB 技术部署的分布式系统可以不限于特定的平台。EJB 是 J2EE 的一部分，定义了一个用于开发基于组件的企业多重应用程序的标准。

试题 24 答案

（13）C

试题 25（2008 年上半年试题 14）

__（14）__可以帮助人们简单方便地复用已经成功的设计或体系结构。

（14）A．商业构件   B．设计模式   C．遗留系统   D．需求规格说明

试题 25 分析

设计模式是一套被反复使用、多数人知晓的、经过分类编目的、设计经验的总结。使用设计模式是为了可重用代码、设计或体系结构。

试题 25 答案

（14）B

试题 26（2008 年下半年试题 1）

___(1)___ 是企业信息系统的重要目标。

（1）A. 技术提升　　　　　　　　　B. 数据标准化
　　　C. 企业需求分析　　　　　　　D. 信息共享和业务协同

试题 26 分析

从总的角度来讲，企业信息系统的目标是：借助于自动化和互联网技术，综合企业的经营、管理、决策和服务为一体，以求达到企业和系统的效率、效能和效益的统一，使计算机和互联网技术在企业管理决策和服务中能发挥更显著的作用。具体落实到企业管理中，企业信息系统的目标是实现管理信息化、反应更迅速、连接更紧密（信息共享）、业务更有效率。

在本题中，数据标准化和企业需求分析不是信息系统的目标，而是实现信息系统的方法和规范，而技术提升不是靠信息系统能实现的。

试题 26 答案

（1）D

试题 27（2008 年下半年试题 2～3）

企业信息系统项目的基础是企业信息战略规划，规划的起点是将 ___(2)___ 与企业的信息需求转换成信息系统目标，实施信息系统项目是要为企业建立起数据处理中心，以满足各级管理人员关于信息的需求，它坚持以 ___(3)___ 为中心的原则。

（2）A. 事务处理　　　　　　　　　B. 现行人工和电算化混合的信息系统
　　　C. 企业战略目标　　　　　　　D. 第一把手要求
（3）A. 数据　　　　B. 过程　　　　C. 功能　　　　D. 应用

试题 27 分析

信息战略规划是信息工程实施的起点，也是信息工程的基础。信息战略规划的起点是将企业战略目标和企业的信息需求转换成信息系统目标。实施信息系统工程是要为企业建立起具有稳定的数据处理中心，以满足各级管理人员关于信息的需求，它坚持以应用为中心的原则。

试题 27 答案

（2）C　　　　（3）D

试题 28（2008 年下半年试题 10~12）

软件的维护并不只是修正错误。为了满足用户提出的修改现有功能、增加新功能以及一般性的改进要求和建议，需要进行 __(10)__ ，它是软件维护工作的主要部分；软件测试不可能发现系统中所有潜在的错误，所以这些程序在使用过程中还可能发生错误，诊断和更正这些错误的过程称为 __(11)__ ；为了改进软件未来的可维护性或可靠性，或者为了给未来的改进提供更好的基础而对软件进行修改，这类活动称为 __(12)__ 。

(10) A. 完善性维护   B. 适应性维护   C. 预防性维护   D. 改正性维护

(11) A. 完善性维护   B. 适应性维护   C. 预防性维护   D. 改正性维护

(12) A. 完善性维护   B. 适应性维护   C. 预防性维护   D. 改正性维护

试题 28 分析

请参考试题 7 的分析。

试题 28 答案

(10) A   (11) D   (12) C

试题 29（2008 年下半年试题 13）

UML 是面向对象开发方法的标准化建模语言。采用 UML 对系统建模时，用 __(13)__ 模型描述系统的功能，等价于传统的系统功能说明。

(13) A. 分析   B. 设计   C. 用例   D. 实现

试题 29 分析

采用 UML 对系统建模时，使用用例模型来描述系统的功能。

试题 29 答案

(13) C

试题 30（2008 年下半年试题 17）

希赛公司欲开发一个在线交易系统。为了能够精确表达用户与系统的复杂交互过程，应该采用 UML 的 __(17)__ 进行交互过程建模。

(17) A. 类图   B. 序列图   C. 部署图   D. 对象图

试题 30 分析

为了能够精确表达用户与系统的复杂交互过程，应该使用交互图。在 UML 中，交互图包括顺序图、通信图、定时图和交互概览图。顺序图也称为序列图，强调消息的时间次序；通信图强调消息流经的数据结构；定时图强调消息跨越不同对象或角色的实际时间；交互概览图是活动图和顺序图的混合物。

试题 30 答案

(17) B

试题 31（2009 年下半年试题 1~2）

一般可以将信息系统的开发分成 5 个阶段，即总体规划阶段、系统分析阶段、系统设计阶段、系统实施阶段、系统运行和评价阶段，在各个阶段中工作量最大的是　__(1)__　。在每个阶段完成后都要向下一阶段交付一定的文档，　__(2)__　是总体规划阶段交付的文档。

（1）A．总体规划阶段　　　　　　　　　B．系统分析阶段
　　　C．系统设计阶段　　　　　　　　　D．系统实施阶段
（2）A．系统方案说明书　　　　　　　　B．系统设计说明书
　　　C．用户说明书　　　　　　　　　　D．可行性研究报告

试题 31 分析

为了有效地进行系统的开发和管理，根据系统生命周期的概念，一般可以将信息系统的开发分成 5 个阶段，即总体规划阶段、系统分析阶段、系统设计阶段、系统实施阶段、系统运行和评价阶段。每个阶段都有其明确的任务，任务完成后都将交付给下一阶段一定规格的文档，作为下一阶段开发的依据。这种开发过程在直观上就像一级一级的瀑布，所以系统开发生命周期也称为瀑布模型。总体规划阶段向系统分析阶段提交可行性研究报告，系统分析阶段根据可行性研究报告，进一步对系统的功能进行分析和逻辑设计，并提交系统方案说明书。

有调查数据显示，系统生命周期中各个阶段的工作量大致为：总体规划阶段占9%，系统分析阶段占15%，系统设计阶段占20%，系统实施阶段占50%，系统运行和评价阶段占6%。可以看出，系统实施阶段的工作约占总工作量的一半，是各个阶段中工作量最大的。

试题 31 答案

（1）D　　　　（2）D

试题 32（2009 年下半年试题 3）

结构化系统分析和设计的主导原则是　__(3)__　。
（3）A．自底向上　　　B．集中　　　C．自顶向下　　　D．分散平行

试题（3）分析

结构化系统分析和设计方法的基本思想是用系统的思想、系统工程的方法，遵循用户至上的原则，结构化、模块化、自上而下对信息系统进行分析和设计。主要指导原则有以下几点。

（1）请用户共同参与系统的开发。

（2）在为用户编写有关文档时，要考虑到他们的专业技术水平，以及阅读与使用资料的目的。

（3）使用适当的画图工具做通信媒介，尽量减少与用户交流意见时发生问题的可能性。

（4）在进行系统详细设计工作之前，就建立一个系统的逻辑模型。

（5）采用"自上而下"方法进行系统分析和设计，把主要的功能逐级分解成具体的、较单纯的功能。

（6）采用"自顶向下"方法进行系统测试，先从具体功能一级开始测试，解决主要问题，然后逐级向下测试，直到对最低一级具体功能测试完毕为止。

（7）在系统验收之前，就让用户看到系统的某些主要输出，把一个大的、复杂的系统逐级分解成小的、易于管理的系统，使用户能够尽早看到结果，及时提出意见。

（8）对系统的评价不仅是指对开发和运行费用的评价，而且还将是对整个系统生存过程的费用和收益的评价。

试题 32 答案

（3）C

试题 33（2009 年下半年试题 4）

根据信息服务对象的不同，企业中的管理专家系统属于 __(4)__ 。

（4）A．面向决策计划的系统 　　　　 B．面向管理控制的系统

　　　 C．面向作业处理的系统 　　　　 D．面向具体操作的系统

试题 33 分析

一个企业在发展过程中，按不同的发展阶段和管理工作的实际需要，信息系统在某个时期可能侧重于支持某一两个层次的管理决策或管理业务活动。根据信息服务对象的不同，企业中的信息系统可以分为 3 类。

（1）面向作业处理的系统。是用来支持业务处理，实现处理自动化的信息系统。主要有：

① 办公自动化系统（OAS）。它为各种类型的文案工作提供支持。

② 事务处理系统（TPS）。应用信息技术支持企业最基本的、日常的业务处理活动，例如工资核算、销售订单处理、原材料出库和费用支出报销等。

③ 数据采集与监测系统（DAMS）。安装于生产现场的自动化在线系统。它将生产过程中的产量、质量、故障信息转换为数字电信号，自动传送给计算机。在此基础上建立的信息系统，保证原始数据的正确性和及时性，省去大量人工录入数据的工作，大大提高了管理效率。

（2）面向管理控制的系统。是辅助企业管理，实现管理自动化的信息系统。主要有：

① 电子数据处理系统（EDPS）。是支持企业作业运行层日常操作的主要系统，主要用来进行日常业务的记录、汇总、综合和分类。

② 知识工作支持系统（KWSS）。支持工程师、建筑师、科学家、律师和咨询专家等知识工作者的工作。

③ 计算机集成制造系统（CIMS）。不仅具有信息采集和处理功能，而且还具有各种控制功能，并且集成于一个系统中，将产品的订货、设计、制造、管理和销售过程通过计算机网络综合在一起，达到企业生产全过程整体化的目的。

（3）面向决策计划的系统。主要有：

① 决策支持系统（DSS）。是支持决策者解决半结构化决策问题的具有智能作用的人机系统。该系统能够为决策者迅速而准确地提供决策所需的数据、信息和背景材料，帮助决策者明确目标，建立或修改决策模型，提供各种备选方案，对各种方案进行评价和优选，通过人机对话进行分析、比较和判断，为正确决策提供有力支持。

② 战略信息系统（SIS）。主要功能是支持企业形成竞争策略，使企业获得或保持竞争优势。

③ 管理专家系统（MES）。专家系统是人工智能与信息系统应用相结合的产物，其任务

是研究怎样使计算机模拟人脑所从事的推理、学习、思考与规划等思维活动，解决需要人类专家才能处理的复杂问题，如医疗诊断、气象预报、运输调度和管理决策等问题。管理专家系统是用专家系统技术解决管理决策中的非结构化问题。管理专家系统把某个或几个管理决策专家解决某类管理决策问题的经验知识整理成计算机可表示的形式的知识，组织到知识库中，用人工智能程序模拟专家解决这类问题的推理过程，组成推理机，从而能在与管理人员的会话中像管理专家一样工作，提出高水平的可供选择的决策方案。

试题 33 答案

（4）A

试题 34（2009 年下半年试题 5）

在信息系统中，信息的处理不包括__(5)__。

（5）A．信息的输入　　B．信息的删除　　C．信息的修改　　D．信息的统计

试题 34 分析

从技术角度来看，信息系统是为了支持组织决策和管理而进行信息收集、处理。储存和传递的一组相互关联的部件组成的系统，包括以下三项活动。

（1）输入活动：从组织或外部环境中获取或收集原始数据。

（2）处理活动：将输入的原始数据转换为更有意义的形式。

（3）输出活动：将处理后形成的信息传递给人或需要此信息的活动。

由此可以看出，信息的输入和信息的处理是各自相对独立的活动，不构成包含关系，而信息的删除、修改、统计都属于信息的处理。

试题 34 参考答案

（5）A

试题 35（2009 年下半年试题 7）

在软件需求分析过程中，分析员要从用户那里解决的最重要的问题是__(7)__。

（7）A．要求软件做什么　　　　　　　B．要给软件提供哪些信息

　　　C．要求软件工作效率如何　　　　D．要求软件具有什么样的结构

试题 35 分析

软件需求分析的目标是深入描述软件的功能和性能，确定软件设计的约束和软件同其他系统元素的接口细节，定义软件的其他有效性需求。

需求分析阶段研究的对象是软件项目的用户要求。一方面，必须全面理解用户的各项要求，但又不能全盘接受所有的要求；另一方面，要准确地表达被接受的用户要求。只有经过确切描述的软件需求才能成为软件设计的基础。

通常软件开发项目是要实现目标系统的物理模型。作为目标系统的参考，需求分析的任务就是借助于当前系统的逻辑模型导出目标系统的逻辑模型，解决目标系统"做什么"的问题。

试题 35 答案

（7）A

试题 36（2009 年下半年试题 8）

在描述复杂关系时，图形比文字叙述优越得多，下列四种图形工具中，不适合在需求分析阶段使用的是___(8)___。

（8）A. 层次方框图　　　B. 用例图　　　C. IPO 图　　　D. N-S 图

试题 36 分析

在描述复杂关系时，图形比文字叙述优越得多，在需求分析阶段可以使用层次方框图、Warnier 图、用例图和 IPO 图。而 N-S 图是一种逻辑图，是编程过程中常用的一种分析工具，不是需求分析阶段的图形工具。

试题 36 答案

（8）D

试题 37（2009 年下半年试题 9）

以下关于数据库设计中范式的叙述，不正确的是___(9)___。

（9）A. 范式级别越高，数据冗余程度越小

　　　B. 随着范式级别的提高，在需求变化时数据的稳定性越强

　　　C. 范式级别越高，存储同样的数据就需要分解成更多张表

　　　D. 范式级别提高，数据库性能（速度）将下降

试题 37 分析

设计范式（范式，数据库设计范式，数据库的设计范式）是符合某一种级别的关系模式的集合。构造数据库必须遵循一定的规则，在关系数据库中，这种规则就是范式。关系数据库中的关系必须满足一定的要求，即满足不同的范式。满足最低要求的范式是第一范式（1NF）。在第一范式的基础上进一步满足更多要求的称为第二范式（2NF），其余范式依此类推。一般来说，数据库只需满足第三范式（3NF）即可。

范式级别越高，存储同样数据就需要分解成更多张表。

随着范式级别的提高，数据的存储结构与基于问题域的结构间的匹配程度也随之下降。

随着范式级别的提高，在需求变化时数据的稳定性将变差。

随着范式级别的提高，需要访问的表增多，性能（速度）将下降。

试题 37 答案

（9）B

试题 38（2009 年下半年试题 10）

___(10)___表达的不是类之间的关系。

（10）A．关联　　　　　B．依赖　　　　C．创建　　　　D．泛化

试题 38 分析

UML 中有四种关系：依赖、关联、泛化和实现。

（1）依赖。依赖是指两个事物间的语义关系，其中一个事物（独立事物）发生变化会影响另一个事物（依赖事物）的语义。

（2）关联。关联是一种结构关系，它描述了一组链、链式对象之间的连接。聚集是一种特殊类型的关联，描述了整体和部分间的结构关系。

（3）泛化。泛化是一种特殊/一般关系，特殊元素（子元素）的对象可替代一般元素（父元素）的对象。用这种方法，子元素共享了父元素的结构称和行为。

（4）实现。实现是类元之间的语义关系，其中一个类元指定了由另一个类元保证执行的契约。在两种地方要遇到实现关系：一种是在接口和实现它们的类或构件之间；另一种是在用例和实现它们的协作之间。

试题 38 答案

（10）C

试题 39（2009 年下半年试题 11）

以下关于 UML 的叙述，错误的是　（11）　。

（11）A．UML 是一种面向对象的标准化的统一建模语言

　　　B．UML 是一种图形化的语言

　　　C．UML 不能独立于系统开发过程

　　　D．UML 还可以处理与软件的说明和文档相关的问题，如需求说明等

试题 39 分析

请参考试题 12 的分析。

试题 39 答案

（11）C

试题 40（2010 年上半年试题 1~2）

信息系统的生命周期大致可分成 4 个阶段，即系统规划阶段、系统开发阶段、系统运行与维护阶段、系统更新阶段。其中以制定出信息系统的长期发展方案、决定信息系统在整个生命周期内的发展方向、规模和发展进程为主要目标的阶段是　（1）　。系统调查和可行性研究、系统逻辑模型的建立、系统设计、系统实施和系统评价等工作属于　（2）　。

（1）A．系统规划阶段　　　　　B．系统开发阶段
　　　C．系统运行与维护阶段　　D．系统更新阶段
（2）A．系统规划阶段　　　　　B．系统开发阶段
　　　C．系统运行与维护阶段　　D．系统更新阶段

试题 40 分析

将信息系统按照其生命周期进行划分，大致可分成以下 4 个阶段：

（1）信息系统的规划阶段。本阶段的目标是制定出信息系统的长期发展方案、决定信息系统在整个生命周期内的发展方向、规模和发展进程。

（2）信息系统的开发阶段。信息系统的开发阶段是信息系统生命周期中最重要和最关键的阶段。该阶段又可分为总体规划、系统分析、系统设计、系统实施和系统验收 5 个阶段。

① 总体规划阶段：信息系统总体规划是系统开发的起始阶段，它的基础是需求分析。本阶段将明确信息系统在企业经营战略中的作用和地位；指导信息系统的开发；优化配置和利用各种资源，包括内部资源和外部资源；通过规划过程规范企业的业务流程。一个比较完整的总体规划，应当包括信息系统的开发目标、信息系统的总体架构、信息系统的组织结构和管理流程、信息系统的实施计划、信息系统的技术规范等。

② 系统分析阶段：目标是为系统设计阶段提供系统的逻辑模型，内容包括组织结构及功能分析、业务流程分析、数据和数据流程分析、系统初步方案等。

③ 系统设计阶段：根据系统分析的结果设计出信息系统的实施方案。内容包括系统架构设计、数据库设计、处理流程设计、功能模块设计、安全控制方案设计、系统组织和队伍设计、系统管理流程设计等。

④ 系统实施阶段：将设计阶段的结果在计算机和网络上具体实现，也就是将设计文本变成能在计算机上运行的软件系统。由于系统实施阶段是对以前的全部工作的检验，因此，系统实施阶段用户的参与特别重要。

⑤ 系统验收阶段：通过试运行，系统性能的优劣、是否做到了用户友好等问题都会暴露在用户面前，这时就进入了系统验收阶段。

（3）信息系统运行维护阶段。当信息系统通过验收，正式移交给用户以后，系统就进入了运行阶段。长时间的运行是检验系统质量的试金石。

（4）信息系统更新阶段（消亡阶段）。开发好一个信息系统，并想着让它一劳永逸地运行下去，是不现实的。企业的信息系统经常会不可避免地遇到系统更新改造、功能扩展，甚至是报废重建的情况。对此，企业在信息系统建设的初期就要注意系统的消亡条件和时机，以及由此而花费的成本。

试题 40 答案

（1）A　　　　（2）B

试题 41（2010 年上半年试题 8）

在软件测试中，假定 X 为整数，$10 \leqslant X \leqslant 100$，用边界值分析法，那么 X 在测试中应该取 (8) 边界值。

(8) A．X=9，X=10，X=100，X=101　　　B．X=10，X=100

　　C．X=9，X=11，X=99，X=101　　　D．X=9，X=10，X=50，X=100

试题 41 分析

边界值分析是一种黑盒测试方法，是对等价类划分方法的补充。人们从长期的测试工作经验得知，大量的错误是发生在输入或输出范围的边界上，而不是在输入范围的内部。因此针对各种边界情况设计测试用例，可以查出更多的错误。使用边界值方法设计测试用例，应当选取正好等于、刚刚大于或刚刚小于边界的值作为测试数据。即测试时，针对 X=9、X=10、X=100、X=101 的情况都要进行测试。

试题 41 答案

（8）A

试题 42（2010 年上半年试题 9）

软件公司经常通过发布更新补丁的方式，对已有软件产品进行维护，并在潜在错误成为实际错误前，监测并更正他们，这种方式属于　 (9) 　。

（9）A. 更正性维护　　B. 适应性维护　　C. 完善性维护　　D. 预防性维护

试题 42 分析

请参考试题 7 的分析。

试题 42 答案

（9）D

试题 43（2010 年下半年试题 1）

管理信息系统规划的方法有很多，最常使用的方法有三种：关键成功因素法（Critical Success Factors，CSF）、战略目标集转化法（Strategy Set Transformation，SST）和企业系统规划法（Business System Planning，BSP）。U/C（Use/Create）矩阵法作为系统分析阶段的工具，主要在　 (1) 　中使用。

（1）A. BSP　　　B. CSF　　　C. SST　　　D. CSF 和 SST

试题 43 分析

企业系统规划（Business System Planning，BSP）方法是 IBM 公司于 20 世纪 70 年代提出的一种方法，主要用于大型信息系统的开发。BSP 方法是企业战略数据规划方法和信息工程方法的基础，也就是说，战略数据规划方法和信息工程方法是在 BSP 方法的基础上发展起来的。因此，理解 BSP 方法，对于全面掌握信息系统开发方法是有帮助的。BSP 方法的目标是提供一个信息系统规划，用以支持企业短期和长期的信息需求。在 BSP 方法中，企业过程和数据类定义好后，可以得到一张过程/数据类表格，表达企业过程与数据类之间的联系。然后，以企业过程为行，以数据类为列，按照企业过程生成数据类关系填写 C（Create），使用数据类关系填写 U（User），形成 U/C 矩阵。

关键成功因素（Critical Success Factors，CSF）法是由 John Rockart 于 20 世纪 70 年代末提出的一种信息系统规划方法。该方法能够帮助企业找到影响系统成功的关键因素，进行分析以确定企业的信息需求，从而为管理部门控制信息技术及其处理过程提供实施指南。在每个企业中都存在着对企业成功起关键性作用的因素，称为 CSF。CSF 通常与那些能够确保企业生存和发展的方面相关。CSF 方法的目的是通过企业的 CSF，确定企业业务的关键信息需求。通过对 CSF 的识别，找出实现目标所需要的关键信息集合，从而确定系统开发的优先次序。

战略目标集合转化法（strategy set transformation，SST）是由 William R. King 于 1978 年提出的一种信息系统规划方法。该方法将企业战略看成是一个"信息集合"，包括使命、目标、战略和其他企业属性，例如，管理水平、发展趋势以及重要的环境约束等。SST 方法就是将企业的战略集合转化为信息系统的战略集合，而后者是由信息系统的目标、环境约束和战略规划组成。

试题 43 答案

（1）A

试题 44（2010 年下半年试题 2）

某商业银行启动核心信息系统建设，目前已完成信息系统的规划和分析，即将开展系统的设计与实施，此信息系统建设目前 ___（2）___。

（2）A. 处于信息系统产生阶段　　　　B. 处于信息系统的开发阶段

　　　C. 即将进入信息系统运行阶段　　D. 处于信息系统消亡阶段

试题 44 分析

请参考试题 40 的分析。

试题 44 答案

（2）B

试题 45（2010 年下半年试题 3）

某信息系统项目采用结构化方法进行开发，按照项目经理的安排，项目成员小张绘制了图 1-1。此时项目处于 ___（3）___ 阶段。

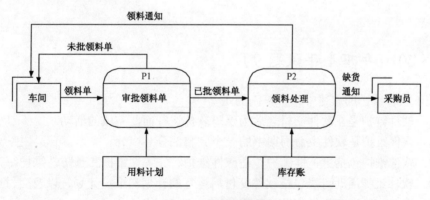

图 1-1　绘制的图形

（3）A. 总体规划　　B. 系统分析　　C. 系统设计　　D. 系统实施

试题 45 分析

根据图 1-1 可知，这是数据流图，而数据流图用在软件需求分析阶段，用来建立系统的功能模型。

试题 45 答案

（3）B

试题 46（2010年下半年试题8）

程序员在编程时将程序划分为若干个关联的模块。第一个模块在单元测试中没有发现缺陷，程序员接着开发第二个模块。第二个模块在单元测试中有若干个缺陷被确认。对第二个模块实施了缺陷修复后，___(8)___符合软件测试的基本原则。

（8）A. 用更多的测试用例测试模块一；模块二暂时不需再测，等到开发了更多模块后再测

　　B. 用更多的测试用例测试模块二；模块一暂时不需再测，等到开发了更多模块后再测

　　C. 再测试模块一和模块二，用更多的测试用例测试模块一

　　D. 再测试模块一和模块二，用更多的测试用例测试模块二

试题 46 分析

软件产生新版本，都需要进行回归测试，验证以前发现和修复的错误是否在新软件版本上再次出现。

回归测试的目的在于验证以前出现过但已经修复好的缺陷不再重新出现。一般指对某已知修正的缺陷再次围绕它原来出现时的步骤重新测试。通常确定所需的再测试的范围是比较困难的，特别当临近产品发布日期时。因为为了修正某个缺陷时必需更改源代码，而这有可能影响这部分源代码所控制的功能。所以在验证修改后的缺陷时，不仅要服从缺陷原来出现时的步骤重新测试，而且还要测试有可能受影响的所有功能。因此应当鼓励对所有回归测试用例进行自动化测试。

试题 46 答案

（8）D

试题 47（2010年下半年试题9）

下面关于软件维护的叙述中，不正确的是___(9)___。

（9）A. 软件维护是在软件交付之后为保障软件运行而要完成的活动

　　B. 软件维护是软件生命周期中的一个完整部分

　　C. 软件维护包括更正性维护、适应性维护、完善性维护和预防性维护等几种类型

　　D. 软件维护活动可能包括软件交付后运行的计划和维护计划，以及交付后的软件修改、培训和提供帮助资料等

试题 47 分析

软件维护定义为需要提供软件支持的全部活动。这些活动包括在交付前完成的活动，以及交付后完成的活动。交付前完成的活动包括交付后运行的计划和维护计划等。交付后的活动包括软件修改、培训、帮助资料等。

试题 47 答案

（9）A

试题 48（2010 年下半年试题 10）

在软件开发项目中强调"个体和交互胜过过程和工具，可以工作的软件胜过全面的文档，客户合作胜过合同谈判，响应变化胜过遵循计划"，是__（10）__的基本思想。

（10）A．结构化方法　　B．敏捷方法　　C．快速原型方法　　D．增量迭代方法

试题 48 分析

敏捷软件开发简称敏捷开发，是从 20 世纪 90 年代开始逐渐引起广泛关注的一些新型软件开发方法，以应对快速变化的需求。它们的具体名称、理念、过程、术语都不尽相同，相对于"非敏捷"，更强调程序员团队与业务专家之间的紧密协作、面对面沟通、频繁交付新的软件版本、紧凑而自我的组织型团队、能够很好地适应需求变化的代码编写和团队组织方法，也更注重人的作用。

敏捷开发的发展过程中，出现了多个不同的流派，例如，极限编程（Extreme Programming，XP）、自适应软件开发、水晶方法、特性驱动开发等。但其中的基本原则是一致的。从开发者的角度，主要的关注点有短平快会议、小版本发布、较少的文档、合作为重、客户直接参与、自动化测试、适应性计划调整和结对编程；从管理者的角度，主要的关注点有测试驱动开发、持续集成和重构。

希赛教育软考学院专家提示： 敏捷方法主要适用于小规模软件的开发和小型团队的开发。这些方法所提出来的一些所谓的"最佳实践"并非对每个项目都是最佳的，需要项目团队根据实际情况决定。而且，敏捷方法的有些原则在应用中不一定能得到贯彻和执行。因此，在实际工作中，可以"取其精华，去其糟粕"，将敏捷方法和其他方法结合起来。

试题 48 答案

（10）B

试题 49（2010 年下半年试题 52）

软件测试工具也是测试设备的一种。以下关于软件测试工具的叙述，正确的是__（52）__。

（52）A．所有软件测试工具在正常使用过程中都应定期确认

　　　B．所有的软件测试工具都应送国家权威部门定期校准

　　　C．软件测试工具可以采用验证或保持其适用性的配置管理来确认

　　　D．新购买的软件测试工具在初次使用时可不对其进行校准

试题 49 分析

软件测试工具通常不需要定期确认，更不需要像普通工具那样校准。

试题 49 答案

（52）C

试题 50（2008 年下半年试题 25）

RUP 是信息系统项目的生命周期模型之一，"确保软件结构、需求、计划足够稳定；确保项目风险已经降低到能够预计完成整个项目的成本和日程的程度。针对项目的软件结构上的主要风险已经解决或处理完成"是该模型___（25）___阶段的主要任务。

（25）A. 构造　　　　　B. 细化　　　　　C. 初始　　　　　D. 移交

试题 50 分析

请参考试题 16 的分析。

试题 50 答案

（25）B

第 2 章

信息化与系统集成技术

根据考试大纲，本章要求考生掌握以下几个方面的知识点。

（1）政府信息化与电子政务：电子政务信息化的服务对象；电子政务的概念、内容和技术形式；电子政务建设中政府的作用和地位；我国政府信息化的策略；电子政务建设的过程模式和技术模式。

（2）企业信息化与电子商务：企业信息化的概念、目的、规划和方法；企业资源规划的结构和功能；客户关系管理在企业的应用；企业门户；企业应用集成；供应链管理；商业智能；电子商务的类型及相关标准。

（3）信息资源管理。

（4）CIO 的职责、条件和重要性。

（5）系统集成技术：Web Service 技术、J2EE 架构、.NET 架构、软件中间件和工作流技术。

从历年考试的试题来看，本章内容主要集中在电子政务、企业信息系统和系统集成技术三个方面。

试题 1（2005 年上半年试题 59）

对 ERP 项目最准确的定位是　(59)　。

（59）A. 信息系统集成项目　　　　　　B. 技术改造项目

　　　 C. 管理变革项目　　　　　　　　D. 作业流实施项目

试题 1 分析

简要地说，企业的所有资源包括三大流：物流、资金流和信息流。ERP 也就是对这三种资源进行全面集成管理的管理信息系统。概括地说，ERP 是建立在信息技术基础上，利用现代企业的先进管理思想，全面地集成了企业所有资源信息，并为企业提供决策、计划、控制与经营业绩评估的全方位和系统化的管理平台。ERP 系统是一种管理理论和管理思想，不仅仅是信息系统。它利用企业的所有资源，包括内部资源与外部市场资源，为企业制造产品或提供服务创造最优的解决方案，最终达到企业的经营目标。

在设计和开发 ERP 系统时，应该把握住一个中心、两类业务、三条干线的总体思路。一个中心就是以财务数据库为中心；两类业务就是计划与执行；三条干线则是指供应链管理、生产管理和财务管理。在 ERP 设计时，常用的工具包括业务分析、数据流程图、实体联系图及功能模块图。

而实施 ERP 则是一场耗资大、周期长、涉及面广的系统工程。由于 ERP 软件原本是个实用性强、牵涉面较广的管理系统，在实施过程中应该采取规范的方法，严格按照 ERP 软件的实施方法论进行。ERP 实施方法论的核心是实现管理思想革命和管理信息化技术提升。

由以上分析可以看出，ERP 项目不仅仅是一个软件工程项目，也不仅仅是技术革新项目。从根本意义上说，ERP 项目的实施是一个管理变革项目。

试题 1 答案

（59）C

试题 2（2005 年下半年试题 20）

关于电子政务与传统政务的比较，以下论述不正确的是 __（20）__ 。

（20）A．办公手段不同　　　　　　B．与公众沟通方式存在差异
　　　C．业务流程一致　　　　　　D．电子政务是政务活动一种新的表现形式

试题 2 分析

所谓电子政务，是指国家机关在政务活动中全面应用现代信息技术进行管理和办公，并向社会公众提供服务。电子政务实质上是对现有的、工业时代形成的政府形态的一种改造和创新，即利用信息技术和其他相关技术，来构造更适合信息时代政府的组织结构和运行方式。

电子政务与传统政务的主要区别体现在三个方面。

（1）办公手段不同。信息资源的数字化和信息交换的网络化是电子政务与传统政务最显著的区别。传统政务办公模式依赖于纸质文件作为信息传递的介质，办公手段落后，效率低。电子政务依赖于计算机与互联网，政府通过计算机存储介质或网络发布的信息，远比以往通过纸质介质发布的信息容量大、速度快、形式灵活。

（2）行政业务流程不同。实现行政业务流程的集约化、标准化和高效化是电子政务的核心，是与传统政务的重要区别。传统政务的机构设置是管理层次多，决策与执行层之间信息沟通的速度较慢，费用较多，信息失真率较高。电子政务的发展使信息传递高效、快捷，使政府扭转机构膨胀的局面成为可能。政府可以根据自身的需要，适度地减少管理层次，拓宽管理幅度，大大提高信息传递的准确率和利用率。

（3）与公众沟通方式不同。直接与公众沟通是实施电子政务的目的之一，也是与传统政务的又一重要区别。传统政务容易疏远政府与公众的关系，也容易使中间环节缺乏有力的民主监督。而电子政务的根本意义和最终目标是政府对公众的需求反应更快捷，更直接地为人民服务。政府通过因特网可以让公众迅速了解政府机构的组成、职能、办事章程和各项政策法规，提高办事效率和执法的透明度，促进勤政廉政建设；同时，公众也可以在网上与政府领导人直

接进行信息交流，反映大众呼声，促进政府职能转变，更便于发扬民主。

试题 2 答案

（20）C

试题 3（2005 年下半年试题 21）

詹姆斯·马丁将计算机的数据环境分成四种类型，并认为清楚地了解它们之间的区别是很重要的。这四种类型按照管理层次从低到高排列，正确的是　(21)　。

(21) A．数据文件、应用数据库、主题数据库、信息检索数据库

　　　B．数据文件、主题数据库、应用数据库、数据仓库

　　　C．元数据库、主题数据库、应用数据库、数据仓库

　　　D．元数据库、应用数据库、主题数据库、信息检索数据库

试题 3 分析

James Martin 区分了计算机的 4 类数据环境，认为一个高效和高性能的企业应该基本具有 4 类数据环境作为基础。这 4 类数据环境由低到高依次为：

(1) 数据文件。第 1 类数据环境，不使用数据库管理系统。当建立一个应用项目时，要由系统分析员或程序员设计一些独立的数据方法。对于大多数应用项目，都使用这一类独立文件。

(2) 应用数据库。第 2 类数据环境，使用数据库管理系统。其数据共享程度高于文件，但是比主题数据库低。各独立的数据库是为独立的应用项目而设计的。

(3) 主题数据库。第 3 类数据环境主题数据库的建议基本上独立于具体应用，数据的设计和存储独立于它们的应用功能。有关业务主题的数据间的联系由共享数据库来表示。

(4) 信息检索系统。第 4 类数据环境为自动信息检索、决策支持系统和办公自动化系统设计的，而不是为专用的计算和大量生产性运行的数据设计的。新的数据项可以动态地加入到数据库中。软件是围绕着倒排表和其他的数据检索技术设计的，提供了良好的终端用户语言，能用语言灵活地创建逻辑数据文件。

试题 3 答案

（21）A

试题 4（2006 年下半年试题 4）

以下关于信息和信息化的论述中，不正确的是　(4)　。

(4) A．信息化就是开发利用信息资源，促进信息交流和知识共享，提高经济增长质量，推动经济社会发展转型的历史进程

　　　B．信息、材料和能源共同构成经济和社会发展的三大战略资源，并且他们之间不可以相互转化

　　　C．信息是"用以消除随机不确定的东西"

　　　D．信息资源是重要的生产要素

试题 4 分析

从一定的意义上来说，物质（材料）、能量（能源）、信息都是人类生存和社会发展所不可缺少的资源，其中，物质和能量是更为基本的资源，信息则是一种较为高级的资源。物质资源提供给人类的是各种材料，能量资源提供给人类的是各种动力，而信息资源提供给人类的是知识和智慧。

从潜在的意义上讲，信息是可以转化的。它在一定的条件下，可以转化为物质、能量、时间及其他。信息可以转化，这当然需要条件，其中最主要的条件，就是信息必须被人们有效地利用。没有这个条件，信息是不可能发生这种转化的。同样，"知识就是力量"也是需要这样的条件的。显然，正确而有效地利用信息，就可能在同样的条件下创造更多的物质财富，开发或节约更多的能量，节省更多的时间。在这方面，将有许多工作可做，有许多潜力可挖。

试题 4 答案

（4）B

试题 5（2006 年下半年试题 6）

___(6)___ 不属于 Web Service 直接涉及的协议或技术。

（6）A．SOAP   B．XML   C．XHTML   D．UDDI

试题 5 分析

Web Service 是一个应用程序，它向外界暴露出一个能够通过 Web 进行调用的 API。开发人员可以用任何他喜欢的语言，在任何他喜欢的平台上写 Web Service，都可以通过 Web Service 标准对这些服务进行和访问。可以通过 Web Service 在网络上建立可互操作的分布式应用程序。本题中与 Web Service 有关的协议与技术如下：

（1）XML。可扩展的标记语言（XML）是平台中表示数据的基本格式。

（2）SOAP。简单对象访问协议（SOAP）提供了标准的 RPC 方法来调用 Web Service。

（3）UDDI。通用发现、说明和集成（UDDI）是 Web 服务的黄页。

而 XHTML（eXTensible Hypertext Markup Luanguage，可扩展的超文本置标语言）是一种为适应 XML 而重新改造的 HTML。XHTML 是一个基于 XML 的置标语言，看起来与 HTML 有些相像，但 XHTML 就是一个扮演着类似 HTML 的角色的 XML，所以本质上说，XHTML 是一个过渡技术，结合了 XML 的强大功能及 HTML 大多数的简单特性。

试题 5 答案

（6）C

试题 6（2006 年下半年试题 10）

下列关于数据仓库的说法，正确的是 ___(10)___ 。

（10）A．数据仓库的用户是一线的员工，并且数据仓库的数据应保持不变

B．数据仓库的用户是管理层，并且数据仓库的数据随业务持续增长

C．数据仓库的用户是一线的员工，并且数据仓库的数据随业务持续增长

　　D. 数据仓库的用户是管理层，但数据仓库的数据应保持不变

试题 6 分析

数据仓库（Data Warehouse）是一个面向主题的、集成的、相对稳定的、且随时间变化的的数据集合，用于支持管理决策。

（1）面向主题。 操作型数据库的数据组织面向事务处理任务（面向应用），各个业务系统之间各自分离，而数据仓库中的数据是按照一定的主题域进行组织。

（2）集成的。 在数据仓库的所有特性中，这是最重要的。面向事务处理的操作型数据库通常与某些特定的应用相关，数据库之间相互独立，并且往往是异构的。而数据仓库中的数据是在对原有分散的数据库数据抽取、清理的基础上经过系统加工、汇总和整理得到的，必须消除源数据中的不一致性，以保证数据仓库内的信息是关于整个企业的一致的全局信息。

（3）相对稳定的（非易失的）。 操作型数据库中的数据通常实时更新，数据根据需要及时发生变化。数据仓库的数据主要供企业决策分析之用，所涉及的数据操作主要是数据查询，一旦某个数据进入数据仓库以后，一般情况下将被长期保留，也就是数据仓库中一般有大量的查询操作，但修改和删除操作很少，通常只需要定期的加载、刷新。

（4）反映历史变化或者说是随着历史变化。 操作型数据库主要关心当前某一个时间段内的数据，而数据仓库中的数据通常包含历史信息，系统记录了企业从过去某一时点（如开始应用数据仓库的时点）到目前的各个阶段的信息，通过这些信息，可以对企业的发展历程和未来趋势做出定量分析和预测。

试题 6 答案

（10）B

试题 7（2006 年下半年试题 14）

　　__（14）__ 不是 J2EE 的关键技术。

（14）A. JSP　　　　　　B. RMI/IIOP　　　　　C. ASP　　　　D. EJB

试题 7 分析

J2EE 为设计、开发、装配和部署企业级应用程序提供了一个基于构件的解决方案。使用 J2EE 可以有效的减少费用，快速设计和开发企业级的应用程序。J2EE 平台提供了一个多层结构的分布式的应用程序模型，该模型具有复用构件的能力、基于 XML 的数据交换、统一的安全模式和灵活的事务控制。使用 J2EE 不仅可以更快地发布新的解决方案，而且独立于平台的特性让使用 J2EE 的解决方案不受任何提供商的产品和 API 的限制。用户可以选择最合适自己的商业应用和所需技术的产品和构件。

（1）EJB。EJB 是 Java 服务器端的构件模型。EJB 容器作为 EJB 构件的执行环境，提供服务器端的系统级功能，包括线程管理、状态管理和安全管理等。EJB 定义了访问构件服务的分布式客户接口模型，通过 RMI-IIOP（Java Remote Method Invocation-Internet Inter-ORB Protocol），EJB 可以与 COBRA 对象进行互操作。使用 Java 开发的 EJB 具有一次编写到处运行的优点，按照标准开发的 EJB 构件可以部署到任何一个支持 EJB 标准的应用服务器中。使用 EJB 开发企业应用，可以缩短开发周期，开发人员只需要将注意力集中在业务逻辑的实现上，底层服务

完全由 EJB 容器提供。使用 EJB 开发的业务逻辑部分具有很好的移植性，不需要更改 EJB 的代码，开发人员能够将 EJB 从一种操作环境移植到另一种操作环境。

（2）JDBC。JDBC 是 Java 语言连接数据库的标准，从免费的 Mysql 到企业级的 DB2 和 Oracle，JDBC 都提供了很好的接口。JDBC API 有两个部分，一个用来访问数据库的应用程序级的接口，另一个用来将 JDBC 驱动整合到 J2EE 平台中的服务提供商接口。

（3）Java Servlet（Java 服务器端小程序）。在 Servlet 技术中封装了 HTTP 协议，开发者不需要处理复杂的网络连接和数据包，就可以扩展 Web 服务器的功能。类似于其他的服务器端程序，Servlet 完全运行于 Web 服务器中，具有不错的效率和更好的移植性。

（4）JSP（Java Server Page，Java 服务器页面）。可以认为是一种高层的 Servlet，在服务器端，JSP 总是首先被编译成 Servlet 运行的。如同在 ASP（Active Server Page，动态服务器页面）中直接使用 VBScript 一样，使用 JSP 可以直接在 HTML 代码中嵌入 Java 代码，并提交给服务器运行。使用 JSP 便于逻辑和表现形式的分离。

（5）JMS（Java Message Service，Java 消息服务）。JMS 是一个消息标准，它允许 J2EE 应用程序建立、发送、接收和阅读消息。它使得建立连接简单的、可靠的和异步的分布式通信成为可能。

（6）JNDI（Java Naming and Directory Interface，Java 命名目录接口）。JNDI 提供命名的目录功能，为应用程序提供标准的目录操作的方法，例如，获得对象的关联属性、根据它们的属性搜寻对象等。使用 JNDI，一个 J2EE 应用程序可以存储和重新得到任何类型的命名 Java 对象。因为 JNDI 不依赖于任何特定的执行，应用程序可以使用 JNDI 访问各种命名目录服务，这使得 J2EE 应用程序可以和传统的应用程序及系统共存。

（7）JTA（Java Transaction API，Java 事务 API）。JTA 提供事务处理的标准接口，EJB 使用 JTA 与事务处理服务器通信。JTA 提供启动事务、加入现有的事务、执行事务处理和恢复事务的编程接口。

（8）Java Mail API（Java 邮件 API）。J2EE 应用程序可以使用 Java Mail API 来发送电子邮件。Java Mail API 包含两部分，分别是应用程序级接口和服务接口。

（9）JAXP（Java XML 解析 API）。JAXP 支持 DOM、SAX（Simple API for XML）、XSLT（Extensible Stylesheet Language for Transformation）转换引擎。JAXP 使得应用程序可以更简单的处理 XML。

（10）JCA（J2EE Connector Architecture，J2EE 连接架构）。JCA 是对 J2EE 标准集的重要的补充，它注重的是用于将 Java 程序连接到非 Java 程序和软件包的中间件的开发。JCA 包括三个关键的元素，分别是资源适配器、系统界面、通用客户界面。JCA 在功能上比 Web 服务要丰富，但是它发布起来更难，而且限制了只能从 Java 环境访问它们。

（11）JAAS（Java Authentication Authorization Service，Java 认证和授权服务）。JAAS 提供灵活和可伸缩的机制来保证客户端或服务器端的 Java 程序，它让开发者能够将一些标准的安全机制通过一种通用的，可配置的方式集成到系统中。

ASP 是 Active Server Page 的缩写，它是实现动态网页的一种技术，不是 J2EE 的关键技术。

试题 7 答案

（14）C

试题 8（2006 年下半年试题 22）

数据仓库解决方案常常用来实现　(22)　。

（22）A. 两个或者多个信息系统之间相互访问数据资源

　　　B. 企业海量数据的存储和访问

　　　C. 企业决策信息的挖掘和提取

　　　D. 不同地域的企业信息系统之间进行实时的信息共享和数据通信

试题 8 分析

构建数据仓库是为了决策者作出战略决策提供信息，用户访问数据仓库的工具有报表和查询工具、应用程序开发工具、执行信息系统（EIS）工具、联机分析处理（OLAP）工具、数据挖掘工具。数据仓库解决方案常常用来实现企业决策信息的挖掘和提取。

试题 8 答案

（22）C

试题 9（2006 年下半年试题 23）

以下叙述正确的是　(23)　。

（23）A. ERP 软件强调事后核算，而财务软件强调及时调整

　　　B. 财务软件强调事后核算，而 ERP 软件强调事前计划和及时调整

　　　C. ERP 软件强调事后核算，而进销存软件比较关心每种产品的成本构成

　　　D. 进销存软件强调事后核算，而财务软件强调及时调整

试题 9 分析

财务管理强调的是事后核算，实际发生功能原则是财务管理的首要原则。

ERP 软件强调的是"事前计划、事中控制、事后分析"的管理理念和及时调整。而一般的进销存软件就是针对企业的库存管理开发的，是在库存模块的基础上加上采购和销售模块所构成，使用进销存软件能够大致了解到企业某些原材料采购数量、库存数量、销售数量，以及它们各自的资金占用情况，但是了解不到企业比较关心的每种产品的成本构成等信息。

试题 9 答案

（23）B

试题 10（2007 年下半年试题 2）

以下不具有容错功能的是　(2)　。

（2）A. RAID 0　　　　B. RAID 1　　　　C. RAID 3　　　　D. RAID 5

试题 10 分析

廉价磁盘冗余阵列（Redundant Array of Inexpensive Disks，RAID）技术旨在缩小日益扩大的 CPU 速度和磁盘存储器速度之间的差距。其策略是用多个较小的磁盘驱动器替换单一的

大容量磁盘驱动器，同时合理地在多个磁盘上分布存放数据以支持同时从多个磁盘进行读写，从而改善了系统的I/O性能。小容量驱动器阵列与大容量驱动器相比，具有成本低，功耗小，性能好等优势；低代价的编码容错方案在保持阵列的速度与容量优势的同时保证了极高的可靠性。同时也较容易扩展容量。但是由于允许多个磁头同时进行操作以提高I/O数据传输速度，因此不可避免地提高了出错的概率。为了补偿可靠性方面的损失，RAID使用存储的校验信息来从错误中恢复数据。

RAID机制中共分8个级别，RAID应用的主要技术有分块技术、交叉技术和重聚技术。

（1）RAID0级（无冗余和无校验的数据分块）：具有最高的I/O性能和最高的磁盘空间利用率，易管理，但系统的故障率高，属于非冗余系统，主要应用于那些关注性能、容量和价格而不是可靠性的应用程序。

（2）RAID1级（磁盘镜像阵列）：由磁盘对组成，每一个工作盘都有其对应的镜像盘，上面保存着与工作盘完全相同的数据拷贝，具有最高的安全性，但磁盘空间利用率只有50%。RAID1主要用于存放系统软件、数据以及其他重要文件。它提供了数据的实时备份，一旦发生故障所有的关键数据即刻就可使用。

（3）RAID2级（采用纠错海明码的磁盘阵列）：采用了海明码纠错技术，用户需增加校验盘来提供单纠错和双验错功能。对数据的访问涉及到阵列中的每一个盘。大量数据传输时I/O性能较高，但不利于小批量数据传输。实际应用中很少使用。

（4）RAID3和RAID4级（采用奇偶校验码的磁盘阵列）：把奇偶校验码存放在一个独立的校验盘上。如果有一个盘失效，其上的数据可以通过对其他盘上的数据进行异或运算得到。读数据很快，但因为写入数据时要计算校验位，速度较慢。

（5）RAID5（无独立校验盘的奇偶校验码磁盘阵列）：与RAID4类似，但没有独立的校验盘，校验信息分布在组内所有盘上，对于大批量和小批量数据的读写性能都很好。RAID4和RAID5使用了独立存取技术，阵列中每一个磁盘都相互独立地操作，I/O请求可以并行处理。所以，该技术非常适合于I/O请求率高的应用而不太适应于要求高数据传输率的应用。与其他方案类似，RAID4、RAID5也应用了数据分块技术，但块的尺寸相对大一些。

（6）RAID6（具有独立的数据硬盘与两个独立的分布式校验方案）：在RAID6级的阵列中设置了一个专用的、可快速访问的异步校验盘。该盘具有独立的数据访问通路，但其性能改进有限，价格却很昂贵。

（7）RAID7：（具有最优化的异步高I/O速率和高数据传输率的磁盘阵列）：是对RAID6的改进。在这种阵列中的所有磁盘，都具有较高的传输速度，有着优异的性能，是目前最高档次的磁盘阵列。

（8）RAID10：（高可靠性与高性能的组合）：由多个RAID等级组合而成，建立在RAID0和RAID1基础上。RAID1是一个冗余的备份阵列，而RAID0是负责数据读写的阵列，因此又称为RAID 0+1。由于利用了RAID0极高的读写效率和RAID1较高的数据保护和恢复能力，使RAID10成为了一种性价比较高的等级，目前几乎所有的RAID控制卡都支持这一等级。

试题10答案

（2）A

试题 11（2007 年下半年试题 4）

商业智能（BI）的核心技术是逐渐成熟的数据仓库(DW)和___(4)___。

（4）A. 联机呼叫技术 　　　　　　 B. 数据整理（ODS）技术

　　　 C. 联机事务处理（OLTP）技术 　 D. 数据挖掘（DM）技术

试题 11 分析

商业智能的核心内容是从许多来自企业不同的业务处理系统的数据中，提取出有用的数据，进行清理以保证数据的正确性，然后经过抽取（Extraction）、转换（Transformation）和装载（Load），即 ETL 过程，整合到一个企业级的数据仓库里，从而得到企业信息的一个全局视图，在此基础上利用合适的查询和分析工具、数据挖掘工具等对数据仓库里的数据进行分析和处理，形成信息，甚至进一步把信息提炼出辅助决策的知识，最后把知识呈现给管理者，为管理者的决策过程提供支持。

试题 11 答案

（4）D

试题 12（2007 年下半年试题 5）

在选项中，①代表的技术用于决策分析；②代表的技术用于从数据库中发现知识对决策进行支持；①和②的结合为决策支持系统(DSS)开辟了新方向，它们也是③代表的技术的主要组成。①、②和③分别为___(5)___。

（5）A. ①数据挖掘、②数据仓库、③商业智能

　　　 B. ①数据仓库、②数据挖掘、③商业智能

　　　 C. ①商业智能、②数据挖掘、③数据仓库

　　　 D. ①数据仓库、②商业智能、③数据挖掘

试题 12 分析

数据仓库技术主要用于决策分析，数据挖掘用于从数据库中发现知识对决策进行支持。数据仓库和数据挖掘的结合为决策支持系统开辟了新方向，也是商业智能技术的主要组成部分。

试题 12 答案

（5）B

试题 13（2007 年下半年试题 10）

如果某 IT 项目客户的业务部署在其 Internet 网站上，客户的供应商、经销商等合作伙伴的业务也部署在各自的 Internet 网站上。客户要求自己的 IT 系统能通过 Internet 和其合作伙伴集成起来，开发者首先要考虑的技术是___(10)___。

（10）A. COM 和 Cache 　　 B. Web Service 和 XML 　　 C. C/S 　　 D. ADSL

试题 13 分析

在试题所给出的 4 个选项中，只有选项 B"Web Service 和 XML"用于进行系统集成。Web Service（Web 服务）把各系统的功能做成服务，通过标准的协议，在服务发布者和服务请求者之间建立桥梁；XML 是一种数据格式表示的标准，通过这种标准，各系统之间可以进行数据共享。

COM 是微软公司的一种构件标准，Cache 是高速缓冲存储器，C/S 是客户/服务器体系结构，ADSL 是一种目前比较常见的网络接入技术。

试题 13 答案

（10）B

试题 14（2007 年下半年试题 66～68）

组织是由人和其他各种用以实现一系列目标的资源组成的正式集合。所有的组织都包含有一系列的增值过程，如内部后勤、仓库和存储、生产、市场、销售、客户服务等等，这些是 (66) 的组成部分，信息系统在增值过程中， (67) 。组织适应新环境或者随时间而改变其行为的概念称为 (68) 。

（66）A．组织流　　　B．价值链　　　　　C．传统组织结构　　　D．虚拟组织结构

（67）A．与增值过程紧密相连，是过程本身的一部分

　　　B．本身就是增值过程，独立地发挥作用

　　　C．起到控制和监督的作用，不直接产生效益

　　　D．作为输入部分，确保效益和效率

（68）A．组织学习　　　B．组织变化　　　C．持续改进　　　D．企业再造

试题 14 分析

企业每项生产经营活动都是其创造价值的活动，企业中所有互不相同但又相互关联的生成经营活动，便构成了创造价值的一个动态过程，即价值链，一个组织知识的流动和更新也存在这样一条价值链。

信息系统在增值过程中，与增值过程紧密相连，是过程本身的一部分。组织适应新环境或者随时间而改变其行为的概念称为组织学习。组织学习可被看作一个企业促进知识创新或知识之获得并使之传播于全组织，体现在产品、服务和体系中的能力。在不断变化的环境中，一个组织是否能够主动的学习将决定它的命运，组织的学习能力是保持企业持久优势的秘诀。

试题 14 答案

（66）B　　　　（67）A　　　（68）A

试题 15（2008 年上半年试题 2）

把分布在不同地点、不同时间的数据集成起来，以支持管理人员决策的技术称为①，②为 Web Service 平台中表示数据的基本格式，①和②分别为 (2) 。

（2）A．①数据库　②HTML　　　　　　　B．①数据仓库　②XML

    C．①数据挖掘 ②HTTP   D．①商业智能 ②UML

试题 15 分析

把分布在不同地点、不同时间的数据集成起来，以支持管理人员决策的技术称为数据仓库。数据仓库用于支持企业或组织的决策分析处理。数据仓库系统是一个信息提供平台，它从业务处理系统获得数据，主要以星型和雪花模型进行数据组织，并为用户提供各种手段从数据中获取信息和知识。

Web Service 平台中表示数据的基本格式为 XML，它与 HTML 一样，都是处于 SGML，标准通用语言。XML 是 Internet 环境中跨平台的，依赖于内容的技术，是当前处理结构化文档信息的有力工具。XML 是一种简单的数据存储语言，使用一系列简单的标记描述数据，而这些标记可以用方便的方式建立，虽然 XML 占用的空间比二进制数据要占用更多的空间，但 XML 极其简单易于掌握和使用。

XML 与 Access、Oracle 和 SQL Server 等数据库不同，数据库提供了更强有力的数据存储和分析能力，例如：数据索引、排序、查找、相关一致性等，XML 仅仅是展示数据。事实上 XML 与其他数据表现形式最大的不同是 XML 极其简单。

试题 15 答案

（2）B

试题 16（2008 年上半年试题 3）

___(3)___ 是一种能够实现过程集成的技术，一般用于用户的业务流程经常发生改变的场合。

（3）A．业务流   B．控制流   C．流媒体   D．工作流

试题 16 分析

工作流（Work Flow）是一种能够实现过程集成的技术，工作流就是工作流程的计算模型，即将工作流程中的工作如何前后组织在一起的逻辑和规则在计算机中以恰当的模型进行表示并对其实施计算。工作流要解决的主要问题是：为实现某个业务目标，在多个参与者之间，利用计算机，按某种预定规则自动传递文档、信息或者任务。简单地说，工作流就是一系列相互衔接、自动进行的业务活动或任务。

工作流属于计算机支持的协同工作（Computer Supported Cooperative Work，CSCW）的一部分。后者是普遍地研究一个群体如何在计算机的帮助下实现协同工作的。

试题 16 答案

（3）D

试题 17（2008 年下半年试题 19）

希赛公司拥有多个应用系统，分别采用不同的语言和平台独立构建而成，企业需要集成来自不同系统的数据，并使用可定制格式的数据频繁地、立即地、可靠地、异步地传输数据。以下集成方式，最能满足这种要求的是___(19)___。

（19）A．文件共享   B．数据库共享   C．远程方法调用   D．消息机制

试题 17 分析

在本题中，希赛公司拥有多个应用系统，分别采用不同的语言和平台独立构建而成，由此造成了信息孤岛现象。现在需要集成来自不同系统的数据，并使用可定制格式的数据频繁地、立即地、可靠地、异步地传输数据。这种需要是一种数据集成，因此，在所给出的选项中，应该使用消息机制来实现数据集成，而其他的 3 个选项都无法实现这个要求。

试题 17 答案

（19）D

试题 18（2008 年下半年试题 20）

按照开放的接口、服务和支持的规范而实现的系统称为开放系统。开放系统环境中的人机界面、系统管理工具、通信服务和安全性等方面都是按公开标准实现的，这种环境有利于实现应用软件的 　（20）　。

（20）A．可移植性、可裁剪性和互操作性　　B．可靠性、可用性和可维护性

　　　 C．兼容性、安全性和可理解性　　　　D．完整性、可扩充性和可推广性

试题 18 分析

根据开放系统的定义，因为开发系统都是按照开放的接口、服务和支持的规范而实现，开放系统环境中的人机界面、系统管理工具、通信服务和安全性等方面都是按公开标准实现的。因此，这种环境有利于实现应用软件的可移植性、可裁剪性和互操作性。

试题 18 答案

（20）A

试题 19（2009 年上半年试题 37）

Web Service 体系结构中包括服务提供者、　（37）　和服务请求者三种角色。

（37）A．服务认证中心　 B．服务注册中心　 C．服务协作中心　 D．服务支持中心

试题 19 分析

在 Web 服务模型的解决方案中，一共有三种工作角色，其中服务提供者（服务器）和服务请求者（客户端）是必须的，服务注册中心是一个可选的角色。它们之间的交互和操作构成了 Web 服务的体系结构，如图 2-1 所示。

（1）服务提供者。 即 Web 服务的所有者，该角色负责定义并实现 Web 服务，使用 WSDL（Web Service Description Language，Web 服务描述语言）对 Web 服务进行详细、准确、规范的描述，并将该描述发布到服务注册中心供服务请求者查找并绑定使用。

（2）服务请求者。 即 Web 服务的使用者，虽然 Web 服务面向的是程序，但程序的最终使用者仍然是用户。从体系结构的角度看，服务请求者是查找、绑定并调用服务，或与服务进行交互的应用程序。服务请求者角色可以由浏览器来担当，由人或程序（如另外一个 Web 服务）来控制。

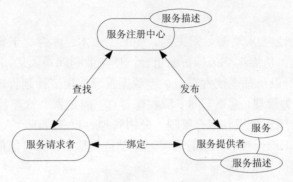

图 2-1　Web 服务模型

（3）服务注册中心。服务注册中心是连接服务提供者和服务请求者的纽带，服务提供者在此发布他们的服务描述，而服务请求者在服务注册中心查找他们需要的 Web 服务。不过，在某些情况下，服务注册中心是整个模型中的可选角色，如使用静态绑定的 Web 服务，服务提供者可以将描述直接发送给服务请求者。

对于 Web 服务模型中的操作，包含以下三种：发布服务描述、查找服务描述、根据服务描述绑定或调用服务。这些操作可以单次或反复出现。

（1）发布。为了使用户能够访问 Web 服务，服务提供者需要发布服务描述使得服务请求者可以查找它。

（2）查找。在查找操作中，服务请求者直接检索服务描述或在服务注册中心查询所要求的服务类型。对于服务请求者，可能会在生命周期的两个不同阶段中牵涉到查找操作，它们分别是：在设计阶段，为了程序开发而查找服务的接口描述；在运行阶段，为了调用而查找服务的位置描述。

（3）绑定。在绑定操作中，服务请求者使用服务描述中的绑定细节来定位、联系并调用服务，从而在运行时与服务进行交互。绑定可以分为动态绑定和静态绑定。在动态绑定中，服务请求者通过服务注册中心查找服务描述，并动态的与 Web 服务交互；在静态绑定中，服务请求者实际已经同服务提供者达成默契，通过本地文件或其他的方式直接与 Web 服务进行绑定。

试题 19 答案

（37）B

试题 20（2009 年上半年试题 38）

下面关于 ERP 的叙述，不正确的是 __（38）__ 。

（38）A. ERP 为组织提供了升级和简化其所用的信息技术的机会

　　　 B. 购买使用一个商业化的 ERP 软件，转化成本高，失败的风险也很大

　　　 C. 除了制造和财务，ERP 系统可以支持人力资源、销售和配送

　　　 D. ERP 的关键是事后监控企业的各项业务功能，使得诸如质量、有效性、客户满意度、工作成果等可控

试题 20 分析

ERP 用来识别和规划企业资源，对采购、生产、成本、库存、销售、运输、财务和人力资源等进行规划和优化，从而达到最佳资源组合，使企业利润最大化。

典型的 ERP 系统一般包括系统管理、生产数据管理、生产计划管理、作业计划管理、车间管理、质量管理、动力管理、总账管理、应收账管理、固定资产管理、工资管理、现金管理、成本核算、采购管理、销售管理、库存管理、分销管理、设备管理、人力资源、办公自动化、领导查询、运输管理、工程管理和档案管理等基本功能模块。企业可以根据自身情况灵活地选择和集成这些模块，提高管理和运营效率。

因此，使用统一的一套 ERP,可为组织简化其所用的信息技术。

一个组织，其应用 ERP 系统的过程是一个典型的项目。即使购买使用一个商业化的 ERP 软件也不能 100%满足组织的需求，也需要根据具体组织（客户）的需求进行二次客户化的开发，同样面临着项目失败的风险。

ERP 软件强调的是"事前计划、事中控制、事后分析"的管理理念和及时调整的管理策略。

试题 20 答案

（38）D

试题 21（2009 年下半年试题 6）

表 2-1 是关于 ERP 的典型观点，综合考虑该表中列出的各种因素，选项___（6）___代表的观点是正确的。

表 2-1　ERP 的典型观点

观点 考虑的因素	观点 1	观点 2
ERP 选型	①通用性产品	②专业性产品
跟 ERP 供应商的关系	③项目实施	④产品购买
ERP 部署	⑤分步实施	⑥一步到位
ERP 定位	⑦管理变革	⑧技术革新

（6）A．①、③、⑤、⑦　　　　　　　　　B．②、④、⑥、⑧

　　　C．①、③、⑥、⑧　　　　　　　　　D．②、③、⑤、⑦

试题 21 分析

ERP 是指建立在信息技术基础上，以系统化的管理思想为企业决策层及员工提供决策运行手段的管理平台。ERP 系统集信息技术与先进的管理思想于一身，成为现代企业的运行模式，反映信息时代对企业合理调配资源，最大化地创造社会财富的要求，成为企业在信息时代生存、发展的基石。

当今的社会发展中，电子工业发展的最快，特别是以计算机为核心的 IT 行业发展更为突出，IT 行业的管理和其他行业存在很大差别，比其他传统行业复杂得多。返修折款、返点、价保、折扣、对发、代发货、代收货、代收款、税点计算、库存实时性、多店管理、分部门和和人员的考核体系等，这些都是 IT 行业的特性，所以很多公司都在寻找最适合自己的专业化软件。

ERP 的核心管理思想就是实现对整个供应链的有效管理，主要体现在以下三个方面：

（1）**体现对整个供应链资源进行管理的思想**。在知识经济时代，仅靠自己企业的资源不可能有效地参与市场竞争，还必须把经营过程中的有关各方如供应商、制造工厂、分销网络和客户等纳入一个紧密的供应链中，才能有效地安排企业的产、供、销活动，满足企业利用全社会一切市场资源快速高效地进行生产经营的需求，以期进一步提高效率和在市场上获得竞争优势。换句话说，现代企业竞争不是单一企业与单一企业间的竞争，而是一个企业供应链与另一个企业供应链之间的竞争。ERP 系统实现了对整个企业供应链的管理，适应了企业在知识经济时代市场竞争的需要。

（2）**体现精益生产、同步工程和敏捷制造的思想**。ERP 系统支持对混合型生产方式的管理，其管理思想表现在两个方面：一是"精益生产（Lean Production，LP）"的思想。它是由美国麻省理工学院（MIT）提出的一种企业经营战略体系，即企业按大批量生产方式组织生产时，把客户、销售代理商、供应商和协作单位纳入生产体系，企业同其销售代理、客户和供应商的关系已不再简单地是业务往来关系，而是利益共享的合作伙伴关系，这种合作伙伴关系组成了一个企业的供应链，这即是"精益生产"的核心思想。二是"敏捷制造（Agile Manufacturing）"的思想当市场发生变化，企业遇有特定的市场和产品需求时，企业的基本合作伙伴不一定能满足新产品开发生产的要求，这时，企业会组织一个由特定的供应商和销售渠道组成的短期或一次性供应链，形成"虚拟工厂"，把供应和协作单位看成是企业的一个组成部分，运用"同步工程（SE）"组织生产，用最短的时间将新产品打入市场，时刻保持产品的高质量、多样化和灵活性，这即是"敏捷制造"的核心思想。

（3）**体现事先计划与事中控制的思想**。ERP 系统中的计划体系主要包括主生产计划、物料需求计划、能力计划、采购计划、销售执行计划、利润计划、财务预算和人力资源计划等，而且这些计划功能与价值控制功能已完全集成到整个供应链系统中。

另一方面，ERP 系统通过定义事务处理相关的会计核算科目与核算方式，以便在事务处理发生的同时自动生成会计核算分录，保证了资金流与物流的同步记录和数据的一致性，从而实现了根据财务资金现状，可以追溯资金的来龙去脉，并进一步追溯所发生的相关业务活动，改变了资金信息滞后于物料信息的状况，便于实现事中控制和实时做出决策。

此外，计划、事务处理、控制与决策功能都在整个供应链的业务处理流程中实现，要求在每个流程业务处理过程中最大限度地发挥每个人的工作潜能与责任心，流程与流程之间则强调人与人之间的合作精神，以便在有机组织中充分发挥每个人的主观能动性与潜能。实现企业管理从"高耸式"组织结构向"扁平式"组织机构的转变，提高企业对市场动态变化的响应速度。总之，借助 IT 技术的飞速发展与应用，ERP 系统得以将很多先进的管理思想变成现实中可实施应用的计算机软件系统。

综上所述，选项 D 中的观点是正确的。

试题 21 答案

（6）D

试题 22（2009 年下半年试题 24）

下列技术规范中，___（24）___ 不是软件中间件的技术规范。

（24）A．EJB   B．COM   C．TPM 标准   D．CORBA

试题 22 分析

TPM 标准不是软件中间件的技术规范。1999 年 10 月，多家 IT 巨头联合发起成立可信赖运算平台联盟（Trusted Computing Platform Allianee，TCPA），初期加入者有康柏、HP、IBM、Intel 和微软等公司，该联盟致力于促成新一代具有安全且可信赖的硬件运算平台。2003 年 3 月，诺基亚、索尼等厂家加入 TCPA，并改组为可信赖计算组织（Trusted Computing Group，TCG），希望从跨平台和操作环境的硬件和软件两方面制定可信赖计算机相关标准和规范，并提出了 TPM 规范。

试题 22 答案

（24）C

试题 23（2009 年下半年试题 25）

以下关于.NET 的描述，错误的是 __（25）__ 。

（25）A．Microsoft .NET 是一个程序运行平台

       B．.NET Framework 管理和支持.NET 程序的执行

       C．Visual Studio .NET 是一个应用程序集成开发环境

       D．编译.NET 时，应用程序被直接编译成机器代码

试题 23 分析

.NET 平台中集成了一系列的技术，如 COM+、XML 等，整个.NET 平台包括四部分产品。

（1）.NET 开发工具：.NET 开发工具由.NET 语言（如 C#、VB．NET）、一个集成的 IDE（Visual Studio.NET）、类库和通用语言运行时（CLR）构成。

（2）.NET 专用服务器：.NET 专用服务器由一些.NET 企业服务器组成，如 SQL Server2000、Exchange 2000、BizTalk 2000 等。这些企业服务器可以为数据存储、E-mail、B2B 电子商务等专用服务提供支持。

（3）.NET Web 服务：.NET 为 Web Service 提供了强有力的支持。开发者使用.NET 平台可以很容易地开发 Web Service。

（4）.NET 设备：.NET 还为手持设备，如手机等，提供了支持。

Microsoft .NET 是 Microsoft XML Web Services 平台。XML Web Services 允许应用程序通过 Internet 进行通信和共享数据，而不管所采用的是哪种操作系统、设备或编程语言。Microsoft.NET 平台提供创建 XML Web Serviees 并将这些服务集成在一起。

.NET Framework 是实现跨平台（设备无关性）的执行环境。Visual Studio .NET 是建立并集成 Web Services 和应用程序的快速开发工具。在编译.NET 时，应用程序是不能被直接编译成机器代码的。

试题 23 答案

（25）D

试题 24（2009 年下半年试题 26）

形成 Web Service 架构基础的协议不包括___（26）___。

（26）A．SOAP　　　　B．DHCP　　　　C．WSDL　　　　D．UDDI

试题 24 分析

DHCP 是动态主机分配协议，不属于 Web Service 架构基础的协议。

试题 24 答案

（26）B

试题 25（2009 年下半年试题 27）

以下有关 Web Service 技术的示例中，产品和语言对应关系正确的是___（27）___。

（27）A．.NET Framework - C#　　　　　　B．Delphi6 - Pascal

　　　C．WASP - C++　　　　　　　　　　D．GLUE - JAVA

试题 25 分析

.NET Framework 是微软为开发应用程序而创建的一个新平台。使用.NET Framework 可以创建 Windows 应用程序、Web 应用程序、Web 服务和其他各种类型的应用程序。.NET Framework 的设计方式保证它可以用于各种语言，如 C#、C++和 VB 等。

试题 25 答案

（27）A

试题 26（2010 年上半年试题 3）

在国家信息化体系六要素中，___（3）___是国家信息化的核心任务，是国家信息化建设取得实效的关键。

（3）A．信息技术和产业　　　　B．信息资源的开发和利用

　　　C．信息人才　　　　　　　D．信息化政策法规和标准规范

试题 26 分析

国家信息化体系包括信息技术应用、信息资源、信息网络、信息技术和产业、信息化人才、信息化法规政策和标准规范六个要素，这六个要素按照图 2-2 所示的关系构成了一个有机的整体。

（1）信息技术应用。信息技术应用是指将信息技术广泛应用于经济和社会各个领域。信息技术应用是信息化体系六要素中的龙头，是国家信息化建设的主阵地，集中体现了国家信息化建设的需求和效益。信息技术应用工作量大、涉及面广，直接关系到国民经济整体素质、效益和人民生活质量的提高。信息技术应用向其他五个要素提出需求，而其他五个要素又反过来支持信息技术应用。推进国民经济信息化的进程，就是在国民经济各行各业广泛应用现代信息

技术，深入开发和有效利用信息资源，提高管理水平，提供劳动效率，提供经济效益，提升产业结构和素质，推进国民经济更加迅速、健康的发展，从而加速实现国家现代化的进程。

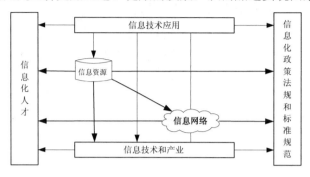

图2-2　国家信息化体系

（2）信息资源。信息资源、材料资源和能源共同构成了国民经济和社会发展的三大战略资源。信息资源的开发利用是国家信息化的核心任务，是国家信息化建设取得实效的关键，也是我国信息化的薄弱环节。信息资源开发和利用的程度是衡量国家信息化水平的一个重要标志。信息资源在满足信息技术应用提出的需求的同时，对其他四个要素提出需求。在人类赖以生存和发展的自然界，可以开发利用的材料资源和能源资源是有限的，绝大多数又是不可再生、不可共享的。而且，对材料资源和能源资源的开发利用必然产生对环境的污染和对自然界的破坏。与此相反，信息资源是无限的、可再生的、可共享的，其开发利用不但很少产生新的污染，而且会大大减少材料和能源的消耗，从而相当于减少了污染。

（3）信息网络。信息网络是信息资源开发利用和信息技术应用的基础，是信息传输、交换和共享的必要手段。只有建设先进的信息网络，才能充分发挥信息化的整体效益。信息网络是现代化国家的重要基础设施。信息网络在满足信息技术应用和信息资源分布处理所需的传输与通信功能的同时，对其他三个要素提出需求。目前，人们通常将信息网络分为电信网、广播电视网和计算机网。这三种网络有各自的形成过程、服务对象、发展模式。三种网络的功能有所交叉，又互为补充。三种网络的发展方向是：互相融通，取长补短，逐步实现三网融合。

（4）信息技术和产业。信息技术和产业是我国进行信息化建设的基础。我国是一个大国，又是发展中国家，不可能也不应该过多依靠从国外购买信息技术和装备来实现信息化。我国的国家信息化必须立足于自主发展。为了国家的主权和安全，关键的信息技术和装备必须由我们自己研究、制造、供应。所以，必须大力发展自主的信息产业，才能满足信息技术应用、信息资源开发利用和信息网络的需求。随着我国国民经济快速持续的发展和信息化进程的不断加快，各行各业对信息基础设施、信息产品与软件产品、信息技术和信息服务的需求急剧增长，这也为信息产业的发展提供了巨大的市场空间，从而带动我国信息产业的高速发展。

（5）信息化人才。信息化人才是国家信息化成功之本，对其他各要素的发展速度和质量有着决定性的影响，是信息化建设的关键。只有尽快建立结构合理、高素质的研究、开发、生产、应用和管理队伍，才能适应国家信息化建设的需要。信息化体系各要素都需要多门类、多层次、高水平人才的支持。要充分利用学校教育、继续教育、成人教育、普及教育等多种途径，以及函授教育、电视教育、网络教育等多种手段，加快各类信息化人才的培养，增强专业人才的素质和水平。要长期坚持不懈的在广大人们群众中普及信息化知识和提高信息化意识，加强政府机构和企事业单位的信息化职业培训工作。还要重视建立精干的信息化管理队伍的工作。

（6）信息化法规政策和标准规范。信息化政策法规和标准规范用于规范和协调信息化体系各要素之间关系，是国家信息化快速、持续、有序、健康发展的根本保障。必须抓紧对现有的法律法规进行修订，适应国家信息化发展的需要；抓紧制定和出台各种法规及配套的管理条例，以形成较为完善的法规体系，通过法律手段，造成一个公平、合理、有序的竞争环境。还要加快建立健全相关的执法体系及监督体系。标准规范是技术性的法规。特别是我国加入 WTO 之后，标准规范对于我国自主信息产业的发展具有极其重要的作用。因此，一定要有计划地确立国家信息化标准体系和各类标准规范。

试题 26 答案

（3）B

试题 27（2010 年上半年试题 4）

近年来，电子商务在我国得到了快速发展，很多网站能够使企业通过互联网直接向消费者销售产品和提供服务。从电子商务类型来说，这种模式属于 __(4)__ 模式。

（4）A. B2B　　　　B. B2C　　　　C. C2C　　　　D. G2B

试题 27 分析

电子商务按照交易对象的不同，分为企业与企业之间的电子商务（B2B），商业企业与消费者之间的电子商务（B2C）、消费者与消费者之间的电子（C2C），以及政府部门与企业之间的电子商务（G2B）四种。故本题目中的模式属于 B2C。

试题 27 答案

（4）B

试题 28（2010 年上半年试题 5）

电子商务是网络经济的重要组成部分。以下关于电子商务的叙述中，__(5)__ 是不正确的。

（5）A. 电子商务涉及信息技术、金融、法律和市场等众多领域

　　B. 电子商务可以提供实体化产品、数字化产品和服务

　　C. 电子商务活动参与方不仅包括买卖方、金融机构、认证机构，还包括政府机构和配送中心

　　D. 电子商务使用互联网的现代信息技术工具和在线支付方式进行商务活动，因此不包括网上做广告和网上调查活动

试题 28 分析

电子商务使用基于互联网的现代信息技术工具和在线支付方式进行商务活动，电子数据交换是连接原始电子商务和现代电子商务的纽带。现代电子商务包括：

（1）以基于因特网的现代信息技术、工具为操作平台。

（2）商务活动参与方增多，不仅包括买卖方、金融机构、认证机构，还包括政府机构和配送中心。

（3）商务活动范围扩大，活动内容包括货物贸易、服务贸易和知识产权交易等，活动形态包括网上销售、网上客户服务，以及网上做广告和网上调查等。

电子商务是一门综合性的新兴商务活动，涉及面相当广泛，包括信息技术、金融、法律和市场等众多领域，这就决定了与电子商务相关的标准体系十分庞杂，几乎涵盖了现代信息技术的全部标准范围及尚待进一步规范的网络环境下的交易规则。

试题 28 答案

（5）D

试题 29（2010 年上半年试题 6）

CRM 是基于方法学、软件和因特网的，以有组织的方法帮助企业管理客户关系的信息系统。以下关于 CRM 的叙述中，__（6）__是正确的。

（6）A．CRM 以产品和市场为中心，尽力帮助实现将产品销售给潜在客户

　　B．实施 CRM 要求固化企业业务流程，面向全体用户采取统一的策略

　　C．CRM 注重提高用户满意度，同时帮助提升企业获取利润能力

　　D．吸引新客户比留住老客户能够获得更大利润是 CRM 的核心理念

试题 29 分析

客户关系管理（Customer Relationship Management，CRM）是一种旨在改善企业与客户之间关系的新型管理机制。它通过提供更快速、更周到的优质服务来吸引或保持更多的客户。CRM 集成了信息系统和办公系统等的一整套应用系统，从而确保了客户满意度的提高，以及通过对业务流程的全面管理来降低企业的成本。

CRM 在坚持以客户为中心的理念的基础上，重构包括市场营销和客户服务等业务流程。CRM 的目标不仅要使这些业务流程自动化，而且要确保前台应用系统能够改进客户满意度、增加客户忠诚度，以达到使企业获利的最终目标。

CRM 实际上是一个概念，也是一种理念；同时，它又不仅是一个概念，也不仅是一种理念，它是企业参与市场竞争的新的管理模式，它是一种以客户为中心的业务模型，并由集成了前台和后台业务流程的一系列应用程序来支撑。这些整合的应用系统保证了更令人满意的客户体验，因而会使企业直接受益。

CRM 的根本要求就是与客户建立起一种互相学习的关系，即从与客户的接触中了解他们在使用产品中遇到的问题，以及对产品的意见和建议，并帮助他们加以解决。在与客户互动的过程中，了解他们的姓名、通讯地址、个人喜好以及购买习惯，并在此基础上进行"一对一"的个性化服务，甚至拓展新的市场需求。例如，你在订票中心预订了机票之后，CRM 就会根据了解的信息向你提供唤醒服务或是出租车登记等增值服务。因此，可以看到，CRM 解决方案的核心思想就是通过跟客户的"接触"，搜集客户的意见、建议和要求，并通过数据挖掘和分析，提供完善的个性化服务。

一般说来 CRM 由两部分构成，即触发中心和挖掘中心，触发中心是指客户和 CRM 通过电话、传真、Web、E-mail 等多种方式"触发"进行沟通；挖掘中心则是指 CRM 记录交流沟通的信息和进行智能分析。由此可见，一个有效的 CRM 解决方案应该具备以下要素：

（1）畅通有效的客户交流渠道（触发中心）。在通信手段极为丰富的今天，能否支持电话、Web、传真、E-mail 等各种触发手段进行交流，无疑是十分关键的。

（2）对所获信息进行有效分析（挖掘中心）。

（3）CRM 必须能与 ERP 很好地集成。作为企业管理的前台，CRM 的市场营销和客户服务的信息必须能及时传达到后台的财务、生产等部门，这是企业能否有效运营的关键。

CRM 的实现过程具体说来，它包含三方面的工作。一是客户服务与支持，即通过控制服务品质以赢得顾客的忠诚度，例如，对客户快速准确的技术支持、对客户投诉的快速反应、对客户提供产品查询等。二是客户群维系，即通过与顾客的交流实现新的销售，例如，通过交流赢得失去的客户等。三是商机管理，即利用数据库开展销售，例如，利用现有客户数据库做新产品推广测试，通过电话促销调查，确定目标客户群等。

试题 29 答案

（6）C

试题 30（2010 年上半年试题 24）

以下关于 J2EE 多层分布式应用模型的对应关系的叙述，__(24)__ 是错误的。

（24）A．客户层组件运行在客户端机器上

B．Web 层组件运行在客户端机器上

C．业务逻辑层组件运行在 J2EE 服务器上

D．企业信息系统层软件运行在 EIS 服务器上

试题 30 分析

J2EE 平台采用了多层分布式应用程序模型。实现不同逻辑功能的应用程序被封装到不同的组件中，处于不同层次的组件被分别部署到不同的机器中。图 2-3 表示了两个多层的 J2EE 应用程序根据下面的描述被分为不同的层。

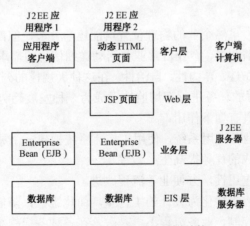

图 2-3　J2EE 典型的四层结构

其中涉及的 J2EE 应用程序的各个部分将在 J2EE 组件中给出详细描述，包括：

（1）运行在客户端机器的客户层组件。

（2）运行在 J2EE 服务器中的 Web 层组件。

（3）运行在 J2EE 服务器中的业务层组件。

（4）运行在 EIS 服务器中企业信息系统（EIS）层软件。

试题 30 答案

（24）B

试题 31（2010 年上半年试题 25）

以下关于.NET 的叙述，___（25）___ 是错误的。

（25）A. .NET 是 Microsoft XML Web services 平台

      B. .NET Framework 是实现跨平台（设备无关性）的执行环境

      C. 编译.NET 时，应用程序被直接编译成机器代码

      D. Visual Studio .NET 是一个应用程序集成开发环境

试题 31 分析

请参考试题 23 的分析。

试题 31 答案

（25）C

试题 32（2010 年上半年试题 27）

在软件开发中采用工作流技术可以 ___（27）___ 。

①降低开发风险　　　　②提高工作效率　　　　③提高对流程的控制与管理

④提升开发过程的灵活性　⑤提高对客户响应的预见性

（27）A. ①③④⑤　　　B. ①②④⑤　　　C. ①②③④　　　D. ①②③⑤

试题 32 分析

随着经营业务的展开，虽然企业的物理位置可能逐渐分散，但部门间的协作却日益频繁，对决策过程的分散性也日益明显，企业日常业务活动详细信息的需求也日益提高。因此，企业要求信息系统必须具有分布性、异构性、自治性。在这种大规模的分布式应用环境下高效地运转相关的任务，并且对执行的任务进行密切监控已成为一种发展趋势。工作流技术由此应运而生。一般来讲工作流技术具有如下作用：

（1）整合所有的专门业务应用系统，使用工作流系统构建一个灵活、自动化的 EAI 平台。

（2）协助涉及多人完成的任务提高生产效率。

（3）提高固化软件的重用性，方便业务流程改进。

（4）方便开发，减少需求转化为设计的工作量，简化维护，降低开发风险。

（5）实现集中统一的控制，业务流程不再是散落在各种各样的系统中。

（6）提高对客户响应的预见性，用户可根据变化的业务方便的进行二次开发。

试题 32 答案

（27）D

试题 33（2010 年下半年试题 4）

某市政府门户网站建立民意征集栏目，通过市长信箱、投诉举报、在线访谈、草案意见征集、热点调查、政风行风热线等多个子栏目，针对政策、法规、活动等事宜开展民意征集，接收群众的咨询、意见建议和举报投诉，并由相关政府部门就相关问题进行答复，此项功能主要体现电子政务___(4)___服务的特性。

（4）A．政府信息公开　　　B．公益便民　　　C．交流互动　　　D．在线办事

试题 33 分析

由于该门户网站能够接收群众的咨询、意见建议和举报投诉，并由相关政府部门就相关问题进行答复，此项功能主要体现电子政务交流互动服务的特性。

试题 33 答案

（4）C

试题 34（2010 年下半年试题 5）

2002 年，《国家信息化领导小组关于我国电子政务建设指导意见》（中办发〔2002〕17 号）提出我国电子政务建设的 12 项重点业务系统，后来被称为"十二金工程"。以下___(5)___不属于"十二金工程"的范畴。

（5）A．金关、金税　　　B．金宏、金财　　　C．金水、金土　　　D．金审、金农

试题 34 分析

我国电子政务建设围绕"两网一站四库十二金"展开。"十二金"是面向政府办公业务建立的十二个重点信息应用系统，按"2523"分为四个层次，第一个"2"指提供宏观决策支持的金宏工程；"5"指涉及金融系统的金财、金税、金卡、金审和金关工程；第二个"2"指关系到国家稳定和社会稳定的金盾工程、金保工程；"3"指具有专业性质但对国家民生具有重要意义的金农、金水、金质工程。

试题 34 答案

（5）C

试题 35（2010 年下半年试题 6）

从信息系统的应用来看，制造企业的信息化包括管理体系的信息化、产品研发体系的信息化、以电子商务为目标的信息化。以下___(6)___不属于产品研发体系信息化的范畴。

（6）A．CAD　　　B．CAM　　　C．PDM　　　D．CRM

试题 35 分析

CAD（Computer Aided Design，计算机辅助设计）利用计算机及其图形设备帮助设计人员进行设计工作。在工程和产品设计中，计算机可以帮助设计人员担负计算、信息存储和制图等项工作。

CAM（Computer Aided Manufacturing，计算机辅助制造）的核心是计算机数值控制（简称数控），是将计算机应用于制造生产过程的过程或系统。数控的特征是由编码在穿孔纸带上的程序指令来控制机床。此后发展了一系列的数控机床，包括称为"加工中心"的多功能机床，能从刀库中自动换刀和自动转换工作位置，能连续完成锐、钻、饺、攻丝等多道工序，这些都是通过程序指令控制运作的，只要改变程序指令就可改变加工过程，数控的这种加工灵活性称之为"柔性"。

PDM（Product Data Management，产品数据管理）是一门用来管理所有与产品相关信息（包括零件信息、配置、文档、CAD 文件、结构、权限信息等）和所有与产品相关过程（包括过程定义和管理）的技术。它以软件为基础，提供产品全生命周期的信息管理，并可在企业范围内为产品设计和制造制立一个并行化的协作环境。PDM 的基本原理是，在逻辑上将各个信息化孤岛集成起来，再利用计算机系统控制整个产品的开发设计过程，通过逐步建立虚拟的产品模型，最终形成完整的产品描述、生产过程描述以及生产过程控制的数据。

试题 35 答案

（6）D

试题 36（2010 年下半年试题 24）

某开发团队由多个程序员组成，需要整合先前在不同操作系统平台上各自用不同编程语言编写的程序，在 Windows 操作系统上集成构建一个新的应用系统。该开发团队适合在 Windows 操作系统上选择___（24）___作为开发平台。

（24）A. J2EE   B. .NET   C. COM+   D. Web Services

试题 36 分析

由于要集成"先前在不同操作系统平台上各自用不同编程语言编写的程序"，因此，只能选择.NET，因为 J2EE 只支持 Java 语言。

试题 36 答案

（24）B

试题 37（2010 年下半年试题 25）

图 2-4 是某架构师在 J2EE 平台上设计的一个信息系统集成方案架构图，图中的（1）、（2）和（3）分别表示___（25）___。

（25）A. 应用服务器、EJB 容器和 EJB

    B. EJB 服务器、EJB 容器和 EJB

    C. 应用服务器、EJB 服务器和 EJB 容器

    D. EJB 服务器、EJB 和 EJB 容器

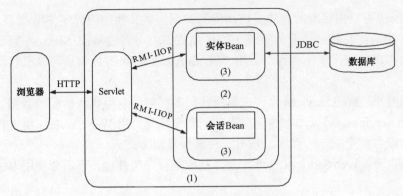

图 2-4　信息系统集成方案架构图

试题 37 分析

J2EE 应用体系结构如图 2-5 所示。

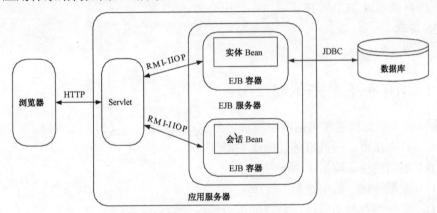

图 2-5　J2EE 应用体系结构

试题 37 答案

（25）C

试题 38（2010 年下半年试题 26）

张三开发的 EJB 构件在本地 Linux 操作系统上运行，李四开发的 DCOM 构件在异地的 Windows 操作系统上运行。利用　（26）　技术可使张三开发的构件能调用李四开发的构件所提供的接口。

（26）A．ADO .NET　　　　B．JCA　　　C．Web Services　　　　D．本地 API

试题 38 分析

Web Services 的主要目标是跨平台的互操作性，适合使用 Web Services 的情况如下。

（1）**跨越防火墙**：对于成千上万且分布在世界各地的用户来讲，应用程序的客户端和服务器之间的通信是一个棘手的问题。客户端和服务器之间通常都会有防火墙或者代理服务器。用户通过 Web Services 访问服务器端逻辑和数据可以规避防火墙的阻挡；

（2）**应用程序集成**：企业需要将不同语言编写的在不同平台上运行的各种程序集成起来

时，Web Services 可以用标准的方法提供功能和数据，供其他应用程序使用；

（3）**B2B 集成**：在跨公司业务集成（B2B 集成）中，通过 Web Services 可以将关键的商务应用提供给指定的合作伙伴和客户。用 Web Services 实现 B2B 集成可以很容易地解决互操作问题；

（4）**软件复用**：Web Services 允许在复用代码的同时，复用代码后面的数据。通过直接调用远端的 Web Services，可以动态地获得当前的数据信息。用 Web Services 集成各种应用中的功能，为用户提供一个统一的界面，是另一种软件复用方式。

在某些情况下，Web Services 也可能会降低应用程序的性能。不适合使用 Web Services 的情况如下。

（1）**单机应用程序**：只与运行在本地机器上的其他程序进行通信的桌面应用程序最好不使用 Web Services，只用本地的 API 即可。

（2）**局域网上的同构应用程序**：使用同一种语言开发的在相同平台的同一个局域网中运行的应用程序直接通过 TCP 等协议调用，会更有效。

试题 38 答案

（26）C

试题 39（2010 年下半年试题 27）

数据仓库的系统结构通常包括四个层次，分别是数据源、___(27)___、前端工具。

(27) A. 数据集市、联机事务处理服务器

     B. 数据建模、数据挖掘

     C. 数据净化、数据挖掘

     D. 数据的存储与管理、联机分析处理服务器

试题 39 分析

企业数据仓库的建设，是以现有企业业务系统和大量业务数据的积累为基础的。数据仓库不是静态的概念，只有将信息及时地提供给需要这些信息的使用者，供其做出改善自身业务经营的决策，信息才能发挥作用，信息才有意义。将信息加以整理归纳和重组，并及时地提供给相应的管理决策人员，是数据仓库的根本任务。数据仓库系统的结构通常包含四个层次，如图 2-6 所示。

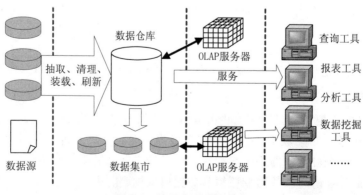

图 2-6　数据仓库系统结构

在数据仓库的结构中，数据源是数据仓库系统的基础，通常包括企业内部信息和外部信息。内部信息包括存放于数据库中的各种业务处理数据和各类文档数据；外部信息包括各类法律法规、市场信息和竞争对手的信息等。

数据的存储与管理是整个数据仓库系统的核心。数据仓库的组织管理方式决定了其对外部数据的表现形式。需要根据数据仓库的特点决定所采用的产品和技术，并针对现有各业务系统的数据，进行抽取、清理及有效集成，按主题进行组织。数据仓库按照数据的覆盖范围可以分为企业级数据仓库和部门级数据仓库（通常称为数据集市）两种。

OLAP 服务器对分析需要的数据进行有效集成，按多维模型组织，以便进行多角度、多层次的分析，并发现趋势。具体实现可以分为：ROLAP、MOLAP 和 HOLAP。ROLAP 的基本数据和聚合数据均存放在关系数据库中；MOLAP 的基本数据和聚合数据均存放在多维数据库中；HOLAP 的基本数据存放在关系数据库中，聚合数据存放在多维数据库中。

前端工具主要包括各种报表工具、查询工具、数据分析工具、数据挖掘工具以及各种基于数据仓库或数据集市的应用开发工具。其中数据分析工具主要针对 OLAP 服务器，报表工具、数据挖掘工具主要针对数据仓库。

试题 39 答案

（27）D

第 3 章

计算机网络与信息安全

由于现在的信息系统项目大多数是基于局域网或 Internet 的，因此，作为一名合格的高级项目经理，必须掌握有关计算机网络的基础知识。事实上，计算机网络与信息安全也是信息系统项目管理师上午考试的一个重点，根据考试大纲，本章要求考生掌握以下知识点。

（1）计算机网络计划：网络技术标准与协议、Internet 技术及应用、网络分类、网络管理、网络服务器、网络交换技术、网络存储技术、无线网络技术、光网络技术、网络接入技术、综合布线、机房工程、网络规划、设计与实施。

（2）信息安全：信息系统安全和安全体系、信息系统安全风险评估、安全策略、密码技术、访问控制、用户标识与认证、安全审计与入侵检测、网络安全、系统安全、应用安全。

从历年考试试题来看，在计算机网络与信息安全知识方面，所考查的试题基本上属于常识型、初步型试题，只要求考生对相关技术有所了解。

试题 1（2005 年上半年试题 10~11）

某公司为便于员工在家里访问公司的一些数据，允许员工通过 Internet 访问公司的 FTP 服务器，如图 3-1 所示。为了能够方便地实现这一目标，决定在客户机与 FTP 服务器之间采用 <u>(10)</u> 协议，在传输层对数据进行加密。该协议是一个保证计算机通信安全的协议，客户机与服务器之间协商相互认可的密码发生在 <u>(11)</u>。

客户机　　　　　　　　　　Internet　　　　　　　　　　FTP服务器

图 3-1　通过 Internet 访问 FTP 服务器

（10）A．SSL　　　　B．Ipsec　　　　C．PPTP　　　　D．TCP

（11）A．接通阶段　　B．密码交换阶段　C．会谈密码阶段　D．客户认证阶段

试题 1 分析

这里指明了"在传输层对数据进行加密"，因此，应该选择 SSL 协议。

SSL（Security Socket Layer）协议是 Netscape Communication 开发的传输层安全协议，用于在 Internet 上传送机密文件。SSL 协议由 SSL 记录协议、SSL 握手协议和 SSL 警报协议组成。

SSL 握手协议被用来在客户机与服务器真正传输应用层数据之前建立安全机制，当客户机与服务器第一次通信时，双方通过握手协议在版本号、密钥交换算法、数据加密算法和 Hash 算法上达成一致，然后互相验证对方身份，最后使用协商好的密钥交换算法产生一个只有双方知道的秘密信息，客户机和服务器各自根据该秘密信息产生数据加密算法和 Hash 算法参数。

SSL 记录协议根据 SSL 握手协议协商的参数，对应用层送来的数据进行加密、压缩、计算消息鉴别码，然后经网络传输层发送给对方。

SSL 警报协议用来在客户机和服务器之间传递 SSL 出错信息。

SSL 协议主要提供三方面的服务。

（1）用户和服务器的合法性认证。认证用户和服务器的合法性，使它们能够确信数据将被发送到正确的客户机和服务器上。客户机和服务器都是有各自的识别号，这些识别号由公开密钥进行编号，为了验证用户是否合法，SSL 协议要求在握手交换数据时进行数字认证，以此来确保用户的合法性。

（2）加密数据以隐藏被传送的数据。SSL 协议所采用的加密技术既有对称密钥技术，也有公开密钥技术。在客户机与服务器进行数据交换之前，交换 SSL 初始握手信息，在 SSL 握手信息中采用了各种加密技术对其进行加密，以保证其机密性和数据的完整性，并且用数字证书进行鉴别，这样就可以防止非法用户进行破译。

（3）保护数据的完整性。SSL 协议采用 Hash 函数和机密共享的方法来提供信息的完整性服务，建立客户机与服务器之间的安全通道，使所有经过 SSL 协议处理的业务在传输过程中能全部完整准确无误地到达目的地。

SSL 协议是一个保证计算机通信安全的协议，对通信对话过程进行安全保护，其实现过程主要经过如下几个阶段。

（1）接通阶段：客户机通过网络向服务器打招呼，服务器回应；

（2）密码交换阶段：客户机与服务器之间交换双方认可的密码，一般选用 RSA 密码算法，也有的选用 Diffie-Hellmanf 和 Fortezza-KEA 密码算法；

（3）会谈密码阶段：客户机与服务器间产生彼此交谈的会谈密码；

（4）检验阶段：客户机检验服务器取得的密码；

（5）客户认证阶段：服务器验证客户机的可信度；

（6）结束阶段：客户机与服务器之间相互交换结束的信息。

当上述动作完成之后，两者间的资料传送就会加密，另外一方收到资料后，再将编码资料还原。即使盗窃者在网络上取得编码后的资料，如果没有原先编制的密码算法，也不能获得可读的有用资料。

发送时信息用对称密钥加密，对称密钥用不对称算法加密，再把两个包绑在一起传送过去。接收的过程与发送正好相反，先打开有对称密钥的加密包，再用对称密钥解密。因此，SSL 协议也可用于安全电子邮件。

在电子商务交易过程中，由于有银行参与，按照 SSL 协议，客户的购买信息首先发往商家，商家再将信息转发银行，银行验证客户信息的合法性后，通知商家付款成功，商家再通知客户购买成功，并将商品寄送客户。

试题 1 答案

（10）A　　　　（11）B

试题 2（2005 年上半年试题 12）

3DES 在 DES 的基础上，使用两个 56 位的密钥 K_1 和 K_2，发送方用 K_1 加密，K_2 解密，再用 K_1 加密。接受方用 K_1 解密，K_2 加密，再用 K_1 解密，这相当于使用　(12)　倍于 DES 的密钥长度的加密效果。

（12）A. 1　　　　B. 2　　　　C. 3　　　　D. 6

试题 2 分析

3DES（Triple DES）是 DES 向 AES 过渡的加密算法（1999 年 NIST 将 3DES 指定为过渡的加密标准），是 DES 的一个更安全的变形。它以 DES 为基本模块，通过组合分组方法设计出分组加密算法，其具体实现如下：设 $E_k()$ 和 $D_k()$ 代表 DES 算法的加密和解密过程，K 代表 DES 算法使用的密钥，P 代表明文，C 代表密文，这样，3DES 加密过程为：

$$C = E_{K_3}(D_{K_2}(E_{K_1}(P)))$$

3DES 解密过程为：

$$P = D_{K_1}((E_{K_2}(D_{K_3}(C))))$$

试题 2 答案

（12）B

试题 3（2005 年上半年试题 13）

如图 3-2 所示，某公司局域网防火墙由包过滤路由器 R 和应用网关 F 组成，下面描述错误的是　(13)　。

（13）A. 可以限制计算机 C 只能访问 Internet 上在 TCP 端口 80 上开放的服务

　　　　B. 可以限制计算机 A 仅能访问以 "202" 为前缀的 IP 地址

　　　　C. 可以使计算机 B 无法使用 FTP 协议从 Internet 上下载数据

　　　　D. 计算机 A 能够与膝上型计算机建立直接的 TCP 连接

试题 3 分析

应用网关型防火墙是通过代理技术参与到一个 TCP 连接的全过程。从内部发出的数据包经过这样的防火墙处理后，就好像是源于防火墙外部网卡一样，从而可以达到隐藏内部网结构的作用。这种类型的防火墙被网络安全专家和媒体公认为是最安全的防火墙。它的核心技术就是代理服务器技术。

显然，拥有了应用网关 F 后，计算机 A 不能够与膝上型计算机建立直接的 TCP 连接，而是必须通过应用网关 F。

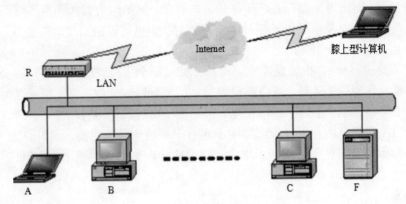

图 3-2　某公司局域网防火墙

试题 3 答案

（13）D

试题 4（2005 年上半年试题 61）

用路由器把一个网络分段，这样做的好处是　(61)　。

(61) A. 网络中不再有广播通信，所有的数据都通过路由转发器转发

  B. 路由器比交换机更有效率

  C. 路由器可以对分组进行过滤

  D. 路由器可以减少传输延迟

试题 4 分析

路由器（Router）是一种典型的网络层设备。它在两个局域网之间按帧的方式传输数据，在 OSI/RM（开放系统互连参考模型，Open System Interconnection/Reference Model）中被称为中介系统，完成网络层的帧中继或者叫做第 3 层中继的任务。路由器负责在两个局域网的网络层间按帧格式的方式传输数据，转发帧时需要改变帧中继的地址。

路由器用于连接多个逻辑上分开的网络。所谓逻辑网络代表一个单独的网络或者一个子网。当数据从一个子网传输到另一个子网时，可通过路由器来实现。可见，路由器具有判断网络地址和选择路径的功能，它能在多网络互连环境中建立灵活有效的连接，可完成用不同的数据分组和介质访问方法去连接各种子网。路由器只接受本地路由器或其他路由器的信息，属于网络层的一种互联设备。它不关心各子网使用的硬件设备，但要求运行与网络层协议相一致的软件。

路由器分本地路由器和远程路由器。本地路由器是用来连接网络传输介质的，如光纤、同轴电缆、双绞线；远程路由器是用来连接远程传输介质的，并要求相应的设备，如电话线要配调制解调器，无线要通过无线接收机、发射机。一般说来，异种网络互联与多个子网互联都

应采用路由器来完成。

路由器的主要工作就是为经过路由器的每个数据帧寻找一条最佳传输路径，并将该数据帧有效地传送到目的站点。由此可见，选择最佳路径的策略即路内算法是路由器的关键所在。为了完成这项工作，在路由器中保存着各种传输路径的相关数据——路由表（Routing Table），供路由选择时使用。路由表中保存着各子网的标志信息、网上路由器的个数和下一个路由器的名字等内容。路由表可以是由系统管理员固定设置好的，也可以由系统动态修改，可以由路由器自动调整，也可以由主机控制。

在一个局域网中，MAC 地址是彼此可见的，如果一个主机发送广播帧，就会扩散到整个网络，这种现象被称为广播风暴。路由器根据第 3 层地址转发分组，各个子网之间不再有广播帧传送，隔离了广播风暴，节约了网络带宽。但是在子网内部仍然有广播帧传送，同时由于路由器还要传送 IP 广播分组，所以说网络中不再有广播通信是不对的。另外，由于一般存储-转发路由器的效率很低，使得传输延迟增大，已经成为网络通信的瓶颈，所以选项 B 和 D 也是错误的。

试题 4 答案

（61）C

试题 5（2005 年上半年试题 64～65）

关于 Kerberos 和 PKI 两种认证协议的叙述中正确的是 （64） ，在使用 Kerberos 认证时，首先向密钥分发中心发送初始票据 （65） 来请求会话票据，以便获取服务器提供的服务。

（64）A. Kerberos 和 PKI 都是对称密钥

　　　 B. Kerberos 和 PKI 都是非对称密钥

　　　 C. Kerberos 是对称密钥，而 PKI 是非对称密钥

　　　 D. Kerberos 是非对称密钥，而 PKI 是对称密钥

（65）A. RSA　　　　　 B. TGT　　　　　 C. DES　　　　　 D. LSA

试题 5 分析

Kerberos 是由 MIT 发明的，为分布式计算环境提供一种对用户双方进行验证的认证方法。它的安全机制在于首先对发出请求的用户进行身份验证，确认其是否是合法的用户；如果是合法的用户，再审核该用户是否有权对他所请求的服务或主机进行访问。从加密算法上来讲，其验证是建立在对称加密的基础上的。它采用可信任的第三方，密钥分配中心（KDC）保存与所有密钥持有者通信的保密密钥，其认证过程颇为复杂，下面简化叙述之。

首先客户（C）向 KDC 发送初始票据 TGT，申请访问服务器（S）的许可证。KDC 确认合法客户后，临时生成一个 C 与 S 通信时用的保密密钥 Kcs，并用 C 的密钥 Kc 加密 Kcs 后传给 C，并附上用 S 的密钥 Ks 加密的"访问 S 的许可证 Ts，内含 Kcs"。当 C 收到上述两信件后，用他的 Kc 解密获得 Kcs，而把 Ts 原封不动地传给 S，并附上用 Kcs 加密的客户身份和时间。当 S 收到这两信件后，先用他的 Ks 解密 Ts 获得其中的 Kcs，然后用这 Kcs 解密获得客户身份和时间，告之客户成功。之后 C 和 S 用 Kcs 加密通信信息。

Kerberos 系统在分布式计算环境中得到了广泛的应用是因为它具有以下的特点。

（1）**安全性高**：Kerberos 系统对用户的口令进行加密后作为用户的私钥，从而避免了用户的口令在网络上显示传输，使得窃听者难以在网络上取得相应的口令信息；

（2）**透明性高**：用户在使用过程中，仅在登录时要求输入口令，与平常的操作完全一样，Kerberos 的存在对于合法用户来说是透明的；

（3）**可扩展性好**：Kerberos 为每一个服务提供认证，确保应用的安全。

Kerberos 系统和看电影的过程有些相似，不同的是只有事先在 Kerberos 系统中登录的客户才可以申请服务，并且 Kerberos 要求申请到入场券的客户就是到 TGS（入场券分配服务器）去要求得到最终服务的客户。

Kerberos 有其优点，同时也有其缺点，主要是：

（1）Kerberos 服务器与用户共享的秘密是用户的口令字，服务器在回应时不验证用户的真实性，假设只有合法用户拥有口令字。如攻击者记录申请回答报文，就易形成代码本攻击。

（2）AS 和 TGS 是集中式管理，容易形成瓶颈，系统的性能和安全也严重依赖于 AS 和 TGS 的性能和安全。在 AS 和 TGS 前应该有访问控制，以增强 AS 和 TGS 的安全；

（3）随用户数增加，密钥管理较复杂。Kerberos 拥有每个用户的口令字的散列值，AS 与 TGS 负责用户间通信密钥的分配。当 N 个用户想同时通信时，仍需要 $N(N-1)/2$ 个密钥。

PKI（Public Key Infrastructure，公共密钥基础设施）是 CA 安全认证体系的基础，为安全认证体系进行密钥管理提供了一个平台，它是一种新的网络安全技术和安全规范。它能够为所有网络应用透明地提供采用加密和数字签名等密码服务所必需的密钥和证书管理。PKI 包括认证中心、证书库、密钥备份及恢复系统、证书作废处理系统及客户端证书处理系统五大系统组成。

PKI 可以实现 CA 和证书的管理；密钥的备份与恢复；证书、密钥对的自动更换；交叉认证；加密密钥和签名密钥的分隔；支持对数字签名的不可抵赖性；密钥历史的管理等功能。PKI 技术的应用可以对认证、机密性、完整性和抗抵赖性方面发挥出重要的作用。

（1）**认证**：是指对网络中信息传递的双方进行身份的确认。

（2）**机密性**：是指保证信息不泄露给未经授权的用户或不供其利用。

（3）**完整性**：是指防止信息被未经授权的人篡改，保证真实的信息从真实的信源无失真地传到真实的信宿。

（4）**抗抵赖性**：是指保证信息行为人不能够否认自己的行为。

而 PKI 技术实现以上这些方面的功能主要是借助"数字签名"技术，数字签名是维护网络信息安全的一种重要方法和手段，在身份认证、数据完整性、抗抵赖性方面都有重要应用，特别是在大型网络安全通信中的密钥分配、认证，以及电子商务、电子政务系统中有重要作用。它是通过密码技术对电子文档进行电子形式的签名，是实现认证的重要工具。数字签名是只有信息发送方才能够进行的签名，是任何他人无法伪造的一段数字串，这段特殊的数字串同时也是对相应的文件和信息真实性的一个证明。

签名是确认文件的一种手段，一般书面手工签名的作用有两个：一是因为自己的签名难以否认，从而确认了文件已签署的这一事实；二是因为签名不易仿冒，从而确认了文件是真实的这一事实。采用数字签名也能够确认以下两点：一是信息是由签名者发送的；二是信息自签发到收为止，没做任何修改。

数字签名的特点是它代表了文件的特征。文件如果发生变化，数字签名的值也将发生变化，不同的文件将得到不同的数字签名。数字签名是通过 Hash 函数与公开密钥算法来实现的，其原理是：

（1）发送者首先将原文用 Hash 函数生成 128 位的数字摘要；

（2）发送者用自己的私钥对摘要再加密，形成数字签名，把加密后的数字签名附加在要发送的原文后面；

（3）发送者将原文和数字签名同时传给对方；

（4）接收者对收到的信息用 Hash 函数生成新的摘要，同时用发送者的公开密钥对信息摘要进行解密；

（5）将解密后的摘要与新摘要对比，如两者一致，则说明传送过程中信息没有被破坏或篡改。

如果第三方冒充发送方发送了一个文件，因为接收方在对数字签名进行解密时使用的是发送方的公开密钥，只要第三方不知道发送方的私用密钥，解密出来的数字摘要与计算机计算出来的新摘要必然是不同的。这就提供了一个安全的确认发送方身份的方法。

数字签名有两种，一种对整体信息的签名，它是指经过密码变换的被签名信息整体；另一种是对压缩信息的签名，它是附加在被签名信息之后或某一特定位置上的一段签名图样。若按照明、密文的对应关系划分，每一种又可以分为两个子类，一类是确定性数字签名，即明文与密文一一对应，它对一个特定信息的签名不变化，如 RSA 签名；另一类是随机化或概率化数字签名，它对同一信息的签名是随机变化的，取决于签名算法中的随机参数的取值。一个明文可能有多个合法数字签名。

一个签名体制一般包含两个组成部分：签名算法和验证算法。签名算法或签名密钥是秘密的，只有签名人掌握。验证算法是公开的，以便他人进行验证。

信息签名和信息加密有所不同，信息加密和解密可能是一次性的，它要求在解密之前是安全的。而一条签名的信息可能作为一个法律上的文件，如合同，很可能在对信息签署多年之后才验证其签名，且可能需要多次验证此签名。因此，签名的安全性和防伪造的要求更高些，并且要求证实速度比签名速度还要快些，特别是联机在线实时验证。随着计算机网络的发展，过去依赖于手书签名的各种业务都可用电子数字签名代替，它是实现电子政务、电子商务、电子出版等系统安全的重要保证。

另外，基于 PKI 如果要实现数据的保密性，可以在将"原文+数字签名"所构成的信息包用对方的公钥进行加密，这样就可以保证对方只能够使用自己的私钥才能够解密，从而达到保密性要求。

试题 5 答案

（64）C　　　（65）B

试题 6（2005 年上半年试题 62）

划分虚拟局域网（VLAN）有多种方式，以下划分方式中，不正确的是　(62)　。

（62）A．基于交换机端口划分　　　B．基于网卡地址划分

　　　C．基于用户名划分　　　　　D．基于网络层地址划分

试题 6 分析

VLAN 是为解决以太网的广播问题和安全性而提出的一种协议，它在以太网帧的基础上增加了 VLAN 头，用 VLAN ID 把用户划分为更小的工作组，限制不同工作组间的用户二层互访，每个工作组就是一个虚拟局域网。虚拟局域网的好处是可以限制广播范围，并能够形成虚拟工作组，动态管理网络。

VLAN 在交换机上的实现方法，可以大致划分为 4 类。

（1）基于端口划分的 VLAN。这种划分 VLAN 的方法是根据以太网交换机的端口来划分，比如，Quidway S3526 的 1～4 端口为 VLAN 10，5～17 为 VLAN 20，18～24 为 VLAN 30，当然，这些属于同一 VLAN 的端口可以不连续，如何配置，由管理员决定，如果有多个交换机，例如，可以指定交换机 1 的 1～6 端口和交换机 2 的 1～4 端口为同一 VLAN，即同一 VLAN 可以跨越数个以太网交换机，根据端口划分是目前定义 VLAN 的最广泛的方法，IEEE 802.1Q 规定了依据以太网交换机的端口来划分 VLAN 的国际标准。这种划分的方法的优点是定义 VLAN 成员时非常简单，只要将所有的端口都定义一下就可以了。它的缺点是如果 VLAN 的用户离开了原来的端口，到了一个新的交换机的某个端口，那么就必须重新定义。

（2）基于 MAC 地址划分 VLAN。这种划分 VLAN 的方法是根据每个主机的 MAC 地址来划分的，即对每个 MAC 地址的主机都配置它属于哪个组。由于这种划分 VLAN 的方法的最大优点就是当用户物理位置移动时，即从一个交换机换到其他的交换机时，VLAN 不用重新配置，所以，可以认为这种根据 MAC 地址的划分方法是基于用户的 VLAN，这种方法的缺点是初始化时，所有的用户都必须进行配置，如果有几百个甚至上千个用户的话，配置是非常累的。而且这种划分的方法也导致了交换机执行效率的降低，因为在每一个交换机的端口都可能存在很多个 VLAN 组的成员，这样就无法限制广播包了。另外，对于使用笔记本电脑的用户来说，他们的网卡可能经常更换，这样，VLAN 就必须不停地配置。

（3）基于网络层划分 VLAN。这种划分 VLAN 的方法是根据每个主机的网络层地址或协议类型（如果支持多协议）划分的，虽然这种划分方法是根据网络地址，比如 IP 地址，但它不是路由，与网络层的路由毫无关系。它虽然查看每个数据包的 IP 地址，但由于不是路由，所以，没有 RIP，OSPF 等路由协议，而是根据生成树算法进行桥交换。这种方法的优点是用户的物理位置改变了，不需要重新配置所属的 VLAN，而且可以根据协议类型来划分 VLAN，这对网络管理者来说很重要，另外，这种方法不需要附加的帧标签来识别 VLAN，这样可以减少网络的通信量。这种方法的缺点是效率低，因为检查每一个数据包的网络层地址是需要消耗处理时间的（相对于前面两种方法），一般的交换机芯片都可以自动检查网络上数据包的以太网帧头，但要让芯片能检查 IP 帧头，需要更高的技术，同时也更费时。当然，这与各个厂商的实现方法有关。

（4）根据 IP 组播划分 VLAN。IP 组播实际上也是一种 VLAN 的定义，即认为一个组播组就是一个 VLAN，这种划分的方法将 VLAN 扩大到了广域网，因此这种方法具有更大的灵活性，而且也很容易通过路由器进行扩展，当然这种方法不适合局域网，主要是效率不高。

试题 6 答案

（62）C

试题 7（2005 年上半年试题 63）

在距离矢量路由协议中，防止路由循环的技术是 __(63)__ 。

(63) A. 使用生成树协议删除回路

     B. 使用链路状态公告（LSA）发布网络的拓扑结构

     C. 利用水平分裂法阻止转发路由信息

     D. 利用最短通路优先算法计算最短通路

试题 7 分析

典型的距离矢量路由协议有 RIP。而 RIP 使用三种方法来避免计值到无穷循环问题，分别是水平分裂法、带抑制逆转位的分割水平线和触发更新。

水平分裂法是指在距离矢量路由协议中，从一个端口进来的路由信息不再向该端口通告出去，目的是为了防止出现路由循环。

生成树协议用于防止链路循环的，而非用来防止路由循环。链路状态公告用来交换各自的链路状态信息，一般用于 OSPF 中。

最短通路优先算法用于计算拓扑，而非防止路由循环。

试题 7 答案

(63) C

试题 8（2005 年下半年试题 9～10）

为了保障数据的存储和传输安全，需要对一些重要数据进行加密。由于对称密码算法 __(9)__ ，所以特别适合对大量的数据进行加密。国际数据加密算法 IDEA 的密钥长度是 __(10)__ 位。

(9) A. 比非对称密码算法更安全   B. 比非对称密码算法密钥长度更长

    C. 比非对称密码算法效率更高   D. 还能同时用于身份认证

(10) A. 56   B. 64   C. 128   D. 256

试题 8 分析

数据加密即是对明文（未经加密的数据）按照某种加密算法（数据的变换算法）进行处理，而形成难以理解的密文（经加密后的数据）。即使是密文被截获，截获方也无法或难以解码，从而防止泄露信息。

数据加密和数据解密是一对可逆的过程，数据加密是用加密算法 E 和加密密钥 K_1 将明文 P 变换成密文 C，表示为：$C = E_{K_1}(P)$。

数据解密是数据加密的逆过程，用解密算法 D 和解密密钥 K_2，将密文 C 转换成明文 P，表示为：$P = D_{K_2}(C)$。

按照加密密钥 K_1 和解密密钥 K_2 的异同，有两种密钥体制。

（1）秘密密钥加密体制（$K_1 = K_2$）：加密和解密采用相同的密钥，因而又称为对称密码体制。因为其加密速度快，通常用来加密大批量的数据。典型的方法有日本 NTT 公司的快速数据加密标准（FEAL）、瑞士的国际数据加密算法（IDEA）和美国的数据加密标准（DES）。

DES（数据加密标准）是国际标准化组织（ISO）核准的一种加密算法，自 1976 年公布以来得到广泛的应用，但近年来对它的安全性提出了疑问。1986 年美国政府宣布不再支持 DES 作为美国国家数据加密标准，但同时又不准公布用来代替 DES 的加密算法。

一般 DES 算法的密钥长度为 56 位。为了加速 DES 算法和 RSA 算法的执行过程，可以用硬件电路来实现加密和解密。

（2）公开密钥加密体制（$K_1 \neq K_2$）：又称非对称密码体制，其加密和解密使用不同的密钥；其中一个密钥是公开的，另一个密钥是保密的。典型的公开密钥是保密的。发送者利用不对称加密算法向接收者传送信息时，发送者要用接收者的公钥加密，接收者收到信息后，用自己的私钥解密读出信息。由于加密速度较慢，所在往往用在少量数据的通信中。典型的公开密钥加密方法有 RSA、ECC 等。

RSA 算法的密钥长度为 512 位。RSA 算法的保密性取决于数学上将一个大数分解为两个素数的问题的难度，根据已有的数学方法，其计算量极大，破解很难。但是加密/解密时要进行大指数模运算，因此加密/解密速度很慢，影响推广使用。但是，RSA 可以用于加密数据量比较少的场合，例如数字签名。

ECC（Elliptic Curve Cryptography，椭圆曲线密码）也是非对称密码，加解密使用不同的密钥（公钥和私钥），它们对计算资源的消耗较大，适合于加密非常少量的数据，例如，加密会话密钥。它是被美国国家安全局选为保护机密的美国政府资讯的下一代安全标准。这种密码体制的诱人之处在于安全性相当的前提下，可使用较短的密钥。而且它是建立在一个不同于大整数分解及素域乘法群而广泛为人们所接受的离散对数问题的数学难题之上。同时，椭圆曲线资源丰富，同一个有限域上存在着大量不同的椭圆曲线，这为安全性增加了额外的保证，也为软、硬件实现带来方便。

国际数据加密算法（IDEA）在 1990 年正式公布。这种算法是在 DES 算法的基础上发展起来的，类似于三重 DES。发展 IDEA 也是因为感到 DES 具有密钥太短等缺点，IDEA 的密钥为 128 位，这么长的密钥在今后若干年内应该是安全的。

1993 年 4 月 16 日，美国政府推出了 clipper 密码芯片，该芯片采用美国国家安全局设计的 Skipjack 加密算法。采用 Clipper 的加密体制能为信息传输提供高等级的安全和保密，该体制是以防篡改硬件器件（Clipper 芯片）和密钥 Escrow（第三方托管）系统为基础的。

1994 年 2 月 14 日，美国政府宣布了 Escrow 加密标准，其加密算法使用 Skopjack。该算法采用 80 位密钥和合法强制访问字段（Law Enforcement Access Field，LEAF），以便在防篡改芯片和硬件上实现。由于使用了 80 位的密钥，Skipjack 算法具有较高的强度。

试题 8 答案

（9）C　　　　（10）C

试题 9（2005 年下半年试题 11）

按照国际标准化组织制定的开放系统互联参考模型，实现端用户之间可靠通信的协议层是___(11)___。

（11）A．应用层　　　　B．会话层　　　　C．传输层　　　　D．网络层

试题 9 分析

OSI/RM 最初是用来作为开发网络通信协议族的一个工业参考标准，作为各个层上使用的协议国际标准化的第一步而发展来的。严格遵守 OSI 参考模型，不同的网络技术之间可以轻而易举地实现互操作。整个 OSI/RM 模型共分 7 层，从下往上分别是：物理层、数据链路层、网络层、传输层、会话层、表示层和应用层。当接收数据时，数据是自下而上传输；当发送数据时，数据是自上而下传输。七层的主要功能如表 2-1 所示。

表 3-1   七层的主要功能

层　次	层的名称	主要功能
7	应用层	处理网络应用
6	表示层	数据表示
5	会话层	互连主机通信
4	传输层	端到端连接
3	网络层	分组传输和路由选择
2	数据链路层	传送以帧为单位的信息
1	物理层	二进制数据流传输

在网络数据通信的过程中，每一层要完成特定的任务。当传输数据的时候，每一层接收上一层格式化后的数据，对数据进行操作，然后把它传给下一层。当接收数据的时候，每一层接收下一层传过来的数据，对数据进行解包，然后把它传给上一层。从而实现对等层之间的逻辑通信。OSI 参考模型并未确切描述用于各层的协议和服务，它仅仅告诉我们每一层该做些什么。

试题 9 答案

（11）C

试题 10（2005 年下半年试题 12）

某业务员需要在出差期间能够访问公司局域网中的数据，与局域网中的其他机器进行通信，并且保障通信的机密性。但是为了安全，公司禁止 Internet 上的机器随意访问公司局域网。虚拟专用网使用＿＿（12）＿＿协议可以解决这一需求。

（12）A．PPTP　　　　　B．RC-5　　　　　C．UDP　　　D．Telnet

试题 10 分析

虚拟专用网（Virtual Private Network，VPN）是在公共 Internet 之上为政府、企业构筑安全可靠、方便快捷的私有网络，并可节省资金。VPN 技术是广域网建设的最佳解决方案，它不仅会大大节省广域网的建设和运行维护费用，而且增强了网络的可靠性和安全性，同时会加快网络的建设步伐，使得政府、企业不仅仅只是建设内部局域网，而且能够很快地把各分支机构的局域网连起来，从而真正发挥整个网络的作用。

VPN 具体实现是采用隧道技术，将内部网的数据封装在隧道中，通过 Internet 进行传输。因此，VPN 技术的复杂性首先建立在隧道协议复杂性的基础之上。现有的隧道协议中最为典型的有 GRE、IPSec、L2TP、PPTP 和 L2F 等。其中，GRE 和 IPSec 属于第三层隧道协议，L2TP、

PPTP 和 L2F 属于第二层隧道协议。第二层隧道和第三层隧道的本质区别在于用户的 IP 数据包是被封装在何种数据包中在隧道中传输的。在众多 VPN 相关协议中，最引人注目的是 L2TP 与 IPSEC。其中 IPSEC 已完成了标准化的工作。

VPN 系统使分布在不同地方的专用网络，在不可信任的公共网络上安全地进行通信。它采用复杂的算法来加密传输信息，使得敏感的数据不会被窃取。

VPN 网络的特性使一些专用的私有网络的建设者可以完全不依赖 ISP 而通过公网来实现 VPN。正是因为 VPN 技术根据需要为特定安全需求的用户提供保障，所以 VPN 技术应该有相当广阔的前景。

考生对试题中的 UDP 和 Telnet 应该都比较熟悉，下面简单介绍一下 RC-5 和 PPTP。

RC-5 是一种对称密码算法，使用可变参数的分组迭代密码体制，其中可变的参数为分组长（为两倍字长 w 位），密钥长（按字节数计 b）和迭代轮数 r（以 RC-5-$w/r/b$）。它面向字结构，便于软件和硬件的快速实现，适用于不同字长的微处理器。通过字长、密钥长和迭代轮数三个参数的配合，可以在安全性和速度上进行灵活的折中选择。RC-5 加密效率高，适合于加密大量的数据。

RC-5 由 R.Rivest 设计，是 RSA 实验室的一个产品。RC-5 还引入了一种新的密码基本变换数据相依旋转（Data-Dependent Rotations）方法，即一个中间的字是另一个中间的低位所决定的循环移位结果，以提高密码强度，这也是 RC-5 的新颖之处。

PPTP 是由多家公司专门为支持 VPN 而开发的一种技术。PPTP 是一种通过现有的 TCP/IP 连接（称为隧道）来传送网络数据包的方法。VPN 要求客户端和服务器之间存在有效的互联网连接。一般服务器需要与互联网建立永久性连接，而客户端则通过 ISP 连接互联网，并且通过拨号网（Dial-Up Networking，DUN）入口与 PPTP 服务器建立服从 PPTP 协议的连接。这种连接需要访问身份证明（如用户名，口令和域名等）和遵从的验证协议。RRAS 为在服务器之间建立基于 PPTP 的连接及永久性连接提供了可能。

只有当 PPTP 服务器验证客户身份之后，服务器和客户端的连接才算建立起来了。PPTP 会话的作用就如同服务器和客户端之间的一条隧道，网络数据包由一端流向另一边。数据包在起点处（服务器或客户端）被加密为密文，在隧道内传送，在终点将数据解密还原。因为网络通信是在隧道内进行，所以数据对外而言是不可见的。隧道中的加密形式更增加了通信的安全级别。一旦建立了 VPN 连接，远程的用户可以浏览公司局域网 LAN，连接共享资源，收发电子邮件，就像本地用户一样。

试题 10 答案

（12）A

试题 11（2005 年下半年试题 13）

根据统计显示，80%的网络攻击源于内部网络，因此，必须加强对内部网络的安全控制和防护。下面的措施中，无助于提高同一局域网内安全性的措施是___(13)___。

（13）A．使用防病毒软件　　　　　　　B．使用日志审计系统

　　　C．使用入侵检测系统　　　　　　D．使用防火墙防止内部攻击

试题 11 分析

病毒是指一段可执行的程序代码，通过对其他程序进行修改，可以感染这些程序使其含有该病毒的一个复制，并且可以在特定的条件下进行破坏行为。因此在其整个生命周期中包括潜伏、繁殖（也就是复制、感染阶段）、触发、执行四个阶段。对于病毒的防护而言，最彻底的是不允许其进入系统，但这是很困难的，因此大多数情况下，采用的是"检测—标识—清除"的策略来应对。使用防病毒软件可以防止病毒程序在内部网络的复制和破坏，保障网络和计算机的安全。

日志文件是包含关于系统消息的文件，这些消息通常来自于操作系统内核、运行的服务，以及在系统上运行的应用程序。它包括系统日志、安全日志、应用日志等不同类别。现在不管是 Windows 还是 UNIX（包括 Linux）都提供了较完善的日志系统。而日志审计系统则是通过一些特定的、预先定义的规则来发现日志中潜在的问题，它可以用来事后亡羊补牢，也可以用来对网络安全攻击进行取证。显然这是一种被动式、事后的防护或事中跟踪的手段，很难在事前发挥作用。

入侵检测是指监视或者在可能的情况下，阻止入侵者试图控制自己的系统或者网络资源的那种努力。它是用于检测任何损害或企业损害系统的机密性、完整性或可用性行为的一种网络安全技术。它通过监视受保护系统的状态和活动，采用异常检测或误用检测的方式，发现非授权的或恶意的系统及网络行为，为防范入侵行为提供有效的手段。

防火墙是指建立在内外网络边界上的过滤封锁机制。内部网络被认为是安全和可信赖的，而外部网络（通常是 Internet）被认为是不安全和不可信赖的。防火墙的作用是防止不希望的、未经授权的通信进出被保护的内部网络，通过边界控制强化内部网络的安全政策。由于防火墙是一种被动技术，它假设了网络边界和服务，因此，对内部的非法访问难以有效的进行控制。

试题 11 答案

（13）D

试题 12（2005 年下半年试题 58）

在《计算机信息安全保护等级划分准则》中，确定了 5 个安全保护等级，其中最高一级是 （58） 。

（58）A. 用户自主保护级　　　　　B. 结构化保护级
　　　C. 访问验证保护级　　　　　D. 系统审计保护级

试题 12 分析

中华人民共和国国家标准《计算机信息系统安全保护等级划分准则》中规定了计算机系统安全保护能力的五个等级。

第一级：用户自主保护级。本级的计算机信息系统可信计算机通过隔离用户与数据，使用户具备自主安全保护的能力。它具有多种形式的控制能力，对用户实施访问控制，即为用户提供可行的手段，保护用户和用户组信息，避免其他用户对数据的非法读写与破坏。第一级适用于普通内联网用户。

第二级：系统审计保护级。与用户自主保护级相比，本级的计算机信息系统可信计算机实施了粒度更细的自主访问控制，它通过登录规程、审计安全性相关事件和隔离资源，使用户对自己的行为负责。第二级适用于通过内联网或国际网进行商务活动，需要保密的非重要单位。

第三级：安全标记保护级。本级的计算机信息系统可信计算机具有系统审计保护级的所有功能。此外，还提供有关安全策略模型、数据标记，以及主体对客体强制访问控制的非形式化描述；具有准确地标记输出信息的能力；消除通过测试发现的任何错误。第三级适用于地方各级国家机关、金融机构、邮电通信、能源与水源供给部门、交通运输、大型工商与信息技术企业、重点工程建设等单位。

第四级：结构化保护级。本级的计算机信息系统可信计算机建立于一个明确定义的形式化安全策略模型之上，它要求将第三级系统中的自主和强制访问控制扩展到所有主体与客体。此外，还要考虑隐蔽通道。本级的计算机信息系统可信计算机必须结构化为关键保护元素和非关键保护元素。计算机信息系统可信计算机的接口也必须明确定义，使其设计与实现能经受更充分的测试和更完整的复审。加强了鉴别机制，支持系统管理员和操作员的职能，提供可信设施管理，增强了配置管理控制。系统具有相当的抗渗透能力。第四级适用于中央级国家机关、广播电视部门、重要物资储备单位、社会应急服务部门、尖端科技企业集团、国家重点科研机构和国防建设等部门。

第五级：访问验证保护级。本级的计算机信息系统可信计算机满足访问监控器需求。访问监控器仲裁主体对客体的全部访问。访问监控器本身是抗篡改的，而且必须足够小，能够分析和测试。为了满足访问监控器需求，计算机信息系统可信计算机在其构造时，排除了那些对实施安全策略来说并非必要的代码；在设计和实现时，从系统工程角度将其复杂性降低到最小程度。支持安全管理员职能；扩充审计机制，当发生与安全相关的事件时发出信号；提供系统恢复机制。系统具有很高的抗渗透能力。第五级适用于国防关键部门和依法需要对计算机信息系统实施特殊隔离的单位。

试题 12 答案

（58）C

试题 13（2005 年下半年试题 59）

如图 3-3 所示是发送者利用不对称加密算法向接收者传送消息的过程，图中 K_1 是 __（59）__ 。

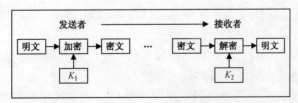

图 3-3　不对称加密算法传送消息的过程

（59）A．接收者的公钥　　　　　B．接收者的私钥
　　　C．发送者的公钥　　　　　D．发送者的私钥

试题 13 分析

请参考试题 8 的分析。

试题 13 答案

（59）A

试题 14（2005 年下半年试题 61）

在 ISO OSI/RM 中，＿＿（61）＿＿实现数据压缩功能。

（61）A．应用层   B．表示层   C．会话层   D．网络层

试题 14 分析

有关 7 层模型，请参考试题 9 的分析。由于数据压缩属于数据表示的范畴，所以应归入表示层。

试题 14 答案

（61）B

试题 15（2005 年下半年试题 62）

以下连网设备中，工作于网络层的设备是＿＿（62）＿＿。

（62）A．调制解调器   B．以太网交换机   C．集线器   D．路由器

试题 15 分析

根据试题 4 的分析，我们知道，路由器工作于网络层。下面，我们把试题中涉及的其他设备进行简单的介绍。

调制解调器工作于物理层，它的主要作用是信号变换，即把模拟信号变换成数字信号，或把数字信号变换成模拟信号。

以太网交换机工作于数据链路层，根据以太帧中的地址转发数据帧。交换机按每一个包中的 MAC 地址相对简单地决策信息转发。而这种转发决策一般不考虑包中隐藏的更深的其他信息。交换技术允许共享型和专用型的局域网段进行带宽调整，以缓解局域网之间信息流通出现的瓶颈问题。现在已有以太网、快速以太网、FDDI 和 ATM 技术的交换产品。

集线器也是工作于数据链路层，它收集多个端口来的数据帧并广播出去。集线器也具有中继器的功能，区别在于集线器能够提供多端口服务，故也称为多口中继器。局域网集线器通常分为五种不同的类型。

（1）单中继器网段集线器。单中继器网段集线器是一种简单的中继 LAN 网段，典型例子是叠加式以太网集线器或令牌环网多站访问部件。

（2）多网段集线器。多网段集线器是从单中继器网段集线器直接派生出来的，采用集线器背板，带有多个中继网段。多网段集线器通常有多个接口卡槽位。然而一些非模块化叠加式集线器现在也支持多个中继网段。多网段集线器的主要优点是可以分载用户的信息流量。网段之间的信息流量一般要求独立的网桥或路由器。

（3）端口交换式集线器。端口交换式集线器是在多网段集线器的基础上发展而来的，它将用户端口和背板网段之间的连接自动化，并增加了端口矩阵交换机（PSM）。PSM 提供一种自动工具，用于将外来用户端口连接到集线器背板上的中继网段上。矩阵交换机是一种电缆交换机，它不能自动操作，要求用户介入。它也不能代替网桥或路由器，不提供不同 LAN 网段之间的连接。其主要优点是实现移动、增加和修改自动化。

（4）网络互连集线器。端口交换式集线器注重端口交换，而网络互连集线器在背板的多个网段之间提供一些类型的集成连接。这可以通过一台综合网桥、路由器或 LAN 交换机来完成。目前，这类集线器通常都采用机箱形式。

（5）交换式集线器。目前，集线器和交换机之间的界限已变得越来越模糊。交换式集线器有一个核心交换式背板，采用一个纯粹的交换系统代替传统的共享介质中继网段。

试题 15 答案

（62）D

试题 16（2005 年下半年试题 63）

100Base-FX 采用的传输介质是 __（63）__ 。

（63）A. 双绞线　　　B. 光纤　　　C. 无线电波　　　D. 同轴电缆

试题 16 分析

随着计算机技术的不断发展，10Mb/s 的网络传输速度实在无法满足日益增大的需求，人们就开始寻求更高的网络传输速度。但是由于 802.3 已被广泛应用于实际中去，为了能够在它的基础上进行轻松升级，802.3u 充分考虑到了向下兼容性：它采用了非屏蔽双绞线（或屏蔽双绞线、光纤）作为传输媒介，采用与 802.3 一样的介质访问控制层——CSMA/CD。802.3u 常被称为快速以太网。

根据实现的介质不同，快速以太网可以分为 100Base-TX、100Base-FX 和 100Base-T4，它们的有关参数如表 3-2 所示。

表 3-2　IEEE 802.3u 规范一览表

网络类型	电缆类型	线束数	最大网段长度	网络最大直径
100Base-TX	5 类非屏蔽双绞线/1、2 类 STP	2 对	100 米	200 米
100Base-FX	62.5/125 多模光纤	2 束	400 米	400 米
100Base-T4	3 类非屏蔽双绞线	4 对	100 米	200 米

试题 16 答案

（63）B

试题 17（2005 年下半年试题 64～65）

在下列网络服务中，__（64）__ 是远程登录服务，Internet 中域名与 IP 地址之间的翻译是由 __（65）__ 来完成的。

（64）A. WWW　　　　　B. FTP　　　　　C. BBS　　　　　D. Telnet

（65）A．域名服务器　B．代理服务器　　C．FTP 服务器　　D．Web 服务器

试题 17 分析

WWW 服务提供了浏览网络新闻、下载软件、网上购物、聊天、在线学习等服务，FTP 是文件传输服务，BBS 是电子公告板（论坛）的缩写。

Telnet 是进行远程登录的标准协议和主要方式，它为用户提供了在本地计算机上完成远程主机工作的能力，通过它可以访问所有的数据库、联机游戏、对话服务，以及电子公告牌，如同与被访问的计算机在同一房间中工作一样，但只能进行些字符类操作和会话。在远程计算机上登录，必须事先成为该计算机系统的合法用户并拥有相应的账号和口令。登录时要给出远程计算机的域名或 IP 地址，并按照系统提示，输入用户名及口令。登录成功后，用户便可以实时使用该系统对外开放的功能和资源。在 UNIX 系统中，要建立一个到远程主机的对话，只需在系统提示符下输入命令：Telnet 远程主机名，用户就会看到远程主机的欢迎信息或登录标志。在 Windows 系统中，用户将以具有图形界面的 Telnet 客户端程序与远程主机建立 Telnet 连接。

远程登录服务的工作原理如下：当用 Telnet 登录进入远程计算机系统时，事实上启动了两个程序，一个叫 Telnet 客户程序，它运行在本地计算机上，另一个叫 Telnet 服务器程序，它运行在要登录的远程计算机上。本地计算机上的客户程序要完成建立与服务器的 TCP 连接，从键盘上接收用户输入的字符并把输入的字符串变成标准格式送给远程服务器，然后从远程服务器接收输出的信息并把该信息显示在用户的屏幕上。远程计算机的"服务"程序，在接到请求后，等候用户输入命令。当接收到用户的命令后对命令做出反应（如显示目录内容，或执行某个程序等）并把执行命令的结果送回给用户的计算机。

FTP 是 Internet 传统的服务之一，是用于从一台主机到另一台主机传输文件的协议。起初，FTP 并不是应用于 IP 网络上的协议，而是用于 ARPANET 网络中计算机间的文件传输协议。在那时，FTP 的主要功能是在主机间高速可靠地传输文件。目前 FTP 仍然保持其可靠性，即使在今天，它还允许文件远程存取。这使得用户可以在某个系统上工作，而将文件存储在别的系统中。例如，如果某用户运行 Web 服务器，需要从远程主机上取得 HTML 文件和 CGI 程序在本机上工作，他需要从远程存储站点获取文件（远程站点也需安装 Web 服务器）。当用户完成工作后，可使用 FTP 将文件传回到 Web 服务器。采用这种方法，用户无需使用 Telnet 登录到远程主机进行工作，这样就使 Web 服务器的更新工作变得如此地轻松。FTP 的主要功能包括：浏览 Internet 上其他远程主机的文件系统；在 Internet 上的主机之间进行文件传输；使用 FTP 提供的内部使命可以实现一些特殊功能，例如，改变文件传输模式、实现多文件传输。

Internet 通信软件要求在发送和接收数据报时必须使用数字表示的 IP 地址。因此，一个应用程序在与用字母表示名字的计算机上的应用程序通信之前，必须将名字翻译成 IP 地址。Internet 提供了一种自动将名字翻译成 IP 地址的服务。这就是域名系统的主要功能。

域名系统与 IP 地址有映射关系，它也实行层次型管理。在访问一台计算机时，既可用 IP 地址表示，也可用域名表示。Internet 上有很多负责将主机地址转为 IP 地址的服务系统——域名服务器（Domain Name System，DNS），这个服务系统会自动将域名翻译为 IP 地址。

一般情况下，一个域名对应一个 IP 地址，但并不是每个 IP 地址都有一个域名和它对应，网络上有些计算机只有 IP 地址，而没有域名。还有一个 IP 地址对应几个域名的情况。

对于用户来说，使用域名比直接使用 IP 地址方便多了，但对于 Internet 内部数据传输来

说，使用的还是 IP 地址。域名到 IP 地址的转换就要用 DNS 来解决。

每个组织都有一个域名服务器，在其上面存有该组织所有上网计算机的名字及其对应的 IP 地址。当某个应用程序需要将一个计算机名字翻译成 IP 地址时，这个应用程序就与域名服务器建立连接，将计算机名字发送给域名服务器，域名服务器检索并把正确的 IP 地址送回给应用程序。当然，计算机名字和相应的 IP 地址的检索都是自动的。

DNS 实际上是一个服务器软件，运行在指定的计算机上，完成域名—IP 地址的转换。它把网络中的主机按树形结构分成域和子域，子域名或主机名在上级域名结构中必须是唯一的。每一个子域都有域名服务器，它管理着本域的域名转换，各级服务器构成一棵树。这样，当用户使用域名时，应用程序先向本地域名服务器请求，本地服务器先查找自己的域名库，如果找到该域名，则返回 IP 地址；如果未找到，则分析域名，然后向相关的上级域名服务器发出申请；这样传递下去，直至有一个域名服务器找到该域名，返回 IP 地址。如果没有域名服务器能识别该域名，则认为该域名不可知。

充分利用机器的高速缓存，暂存解析后的 IP 地址，可以提高 DNS 的查询效率；用户有时会连续访问相同的因特网地址，DNS 在第一次解析该地址后，将其存放在高速缓存中，当用户再次请求时，DNS 可直接从缓存中获得 IP 地址。

试题 17 答案

（64）D　　　（65）A

试题 18（2006 年下半年试题 5）

关于 TCP 和 UDP 的说法，___(5)___ 是错误的。

（5）A．TCP 和 UDP 都是传输层的协议　　　B．TCP 是面向连接的传输协议

　　　C．UDP 是可靠的传输协议　　　D．TCP 和 UDP 都是以 IP 协议为基础的

试题 18 分析

TCP/IP 是一个协议族，它包含了多种协议。TCP/IP 采用了 4 层的层级结构，每一层都呼叫它的下一层所提供的服务来完成自己的需求，从最低层到最高层分别为网络接口层、互联网络层、传输层和应用层。TCP 和 UDP 都是传输层协议，它们都使用了互联网络层的 IP 协议提供的服务。

TCP 协议是一个可靠的面向连接的传输层协议，它将某结点的数据以字节流形式无差错投递到互联网的任何一台机器上。发送方的 TCP 将用户交来的字节流划分成独立的提出报文并交给互联网络层进行发送，而接收方的 TCP 将接收的报文重新装配交给接收用户。TCP 同时处理有关流量控制的问题，以防止快速地发送方淹没慢速的接收方。

用户数据包协议 UDP 是一个不可靠的、无连接的传输层协议，UDP 协议将可靠性问题交给应用层的应用程序来解决。UDP 协议主要面向请求/应答式的交易应用，一次交易往往只有一来一回两次报文交换。另外，UDP 协议也应用于那些对可靠性要求不高，但要求网络的延迟较小的场合，如语音和视频数据的传输。

试题 18 答案

（5）C

试题 19（2006 年下半年试题 9）

___(9)___ 不属于网络接入技术。

（9）A. HFC   B. xDSL   C. NetBEUI   D. DDN

试题 19 分析

本题选项中所涉及的网络接入技术有如下几种。

（1）xDSL 接入。数字用户线路（Digital Subscriber Line DSL）技术是基于普通电话线的宽带接入技术，按数据传输的上、下行传输速率的相同和不同，DSL 有对称的 DSL 和非对称传输的 ADSL 两种模式。

（2）光纤同轴混合（HFC）接入。HFC 是混合光纤－同轴电缆（Hybrid Fiber-Coar）的给定缩写，原意仅指采用光纤传输系统代替全同轴 CATV（公用天线电视和电缆电视）网络中的干线传输部分，而用户分配网络仍然保留同轴电缆结构。在接入技术中，HFC 特指利用混合光纤同轴电缆来进行宽带数字通信的 CATV 网络。

（3）数字数据网的接入。数字数据网（DDV）是一种利用数字信道提供数据信号传输的数据传输网，也是面向所有专线用户的基础电信网。它为专线用户提供中、高速数字型点对点传输电路，或为专线用户提供数字型传输网通信平台。

NetBEUI 是一种传输层协议，不是网络接入技术。

试题 19 答案

（9）C

试题 20（2006 年下半年试题 11）

关于网络设备叙述正确的是___(11)___。

（11）A. 用中继器可以将采用不同网络协议的局域网互联

      B. 用网桥可以将采用不同网络协议的局域网互联

      C. 用网关可以将采用不同网络协议的局域网互联

      D. 用路由器可以将采用不同网络协议的局域网互联

试题 20 分析

中继器工作在物理层，用于把网络中的设备物理连接起来。

网桥工作在数据链路层，网桥能连接不同的传输介质的网络，采用不同高层协议的网络不能通过网桥相互通信。

路由器工作在网络层，是用于选择数据传输路径的网络设备。

以上三者都不能实现不同协议的网络互联。

网关是互联两个协议差别很大的网络时使用的设备，网关可以对两个不同的网络进行协议的转换，主要用于连接网络层之上执行不同协议的网络。

试题 20 答案

（11）C

试题 21（2006 年下半年试题 12）

iSCSI 和 SAN 适用的协议分别为　(12)　。

(12) A. TCP/IP，SMTP　　　　　　B. TCP/IP，FC

　　　C. UDP，SMTP　　　　　　　D. UDP，FC

试题 21 分析

iSCSI（Internet SCSI）是 IETF 制定的一项标准，用于将 SCSI 数据块映射成以太网数据包。iSCSI 使用以太网技术来构建 IP 存储局域网。它克服了直接连接存储的局限性，可以共享不同服务器的存储资源，并可在不停机状态下扩充存储容量。iSCSI 使用 TCP/IP 协议。

SAN（Storage Area Network）存储区域网络是一个由存储设备和系统部件构成的网络，所有的通信都在一个与应用网络相对独立的网络上完成，可以被用来集中和共享存储资源，目前主要使用于以太网和光纤通道两类环境中。SAN 主要包括 FC SAN 和 IP SAN 两种，FC SAN 使用数据传输协议中的 Fiber Channel(FC)。IP SAN 使用 TCP/IP 协议。

试题 21 答案

(12) B

试题 22（2006 年下半年试题 19）

802.11 标准定义了三种物理层通信技术，这三种技术不包括　(19)　。

(19) A. 直接序列扩频　　B. 跳频扩频　　　C. 窄带微波　　　D. 漫反射红外线

试题 22 分析

IEEE 802.11b 运作模式基本分为两种：点对点模式（Ad Hoc）和基本模式（Infrastructure）。点对点模式是指无线网卡和无线网卡之间的通信方式。基本模式是指无线网络规模扩充或无线和有线网络并存时的通信方式，这是 IEEE 802.11b 最常用的方式。

IEEE 802.11 在物理层定义了数据传输的信号特征和调制方法，定义了两个扩频（RF）传输方法和一个红外线传输方法。RF 传输标准是直接序列扩频（DSSS）和跳频扩频（FHSS），工作在 2.4000 GHz～2.4835 GHz 范围内。

基本服务群（BSS）是无线局域网的基本单元，它的功能包括分布式协调功能（DCF）和点协调功能（PCF）。DCF 是 802.11MAC 协议的基本媒体访问方法，作用于基本服务群和基本网络结构中，可在所有站实现，它支持竞争型异步业务。DCF 是一种竞争式共享信道技术，PCF 则是以协调点轮询的方式共享信道。

试题 22 答案

(19) C

试题 23（2006 年下半年试题 20）

内部网关协议是指在一个　(20)　内部路由器使用的路由协议。

(20) A. 内联网　　　B. 独立系统　　　C. 光纤网　　　D. 自治系统

试题 23 分析

路由协议作为 TCP/IP 协议族中的重要成员之一，其选路过程实现的好坏会影响整个 Internet 效率。按应用范围的不同，路由协议可分为两类：在一个 AS（Autonomous System，自治系统，指有权自主地决定在本系统中应采用何种路由选择协议的网络）内的路由协议称为内部网关协议（Interior Gateway Protocol，IGP），AS 之间的路由协议称为外部网关协议（Exterior Gateway Protocol，EGP）。

试题 23 答案

（20）D

试题 24（2006 年下半年试题 21）

CA 安全认证中心可以___（21）___。

（21）A. 用于在电子商务交易中实现身份认证
　　　B. 完成数据加密，保护内部关键信息
　　　C. 支持在线销售和在线谈判，实现订单认证
　　　D. 提供用户接入线路，保证线路的安全性

试题 24 分析

CA 是一个受信任的机构，为了当前和以后的事务处理，CA 给个人、计算机设备和组织机构颁发证书，以证实其身份，并为其使用证书的一切行为提供信誉的担保。而 CA 本身并不涉及商务数据加密、订单认证过程以及线路安全。

试题 24 答案

（21）A

试题 25（2006 年下半年试题 24）

RSA 是一种公开密钥算法，所谓公开密钥是指___（24）___。

（24）A. 加密密钥是公开的　　　　　　　B. 解密密钥是公开的
　　　C. 加密密钥和解密密钥都是公开的　D. 加密密钥和解密密钥都是相同的

试题 25 分析

RSA 算法是非对称密钥算法，非对称密钥算法中公钥是公开的，任何人都可以使用，而私钥是绝对不能公开的。发送方用公钥加密的信息，接收方可以使用私钥来解密。

试题 25 答案

（24）A

试题 26（2006 年下半年试题 25）

若某计算机系统是由 1000 个元器件构成的串联系统，且每个元器件的失效率均为 10^{-7}/H，

在不考虑其他因素对可靠性的影响时，该计算机系统的平均故障间隔时间为 __(25)__ 小时。

(25) A. 1×10^4　　　B. 5×10^4　　　C. 1×10^5　　　D. 5×10^5

试题 26 分析

对于串联系统，单个器件失效则意味着整个系统失效，所以整个系统的失效率等于所有元器件的失效率之和。

假设系统的平均故障时间间隔为 T 小时，那么系统的平均失效率等于 T 的倒数。因此，该计算机系统的平均故障间隔时间为 $1/(1000 \times 10^{-7})=1 \times 10^4$。

试题 26 答案

(25) A

试题 27（2006 年下半年试题 58）

在信息安全保障系统的 S-MIS 体系架构中，"安全措施和安全防范设备"层不涉及 __(58)__ 。

(58) A. 防黑客　　　B. 应用系统安全　　　C. 网闸　　　D. 漏洞扫描

试题 27 分析

在实施信息系统的安全保障系统时，应严格区分信息安全保障系统的三种不同架构，分别是 MIS+S、S-MIS 和 S^2-MIS。

MIS+S（Management Information System + Security）系统为初级信息安全保障系统或基本信息安全保障系统，这种系统是初等的、简单的信息安全保障系统，该系统的特点是应用基本不变；硬件和系统软件通用；安全设备基本不带密码。它只能在局部或某一个方面提高业务应用信息系统的安全强度，但不能从根本上解决应用信息系统的安全问题，尤其不能胜任电子商务、电子政务等实际应用所需解决的安全问题。

S-MIS（Security - Management Information System）系统为标准信息安全保障系统，这种系统是建立在 PKI/CA 标准的信息安全保证系统，该系统的特点是硬件和系统软件通用；PKI/CA 安全保障系统必须带密码；应用系统必须根本改变。

S^2-MIS（Super Security Management Information System）系统为超安全的信息安全保障系统，这种系统是"绝对的"的安全的信息安全保障系统，不仅使用 PKI/CA 标准，同时硬件和系统软件都使用专用的安全产品。这种系统的特点是硬件和系统软件都专用；PKI/CA 安全保障系统必须带密码；应用系统必须根本改变；主要的硬件和系统软件需要 PKI/CA 认证。

试题 27 答案

(58) B

试题 28（2006 年下半年试题 59）

要成功实施信息系统安全管理并进行维护，应首先对系统的 __(59)__ 进行评估鉴定。

(59) A. 风险　　　B. 资产　　　C. 威胁　　　D. 脆弱性

试题 28 分析

威胁可以看成从系统外部对系统产生的作用，而导致系统功能及目标受阻的所有现象。而脆弱性则可以看成是系统内部的薄弱点。脆弱性是客观存在的，脆弱性本身没有实际的伤害，但威胁可以利用脆弱性发挥作用。而且，系统本身的脆弱性仍然会带来一些风险。

试题 28 答案

（59）D

试题 29（2007 年下半年试题 1）

比较先进的电子政务网站提供基于　（1）　的用户认证机制用于保障网上办公的信息安全和不可抵赖性。

（1）A. 数字证书　　B. 用户名和密码　　C. 电子邮件地址　　D. SSL

试题 29 分析

比较先进的电子政务网站提供基于数字证书的用户认证机制用于保障网上办公的信息安全和不可抵赖性。数字证书可以对用户进行认证、保证数据的机密性和完整性、抗抵赖性。

试题 29 答案

（1）A

试题 30（2007 年下半年试题 3）

关于网络安全服务的叙述中，　（3）　是错误的。

（3）A. 应提供访问控制服务以防止用户否认已接收的信息

　　　B. 应提供认证服务以保证用户身份的真实性

　　　C. 应提供数据完整性服务以防止信息在传输过程中被删除

　　　D. 应提供保密性服务以防止传输的数据被截获或篡改

试题 30 分析

五大网络安全服务如下。

（1）鉴别服务（Authentication）：对对方实体的合法性、真实性进行确认，以防假冒。这里的实体可以是用户或进程。

（2）访问控制服务（Access Control）：用于防止未授权用户非法使用系统资源。它包括用户身份认证，用户的权限确认。这种保护服务可提供给用户组。

（3）数据完整性服务（Integrity）：阻止非法实体对交换数据的修改、插入、删除。

（4）数据保密服务（Confidentiality）：为了防止网络中各个系统之间交换的数据被截获或被非法存取而造成泄密，提供密码加密保护。

（5）抗抵赖性服务：防止发送方在发送数据后否认自己发送过此数据，接收方在收到数据后否认自己收到过此数据或伪造接收数据。由两种服务组成：一是不得否认发送；二是不得否认接收（通过签名确认）。

试题 30 答案

（3）A

试题 31（2007 年下半年试题 18）

在层次化网络设计方案中，通常在 ___(18)___ 实现网络的访问策略控制。

（18）A. 应用层　　　　　B. 接入层　　　　　C. 汇聚层　　　　　D. 核心层

试题 31 分析

层次式网络设计在互联网组件的通信中引入了 3 个关键层的概念，分别是核心层、汇聚层和接入层。

通常将网络中直接面向用户连接或访问网络的部分称为接入层，将位于接入层和核心层之间的部分称为分布层或汇聚层。接入层的目的是允许终端用户连接到网络，因此接入层交换机具有低成本和高端口密度特性；汇聚层交换层是多台接入层交换机的汇聚点，它必须能够处理来自接入层设备的所有通信量，并提供到核心层的上行链路，完成网络访问策略控制、数据包处理、过滤、寻址，以及其他数据处理的任务。因此汇聚层交换机与接入层交换机比较，需要更高的性能，更少的接口和更高的交换速率。而将网络主干部分称为核心层，核心层的主要目的在于通过高速转发通信，提供优化、可靠的骨干传输结构，因此核心层交换机应拥有更高的可靠性，性能和吞吐量。

试题 31 答案

（18）C

试题 32（2007 年下半年试题 19）

建设城域网的目的是要满足几十公里范围内的大量企业、机关、公司的 ___(19)___ 。

（19）A. 多个计算机互联的需求　　　　　B. 多个局域网互联的需求

　　　　C. 多个广域网互联的需求　　　　　D. 多个 SDH 网互联的需求

试题 32 分析

建设城域网的目的是要满足几十公里范围内的大量企业、机关、公司的多个局域网互联的需求。

试题 32 答案

（19）B

试题 33（2007 年下半年试题 20）

网络安全设计是保证网络安全运行的基础，以下关于网络安全设计原则的描述，错误的是 ___(20)___ 。

（20）A. 网络安全系统应该以不影响系统正常运行为前提

　　　B. 把网络进行分层，不同的层次采用不同的安全策略

C．网络安全系统设计应独立进行，不需要考虑网络结构

D．网络安全的"木桶原则"强调对信息均衡、全面地进行保护

试题 33 分析

根据防范安全攻击的安全需求、需要达到的安全目标、对应安全机制所需的安全服务等因素，参照 SSE-CMM（系统安全工程能力成熟模型）和 ISO17799（信息安全管理标准）等国际标准，综合考虑可实施性、可管理性、可扩展性、综合完备性、系统均衡性等方面，网络安全防范体系在整体设计过程中应遵循以下 9 项原则：

（1）网络信息安全的木桶原则。 网络信息安全的木桶原则是指对信息均衡、全面的进行保护。"木桶的最大容积取决于最短的一块木板"。网络信息系统是一个复杂的计算机系统，它本身在物理上、操作上和管理上的种种漏洞构成了系统的安全脆弱性，尤其是多用户网络系统自身的复杂性、资源共享性使单纯的技术保护防不胜防。攻击者使用的"最易渗透原则"，必然在系统中最薄弱的地方进行攻击。因此，充分、全面、完整地对系统的安全漏洞和安全威胁进行分析，评估和检测（包括模拟攻击）是设计信息安全系统的必要前提条件。安全机制和安全服务设计的首要目的是防止最常用的攻击手段，根本目的是提高整个系统的"安全最低点"的安全性能。

（2）网络信息安全的整体性原则。 要求在网络发生被攻击、破坏事件的情况下，必须尽可能地快速恢复网络信息中心的服务，减少损失。因此，信息安全系统应该包括安全防护机制、安全检测机制和安全恢复机制。安全防护机制是根据具体系统存在的各种安全威胁采取的相应的防护措施，避免非法攻击的进行。安全检测机制是检测系统的运行情况，及时发现和制止对系统进行的各种攻击。安全恢复机制是在安全防护机制失效的情况下，进行应急处理和尽量、及时地恢复信息，减少供给的破坏程度。

（3）安全性评价与平衡原则。 对任何网络，绝对安全难以达到，也不一定是必要的，所以需要建立合理的实用安全性与用户需求评价与平衡体系。安全体系设计要正确处理需求、风险与代价的关系，做到安全性与可用性相容，做到组织上可执行。评价信息是否安全，没有绝对的评判标准和衡量指标，只能决定于系统的用户需求和具体的应用环境，具体取决于系统的规模和范围，系统的性质和信息的重要程度。

（4）标准化与一致性原则。 系统是一个庞大的系统工程，其安全体系的设计必须遵循一系列的标准，这样才能确保各个分系统的一致性，使整个系统安全地互联互通、信息共享。

（5）技术与管理相结合原则。 安全体系是一个复杂的系统工程，涉及人、技术、操作等要素，单靠技术或单靠管理都不可能实现。因此，必须将各种安全技术与运行管理机制、人员思想教育与技术培训、安全规章制度建设相结合。

（6）统筹规划，分步实施原则。 由于政策规定、服务需求的不明朗，环境、条件、时间的变化，攻击手段的进步，安全防护不可能一步到位，可在一个比较全面的安全规划下，根据网络的实际需要，先建立基本的安全体系，保证基本的、必须的安全性。随着今后随着网络规模的扩大及应用的增加，网络应用和复杂程度的变化，网络脆弱性也会不断增加，调整或增强安全防护力度，保证整个网络最根本的安全需求。

（7）等级性原则。 等级性原则是指安全层次和安全级别。良好的信息安全系统必然是分为不同等级的，包括对信息保密程度分级，对用户操作权限分级，对网络安全程度分级（安全

子网和安全区域），对系统实现结构的分级（应用层、网络层、链路层等），从而针对不同级别的安全对象，提供全面、可选的安全算法和安全体制，以满足网络中不同层次的各种实际需求。

（8）动态发展原则。要根据网络安全的变化不断调整安全措施，适应新的网络环境，满足新的网络安全需求。

（9）易操作性原则。首先，安全措施需要人为去完成，如果措施过于复杂，对人的要求过高，本身就降低了安全性。其次，措施的采用不能影响系统的正常运行。

试题 33 答案

（20）C

试题 34（2007 年下半年试题 21）

在进行金融业务系统的网络设计时，应该优先考虑　(21)　原则。
（21）A．先进性　　　B．开放性　　　C．经济性　　　D．高可用性

试题 34 分析

先进性、开放性、经济性、高可用性这些原则，都是在进行网络设计时需要考虑的。根据金融业务系统的特点，在进行网络设计时，应该优先考虑高可用性原则。

试题 34 答案

（21）D

试题 35（2007 年下半年试题 22）

局域网交换机有很多特点。下面关于局域网交换机的论述，不正确的是　(22)　。
（22）A．低传输延迟
　　　B．高传输带宽
　　　C．可以根据用户的级别设置访问权限
　　　D．允许不同速率的网卡共存于一个网络

试题 35 分析

交换机也称为交换器。一台具有基本功能的以太网交换机的工作原理相当于一个具有很多个端口的多端口网桥，即是一种在 LAN 中互连多个网段，并可进行数据链路层和物理层协议转换的网络互联设备。当一个以太网的信息帧到达交换机的一个端口时，交换机根据在该帧内的目的地址，采用快速技术把该帧迅速地转发到另一个相应的端口（相应的主机或网段）。目前在以太网交换机中最常用的高速切换技术有直通式和存储转发式两类。交换机可以分位二层交换机、三层交换机和多层交换机。二层交换机工作在数据链路层，起到多端口网桥的作用，主要用于局域网互连；三层交换机工作在网络层，相当于带路由功能的二层交换机；多层交换机工作在高层（传输层以上），这是带协议转换的交换机。

试题 35 答案

（22）C

试题 36（2007 年下半年试题 23）

关于 FTP 和 TFTP 的描述，正确的是__(23)__。

（23）A．FTP 和 TFTP 都是基于 TCP 协议

B．FTP 和 TFTP 都是基于 UDP 协议

C．FTP 基于 TCP 协议、TFTP 基于 UDP 协议

D．FTP 基于 UDP 协议、TFTP 基于 TCP 协议

试题 36 分析

FTP 是网络上两台计算机传送文件的协议，是通过 Internet 把文件从客户机复制到服务器上的一种途径。FTP 基于 TCP 协议。

TFTP（Trivial File Transfer Protocol，简单文件传输协议）是用来在客户机与服务器之间进行简单文件传输的协议，提供不复杂、开销不大的文件传输服务。TFTP 协议设计的时候是进行小文件传输的，基于 UDP 协议。因此它不具备通常的 FTP 的许多功能，它只能从文件服务器上获得或写入文件，不能列出目录，不进行认证，它传输 8 位数据。

试题 36 答案

（23）C

试题 37（2007 年下半年试题 24）

为了对计算机信息系统的安全威胁有更全面、更深刻的认识，信息应用系统安全威胁的分类方法一般用__(24)__三种"综合分类"方法。

（24）A．高、中、低

B．对象的价值、实施的手段、影响（结果）

C．按风险性质、按风险结果、按风险源

D．自然事件、人为事件、系统薄弱环节

试题 37 分析

风险是在考虑事件发生的可能性及其可能造成的影响下，脆弱性被威胁所利用后所产生的实际负面影响。风险是可能性和影响的函数，前者指威胁源利用一个潜在脆弱性的可能性，后者指不利事件对组织机构产生的影响。残余风险是指采取了安全防护措施，提高了防护能力后，仍然可能存在的风险。

为了对计算机信息系统的安全威胁有更全面、更深刻的认识，信息应用系统安全威胁的分类方法一般用按风险性质、按风险结果、按风险源三种"综合分类"方法。

试题 37 答案

（24）C

试题 38（2007 年下半年试题 25）

"消息"是我们所关心的实际数据，经常也称为"明文"，用"*M*"表示。经过加密的消息是"密文"，用"*C*"表示。如果用 *C=E*(*M*)表示加密，*M=D*(*C*)表示解密。那么从数学角度讲，加密只是一种从 *M* __(25)__ 的函数变换，解密正好是对加密的反函数变换。

（25）A．公钥到私钥　　　　　　　B．变量域到 *C* 函数域

　　　C．定义域到 *C* 函数域　　　D．定义域到 *C* 值域

试题 38 分析

从数学角度讲，加密只是一种从 *M* 定义域到 *C* 值域的函数变换，解密正好是对加密的反函数变换。

试题 38 答案

（25）D

试题 39（2007 年下半年试题 26）

基于角色的访问控制中，角色定义、角色成员的增减、角色分配都是由 __(26)__ 实施的，用户只能被动接受授权规定，不能自主地决定，用户也不能自主地将访问权限传给他人，这是一种非自主型访问控制。

（26）A．CSO　　　　　　　　　　B．安全管理员

　　　C．稽查员或审计员　　　　　D．应用系统的管理员

试题 39 分析

当今最著名的美国计算机安全标准是可信计算机系统评估标准（TCSEC）。其中一个内容就是要阻止未被授权而浏览机密信息。TCSEC 规定了两个访问控制类型：自主访问控制（DAC）和强制访问控制（MAC）。

DAC 是指主体可以自主地将访问权限或者访问权限的某个子集授予其他主体。主要是某些用户（特定客体的用户或具有指定特权的用户）规定别的用户能以怎样的方式访问客体。它主要满足商业和政府的安全需要，以及单级军事应用。但是由于它的控制是自主的，所以也可能会因为权限的传递而泄露信息。另外，如果合法用户可以任意运行一个程序来修改他拥有的文件存取控制信息，而操作系统无法区分这种修改是用户自己的操作，还是恶意程序的非法操作，解决办法就是通过强加一些不可逾越的访问限制。因此，又提出了一种更强有力的访问控制手段，即强制访问控制（MAC），但是它主要用于多级安全军事应用，很少用于其他方面。现今人们在 MAC 基础上提出基于角色的访问控制（RBAC），它是一种强制访问控制形式，但它不是基于多级安全需求。其策略是根据用户在组织内部的角色制定的。用户不能任意的将访问权限传递给其他用户。这是 RBAC 和 DAC 之间最基本的不同。

基于角色访问控制（RBAC）模型是目前国际上流行的先进的安全访问控制方法。它通过分配和取消角色来完成用户权限的授予和取消，并且提供角色分配规则。安全管理人员根据需要定义各种角色，并设置合适的访问权限，而用户根据其责任和资历再被指派为不同的角色。这样，整个访问控制过程就分成两个部分，即访问权限与角色相关联，角色再与用户关联，从

而实现了用户与访问权限的逻辑分离。

由于实现了用户与访问权限的逻辑分离，基于角色的策略极大的方便了权限管理。例如，如果一个用户的职位发生变化，只要将用户当前的角色去掉，加入代表新职务或新任务的角色即可。研究表明，角色/权限之间的变化比角色/用户关系之间的变化相对要慢得多，并且给用户分配角色不需要很多技术，可以由行政管理人员来执行，而给角色配置权限的工作比较复杂，需要一定的技术，可以由专门的技术人员来承担，但是不给他们给用户分配角色的权限，这与现实中的情况正好一致。

基于角色访问控制可以很好地描述角色层次关系，实现最小特权原则和职责分离原则。

试题 39 答案

（26）D

试题 40（2007 年下半年试题 27）

以下关于入侵检测系统的描述中，说法错误的是 __(27)__ 。

（27）A．入侵检测系统能够对网络活动进行监视
  B．入侵检测能简化管理员的工作，保证网络安全运行
  C．入侵检测是一种主动保护网络免受攻击的安全技术
  D．入侵检测是一种被动保护网络免受攻击的安全技术

试题 40 分析

入侵检测是用于检测任何损害或企图损害系统的机密性、完整性或可用性的行为的一种网络安全技术。它通过监视受保护系统的状态和活动，采用异常检测或误用检测的方式，发现非授权的或恶意的系统及网络行为，为防范入侵行为提供有效的手段。

入侵检测系统要解决的最基本的两个问题是：如何充分并可靠地提取描述行为特征的数据，以及如何根据特征数据，高效并准确地判断行为的性质。由系统的构成来说，通常包括数据源（原始数据）、分析引擎（通过异常检测或误用检测进行分析）、响应（对分析结果采用必要和适当的措施）3 个模块。

试题 40 答案

（27）D

试题 41（2008 年上半年试题 15）

TCP/IP 是 Internet 采用的协议标准，它是一个协议系列，由多个不同层次的协议共同组成。其中 __(15)__ 是属于网络层的低层协议，主要用途是完成网络地址向物理地址的转换。

（15）A．RARP   B．ARP   C．IGMP   D．ICMP

试题 41 分析

TCP/IP 不是一个简单的协议，而是一组小的、专业化协议。TCP/IP 最大的优势之一是其可路由性，也就意味着它可以携带被路由器解释的网络编址信息。TCP/IP 还具有灵活性，可在多个网络操作系统或网络介质的联合系统中运行。然而由于它的灵活性，TCP/IP 需要更多

的配置。TCP/IP 协议族可被大致分为应用层、传输层、网际层和网络接口层四层。在试题给出的 4 个选项中的协议都是网际层协议。

ARP（Address Resolution Protocol，地址解析协议）用于动态地完成 IP 地址向物理地址的转换。物理地址通常是指主机的网卡地址（MAC 地址），每一网卡都有唯一的地址。

RARP（Reverse address resolution protocol，反向地址解析协议）用于动态完成物理地址向 IP 地址的转换。

ICMP（Internet Control Message Protocol，网际控制报文协议）是一个专门用于发送差错报文的协议，由于 IP 协议是一种尽力传送的通信协议，即传送的数据可能丢失、重复、延迟或乱序传递，所以 IP 协议需要一种避免差错并在发生差错时报告的机制。

IGMP（Internet Group Management Protocol，网际组管理协议）允许 Internet 主机参加多播，也即是 IP 主机用作向相邻多目路由器报告多目组成员的协议。多目路由器是支持组播的路由器，向本地网络发送 IGMP 查询。主机通过发送 IGMP 报告来应答查询。组播路由器负责将组播包转发到所有网络中组播成员。

试题 41 答案

（15）B

试题 42（2008 年上半年试题 16 ~ 20）

服务器的部署是网络规划的重要环节。某单位网络拓扑结构如图 3-4 所示，需要部署 VOD 服务器、Web 服务器、邮件服务器，此外还需要部署流量监控服务器对单位内部网络流量进行监控。

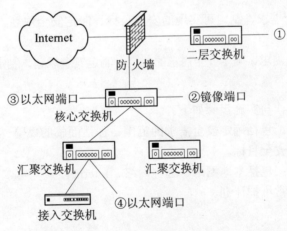

图 3-4 服务器部署图

VOD 服务器应部署在位置　（16）　，Web 服务器应部署在位置　（17）　，流量监控服务器应部署在位置　（18）　。上述服务器中，流出流量最大的是　（19）　，流入流量最大的是　（20）　。

（16）A. ①　　　　B. ②　　　　C. ③　　　　D. ④

（17）A. ①　　　　B. ②　　　　C. ③　　　　D. ④

（18）A. ①　　　　B. ②　　　　C. ③　　　　D. ④

（19）A．VOD 服务器　　　　　　B．Web 服务器

　　　C．流量监控服务器　　　　　D．邮件服务器

（20）A．VOD 服务器　　　　　　B．Web 服务器

　　　C．流量监控服务器　　　　　D．邮件服务器

试题 42 分析

因为 Web 服务器是通过 Internet 供公众访问的，所以，它应该放在防火墙后面，即部署在位置①。流量监控服务器用来监视整个网络的流量情况，根据流量来更好地管理服务器，所以应部署在位置②。

因为 VOD 是视频点播，从用户端流入的只是简单的指令数据，而流出的是以 G 单位的视频数据，所以 VOD 服务器的流出流量是最大的。同样，Web 服务器的流入也只是一些请求命令和交互命令数据。邮件服务器流入的是是邮件数据，就单个单位而言，这个流量也比较小。流量监控服务器即要监控流入流量，也要监控流出流量，所以，它的流入流量是最大的。

试题 42 答案

（16）C　　　　（17）A　　　（18）B　　　（19）A　　　（20）C

试题 43（2008 年上半年试题 21）

信息安全策略的设计与实施步骤是　(21)　。

（21）A．定义活动目录角色、确定组策略管理安全性、身份验证、访问控制和管理委派

　　　B．确定标准性、规范性、可控性、整体性、最小影响、保密性原则，确定公钥基本结构

　　　C．确定安全需求、制定可实现的安全目标、制定安全规划、制定系统的日常维护计划

　　　D．确定安全需求、确定安全需求的范围、制定安全规划、制定系统的日常维护计划

试题 43 分析

信息安全策略的设计与实施步骤如下。

（1）确定安全需求：包括确定安全需求的范围、评估面临的风险。

（2）制定可实现的安全目标。

（3）制定安全规划：包括本地网络、远程网络、Internet。

（4）制定系统的日常维护计划。

试题 43 答案

（21）C

试题 44（2008 年上半年试题 22）

在　(22)　中，①用于防止信息抵赖；②用于防止信息被窃取；③用于防止信息被篡改；④用于防止信息被假冒。

（22）A．①加密技术　　②数字签名　　③完整性技术　　④认证技术

B．①完整性技术　　②认证技术　　③加密技术　　④数字签名

C．①数字签名　　②完整性技术　　③认证技术　　④加密技术

D．①数字签名　　②加密技术　　③完整性技术　　④认证技术

试题 44 分析

加密技术是利用数学或物理手段，对电子信息在传输过程中和存储体内进行保护，以防止泄露（信息被窃取）的技术。通信过程中的加密主要是采用密码，在数字通信中可利用计算机采用加密法，改变负载信息的数码结构。

数字签名利用一套规则和一个参数集对数据计算所得的结果，用此结果能够确认签名者的身份和数据的完整性。简单地说，所谓数字签名就是附加在数据单元上的一些数据，或是对数据单元所作的密码变换。这种数据或变换允许数据单元的接收者用以确认数据单元的来源和数据单元的完整性并保护数据，防止被人(例如接收者)进行伪造。

完整性技术指发送者对传送的信息报文，根据某种算法生成一个信息报文的摘要值，并将此摘要值与原始报文一起通过网络传送给接收者，接收者用此摘要值来检验信息报文在网络传送过程中有没有发生变化，以此来判断信息报文的真实与否。

身份认证是指采用各种认证技术，确认信息的来源和身份，以防假冒。

试题 44 答案

（22）D

试题 45（2008 年上半年试题 23）

在__(23)__中，①代表的技术通过对网络数据的封包和加密传输，在公网上传输私有数据、达到私有网络的安全级别；②代表的技术把所有传输的数据进行加密，可以代替 Telnet，可以为 FTP 提供一个安全的 "通道"；③代表的协议让持有证书的 Internet 浏览器软件和 WWW 服务器之间构造安全通道传输数据，该协议运行在 TCP/IP 层之上，应用层之下。

（23）A．①SSH ②VPN ③SSL　　　　B．①VPN ②SSH ③SSL

　　　 C．①VPN ②SSL ③SSH　　　　D．①SSL ②VPN ③SSH

试题 45 分析

通过使用 SSH（Secure Shell，安全外壳），可以把所有传输的数据进行加密，这样 "中间人" 这种攻击方式就不可能实现了，而且也能够防止 DNS 欺骗和 IP 欺骗。使用 SSH，还有一个额外的好处就是传输的数据是经过压缩的，所以可以加快传输的速度。SSH 有很多功能，它既可以代替 Telnet，又可以为 FTP、POP，甚至为 PPP 提供一个安全的通道。

试题 45 答案

（23）B

试题 46（2008 年下半年试题 4）

TCP/IP 在多个层引入了安全机制，其中 TLS 协议位于__(4)__。

（4）A．数据链路层　　　　B．网络层　　　　C．传输层　　　　D．应用层

试题 46 分析

TLS（Transport Layer Security，传输层安全协议）是确保互联网上通信应用和其用户隐私的协议。当服务器和客户机进行通信，TLS 确保没有第三方能窃听或盗取信息。TLS 是安全套接字层（Security Socket Layer，SSL）的后继协议。TLS 由两层构成，分别是 TLS 记录协议和 TLS 握手协议。TLS 记录协议使用机密方法，如数据加密标准（DES），来保证连接安全。TLS 记录协议也可以不使用加密技术。TLS 握手协议使服务器和客户机在数据交换之前进行相互鉴定，并协商加密算法和密钥。

试题 46 答案

（4）C

试题 47（2008 年下半年试题 5）

关于 RSA 算法的叙述不正确的是 (5) 。
（5）A．RSA 算法是一种对称加密算法
　　B．RSA 算法的运算速度比 DES 慢
　　C．RSA 算法可用于某种数字签名方案
　　D．RSA 的安全性主要基于素因子分解的难度

试题 47 分析

请参考试题 8 的分析。

试题 47 答案

（5）A

试题 48（2008 年下半年试题 6）

信息安全管理体系是指 (6) 。
（6）A．网络维护人员的组织体系
　　B．信息系统的安全设施体系
　　C．防火墙等设备、设施构建的安全体系
　　D．组织建立信息安全方针和目标并实现这些目标的体系

试题 48 分析

信息安全管理体系是指通过计划、组织、领导、控制等措施以实现组织信息安全目标的相互关联或相互作用的一组要素，是组织建立信息安全方针和目标并实现这些目标的体系。这些要素通常包括信息安全组织机构、信息安全管理体系文件、控制措施、操作过程和程序以及相关资源等。信息安全管理体系中的要素通常包括信息安全的组织机构；信息安全方针和策略；人力、物力、财力等相应资源；各种活动和过程。

信息安全管理体系通过不断地识别组织和相关方的信息安全要求，不断地识别外界环境和组织自身的变化，不断地学习采用新的管理理念和技术手段，不断地调整自己的目标、方针、

程序和过程等，才可以实现持续的安全。

试题 48 答案

（6）D

试题 49（2008 年下半年试题 7）

下列选项中，__(7)__ 是最安全的信息系统。

（7）A. ERP-CRM　　　　　B. MRPII　　　　　C. MIS-S　　　　　D. S-MIS

试题 49 分析

请参考试题 27 的分析。

试题 49 答案

（7）D

试题 50（2008 年下半年试题 8）

__(8)__ 指对主体访问和使用客体的情况进行记录和审查，以保证安全规则被正确执行，并帮助分析安全事故产生的原因。

（8）A. 安全授权　　　B. 安全管理　　　C. 安全服务　　　D. 安全审计

试题 50 分析

安全审计是指对主体访问和使用客体的情况进行记录和审查，以保证安全规则被正确执行，并帮助分析安全事故产生的原因。安全审计是落实系统安全策略的重要机制和手段，通过安全审计识别与防止计算机网络系统内的攻击行为、追查计算机网络系统内的泄密行为。它是信息安全保障系统中的一个重要组成部分。具体包括两个方面的内容：

（1）采用网络监控与入侵防范系统，识别网络中各种违规操作与攻击行为，即时响应并进行阻断。

（2）对信息内容和业务流程的审计，可以防止内部机密或敏感信息的非法泄露和单位资产的流失。

试题 50 答案

（8）D

试题 51（2008 年下半年试题 9）

安全管理是信息系统安全能动性的组成部分，它贯穿于信息系统规划、设计、运行和维护的各个阶段。安全管理中的介质安全属于 __(9)__ 。

（9）A. 技术安全　　　B. 管理安全　　　　　C. 物理安全　　　D. 环境安全

试题 51 分析

网络安全的层次可以分为物理安全、控制安全、服务安全、协议安全。其中物理安全措施包括环境安全、设施和设备安全（设备管理包括设备的采购、使用、维修和存储管理，并建立详细资产清单；设备安全主要包括设备防盗、防毁、防电磁泄漏、防线路截获、抗电磁干扰及电源保护）、介质安全（对介质及其数据进行安全保护，防止损坏、泄露和意外失误）。

试题 51 答案

（9）C

试题 52（2008 年下半年试题 16）

根据 GB50174—1993《电子计算机机房设计规范》，计算机网络机房应选择采用四种接地方式。（16）接地系统是将电源的输出零电位端与地网连接在一起，使其成为稳定的零电位。要求该接地的地线与大地直接相通，其接地电阻要求小于 1Ω。

（16）A．交流工作　　　　B．线槽　　　　C．直流工作　　　　D．防雷

试题 52 分析

GB50174—1993《电子计算机机房设计规范》对于接地方面的规定如下：

电子计算机机房接地装置的设置应满足人身的安全及电子计算机正常运行和系统设备的安全要求。电子计算机机房应采用下列四种接地方式。

（1）交流工作接地：该接地系统把交流电源的地线与电动机、发电机等交流电动设备的接地点连接在一起，然后，再将它们与大地相连接。交流电接地电阻要求小于 4Ω。

（2）安全工作接地：为了屏蔽外界的干扰、漏电以及电火花等，所有计算机网络设备的机箱、机柜、机壳、面板等都需接地，该接地系统称为安全地。安全地接地电阻要求小于 4Ω。

（3）直流工作接地：这种接地系统事将电源的输出零电位端与地网连接在一起，使其成为稳定的零电位。要求地线与大地直接相通，并具有很小的接地电阻。直流电接地电阻要求小于 1Ω。

（4）防雷接地，执行国家标准《建筑防雷设计规范》。

交流工作接地、安全工作接地、直流工作接地都必须单独与大地连接，互相的间距不能小于 15m。地线也不要与其他电力系统的传输线绕在一起并行走线，以防电力线上的电磁信号干扰地线。

交流工作接地、安全保护接地、直流工作接地、防防雷接地等四种接地宜共用一组接地装置，其接地电阻按其中最小值确定；若防雷接地单独设置接地装置时，其余三种接地宜共用一组接地装置，其接地电阻不应大于其中最小值，并应按现行国标准《建筑防雷设计规范》要求采取防止反击措施。

对直流工作接地有特殊要求需单独设置接地装置的电子计算机系统，其接地电阻值及与其他接地装置的接地体之间的距离，应按计算机系统及有关规定的要求确定。

电子计算机系统的接地应采取单点接地并宜采取等电位措施。当多个电子计算机系统共用一组接地装置时，宜将各电子计算机系统分别采用接地线与接地体连接。

试题 52 答案

（16）C

试题 53（2008 年下半年试题 21）

____（21）____不属于网络接入技术范畴。

（21）A. ADSL   B. 802.11   C. UDDI   D. Cable Modem

试题 53 分析

显然，UDDI（通用发现、描述和集成）不属于网络接入技术，它是 Web Services 中的一个协议。

试题 53 答案

（21）C

试题 54（2009 年上半年试题 1）

安全审计是保障计算机系统安全的重要手段之一，其作用不包括____（1）____。

（1）A. 检测对系统的入侵   B. 发现计算机的滥用情况

      C. 发现系统入侵行为和潜在的漏洞   D. 保证可信网络内部信息不外泄

试题 54 分析

安全审计的作用如下：

（1）检测对系统的入侵，对潜在的攻击者起到震慑或警告作用。

（2）发现计算机的滥用情况，对于已经发生的系统破坏行为提供有效的追纠证据。

（3）为系统安全管理员提供有价值的系统使用日志，从而帮助系统安全管理员及时发现系统入侵行为或潜在的系统漏洞。

（4）为系统安全管理员提供系统运行的统计日志，使系统安全管理员能够发现系统性能上的不足或需要改进与加强的地方。

而为了保护高安全度网络环境而产生的、可以确保把有害攻击隔离在可信网络之外，并保证可信网络内部信息不外泄的前提下，完成网间信息的安全交换的技术属于安全隔离技术。

试题 54 答案

（1）D

试题 55（2009 年上半年试题 2~3）

网络安全包含了网络信息的可用性、保密性、完整性和真实性。防范 DoS 攻击是提高____（2）____的措施，数字签名是保证____（3）____的措施。

（2）A. 可用性   B. 保密性   C. 完整性   D. 真实性

（3）A. 可用性   B. 保密性   C. 完整性   D. 真实性

试题 55 分析

DoS（Denial of Service，拒绝服务）是一种利用合理的服务请求占用过多的服务资源，从而使合法用户无法得到服务响应的网络攻击行为，导致网络系统不可用。

数字签名可以确保电子文档的真实性并可以进行身份验证，以确认其内容是否被篡改后伪造。数字签名是确保电子文档真实性的技术手段。

试题 55 答案

（2）A　　　（3）D

试题 56（2009 年上半年试题 4）

防火墙把网络划分为几个不同的区域，一般把对外提供网络服务的设备（如 WWW 服务器、FTP 服务器）放置于 __(4)__ 区域。

（4）A．信任网络　　B．非信任网络　　C．半信任网络　　D．DMZ（非军事化区）

试题 56 分析

传统边界防火墙主要有以下四种典型的应用：

（1）控制来自因特网对内部网络的访问。

（2）控制来自第三方局域网对内部网络的访问。

（3）控制局域网内部不同部门网络之间的访问。

（4）控制对服务器中心的网络访问。

而其中的第一项应用"控制来自因特网对内部网络的访问"是一种应用最广，也是最重要的防火墙应用环境。在这种应用环境下，防火墙主要保护内部网络不遭受因特网用户（主要是指非法的黑客）的攻击。在这种应用环境中，一般情况下防火墙网络可划分为 3 个不同级别的安全区域：

（1）内部网络。这是防火墙要保护的对象，包括全部的企业内部网络设备及用户主机。这个区域是防火墙的可信区域（这是由传统边界防火墙的设计理念决定的）。

（2）外部网络。这是防火墙要防护的对象，包括外部因特网主机和设备。这个区域为防火墙的非可信网络区域（同样也是由传统边界防火墙的设计理念决定的）。

（3）DMZ（非军事区）。它是从企业内部网络中划分的一个小区域，在其中就包括内部网络中用于公众服务的外部服务器，如 Web 服务器、邮件服务器、FTP 服务器和外部 DNS 服务器等，它们都是为因特网提供某种信息服务。

在以上 3 个区域中，用户需要对不同的安全区域采取不同的安全策略。虽然内部网络和 DMZ 区都属于企业内部网络的一部分，但它们的安全级别（策略）是不同的。对于要保护的大部分内部网络，一般情况下禁止所有来自因特网用户的访问；而由企业内部网络划分出去的 DMZ 区，因需为因特网应用提供相关的服务，因此允许任何人对诸如 Web 服务器进行正常的访问。

试题 56 答案

（4）D

试题 57（2009 年上半年试题 13）

假设需要把 25 盒磁带数据（每盒磁带数据量 40GB）从甲地转送到乙地，甲、乙相距 1km，可以采用的方法有汽车运输和 TCP/IP 网络传输，网络传输介质可选用双绞线、单模光纤、多模光纤等。通常情况下，采用　__(13)__　介质，所用时间最短。

（13）A．汽车　　B．双绞线　　　C．多模光纤　　D．单模光纤

试题 57 分析

25 盒磁带数据（每盒磁带数据量 40GB），所需传输的数据总量为：

$$25×40GB= 1000GB= 1TB$$

（1）有线传输。此方案需要读磁带，目前最好的磁盘机要将一盘数据读出就需要 2 小时，所以即使同时使用 25 台磁盘机来操作，并且忽略传输时间，也需要 2 小时以上。

有线传输介质传输参数如表 3-3 所示。

表 3-3　有线传输介质各项参数

线缆名称	传输距离	传输速度	成本	安装	传输 1TB 数据最快所需时间
屏蔽双绞线	100m	10～1000Mb/s	较低	容易	2 小时 13 分钟
非屏蔽双绞线	100m	10～1000Mb/s	最低	最容易	2 小时 13 分钟
多模光纤	2km	51～1000Mb/s	次贵	最难	2 小时 13 分钟
单模光纤	2～10km	1～10Gb/s	最贵	最难	13 分钟

（2）汽车运输。汽车传输无须读磁带、转换磁带。假定汽车的时速为 30km/h，汽车运输所需的总时间为 2 分钟。

试题 57 答案

（13）A

试题 58（2009 年上半年试题 40）

下列有关广域网的叙述中，正确的是　__(40)__　。

（40）A．广域网必须使用拨号接入

　　　B．广域网必须使用专用的物理通信线路

　　　C．广域网必须进行路由选择

　　　D．广域网都按广播方式进行数据通信

试题 58 分析

广域网（Wide Area Network，WAN）连接地理范围较大，常常是一个国家或是一个省，其目的是为了让分布较远的各局域网互联，所以它的结构又分为末端系统（末端的用户集合）和通信系统（中间链路）两部分。通信系统是广域网的关键，它主要有以下几种：

（1）公共电话网（Public Switched Telephone Network，PSTN）。

（2）综合业务数字网（Integrated Service Digital Network，ISDN）。

（3）专线（Leased Line），在国内称为 DDN。

（4）X.25 网，有冗余纠错功能，可靠性高，但速度慢，延迟大。

（5）帧中继（Frame Relay）可实现一点对多点的连接。

（6）异步传输模式（Asynchronous Transfer Mode，ATM），是一种信元交换网络，最大的

特点是速率高、延迟小、传输质量有保障，但成本也很高。

广域网必须进行路由选择。广域网的常用设备有：

（1）路由器。广域网通信过程根据地址来寻找到达目的地的路径，这个过程在广域网中称为"路由"。路由器负责在各段广域网和局域网间根据地址建立路由，将数据送到最终目的地。

（2）调制解调器。作为终端系统和通信系统之间信号转换的设备，是广域网中必不可少的设备之一。

广域网与局域网计算机交换数据要通过路由器或网关的 NAT（网络地址转换）进行。一般来说，局域网内计算机发起的对外连接请求，路由器或网关都不会加以阻拦，但来自广域网对局域网内计算机连接的请求，路由器或网关在绝大多数情况下都会把关。

试题 58 答案

（40）C

试题 59（2009 年下半年试题 15）

"需要时，授权实体可以访问和使用的特性"指的是信息安全的__（15）__。

（15）A．保密性　　　　B．完整性　　　C．可用性　　　D．可靠性

试题 59 分析

所有的信息安全技术都是为了达到一定的安全目标，其核心包括保密性、完整性、可用性、可控性和不可否认性 5 个安全目标。

保密性是指阻止非授权的主体阅读信息。它是信息安全一诞生就具有的特性，也是信息安全主要的研究内容之一。更通俗地讲，就是说未授权的用户不能够获取敏感信息。对纸质文档信息，只需要保护好文件，不被非授权者接触即可。而对计算机及网络环境中的信息，不仅要阻止非授权者对信息的阅读，还要阻止授权者将其访问的信息传递给非授权者，以致信息被泄露。

完整性是指防止信息被未经授权地篡改。它是保护信息保持原始的状态，使信息保持其真实性。如果这些信息被蓄意地修改、插入和删除等，形成虚假信息将带来严重的后果。

可用性是指授权主体在需要信息时能及时得到服务的能力。可用性是在信息安全保护阶段对信息安全提出的新要求，也是在网络化空间中必须满足的一项信息安全要求。

可控性是指对信息和信息系统实施安全监控管理，防止非法利用信息和信息系统。

不可否认性是指在网络环境中，信息交换的双方不能否认其在交换过程中发送信息或接收信息的行为。

试题 59 答案

（15）C

试题 60（2009 年下半年试题 16）

__（16）__ 不是超安全的信息安全保障系统（S^2-MIS）的特点或要求。

（16）A．硬件和系统软件通用

　　　B．PKI/CA 安全保障系统必须带密码

　　　C．业务应用系统在实施过程中有重大变化

　　　D．主要的硬件和系统软件需要 PKI/CA 认证

试题 60 分析

请参考试题 27 的分析。

试题 60 答案

（16）A

试题 61（2009 年下半年试题 17）

信息安全从社会层面来看，反映在　（17）　这三个方面。

（17）A．网络空间的幂结构规律、自主参与规律和冲突规律

　　　B．物理安全、数据安全和内容安全

　　　C．网络空间中的舆论文化、社会行为和技术环境

　　　D．机密性、完整性、可用性

试题 61 分析

信息安全从社会层面的角度来看，反映网络空间的舆论文化、社会行为、技术环境三个方面。

（1）舆论文化：互联网的高度开放性，使得网络信息得以迅速而广泛的传播，且难以控制，使得传统的国家舆论管制的平衡被轻易打破，进而冲击着国家安全。境内外敌对势力、民族分裂组织利用信息网络，不断散布谣言、制造混乱，推行与我国传统道德相违背的价值观。有害信息的失控会在意识形态、道德文化等方面造成严重后果，导致民族凝聚力下降和社会混乱，直接影响到国家现行制度和国家政权的稳固。

（2）社会行为：有意识或针对信息及信息系统进行违法犯罪的行为，包括网络窃密、泄密、散播病毒、信息诈骗、为信息系统设置后门、攻击各种信息系统等违法犯罪行为；控制或致瘫基础信息网络和重要信息系统的网络恐怖行为；国家间的对抗行为——网络信息战。

（3）技术环境：由于信息系统自身存在的安全隐患，而难以承受所面临的网络攻击，或不能在异常状态下运行。主要包括系统自身固有的技术脆弱性和安全功能不足；构成系统的技术核心、关键装备缺乏自主可控制；对系统的宏观与微观管理的技术能力薄弱等。

试题 61 答案

（17）C

试题 62（2009 年下半年试题 18）

在 X.509 标准中，数字证书一般不包含　（18）　。

（18）A．版本号　　　B．序列号　　　C．有效期　　　D．密钥

试题 62 分析

在 PKI/CA 架构中，拥有一个重要的标准就是 X.509 标准，数字证书就是按照 X.509 标准制作的。本质上，数字证书是一种数据结构，它把一个密钥（明确的是公钥，而暗含的是私钥）绑定到一个用户身份上。整个证书有可信赖的第三方签名。目前，X.509 有不同的版本，但都是在原有版本（X.509V1）的基础上进行功能的扩充，其中每一版本必须包含下列信息。

- √ 版本号：用来区分 X.509 的不同版本号。
- √ 序列号：由 CA 给每一个证书分配唯一的数字型编号。
- √ 签名算法标识符：用来指定用 CA 签发证书时所使用的签名算法。
- √ 认证机构：即发出该证书的机构唯一的 CA 的 X.509 名字。
- √ 有效期限：证书有效的时间。
- √ 主体信息：证书持有人的姓名、服务处所等信息。
- √ 认证机构的数字签名：以确保这个证书在发放之后没有被改过。
- √ 公钥信息：包括被证明有效的公钥值和加上使用这个公钥的方法名称。

一个证书主体可以有多个证书，证书主体可以被多个组织或社团的其他用户识别。

试题 62 答案

（18）D

试题 63（2009 年下半年试题 19）

应用 __（19）__ 软件不能在 Windows 环境下搭建 WEB 服务器。

（19）A．IIS   B．Serv-U   C．WebSphere   D．WebLogic

试题 63 分析

在 Windows 环境中，常用来搭建 Web 服务器的软件有：

IIS（Internet Information Server）是一个 World Wide Web Server，Gopher Server 和 FTP Server 全部包容在里面。它可以发布网页，并且有 ASP、Java 和 VBScript 产生页面，有着一些扩展功能。IIS 支持一些有趣的东西，像有编辑环境的界面(FRONTPAGE)、有全文检索功能的、有多媒体功能的。

WebShare 是 IBM 的集成软件平台。它包含了编写、运行和监视 Web 应用程序和跨平台、跨产品解决方案所需要的整个中间件基础设施，如服务器、服务和工具。

WebLogic 是用于开发、集成、部署和管理大型分布式 Web 应用、网络应用和数据库应用的 Java 应用服务器。将 Java 的动态功能和 Java Enterprise 标准的安全性引入大型网络应用的开发、集成、部署和管理之中。

Serv-U 只能用来搭建 FTP 服务器，不能用来搭建 Web 服务器。

试题 63 答案

（19）B

试题 64（2009 年下半年试题 20）

下列接入网类型和相关技术的术语中，对应关系错误的是 __（20）__ 。

（20）A．ADSL——对称数字用户环路　　　　B．PON——无源光网络

　　　　C．CDMA——码分多址　　　　　　　D．VDSL——甚高速数字用户环路

试题 64 分析

通常将接入网分为以下几大类：基于普通电话线的 xDSL 接入；同轴电缆上的双向混合光纤同轴电缆接入传输系统 HFC；光纤接入系统和宽带接入系统等。这个网络既可以单独使用，也可以混合使用。涉及的一些类型和技术的对应关系如下所示。

- √ IDSL：ISDN 数字用户环路。
- √ HDSL：两对线双向对称传输 2Mb/s 的高速数字用户环路。
- √ SDSL：一对线双向对称传输 2Mb/s 的数字用户环路。
- √ VDSL：甚高速数字用户环路。
- √ ADSL：不对称数字用户环路。
- √ FDMA：频分多址。
- √ TDMA：时分多址。
- √ CDMA：码分多址。

试题 64 答案

（20）A

试题 65（2009 年下半年试题 21）

　　__（21）__ 不属于网络存储结构或方式。

（21）A．直连式存储　　B．哈希散列表存储　　C．网络存储设备　　D．存储网络

试题 65 分析

选取某个函数，依该函数按关键码计算元素的存储位置，并按此存放。查找时，由同一个函数对给定值 kx 计算地址，将 kx 与地址单元中元素关键码进行比较，确定查找是否成功，这就是哈希方法（杂凑法）。哈希方法中使用的转换函数称为哈希函数（杂凑函数），按这个思想构造的表称为哈希表（杂凑表）。可见，哈希散列表存储并不是网络存储结构或方式，而直连式存储、网络存储设备、存储网络都属于网络存储结构或方式。

试题 65 答案

（21）B

试题 66（2009 年下半年试题 22）

　　__（22）__ 不是结构化综合布线的优点。

（22）A．有利于不同网络协议间的转换　　　　B．移动、增加和改变配置容易

　　　　C．单点故障隔离　　　　　　　　　　D．网络管理简单易行

试题 66 分析

计算机网络结构化综合布线系统是美国贝尔实验室专家们经过多年研究推出的基于星型拓扑结构的模块系统。结构化布线系统提供了以太网最初开发时不可能提供的功能，它提供了

一个稳定的布线设施，以支持高速局域网通信，并具有如下优点：

（1）电缆和布线系统具有可控的电气特性。

（2）星型布线拓扑结构，为每台设备提供专用介质。

（3）每条电缆都终结在放置 LAN 集线器和电缆互连设备的配线间中。

（4）移动、增加和改变配置容易。

（5）局域网技术的独立性。

（6）单点故障隔离。

（7）网络管理简单易行。

（8）网络设备安全。

是否有利于不同网络协议间的转换与是否采用结构化综合布线无关，也不被列入结构化综合布线的优点。

试题 66 答案

（22）A

试题 67（2009 年下半年试题 23）

ADSL Modem 和 HUB 使用双绞线进行连接时，双绞线两端的 RJ45 端头需要 __（23）__ 。

（23）A．两端都按 568A 线序制作

    B．两端都按 568B 线序制作

    C．一端按 568A 线序制作，一段按 568B 线序制作

    D．换成 RJ11 端头才能进行连接

试题 67 分析

在使用双绞线时，有以下两种不同的制作方法。

（1）直连线（直通线）： 用于连接非同种设备（例如网卡和集线器，计算机和交换机等）。直连线的两端均按 EIA/TIA 568A 线序，或均按 EIA/TIA 568B 线序。双绞线的每组线在两端是一一对应的，颜色相同的线在两端水晶头的相应槽中的位置保持一致。

（2）反跳线： 也称为交叉线，用于连接同种设备（例如两块网卡等）。交叉线的一端按 EIA/TIA 568A 线序，另一端按 EIA/TIA 568B 线序。即 A 端水晶头的 1、2 对应 B 端水晶头的 3、6，而 A 端水晶头的 3、6 对应 B 端水晶头的 1、2。

试题 67 答案

（23）C

试题 68（2010 年上半年试题 15）

一个密码系统，通常简称为密码体制。可由五元组（M,C,K,E,D）构成密码体制模型，以下有关叙述中，__（15）__ 是不正确的。

（15）A．M 代表明文空间；C 代表密文空间；K 代表密钥空间；E 代表加密算法；D 代表解密算法

  B．密钥空间是全体密钥的集合，每一个密钥 K 均由加密密钥 Ke 和解密密钥 Kd 组成，即有 $K=<Ke,Kd>$

  C．加密算法是一簇由 M 到 C 的加密变换，即有 $C=（M,Kd）$

  D．解密算法是一簇由 C 到 M 的加密变换，即有 $M=（C,Kd）$

试题 68 分析

显然，选项 C 是不正确的，其中的 Kd（解密密钥）应替换为 Ke（加密密钥）。

试题 68 答案

（15）C

试题 69（2010 年上半年试题 16）

某商业银行在 A 地新增一家机构，根据《计算机信息安全保护等级划分准则》，其新成立机构的信息安全保护等级属于　(16)　。

（16）A．用户自主保护级　　　　　　　B．系统审计保护级

  C．结构化保护级　　　　　　　　D．安全标记保护级

试题 69 分析

请参考试题 12 的分析。

试题 69 答案

（16）D

试题 70（2010 年上半年试题 17）

网吧管理员小李发现局域网中有若干台电脑有感染病毒的迹象，这时应首先　(17)　，以避免病毒的进一步扩散。

（17）A．关闭服务器　　　　　　　　　B．启动反病毒软件查杀

  C．断开有嫌疑计算机的物理网络连接　　D．关闭网络交换机

试题 70 分析

当发现局域网中有若干台电脑有感染病毒迹象时，网吧管理员应该首先立即断开有嫌疑的计算机的物理网络连接，查看病毒的特征，看看这个病毒是最新的病毒，还是现有反病毒软件可以处理的。如果现有反病毒软件能够处理，只是该计算机没有安装反病毒软件或者禁用了反病毒软件，可以立即开始对该计算机进行查杀工作。如果是一种新的未知病毒，那只有求教于反病毒软件厂商和因特网，找到查杀或者防范的措施，并立即在网络中的所有计算机上实施。

试题 70 答案

（17）C

试题 71（2010 年上半年试题 18）

在构建信息安全管理体系中，应建立起一套动态闭环的管理流程，这套流程指的是　(18)　。

（18）A．评估—响应—防护—评估　　　　B．检测—分析—防护—检测
　　　C．评估—防护—响应—评估　　　　D．检测—评估—防护—检测

试题 71 分析

信息安全管理体系的建立是一个目标叠加的过程，是在不断发展变化的技术环境中进行的，是一个动态的、闭环的风险管理过程；要想获得有效的成果，需要从评估、响应、防护，到再评估。这些都需要企业从高层到具体工作人员的参与和重视，否则只能是流于形式与过程，无法起到真正有效的安全控制的目的和作用。

试题 71 答案

（18）A

试题 72（2010 年上半年试题 19）

IEEE802 系列规范、TCP 协议、MPEG 协议分别工作在　（19）　。
（19）A．数据链路层、网络层、表示层　　B．数据链路层、传输层、表示层
　　　C．网络层、网络层、应用层　　　　D．数据链路层、传输层、应用层

试题 72 分析

在开放式系统互连参考模型 OSI 七层模型中，最典型的数据链路层协议是 IEEE 开发的 802 系列规范，在该系列规范中将数据链路层分成了两个子层：逻辑链路控制层（LLC）和介质访问控制层（MAC）。LLC 层负责建立和维护两台通信设备之间的逻辑通信链路；MAC 层控制多个信息复用一个物理介质。MAC 层提供对网片的共享访问与网卡的直接通信。网卡在出厂前会被分配唯一的由 12 位十六进制数表示的 MAC 地址，MAC 地址可提供给 LLC 层来建立同一个局域网中两台设备之间的逻辑链路。

工作在传输层的协议有 TCP、UDP、SPX，其中 TCP 和 UDP，都属于 TCP/IP 协议族。

在 OSI 参考模型中表示层的规范包括数据编码方式的约定、本地句法的转换。各种表示数据的格式的协议也属于表示层，例如 MPEG、JPEG 等。

试题 72 答案

（19）B

试题 73（2010 年上半年试题 20）

一个网络协议至少包括三个要素，　（20）　不是网络协议要素。
（20）A．语法　　　B．语义　　　C．层次　　　D．时序

试题 73 分析

网络协议三要素如下：

语法：确定通信双方"如何讲"，定义用户数据与控制信息的结构和格式。

语义：确定通信双方"讲什么"，定义了需要发出何种控制信息、完成的动作，以及做出的响应。

时序：确定通信双方"讲话的次序"，对事件实现顺序进行详细说明。

试题 73 答案

（20）C

试题 74（2010 年上半年试题 21）

以下网络存储模式中，真正实现即插即用的是___(21)___。

（21）A．DAS　　　　　B．NAS　　　　　C．open SAN　　　　　D．智能化 SAN

试题 74 分析

网络存储技术是基于数据存储的一种通用网络术语。网络存储设备提供网络信息系统的信息存取和共享服务，其主要特征体现在：超大存储容量、大数据传输率，以及高系统可用性。要实现存储设备的性能特征，采用 RAID 作为存储实体是所有厂家的必然选择。传统的网络存储设备都是将 RAID 硬盘阵列直接连接到网络系统的服务器上，这种形式的网络存储结构称为 DAS（Direct Attached Storage），目前，按照信息存储系统的构成，SAN（Storage Area Network）和 NAS（Network Attached Storage）是常见的两种选择，它们代表了网络存储的最新成果。

（1）**网络附加存储**。在 NAS 存储结构中，存储系统不再通过 I/O 总线附属于某个特定的服务器或客户机，而是直接通过网络接口与网络直接相连，由用户通过网络访问。NAS 实际上是一个带有瘦服务器（Thin Server）的存储设备，其作用类似于一个专用的文件服务器。这种专用存储服务器不同于传统的通用服务器，它去掉了通用服务器原有的且不适用的大多数计算功能，而仅仅提供文件系统功能用于存储服务，大大降低了存储设备的成本。为方便存储服务器到网络之间以最有效的方式发送数据，专门优化了系统硬软件体系结构、多线程、多任务的网络操作系统内核特别适合处理来自网络的 I/O 请求，不仅响应速度快，而且数据传输速率也很高。NAS 可以通过集线器或交换机方便地接入到用户网络上，是一种即插即用的网络设备，为用户提供了易于安装、易于使用和管理、可靠性高和可扩展性好的网络存储解决方案。

（2）**存储区域网络**。SAN 是一种类似于普通局域网的调整存储网络，它提供了一种与现有局域网连接的简易方法，允许企业独立地增加它们的存储容量，并使网络性能不至于受到数据访问的影响。这种独立的专有网络存储方式使得 SAN 具有不少优势：可扩展性高，存储硬件功能的发挥不受 LAN 的影响；易管理，集中式管理软件使远程管理和无人值守得以实现；容错能力强。

Open SAN（开放式存储区域网）是 SAN 存储技术发展的最高境界，它可以在不考虑服务器操作系统或存储设备制造商的情况下，将任何平台的服务器、存储系统完整地连接起来，完全实现 SAN 技术所承诺的一切。目前，众多高速发展的机构下密切关注 Open SAN 的进展。Open SAN 指的是在包括服务器、磁盘、磁带存储和交换机在内的各种水平的 SAN 环境中，遵循已公布的业界标准，用通用工具管理存储数据。SAN 能为任何类型的服务器、操作系统、应用与文件系统的组合提供存储的集中区域。相对于封闭的 SAN 来说，设备要由单一厂商提供且通常需要额外的软件。开放式 SAN 的优势是：它可以选择任何厂商的产品，采用最优的存储设备、服务器和应用程序以满足业务需求；保证对现存的存储设备、服务器和应用程序的投资保护；在存储和 SAN 基础结构之间有一组开放接口，便于用户应用实施。

智能化 SAN 是 SAN 在向智能化的方向发展。智能化的 SAN 的好处是：管理功能内嵌，使服务器和存储控制器摆脱了管理负荷，发挥最优的性能；分布式智能可以使 SAN 具有高可靠性、可用性和可伸缩性；智能化的 SAN 为实施异构平台环境的先进和存储管理功能奠定了基础。集成的 SAN 可以做到：智能化的基础结构与存储设备和存储管理功能的完整集成，可产生经互操作认证的 SAN 解决方案；有保证的可伸缩性、可管理性和可服务性；完整的设计、实施和支持来自同一厂家。

试题 74 答案

（21）B

试题 75（2010 年上半年试题 22）

依照 EIA/TIA—568A 标准的规定，完整的综合布线系统包括＿＿（22）＿＿。
①建筑群子系统　　②设备间子系统　　③垂直干线子系统
④管理子系统　　　⑤水平子系统　　　⑥工作区子系统
（22）A．①②③④⑤⑥　　B．①②③④⑥　　C．①②④⑥　　D．②③④⑤⑥

试题 75 分析

依照 EIA/TIA—568A 标准的规定，从功能上看，综合布线系统包括工作区子系统、水平子系统、管理子系统、垂直干线子系统、设备间子系统和建筑群子系统，如图 3-5 所示。

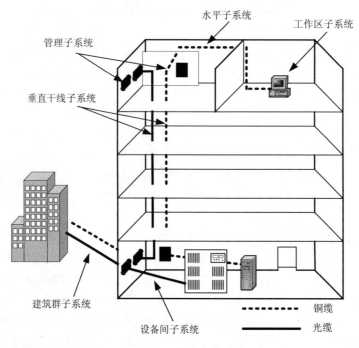

图 3-5　综合布线系统

（1）工作区子系统。 工作区子系统由终端设备连接到信息插座之间的设备组成，包括信息插座、插座盒、连接跳线和适配器。

（2）水平区子系统（水平干线子系统、水平子系统）。水平区子系统应由工作区用的信息插座，以及楼层分配线设备至信息插座的水平电缆、楼层配线设备和跳线等组成。一般情况下，水平电缆应采用 4 对双绞线电缆。在水平子系统有高速率应用的场合，应采用光缆，即光纤到桌面。水平子系统根据整个综合布线系统的要求，应在二级交接间、交接间或设备间的配线设备上进行连接，以构成电话、数据、电视系统和监视系统，并方便进行管理。

（3）管理间子系统。管理间子系统设置在楼层分配线设备的房间内。管理间子系统应由交接间的配线设备，以及输入/输出设备等组成，也可应用于设备间子系统中。管理间子系统应采用单点管理双交接。交接场的结构取决于工作区、综合布线系统规模和所选用的硬件。在管理规模大、复杂、有二级交接间时，才设置双点管理双交接。在管理点，应根据应用环境用标记插入条来标出各个端接场。

（4）垂直干线子系统（垂直子系统、垂直干线子系统）。通常是由主设备间（如计算机房、程控交换机房）提供建筑中最重要的铜线或光纤线主干线路，是整个大楼的信息交通枢纽。一般它提供位于不同楼层的设备间和布线框间的多条连接路径，也可连接单层楼的大片地区。

（5）设备间子系统。设备间是在每一幢大楼的适当地点设置进线设备，进行网络管理及管理人员值班的场所。设备间子系统应由综合布线系统的建筑物进线设备、电话、数据、计算机和不间断电源等各种主机设备及其保安配线设备等组成。

（6）建筑群子系统（楼宇子系统）。建筑群子系统是将一栋建筑的线缆延伸到建筑群内的其他建筑的通信设备和设施。它包括铜线、光纤，以及防止其他建筑电缆的浪涌电压进入本建筑的保护设备。在设计建筑群子系统时，应考虑地下管道辅设的问题。

试题 75 答案

（22）A

试题 76（2010 年上半年试题 23）

某承建单位根据《电子信息系统机房设计规范》中电子信息系统机房 C 级标准的要求，承担了某学校机房的施工任务。在施工中，___(23)___ 行为是不正确的。

（23）A. 在机房防火方面遵守了二级耐火等级

　　　B. 在机房内设置了洁净气体灭火系统，配置了专用空气呼吸器

　　　C. 将所有设备的金属外壳、各类金属管道、金属线槽、建筑物金属结构等进行等电位联结并接地

　　　D. 将安全出口的门设为向机房内部开启

试题 76 分析

《电子信息系统机房设计规范》指出：

电子信息系统机房应根据使用性质、管理要求及由于场地设备故障导致网络运行中断在经济和社会上造成的损失或影响程度，将电子信息系统机房划分为 A、B、C 三级。

A 级为容错型，在系统需要运行期间，其场地设备不应因操作失误、设备故障、维护和检修而导致电子信息系统运行中断。

B 级为冗余型，在系统需要运行期间，其场地设备在冗余能力范围内，不应因设备故障而

导致网络系统运行中断。

C 级为基本型，在场地设备正常运行情况下，应保证网络系统运行不中断。

在异地建立的备份机房，设计时应与原有机房等级相同。同一个机房内的不同部分可以根据实际需求，按照不同的等级进行设计。

《电子信息系统机房设计规范》从机房位置及设备布置、环境要求、建筑与结构、空气调节、电气技术、电磁屏蔽、网络布线、机房监控与安全防范、给水排水、消防等多个方面对设计规范进行说明。

建筑与结构部分"防火和疏散"中指出：电子信息系统机房的耐火等级不应低于二级；面积大于 60m² 的主机房，安全出口应不少于两个，且应分散布置，宜设于机房的两端。门应向疏散方向开启，且能自动关闭，并应保证在任何情况下都能从机房内开启。走廊、楼梯间应畅通，并应有明显的疏散指示标志。

电气技术部分"静电防护"中指出：电子信息系统机房内所有设备可导电金属外壳、各类金属管道、建筑物金属结构等均应作等电位连接，不应有对地绝缘的孤立导体。

消防部分"安全措施"中指出：凡设置洁净气体灭火的主机房，应配置专用空气呼吸器或氧气呼吸器。

试题 76 答案

（23）D

试题 77（2010 年下半年试题 15）

在 Windows 操作系统平台上采用通用硬件设备和软件开发工具搭建的电子商务信息系统宜采用 __（15）__ 作为信息安全系统架构。

（15）A. S²-MIS　　　　B. MIS+S　　　　C. S-MIS　　　　D. PMIS

试题 77 分析

请参考试题 27 的分析。

试题 77 答案

（15）C

试题 78（2010 年下半年试题 16）

某单位在制定信息安全策略时采用的下述做法中，正确的是 __（16）__ 。

（16）A. 该单位将安全目标定位为"系统永远不停机、数据永远不丢失、网络永远不瘫痪、信息永远不泄露"

　　　B. 该单位采用了类似单位的安全风险评估结果来确定本单位的信息安全保护等级

　　　C. 该单位的安全策略由单位授权完成制定，并经过单位的全员讨论修订

　　　D. 该单位为减少未经授权的修改、滥用信息或服务的机会，对特定职责和责任领域的管理和执行功能实施职责合并

试题 78 分析

安全策略是指人们为保护因为使用计算机业务应用信息系统可能招致来的对单位资产造成损失而进行保护的各种措施、手段，以及建立的各种管理制度、法规等。

一个单位的安全策略绝不能照搬别人的。一定是对本单位的计算机业务应用信息系统的安全风险（安全威胁）进行有效的识别、评估后，为如何避免单位的资产的损失，所采取的一切，包括各种措施、手段，以及建立的各种管理制度、法规等。

安全策略涉及技术的和非技术的、硬件的和非硬件的、法律的和非法律的各个方面。

一个单位要不要建立安全策略，实际上就是要不要抵御因为使用计算机业务应用信息系统可能招致来的风险（威胁）。答案一定是肯定的。所以，一个单位的安全策略。来源于单位的"安全风险（威胁）"，同时又是针对于单位的"安全风险（威胁）"来进行防护的。安全策略的归宿点（立脚点）就是单位的资产应得到充分的保护。

安全策略的核心内容就是"七定"：定方案、定岗、定位、定员、定目标、定制度、定工作流程。概括以上"七定"，可以归结一句话："七定"的结果就是确定了该单位/组织的计算机业务应用信息系统的安全如何具体地实现和保证。

由于计算机业务应用信息系统安全的事情涉及单位（企业、党政机关）能否正常运营，必须由单位的最高行政执行长官和部门或组织授权完成安全策略的制定，并经过单位的全员讨论修订。

安全策略一旦宣布实行之日起，安全策略就是单位（企业、党政机关）的内部的一个重要法规，任何人不得违反。有违反者，依法必纠，严重者，送交国家法律机关审处。

安全策略一定具有科学性、严肃性、非二义性和可操作性。

试题 78 答案

（16）C

试题 79（2010 年下半年试题 17）

通过从安全认证中心获得证书主体的 X.509 数字证书后，可以得知　(17)　。

（17）A．主体的主机序列号　　　　　B．主体的公钥

　　　 C．主体的属性证书　　　　　　D．主体对该证书的数字签名

试题 79 分析

请参考试题 62 的分析。

试题 79 答案

（17）B

试题 80（2010 年下半年试题 18）

某高校决定开发网络安全审计系统，希望该系统能够有选择地记录任何通过网络对应用系统进行的操作并对其进行实时与事后分析和处理；具备入侵实时阻断功能，同时不对应用系统本身的正常运行产生任何影响，能够对审计数据进行安全的保存；保证记录不被非法删除和

篡改。该高校的安全审计系统最适合采用 ___(18)___ 。

(18) A. 基于网络旁路监控的审计 　　　　　　B. 基于应用系统独立程序的审计
　　　 C. 基于网络安全入侵检测的预警系统　　D. 基于应用系统代理的审计

试题 80 分析

目前对重要应用系统运行情况的审计主要有四种，分别是基于主机操作系统代理、基于应用系统代理、基于应用系统独立程序和基于网络旁路监控方式。

(1) 基于主机操作系统代理。数据库操作系统（如 Oracle、SQLServer）、电子邮件系统（如 Microsoft Exchange）在启动自身审计功能之后自动将部分系统审核数据（如：用户登录活动、对象访问活动）传送到主机系统审计日志。然后，再通过运行于主机操作系统下一个实时监控代理程序来读取并分析系统审计日志中的相关数据。此方案与应用系统编程无关，所以通用性、实时性好，但审计粒度较粗，并且对确认的违规行为不能实现阻断控制。

(2) 基于应用系统代理。此种解决方案与基于主机操作系统代理不同之处在于：首先根据不同应用，设计开发不同的应用代理程序，并在相应的应用系统内运行。应用系统产生的审计数据不是直接传送给主机操作系统审核，而是首先由应用代理程序接收，再由其传送给主机操作系统审核，也可直接传送给主机操作系统实时监控代理程序处理。此方案的优点是：实时性好，且审计力度由用户控制，可以减少不必要的审核数据。缺点在于要为每个应用单独编写代理程序，因而与应用系统编程相关，通用性不如前者好。

(3) 基于应用系统独立程序。在应用系统内部嵌入一个与应用服务同步运行的专用的审计服务应用进程，用以全程跟踪应用服务进程的运行。以数据库系统为例，审计人员通过它建立一个监视文档库，作用是指定需要监视的数据库；指定需要监视的数据库的某个域（记录）；选择需要记录的数据库对象操作行为（OPEN、CREATE、UPDATE、DELETE）；选择需要记录的用户级行为（登录、创建、删除、授权）；选择审计日志产生后，通知审计人员的方式（人工查看、电子邮件、寻呼）。此方案与应用系统密切相关，每个应用系统都需开发相应的独立程序，通用性、实时性不好，价格将会较高。但审计力度可因需求而设置，并且用户工作界面与应用系统相同。现在最为有效的应用系统审计程序，已经解决了实时性问题，即在审计程序内增加一个能够和外部监控台保持实时通信的代理进程（Agent），外部监控台的作用一是在网络上实时监控若干个应用系统审计进程的运行，二是实时接受、处理各 Agent 传送过来的审计数据。这种解决方案实际上是"基于应用程序代理"方案的扩充。

(4) 基于网络旁路监控方式。此方式与基于网络监测的安全审计实现原理及系统配置相同，仅是作用目标不同而已。其系统结构由网络探测器和安全控制中心组成。网络探测器从网上获得用户访问应用系统的指令数据包，根据预先设置的规则分析数据包，进行应用操作的还原，经过数据处理后把实际的操作数据按一定格式提交给安全控制中心，然后，安全控制中心对获得的数据情报据进行智能分析，当发现有可疑的操作时，自动进行记录入库、报警、阻断等操作。安全控制中心的控制台负责设置系统的各项工作参数；进行规则匹配设定以确定哪些操作是违法的，并且起到实时监视、响应的作用。这种方式的主要优点是：能够有选择地记录任何通过网络对应用系统进行的操作并对其进行实时与事后分析和处理（如：报警、阻断、筛选可疑操作，以及对审计数据进行数据挖掘等），无论系统采用的是 C/S 模式还是 B/W/DB 模式；能够记录完整的信息，包括操作者的 IP 地址、时间、MAC 地址，以及完整的数据操作（如数据库的完整 SQL 语句）；审计系统的运行不对应用系统本身的正常运行产生任何影响，不需要占用数据库主机上的 CPU、内存和硬盘；能够对审计数据进行安全的保存，能够保证记录不被非法删除和篡改。

试题 80 答案

（18）A

试题 81（2010 年下半年试题 19）

第三代移动通信技术 3G 是指支持高速数据传输的蜂窝移动通信技术。目前 3G 主要存在四种国际标准，其中　(19)　为中国自主研发的 3G 标准。

（19）A．CDMA 多载波　　　　　　　　B．时分同步 CDMA
　　　 C．宽频分码多重存取　　　　　　D．802.16 无线城域网

试题 81 分析

多址技术可以分为频分多址（Frequency Division Multiple Access，FDMA）、时分多址（Time Division Multiple Access，TDMA）和码分多址（Code Division Multiple Access，CDMA）。FDMA 是采用调频的多址技术，业务信道在不同的频段分配给不同的用户；TDMA 是采用时分的多址技术，业务信道在不同的时间分配给不同的用户；CDMA 是采用扩频的码分多址技术，所有用户在同一时间、同一频段上，根据不同的编码获得业务信道。

移动通信技术经历过了三个发展时期，第一代移动通信系统是模拟通信，采用的是 FDMA 调制技术，其频谱利用率低；第二代移动通信系统是现在常用的数字通信系统，采用的是 TDMA 的数字调制方式，对系统的容量限制较大；第三代移动通信（3rd Generation，3G）技术则采用了 CDMA 数字调制技术，能够满足大容量、高质量、综合业务、软切换的要求。3G 的主流技术有 W-CDMA、CDMA2000 和 TD-SCDMA 三种：

（1）W-CDMA（宽带 CDMA）：这是基于 GSM（Global System for Mobile Communications，全球移动通信系统）网发展出来的 3G 技术规范，该标准提出了在 GSM 基础上的升级演进策略："GSM（2G）→GPRS→EDGE→W-CDMA（3G）"。

（2）CDMA 2000：这是由窄带 CDMA（CDMA IS95）技术发展而来的宽带 CDMA 技术，该标准提出了在 CDMA IS95 的基础上的升级演进策略："CDMA IS95（2G）→CDMA 20001x→CDMA 20003x（3G）"。CDMA 20003x 与 CDMA 20001x 的主要区别在于应用了多路载波技术，通过采用三载波使带宽提高。

（3）TD-SCDMA（时分同步 CDMA）：由我国大唐电信公司提出的 3G 标准，该标准提出不经过 2.5 代的中间环节，直接向 3G 过渡，非常适用于 GSM 系统向 3G 升级。

无线网络技术从服务范围上可以分为无线局域网、无线城域网和无线广域网技术。无线城域网技术主要是在成熟的微波传输技术的基础上发展起来的，其中 LMDS（Local Multipoint Distribution Services，区域多点分配服务）和 MMDS（Multichannel Microwave Distribution System，多通道微波分配系统）比较常见。无线广域网主要是卫星通信技术。

试题 81 答案

（19）B

试题 82（2010 年下半年试题 20）

在以下几种网络交换技术中，适用于计算机网络、数据传输可靠、线路利用率较高且经济成本较低的是 **（20）**。

（20）A. 电路交换　　B. 报文交换　　　C. 分组交换　　　D. ATM 技术

试题 82 分析

网络交换技术共经历了 4 个发展阶段：电路交换技术、报文交换技术、分组交换技术和 ATM 技术。

（1）电路交换技术。 公众电话网（PSTN）和移动网（包括 GSM 网和 CDMA 网）采用的都是电路交换技术，它的基本特点是采用面向连接的方式，在双方进行通信之前，需要为通信双方分配一条具有固定带宽的通信电路，通信双方在通信过程中将一直占用所分配的资源，直到通信结束，并且在电路的建立和释放过程中都需要利用相关的信令协议。这种方式的优点是在通信过程中可以保证为用户提供足够的带宽，并且实时性强，时延小，交换设备成本较低，但同时带来的缺点是网络的带宽利用率不高，一旦电路被建立，不管通信双方是否处于通话状态，分配的电路都一直被占用。

（2）分组交换技术。 电路交换技术主要适用于传送与语音相关的业务，这种网络交换方式对于数据业务而言，有着很大的局限性。首先，数据通信具有很强的突发性，峰值比特率和平均比特率相差较大，如果采用电路交换技术，若按峰值比特率分配电路带宽则会造成资源的极大浪费，如果按照平均比特率分配带宽，则会造成数据的大量丢失；其次，与语音业务比较起来，数据业务对时延没有严格的要求，但需要进行无差错的传输，而语音信号可以有一定程度的失真但实时性一定要高。分组交换技术就是针对数据通信业务的特点而提出的一种交换方式，它的基本特点是面向无连接而采用存储转发的方式，将需要传送的数据按照一定的长度分割成许多小段数据，并在数据之前增加相应的用于对数据进行选路和校验等功能的头部字段，作为数据传送的基本单元即分组。采用分组交换技术，在通信之前不需要建立连接，每个结点首先将前一结点送来的分组收下并保存在缓冲区中，然后根据分组头部中的地址信息选择适当的链路将其发送至下一个结点，这样在通信过程中可以根据用户的要求和网络的能力来动态分配带宽。分组交换比电路交换的电路利用率高，但时延较大。

（3）报文交换技术。 报文交换技术与分组交换技术类似，也是采用存储转发机制，但报文交换是以报文作为传送单元，由于报文长度差异很大，长报文可能导致很大的时延，并且对每个结点来说缓冲区的分配也比较困难，为了满足各种长度报文的需要并且达到高效的目的，结点需要分配不同大小的缓冲区，否则就有可能造成数据传送的失败。在实际应用中，报文交换主要用于传输报文较短、实时性要求较低的通信业务，如公用电报网。报文交换比分组交换出现得要早一些，分组交换是在报文交换的基础上，将报文分割成分组进行传输，在传输时延和传输效率上进行了平衡，从而得到广泛的应用。

（4）ATM 技术。 分组交换技术的广泛应用和发展，出现了传送话音业务的电路交换网络和传送数据业务的分组交换网络两大网络共存的局面，语音业务和数据业务的分网传送，促使人们思考一种新的技术来同时提供电路交换和分组交换的优点，并且同时向用户提供统一的服务，包括话音业务、数据业务和图像信息，因此在 20 世纪 80 年代末由原 CCITT 提出了宽带综合业务数字网的概念，并提出了一种全新的技术——异步传输模式（ATM）。ATM 技术将连接机制与分组机制相结合，在通信开始之前需要根据用户的要求建立一定带宽的连接，但是该连接并不独占某个物理通道，而是和其他连接统计复用某个物理通道，同时所有的媒体信息，包括语音、数据和图像信息都被分割并封装成固定长度的分组在网络中传送和交换。ATM 另一个突出的特点就是提出了保证 QoS 的完备机制，同时由于光纤通信提供了低误码率的传输通道，所以可以将流量控制和差错控制移到用户终端，网络只负责信息的交换和传送，从而使传输时延减少。ATM 非常适合传送高速数据业务。从技术角度来讲，ATM 几乎无懈可击，但 ATM 技术的复杂性导致了 ATM 交换机造价极为昂贵，并且在 ATM 技术上没有推出新的业务来驱动 ATM 市场，从而制约了 ATM 技术的发展。目前 ATM 交换机主要用在骨干网络中，主要利用 ATM 交换的高速和对 QoS 的保证机制，并且主要是提供半永久的连接。

试题 82 答案

（20）C

试题 83（2010 年下半年试题 21）

某公司的办公室分布在同一大楼的两个不同楼层，楼高低于 50m，需要使用 15 台上网计算机（含服务器），小张为该公司设计了一个星型拓扑的以太网组网方案，通过一个数据传输速率为 100Mb/s 的集线器连接所有计算机，每台计算机配备 100Mb/s 的网卡，与集线器通过非屏蔽双绞线连接，该公司技术部门负责人认为该方案不合理，主要是因为___（21）___。

（21）A．15 台计算机同时上网时每台计算机获得的实际网络数据传输速率显著低于 100Mb/s

B．总线型拓扑比星型拓扑更适合小规模以太网

C．计算机与集线器之间的距离超过有关标准规定的最大传输距离

D．集线器应该通过屏蔽双绞线与计算机上的网卡相连

试题 83 分析

集线器是一种共享设备，共享式以太网存在的主要问题是所有用户共享带宽，每个用户的实际可用带宽随网络用户数的增加而递减。这是因为当信息繁忙时，多个用户都可能同时"争用"一个信道，而一个通道在某一时刻只允许一个用户占用，所以大量的用户经常处于监测等待状态，致使信号在传送时产生抖动、停滞或失真，严重影响了网络的性能。

星型拓扑适合于小规模以太网使用。

楼高低于 50m，所以计算机与集线器之间的距离不会超过有关标准规定的最大传输距离（100m）。

一般办公应用场合，集线器可以通过非屏蔽双绞线与计算机上的网卡相连。

试题 83 答案

（21）A

试题 84（2010 年下半年试题 22）

某园区的综合布线系统中专门包含一个子系统用于将终端设备连接到信息插座，包括装

配软线、连接器和连接所需的扩展软线。根据 EIA/TIA—568A 综合布线国际标准，该子系统是综合布线系统中的___(22)___。

(22) A．水平子系统　　　B．设备子系统　　　C．工作区子系统　　　D．管理子系统

试题 84 分析

请参考试题 75 的分析。

试题 84 答案

(22) C

试题 85（2010 年下半年试题 23）

某单位的公共服务大厅为客户提供信息检索服务并办理相关行政审批事项，其信息系统运行中断将造成重大经济损失并引起服务大厅严重的秩序混乱。根据 GB50174—2008《电子信息系统机房设计规范》，该单位的电子信息系统机房的设计应该按照___(23)___机房进行设计和施工。

(23) A．A 级　　　　B．B 级　　　　C．C 级　　　　D．D 级

试题 85 分析

根据 GB50174—2008《电子信息系统机房设计规范》规定，电子信息系统机房应划分为 A、B、C 三级。设计时应根据机房的使用性质、管理要求及其在经济和社会中的重要性确定所属级别。

符合下列情况之一的电子信息系统机房应为 A 级：

(1) 电子信息系统运行中断将造成重大的经济损失。

(2) 电子信息系统运行中断将造成公共场所秩序严重混乱。

符合下列情况之一的电子信息系统机房应为 B 级：

(1) 电子信息系统运行中断将造成较大的经济损失。

(2) 电子信息系统运行中断将造成公共场所秩序混乱。

不属于 A 级或 B 级的电子信息系统机房应为 C 级。

试题 85 答案

(23) A

第 4 章

法律法规与标准化知识

　　根据考试大纲，在法律法规方面，主要考查合同法、招投标法和政府采购法，但在实际考试中，还会涉及著作权法、商标法、专利法、反不正当竞争法等，以及项目经理资质管理办法和系统集成单位资质管理办法。本章简单介绍后面的六种法规和办法，有关招投标法、合同法和政府采购法的内容，将安排在第 16 章。

　　根据考试大纲，在标准化方面，需要考生掌握软件工程的国家标准，包括基础标准、开发标准、文档标准和管理标准。本章主要介绍这些标准的核心内容，以及与项目管理相关的内容，有关这些标准的完整文本，请考生访问希赛教育软考学院网站（www.csairk.com）的法律法规栏目。

试题 1（2005 年上半年试题 14）

下列标准代号中，___(14)___ 不是国家标准代号。

(14) A．GSB　　　　　 B．GB/T　　　　　 C．GB/Z　　　　　 D．GA/T

试题 1 分析

国家标准代号如表 4-1 所示。

表 4-1　国家标准代号

代号	含义	管理部门
GB	中华人民共和国强制性国家标准	国家标准化管理委员会
GB/T	中华人民共和国推荐性国家标准	国家标准化管理委员会
GB/Z	中华人民共和国国家标准化指导性技术文件	国家标准化管理委员会

标准分为强制性标准和推荐性标准。本题所给出的选项中，GSB 是我国国家实物标准代号，GA/T 是公安行业推荐性标准。

试题 1 答案

（14）D

试题 2（2005 年上半年试题 15）

由某市标准化行政主管部门制定，报国务院标准行政主管部门和国务院有关行政主管部门备案的某一项标准，在国务院有关行政主管部门公布其行业标准之后，该项地方标准 （15） 。

（15）A. 与行业标准同时生效　　　　B. 即行废止

　　　C. 仍然有效　　　　　　　　　D. 修改后有效

试题 2 分析

《中华人民共和国标准化法》第六条规定：对需要在全国范围内统一的技术要求，应当制定国家标准。国家标准由国务院标准化行政主管部门制定。对没有国家标准而又需要在全国某个行业范围内统一的技术要求，可以制定行业标准。行业标准由国务院有关行政主管部门制定，并报国务院标准化行政主管部门备案，在公布国家标准之后，该项行业标准即行废止。对没有国家标准和行业标准而又需要在省、自治区、直辖市范围内统一的工业产品的安全、卫生要求，可以制定地方标准。地方标准由省、自治区、直辖市标准化行政主管部门制定，并报国务院标准化行政主管部门和国务院有关行政主管部门备案，在公布国家标准或者行业标准之后，该项地方标准即行废止。

企业生产的产品没有国家标准和行业标准的，应当制定企业标准，作为组织生产的依据。企业的产品标准须报当地政府标准化行政主管部门和有关行政主管部门备案。已有国家标准或者行业标准的，国家鼓励企业制定严于国家标准或者行业标准的企业标准，在企业内部适用。

试题 2 答案

（15）B

试题 3（2005 年上半年试题 16）

假设甲、乙二人合作开发了某应用软件，甲为主要开发者。该应用软件所得收益合理分配后，甲自行将该软件作为自己独立完成的软件作品发表，甲的行为 （16） 。

（16）A. 不构成对乙权利的侵害　　　　B. 构成对乙权利的侵害

　　　C. 已不涉及乙的权利　　　　　　D. 没有影响乙的权利

试题 3 分析

根据《计算机软件保护条例》第十条规定：由两个以上的自然人、法人或者其他组织合作开发的软件，其著作权的归属由合作开发者签订书面合同约定。无书面合同或者合同未做明确约定，合作开发的软件可以分割使用的，开发者对各自开发的部分可以单独享有著作权；但是，行使著作权时，不得扩展到合作开发的软件整体的著作权。合作开发的软件不能分割使用的，其著作权由各合作开发者共同享有，通过协商一致行使；不能协商一致，又无正当理由的，任何一方不得阻止他方行使除转让权以外的其他权利，但是所得收益应当合理分配给所有合作开发者。

根据题意，甲虽然为主要开发者，但软件的版权（其中就包含发表权和署名权）应该归甲、乙二人共同所有。甲自行将该软件作为自己独立完成的软件作品发表，构成了对乙权利的侵害。

试题 3 答案

（16）B

试题 4（2005 年上半年试题 17）

甲公司从市场上购买丙公司生产的部件 a，作为生产甲公司产品的部件。乙公司已经取得部件 a 的中国发明权，并许可丙公司生产销售该部件 a。甲公司的行为 （17） 。

（17）A．构成对乙公司权利的侵害

B．不构成对乙公司权利的侵害

C．不侵害乙公司的权利，丙公司侵害了乙公司的权利

D．与丙公司的行为共同构成对乙公司权利的侵害

试题 4 分析

根据《中华人民共和国专利权法》第五十七条规定："未经专利权人许可，实施其专利，即侵犯其专利权"。本题中"乙公司已经取得部件 a 的中国发明权，并许可丙公司生产销售该部件 a"，因此，丙公司不构成对乙公司权利的侵害。甲公司从市场购买丙公司的部件作为自己公司产品的部件，也不构成对乙公司权利的侵害。

试题 4 答案

（17）B

试题 5（2005 年下半年试题 14）

标准化工作的任务是制定标准、组织实施标准和对标准的实施进行监督， （14） 是指编制计划，组织草拟，审批、编号、发布的活动。

（14）A．制定标准   B．组织实施标准

C．对标准的实施进行监督   D．标准化过程

试题 5 分析

标准化是为了在一定范围内获得最佳秩序，对现实问题或潜在问题制定共同使用和重复使用的条款的活动。《中华人民共和国标准化法》明确规定标准化工作的任务是制定标准、组织实施标准和对标准的实施进行监督。

制定标准是指标准制定部门对需要制定标准的项目，编制计划，组织草拟，审批、编号、发布的活动。组织实施标准是指有组织、有计划、有措施地贯彻执行标准的活动。对标准的实施进行监督是指对标准贯彻执行情况进行督、检查和处理的活动。

试题 5 答案

（14）A

试题 6（2005 年下半年试题 15）

某市标准化行政主管部门制定并发布的工业产品安全的地方标准，在其行政区域内是 __(15)__ 。

（15）A．强制性标准　　　B．推荐性标准　　　C．实物标准　　　D．指导性标准

试题 6 分析

根据《中华人民共和国标准化法》的规定，我国标准分为国家标准、行业标准、地方标准和企业标准等四类，这四类标准主要是适用范围不同，不是标准技术水平高低的分级。

《中华人民共和国标准化法》第七条规定：国家标准、行业标准分为强制性标准和推荐性标准。保障人体健康，人身、财产安全的标准和法律、行政法规规定强制执行的标准是强制性标准，其他标准是推荐性标准。省、自治区、直辖市标准化行政主管部门制定的工业产品的安全、卫生要求的地方标准，在本行政区域内是强制性标准。

试题 6 答案

（15）A

试题 7（2005 年下半年试题 16）

甲公司生产的**牌 U 盘是已经取得商标权的品牌产品，但宽展期满仍未办理续展注册。此时，乙公司未经甲公司许可将该商标用做乙公司生产的活动硬盘的商标。 __(16)__ 。

（16）A．乙公司的行为构成对甲公司权利的侵害

　　　　B．乙公司的行为不构成对甲公司权利的侵害

　　　　C．甲公司的权利没有终止，乙公司的行为应经甲公司的许可

　　　　D．甲公司已经取得商标权，不必续展注册，永远受法律保护

试题 7 分析

《中华人民共和国商标法》第三十七条规定：注册商标的有效期为十年，自核准注册之日起计算。

《中华人民共和国商标法》第三十八条规定：注册商标有效期满，需要继续使用的，应当在期满前六个月内申请续展注册；在此期间未能提出申请的，可以给予六个月的宽展期。宽展期满仍未提出申请的，注销其注册商标。每次续展注册的有效期为十年。续展注册经核准后，予以公告。

在本题中，因为甲公司在其商标"宽展期满仍未办理续展注册"，按照规定，应该"注销其注册商标"，所以乙公司将该商标用做乙公司生产的活动硬盘的商标，无需经甲公司许可，且不构成对甲公司权利的侵害。

试题 7 答案

（16）B

试题 8（2005 年下半年试题 17）

甲企业开发出某一新产品，并投入生产。乙企业在甲企业之后三个月也开发出同样的新产品，并向专利部门提交专利申请。在乙企业提交专利权申请后的第 5 日，甲企业向该专利部门提交了与乙企业相同的专利申请。按照专利法有关条款，__(17)__ 获得专利申请权。

（17）A. 甲乙企业同时　　　　B. 乙企业　　　　C. 甲乙企业先后　　　　D. 甲企业

试题 8 分析

《中华人民共和国专利法》第九条规定：两个以上的申请人分别就同样的发明创造申请专利的，专利权授予最先申请的人。

试题 8 答案

（17）B

试题 9（2006 年下半年试题 8）

2005 年 5 月 4 日，张某向中国专利局提出发明专利申请；其后，张某对该发明做了改进，于 2006 年 5 月 4 日又将其改进发明向中国专利局提出申请时，可享有 __(8)__ 。

（8）A. 两项专利权　　　　　B. 优先使用权
　　　C. 国际优先权　　　　　D. 国内优先权

试题 9 分析

授予专利权的开工条件包括书面原则、先申请原则、单一性原则和优先权原则等。书面原则是指专利申请人及其代理人在办理各种手续时都应当采用书面形式；单一性原则是指专利申请文件只能就一项发明创造提出专利申请，即"一申请一发明"原则；优先权原则是指两个或两个以上的人分别就同样的发明创造申请专利的，专利权授给最先申请人。

我国《专利法》第二十九条第一款规定："申请人自发明或者实用新型在外国第一次提出专利申请之日起十二个月内，或者自外观设计在外国第一次提出专利申请之日起六个月内，又在中国就相同主题提出专利申请的，依照该外国同中国签订的协议或者参加的国际条约，或者依照相互承认优先权的原则，可以享有优先权。"

这是国际优先权或称为外国优先权，在国际公约《巴黎公约》第四条中提出，是参加《巴黎公约》成员国必须遵守的基本原则。

我国《专利法》第二十九条第二款规定："申请人自发明或者实用新型在中国第一次提出专利申请之日起十二个月内，又向国务院专利行政部门就相同主题提出专利申请的，可以享有优先权。"

这是国内优先权或称为本国优先权，是由各国自行设定的，国际公约没有统一要求。

试题 9 答案

（8）D

试题 10（2007 年下半年试题 47）

由政府或国家级的机构制定或批准的标准称为国家标准，以下由__(47)__冠名的标准不属于国家标准。

（47）A．GB   B．BS   C．ANSI   D．IEEE

试题 10 分析

IEEE 是行业标准，GB 是中国国家标准，BS 是英国国家标准，ANSI 是美国国家标准。

试题 10 答案

（47）D

试题 11（2007 年下半年试题 48）

软件工程国家标准 GB/T 11457—1995《软件工程术语》内容中不包括__(48)__。

（48）A．英汉软件工程术语对照及中文解释   B．按英文字典顺序排列的术语
      C．程序网络图的文件编辑符号及约定   D．中文索引

试题 11 分析

GB/T 11457—1995《软件工程术语》已经被 GB/T 11457—2006《信息技术 软件工程术语》所替代。该标准的内容不包括程序网络图的文件编辑符号及约定。

试题 11 答案

（48）C

试题 12（2007 年下半年试题 49）

__(49)__不属于软件工程国家标准的文档标准类。

（49）A．GB/T 16680—1996《软件文档管理指南》
      B．GB/T 8567—1988《计算机软件产品开发文件编制指南》
      C．GB/T 14079—1993《软件维护指南》
      D．GB/T 9385—1988《计算机软件需求说明编制指南》

试题 12 分析

显然，GB/T 14079—1993《软件维护指南》不属于软件工程国家标准的文档标准，而是属于开发标准。

试题 12 答案

（49）C

试题 13（2008 年上半年试题 9）

根据 GB/T 16680—1996《软件文档管理指南》，软件文档包括__(9)__等。

(9) A. 启动文档、计划文档、实施文档和收尾文档。

B. 开发文档、支持文档和管理文档

C. 开发文档、产品文档和管理文档

D. 开发文档、技术文档和管理文档

试题 13 分析

GB/T16680—1996《软件文档管理指南》把软件文档分为三类，分别是开发文档、管理文档和产品文档。其中基本的开发文档有可行性研究和项目任务书、需求规格说明、功能规格说明、设计规格说明（包括程序和数据规格说明）、开发计划、软件集成和测试计划、质量保证计划（标准、进度）、安全和测试信息；基本的产品文档有培训手册、参考手册和用户指南、软件支持手册、产品手册和信息广告；基本的管理文档按照 GB8567 进行处理。

GB8567—1988《计算机软件产品开发文件编制指南》规定，管理人员使用的文档有可行性研究报告、项目开发计划、模块开发卷宗、开发进度月报、项目开发总结报告；开发人员使用的文档有可行性研究报告、项目开发计划、软件需求说明书、数据要求说明书、概要设计说明书、详细设计说明书、数据库设计说明书、测试计划、测试分析报告；维护人员使用的文档有设计说明书、测试分析报告、模块开发卷宗；用户使用的文档有用户手册、操作手册。

试题 13 答案

(9) C

试题 14（2008 年上半年试题 10）

根据 GB/T 12504—1990《计算机软件质量保证计划规范》，项目开发组长或其代表 (10) 。

(10) A. 可以作为评审组的成员，不设副组长时可担任评审组的组长

B. 可以作为评审组的成员，但只能担任评审组的副组长

C. 可以作为评审组的成员，但不能担任评审组的组长或副组长

D. 不能挑选为评审组的成员

试题 14 分析

根据 GB/T 12504—1990《计算机软件质量保证计划规范》，项目开发组长或其代表可以作为评审组的成员，但不能担任评审组的组长或副组长。

试题 14 答案

(10) C

试题 15（2008 年上半年试题 11）

根据 GB/T 8566—2001《信息技术 软件生存周期过程》，开发过程的第一活动是 (11) 。

(11) A. 系统需求分析   B. 过程实施

C. 系统结构设计   D. 使用和维护

试题 15 分析

根据 GB/T 8566—2001《信息技术 软件生存周期过程》，软件生存周期包括获取过程、供应过程、开发过程、操作过程、维护过程。其中开发过程包括的活动有：过程实施、系统需求分析、系统体系结构设计、软件需求分析、软件体系结构设计、软件详细设计、软件编码和测试、软件集成、软件鉴定测试、系统集成、系统鉴定测试、软件安装、软件验收支持。

试题 15 答案

（11）B

试题 16（2008 年上半年试题 24）

2005 年 12 月，ISO 正式发布了①作为 IT 服务管理的国际标准；2007 年 10 月，ITU 接纳②为 3G 标准；2005 年 10 月，ISO 正式发布了③作为信息安全管理的国际标准。①、②和③分别是　（24）　。

（24）A.　①ISO27000　　　②IEEE802.16　　　③ISO20000

　　　　B.　①ISO27000　　　②ISO20000　　　　③IEEE802.16

　　　　C.　①ISO20000　　　②IEEE802.16　　　③ISO27000

　　　　D.　①IEEE802.16　　②ISO20000　　　　③ISO27000

试题 16 分析

ISO20000 作为 IT 服务管理的国际标准。2005 年 12 月，英国标准协会已有的 IT 服务管理标准 BS15000，已正式发布成为 ISO 国际标准：ISO20000。ITIL 从 1980 年代 IT 服务管理最佳实践萌芽，到 2000 年成为英国标准协会的 IT 服务管理标准 BS15000，再到 2005 年 5 月 17 日通过快速通道成为 ISO 国际标准家族中的一员，ITIL 最终修成"正果"，成为国际标准，被国际广泛接受。

2007 年 10 月，联合国国际电信联盟（ITU）已批准 WiMAX（World Interoperability for Microwave Access，全球微波接入互操作性）无线宽带接入技术成为移动设备的全球标准。WiMAX 继 WCDMA、CDMA2000、TD-SCDMA 后全球第四个 3G 标准。WiMAX 的另一个名字是 802.16。IEEE802.16 标准是一项无线城域网技术，是针对微波和毫米波频段提出的一种新的空中接口标准。它用于将 802.11a 无线接入热点连接到互联网，也可连接公司与家庭等环境至有线骨干线路。它可作为线缆和 DSL 的无线扩展技术，从而实现无线宽带接入。

ISO27001：2005 即 BS 7799-2：2005 (ISO/IEC 27001：2005)《信息技术-安全技术-信息安全管理体系-要求》，它强调对一个组织运行所必需的 IT 系统及信息的保密性、完整性和可用性的保护体系。不单纯涉及技术问题，而是涉及很多方面（历史、文化、道德、法律、管理、技术等）的一个综合性的体系。

试题 16 答案

（24）C

试题 17（2008 年下半年试题 22）

根据 GB/T 16680—1996《软件文档管理指南》，__(22)__ 不属于基本的开发文档。

(22) A. 可行性研究和项目任务书　　　　B. 培训手册
　　　C. 需求规格说明　　　　　　　　　D. 开发计划

试题 17 分析

请参考试题 13 的分析。

试题 17 答案

(22) B

试题 18（2008 年下半年试题 23）

根据 GB/T 16260—2002《信息技术 软件产品评价 质量特性及其使用指南》的定义，__(23)__ 不属于质量的功能性子特性。

(23) A. 适合性　　　B. 准确性　　　C. 互用性　　　D. 适应性

试题 18 分析

GB/T 16260.1—2006 定义了 6 个质量特性和 21 个质量子特性，它们以最小的重叠描述了软件质量。质量特性和质量子特性如表 4-2 所示。

表 4-2　质量特性和质量子特性

质量特性	质量子特性	含义
功能性：与功能及其指定的性质有关的一组软件属性	适宜性	规定任务提供一组功能的能力及这组功能的适宜程度
	准确性	系统满足需求规格说明和用户目标的程度，即在预定环境下能正确地完成预期功能的程度
	互用性	与其他指定系统的协同工作能力
	依从性	软件服从有关标准、约定、法规及类似规定的程度
	安全性	避免对程序及数据的非授权故意或意外访问的能力
可靠性：与软件在规定的一段时间内和规定的条件下维持其性能水平有关的一组软件属性	成熟性	由软件故障引起失效的频度
	容错性	在软件错误或违反指定接口情况下维持指定性能水平的能力
	可恢复性	在故障发生后重新建立其性能水平、恢复直接受影响数据的能力，以及为达此目的所需的时间与工作量
可用性：与使用的难易程度及规定或隐含用户对使用方式所做的评价有关的软件属性	可理解性	用户理解该软件系统的难易程度
	易学性	用户学习使用该软件系统的难易程度
	可操作性	用户操作该软件系统的难易程度
效率：与在规定条件下软件的性能水平与所用资源量之间的关系有关的一组软件属性	时间特性	响应和处理时间及软件执行其功能时的吞吐量
	资源特性	软件执行其功能时，所使用的资源量及使用资源的持续时间
可维护性：与软件维护的难易程度有关的一组软件属性	可分析性	诊断缺陷或失效原因、判定待修改程序的难易程度
	可修改性	修改、排错或适应环境变化的难易程度
	稳定性	修改造成难以预料的后果的风险程度
	可测试性	测试已修改软件的难易程度

续表

质量特性	质量子特性	含义
可移植性：与软件可从某一环境转移到另一环境的能力有关的一组软件属性	适应性	软件无需采用特殊处理就能适应不同的规定环境的程度
	易安装性	在指定环境下安装软件的难易程度
	一致性	软件服从与可移植性有关的标准或约定的程度
	可替换性	软件在特定软件环境中用来替代指定的其他软件的可能性和难易程度

GB/T16260.1—2006定义的特性适用于每一类软件，包括软件中的计算机程序和数据。这些特性为确定软件的质量需求和权衡软件产品的能力提供了一个框架。GB/T16260.1—2006可供软件产品的开发者、需方、质量保证人员和独立评价者，特别是对确定和评价软件产品质量负责的人员使用。

试题18答案

（23）D

试题19（2008年下半年试题24）

根据GB/T 12504—1990《计算机软件质量保证计划规范》，__（24）__是指在软件开发周期中的一个给定阶段的产品是否达到在上一阶段确立的需求的过程。

（24）A．验证   B．确认   C．测试   D．验收

试题19分析

根据GB/T 12504—1990《计算机软件质量保证计划规范》对软件质量相关术语进行了定义。

验证是指在软件开发周期中的一个给定阶段的产品是否达到在上一阶段确立的需求的过程。

确认是指在软件开发过程结束时对软件进行评价以确定它是否和软件需求相一致的过程。

测试是指通过执行程序来有意识地发现程序中的设计错误和编码错误的过程。测试是验证和确认的手段之一。

软件质量是指软件产品中能满足给定需求的各种特性的综合。这些特性称做质量特性，它包括功能性、可靠性、易使用性、时间经济性、资源经济性、可维护性和可移植性等。

质量保证是指为使软件产品符合规定需求所进行的一系列有计划的必要工作。

试题19答案

（24）A

试题20（2009年上半年试题34）

依据《计算机软件保护条例》，对软件的保护包括__（34）__。

（34）A．计算机程序，但不包括用户手册等文档

　　　B．计算机程序及其设计方法

　　　C．计算机程序及其文档，但不包括开发该软件所用的思想

　　　D．计算机源程序，但不包括目标程序

试题 20 分析

《计算机软件保护条例》中的第二条规定：本条例所称的计算机软件是指计算机程序及其有关文档。

《计算机软件保护条例》中的第六条规定：本条例对软件著作权的保护不延及开发软件所用的思想、处理过程、操作方法或者数学概念等。

试题 20 答案

（34）C

试题 21（2009 年上半年试题 35）

以 ANSI 冠名的标准属于　　（35）　　。

（35）A．国家标准　　　　B．国际标准　　C．行业标准　　D．项目规范

试题 21 分析

以 ANSI（American National Standard Institute，美国国家标准学会）冠名的标准属于美国国家标准。

试题 21 答案

（35）A

试题 22（2009 年上半年试题 42）

国际标准化组织在 ISO/IEC 12207—1995 中将软件过程分为 3 类，其中不包括　　（42）　　。

（42）A．基本过程　　B．支持过程　　　C．组织过程　　　D．管理过程

试题 22 分析

软件生存周期过程的国际标准 ISO/IEC 12207 将软件过程分为基本过程组、支持过程组和组织过程组三类。

基本过程组包括获取过程、供应过程、开发过程、运行过程和维护过程。

支持过程组包括文档编制过程、配置管理过程、质量保证过程、验证过程、确认过程、联合评审过程、审计过程以及问题解决过程。

组织过程组包括管理过程、基础设施过程、改进过程和培训过程。

试题 22 答案

（42）D

试题 23（2009 年下半年试题 12）

根据 GB/T 16680—1996《软件文档管理指南》的描述，软件文档的作用不包括　（12）　。

（12）A．管理依据　　　　　B．任务之间联系的凭证

　　　C．历史档案　　　　　D．记录代码的工具

试题 23 分析

GB/T 16680—1996《软件文档管理指南》是为那些对软件或基于软件的产品的开发负有职责的管理者提供软件文档的管理指南。根据此标准的描述，对于软件文档的作用有：

（1）管理依据。

（2）任务之间联系的凭证。

（3）质量保证。

（4）培训和参考。

（5）软件维护支持。

（6）历史档案软件文档并不是记录代码的工具。

试题 23 答案

（12）D

试题 24（2009 年下半年试题 13）

GB/T 16260—1996《信息技术 软件产品评价 质量特性及其使用指南》中对软件的质量特性做出了描述，以下描述错误的是__（13）__。

（13）A. 可靠性是指与在规定的时间和条件下，软件维持其性能水平的能力有关的一组属性

  B. 易用性是指与一组规定或潜在的用户为使用软件所需做的努力和对这样的使用所做的评价有关的一组属性

  C. 可移植性是指与进行指定的修改所需做的努力有关的一组属性

  D. 效率是指在规定的条件下，软件的性能水平与所使用资源量之间关系有关的一组属性

试题 24 分析

请参考试题 18 的分析。

试题 24 答案

（13）C

试题 25（2009 年下半年试题 14）

根据 GB/T 12504—1990《计算机软件质量保证计划规范》的规定，为了确保软件的实现满足需求，需要的基本文档不包括__（14）__。

（14）A. 软件需求规格说明书　　　　B. 软件界面设计说明书

  C. 软件验证和确认报告　　　　D. 用户文档

试题 25 分析

根据 GB/T 12504—1990《计算机软件质量保证计划规范》的规定，为了确保软件的实现满足需求，至少需要下列基本文档：软件需求规格说明书、软件设计说明书、软件验证与确认

计划、软件验证和确认报告、用户文档。

软件界面设计说明书不包含在需要的基本文档中。

试题 25 答案

（14）B

试题 26（2009 年下半年试题 28）

委托开发完成的发明创造，除当事人另有约定的以外，申请专利的权利属于__(28)__所有。

（28）A．完成者　　　B．委托开发人　　　C．开发人与委托开发人共同　　　D．国家

试题 26 分析

《中华人民共和国专利法》第一章第八条规定，两个以上单位或者个人合作完成的发明创造、一个单位或者个人接受其他单位或者个人委托所完成的发明创造，除另有协议的以外，申请专利的权利属于完成或者共同完成的单位或者个人；申请被批准后，申请的单位或者个人为专利权人。

按照法律规定，题目中所涉及的情况，申请专利的权利属于完成者。

试题 26 答案

（28）A

试题 27（2010 年上半年试题 7）

软件需求可以分为功能需求、性能需求、外部接口需求、设计约束和质量属性等几类。以下选项中，__(7)__均属于功能需求。

①对特定范围内修改所需的时间不超过 3s ②按照订单及原材料情况自动安排生产排序 ③系统能够同时支持 1000 个独立站点的并发访问 ④系统可实现对多字符集的支持，包括 GBK、BIG5 和 UTF-8 等 ⑤定期生成销售分析报表 ⑥系统实行同城异地双机备份，保障数据安全

（7）A．①②⑤　　　B．②⑤　　　C．③④⑤　　　D．③⑥

试题 27 分析

《计算机软件需求说明编制指南》中定义了需求的具体内容，包括以下几项。

(1) 功能需求：指描述软件产品的输入怎样变换成输出，即软件必须完成的基本动作。对于每一类功能或者有时对于每一个功能需要具体描述其输入、加工和输出的需求。

(2) 性能需求：从整体来说本条应具体说明软件或人与软件交互的静态或动态数值需求。静态数值需求可能包括支持的终端数、支付并行操作的用户数、处理的文卷和记录数、表和文卷的大小；动态数值需求可包括欲处理的事务和任务的数量，以及在正常情况下和峰值工作条件下一定时间周期中处理的数据总量。所有这些需求都必须用可以度量的术语来叙述。例如，95%的事务必须在小于 1s 时间内处理完，不然操作员将不等待处理的完成。

(3) 设计约束：设计约束受其他标准、硬件限制等方面的影响。

(4) 属性：在软件的需求之中有若干个属性如可移植性、正确性、可维护性及安全性等。

（5）外部接口需求：包括用户接口、硬件接口、软件接口、通信接口。

（6）其他需求：根据软件和用户组织的特性等某些需求放在数据库、用户要求的常规的和特殊的操作、场合适应性需求中描述。

试题 27 答案

（7）B

试题 28（2010 年上半年试题 12）

根据 GB/T 16680—1996《软件文档管理指南》，下列关于文档质量的描述中，__(12)__ 是不正确的。

（12）A．1 级文档适合开发工作量低于一个人·月的开发者自用程序

      B．2 级文档包括程序清单内足够的注释以帮助用户安装和使用程序

      C．3 级文档适合于由不在一个单位内的若干人联合开发的程序

      D．4 级文档适合那些要正式发行供普遍使用的软件产品关键性程序

试题 28 分析

GB/T 16680—1996《软件文档管理指南》中明确指出了如何确定文档的质量等级，内容如下：

仅仅依据规章、传统的做法或合同的要求去制作文档是不够的，管理者还必须确定文档的质量要求以及如何达到和保证质量要求。质量要求的确定取决于可得到的资源、项目的大小和风险，可以对该产品的每个文档的格式及详细程度做出明确的规定。每个文档的质量必须在文档计划期间就有明确的规定。文档的质量可以按文档的形式和列出的要求划分为 4 级。

（1）最低限度文档（1 级文档）：1 级文档适合开发工作量低于一个人·月的开发者自用程序。该文档应包含程序清单、开发记录、测试数据和程序简介。

（2）内部文档（2 级文档）：2 级文档可用于在精心研究后被认为似乎没有与其他用户共享资源的专用程序。除 1 级文档提供的信息外，2 级文档还包括程序清单内足够的注释以帮助用户安装和使用程序。

（3）工作文档（3 级文档）：3 级文档适合于由同一单位内若干人联合开发的程序，或可被其他单位使用的程序。

（4）正式文档（4 级文档）：4 级文档适合那些要正式发行供普遍使用的软件产品。关键性程序或具有重复管理应用性质（如工资计算）的程序需要 4 级文档。4 级文档应遵守 GB8567 的有关规定。

质量方面需要考虑的问题既要包含文档的结构，也要包含文档的内容。文档内容可以根据正确性、完整性和明确性来判断。而文档结构由各个组成部分的顺序和总体安排的简单性来测定。要达到这 4 个质量等级，需要的投入和资源逐级增加，质量保证机构必须处于适当的行政地位以保证达到期望的质量等级。

试题 28 答案

（12）C

试题 29（2010 年上半年试题 13）

根据 GB/T 16260.1—2006《软件工程产品质量》定义的质量模型，__(13)__ 不属于易用性的质量特性。

（13）A. 易分析性　　B. 易理解性　　C. 易学性　　D. 易操作性

试题 29 分析

请参考试题 18 的分析。

试题 29 答案

（13）A

试题 30（2010 年上半年试题 14）

根据 GB/T 14394—2008《计算机软件可靠性和可维护性管理》，有关下列术语与定义描述中，__(14)__ 是错误的。

（14）A. 软件可维护性，是指与进行规定的修改难易程度有关的一组属性

　　　B. 软件生存周期，是指软件产品从形成概念开始，经过开发、使用和维护，直到最后不再使用的过程

　　　C. 软件可靠性，是指在规定环境下、规定时间内软件不引起系统失效的概率

　　　D. 软件可靠性和可维护性大纲，是指为保证软件满足规定的可靠性和可维护性要求而记录的历史档案

试题 30 分析

GB/T 14394—2008《计算机软件可靠性和可维护性管理》对下列属性进行了定义。

软件可靠性：在规定环境下、规定时间内，软件不引起系统失效的概率；在规定的时间周期内所述条件下，程序执行所要求的功能的能力。

软件可维护性：与进行规定的修改难易程度有关的一组属性。

软件生存周期：软件产品从形成概念开始，经过开发、使用和维护，直到最后不再使用的过程。

软件可靠性和可维护性大纲：为保证软件满足规定的可靠性和可维护性要求而制定的一套管理文件。

试题 30 答案

（14）D

试题 31（2010 年上半年试题 30）

根据《中华人民共和国著作权法》，__(30)__ 是不正确的。

（30）A. 创作作品的公民是作者

　　　B. 由法人或者其他组织主持，代表法人或者其他组织意志创作，并由法人或者其他组织承担责任的作品，法人或者其他组织视为作者

C．如无相反证明，在作品上署名的公民、法人或者其他组织为作者

D．改编、翻译、注释、整理已有作品而产生的作品，其著作权仍归原作品的作者

试题 31 分析

《中华人民共和国著作权法》第十一条规定：著作权属于作者，本法另有规定的除外。创作作品的公民是作者；由法人或者其他组织主持，代表法人或者其他组织意志创作，并由法人或者其他组织承担责任的作品，法人或者其他组织视为作者；如无相反证明，在作品上署名的公民、法人或者其他组织为作者。

《中华人民共和国著作权法》第十二条规定：改编、翻译、注释、整理已有作品而产生的作品，其著作权由改编、翻译、注释、整理人享有，但行使著作权时不得侵犯原作品的著作权。故 D 是错误的。

试题 31 答案

（30）D

试题 32（2010 年上半年试题 33）

某企业经过多年的发展，在产品研发、集成电路设计等方面取得了丰硕成果，积累了大量知识财富， (33) 不属于该企业的知识产权范畴。

（33）A．专利权 　　 B．版图权 　　　 C．商标权 　　　 D．产品解释权

试题 32 分析

"知识产权是基于智力的创造性活动所产生的权利"或"知识产权是指法律赋予智力成果完成人对其特定的创造性智力成果在一定期限内享有的专有权利"，以上这些定义都普遍地注重"权利"这个概念，因为知识产权并不是由智力活动直接创造所得，而是通过法律的形式把一部分由智力活动产生的智力成果保护起来，正是这部分由国家主管机构依法确认并赋予其创造者专有权利的智力成果才可以被称为是"知识产权"。知识产权如同某一项私有财产，拥有者具有排外的使用权。因此知识产权的定义可以表述为：在科学、技术、文化、艺术、工商等领域内，人们基于自智力创造性成果和经营管理活动中标记、信誉、经验、知识而依法享有的专有权利。

知识产权可分为两大类：第一类是创造性成果权利，包括专利权、集成电路权、版权（著作权）、软件著作权等；第二类是识别性标记权，包括商标权、商号权（厂商名称权），其他与制止不正当竞争有关的识别性标记权利（如产地名称等）。

就当前各国企业对知识产权的利用情况来看，知识产权主要包括以下三个重要的方面：专利权、商标权和版权。下面简单地介绍一下这三个方面的内容和大致类别。

（1）专利权。 专利权是国家知识产权主管部门给予一项发明拥有者一个包含有效期限的许可证明。在法定期限内，这个许可证明保护拥有者的发明不被别人获得、使用或非法出卖，同时也赋予拥有者许可别人获得、使用或者出卖这项发明的权利。按照发明类型的不同，专利权分为四种类型：物质、机器、人造产品（如生物工程）和过程方法（如商业过程）。在我国专利研究的起步较晚，因此包括的内容还不是很全面。现有我国专利法规定的专利权有三种：发明专利权、实用新型权和外观设计权。

① 发明专利。发明是对特定技术问题的新的解决方案，包括产品发明（含新物质发明）、方法发明和改进发明（对已有产品、方法的改进方案）。

② 实用新型专利。指对产品的形状、构造或者其结合所提出的适于应用的新的技术方案。

③ 外观设计专利。指对产品的形状、图案、色彩或者其结合所做出的富有美感并适于工业应用的新设计。

（2）商标权。 商标权是一个与公司、产品或观念联系在一起的名称，由一些与企业有关联的文字、图形或者其组合表示的具有显著特征、便于识别的标记。商标权的拥有者具有在其产品或服务上使用该商标的唯一权利，同时商标可以被用于鉴别或描述产品。商标权包括使用权、禁用权、续展权、转让权和许可使用权等。

（3）版权。 版权是一种保护写出或创造出一个有形或无形的作品的个人的权利，版权也可以转换为一个组织所拥有的权利，这个组织向作品的创作者支付版权费，从而获得了该作品的所有权。随着时代的发展，版权已经渗透到各个领域的作品中，包括建筑设计、计算机软件、动画设计等。任何一种作品，只要它是原创或者是通过某一物质媒介表达出来，都可以获得版权。版权赋予所有者对其作品的专有权利，也允许其所有者以此来获得因其作品引起的价值。可见 D 属于一般干扰项，不属于企业的知识产权范畴。

试题 32 答案

（33）D

试题 33（2010 年下半年试题 12）

根据 GB/T 16680—1996《软件文档管理指南》的要求，有关正式组织需求文档的评审，不正确的是　(12)　。

（12）A. 无论项目大小或项目管理的正规化程度，需求评审是必不可少的

　　　B. 可采用评审会的方式进行评审

　　　C. 评审小组由软件开发单位负责人、开发小组成员、科技管理人员和标准化人员组成，必要时还可邀请外单位专家参加

　　　D. 需求文档可能需要多次评审

试题 33 分析

根据 GB/T 16680—1996《软件文档管理指南》，文档评审十分重要，文档评审必须与评审结合起来。为提高软件产品的质量，一个有效的方法就是在软件开发的每个阶段，对该阶段所形成的文档进行严格的评审。

需求评审进一步确认开发者和设计者已了解用户要求什么，及用户从开发者一方了解某些限制和约束。

需求评审（可能需要一次以上）产生一个被认可的需求规格说明。基于对系统要做什么的共同理解，才能着手详细设计。用户代表必须积极参与开发与需求评审，参与对需求文档的认可。

无论项目大小或项目管理的正规化程度，需求评审与设计评审必不可小。评审一般采用评审会的方式进行，其步聚为：

（1）由软件开发单位负责人、用户代表、开发小组成员、科技管理人员和标准化人员等组成评审小组，必要时还可邀请外单位的专家参加

（2）开会前，由开发单位负责人确定评审的具体内容，并将评审材料发给评审小组成员，要求做好评审准备。

（3）由开发单位负责人主持评审会，根据文档编制者对该文档的说明和评审条目，由评审小组成员进行评议、评审，评审结束应做出评审结论，评审小组成员应在评审结论上签字。

试题 33 答案

（12）C

试题 34（2010 年下半年试题 13）

软件的质量需求是软件需求的一部分，根据 GB/T 16260.1—2006《软件工程 产品质量》第一部分质量模型中，软件产品质量需求的完整描述要包括__(13)__，以满足开发者、维护者、需方以及最终用户的需要。

①内部质量的评估准则　②外部质量的评估准则　③使用质量的评估准则　④过程质量的评估准则

（13）A. ①②　　　B. ③　　　C. ①②③　　　D. ①②③④

试题 34 分析

GB/T16260.1—2006 中，提出了软件生存周期中的质量模型，如图 4-1 所示。

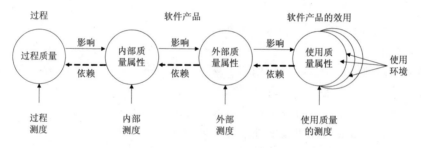

图 4-1　生存周期中的质量

为满足软件质量要求而进行的软件产品评价是软件开发生存周期中的一个过程。软件产品质量可以通过测量内部属性（典型的是对中间产品的静态测度），也可以通过测量外部属性（典型的是通过测量代码执行时的行为），或者通过测量使用质量的属性来评价。目标就是使产品在指定的使用环境下具有所需的效用。过程质量有助于提高产品质量，而产品质量又有助于提高使用质量。

试题 34 答案

（13）C

试题 35（2010 年下半年试题 14）

根据 GB/T 14394—2008《计算机软件可靠性和可维护性管理》，在软件生存周期的可行性

研究和计划阶段，为强调软件可靠性和可维护性要求，需要完成的活动是 __(14)__ 。

（14）A．编制软件可靠性和可维护性大纲　　B．提出软件可靠性和可维护性目标

　　　　C．可靠性和可维护性概要设计　　　　D．可靠性和可维护性目标分配

试题 35 分析

GB/T 14394—2008《计算机软件可靠性和可维护性管理》强调各个阶段软件可靠性和可维护性要求。

（1）**概念活动**：进行软件可行性分析，制定初步软件开发计划，提出软件可靠性和可维护性目标、要求及经费。

（2）**需求活动**：分析和确定软件可靠性和可维护性的具体设计目标，确保与研制任务书和合同中相应要求的可追踪性，制定实施计划，制定各实施阶段的基本准则，确定各实施阶段的验证方法。

（3）**设计活动**：进行软件可靠性和可维护性分析和设计，编写相应的设计说明，明确对编码、测试阶段的具体要求，组织设计评审，并验证可靠性和可维护性目标的实施和与需求活动中所提相应要求的可追踪性。

（4）**实现活动**：按照规定的规则，在软件编码过程中依据需求和设计活动中相应的规定实现可靠性和可维护性要求，进行单元测试，做好后续测试工作的准备，评价或审查代码以验证相应要求的实现。

（5）**测试**：在单元和集成测试阶段，验证相应可靠性和可维护性要求的实现，进行重用软件的可靠性和可维护性管理；在软件配置项测试和系统集成测试阶段，建立适当的软件可靠性测试环境，组织分析测试和测量的数据，验证软件可靠性和可维护性的实现，进行风险分析，决定交付时机。

（6）**安装和验收活动**：采取联合评审、审核、软件合格性测试和系统合格性测试等手段对可靠性和可维护性进行最终验证和评定。

（7）**运作和维护过程**：分析和提高软件可靠性，制定并实施软件可靠性数据采集规程；实施软件 FRACAS；测量可靠性，分析现场可靠性是否达到要求；跟踪用户满意程度；用可靠性测量数据指导产品和工程过程的改进；软件产品维护时执行适当的维护规程并参照上述 6 个管理活动。

试题 35 答案

（14）B

试题 36（2010 年下半年试题 28）

下面关于著作权的描述，不正确的是 __(28)__ 。

（28）A．职务作品的著作权归属认定与该作品的创作是否属于作者的职责范围无关

　　　B．汇编作品指对作品、作品的片段或者不构成作品的数据（或其他资料）选择、编排体现独创性的新生作品，其中具体作品的著作权仍归其作者享有

　　　C．著作人身权是指作者享有的与其作品有关的以人格利益为内容的权利，具体包括发表权、署名权、修改权和保护作品完整权

D. 著作权的内容包括著作人身权和财产权

试题 36 分析

汇编作品指对作品、作品的片段或者不构成作品的数据或者其他材料选择、编排体现独创性的新生作品，常见的汇编作品如辞书、选集、期刊和数据库等。汇编作品中具体作品的著作权仍归其作者享有，作者有权单独行使著作权。

职务作品是作为雇员的公民为完成所在单位的工作任务而创作的作品。认定职务作品时应考虑的前提有两个：一是作者和所在单位存在劳动关系；二是作品的创作属于作者的职责范围。

著作权的内容包括著作人身权和财产权。其中著作人身权是指作者享有的与其作品有关以人格利益为内容的权利，具体包括发表权、署名权、修改权和保护作品完整权。

试题 36 答案

（28）A

第5章

信息系统服务管理

根据考试大纲的规定，本章主要考查以下知识点。

（1）信息系统服务业：信息系统服务的内容、信息系统集成（概念、类型和发展）、信息系统工程监理（必要性、概念、内容和发展）。

（2）信息系统服务管理体系。

（3）信息系统集成资质管理：信息系统集成资质管理的必要性和意义、信息系统集成资质管理办法（原则、管理办法和工作流程）、信息系统集成资质等级条件、信息系统项目管理专业技术人员资质管理。

（4）信息系统工程监理资质管理：信息系统工程监理资质管理的必要性、意义和主要内容；信息系统工程监理资质管理办法、信息系统工程监理资质等级条件、信息系统工程监理人员资质管理。

试题 1（2005 年上半年试题 60）

当以下条件同时满足时，监理方应受理　(60)　提出的费用索赔申请。

（1）索赔事件造成了承包单位直接经济损失

（2）索赔事件是由于非承包单位的责任发生的

（3）承包单位已按照施工合同规定的期限和程序提出费用索赔申请表，并附有索赔凭证材料

（60）A．业主　　　　B．建设单位　　　C．承包单位　　　D．投资方

试题 1 分析

当以下条件同时满足时，监理方应受理承包单位提出的费用索赔申请：

（1）索赔事件造成了承包单位的直接经济损失。

（2）索赔事件是由于非承包单位的责任发生的。

（3）承包单位已按照施工合同规定的期限和程序提出费用索赔申请表，并附有索赔凭证材料。

试题 1 答案

（60）C

试题 2（2005 年下半年试题 60）

在总监理工程师临时不在工作岗位时，总监理工程师可以委托总监理工程师代表完成___(60)___。

(60) A. 签发工程竣工监理报告　　　　B. 处理索赔、审批工程延期

　　　C. 调换不称职的监理人员　　　　D. 组织编制并签发监理日志

试题 2 分析

项目总监理工程师是由监理单位法定代表人书面授权，全面负责委托监理合同的履行、主持项目监理机构工作的监理工程师。其基本职责如下：

（1）接受监理公司的委派，对外代表公司协调沟通与业主、承包商及相关的政府主管部门和有关单位关系，对工程建设项目监理合同的实施全面负责。

（2）按业主要求和投标监理项目的承诺，选定项目监理部各级监理人员，决定他们的任务和职能分工，并给予相应的授权。对项目监理部门内全体人员的工作进行督导，并根据工程实施的进度进行调整。

（3）主持编制工程项目监理规划和监理实施细则，并全面组织实施。

（4）审查承包商在施工、开发中提供的需求分析、系统分析、网络设计等重要文档。

（5）主持主体设计单位和施工、开发总承包商的选择，审核和确认选择的施工、开发分包单位。

（6）建立和完善项目监理信息系统。

（7）负责组织项目实施中有关方面的综合协调工作。

（8）审核并签发工程开工令、停工令及复工令。

（9）审批承包商报送的用款计划，签发工程款支出证书、合同项目及合同外项目付款申请证书。

（10）协调业主与承包商间的争议，协助业主处理重大索赔事项。

（11）组织单项工程、分期交工工程的竣工验收，签署相应的质监报告和验收报告。

（12）主持审核工程的结算书。

（13）主持项目监理组织的工作例会，定期或不定期地向业主提交项目实施情况报告。

（14）审核并签发项目竣工有关资料，签发工程移交证书。

（15）主持编写项目监理工作总结报告。

总监理工程师代表是经监理单位法定代表人同意，由总监理工程师书面授权，代表总监理工程师行使其部分职责和权力的项目监理机构中的监理工程师。总监理工程师代表的职责如下：

（1）完成所负责的监理工程师岗位职责，协助总监理工程师工作。

（2）在总监理工程师临时不在工作岗位时，按总监理工程师的授权，行使授权范围内的总监理工程师的职责和权力。

总监理工程师不得将以下工作委托给总监理工程师代表：

（1）主持编写项目监理规划、审批项目监理实施细则。

（2）签发开工/复工报审表、工程暂停令、工程款支付证书、工程竣工报验单。

（3）审查签认竣工结算。

（4）调节建设单位与承包单位的合同争议、处理索赔。

（5）根据工程项目的进展情况进行人员调配，对不称职的监理人员进行调换。

试题 2 答案

（60）D

试题 3（2006 年下半年试题 64）

业主单位授予监理单位的权力，应明确反映在 __(64)__ 中，据此项目监理机构才能开展监理活动。

（64）A．监理合同　　　B．监理大纲　　　C．监理规划　　　D．监理计划

试题 3 分析

业主单位授予监理单位的权力，应明确反映在监理合同中，据此项目监理机构才能开展监理活动。

试题 3 答案

（64）A

试题 4（2006 年下半年试题 65）

下列不能作为监理依据的是 __(65)__ 。

（65）A．现行国家、各省、市、自治区的有关法律、法规

　　　B．国际、国家 IT 行业质量标准

　　　C．业主单位和承建单位的合同

　　　D．承建单位的指令

试题 4 分析

监理单位实施信息系统工程监理的依据有：

（1）各级政府部门有关的政策、法律、法规和行业规范。《中华人民共和国标准化法》（简称"《标准化法》"）、《中华人民共和国计量法》（简称"《计量法》"）、《中华人民共和国产品质量法》、《中华人民共和国合同法》、《中华人民共和国公司法》及《中华人民共和国招标投标法》等。

（2）软件工程方面的行业标准。

（3）信息安全方面的行业标准。

（4）建设单位和监理单位签订的委托监理合同。

（5）建设单位和承包开发单位的信息系统工程开发合同。

试题 4 答案

（65）D

试题 5（2007 年下半年试题 62）

信息系统工程监理实行 ＿＿（62）＿＿ 。

（62）A．合同仲裁制　　　　　　B．甲方和监理方合同仲裁制

　　　C．总监理工程师负责制　　D．合同仲裁制和三方共同监督制

试题 5 分析

信息系统工程监理实行总监理工程师负责制。

试题 5 答案

（62）C

试题 6（2007 年下半年试题 63）

根据监理范围及内容的不同，信息系统工程的监理模式可分为 ＿＿（63）＿＿ 。

（63）A．咨询式监理、文档评审监理及财务审计监理

　　　B．咨询式监理、里程碑式监理及全过程监理

　　　C．里程碑式监理、文档评审监理及全过程监理

　　　D．咨询式监理、委托监理及全过程监理

试题 6 分析

根据工程监理的深入程度不同，信息系统工程监理可分为如下三种。

（1）咨询式监理：只解答用户方就企业信息化过程中提出的问题，其性质类似于业务咨询或方案咨询。这种方式费用最少，监理方的责任最轻，适合于对信息化有较好把握，并且技术力量较强的用户方采用。

（2）里程碑式监理：将信息系统的建设划分为若干个阶段，在每一个阶段结束都设置一个里程碑，在里程碑到来时通知监理方进行审查或测试。一般来讲，这种方式比咨询式监理的费用要多，监理方也要承担一定的责任。不过，里程碑的确定需要承建方的参与，或者说监理合同的确立需要开发方的参与；否则就会因对里程碑的界定不同而产生分歧。

（3）全程式监理：一种复杂的监理方式，不但要求对系统建设过程中的里程碑进行审查，还应该派相应人员全程跟踪并收集系统开发过程中的信息，不断评估承建方的开发质量和效果。这种方式费用最高，监理方的责任也最大，适合那些对信息系统的开发不太了解且技术力量偏弱的用户采用。

试题 6 答案

（63）B

试题 7（2007 年下半年试题 64）

为解决监理活动中产生的争议，其依据是__(64)__。

(64) A. 监理大纲　　　B. 监理规划　　　C. 监理合同　　　D. 用户需求

试题 7 分析

建设单位（业主单位）与承建单位签订的是建设合同，建设单位与监理单位签订的是监理合同，在监理合同中授予了监理单位的权力和义务。因此，为解决监理活动中产生的争议，其依据就是监理合同。选项 B 的监理大纲是监理单位为了承揽监理项目而编制的一个文件；选项 C 的监理规划是在监理合同签订之后，根据监理合同所制定的一个指导监理工作开展的纲领性文件。

试题 7 答案

(64) C

试题 8（2007 年下半年试题 65）

__(65)__中应说明停工的范围和可能复工的条件、时间。总监理工程师据其发出工程停工令给承包方，再将经过会签的工程协调会决议复印件附后。

(65) A. 协商函　　　B. 监理通知　　　C. 通知　　　D. 工程进展报告

试题 8 分析

监理通知中应说明停工的范围和可能复工的条件、时间。总监理工程师据其发出工程停工令给承包方，将经过会签的工程协调会决议复印件附后。

试题 8 答案

(65) B

试题 9（2008 年上半年试题 62）

信息系统工程监理活动的__(62)__是控制工程建设的投资、进度、工程质量、变更处理，进行工程建设合同管理、信息管理和安全管理，协调有关单位间的工作关系，被概括为"四控、三管、一协调"。

(62) A. 中心任务　　B. 基本方法　　C. 主要目的　　D. 主要内容

试题 9 分析

在信息系统工程监理中，"四控、三管、一协调"是其主要内容。其中"四控"是指投资控制、进度控制、质量控制、变更控制；"三管"是指信息管理、合同管理、安全管理；"一协调"是指沟通协调。

试题 9 答案

(62) D

试题 10（2008 年上半年试题 63 ~ 64）

因承建单位违反合同导致工程竣工时间延迟，监理单位 __(63)__ 。关于信息工程实施合同中关于工期的叙述，不正确的 __(64)__ 。

(63) A. 不承担责任 　　　　　　　　　　B. 承担全部责任

　　　 C. 与承建单位共同承担责任 　　　　D. 承担连带责任

(64) A. 在合同协议书内应明确注明开工日期

　　　 B. 在合同协议书内应明确注明竣工日期

　　　 C. 在合同协议书内应明确注明合同工期总日历天数

　　　 D. 通过招标选择承包人的项目，其合同工期天数就是招标文件要求的工期天数

试题 10 分析

因承建单位违反合同导致工程竣工时间延迟，责任应该由承建单位承担。项目建设合同的主体是建设单位和承建单位，与监理单位无关。

根据合同法，在信息工程实施合同中，应明确注明开工日期、竣工日期、合同工期总日历天数。通过招标选择承包人的项目，如果合同中没有注明合同工期天数，则其合同工期天数就是招标文件要求的工期天数。

试题 10 答案

(63) A 　　　　　(64) D

试题 11（2008 年上半年试题 65）

测试是信息系统工程质量监理的重要手段之一，这是由信息系统工程的特点所决定，测试结果是判断信息系统工程质量最直接的依据之一。在整个质量控制过程中，可能存在承建单位、监理单位、建设单位以及专业的测试机构对工程的测试。各方的职责和工作重点有所不同，下面关于各方进行测试工作的描述，__(65)__ 是错误的。

(65) A. 承建单位在项目的实施过程中，需要进行不断的测试，主要是保证项目的质量

　　　 B. 监理单位要对承建单位的测试计划、测试方案、测试结果进行监督评审，对测试问题改进过程进行跟踪，对重要环节，监理单位自己也要进行抽样测试

　　　 C. 在重要的里程碑或验收阶段，一般需要委托专业的测试机构对工程进行全面、系统的测试，为了保证专业的测试机构的独立公正，监理方不能对专业的测试机构的测试计划和方案进行干预

　　　 D. 建设单位也要对信息工程进行测试，以检查正在开发的信息系统是否满足自己的业务需求

试题 11 分析

对于第三方测试，监理单位需要对测试机构的测试计划和方案进行审核。

试题 11 答案

(65) C

试题 12 （2008 年下半年试题 61）

项目监理机构所编制的工程建设监理实施细则，必须经 (61) 批准后执行。

(61) A. 监理单位负责人   B. 监理单位技术负责人

     C. 总监理工程师   D. 监理工程师

试题 12 分析

监理实施细则是在监理规划的基础上制定出实现监理任务的具体措施，是对信息系统工程监理工作"做什么"和"如何做"的更详细的补充及说明。它使监理工作详细具体并具有可操作性。

监理实施细则的编写程序如下：

（1）根据监理规划，在总监理工程师的指导/主持下，由专业（子项和阶段）监理工程师分别编写各专业（子项和阶段）监理实施细则。

（2）总监理工程师审核批准各专业（子项和阶段）监理实施细则。

（3）在监理实施过程中，根据实际情况不断补充、修改和完善监理实施细则。

试题 12 答案

（61）C

试题 13 （2008 年下半年试题 62）

在文件 (62) 中应该描述项目中使用的监理工具和设施。

（62）A. 监理规划 B. 监理工作计划   C. 监理实施细则   D. 监理专题报告

试题 13 分析

监理规划在监理大纲的基础上按照监理委托合同的要求，将监理方案进一步明确和细化，一般应当包括：工程项目概况；监理的范围、内容与目标；监理项目部的组织结构与人员配备；监理依据、程序、措施及制度；监理工具和设施。

试题 13 答案

（62）A

试题 14 （2008 年下半年试题 63）

监理应在 (63) 阶段审查承建单位选择的分包单位的资质。

（63）A. 建设工程立项   B. 建设工程招标

     C. 建设工程实施准备   D. 建设工程实施

试题 14 分析

监理应在建设工程实施准备阶段审查承建单位选择的分包单位的资质。要注意的是，考生往往容易选择"建设工程招标"，认为应该在招标阶段审查分包单位的资质。但是，这里问的是"审查承建单位选择的分包单位的资质"，重点在"分包"二字。

试题 14 答案

（63）C

试题 15（2008 年下半年试题 64）

总监理工程师的代表经授权后，可以承担的职责包括___（64）___。

① 审查和处理工程变更　② 审查分包单位资质　③ 调换不称职的监理人员
④ 参与工程质量事故调查　⑤ 调解建设单位和承建单位的合同争议

（64）A. ①④⑤　　　B. ②④⑤　　　C. ①②④　　　D. ①③④

试题 15 分析

请参考试题 2 的分析。

试题 15 答案

（64）C

试题 16（2008 年下半年试题 65）

___（65）___不属于建设工程监理规划的作用。

（65）A. 监理主管机关对监理单位监督管理的依据
　　　 B. 指导项目监理机构全面开展监理工作
　　　 C. 指导具体监理业务的开展
　　　 D. 业主确认监理单位履行合同的主要依据

试题 16 分析

监理规划是监理委托合同签订后，由监理单位制定的指导监理工作的纲领性文件。它起着指导监理单位规划自身的业务工作，并协调与建设单位在开展监理活动中的统一认识、统一步调、统一行动的作用。由于监理规划是在委托合同签订后编制的，监理委托关系和监理授权范围都已经很明确，工程项目特点及建设条件等资料也都比较翔实。因此，监理规划在内容和深度等方面比监理委托合同更加具体化，更加具有指导监理工作的实际价值。具体来说，监理规划的主要作用如下：

（1）作为指导监理单位监理项目部全面开展监理工作的行动纲领。
（2）作为信息系统工程监理主管部门对监理单位实施监督管理的重要依据。
（3）作为建设单位确认监理单位是否全面认真履行监理委托合同的重要依据。
（4）作为监理单位和建设单位重要的存档资料。

试题 16 答案

（65）C

试题 17（2009 年上半年试题 5）

下列不能作为监理依据的是___（5）___。

（5）A. 现行国家、各省、市、自治区的有关法律、法规

　　　B. 国际、国家 IT 行业质量标准

　　　C. 业主单位和承建单位的合同

　　　D. 承建单位的决议

试题 17 分析

请参考试题 4 的分析。

试题 17 答案

（5）D

试题 18（2009 年上半年试题 32）

监理工程师可以采用多种技术手段实施信息系统工程的进度控制。下面　(32)　不属于进度控制的技术手段。

（32）A. 图表控制法　　B. 网络图计划法　　C. ABC 分析法　　D. "香蕉"曲线图法

试题 18 分析

进度控制的基本思路是比较实际进度和计划进度之间的差异，如需要就做出必要的调整使项目按计划进度实施，其目的是确保项目"时间目标"的实现。进度控制的技术手段有：

（1）图表控制法，包括甘特图和工程进度曲线。

（2）网络控制计划法，包括双代号网络图和单代号网络图。

（3）"香蕉"曲线图法。

香蕉曲线图法是工程项目施工进度控制的方法之一，"香蕉"曲线是由两条以同一开始时间、同一结束时间的 S 型曲线组合而成。其中，一条 S 型曲线是工作按最早开始时间安排进度所绘制的 S 型曲线，简称 ES 曲线；而另一条 S 型曲线是工作按最迟开始时间安排进度所绘制的 S 型曲线，简称 LS 曲线。除了项目的开始和结束点外，ES 曲线在 LS 曲线的上方，同一时刻两条曲线所对应完成的工作量是不同的。在项目实施过程中，理想的状况是任一时刻的实际进度在这两条曲线所包区域内。

ABC 分析法就是 Pareto（帕累托）分析法，是找到主要矛盾的方法。ABC 分析法源自于 Pareto 定律或称 80/20 原理，即占人口比例很少的一部分人（只占总人口的不到 20 %），却占了社会财富的大部分（占有社会总财富的 80 %左右）。80/20 原理简单的说法就是：重要的少数，不重要的多数，就是社会及自然现象中，往往是"重要的少数方"是影响整个项目成败的主要因素。

更进一步细分，占人口比例很少的一部分人（只占总人口的不到 15%，把这类人称之为 A 类因素）却占了社会财富的大部分（占有社会总财富的 70%~80%）；占人口比例在 20%~30% 的一部分人（把这类人称之为 B 类因素）占有社会财富 15%左右；占人口比例在 60%~80%的一部分人（把这类人称之为 C 类因素）只占有社会财富 10%左右。

ABC 分析法的基本原理，可概括为"区别主次，分类管理"。它将管理对象分为 A、B、C 类，以 A 类作为重点管理对象。其关键在于区别一般的多数和极其重要的少数。

试题 18 答案

（32）C

试题 19（2009 年上半年试题 33）

旁站是信息工程监理控制工程质量、保证项目目标必不可少的重要手段之一，适合于__(33)__方面的质量控制。

(33) A. 网络综合布线、设备开箱检验、机房建设等
　　　 B. 首道工序、上下道工序交接环节、验收环节等
　　　 C. 网络系统、应用系统、主机系统等
　　　 D. 总体设计、产品设计、实施设计等

试题 19 分析

旁站监理是监理单位控制工程质量的重要手段。旁站监理是指在关键部位或关键工序施工过程中，由监理人员在现场进行的监督活动。对于信息系统工程，旁站监理主要在网络综合布线、设备开箱检验和机房建设等过程中实施。

根据对隐蔽工程的监理要求，也应该对隐蔽工程实行旁站监理，以加强对项目实施过程的监督。旁站监理可以把问题消灭在过程之中，以避免后期返工造成的重大经济损失和时间延误。

因"网络综合布线、设备开箱检验、机房建设等"项目活动中涉及隐蔽工程、关键部位或关键工序，所以应对这些活动进行旁站监理以保证这些活动的过程质量。

试题 19 答案

(33) A

试题 20（2010 年下半年试题 64）

《项目质量管理计划》经评审后进入批准流程。由于项目前期已拖期两周，该文件应尽快报监理审批，那么对于该文件的批准活动，正确的是__(64)__。

(64) A. 由建设方技术总监对内容、范围审核后送交监理方批准
　　　 B. 由承建方项目经理对内容、范围审核后送交监理方批准
　　　 C. 由监理工程师对内容、范围审核后送交总监理工程师批准
　　　 D. 先和批准人打声招呼，走监理批准流程，事后再补发签字

试题 20 分析

评审是质量控制主要手段之一，评审的主要目的是本着公正的原则检查项目的当前状态，项目评审一般是在主要的项目里程碑接近完成时进行，比如总体设计、产品设计、编码或测试完成的时候。评审的工作过程如下：

(1) 现场专业（质量）监理工程师接受方案、文档等资料，进行初审，并把初审结果上报总监理工程师。

(2) 建设单位和承建单位根据监理意见进行处理，处理结果由现场监理组进行确认，并报总监理工程师签发。

试题 20 答案

(64) A

第6章

项目管理一般知识

根据考试大纲，本章主要考查以下知识点。

（1）信息系统项目管理基础：包括信息系统项目的特点；项目管理知识体系；项目管理专业领域；项目管理与运作管理、战略管理的区别与联系；项目管理与其他学科的关系；项目经理应该具备的技能和素质；项目管理环境。

（2）项目生命周期和组织：包括项目生命周期；项目干系人；一般阶段和过程组；组织的影响。

（3）项目管理过程：包括项目管理过程与项目管理过程组；过程交互；项目管理过程对应关系。

试题1（2005年下半年试题19）

新项目与过去成功开发过的一个项目类似，但规模更大，这时应该使用 __(19)__ 进行项目开发设计。

（19）A. 原型法　　　B. 变换模型　　　C. 瀑布模型　　　D. 螺旋模型

试题1分析

瀑布模型是生命周期法中最常用的开发模型，它把项目开发流程分为软件计划、需求分析、软件设计、编码实现、软件测试和运行维护六个阶段。

瀑布模型给出了信息系统生存周期各阶段的固定顺序，上一阶段完成后才能进入下一阶段。

变换模型（演化模型）是在快速开发一个原型的基础上，根据用户在调用原型的过程中提出的反馈意见和建议，对原型进行改进，获得原型的新版本，重复这一过程，直到演化成最终的软件产品。

螺旋模型将瀑布模型和变换模型相结合，它综合了两者的优点，并增加了风险分析，特别适合于大型复杂的系统。它以原型为基础，沿着螺线自内向外旋转，每旋转一圈都要经过制定计划、风险分析、实施工程、客户评价等活动，并开发原型的一个新版本。经过若干次螺旋上升的过程，得到最终的系统。螺旋模型采用一种周期性的方法来进行系统开发，这会导致开发出众多的中间版本。使用该模型，项目经理在早期就能够为客户实证某些概念。该模型基于快速原型法，以进化的开发方式为中心，在每个项目阶段使用瀑布模型法。这种模型的每个周期都包括需求定义、风险分析、工程实现和评审4个阶段，由这4个阶段进行迭代。软件开发过程每迭代一次，软件开发又前进一个层次。因此，螺旋模型的特点之一是循环反复。在螺旋模型演进式的过程中，确定一系列的里程碑，以确保项目朝着正确的方向前进，同时降低风险。

喷泉模型对软件复用和生存周期中多项开发活动的集成提供了支持，主要支持面向对象的开发方法。"喷泉"一词本身体现了迭代和无间隙的特性。系统某个部分常常重复工作多次，相关功能在每次迭代中随之加入演化的系统。所谓无间隙是指在开发活动与分析、设计和编码之间不存在明显的边界。

智能模型是基于知识的软件开发模型，它综合了上述若干个模型，并把专家系统结合在一起。该模型应用基于规则的系统，采用归约和推理机制，帮助软件人员完成开发工作，并使维护在系统规格说明一级进行。软件原型是所提出的新产品的部分实现，建立原型的主要目的是为了解决在产品开发的早期阶段的需求不确定的问题，其目的是明确并完善需求、探索设计选择方案、发展为最终的产品。

原型有很多种分类方法。从原型是否实现功能来分，软件原型可分为水平原型和垂直原型两种。水平原型也称为行为原型，用来探索预期系统的一些特定行为，并达到细化需求的目的。水平原型通常只是功能的导航，但并未真实实现功能。水平原型主要用在界面上。垂直原型也称为结构化原型，实现了一部分功能。垂直原型主要用在复杂的算法实现上。

从原型的最终结果来分，软件原型可分为抛弃型原型和演化型原型。抛弃型原型也称为探索型原型，是指达到预期目的后，原型本身被抛弃。抛弃型原型主要用在解决需求不确定性、二义性、不完整性、含糊性等。演化型原型为开发增量式产品提供基础，是螺旋模型的一部分，也是面向对象软件开发过程的一部分。演化型原型主要用在必须易于升级和优化，适用于Web项目。

有些文献把原型分为实验型、探索型和演化型。探索型原型的目的是要弄清对目标系统的要求，确定所希望的特性，并探讨多种方案的可行性。实验型原型用于大规模开发和实现之前，考核方案是否合适，规格说明是否可靠。演化型原型的目的不在于改进规格说明，而是将系统建造得易于变化，在改进原型的过程中，逐步将原型进化成最终系统。

还有些文献也把原型分为抛弃式原型、演化式原型和递增式原型。

原型的开发技术主要有可执行规格说明、基于脚本（Scenario）的设计、自动程序设计专用语言、可复用的软件、简化假设等。

原型法适于用户没有确定其需求的明确内容的时候。它是先根据已给的和分析的需求，建立一个原始模型，这是一个可以修改的模型（在生命周期法中，需求分析成文档后一般不再多修改）。在软件开发的各个阶段都把有关信息相互反馈，直至模型的修改，使模型渐趋完善。在这个过程中，用户的参与和决策加强了，最终的结果更适合用户的要求。这种原型技术又可分为三类：抛弃式、演化式和递增式。这种原型法成败的关键及效率的高低关键在于模型的建立及建模的速度。

在本题中，新项目与过去成功开发过的一个项目类似，即需求是基本确定的。这样，就应该使用瀑布模型进行开发。

试题 1 答案

（19）C

试题 2（2007 年下半年试题 7）

原型化方法是一种动态定义需求的方法，__(7)__ 不是原型化方法的特征。

(7) A．简化项目管理　　　　　　　　B．尽快建立初步需求

　　 C．加强用户参与和决策　　　　　D．提供完整定义的需求

试题 2 分析

请参考试题 1 的分析。

试题 2 答案

（7）D

试题 3（2007 年下半年试题 41）

项目的管理过程用于描述、组织并完成项目工作，而以产品为导向的技术过程则创造项目的产品。因此，项目的管理过程和以产品为导向的技术过程 __(41)__ 。

(41) A．在整个项目过程中相互重叠和相互作用

　　 B．在项目的生命周期中是两个平行的流程

　　 C．与描述和组织项目工作有关

　　 D．对每个应用领域都是相似的

试题 3 分析

项目的管理过程用于描述、组织并完成项目工作，而以产品为导向的技术过程则创造项目的产品。因此，项目的管理过程和以产品为导向的技术过程在整个项目过程中相互重叠和相互作用。

试题 3 答案

（41）A

试题 4（2007 年下半年试题 56）

某电影公司计划使用 IT 系统把全国各地抗击洪水的感人事迹做成一个有史以来最好的数字格式纪录片，项目承建方允许项目经理使用任何需要的资源，但是项目经理提出的能胜任此任务的最佳人选却正在执行另一个项目。叙述 __(56)__ 是正确的。

(56) A．该项目最主要的约束是范围　　　B．该项目最主要的约束是资源

　　 C．该项目最主要的约束是进度　　　D．该项目最主要的约束是质量

试题 4 分析

试题告诉我们，"做成一个有史以来最好的数字格式纪录片"，这样才导致"能胜任此任务的最佳人选"问题，因此，该项目最主要的约束是质量。如果不是质量约束，承建方内部可能有很多人能胜任此任务。

试题 4 答案

（56）D

试题 5（2008 年上半年试题 7~8）

常见的软件开发模型有瀑布模型、演化模型、螺旋模型、喷泉模型等。其中 __(7)__ 适用于需求明确或很少变更的项目， __(8)__ 主要用来描述面向对象的软件开发过程。

（7）A．瀑布模型　　B．演化模型　　C．螺旋模型　　D．喷泉模型
（8）A．瀑布模型　　B．演化模型　　C．螺旋模型　　D．喷泉模型

试题 5 分析

请参考试题 1 的分析。

试题 5 答案

（7）A　　　　（8）D

试题 6（2008 年上半年试题 31）

关于项目生命周期和产品生命周期的叙述，错误的是 __(31)__ 。

（31）A．产品生命周期开始于商业计划，经过产品构思、产品研发、产品的日常运营直到产品不再被使用
　　　B．为了将项目与项目实施组织的日常运营联系起来，项目生命周期也会确定项目结束时的移交安排
　　　C．一般来说，产品生命周期包含在项目生命周期内
　　　D．每个项目阶段都以一个或一个以上的可交付物的完成和正式批准为标志，这种可交付物是一种可度量、可验证的工作产物

试题 6 分析

产品生命周期关注的是整个产品从规划到开发，再到最终维护和消亡的整个过程。一个产品往往会由多个项目来实现，也可能分多个迭代周期来实现。由于项目有特定的目标，一般产品开发出来通过验收则项目生命周期就算完成。而产品生命周期则不同，既包括了项目开始前的预研、评估和可行性研究，也包括了项目完成后产品的维护和废弃。因此，一般来说，项目生命周期只是产品生命周期的一个阶段。

试题 6 答案

（31）C

试题 7（2008 年上半年试题 43）

项目经理的一个重要任务是确认每个项目的相关目标，帮助管理者建立并达到那些目标的方式是目标管理。__(43)__ 不属于目标管理强调的内容。

(43) A. 建立明确的和现实的目标

   B. 阶段性评估项目目标是否达到

   C. 提高对于项目的参与合作，团队建设和对于项目的承诺

   D. 分析并减小风险，当风险发生时决定如何解决

试题 7 分析

目标管理是以目标为导向，以人为中心，以成果为标准，而使组织和个人取得最佳业绩的现代管理方法。目标管理的具体做法分 3 个阶段：目标的设置、实现目标过程的管理、测定与评价所取得的成果，可以简单地归结为确定目标、实施目标、成果评价。

要使目标管理方法成功，还必须注意下述一些条件：

（1）要由高层管理人员参加制定高级策略目标。

（2）下级人员要积极参加目标的制定和实现过程。

（3）情报资料要充分。

（4）管理者对实现目标的手段要有相应的控制权力。

（5）对实行目标管理而带来的风险应予以激励。

（6）对职工要有信心。

同时，在运用目标管理方法时，也要防止一些偏差出现，比如：不宜过分强调定量指标，忽视定性的内容，要根据多变的环境及时调整目标等。

试题 7 答案

(43) D

试题 8（2008 年下半年试题 14～15）

适用于项目需求清晰、在项目初期就可以明确所有需求、不需要二次开发的软件生命周期模型是 __(14)__；适用于项目事先不能完整定义产品的所有需求、计划多期开发的软件生命周期模型是 __(15)__。

(14) A. 瀑布模型   B. 迭代模型   C. 快速原型开发   D. 快速创新开发

(15) A. 快速原型开发   B. 快速创新开发   C. 瀑布模型   D. 迭代模型

试题 8 分析

迭代包括产生产品发布（稳定、可执行的产品版本）的全部开发活动和要使用该发布必需的所有其他外围元素。所以，在某种程度上，开发迭代是一次完整地经过所有工作流程的过程：（至少包括）需求工作流程、分析设计工作流程、实施工作流程和测试工作流程。在迭代模型中，每一次的迭代都会产生一个可以发布的产品，这个产品是最终产品的一个子集。迭代模型适用于项目事先不能完整定义产品所有需求、计划多期开发的软件开发。在现代的开发方法中，例如 XP、RUP 等，无一例外地都推荐、主张采用能显著减小风险的迭代模型。

试题 8 答案

（14）A　　　（15）D

试题 9（2008 年下半年试题 18）

在软件开发的 V 模型中，应该在 __(18)__ 阶段制定单元测试计划。

（18）A. 需求分析　　B. 概要设计　　C. 详细设计　　D. 代码编写

试题 9 分析

根据测试的目的、阶段的不同，可以把测试分为单元测试、集成测试、确认测试和系统测试等几类，在瀑布模型中，单元测试的计划应该在详细设计阶段制定，集成测试计划在概要设计阶段指定，确认测试在需求分析阶段制定，系统测试计划在系统分析阶段制定。

在开发模型中，测试常常作为亡羊补牢的事后行为，但也有以测试为中心的开发模型，那就是 V 模型。V 模型宣称测试并不是一个事后弥补行为，而是一个同开发过程同样重要的过程，如图 6-1 所示。

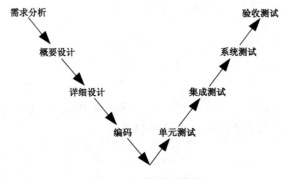

图 6-1　V 模型示意图

V 模型描述了一些不同的测试级别，并说明了这些级别所对应的生命周期中不同的阶段。在上图中，左边下降的是开发过程各阶段，与此相对应的是右边上升的部分，即测试过程的各个阶段。

V 模型的价值在于它非常明确地标明了测试过程中存在的不同级别，并且清楚地描述了这些测试阶段和开发过程期间各阶段的对应关系：

（1）单元测试的主要目的是针对编码过程中可能存在的各种错误。例如：用户输入验证过程中的边界值的错误。

（2）集成测试的主要目的是针对详细设计中可能存在的问题，尤其是检查各单元与其他程序部分之间的接口上可能存在的错误。

（3）系统测试主要针对概要设计，检查系统作为一个整体是否有效地得到运行。例如：在产品设置中是否达到了预期的高性能。

（4）验收测试通常由业务专家或用户进行，以确认产品能真正符合用户业务上的需要。

试题 9 答案

（18）D

试题 10（2008 年下半年试题 49）

___(49)___ 不是项目目标特性。

（49）A. 多目标性　　　B. 优先性　　　C. 临时性　　　D. 层次性

试题 10 分析

根据项目的定义，项目的目标应该包括成果性目标和约束性目标。成果性目标都是由一系列技术指标来定义的，如性能、质量、数量、技术指标等；而项目的约束性目标往往是多重的，如时间、费用等。因为项目的目标就是满足客户、管理层和供应商在时间、费用和性能上的不同要求，所以，项目的总目标可以表示为一个空间向量。因此，项目的目标可以是一个，也可以是多个，在多个目标之间必须要区分一个优先级，也就是层次性。不同目标可能在项目管理的不同阶段根据不同需要，其重要性不一样。

项目的目标要求遵守 SMART 原则，即 Specific（具体）、Measurable （可测量）、Agree to（需相方一致同意）、Realistic（现实的）、Time-oriented（有一定的时限）。

试题 10 答案

（49）C

试题 11（2008 年下半年试题 50）

正式批准项目进入下一阶段，这个决定的过程属于 ___(50)___ 的一部分。

（50）A. 授权　　　B. 控制　　　C. 启动　　　D. 计划

试题 11 分析

项目的实现过程是由一系列的项目阶段或项目工作过程构成的，任何项目都可以划分为多个不同的项目阶段或项目工作过程。同样，对于一个项目的全过程所开展的管理工作也是一个独立的过程，这种项目管理过程也可以进一步划分成不同的阶段或活动。

（1）**启动过程**。它所包含的管理活动内容有：定义一个项目或项目阶段的工作与活动，决策一个项目或项目阶段的启动与否，或决策是否将一个项目或项目阶段继续进行下去等工作，这是由一系列项目决策性工作所构成的项目管理具体过程（或阶段/活动）。

（2）**计划过程**。它包含的管理活动内容有：拟订、编制和修订一个项目或项目阶段的工作目标、任务、工作计划方案、资源供应计划、成本预算、计划应急措施等工作。这是由一系列项目计划性工作所构成的项目管理具体过程（或阶段/活动）。

（3）**执行过程**。它所包含的管理活动内容有：组织和协调人力资源及其他资源，组织和协调各项任务与工作，激励项目团队完成既定的工作计划，生产项目产出物等工作。这是由一系列项目组织管理性的工作所构成的项目管理具体过程（或阶段/活动）。

（4）**控制过程**。它所包含的管理活动内容有：制定标准、监督和测量项目工作的实际情况、分析差异和问题、采取纠偏措施等工作。这是由一系列项目管理控制性的工作所构成的项目管理具体过程（或阶段/活动）。

（5）**收尾过程**。它所包含的管理活动内容有：制定一个项目或项目阶段的移交与接收条件，并完成项目或项目阶段成果的移交，从而使项目顺利结束。这是由一系列项目文档化和移交性、验收性的工作所构成的项目管理具体过程（或阶段/活动）。

试题 11 答案

（50）C

试题 12（2009 年上半年试题 39）

　　(39)　属于组织过程资产。

（39）A．基础设施　　　　　　　　B．组织的经验学习系统

　　　　C．组织劳务关系标准　　　　D．招聘、培养、使用和解聘的指导方针

试题 12 分析

　　企业环境因素（Enterprise Environmental Factors）是指围绕项目或能影响项目成败的任何内外部环境因素。这些因素来自任何或所有项目参与单位。企业环境因素可能提高或限制项目管理的灵活性，并可能对项目结果产生积极或消极影响。它们是大多数规划过程的输入。企业环境因素主要包括以下内容：

　　（1）组织文化、结构和流程；

　　（2）政府或行业标准（如监管机构条例、行为准则、产品标准、质量标准和工艺标准）；

　　（3）基础设施（如现有的设施和固定资产）；

　　（4）现有人力资源状况（如人员在设计、开发、法律、合同和采购等方面的技能、素养与知识）；

　　（5）人事管理制度（如人员招聘和留用指南、员工绩效评价与培训记录、加班政策和时间记录）；

　　（6）公司的工作授权系统；

　　（7）市场条件；

　　（8）干系人风险承受力；

　　（9）政治氛围；

　　（10）组织已有的沟通渠道；

　　（11）商业数据库（如标准化的估算成本数据、行业风险研究资料和风险数据库）；

　　（12）项目管理信息系统（如自动化工具，包括进度计划软件、配置管理系统、信息收集与发布系统或进入其他在线自动系统的网络界面）。

　　组织过程资产（Organizational Process Assets）包括任何或全部与过程相关的资产，可来自任一或所有参与项目的组织，用于帮助项目成功。这些过程资产包括正式和非正式的计划、政策、程序和指南。过程资产还包括组织的知识库，如经验教训和历史信息。组织过程资产可能包括完整的进度计划、风险数据和挣值数据。

　　项目团队成员通常有责任在项目全过程中对组织过程资产进行必要的更新和补充。组织过程资产可分成以下两大类。

　　（1）流程与程序。组织的工作流程与程序主要包括以下方面：

　　√ 组织的标准流程，例如，标准、政策（如安全与健康政策、伦理政策和项目管理政策）、标准的产品与项目生命周期，以及质量政策与程序（如过程审计、改进目标、

核对表和组织所使用的标准化的流程定义）；
- √ 标准化的指南、工作指示、建议书评价准则和绩效测量准则；
- √ 模板（如风险模板、工作分解结构模板、项目进度网络图模板以及合同模板）；
- √ 根据项目的具体需要，"剪裁"组织标准流程的指南与准则；
- √ 组织对沟通的规定（如具体可用的沟通技术、许可的沟通媒介、记录保存政策以及安全要求）；
- √ 项目收尾指南或要求（如项目终期审计、项目评价、产品确认以及验收标准）；
- √ 财务控制程序（如定期报告、费用与支付审查、会计编码以及标准合同条款）；
- √ 问题与缺陷管理程序，包括对问题与缺陷的控制、识别与处理，以及对相关行动的跟踪；
- √ 变更控制程序，包括修改公司标准、政策、计划和程序（或任何项目文件）所需遵循的步骤，以及如何批准和确认变更；
- √ 风险控制程序，包括风险的类别、概率的定义和风险的后果，以及概率影响矩阵；
- √ 排序、批准与签发工作授权的程序；

（2）共享知识库。 组织用来存取信息的共享知识库主要包括以下内容：
- √ 过程测量数据库，用来收集与提供过程和产品的测量数据；
- √ 项目档案（如范围、成本、进度与质量基准，绩效测量基准，项目日历，项目进度网络图，风险登记册，风险应对计划和风险影响评价）；
- √ 历史信息与经验教训知识库（如项目记录与文件、完整的项目收尾信息与文件、关于以往项目选择决策与绩效的信息，以及关于风险管理工作的信息）；
- √ 问题与缺陷管理数据库，包括问题与缺陷的状态、控制情况、解决方案，以及相关行动的结果；
- √ 配置管理知识库，包括公司标准、政策、程序和项目文件的各种版本与基准；
- √ 财务数据库，包括工时、实际成本、预算和任何成本超支等信息。

试题 12 答案

（39）B

试题 13（2009 年上半年试题 45）

某软件公司欲开发一个图像处理系统，在项目初期开发人员对需求并不确定的情况下，采用 __(45)__ 方法比较合适。

（45）A. 瀑布式　　　B. 快速原型　　　C. 协同开发　　　D. 形式化

试题 13 分析

请参考试题 1 的分析。

试题 13 答案

（45）B

试题 14（2009 年上半年试题 46~47）

螺旋模型是一种演进式的软件过程模型，结合了原型开发方法的系统性和瀑布模型可控性特点。它有两个显著特点，一是采用 __(46)__ 的方式逐步加深系统定义和实现的深度，降低风险；二是确定一系列 __(47)__ ，确保项目开发过程中的相关利益者都支持可行的和令人满意的系统解决方案。

(46) A. 逐步交付　　　B. 顺序　　　　C. 循环　　　　D. 增量
(47) A. 实现方案　　　B. 设计方案　　　C. 关键点　　　D. 里程碑

试题 14 分析

请参考试题 1 的分析。

试题 14 答案

(46) C　　　(47) D

试题 15（2009 年下半年试题 31）

项目经理为了有效管理项目需掌握的软技能不包括 __(31)__ 。
(31) A. 有效的沟通　　　B. 激励　　　C. 领导能力　　　D. 后勤和供应链

试题 15 分析

软技能包括人际关系管理。软技能包括以下内容。
- √ 有效的沟通：信息交流。
- √ 影响一个组织："让事情办成"的能力。
- √ 领导能力：形成一个前景和战略并组织人员达到它。
- √ 激励：激励人员达到高水平的生产率并克服变革的阻力。
- √ 谈判和冲突管理：与其他人谈判或达成协议。
- √ 问题解决：问题定义和做出决策的结合。
- √ 后勤和供应链不在其列。

试题 15 答案

(31) D

试题 16（2009 年下半年试题 43）

一般而言，项目的范围确定后，项目的三个基本目标是 __(43)__ 。
(43) A. 时间、成本、质量标准　　　　　B. 时间、功能、成本
　　　C. 成本、功能、质量标准　　　　　D. 时间、功能、质量标准

试题 16 分析

对一个项目而言，项目一经确定投资实施，必定要产生一个项目的目标，而且这个目标是经过仔细分析得出的，是一个清晰的目标，尽管对于项目的不同利益方，如客户方、承包商或其他相关厂商又有不同目标和把握的重点，但其最终结果是实现项目整体目标。简单地讲，项目目标就是实施项目所要达到的期望结果，即项目所能交付的成果或服务。对一个项目而言，项目目标往往不是单一的,而是一个多目标系统,希望通过一个项目的实施实现一系列的目标,满足多方面的需求。对于实际的项目，不管是哪种类型，是大是小，总目标和子目标的最终交

付成果如何，项目目标基本可以表现在三方面：时间、成本和技术性能（或质量标准）。

试题 16 答案

（43）A

试题 17（2010 年上半年试题 10）

项目管理过程中执行过程组的主要活动包括__（10）__。

①实施质量保证　②风险识别　③组建项目团队　④实施采购　⑤合同管理　⑥发布信息

（10）A. ①②③④　　　B. ①②④⑤　　　C. ②③④⑥　　　D. ①③④⑥

试题 17 分析

项目管理过程组是指从启动到计划、执行、控制和收尾的一系列活动。项目的每个过程组又涉及一系列项目管理若干方面的事务和项目管理知识领域。对这些不同方面事务的处理就是基本过程的子过程，各个基本过程的子过程通常不同。子过程和过程一样，要遵循一定的顺序，有时会互相搭接、反复和循环，它们相互关联，密切配合，成为项目整体中一个一个的环节。

项目管理的五个过程组是启动过程组、计划过程组、执行过程组、监控过程组和收尾过程组。每个过程组所包括的管理过程如表 6-1 所示。

表 6-1　项目管理过程组与知识领域表

知识领域	管理过程组				
	启动过程组（2）	计划过程组（20）	执行过程组（8）	监控过程组（10）	收尾过程组（2）
项目整合管理（6）	制定项目章程	制定项目管理计划	指导与管理项目执行	监控项目工作 实施整体变更控制	结束项目或阶段
项目范围管理（5）		收集需求 定义范围 创建工作分解结构		核实范围 控制范围	
项目时间管理（6）		定义活动 排列活动顺序 估算活动资源 估算活动持续时间 制定进度计划		控制进度	
知识领域	启动过程组（2）	计划过程组（20）	执行过程组（8）	监控过程组（10）	收尾过程组（2）
项目成本管理（3）		估算成本 制定预算		控制成本	
项目质量管理（3）		规划质量	实施质量保证	实施质量控制	
项目人力资源管理（4）		制定人力资源计划	组建项目团队 建设项目团队 管理项目团队		
项目沟通管理（5）	识别干系人	规划沟通	发布信息 管理干系人期望	报告绩效	
项目风险管理（6）		规划风险管理 识别风险 实施风险定性分析 实施风险定量分析 规划风险应对		监控风险	
项目采购管理（4）		规划采购	实施采购	管理采购	结束采购

试题 17 答案

（10）D

试题 18（2010 年上半年试题 60）

企业通过多年项目实施经验总结归纳出的 IT 项目可能出现的风险列表属于　(60)　范畴。

（60）A．企业环境因素　　　　　　B．定性分析技术
　　　C．组织过程资产　　　　　　D．风险规划技术

试题 18 分析

请参考试题 12 的分析。

试题 18 答案

（60）C

试题 19（2010 年下半年试题 11）

在多年从事信息系统开发的经验基础上，某单位总结了几种典型信息系统项目生命周期模型的特点，如表 6-2 所示，表中的第一列分别是　(11)　。

表 6-2　信息系统生命周期模型的特点

生命周期模型	特　点
①	软件开发是一系列的增量发布，逐步产生更完善的版本，强调风险分析
②	分阶段进行，一个阶段的工作得到确认后，继续进行下一个阶段，否则返回前一个阶段
③	分阶段进行，每个阶段都执行一次传统的、完整的串行过程，其中都包括不同比例的需求分析、设计、编码和测试等活动

（11）A．①瀑布模型　②迭代模型　③螺旋模型
　　　B．①迭代模型　②瀑布模型　③螺旋模型
　　　C．①螺旋模型　②瀑布模型　③迭代模型
　　　D．①螺旋模型　②迭代模型　③瀑布模型

试题 19 分析

请参考试题 1 的分析。

试题 19 答案

（11）C

试题 20（2010 年下半年试题 44）

以下关于项目目标的论述，不正确的是　(44)　。

（44）A．项目目标就是所能交付的成果或服务的期望效果
　　　B．项目目标应分解到相关岗位

C．项目目标应是可测量的

D．项目是一个多目标系统，各目标在不同阶段要给予同样重视

试题 20 分析

请参考试题 10 的分析。

试题 20 答案

（44）D

第7章

项目立项管理

简单地理解，项目管理就是"首先做正确的事，然后正确地做事"，其中"做正确的事"就是说，在启动项目之前，需要进行可行性研究工作，分析项目的背景等因素，决定是否值得去做。

根据考试大纲，本章主要考查项目的机会选择、可行性研究、项目论证与评估。

试题 1（2006 年下半年试题 60）

某公司的销售收入状态如表 7-1 所示，该公司达到盈亏平衡点时的销售收入是__(60)__百万元人民币。

表 7-1 某公司的销售收入状态

项	金额（单位百万元人民币）
销售收入	800
材料成本	300
分包费用	100
固定生产成本	130
毛利	270
固定销售成本	150
利润	120

(60) A. 560　　　B. 608　　　C. 615　　　D. 680

试题 1 分析

盈亏平衡点（亦称保本点、盈亏分离点），它是指企业经营处于不赢不亏状态所须达到的业务量（产量或销售量），即销售收入等于总成本，是投资或经营中一个很重要的数量界限。近年来，盈亏平衡分析在企业投资和经营决策中得到了广泛的应用。

因此，如果预期销售额与盈亏平衡点接近的话，则说明项目没有利润。盈亏平衡点越低，表明项目适应市场变化的能力越大，抗风险能力越强。

盈亏平衡点可以通过研究产品的单位售价（P）、单位可变成本（VC）和总固定成本（TFC）来计算。可变成本是与产量水平成比例变化的要素，通常包括原材料、劳动力成本以及利用成本。固定成本是不随数量变化的费用。通常包括租金、保险费以及财产税。盈亏平衡点的计算公式为：$BEP = TFC/(P-VC)$。

在本题中，固定生产成本为 130，固定销售成本为 150，因此，总固定成本 TFC 为 280。假设年销售产品 x 件，则单位售价为 $P=800/x$，单位可变成本为：$VC = (300+100)/x = 400/x$。

所以 $BEP = 280/(800/x-400/x) = 280x/400 = 0.7x$。即该公司生产和销售 $0.7x$ 件商品就可达到盈亏平衡，又因为商品的单位售价为 $800/x$，因此，该公司达到盈亏平衡点时的销售收入是 $(800/x)*0.7x = 560$。

试题 1 答案

（60）A

试题 2（2007 年下半年试题 32）

项目论证一般分为机会研究、初步可行性研究和详细可行性研究三个阶段。以下叙述中　(32)　是正确的。

（32）A．机会研究的内容为项目是否有生命力，能否盈利

　　　　B．详细可行性研究是要寻求投资机会，鉴别投资方向

　　　　C．初步可行性研究阶段在多方案比较的基础上选择出最优方案

　　　　D．项目论证是确定项目是否实施的前提

试题 2 分析

工程项目建设的全过程一般分为 3 个主要时期：投资前时期、投资时期和生产时期。可行性研究工作主要在投资前时期进行。投资前时期的可行性研究工作主要包括 4 个阶段：机会研究阶段、初步可行性研究阶段、详细可行性研究阶段、评价和决策阶段。

（1）机会研究阶段。 投资机会研究又称投资机会论证。这一阶段的主要任务是提出建设项目投资方向建议，即在一个确定的地区和部门内，根据自然资源、市场需求、国家产业政策和国际贸易情况，通过调查、预测和分析研究，选择建设项目，寻找投资的有利机会。机会研究要解决两个方面的问题，一是社会是否需要；二是有没有可以开展项目的基本条件。

机会研究一般从以下几个方面着手开展工作：

√ 开发利用本地区的某一丰富资源为基础，谋求投资机会。

√ 以现有工业的拓展和产品深加工为基础，通过增加现有企业的生产能力与生产工序等途径创造投资机会。

√ 以优越的地理位置、便利的交通运输条件为基础分析各种投资机会。

这一阶段的工作比较粗略，一般是根据条件和背景相类似的工程项目来估算投资额和生产成本，初步分析建设投资效果，提供一个或一个以上可能进行建设的投资项目或投资方案，这个阶段所估算的投资额和生产成本的精确程度控制在±30%，大中型项目的机会研究所需时

间在 1～3 个月，所需费用占投资总额的 0.2%～1%。如果投资者对这个项目感兴趣，则可再进行下一步的可行性研究工作。

（2）初步可行性研究阶段。 在项目建议书被国家计划部门批准后，对于投资规模大、技术工艺又比较复杂的大中型骨干项目，需要先进行初步可行性研究。初步可行性研究也称为预可行性研究，是正式的详细可行性研究前的预备性研究阶段。经过投资机会研究认为可行的建设项目，值得继续研究，但又不能肯定是否值得进行详细可行性研究时，就要做初步可行性研究，进一步判断这个项目是否有生命力，是否有较高的经济效益。经过初步可行性研究，认为该项目具有一定的可行性，并可转入详细可行性研究阶段。否则，就终止该项目的前期研究工作。初步可行性研究作为投资项目机会研究与详细可行性研究的中间性或过渡性研究阶段，主要目的有：

✓ 确定是否进行详细可行性研究。

✓ 确定哪些关键问题需要进行辅助性专题研究。

初步可行性研究内容和结构与详细可行性研究基本相同，主要区别是所获资料的详尽程度不同、研究深度不同。对建设投资和生产成本的估算精度一般要求控制在±20%，研究时间为 4～6 个月，所需费用占投资总额的 0.25%～1.25%。

（3）详细可行性研究阶段。 详细可行性研究又称技术经济可行性研究，是可行性研究的主要阶段，是建设项目投投决策的基础。它为项目决策提供技术、经济、社会、商业方面的评价依据，为项目的具体实施提供科学依据。这一阶段的主要目标有：

✓ 提出项目建设方案。

✓ 效益分析和最终方案选择。

✓ 确定项目投资的最终可行性和选择依据标准。

这一阶段的内容比较详尽，所花费的时间和精力都比较大。而且本阶段还为下一步工程设计提供基础资料和决策依据。因此，在此阶段，建设投资和生产成本计算精度控制在±10%；大型项目研究工作所花费的时间为 8～12 个月，所需费用占投资总额的 0.2%～1%；中小型项目研究工作所花费的时间为 4～6 个月，所需费用占投资总额的 1%～3%。

（4）评价和决策阶段。 评价和决策是由投资决策部门组织和授权有关咨询公司或有关专家，代表项目业主和出资人对建设项目可行性研究报告进行全面的审核和再评价。其主要任务是对拟建项目的可行性研究报告提出评价意见，最终决策该项目投资是否可行，确定最佳投资方案。项目评价与决策是在可行性研究报告基础上进行的，其内容包括：

✓ 全面审核可行性研究报告中反映的各项情况是否属实。

✓ 分析项目可行性研究报告中各项指标计算是否正确，包括各种参数、基础数据、定额费率的选择。

✓ 从企业、国家和社会等方面综合分析和判断工程项目的经济效益和社会效益。

✓ 分析判断项目可行性研究的可靠性、真实性和客观性，对项目做出最终的投资决策。

✓ 写出项目评估报告。

由于基础资料的占有程度、研究深度与可靠程度要求不同，可行性研究的各个工作阶段的研究性质、工作目标、工作要求、工作时间与费用各不相同。一般来说，各阶段的研究内容由浅入深，项目投资和成本估算的精度要求由粗到细，研究工作量由小到大，研究目标和作用逐步提高。

试题 2 答案

（32）D

试题 3（2007 年下半年试题 50）

在选项　(50)　中，①代表的方法和②代表的方法适应于项目初期的项目选择和优先级排列过程；而③代表的方法是可以用于处在不同阶段的项目之间进行比较的工具。

（50）A. ①DIPP 分析　　②决策表技术　③财务分析

　　　B. ①决策表技术　②DIPP 分析　　③财务分析

　　　C. ①决策表技术　②财务分析　　　③DIPP 分析

　　　D. ①财务分析　　②供方选择　　　③决策表技术

试题 3 分析

任何组织的能力和资源都是有限的，因此当面临多个项目时，需要对项目进行优先级排列，从中选择投入/产出比最大的项目。结构化的项目选择和优先级排列方法有决策表技术、财务分析和 DIPP 分析。其中决策表技术和财务分析适用于项目初期的项目选择和优先级排列，DIPP 方法适用于处在不同阶段的项目之间进行比较。

DIPP 用来描述项目资源利用率，其计算公式如下：

$$DIPP = EMV/ETC$$

其中 EMV 为项目的期望货币值（Expected Money Value），是指考虑支付风险因素，各个支付值与支付概率的乘积之和。ETC 为完成尚需成本估算（Estimate To Complete），是指为了完成项目，对剩余所需要进行的工作所消耗资源的成本估算。

DIPP 是用于处在不同阶段的项目之间进行比较的工具。DIPP 值越高的项目，意味着资源的利用率越高，越值得优先考虑资源的支持。

试题 3 答案

（50）C

试题 4（2008 年下半年试题 31）

可行性研究主要从　(31)　等方面进行研究。

（31）A. 技术可行性，经济可行性，操作可行性

　　　B. 技术可行性，经济可行性，系统可行性

　　　C. 经济可行性，系统可行性，操作可行性

　　　D. 经济可行性，系统可行性，时间可行性

试题 4 分析

项目的可行性研究就是从技术、经济、社会和人员等方面的条件和情况进行调查研究，对可能的技术方案进行论证，最终确定整个项目是否可行。可行性研究的任务就是用最少的代价在尽可能短的时间内确定问题是否能够解决，可行性研究的目的不是解决问题，而是确定问题是否值得去解。要达到这个目的，必须分析几种主要的可能解法的利弊，从而判断原定的系

统目标和规模是否现实，系统完成后所能带来的效益是否大到值得投资开发这个系统的程度。行性研究包括技术可行性分析、经济可行性分析、操作可行性（运行环境可行性）分析以及其他方面的可行性分析等。

（1）技术可行性。要确定使用现有的技术能否实现系统，就要对要开发系统的功能、性能、限制条件进行分析，确定在现有的资源条件下，技术风险有多大，系统能否实现。技术可行性一般要考虑的情况包括：在给出的限制范围内，能否设计出系统并实现必须的功能和性能；可用于开发的人员是否存在问题；可用于建立系统的其他资源是否具备；相关技术的发展是否支持这个系统。

（2）经济可行性。进行开发成本的估算以及了解取得效益的评估，确定要开发的系统是否值得投资开发。对于大多数系统，一般衡量经济上是否合算，应考虑一个最小利润值。经济可行性研究范围较广，包括成本-效益分析、公司经营长期策略、开发所需的成本和资源、潜在的市场前景等。

（3）操作可行性。包括社会可行性和操作使用可行性等方面。社会可行性主要分析项目对社会的影响，包括法律道德、民族宗教、社会稳定性等。操作使用方面主要指系统使用单位在行政管理、工作制度和人员素质等因素上能否满足系统操作方式的要求。

试题 4 答案

（31）A

试题 5（2008 年下半年试题 32）

希赛公司有很多项目机会但没有足够的资源来完成所有的项目，这就需要项目经理领导团队来建立一个筛选和确定项目优先级的方法。在建立项目筛选模型的众多准则中，此时最重要的准则是待开发的系统 __(32)__ 。

（32）A. 功能强大　　　　B. 容易使用　　　C. 容易实现　　　D. 成本低廉

试题 5 分析

由于资源受限，在多个项目机会中进行项目选择，以及确定项目优先级时，首先要考虑的问题应该就是其容易实现的问题。也就是说，优先把容易实现的项目完成，以尽快释放更多的资源。

试题 5 答案

（32）C

试题 6（2009 年下半年试题 52）

下列各图描述了 DIPP 值随着项目进行时间的变化，其中正确的是 __(52)__ 。

（52）

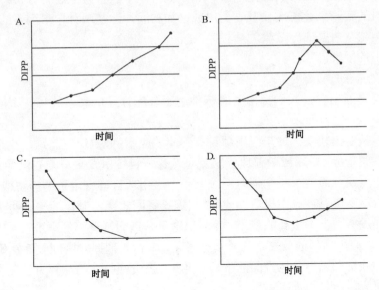

试题 6 分析

在项目开始时，ETC 值就是项目的总预算值。随着项目的实施，项目的 ETC 值会逐渐减小。项目的未来收益就是 EMV 值减去 ETC 值。DIPP 值实际是指从当前的时间点上对未来进行预测，项目未来产生的收益与花费的成本之比。从单个项目的时间纵向来看，随着时间的推移，越接近项目的结束，DIPP 值越大，也就越会受益于项目完成后的收益。从多个项目的横向比较来看，DIPP 值更好地给出了各个项目对组织的有利情况。很显然，一个未来收益很高的项目，其初期 DIPP 值要小于一个接近结束的项目的 DIPP 值，因为后者只需要投入较少的资源就可以获得收益。

试题 6 答案

（52）A

试题 7（2010 年上半年试题 26）

用于信息系统开发的各类资源总是有限的，当这些有限资源无法同时满足全部应用项目的实施时，就应该对这些应用项目的优先顺序给予合理分配。人们提出了若干用于分配开发信息系统稀少资源的方法，并对每种方法都提出了相应的决策基本标准。其中　(26)　的基本思想是对各应用项目不仅要分别进行评价，而且还应该把它们作为实现系统总体方案的组成部分去评价。该方法应该考虑项目的风险性、对组织的战略方向的支持等因素。

（26）A．全面评审法　　　　B．成本或效益比较法

　　　 C．收费法　　　　　　D．指导委员会法

试题 7 分析

用于信息系统开发的各类资源总是有限的，当这些有限资源无法同时满足全部应用项目的实施时，就应该针对这些应用项目的优先次序给予合理分配，这就是 MIS 规划工作三阶段模型中的最后一个阶段——资源分配阶段。

通常在确定一个应用项目的优先顺序时应该依据以下四个方面进行分析：

（1）该项目的实施预计可明显节省费用或增加利润，这是一种定量因素的分析。

（2）无法定量分析其实施效果的项目。

（3）制度上的因素。

（4）系统管理方面的需要。

从上述四个方面出发，人们提出了若干种用于分配开发信息系统稀少资源的方法，下面分别予以介绍。

（1）成本或效益比较法。每个应用项目有不同的成本-效益比，而这往往是衡量一个项目经济合理性的重要指标，成本或效益比较法就是从这一目标出发来分配资源的，投资回收率即为一种常采用的方法。通常，一个信息系统的每个应用项目都有定量的经济成本和经济效益，利用成本或效益量就可以计算出投资回收率，根据投资回收率法制定的一条决策规则是从那些可选项目中选择投资回收率最高的应用项目。但这只是理想情况，在具体应用该方法时总有一定的困难。首先，应用项目的效益往往难以数量化，其次，把握投资回收率法确定的应用项目并不能提供整套项目在风险其他方面的平衡，再次，投资回收率的计算方法是渐远的，它不能引起人们对当前应用项目的重新思考。

（2）全面评审法。该方法的基本思想是：对应用项目不仅要分别进行评价，而且还应该把它们作为实现系统总体方案的全套项目的组成部分去评价，这种方法应考虑项目的风险性，对组织的战略方向的支持等因素。以全面评审法为基础对风险的评价认识是：各种失败对应用项目所造成的风险是不一样的，主要应考虑以下三个方面的影响：项目的规模、使用技术方面的经验、项目的结构。

（3）收费法。收费法是把信息系统资源的费用分摊给用户的一种会计手段。收费的手段有两种，一种是把费用直接分摊给不同用户，并让他们了解资源是如何使用的。在这种情况下，用户对费用没有任何控制权，这种方法有助于信息系统成本的内部控制，另一种方法是向用户收取信息服务费，而用户对使用信息服务的数量有自主权，可根据各自费用情况和利润情况而决定。收费法在它适合组织机构的具体情况时，优点较为明显，但是这种方法只是达到了局部合理性，而不满足整个组织的合理性，特别是当要"购买"的项目多于信息系统能够开发的项目时，这种方法是不能解决资源分配问题的。

（4）指导委员会法。资源分配的重大决策往往都是由一个总负责人或是一个由各主要职能部门的负责人所组成的指导委员会来做出的。指导委员会法的好处是它能够行使组织机构的能力与政策。从理论上讲，它所形成的计划是组织范围内最佳的资源分配计划，它能形成对资源分配和最终计划的支持,这种方法的不足之处是指导委员会在相互协商方面消耗的时间往往过多。

试题 7 答案

（26）A

试题 8（2010 年上半年试题 41）

以下关于项目可行性研究内容的叙述，___(41)___是不正确的。

(41) A. 技术可行性是从项目实施的技术角度，合理设计技术方案，并进行评审和评价

B. 经济可行性主要是从资源配置的角度衡量项目的价值，从项目的投资及所产生的经济效益进行分析

C. 可行性研究不涉及合同责任、知识产权等法律方面的可行性问题

D. 社会可行性主要分析项目对社会的影响，包括法律道德、民族宗教、社会稳定性等

试题 8 分析

请参考试题 4 的分析。

试题 8 答案

(41) C

试题 9（2010 年上半年试题 42）

某企业针对"新一代网络操作系统"开发项目进行可行性论证。在论证的最初阶段，一般情况下不会涉及　(42)　。

(42) A. 调研了解新一代网络操作系统的市场需求

B. 分析论证是否具备相应的开发技术

C. 详细估计系统开发周期

D. 结合企业财务经济情况进行论证分析

试题 9 分析

在论证的最初阶段，一般情况下不会涉及详细估计系统开发周期。

试题 9 答案

(42) C

试题 10（2010 年上半年试题 55）

以下关于项目评估的叙述中，　(55)　是正确的。

(55) A. 项目评估的最终成果是项目评估报告

B. 项目评估在项目可行性研究之前进行

C. 项目建议书作为项目评估的唯一依据

D. 项目评估可由项目申请者自行完成

试题 10 分析

项目评估指项目绩效评估，它是指通过项目组之外的组织或者个人对项目进行的评估，通常是指在项目的前期和项目完工之后的评估。项目前期的评估主要指的是对项目的可行性的评估；项目完成后评估是指在信息化项目结束后，依据相关的法规、信息化规划报告、合同等，借助科学的措施或手段对信息化项目的水平、效果和影响，投资使用的合同相符性、目标相关性和经济合理性所进行的评估。

试题 10 答案

（55）A

试题 11（2010 年下半年试题 41）

有关可行性研究的叙述中，错误的是　(41)　。

（41）A. 信息系统项目开发的可行性研究要从可能性、效益性和必要性入手
　　　　B. 可行性研究要遵守科学性和客观性原则
　　　　C. 信息系统项目的可行性研究，应对项目采用的技术、所处的环境进行全面的评价
　　　　D. 项目可行性研究可采用投资估算法、增量净效益法等方法

试题 11 分析

项目的可行性研究是项目立项前的重要工作，需要对项目所涉及的领域、投资的额度、投资的效益、采用的技术、所处的环境、融资的措施、产生的社会效益等多方面进行全面的评价，以便能够对技术、经济和社会可行性进行研究，以确定项目的投资价值。可行性分析的执行者需要有专业的所论证领域的背景，这对论证过程的准确、效率而言非常重要。

信息系统项目开发的可行性一般包括可能性、效益性和必要性三个方面，三者相辅相成，缺一不可。可能性包括技术、物资、资金和人员支持的可行性；效益性包括了实施项目所能带来的经济效益和社会效益；必要性则比较复杂，包括了社会环境、领导意愿、人员素质、认知水平等诸多方面的因素。因此，在项目启动之前进行项目的可行性研究是非常必要的，而且也是必须的。

详细可行性研究的基本原则有科学性、客观性和公正性。详细可行性研究方法很多，例如，经济评价法、市场预测法、投资估算法和增量净效益法等。

（1）经济评价法。详细可行性研究的经济评价方法分为财务评价和国民经济评价。

财务评价是在国家现行财税制度和价格的条件下考虑项目的财务可行性，只计算项目本身的直接效益和直接费用，即项目的内部效果，使用的计算报表主要有现金流量表、内部收益率估算表，评价的指标以财务内部收益率、投资回收期和固定资产投资借款偿还期为主要指标。

国民经济评价是从国民经济综合平衡的角度分析计算项目对国民经济的净效益，包括间接效益和间接费用，即项目的外部效果。为正确估算国民经济的净效益，一般都采用影子价格代替财务评价中的现行价格。国民经济评价的基本报表为经济现金流量表（分全部投资与国内投资两张表）。评价的指标是以经济内部收益率为主要指标，同时计算经济净现值和经济净现值率等指标。

（2）市场预测法。市场预测法是一种直接根据市场中的汇率价格预测未来汇率的一种方法，也是企业经常使用的预测方法。

（3）投资估算法。投资估算法是根据同类项目单位生产能力所耗费的资产投资额来估算拟建项目固定投资额的一种方法，单位生产能力投资是指每单位的设计生产能力所需要的建设投资。该方法将同类项目的固定资产投资额与其生产能力的关系简单地视为线性关系，与实际情况的差距较大。

（4）增量净效益法。增量净效益法是将有项目时的成本（效益）与无项目时的成本（效

益）进行比较，求得两者差额，即为增量成本（效益），这种方法比传统的前后比较法更能准确地反映项目的真实成本和效益。

试题 11 答案

（41）C

试题 12（2010 年下半年试题 42）

某项目预计费用现值是 1000 万元人民币，效益现值是 980 万元人民币。如果采用"费用效益分析法"，可得出结论：　(42)　。

（42）A. 不可投资　　　　　　B. 可投资
　　　C. 不能判断　　　　　　D. 费用效益分析法不适合项目论证

试题 12 分析

根据项目的类型不同，采用的评估方法也不同。

（1）项目评估法和全局评估法。项目评估法（局部评估法）以具体的技术改造项目为评估对象。费用、效益的计量范围仅限于项目本身。适用于关系简单，费用、效益容易分离的技术改造项目。例如，投入一笔资金将高耗能设备更换为低能耗设备，只要比较投资和节能导致的费用节约额便能计算出节能的经济效果。

企业评估法（全局评估法）从企业全局出发，通过比较一个企业改造和不改造两个不同方案经济效益变化来评估项目的经济效益。该法既考虑了项目自身的效益，又考虑了给企业其他部分带来的相关效益。适用于生产系统复杂，效益、费用不好分离的技术改造项目。

（2）总量评估法和增量评估法。总量评估法的费用、效益测算采用总量数据和指标，但确定原有固定资产重估值是估算总投资的难点。总体来讲，该法简单，易被人们接受，侧重经济效果的整体评估，但无法准确回答新增投入资金的经济效果。例如，针对一个小炼钢厂，需要做出是进一步进行技术改造还是"关、停、并、转"的决策。该项目需要从整体上把握经济效益的变化和能够达到的经济效益指标。此时，应该采用总量法。

增量法采用增量数据和指标并满足可比性原则。这种方法实际上是把"改造"和"不改造"两个方案转化为一个方案进行比较，利用方案之间的差额数据来评价追加投资的经济效果。它虽不涉及原有固定资产重估问题，但却充分考虑了原有固定资产对项目的影响。

增量法又分为前后法和有无法。两者的区别是：前后法使用项目改造后各年的费用和效益减去某一年的费用和效益的增量数据来评估项目改造的经济效益。有无法强调"有项目"和"无项目"两个方案在完全可比的条件下进行全面对比，对两个方案的未来费用、效益均要进行预测并计算改造带来的增量效益。实质上，前后法是有无法的一个特例：即，假定该项目如果不改造，在未来若干年内经营状况保持不变。这实际上是不可能的，一个企业的经济效益总是在变化的，不是上升，就是下降。因此，一般技术改造项目（包括扩能）评价都应采用有无法。

（3）费用效益分析法。费用效益分析法主要是比较项目所支出的社会费用（即国家和社会为项目所付出的代价）和项目对社会所提供的效益，评估项目建成后将对社会做出的贡献程度。最重要的原则是项目的总收入必须超过总费用，即效益与费用之比必须大于 1。

（4）成本效用分析法。效用包括效能、质量、使用价值、受益等，这些标准常常无法用数量衡量，且不具可比性，因此，评价效用的标准很难用绝对值表示。通常采用移动率、利用率、保养率和可靠程度等相对值来表示。成本效用分析法主要是分析效用的单位成本，即为获得一定的效用而必须耗费的成本，以及节约的成本，即分析净效益。若有功能或效益相同的多项方案，自然应选用单位成本最低者。

成本效用分析有三种情况：
✓ 当成本相同时，应选择效用高的方案。
✓ 当效用相同时，应选择成本低的方案。
✓ 当效用提高而成本也加大时，应选择增效的单位追加成本低的方案。

（5）多目标系统分析法。如果项目具有多种用途，很难将其按用途分解来单独分析，这种情况下应采用多目标系统分析法，即从整体角度分析项目的效用与成本，效益与费用，计算出净收益和成本效用比。

试题 12 答案

（42）A

试题 13（2010 年下半年试题 55）

以下最适合使用贴现现金流绩效评估方法进行评估的投资项目是 ___(55)___。
（55）A. 更新设备　　B. 新技术应用　　C. 开发新产品　　D. 拓展新市场

试题 13 分析

企业在资本预算事务中采用什么资本预算方法与资本预算项目类型有关。资本预算项目可以分为三类：
（1）成本减小，如设备更新。
（2）现有产品扩大规模。
（3）新产品开发、新业务及新市场拓展。

在这三类项目中，成本减小类项目的未来现金流预测相对准确，因为有较多的关于设备、成本的数据及经验可供借鉴，采用贴现现金流法比较可靠。

试题 13 答案

（55）A

试题 14（2010 年下半年试题 56）

表 7-2 为一个即将投产项目的计划收益表，经计算，该项目的投资回收期是 ___(56)___。

表 7-2　计划收益表

	第1年（投入年）	第2年（销售年）	第3年	第4年	第5年	第6年	第7年
净收益	−270	35.5	61	86.5	61	35.5	31.5
累计净收益	−270	−234.5	−173.5	−87	−26	9.5	41

（56）A. 4.30　　　　B. 5.73　　　　C. 4.73　　　　D. 5.30

试题 14 分析

从表 7-2 可以看出，第 6 年开始累计，净收益出现正值，因此该项目的投资回收期应该是 5～6 年之间。具体计算如下：

$$5+26/35.5 = 5.73（年）$$

试题 14 答案

（56）B

试题 15（2010 年下半年试题 68）

某项目投资额为 190 万元，实施后的利润分析如表 7-3 所示。

表 7-3 利润分析表

	第 0 年	第 1 年	第 2 年	第 3 年
利润值	—	67.14 万元	110.02 万元	59.23 万元

假设贴现率为 0.1，则项目的投资收益率为___（68）___。

（68）A．0.34   B．0.41   C．0.58   D．0.67

试题 15 分析

因为贴现率为 0.1，则计算出各年度现值如表 7-4 所示。

表 7-4 现值分析表

	第 0 年	第 1 年	第 2 年	第 3 年
利润值	−190 万元	67.14 万元	110.02 万元	59.23 万元
现值	−190 万元	61.04 万元	90.93 万元	44.50 万元
累计现值	−190 万元	−128.96 万元	−38.04 万元	6.46 万元

投资收益率 = 运营期年均净收益/投资总额= ((61.04+90.93+44.50)/ 3)/190 = 0.34。

另外一种计算方式是，先计算出投资回收期（2+38.04/44.05=2.86），然后再取投资回收期的倒数为投资收益率，即 1/2.86=0.34。

试题 15 答案

（68）A

试题 16（2010 年下半年试题 69）

甲乙丙为三个独立项目，NPV $_{甲}$=12 万元，NPV $_{乙}$=15 万元，NPV $_{丙}$=18 万元，三个项目的初始投资额相同，并且回收期相同，则应优先选择___（69）___项目进行投资。

（69）A．甲   B．乙   C．丙   D．甲或乙

试题 16 分析

三个项目的初始投资额相同，并且回收期相同，按照净现值分析法则，净现值大的项目优先。

试题 16 答案

（69）C

试题 17（2010 年下半年试题 70）

某项目各期的现金流量如表 7-5 所示。

表 7-5 现金流量表

期数	0	1	2
净现金流量	−630	330	440

设贴现率为 10%，则项目的净现值约为___（70）___。

（70）A. 140　　　　　B. 70　　　　　C. 34　　　　　D. 6

试题 17 分析

根据净现值的计算公式，直接计算：

$$NPV = -630 + 330/(1+10\%) + 440/(1+10\%)^2 = -630 + 300 + 364 = 34$$

试题 17 答案

（70）C

试题 18（2005 年下半年试题 56）

有关 DIPP 的论述中，___（56）___是不正确的。

（56）A. DIPP 值是项目的期望货币值和完工尚需成本之比

　　　　B. DIPP 值越低的项目资源利用率越高

　　　　C. DIPP 值越高的项目资源利用率越高

　　　　D. DIPP 值衡量了企业的资源利用效率

试题 18 分析

请参考试题 3 的分析。

试题 18 答案

（56）B

第8章

项目整合管理

项目整合管理（整体管理）是从全局的、整体的观点出发并通过有机地协调项目各个要素（进度、成本、质量和资源等），在相互影响的项目的各项具体目标和方案中权衡和选择，尽可能地消除项目各单项管理的局限性，从而实现最大限度地满足项目干系人的需求和目的。

项目整合管理与其他的项目单项管理（如项目进度管理、项目成本管理等）相比，具有综合性、全局性和系统性的特点。从项目的生命周期来讲，项目的整合管理贯穿项目的整个生命周期，项目整合管理是项目全过程的管理，需要制定全局的项目管理计划，项目整合管理既涉及项目生命周期中的各种决策，又涉及项目干系人、项目小组间的横向沟通和协调。

试题 1（2005 年上半年试题 27）

某项目经理所在的单位正在启动一个新的项目，配备了虚拟项目小组。根据过去的经验，该项目经理认识到矩阵环境下的小组成员有时对职能经理的配合超过对项目经理的配合。因此，该项目经理决定请求单位制定___(27)___。

(27) A．项目计划　B．项目章程　C．项目范围说明书　D．人力资源管理计划

试题 1 分析

实施项目组织的结构往往对能否获得项目所需资源和以何种条件获取资源起着制约作用。组织的主要结构类型有职能型、矩阵型。而矩阵型组织又可分为弱矩阵型、平衡矩阵型和强矩阵型。

项目章程是正式批准一个项目的文档。项目章程应当由项目组织以外的项目发起人或投资人发布，其在组织内的级别应能批准项目，并有相应的为项目提供所需资金的权利。项目章程为项目经理使用组织资源进行项目活动提供了授权。尽可能在项目早期确定和任命项目经理。

颁发项目章程将项目与组织的日常业务联系起来并使该项目获得批准。项目章程是由在

项目团队之外的组织、计划或综合行动管理机构颁发并授权核准的。在多阶段项目中，这一过程的用途是确认或细化在以前制定项目章程过程中所做的各个决定。

试题 1 答案

（27）B

试题 2（2005 年上半年试题 29）

项目整体管理的主要过程是　(29)　。

（29）A．制定项目管理计划、执行项目管理计划、项目范围变更控制

　　　B．制定项目管理计划、指导和管理项目执行、项目整体变更控制

　　　C．项目日常管理、项目知识管理、项目管理信息系统

　　　D．制定项目管理计划、确定项目组织、项目整体变更控制

试题 2 分析

在项目管理中，整体管理的过程包括制定项目章程、制定项目管理计划、指导与管理项目执行、监控项目工作、实施整体变更控制、结束项目或阶段。

试题 2 答案

（29）B

试题 3（2005 年上半年试题 33）

　(33)　体现了项目计划过程的正确顺序。

（33）A．范围规划—范围定义—活动定义—活动历时估算

　　　B．范围定义—范围规划—活动定义—活动排序—活动历时估算

　　　C．范围规划—范围定义—活动排序—活动定义—活动历时估算

　　　D．活动历时估算—范围规划—范围定义—活动定义—活动排序

试题 3 分析

在试题给出的选项中，涉及范围管理和时间管理的活动。

项目范围管理包括的过程，依先后顺序排列如下：范围规划、收集需求、定义范围、创建工作分解结构、核实范围、控制范围。

项目时间管理包括的过程，依先后顺序排列如下：定义活动、排列活动顺序、估算活动资源、估算活动持续时间、制定进度计划、控制进度。

一般情况下，先确定项目的范围，在此基础上再对项目的时间进行管理。

试题 3 答案

（33）A

试题 4（2005 年上半年试题 44）

项目小组建设对于项目的成功很重要，因此，项目经理想考查项目小组工作的技术环境如何，有关信息可以在 __(44)__ 中找到。

(44) A. 小组章程　　　　　　　　B. 项目管理计划

　　　C. 人员配备管理计划　　　 D. 组织方针和指导原则

试题 4 分析

项目管理计划的内容可分为九个方面。

（1）工作计划。 工作计划也称实施计划，是为保证项目顺利开展、围绕项目目标的最终实现而制定的实施方案。工作计划主要说明采取什么方法组织实施项目、研究如何最佳地利用资源，用尽可能少的资源获取最佳效益。具体包括工作细则、工作检查及相应措施等。工作计划也需要时间、物资、技术资源，须反映到项目总计划中去。

（2）人员组织计划。 人员组织计划主要是表明工作分解结构图中的各项工作任务应该由谁来承担，以及各项工作间的关系如何。其表达形式主要有框图式、职责分工说明式和混合式三种。

（3）设备采购供应计划。 在项目管理过程中，多数的项目都会涉及仪器设备的采购、订货等供应问题。有的非标准设备还包括试制和验收等环节。如果是进口设备，还存在选货、订货和运货等环节。设备采购问题会直接影响到项目的质量及成本。

（4）其他资源供应计划。 如果是一个大型的项目，不仅需要设备的及时供应，还有许多项目建设所需的材料、半成品、物件等资源的供应问题。因此，预先安排一个切实可行的物资、技术资源供应计划，将会直接关系到项目的工期和成本。

（5）变更控制计划。 由于项目的一次性特点，在项目实施过程中，计划与实际不符的情况是经常发生的。这是由下列原因造成的：开始时预测得不够准确；在实施过程中控制不力；缺乏必要的信息。有效处理项目变更可使项目获得成功，否则可能会导致项目失败。变更控制计划主要是规定处理变更的步骤、程序，确定变更行动的准则。

（6）进度计划。 进度计划是根据实际条件和合同要求，以拟建项目的竣工投产或交付使用时间为目标，按照合理的顺序安排的实施日程。其实质是把各活动的时间估计值反映在逻辑关系图上，通过调整，使得整个项目能在工期和预算允许的范围内最好地安排任务。进度计划也是物资、技术资源供应计划编制的依据，如果进度计划不合理，将导致人力、物力使用的不均衡，影响经济效益。

（7）成本投资计划。 包括各层次项目单元计划成本、项目"时间-计划成本"曲线和项目的成本模型（时间-累计计划成本曲线）、项目现金流量（包括支付计划和收入计划）、项目资金筹集（贷款）计划等。

（8）文件控制计划。 文件控制计划是由一些能保证项目顺利完成的文件管理方案构成，需要阐明文件控制方式、细则，负责建立并维护好项目文件，以供项目组成员在项目实施期间使用。包括文件控制的人力组织和控制所需的人员及物资资源数量。项目管理的文件包括全部原始的及修订过的项目计划、全部里程碑文件、有关标准结果、项目目标文件、用户文件、进度报告文件，以及项目文书往来。项目一结束，文件须全部检查一遍，有选择地处理一些不再相关的文件，并保存老项目的工作分解结构图与网络图，收入文件库以备将来项目组参考。

（9）支持计划。项目管理有众多的支持手段，主要有软件支持、培训支持和行政支持，还有项目考评、文件、批准或签署、系统测试、安装等支持方式。

试题 4 答案

（44）B

试题 5（2005 年下半年试题 28）

变更控制是对 __(28)__ 的变更进行标识、文档化、批准或拒绝，并控制。

（28）A．详细的 WBS 计划　　　　B．项目基线

　　　　C．项目预算　　　　　　　　D．明确的项目组织结构

试题 5 分析

变更控制是对项目基线的变更进行标识、文档化、批准或拒绝，并加以控制。

试题 5 答案

（28）B

试题 6（2005 年下半年试题 31）

项目发生变更在所难免。项目经理应让项目干系人（特别是业主）认识到 __(31)__ 。

（31）A．在项目策划阶段，变更成本较高

　　　　B．在项目策划阶段，变更成本较低

　　　　C．在项目策划阶段，变更带来的附加值较低

　　　　D．在项目执行阶段，变更成本较低

试题 6 分析

显然，越在项目的早期阶段，变更的成本就越低。同时，变更带来的附加价值就越高。

试题 6 答案

（31）B

试题 7（2005 年下半年试题 55）

在项目进行过程中，一个开发人员接收到某个用户的电话，用户表明在系统中存在一个问题并要求更改，这个开发人员应该 __(55)__ 。

（55）A．马上改正问题　　　　　B．记录问题并提交项目经理

　　　　C．不予理睬　　　　　　　D．通过测试部经理，要求确认问题是否存在

试题 7 分析

项目相关人员发现问题，提出变更，将变更申请表提交到 CCB。CCB 对变更申请进行评审，如果有必要将变更交由专门的变更分析人员进行分析评估。

变更分析人员对变更进行分析评估，分析评估后意见交 CCB 作为变更评审的依据。在评估分析和评估变更请求中主要考虑的是变更对成本、进度和质量等方面的影响。必要时配置管理人员、变更分析人员可能要和变更请求人交谈和商讨。

在 CCB 批准后送交变更实施者，应该要求记录变更的情况。实际上变更请求表上不仅记载了变更请求和变更审批的信息，而且还包含有关变更实施的信息，由此可见，可通过变更请求表了解到变更的实施状态。

试题 7 答案

（55）B

试题 8（2006 年下半年试题 28）

为了制定项目管理计划，"假设"是在没有证据或证明的情况下被认为是　(28)　因素。

（28）A．真实、实际或确定的　　　　B．确定的或可验证的

　　　　C．容易使用的　　　　　　　　D．经历史验证的

试题 8 分析

在制定项目管理计划时，假设是被考虑为真实、确定的因素。在项目的生命期内，项目团队要定期地识别、记录和验证假设。一般情况下，假设可能会带来一定的风险。

试题 8 答案

（28）A

试题 9（2006 年下半年试题 35）

与逐步完善的计划编制方法相对应的是　(35)　。

（35）A．进度表　　　B．初图　　　C．扩展探索　　　D．滚动波策划

试题 9 分析

制定项目管理计划的工具和技术有项目管理方法论、项目管理信息系统和专家判断。

在制定项目管理计划的过程中，要从许多具有不同完整性和可信度的信息源收集信息。项目管理计划要涉及关于范围、技术、风险和成本的所有方面。在项目执行阶段出现并被批准的变更，其导致的更新可能会对项目管理计划产生重大的影响。项目管理计划更新，为满足整体项目已定义的范围提供了大体上准确的进度、成本和资源要求。项目管理计划的这种渐进明晰经常被称为"滚动波策划"，这意味着计划的编制是一个反复和持续的过程。

试题 9 答案

（35）D

试题 10（2008 年上半年试题 28）

一般说来变更控制流程的作用不包括　(28)　。

（28）A．列出要求变更的手续　　　　B．记录要求变更的事项

　　　　C．描述管理层对变更的影响　　D．确定要批准还是否决变更请求

试题 10 分析

通过制定变更控制流程，并在项目运作过程中执行这个流程，具有规范变更、列出要求变更的手续、记录要求变更的事项、描述管理层对变更的影响等作用。

试题 10 答案

（28）D

试题 11（2008 年上半年试题 33）

制定项目管理计划的输入包含 　（33）　。

（33）A．组织过程资产　　　　　　　B．工作分解结构

　　　　C．风险管理计划　　　　　　　D．质量计划

试题 11 分析

制定项目管理计划的输入包含项目章程、其他规划过程的输出、企业环境因素、组织过程资产。

试题 11 答案

（33）A

试题 12（2008 年上半年试题 35）

在滚动式计划中，　（35）　。

（35）A．关注长期目标，允许短期目标作为持续活动的一部分进行滚动

　　　　B．近期要完成的工作在工作分解结构最下层详细规划

　　　　C．远期要完成的工作在工作分解结构最下层详细规划

　　　　D．为了保证项目里程碑，在战略计划阶段做好一系列详细的活动计划

试题 12 分析

滚动式计划也称滑动式计划或连续计划，是将计划期不断向前延伸，连续编制计划的方法。滚动式计划方法是一种编制具有灵活性的、能够适应环境变化的长期计划方法。其编制方法是：在已编制出的计划的基础上，每经过一段固定的时期（例如一月或一个季度等，这段固定的时期被称为滚动期）便根据变化了的环境条件和计划的实际执行情况，从确保实现计划目标出发对原计划进行调整。每次调整时，保持原计划期限不变，而将计划期限顺序向前推进一个滚动期。

由于长期计划的计划期较长，很难准确地预测到各种影响因素的变化，因而很难确保长期计划的成功实施。而采用滚动式计划方法，就可以根据环境条件变化和实际完成情况，定期地对计划进行修订，使组织始终有一个较为切合实际的长期计划作指导，并使长期计划能够始终与短期计划紧密地衔接在一起。

在滚动式计划中，近期要完成的工作在工作分解结构最下层详细规划。

试题 12 答案

（35）B

试题 13（2008 年上半年试题 44）

项目计划方法是在项目计划阶段，用来指导项目团队制定计划的一种结构化方法。__(44)__ 是这种方法的例子。

（44）A. 工作指南和模板　　　　　B. 上层管理介入
　　　 C. 职能工作的授权　　　　　D. 项目干系人的技能分析

试题 13 分析

项目计划方法是在项目计划阶段，用来指导项目团队制定计划的一种结构化方法，工作指南和模板是这种方法的例子。

试题 13 答案

（44）A

试题 14（2008 年下半年试题 52）

希赛公司为多个行业编写客户账目管理软件，张某是该公司的项目经理。现在有一个客户要求进行范围变更，__(48)__ 不是此变更所关注的。

（48）A. 管理变更　　　　　　　　B. 变更筛选
　　　 C. 影响导致变更的原因　　　D. 确定变更已经发生

试题 14 分析

试题已经明确指出，"现在有一个客户要求进行范围变更"，所以不存在变更筛选的问题。此时需要关注的是客户要求的变更是否已经发生，为什么要进行变更，以及如何按照变更管理系统去管理好这个变更。

试题 14 答案

（48）B

试题 15（2009 年上半年试题 18）

__(18)__ 不属于项目章程的组成内容。

（18）A. 工作说明书　　　　　　　B. 指定项目经理并授权
　　　 C. 项目概算　　　　　　　　D. 项目需求

试题 15 分析

项目章程可以直接描述或引用其他文档来描述以下信息：

（1）项目必须满足的业务要求或产品需求。

（2）项目的目的或缘由。

（3）项目干系人的需求和期望。

（4）概要的里程碑进度计划。

（5）项目干系人的影响。

（6）职能组织。

（7）组织的、环境的和外部的假设。

（8）组织的、环境的和外部的约束。

（9）论证项目的业务方案，包括投资回报率。

（10）概要预算。

工作说明书是制定项目章程过程的输入，对项目所要提供的产品或服务的叙述性的描述，内容包括业务要求、产品范围描述和战略计划。

试题 15 答案

（18）A

试题 16（2009 年上半年试题 19）

下面针对项目整体变更控制过程的叙述不正确的是 __(19)__ 。

（19）A．配置管理的相关活动贯穿整体变更控制始终

    B．整体变更控制过程主要体现在确定项目交付成果阶段

    C．整体变更控制过程贯穿于项目的始终

    D．整体变更控制的结果可能引起项目范围、项目管理计划、项目交付成果的调整

试题 16 分析

项目整体变更控制过程也叫综合变更控制过程，该过程在整个项目过程中贯彻始终，并且应用于项目的各个阶段。由于极少有项目能完全按照原来的项目安排计划运行，因而变更控制就必不可少。对项目范围说明书、项目管理计划和其他项目可交付物必须持续不断地管理变更，或是拒绝变更或批准变更，被批准的变更将被并入一个修订后的项目部分。

带有变更控制系统的配置管理系统为在项目中集中管理变更提供了一个标准、有效和高效的过程。具有变更控制的配置管理包括识别、记录、控制项目基线内可交付物的变更。配置管理的相关活动贯穿整体变更控制始终。

试题 16 答案

（19）B

试题 17（2009 年上半年试题 20）

在项目中实施变更应以 __(20)__ 为依据。

（20）A．项目干系人的要求   B．项目管理团队的要求

    C．批准的变更请求   D．公司制度

试题 17 分析

实施整体变更控制过程包括以下变更管理活动（这些活动的细致程度取决于项目进展情况）：

（1）对规避整体变更控制的因素施加影响，确保只有经批准的变更才能付诸执行。

（2）迅速地审查、分析和批准变更请求。必须迅速，因为延误决策时机可能给时间、成本或变更的可行性带来不利影响。

（3）管理已批准的变更。

（4）仅允许经批准的变更纳入项目管理计划和项目文件中，以此维护基准的严肃性。

（5）审查已推荐的全部纠正措施和预防措施，并加以批准或否决。

（6）协调整个项目中的各种变更（如建议的进度变更往往也会影响成本、风险、质量和人员配备）。

（7）完整地记录变更请求的影响。

整体变更控制过程的输入有项目管理计划、工作绩效信息、变更请求、企业环境因素、组织过程资产。

试题 17 答案

（20）C

试题 18（2009 年上半年试题 27）

正在开发的产品和组织的整体战略之间通过　(27)　联系在一起。

（27）A．项目发起人的要求　　B．项目计划　　C．产品质量　　D．产品描述

试题 18 分析

一个组织在发展自己的业务时，首先制定组织的整体战略并据此构思支持业务发展的产品，通过系统分析明确定义未来产品的目标，确定为了满足用户的需求和业务发展的需求待开发的产品必须做什么，应具备什么特征、功能和性能，然后把系统分析的结果明确为产品范围以描述产品。

总之，首先根据组织的整体战略对待开发的产品进行描述，然后通过项目来开发这一产品，进而实现组织整体战略的要求。

试题 18 答案

（27）D

试题 19（2009 年上半年试题 28）

某电子政务信息化建设项目的项目经理得知一项新的政府管理方面的要求将会引起该项目范围的变更，为此，项目经理应该首先　(28)　。

（28）A．召集一次变更控制委员会会议

　　　　B．改变工作分解包，项目时间表和项目计划以反映该管理要求

　　　　C．准备变更请求

D．制定新的项目计划并通知项目干系人

试题 19 分析

要进行范围变更控制，基本步骤如下：

（1）要事前定义或引用范围变更的有关流程。它包括必要的书面文件（如变更申请单）、纠正行动、跟踪系统和授权变更的批准等级。变更控制系统与其他系统相结合，如配置管理系统来控制项目范围。当项目受合同约束时，变更控制系统应当符合所有相关合同条款。

（2）当有人提出变更时，应以书面的形式提出并按事前定义的范围变更有关流程处理。

虽然上述步骤给出了变更处理的原则，但"新的政府管理方面的要求将会引起该项目范围的变更"属于强制变更，为此项目经理应首先说明变更的原因及其影响并"准备变更请求"。

试题 19 答案

（28）C

试题 20（2009 年上半年试题 29）

以下关于变更控制委员会（CCB）的描述错误的是 __(29)__ 。

（29）A．CCB 也称为配置控制委员会，是配置项变更的监管组织。

B．CCB 任务是对建议的配置项变更作出评价、审批以及监督已批准变更的实施

C．CCB 组织可以只有一个人

D．对于所有项目，CCB 包括的人员一定要面面俱到，应涵盖变更涉及的所有团体，才能保证其管理的有效性

试题 20 分析

变更控制委员会(Change Control Board，CCB)也称为配置控制委员会(Configuration Control Board)，是配置项变更的监管组织。其任务是对建议的配置项变更做出评价，审批以及监督已批准变更的实施。

变更控制委员会的成员可以包括项目经理、用户代表、项目质量控制人员、配置控制人员。这个组织不必是常设机构，包括的人员也不必面面俱到，完全可以根据工作的需要组成，例如按变更内容和变更请求的不同，组成不同的 CCB。小的项目 CCB 可以只有 1 人，甚至只是兼职人员。

如果 CCB 不只是控制变更，而是负有更多的配置管理任务，那就应该包括基线的审定、标识的审定以及产品的审定。并且可能根据工作的实际需要分为项目层、系统层和组织层来组建，使其完成不同层面的配置管理任务。

试题 20 答案

（29）D

试题 21（2009 年上半年试题 30）

下列关于项目整体管理的表述中，正确的是 __(30)__ 。

（30）A．项目绩效评价就是指项目建成时的成果评价

B. 整体管理强调的是管理的权威性，沟通只能作为辅助手段

C. 工作绩效信息是形成绩效报告的重要依据

D. 项目绩效评价就是对项目经济效益的评价

试题 21 分析

项目整体绩效指的是项目的实际时间、成本、质量和范围。拿项目实际的绩效与计划的相应值比较，以评价项目的状态，达到对项目及时监控的目的。

绩效报告过程收集并分发有关项目绩效的信息包括状态报告、进展报告和预测。绩效报告的依据有项目管理计划、工作绩效信息、工作绩效测量结果、成本预测、组织过程资产。

试题 21 答案

（30）C

试题 22（2009 年下半年试题 41）

以下关于项目整体管理的叙述，正确的是__(41)__。

（41）A. 项目整体管理把各个管理过程看成是完全独立的

B. 项目整体管理过程是线性的过程

C. 项目整体管理是对项目管理过程组中的不同过程和活动进行识别、定义、整合、统一和协调的过程

D. 项目整体管理不涉及成本估算过程

试题 22 分析

项目整体管理是项目管理中一项综合性和全局性的管理工作。项目整体管理知识域包括保证项目各要素相互协调所需要的过程。具体地，项目整体管理知识域包括标识、定义、整合、统一和协调项目管理过程组中不同过程和活动所需要的过程和活动。因此，项目整体管理中各个管理过程并不是独立的。项目整体管理并不是一个线性的过程，而是一个迭代的过程。而成本估算过程也是项目管理中的一项过程，因此也属于项目整体管理的内容。

试题 22 答案

（41）C

试题 23（2009 年下半年试题 42）

小王是某软件开发公司负责某项目的项目经理，该项目已经完成了前期的工作进入实现阶段，但用户提出要增加一项新的功能，小王应该__(42)__。

（42）A. 立即实现该变更　　　　　　　　B. 拒绝该变更

C. 通过变更控制过程管理该变更　　D. 要求客户与公司领导协商

试题 23 分析

小王是某软件开发公司负责某项目的项目经理，该项目已经完成前期的工作进入实施阶段，但用户提出要增加一项新的功能，这时小王应该通过变更控制过程管理该变更。综合变更

控制过程在整个项目过程中贯彻始终，并且应用于项目的各个阶段。由于极少有项目能完全按照原来的项目安排计划运行，因而变更控制就必不可少。对项目范围说明书、项目管理计划和其他项目可交付物必须持续不断地管理变更，或是拒绝变更或批准变更，被批准的变更将被并入一个修订后的项目部分。提出的变更可能需要重新进行成本估算、进度活动排序、进度日期、资源需求、风险方案分析或其他对项目管理计划、项目范围说明书、项目可交付物的调整，或对这些内容进行修订。

因此，小王在用户提出要增加一项新的功能时，立即实现该变更或拒绝该变更都是错误的。同时，也不应该推脱责任，要求客户与公司领导协商。

试题 23 答案

（42）C

试题 24（2009 年下半年试题 60）

下列选项中，属于变更控制委员会主要任务的是__（60）__。

（60）A．提出变更申请　　　　　　　　B．评估变更影响

　　　　C．评价、审批变更　　　　　　　D．实施变更

试题 24 分析

软件开发活动中公认变更控制委员会或 CCB 为最好的策略之一。变更控制委员会可以由一个小组担任，也可由多个不同的组担任，负责做出决定，究竟将哪一些已建议需求变更或新产品特征付诸应用。

因此，选项 C 属于变更控制委员会的主要任务，其他选项并不是变更控制委员会的任务。

试题 24 答案

（60）C

试题 25（2010 年下半年试题 45）

项目进行过程中，客户要求进度提前，围绕整体变更管理，项目经理以下做法，正确的是__（45）__。

（45）A．进度变更和整体变更应一步到位，不要反复迭代

　　　　B．进度变更对成本、人力资源的影响，可在变更实施时再进行评价

　　　　C．先要求提出变更申请，走进度变更流程，然后根据变更后的新基线再进行相关的成本、人力资源等的变更

　　　　D．只要变更内容正确，即可执行变更

试题 25 分析

在项目管理过程中，所有变更都必须走变更控制流程：

（1）受理变更申请。

（2）对变更进行审核。

（3）变更方案论证。

（4）提交上级部门（变更管理委员会）审查批准。

（5）实施变更。

（6）对变更的实施进行监控。

（7）对变更效果评估。

试题 25 答案

（45）C

试题 26（2010 年下半年试题 46）

当信息系统集成项目进入实施阶段后，一般使用___(46)___对项目进行监督和控制。

（46）A．挣值管理方法   B．收益分析方法

      C．项目管理信息系统   D．专家判断方法

试题 26 分析

根据 PMBOK 2008，监控项目工作的方法/技术由专家判断。

试题 26 答案

（46）D

第 9 章

项目范围管理

项目范围是为了达到项目目标，交付具有某种特制的产品和服务，项目所规定要做的工作。项目范围管理就是要确定哪些工作是项目应该做的，哪些不应该包括在项目中。项目范围是项目目标的更具体的表达。

如果项目的范围不明确，那么项目解决的不是对应的问题，或者项目人员将时间浪费在从事不属于他们职责的工作上。因此，范围管理必须清晰地定义项目目标，此定义必须在项目干系人之间达成一致，并且将项目工作范围详细地划分为工作包，以便更好地执行。

试题 1（2005 年上半年试题 28）

在项目执行过程中，有时需要对项目的范围进行变更，__(28)__ 属于项目范围变更。

(28) A. 修改所有项目基线

B. 在甲乙双方同意的基础上，修改 WBS 中规定的项目范围

C. 需要调整成本、完工时间、质量和其他项目目标

D. 对项目管理的内容进行修改

试题 1 分析

工作分解结构（Work Breakdown Structure，WBS）是项目定义对于项目范围定义的输出结果，WBS 定义了项目的全部范围。范围变更是对达成一致的、WBS 定义的项目范围的修改。

在项目的实施过程中，项目的范围难免会因为很多因素，需要或者至少为项目利益相关人提出变更，如何控制项目的范围变更，这和项目的时间控制、成本控制，以及质量控制要结合起来管理。

范围变更的原因包括项目外部环境发生变化（如法律、对手的新产品等），范围计划不周，有错误或者遗漏，出现了新的技术、手段和方案，项目实施组织发生了变化，项目业主对项目或者项目产品的要求发生变化，等等。

所有的这些变化，即使是"好"的变化，对于项目管理者而言，都令人不安。项目范围定义规定了项目应该做的和不应该做的，那么对于范围变更，就不能随意进行。所有的变更必须记载，范围控制必须能够对造成范围变化的因素施加影响，估算对项目的资金、进度和风险等影响，以保证变化是有利的，同时需要判断范围变化是否发生，如果已经发生，那么对变化进行管理。

对范围变更进行控制时，要以 WBS、项目进展报告、变更请求和范围管理计划为依据。进行范围变更控制必须经过范围变更控制系统。

项目进展报告提供了有关范围的实际进度情况资料，它报告了哪些中间成果已经完成，哪些还没有完成，项目进展报告还能对将来可能发生的问题提供预警。

试题 1 答案

（28）B

试题 2（2005 年上半年试题 32）

由于政府的一项新规定，某项目的项目经理必须变更该项目的范围。项目目标已经做了若干变更，项目经理已经对项目的技术和管理文件做了必要的修改，他的下一步应该是　(32)　。

（32）A. 及时通知项目干系人　　　　　B. 修改公司的知识管理系统

　　　　C. 获取客户的正式认可　　　　　D. 获得政府认可

试题 2 分析

范围控制管理依赖于范围变化控制系统。这个系统定义了项目范围发生变化所应遵循的程序。这个程序包括使用正式的书面报告，建立必要的跟踪系统和核准变更需求的批准系统。项目范围变化控制系统是整个项目变化控制系统的一部分。

对于有合同的项目而言，项目范围变化必须遵守项目合同的相关条款。

在收到范围变化请求后，项目利益相关人要对申请的变更可能对项目的影响进行估计。范围的变化会给项目的目标、成本、进度和资源带来影响。范围变化是严重的事件，无论这个变更看起来多么细小。同时，一个看起来是好的变化也可能对项目造成不良的影响。

范围变更通过计划流程得到反馈，并可能需要对成本、时间、质量和其他项目目标进行修正。一旦技术和计划文件更新，应该通知项目干系人。由于政府的新规定对项目来说是一项强制变更，应按变更控制流程及时通知项目干系人。

试题 2 答案

（32）A

试题 3（2005 年上半年试题 53）

需求管理的主要目的不包括下列中的　(53)　。

（53）A. 确保项目相关方对需求的一致理解　　B. 减少需求变更的数量

　　　　C. 保持需求到最终产品的双向追踪　　D. 确保最终产品与需求相符合

试题 3 分析

需求管理的目的是在用户和将处理用户需求的信息系统项目之间建立对用户需求的共同理解。需求管理包括和用户一起建立与维护有关信息系统项目需求的协议，该协议称做"分配给信息系统的系统需求"。协议既包括技术需求，又包括非技术需求（例如，交付日期）。该协议形成估计、策划和跟踪整个信息系统生存周期内项目活动的基础。

需求管理的目标主要体现在三个方面：

（1）确保项目各方对需求的一致理解。

（2）管理和控制需求的变更，确保最终产品与需求相符合。

（3）从需求到最终产品的双向追踪。

试题 3 答案

（53）B

试题 4（2005 年上半年试题 54）

需求变更提出来之后，接着应该进行下列中的 __(54)__ 。

（54）A．实施变更　　　　B．验证变更　　　C．评估变更　　　D．取消变更

试题 4 分析

需求变更的管理控制程序一般如下：

（1）建立需求基线、变更控制策略和变更控制系统。只有建立了基线才能很好地实施变更，否则无法控制。没有参照标准，也就没有控制而言；变更控制策略和变更控制系统同样重要，是变更的控制标准和手段，有良好的可行的变更控制系统，可以达到事半功倍的效果。这里需要特别强调的是，变更控制系统并非都要用计算机信息系统来实现，格式化的表格、流程图和制度组合起来也是一套很好的变更控制系统。

（2）需求变更以规定格式提出。需求变更应以规定格式提出，并统一提交到变更控制委员会（Change Control Board，CCB）。需求变更一定要 CCB 统一管理，不能出现多头管理。以规定格式提出需求变更，是为了保证需求的明确性、可实现性和无二义性。

（3）CCB 对需求进行评估论证。CCB 接收到需求变更申请后，应评估变更的技术可行性、代价、业务需求和资源限制，决定是采纳还是拒绝。

（4）需求变更以书面方式获得批准并修改进度和成本等项目计划。CCB 应给每一个采纳的变更需求设定一个优先级或变更实现的日期，项目管理团队对人员、进度计划、成本计划进行变更，并通知到相关的项目干系人。

（5）定期评估需求变更对项目绩效的影响。应定期评估需求变更对项目进度、成本、质量等绩效的影响，以便及时对偏差进行调整，并为后续的需求变更不断积累数据和经验。

以上第一项工作是工程项目准备阶段就应该做的整体准备工作，后面的第二到第五的 4 项工作针对每个需求变更都是要顺序执行的。

试题 4 答案

（54）C

试题 5 (2005 年下半年试题 27)

某项目的项目范围已经发生变更，因此成本基线也将发生变更，项目经理需要尽快 __(27)__ 。

(27) A. 进行范围变更决策　　　　　　B. 更新预算

　　　 C. 记录获得的经验　　　　　　　D. 执行得到批准的范围变更

试题 5 分析

根据项目范围变更的流程，首先是提出项目变更请求，然后项目利益相关人根据变更对项目的影响（时间、成本等）进行决策变更，决定是否接受变更。如果不接受变更，则反馈给变更请求人，并说明不接受的原因。如果接受变更，则需要按照变更流程，更新相应的计划和文档，实施范围变更。最后是对变更进行评审。

根据试题描述，"某项目的范围已经发生变更"，这意味着范围变更请求已被接受。因此，就不存在进行范围变更决策的问题，即选项 A 是错误的。

另外，试题中还提到"成本基线也将发生变更"。因此，应当使用成本变更控制系统对成本基线的变更进行控制。成本变更控制系统是一种项目成本控制的程序性方法，主要通过建立项目成本变更控制体系，对项目成本进行控制。该系统主要包括三个部分：成本变更申请、批准成本变更申请和变更项目成本预算。

试题 5 答案

(27) B

试题 6 (2005 年下半年试题 29)

项目范围是否完成和产品范围是否完成分别以 __(29)__ 作为衡量标准。

(29) A. 项目管理计划，产品需求　　　B. 范围说明书，WBS

　　　 C. 范围基线，范围定义　　　　　D. 合同，工作说明书

试题 6 分析

在信息系统项目中，实际上存在两个相互关联的范围，分别是产品范围和项目范围。

产品范围是指信息系统产品或者服务所应该包含的功能，如何确定信息系统的范围在软件工程中常常称为需求分析。产品范围包含产品规格、性能技术指标的描述，即产品所包含的特征和具体的功能情况等。产品范围是否完成由产品需求和技术指标来衡量。

项目范围是指为了能够交付信息系统项目所必须做的工作。项目范围是否完成由项目管理计划来衡量。

显然，产品范围是项目范围的基础，产品的范围定义是信息系统要求的量度，而项目范围的定义是产生项目计划的基础，两种定义在应用上有区别。另外的区别在于需求分析更加偏重于软件技术，而项目范围管理则更偏向于管理。判断项目范围是否完成，要以项目管理计划、项目范围说明书、工作分解结构、工作分解结构词汇表来衡量。而信息系统产品或服务是否完成，则根据产品或服务是否满足了需求分析来确定。

项目范围说明书详细描述了项目的可交付物和产生这些可交付物所必须做的项目工作，

是所有项目干系人对项目范围的共同理解，说明了项目的主要目标，它在项目执行过程中指导团队的工作，并为评估是否为客户需求进行变更或附加的工作是否在项目范围之内提供基线。

WBS 是面向可交付物的项目元素的层次分解，它组织并定义了整个项目范围。

范围定义对于项目而言非常重要，它增加项目时间、费用和资源估算的准确度，它定义实施项目控制的依据，明确相关责任人在项目中的责任。项目和子项目都需要编写项目的范围定义，项目范围定义明确项目的范围，即项目的合理性、目标和主要可交付成果。

范围定义最重要的任务就是详细定义项目的范围边界，范围边界是应该做的工作和不需要进行的工作的分界线。

工作说明书是进行采购所需工作的文档化描述，工作说明书只覆盖相应的子项目的范围。

根据合同法的规定，合同是平等主体的自然人、法人、其他组织之间设立、变更、终止民事权利义务关系的协议。

试题 6 答案

（29）A

试题 7（2005 年下半年试题 33）

小王负责一个管理信息系统项目，最近在与客户共同进行的质量审查中发现一个程序模块不符合客户的需求，进行追溯时，也未发现相应的变更请求。最终小王被迫对这一模块进行再设计并重新编程。造成此项返工的原因可能是 __(33)__ 。

（33）A．未进行需求管理　　　　　　B．未进行范围确认
　　　C．未进行变更管理　　　　　　D．质量管理过严

试题 7 分析

范围确认（核实）主要是确认项目的可交付成果是否满足项目干系人的要求。把项目的可交付成果列表提交个项目干系人。项目干系人进行范围确认时，要检查以下事项：

（1）可交付成果是否是确实的、可核实的。

（2）每个交付成果是否有明确的里程碑，里程碑是否有明确的、可辨别的事件，比如客户的书面认可。

（3）是否有明确的质量标准，也就是说，可交付成果的交付不但要有明确的标准标志其是否完成，而且要有是否按照要求完成的标准，可交付成果与其标准之间是否有明确的联系。

（4）审核和承诺是否有清晰的表达。项目投资人必须正式地同意项目的边界、项目完成的产品或者服务，以及项目相关的可交付成果。项目组必须清楚地了解可交付成果是什么。所有的这些表达必须清晰，并取得一致的同意。

（5）项目范围是否覆盖了需要完成的产品或者服务进行的所有活动，有没有遗漏或者错误。

（6）项目范围的风险是否太高，管理层是否能够降低可预见的风险发生时对项目的冲击。

如果在范围确认工作中发现项目范围说明书、工作分解结构中有遗漏或者错误，需要向项目组明确指出错误的内容，并给出如何修正的意见。项目组需要根据修改意见重新修改项目范围说明书和工作分解结构。

在范围确认的工作过程中也可能会出现范围变更请求，如果这些范围变更请求得到了批

准，那么也要重新修改项目范围说明书和工作分解结构。

在本题中，很多考生选择"未进行需求管理"。需求管理主要是收集需求的变更和变更的理由，并且维持对原有需求的跟踪。试题中已经指出，"进行追溯时，也未发现相应的变更请求"，因此可以知道，并非没有进行需求管理和变更管理。

试题 7 答案

（33）B

试题 8（2005 年下半年试题 54）

需求跟踪矩阵的作用是 ___（54）___ 。

（54）A. 可以体现需求与后续工作成果之间的对应关系

　　　 B. 固化需求，防止变更

　　　 C. 明确项目干系人对于需求的责任

　　　 D. 对于需求复杂的项目，可以用来明确需求

试题 8 分析

需求跟踪包括编制每个需求同系统元素之间的联系文档，这些元素包括别的需求、体系结构、其他设计部件、源代码模块、测试、帮助文档等。需求跟踪信息使变更影响分析十分便利，有利于确认和评估某个建议的需求变更所必须做的工作。

图 9-1 说明了四类需求跟踪能力链，客户需求可以向前追溯到需求，这样就能区分出开发过程中或开发结束后由于需求变更受到影响的需求。同时也确保了需求说明包括所有客户需求，同样，可以从需求回溯到相应的客户需求，确认每个需求的源头。

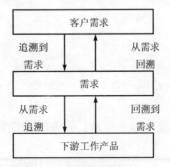

图 9-1　四类需求跟踪能力链

表示需求和别的系统元素之间的联系链的最普遍的方式是使用需求跟踪能力矩阵，表 9-1 展示了这个矩阵。

表 9-1　需求跟踪能力矩阵

使用实例	功能需求量	设计元素	代码	测试实例
UC-28	×	×	×	×
UC-29	×	×	×	×

需求跟踪提供了一个表明与合同或说明一致的方法。更进一步，需求跟踪可以改善产品

质量，降低维护成本，而且很容易实现重用。实际上，创建需求跟踪能力是困难的，尤其是在短期之内会造成开发成本的上升，虽然从长远来看可以减少信息系统生存期的费用。组织在实施这项能力的时候应循序渐进，逐步实施需求跟踪矩阵并没有规定的实现办法，每个团体注重的方面不同，所创建的需求跟踪矩阵也不同，只要能够保证需求链的一致性和状态的跟踪就达到目的了。

试题 8 答案

（54）A

试题 9（2006 年下半年试题 29）

如果产品范围做了变更，下一步应该调整 __(29)__ 。

（29）A．项目范围 B．进度表 C．SOW D．质量基准

试题 9 分析

如果项目整体管理计划的某一部分有所变更，而这个变更会影响项目的其他方面，那么这个变更就要依次在受影响的方方面面体现出来。

项目范围说明书在所有项目干系人之间建立了一个对项目范围的共识，描述了项目的主要目标，使团队能进行更详细的规划，指导团队在项目实施期间的工作，并为评估是否为客户需求进行变更或附加的工作是否在项目范围之内提供基线。

产品范围描述是项目范围说明书的重要组成部分，因此产品范围变更后，首先受到影响的是项目的范围。在项目的范围调整之后，才能调整项目的进度表和质量基线等。

试题 9 答案

（29）A

试题 10（2006 年下半年试题 30）

项目范围说明书列出了项目及其相关产品、服务的特性和 __(30)__ 以及范围控制和接受的方法。

（30）A．章程   B．高层范围控制过程

   C．质量控制方法 D．项目边界

试题 10 分析

项目范围说明书是对项目的定义，列出了项目及其相关产品、服务的特性和项目边界以及范围控制和接受的方法。项目范围说明书包括项目和范围的目标、产品或服务的需求和特性、项目的边界、产品接受标准、项目约束条件、项目假设、最初的项目组织、最初定义的风险、进度里程碑、费用估算的量级要求、项目配置管理的需求、已批准需求。

试题 10 答案

（30）D

试题 11（2006 年下半年试题 31）

在创建工作分解结构的过程中，项目相关人员要　__(31)__ 。

(31) A. 进行时间估算和成本估算　　　　　B. 执行 WBS

　　　 C. 对 WBS 给予确认并对此达成共识　　D. 编制绩效报告

试题 11 分析

WBS 是面向可交付物的项目元素的层次分解，它组织并定义了整个项目范围。当一个项目的 WBS 分解完成后，项目相关人员对完成的 WBS 应该给予确认，并对此达成共识。

一个项目的 WBS 分解完成后，只有先经过项目相关人员的确认并对此达成共识以后，才能据此进行时间估算和成本估算。

试题 11 答案

(31) C

试题 12（2006 年下半年试题 32）

项目管理计划、需求文件、需求跟踪矩阵、确认的可交付成果都是范围确认的　__(32)__ 。

(32) A. 工具　　　　B. 技术　　　C. 成果　　　D. 输入

试题 12 分析

范围确认是项目干系人正式接受已完成的项目范围的过程。范围确认需要审查可交付物和工作成果，以保证项目中所有工作都能准确、满意地完成。

范围确认过程的输入包括项目管理计划、需求文件、需求跟踪矩阵、确认的可交付成果。

试题 12 答案

(32) D

试题 13（2006 年下半年试题 33）

__(33)__ 描述了项目的可交付物和产生这些可交付物所必须做的项目工作，就此在所有项目干系人之间建立了共识。

(33) A. SOW　　B. 配置管理计划　　　C. 范围说明书　　D. 工作分解结构

试题 13 分析

工作说明书（SOW）是对项目所要提供的产品或服务的叙述性的描述。

配置管理计划的主要内容包括配置管理软硬件资源、配置项计划、交付计划和备份计划等。由配置控制委员会审批该计划。制定配置管理计划，有助于配置管理人员按计划地开展配置管理工作，并保持配置管理工作的一致性。

范围说明书描述了项目的可交付物和产生这些可交付物所必须做的项目工作。范围说明书在所有项目干系人之间建立了一个对项目范围的共识，描述了项目的主要目标，使团队能进行更详细的规划，指导团队在项目实施期间的工作，并为评估是否为客户需求进行变更或附加的工作是否在项目范围内提供基线。

工作分解结构是面向可交付物的项目元素的层次分解，它组织并定义了整个项目范围。WBS 是一个详细的项目范围说明的表示法，详细描述了项目所要完成的工作。

试题 13 答案

（33）C

试题 14（2006 年下半年试题 34）

___（34）___ 不是创建工作分解结构的目标。

（34）A. 提高成本、时间和资源估算的准确度　　B. 定义绩效测量和控制的基线

　　　　C. 编制一个范围管理计划　　　　　　　D. 促使责任分工明确

试题 14 分析

WBS 是组织管理工作的主要依据，是项目管理工作的基础。这些项目管理工作包括定义工作范围，定义项目组织，设定项目产品的质量和规格，估算和控制费用，以及估算时间周期和安排进度。因此，这些项目管理工作也是创建 WBS 的目标。WBS 分解得越准确，对进度和成本的估算也越准确，越能促进分工明确。同时 WBS 和 WBS 字典构成了项目的范围基线。

WBS 具有 4 个主要用途：

（1）WBS 是一个描述思路的规划和设计工具，帮助项目经理和项目团队确定和有效地管理项目的工作。

（2）WBS 是一个清晰地表示各项目工作之间的相互联系的结构设计工具。

（3）WBS 是一个展现项目全貌，详细说明为完成项目所必须完成的各项工作的计划工具。

（4）WBS 定义了里程碑事件，可以向高级管理层和客户报告项目完成情况，作为项目状况的报告工具。

试题 14 答案

（34）C

试题 15（2006 年下半年试题 54）

关于需求管理的描述，不正确的是 ___（54）___。

（54）A. 需求管理要确保利益相关方对需求的一致理解

　　　B. 需求管理要获取用户需求并定义产品需求

　　　C. 需求管理要与需求开发紧密合作

　　　D. 需求管理要取得利益相关方对需求的一致承诺

试题 15 分析

需求工程的活动可分为两大类：一类属于需求开发，另一类属于需求管理。需求开发的目的是通过调查与分析，获取用户需求并定义产品需求，需求开发的过程有 4 个：需求定义、需求获取、需求分析和需求验证。需求管理的目的是确保各方对需求的一致理解，管理和控制需求的变更，从需求到最终产品的双向跟踪。在需求管理中，要收集需求的变更和变更的理由，

并且维持对原有需求和产品及构件需求的双向跟踪。

试题 15 答案

（54）B

试题 16（2006 年下半年试题 55）

在需求变更管理中，CCB 的职责是 __(55)__ 。

（55）A．决定采纳或拒绝针对项目需求的变更请求　　B．负责实现需求变更

　　　　C．分析变更请求所带来的影响　　　　　　　　D．判定变更是否正确地实现

试题 16 分析

CCB 是配置项变更的监管组织，其任务是对建议的配置项变更做出评价、审批，以及监督已批准变更的实施。

CCB 的成员通常包括项目经理、用户代表、质量控制人员、配置控制人员。这个组织不必是常设机构，完全可以根据工作的需要组成。例如，按变更内容和变更请求的不同，组成不同的 CCB。小的项目 CCB 可以只有 1 人甚至只是兼职人员。

如果 CCB 不只是控制变更，而是承担更多的配置管理任务，那就应该包括基线的审定、标识的审定，以及产品的审定，并且可能实际的工作需分为项目层、系统层和组织层来组建，使其完成不同层面的配置管理任务。

试题 16 答案

（55）A

试题 17（2007 年下半年试题 53）

项目范围管理计划的主要内容和作用是 __(53)__ 。

（53）A．描述并记载了范围基准计划，以帮助范围决策的制定

　　　　B．分解了项目的可交付成果

　　　　C．描述了如何在项目中实现范围变更，以及如何管理项目的范围

　　　　D．描述了成本和时间估算如何成为项目范围变更的组成部分

试题 17 分析

项目范围对项目的成功有重要的影响，范围管理包括如何定义项目的范围，如何管理和控制项目范围的变化，如何考虑和权衡工具、方法、过程和程序，以确保为项目范围所付出的劳动和资源能够和项目的大小、复杂性、重要性相称，使用不同的决策行为要依据范围管理计划。

项目范围管理计划是一种规划的工具，是对项目的范围进行确定、记载、核实管理和控制的行动指南，说明项目组将如何进行项目的范围管理。具体来说，包括如何进行项目范围定义，如何制定工作分解结构，如何进行项目范围核实和控制等。

试题 17 答案

（53）C

试题 18（2007 年下半年试题 55）

某公司正在开发一项新业务，叫"智能电话"。这项业务使人只需对着电话说出接电话人的名字，不需亲自拨号就能拨通电话。这项业务将利用最近在声音识别软件方面取得的进步。最初的调查报告显示，市场对这项业务的需求很大。那么"智能电话"的新项目是由 (55) 催生的。

（55）A．市场需求　　　　B．客户需要　　　C．企业需要　　　D．技术进步

试题 18 分析

试题已经说明，"这项业务将利用最近在声音识别软件方面取得的进步"，所以新项目是由技术进步催生的。

试题 18 答案

（55）D

试题 19（2008 年上半年试题 1）

需求规格说明书的内容不应当包括 (1) 。

（1）A．对重要功能的描述　　　　B．对算法过程的描述
　　 C．软件确认准则　　　　　　D．软件性能

试题 19 分析

软件需求规格说明书是需求分析阶段的主要成果之一，其内容主要包括引言、任务概述、数据描述、功能需求、性能需求、运行需求、其他需求，以及软件确认的准则。对算法过程的描述应该包含在详细设计说明书中。

试题 19 答案

（1）B

试题 20（2008 年上半年试题 12）

需求开发的目的是通过调查与分析，获取用户需求并定义产品需求。完整的需求开发的过程包括 (12) 。

（12）A．需求获取、需求分析、需求定义
　　　 B．需求获取、需求分析
　　　 C．需求获取、需求分析、需求定义、需求验证
　　　 D．需求分析、需求定义、需求验证

试题 20 分析

完整的需求开发的过程包括需求获取、需求分析、需求定义、需求验证。

需求获取指需求的收集、分析、细化、核实并组织的步骤，并将它编写成文档。需求分析根据需求获取中得到的需求文档，分析系统实现方案。需求定义指编写需求规格说明书，需

求验证是为了确保需求说明准确、完整，表达必要的质量特点，需求将要作为系统设计和最终验证的依据，因此一定要保证它的正确性。需求验证务必确保符合完整性、正确性、灵活性、必要性、无二义性、一致性、可跟踪性及可验证性这些良好特性。

试题 20 答案

（12）C

试题 21（2008 年上半年试题 37）

关于项目范围的陈述，正确的是　(37)　。

（37）A. 在项目早期，项目范围包含某些特定的功能和其他功能，并且随着项目的进展添加更详细的特征

B. 项目范围在项目章程中被定义并且随着项目的进展进行必要的变更

C. 项目范围在项目的早期被描述出来并随着项目的进展而更加详细

D. 项目范围在项目的早期被描述出来并随着范围的蔓延而更加详细

试题 21 分析

在项目的早期，项目范围只是一个大致的描述，需要随着项目的进展而变得更加详细。在项目实施过程中，项目范围可能会随着项目的进展进行必要的变更。作为项目经理，我们要严格控制项目范围的蔓延，因为项目范围的蔓延会使得整个项目的成本超支、进度拖延，还会影响到项目的质量。

项目章程是正式批准项目的文件。该文件授权项目经理在项目活动中动用组织的资源。项目章程包括的内容主要有：为满足顾客、赞助人及其他利害关系者需要、愿望与期望而提出的要求；项目可行性；项目利害关系者影响；项目组织、环境与外部假设及其制约因素；委派的项目经理与权限级别；项目总体里程碑进度表；总体预算。

试题 21 答案

（37）C

试题 22（2008 年上半年试题 39）

希赛网某项目经理在公司负责管理一个产品开发项目。开始时，产品被定义为"最先进的个人运输工具"，后来被描述为"不需要汽油的先进个人运输工具"。最后，与设计工程师进行了整夜的讨论后，被描述为"成本在 15000 美元以下，不需要汽油、不产生噪声的最先进的个人运输工具"。这表明产品的特征正在不断地改进，不断地调整，但是应注意将其与(39)协调一致。

（39）A. 范围定义　　　　　　　　B. 项目干系人利益
　　　C. 范围变更控制系统　　　　D. 客户的战略计划

试题 22 分析

在项目的早期，项目范围只是一个大致的描述，需要随着项目的进展而变得更加详细，不断改进，但不管怎么调整，都必须要与范围定义保持一致。

试题 22 答案

（39）A

试题 23（2008 年下半年试题 34）

项目范围变更控制，包括 （34） 。

（34）A．一系列正规的证明文件，用于定义正规项目文件的变更步骤

 B．一系列文档程序，用于实施技术和管理的指导和监督，以确定和记录项目条款的功能和物理特征、记录和报告变更、控制变更、审核条款和系统，由此来检验其与要求的一致性

 C．审批项目范围变更的一系列过程，包括书面文件、跟踪系统和授权变更所必须的批准级别

 D．用于项目需求获取的一些措施，如果没有执行这些措施就不能被变更

试题 23 分析

项目范围变更控制是指对有关项目范围的变更实施控制，包括审批项目范围变更的一系列过程，包括书面文件、跟踪系统和授权变更所必须的批准级别。

试题 23 答案

（34）C

试题 24（2008 年下半年试题 39）

 （39） 不属于制定 WBS 过程的功能。

（39）A．为提高项目成本、活动历时估算和资源估算的准确度建立基础

 B．定义绩效考核和控制的基准

 C．形成清晰的职责任命

 D．建立项目经理和项目干系人之间的沟通网络

试题 24 分析

请参考试题 14 的分析。

试题 24 答案

（39）D

试题 25（2008 年下半年试题 40）

小王所在的希赛公司项目管理委员会每月开一次项目评审会，负责对任何预算在一百万元以上项目的实施情况进行评审。小王最近被提升为高级项目经理并负责管理一个大型项目，项目管理委员会要求小王介绍项目目标、边界和配置管理等材料。为此，小王需要准备 （40） 。

（40）A．总体设计方案　　　　　　 B．项目范围说明书

 C．产品描述　　　　　　　　 D．WBS 和 WBS 词典

试题 25 分析

试题中已经说明：项目管理委员会要求小王介绍项目目标、边界和配置管理等材料。在试题所给出的 4 个选项中，只有项目范围说明书包含了项目目标和边界。

试题 25 答案

（40）B

试题 26（2009 年上半年试题 16）

创建 WBS 的输入包括 ___(16)___ 。

（16）A．项目管理计划　　B．成本估算　　C．WBS 模板　　D．项目范围说明书

试题 26 分析

创建 WBS 过程的输入包括项目范围说明书、需求文件、组织过程资产。

试题 26 答案

（16）D

试题 27（2009 年上半年试题 17）

___(17)___ 不是 WBS 的正确分解方法或结构。

（17）A．把主要的项目可交付物和子项目作为第一层

　　　　B．在同一 WBS 层上采用不同的分解方法

　　　　C．在不同 WBS 层上可采用不同的分解方法

　　　　D．把项目生命期作为第一层，项目交付物作为第二层

试题 27 分析

创建 WBS 的工具和技术有工作分解结构模板、分解和 WBS 编码设计。而分解 WBS 结构的方法至少有如下三种：

（1）使用项目生命周期的阶段作为分解的第一层，而把项目可交付物安排在第二层。

（2）把项目重要的可交付物作为分解的第一层。

（3）把子项目安排在第一层，再分解子项目的 WBS。

工作结构分解应把握的原则如下：

（1）在各层次上保持项目的完整性，避免遗漏必要的组成部分。

（2）一个工作单元只能从属于某个上层单元，避免交叉从属。

（3）相同层次的工作单元应用相同性质。

（4）工作单元应能分开不同的责任者和不同工作内容。

（5）便于项目管理计划、控制的管理需要。

（6）最低层工作应该具有可比性，是可管理的，可定量检查的。

（7）应包括项目管理工作（因为是项目具体工作的一部分），包括分包出去的工作。

试题 27 答案

（17）B

试题 28（2009 年下半年试题 36）

需求工程帮助软件工程师更好地理解要解决的问题。下列活动中，不属于需求工程范畴的是___（36）___。

（36）A．理解客户需要什么，分析要求，评估可行性

B．与客户协商合理的解决方案，无歧义地详细说明方案

C．向客户展现系统的初步设计方案，并得到客户的认可

D．管理需求以至将这些需求转化为可运行的系统

试题 28 分析

需求工程是指所有与需求直接相关的活动，有关这方面的详细知识，请参考试题 15 的分析。而"向客户展现系统的初步设计方案，并得到客户的认可"则是确认范围的任务。

试题 28 答案

（36）C

试题 29（2009 年下半年试题 39）

以下关于工作分解结构的叙述，错误的是___（39）___。

（39）A．工作分解结构是项目各项计划和控制措施制定的基础和主要依据

B．工作分解结构是面向可交付物的层次型结构

C．工作分解结构可以不包括分包出去的工作

D．工作分解结构能明确项目相关各方面的工作界面，便于责任划分和落实

试题 29 分析

在项目范围管理过程中，最常用，也是必须要熟悉的工作分解方法是 WBS。WBS 是面向可交付物的项目元素的层次分解，它组织并定义了整个项目范围。WBS 是一个详细的项目范围说明的表示法，详细描述了项目所要完成的工作。WBS 的组成元素有助于项目干系人检查项目的最终产品。WBS 的最低层元素是能够被评估的、安排进度的和被跟踪的。项目的工作结构分解对项目管理有着重要的意义：

（1）通过工作结构分解，把项目范围分解开来，使项目相关人员对项目一目了然，能够使项目的概况和组成明确、清晰、透明、具体，使项目管理者和项目主要干系人都能通过 WBS 把握项目、了解和控制项目过程。

（2）保证了项目结构的系统性和完整性。

（3）通过工作结构分解，可以建立完整的项目保证体系。

（4）项目工作结构分解能够明确项目相关各方的工作界面，便于责任划分和落实。

（5）最终工作分解结构可以直接作为进度计划和控制的工具。

（6）为建立项目信息沟通系统提供依据，便于把握信息重点。

（7）是项目各项计划和控制措施制定的基础和主要依据。

试题 29 答案

（39）C

试题 30（2009 年下半年试题 40）

___(40)___ 描述了项目范围的形成过程。

（40）A. 它在项目的早期被描述出来并随着项目的进展而更加详细

　　　B. 它是在项目章程中被定义并且随着项目的进展进行必要的变更

　　　C. 在项目早期，项目范围包含某些特定的功能和其他功能，并且随着项目的进展添加更详细的特征

　　　D. 它是在项目的早期被描述出来并随着范围的蔓延而更加详细

试题 30 分析

项目范围在项目的早期被描述出来，并且随着项目的进展变得更加详细，B、C、D 中都有叙述不准确的地方。

试题 30 答案

（40）A

试题 31（2009 年下半年试题 61）

某软件开发项目在项目的最后阶段发现对某个需求的理解与客户不一致，产生该问题最可能的原因是 ___(61)___ 工作不完善。

（61）A. 需求获取　　　B. 需求分析　　　C. 需求定义　　　D. 需求验证

试题 31 分析

需求开发的目的是通过调查与分析，获取用户需求并定义产品需求。需求开发的过程有 4 个主要活动：

（1）**需求获取**。积极地与用户进行交流，捕捉、分析和修正用户对目标系统的需求，并提炼出符合解决问题的用户需求，产生用户需求说明书。

（2）**需求分析**。需求分析的目的是对各种需求信息进行分析并抽象描述，为目标系统建立一个概念模型。

（3）**需求定义**。需求定义的目标是根据需求调查和需求分析的结果，进一步定义准确无误的产品需求产生需求规格说明书。

（4）**需求验证**。需求验证是指开发方和用户共同对需求文档评审，经双方对需求达成共识后做出书面承诺使需求文档具有商业合同效果。

因此，在项目的最后阶段发现对某个需求的理解与客户不一致，产生该问题最可能的原因是需求验证工作不完善，双方没有对需求达成正确共识。

试题 31 答案

（61）D

试题 32（2010 年上半年试题 39）

以下关于创建工作分解结构的叙述中，___(39)___ 是不准确的。

（39）A．当前较常用的工作分解结构表示形式主要有分级的树型结构和列表

B．WBS 最低层次的工作单元是工作包，业内一般把 1 个人 1 周能干完的工作称为一个工作包

C．创建 WBS 的输入包括详细的项目范围说明书、需求文件、组织过程资产

D．创建 WBS 的输出包括 WBS 和 WBS 字典、范围基准、更新的项目文件

试题 32 分析

创建 WBS 将项目的主要可交付成果和项目工作细分为更小、更易于管理的部分。WBS 最低层次的工作单元是工作包，可在此层次上对其成本和进度进行可靠的估算。工作包的详细程度随着项目规模和复杂度的不同而不同。信息系统工程的工作包分解粒度一般以 8～80 小时为原则。

WBS 一般用图表形式表达，其形式是工作分解结构的具体表现，是实施项目、实现最终产品或服务所必须进行的全部活动的一张清单，也是进度计划、人员分配、预算计划的基础。当前较常用的 WBS 表示形式主要有以下两种：

（1）分级的树型结构，类似于组织结构图。

（2）表格形式，类似于分级的图书目录。

范围定义后，即可创建 WBS，前者的输出是后者的输入，包括项目范围说明书、需求文件、组织过程资产等。

创建 WBS 的输出为 WBS、WBS 词典、范围基准、项目文件（更新）。

试题 32 答案

（39）B

试题 33（2010 年上半年试题 40）

范围控制的目的是监控项目的状态，如"项目的工作范围状态和产品范围状态"，范围控制不涉及 ___(40)___ 。

（40）A．影响导致范围变更的因素

B．确保所有被请求的变更按照项目整体变更控制过程处理

C．范围变更发生时管理实际的变更

D．确定范围变更是否已经发生

试题 33 分析

范围控制涉及以下内容：影响范围变更的因素，确保所有被请求的变更按照项目整体变更控制处理，范围变更发生时管理实际的变更。范围控制与其他控制过程完全结合。未控制的

变更经常被看作范围溢出。变更应当被视作不可避免的,因此要颁布一些类型的变更控制过程。

试题 33 答案

（40）D

试题 34（2010 年下半年试题 7）

某软件项目实施过程中产生的一个文档的主要内容如表 9-2 所示,该文档的主要作用是___(7)___。

表 9-2　文档的主要内容

需求标识	需求规格说明书 V1.0	设计说明书 V1.0	源代码库 SDV1.1	测试用例库 TCV1.1
功能 R001	2.1 节 6.2 节	3.2 节 8.2 节	MainFrame.java Event.java	用例 01V1.1 用例 02V1.1
功能 R002	……	……	……	……

（7）A．工作分解　　B．测试说明　　C．需求跟踪　　D．设计验证

试题 34 分析

从表 9-2 可以看出,该文档的主要作用是需求跟踪。有关需求跟踪的详细知识,请参考试题 8 的分析。

试题 34 答案

（7）C

试题 35（2010 年下半年试题 39）

某项目工期为一年,项目经理对负责项目工作分解结构编制的小张提出了如下要求或建议,其中___(39)___是不妥当的。

（39）A．应该在两周内把全年工作都分解到具体工作包

　　　 B．可根据项目生命周期的阶段进行第一层分解,而把可交付物安排在第二层

　　　 C．可考虑以一个人 80 小时能完成的工作作为一个工作包

　　　 D．可采用树形结构和列表形式相结合的方式进行分解

试题 35 分析

请参考试题 27、试题 29 和试题 32 的分析。

试题 35 答案

（39）A

试题 36（2010 年下半年试题 40）

在系统建设后期,建设方考虑到系统运维管理问题,希望增加 8 课时的 IT 服务管理方面的知识培训,承建方依此要求进行了范围变更。在对范围变更进行验证时,验证准则是___(40)___。

（40）A．学员签到表　　　　　　　B．安排一次考试，以测验分数

　　　　C．新批准的培训工作方案　　D．培训范围变更请求

试题 36 分析

在对范围变更进行验证时，验证准则是新批准的培训工作方案，可以认为它是该项目新增加部分的范围基准。

试题 36 答案

（40）C

第 10 章

项目时间管理

在给定的时间完成项目是项目的重要约束性目标，能否按进度交付是衡量项目是否成功的重要标志。因此，控制进度是项目控制的首要内容，是项目的灵魂。同时，由于项目管理是一个带有创造性的过程，项目不确定性很大，控制进度是项目管理中的最大难点。

根据考试大纲，本章要求考生掌握以下知识点：定义活动、排列活动顺序、估算活动资源、估算活动持续时间、进度计划的制定、控制进度。

试题 1（2005 年上半年试题 8）

在以下工程进度网络图 10-1 中，若节点 0 和 6 分别表示起点和终点，则关键路径为 (8) 。

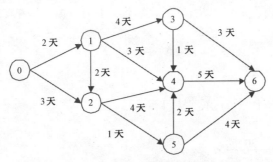

图 10-1 某工程进度网络图

(8) A. 0→1→3→6   B. 0→1→4→6

     C. 0→1→2→4→6   D. 0→2→5→6

试题 1 分析

关键路径法（Critical Path Method，CPM）是借助网络图和各活动所需时间（估计值），计算每一活动的最早或最迟开始和结束时间。CPM 法的关键是计算总时差，这样可决定哪一个活动有最小时间弹性。

CPM 算法的核心思想是将 WBS 分解的活动按逻辑关系加以整合，统筹计算出整个项目的工期和关键路径。

由于在网络图中（AOE）的某些活动可以并行地进行，所以完成工程的最少时间是从开始顶点到结束顶点的最长路径长度，称从开始顶点到结束顶点的最长路径为关键路径（临界路径），关键路径上的活动为关键活动。

为了找出给定的 AOE 网络的关键活动，从而找出关键路径，先定义几个重要的量：

$V_e(j)$、$V_l(j)$：顶点 j 事件最早、最迟发生时间。

$e(i)$、$l(i)$：活动 i 最早、最迟开始时间。

从源点 V_l 到某顶点 V_j 的最长路径长度，称为事件 V_j 的最早发生时间，记做 $V_e(j)$。$V_e(j)$ 也是以 V_j 为起点的出边 $<V_j, V_k>$ 所表示的活动 a_i 的最早开始时间 $e(i)$。

在不推迟整个工程完成的前提下，一个事件 V_j 允许的最迟发生时间记做 $V_l(j)$。显然，$l(i) = V_l(j) - (a_i$ 所需时间$)$，其中 j 为 a_i 活动的终点。满足条件 $l(i) = e(i)$ 的活动为关键活动。

求顶点 V_j 的 $V_e(j)$ 和 $V_l(j)$ 可按以下两步来做：

（1）由源点开始向汇点递推

$$\begin{cases} V_e(l) = 0 \\ V_e(j) = MAX\{V_e(i) + d(i,j)\}, <V_i,\ V_j> \in E_1, 2 \leqslant j \leqslant n \end{cases}$$

式中，E_1 是网络中以 V_j 为终点的入边集合。

（2）由汇点开始向源点递推

$$\begin{cases} V_l(n) = V_e(n) \\ V_l(j) = MIN\{V_l(k) - d(j,k)\}, <V_j,\ V_k> \in E_2, 2 \leqslant j \leqslant n-1 \end{cases}$$

式中，E_2 是网络中以 V_j 为起点的出边集合。

根据定义和图 10-1，我们可以求出关键路径是 0→1→2→4→6，正确答案是 C。

试题 1 答案

（8）C

试题 2（2005 年上半年试题 30）

项目进度网络图是 ___（30）___ 。

（30）A．活动定义的结果和活动历时估算的输入

      B．活动排序的结果和进度计划编制的输入

      C．活动计划编制的结果和进度计划编制的输入

      D．活动排序的结果和活动历时估算的输入

试题 2 分析

项目进度控制的过程大致为定义活动、排列活动顺序、估算活动资源、估算活动持续时

间、制定进度计划、控制进度。

在项目管理中，首先通过对项目活动进行排序，得到项目的进度网络图。再根据项目进度网络图找到项目的关键路径，从而制定项目的进度计划。由此可见，项目进度网络图是活动排序的结果和进度计划编制的输入。

试题 2 答案

（30）B

试题 3（2005 年上半年试题 34）

在计划编制完成后，项目团队认为所制定的进度时间太长，分析表明不能改变工作网络图，但该项目有附加的资源可利用。项目经理采用的最佳方式是＿＿(34)＿＿。

（34）A．快速追踪项目　　　　　　　B．引导一项 Monte Carlo 分析

　　　C．利用参数估算　　　　　　　D．赶工

试题 3 分析

进度控制就是监视和测量项目实际进展，若发现实施过程偏离了计划，就要找出原因，采取行动，使项目回到计划的轨道上来。简单地说，进度控制就是比较实际状态和计划之间的差异，并依据差异做出必要的调整以使项目向有利于目标达成的方向发展。

缩短项目进度的技术主要如下。

（1）变更项目范围：主要是指缩小项目的范围。

（2）赶工：是一种通过分配更多的资源，达到以成本的最低增加进行最大限度的进度压缩的目的，赶工不改变活动之间的顺序。

（3）快速追踪：也叫快速跟进，是指并行或重叠执行原来计划串行执行的活动。快速追踪会改变工作网络图原来的顺序。

根据试题描述，"不能改变工作网络图"，也就是说，不能变更项目范围，也不能进行快速追踪。但是，"该项目有附加的资源可利用"，因此，可以利用这些资源进行赶工。

参数估算和 Monte Carlo 分析与进度压缩没有直接关联。

试题 3 答案

（34）D

试题 4（2005 年上半年试题 35）

活动排序的工具和技术有多种，工具和技术的选取由若干因素决定。如果项目经理决定在进度计划编制中使用子网络模板，这个决策意味着＿＿(35)＿＿。

（35）A．该工作非常独特，在不同的阶段需要专门的网络图

　　　B．在现有的网络上具有可以获取的资源管理软件

　　　C．在项目中包含几个相同或几乎相同的内容

　　　D．项目中存在多条关键路径

试题 4 分析

制定项目时间进度计划主要有如下几个子过程：

（1）确定项目的各项活动（项目分解结构最低层的工作块），即确定为完成项目必须进行的诸项具体活动。

（2）确定活动顺序——找出各项活动之间的依赖关系。

（3）时间估算——估算各项活动所需要的时间。

（4）编制时间进度计划——研究和分析活动顺序，活动时间和资源要求，进而制定项目时间进度计划。

以上 4 个子过程在实践中常常交错重叠进行。其中活动排序是确定各活动之间的依赖关系，例如软件设计必须在需求分析完成之后。

排列活动顺序应考虑的各种因素主要有活动清单、设计描述、强制性依赖关系、可自由处理的依赖关系、外部依赖关系、里程碑。

排列活动顺序通常采用的工具为网络图，有前导图法、箭线图法、条件图法和网络模板四种。

（1）前导图法（Precedence Diagram Method，PDM）。前导图法是一种利用方框代表活动，并利用表示依赖关系的箭线将节点联系起来的网络图的方法。前导图法也称单代号网络图法。

（2）箭线图法（Arrow Diagramming Method，ADM）。箭线图法是一种利用箭线代表活动，而在节点处将活动连接起来表示依赖关系的编制项目网络图的方法。这种方法也叫做双代号网络法。在双代号网络中，因为箭线只用来表示完成至开始依赖关系，所以为了正确地确定所有逻辑关系，可能使用虚拟活动（活动时间为 0，用虚线表示）。

（3）条件图法。有些绘图方法，如图形评审技术和系统动态模型，允许回路（例如，某种测试须重复多次）等非前后排序活动或条件分支的存在（例如，只有检查中发现错误，设计才要修改）。而 PDM 法和 ADM 法均不允许回路和条件分支的出现。

（4）网络模板。利用已经标准化的网络加快设计项目网络图的编制。这些标准网络可以包括整个项目或其中一部分（子网络）。当项目包括几个一样的或几乎一样的成分时，子网络特别有用。例如，我们可以根据面向对象的原则，设计出很多通用类模板，供每个具体的设计小组使用。

试题 4 答案

（35）C

试题 5（2005 年上半年试题 36）

项目经理已经对项目进度表提出了几项修改。在某些情况下，进度延迟变得严重时，为了确保获得精确的绩效衡量信息，项目经理应该尽快 __(36)__ 。

（36）A．发布变更信息   B．重新修订项目进度计划

     C．设计一个主进度表   D．准备增加资源

试题 5 分析

进度控制包括相互影响的 3 个环节：

（1）进度计划是进度控制的基础。 计划指出了项目组织未来努力的方向和奋斗目标，是经过仔细分析后综合成的对未来的构思，又是当前行动的准则。一个完善的计划可以使失败的概率降至最低，以最大限度地保证在预期的期限内取得预期的效果。

（2）进度控制是通过项目的动态监控实现的。 项目进度控制是随着项目的进行而不断进行的，是一个动态过程，也是一个循环进行的过程。从项目开始，实际进度就进入了运行的轨迹，也就是计划进入了执行的轨迹。

（3）对比分析并采取必要的措施是进度控制的关键。 工程进度的调整一般是要避免的，但如果发现原有的进度计划已落后、不适应实际情况时，为了确保工期，实现进度控制的目标，就必须对原有的计划进行调整，形成新的进度计划，作为进度控制的新依据。

试题 5 答案

（36）B

试题 6（2005 年上半年试题 45）

在某个信息系统项目中，存在新老系统切换问题，在设置项目计划网络图时，新系统上线和老系统下线之间应设置成 　(45)　 的关系。

（45）A. 结束-开始（FS 型）　　　　B. 结束-结束（FF 型）

　　　 C. 开始-结束（SF 型）　　　　D. 开始-开始（SS 型）

试题 6 分析

一般来说，项目活动间存在四种依赖关系。

（1）结束-开始的关系（ES 型）：某活动必须结束，然后另一活动才能开始。

（2）结束-结束的关系（FF 型）：某活动结束前，另一活动必须结束。

（3）开始-开始的关系（SS 型）：某活动必须在另一活动开始前开始。

（4）开始-结束的关系（SF 型）：某活动结束前另一活动必须开始。

在本题中，由于是新老系统切换，一般需要在新系统上线之后，老系统才能下线，因此这是一个开始-结束类型的关系。

试题 6 答案

（45）C

试题 7（2005 年下半年试题 24～25）

在活动图 10-2 中，从 A 到 J 的关键路径是 　(24)　，I 和 J 之间的活动开始的最早时间是 (25)　。假设图中的数字单位为天。

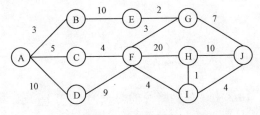

图 10-2　活动图

（24）A. ABEGJ   B. ADFHJ   C. ACFGJ   D. ADFIJ

（25）A. 13   B. 23   C. 29   D. 40

试题 7 分析

在试题 1 的分析中，我们介绍了一种求关键路径的方法。在这里，我们再介绍一种方法，即采用观察法，在网络图中，从起点到终点的长度最长的那条路径就是关键路径。

在本题中，从 A 到 J 的路径一共有 9 条，分别是 ABEGJ，ACFGJ，ACFHJ，ACFIJ，ACFHIJ，ADFIJ，ADFGJ，ADFHJ 和 ADFHIJ，其中关键路径应是 ADFHJ，因为这一条路径最长（长度为 49），决定了整个项目完成的最短时间（49 天）。

I 和 J 之间的活动开始的最早时间应该是项目开始以后 40 小时，因为其前置事件为 F 和 H。事件 F 在 19 天后出现，19+4=23。而事件 H 在 39 天后出现，39+1=40，根据试题 1 的分析，在这里要取最大值，所以 I 事件的出现就在 40 天以后，即 I 和 J 之间的活动开始的最早时间是 40 天。

试题 7 答案

（24）B   （25）D

试题 8（2005 年下半年试题 30）

在关键路径上增加资源不一定会缩短项目的工期，这是因为   （30）   。

（30）A. 关键路径上的活动是不依赖于时间和资源的

      B. 关键活动所配置的资源数量是充足的

      C. 关键活动的历时是固定不变的

      D. 增加资源有可能导致产生额外的问题并且降低效率

试题 8 分析

在项目活动中，除虚活动外，所有的活动都是依赖于时间或资源的。为了保证项目按照预期的计划进行，必须保障关键路径上的活动按照规定日期进行。但这并不一定是说关键活动所配置的资源数量是充足的。

一般而言，如不考虑投入的人力资源的额外管理，当活动的工作量不变时，活动的历时随投入的人力资源多寡而变化。

如果在关键路径上增加资源，则有可能导致产生额外的问题并且降低效率。例如，如果增加开发人员，则开发人员之间的通信和交流可能导致低效的开发，这样，就不一定会缩短项目的工期。

试题 8 答案

（30）D

试题 9（2005 年下半年试题 32）

在下面的项目活动图 10-3 中，关键路径的时长为   （32）   周。

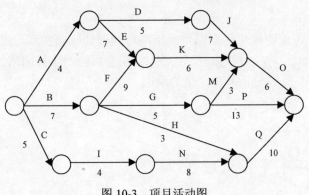

图 10-3　项目活动图

（32）A．27　　　　　B．28　　　　　C．29　　　　D．30

试题 9 分析

参考试题 1 和试题 7 的分析。通过计算，可知关键路径为 B→F→K→0，即 28 周。

试题 9 答案

（32）B

试题 10（2005 年下半年试题 34）

　　___(34)___ 是进度控制的一个重要内容。

（34）A．决定是否对进度的偏差采取纠正措施

　　　　B．定义为产生项目可交付成果所需的活动

　　　　C．评估范围定义是否足以支持进度计划

　　　　D．确保项目团队士气高昂，使团队成员能发挥他们的潜力

试题 10 分析

请参考试题 5 的分析。

试题 10 答案

（34）A

试题 11（2006 年下半年试题 26）

　　如果项目实际进度比计划提前 20%，实际成本只用了预算成本的 60%，首先应该___(26)___。

（26）A．重新修订进度计划　　　　　B．给项目团队加薪，开表彰大会

　　　　C．重新进行成本预算　　　　　D．找出与最初计划产生差别的原因

试题 11 分析

　　在项目的实施阶段，项目经理收集实际的进度与实际的成本，并将其与计划数值进行比较。面对实际数据与计划数据的差距，首先要分析产生差距的原因，然后再根据原因制定相应

的对策。

针对本题的情况，差距产生的原因可能是项目的计划脱离实际、过于主观，也可能是项目实施的内外环境产生了对项目极为有利的变化，也有可能是项目团队的超常发挥，也可能是其他原因。总之，首先应该分析差距产生的原因。

试题 11 答案

（26）D

试题 12（2006 年下半年试题 36）

某项目最初的网络图如图 10-4 所示，为了压缩进度，项目经理根据实际情况使用了快速跟进的方法：在任务 A 已经开始一天后开始实施任务 C，从而使任务 C 与任务 A 并行 3 天。这种做法将使项目 __（36）__。

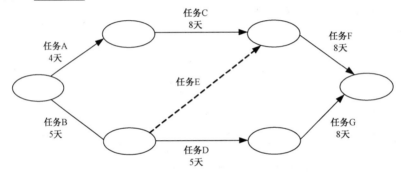

图 10-4　某项目网络图

（36）A. 完工日期不变　　　　　　　B. 提前 4 天完成
　　　C. 提前 3 天完成　　　　　　　D. 提前 2 天完成

试题 12 分析

根据项目网络图，其关键路径为 ACF，项目工期为 20 天。

使用快速跟进的方法压缩进度后，该项目的关键路径改为 BDG，项目的工期为 18 天。因此，项目提前 2 天完成。

试题 12 答案

（36）D

试题 13（2007 年下半年试题 35）

对多个项目编制进度计划和分配资源，__（35）__ 将可能受到影响。

（35）A. 资源平衡和质量控制　　　　B. 历时压缩和模拟
　　　C. 活动清单和工作分解结构　　D. 项目按进度计划实施和阶段成果按时交付

试题 13 分析

对多个项目编制进度计划和分配资源，项目按进度计划实施和阶段成果按时交付将可能受到影响。

试题 13 答案

（35）D

试题 14（2007 年下半年试题 36）

　　___(36)___ 不是活动资源估算的工具。

（36）A．专家判断法　B．公开的估算数据　　C．挣值管理　　D．估算软件

试题 14 分析

活动资源估算的工具和技术有专家判断、备选方案分析、公开的估算数据、自下而上估算、项目管理软件（估算软件）。

试题 14 答案

（36）C

试题 15（2007 年下半年试题 37）

　　完成活动 A 所需的时间，悲观（P）的估计需 36 天，最可能（ML）的估计需 21 天，乐观（O）的估计需 6 天。活动 A 在 16 天至 26 天内完成的概率是 ___(37)___ 。

（37）A．55.70%　　　　B．68.26%　　　　C．95.43%　　　　D．99.73%

试题 15 分析

活动的期望时间为(36+21*4+6)/6=21 天，方差为 25，标准差为 5。"在 16 天至 26 天内"，与 21 天相比，正好是正负一个标准差（16+5=21，26-5=21）。根据正态分布规律，在 ±σ 范围内，即在 16 天与 21 天之间完成的概率为 68.26%。

试题 15 答案

（37）B

试题 16（2007 年下半年试题 38）

　　___(38)___ 不是活动历时估算依据。

（38）A．项目范围说明书　　　　　　B．活动资源需求

　　　　C．组织过程资产　　　　　　D．项目进度计划

试题 16 分析

活动历时估算的输入有活动清单、活动属性、活动资源需求、资源日历、项目范围说明书、企业环境因素、组织过程资产。

试题 16 答案

（38）D

试题 17（2007 年下半年试题 69～70）

某车间需要用一台车床和一台铣床加工 A、B、C、D 4 个零件。每个零件都需要先用车床加工，再用铣床加工。车床与铣床加工每个零件所需的工时（包括加工前的准备时间以及加工后的处理时间）如表 10-1 所示。

表 10-1　零件加工时间表

工时（小时）	A	B	C	D
车床	8	6	2	4
铣床	3	1	3	12

若以 A、B、C、D 零件顺序安排加工，则共需 32 小时。适当调整零件加工顺序，可使所需总工时最短。在这种最短总工时方案中，零件 A 在车床上的加工顺序安排在第 __(69)__ 位，4 个零件加工共需 __(70)__ 小时。

(69) A. 1　　　　 B. 2　　　　 C. 3　　　　 D. 4

(70) A. 21　　　 B. 22　　　 C. 23　　　 D. 24

试题 17 分析

对于指定的加工顺序，如何描述其加工所需时间呢？这是解答本题所首先要解决的问题。以顺序安排加工 A、B、C、D 这 4 个零件为例，我们可以用甘特图将工作进度描述如图 10-5 所示。

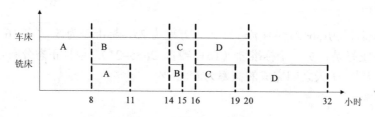

图 10-5　调整前的甘特图

其中横轴表示事件，从零件 A 在车床上加工开始作为坐标 0，并以小时为单位。纵轴表示车床和铣床。车床和铣床加工某零件的进度情况以横道表示。

为了缩短总工时，应适当调整加工顺序，以缩短铣床最后的加工时间（车床完工后需要用铣床的时间），并多端车床最先的加工时间（铣床启动前需要等待的时间）。所以，应采取如下原则来安排零件的加工顺序。

在给定的工时表中找出最小值，如果它是铣床时间，则该零件应最后加工；如果它是车床时间，则该零件应最先加工。除去该零件后，又可以按此原则继续进行安排。这样，本题中，最小工时为 1 小时，这是零件 B 所用的铣床加工时间。所以，零件 B 应放在最后加工。除去零件 B 后，最小工时为 2 小时，这是零件 C 所需的车床加工时间。所以，零件 C 应最先加工。再除去 C 以后，工时表中最小的时间为 3 小时，是零件 A 所需的铣床加工时间。因此，零件 A 应该安排在零件 D 以后加工。

这样，最优方案应是按照 C、D、A、B 零件的顺序来加工。其甘特图如图 10-6 所示。

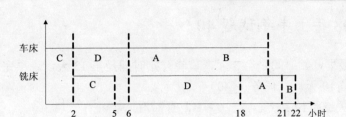

图 10-6 调整后的甘特图

试题 17 答案

（69）C   （70）B

试题 18（2008 年上半年试题 36）

图 10-7 中活动 "G" 可以拖延　（36）　周而不会延长项目的最终结束日期。（时间单位：周）

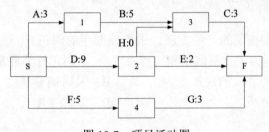

图 10-7 项目活动图

（36） A. 0   B. 1   C. 3   D. 4

试题 18 分析

这是一道有关网络计划图的计算题，我们先求出各活动的最早开始时间和最晚开始时间，如图 10-8 所示。

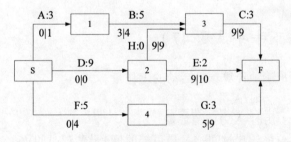

图 10-8 网络计划图

由图 10-8 可知，D、H、C 组成了关键路径，整个项目周期为 12 周。活动 G 的最早开工时间为第 5 周，最晚开工时间为第 9 周，因此，可以拖延 4 周而不会影响整个项目的工期。

试题 18 答案

（36）D

试题19（2008年上半年试题40）

一项任务的最早开始时间是第3天，最晚开始时间是第13天，最早完成时间是第9天，最晚完成时间是第19天。该任务 ___（40）___ 。

（40）A. 在关键路径上   B. 有滞后

       C. 进展情况良好   D. 不在关键路径上

试题19分析

本题考查总时差的概念。总时差等于最晚开始时间与最早开始时间之差，也等于最晚完成时间与最早完成时间之差。显然，由于该任务的总时差为10（13-3=10），所以它不在关键路径上。

试题19答案

（40）D

试题20（2008年上半年试题42）

进度控制是避免工期拖延的一种方法。进度控制中的纠正行为通常加速某些活动以确保这些活动能够及时完成。为了重新编制和执行进度表，纠正行为通常要求 ___（42）___ 。

（42）A. 做大家都不喜欢的决策   B. 及时调整基线

       C. 进行原因分析   D. 资源平衡

试题20分析

在项目进展过程中，某些工作可能会发生偏差。要纠正偏差，通常可以采取并行工作、调整工作持续时间、加班等方法。当偏差发生时，需要分析偏差产生的原因，根据该项工作是否是关键工作，偏差是否大于总时差，是否大于自由时差等分别进行判断和处理。

试题20答案

（42）C

试题21（2008年下半年试题47）

公式 ___（47）___ 能最准确地计算项目活动的工作量。

（47）A. 工作量 = 历时/人员生产率

       B. 工作量 = 历时/人力资源数量

       C. 工作量 =(最乐观时间+4×最可能时间+最悲观时间)/6

       D. 工作量 = 项目规模/人员生产率

试题21分析

试题要求"最准确地计算项目活动的工作量"，显然是采用项目规模除以人员生产率。要注意的是，这里不能选择C，因为C计算出来的结果是时间而不是工作量，而且按照C的方式计算出来的也不是准确的数据，而是估算数据。

试题 21 答案

（47）D

试题 22（2008 年下半年试题 66~67）

某工程包括 A、B、C、D、E、F、G 7 个作业，各个作业的紧前作业、所需时间、所需人数如表 10-2 所示。

表 10-2　作业所需时间和人员表

作业	A	B	C	D	E	F	G
紧前作业	–	–	A	B	B	C, D	E
所需时间（周）	1	1	1	3	2	3	2
所需人数	5	9	3	5	2	6	1

该工程的计算工期为 ___（66）___ 周。按此工期，整个工程至少需要 ___（67）___ 人。

（66）A. 7　　　　B. 8　　　　C. 10　　　　D. 13

（67）A. 9　　　　B. 10　　　　C. 12　　　　D. 14

试题 22 分析

根据试题给出的表格，画出如图 10-9 所示的网络图，其中箭头上面的字母表示作业，箭头下面的数字前半部分表示作业所需要的时间，后半部分表示作业所需要的人数。

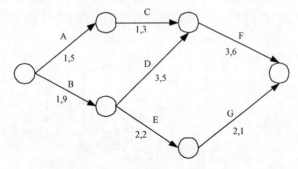

图 10-9　网络计划图

图 10-9 比较简单，可以很快求得关键路径为 B→D→F，总工期为 7 周。

在对人员的安排时，需要考查哪些作业是并行工作的，例如，A、B 并行工作 1 天，合计需要 5+9=14 人；C、D、E 并行工作 1 天，合计需要 3+5+2=10 人；F、G 并行工作 2 天，合计需要 7 人。这样下来，似乎需要 14 人。但是，因为 A、C、E、G 不在关键路径上（且其总时差为 2），所以可以延后。因此，项目人员可以这样安排：

第 1 天安排 9 人做 B 作业；

第 2 天再增加 1 人，其中安排 5 人做 D 作业、5 人做 A 作业；

第 3 天安排 5 人做 D 作业、2 人做 E 作业、3 人做 C 作业；

第 4 天安排 5 人做 D 作业、2 人做 E 作业；

第 5、6 天安排 6 人做 F 作业、1 人做 G 作业；

第 7 天安排 6 人做 F 作业。

这样，整个工程只要 10 人就可以按期完成。

试题 22 答案

（66）A　　　　　（67）B

试题 23（2008 年下半年试题 69）

某车间需要用一台车床和一台铣床加工 A、B、C、D 4 个零件。每个零件都需要先用车床加工，再用铣床加工。车床和铣床加工每个零件所需的工时（包括加工前的准备时间以及加工后的处理时间）如表 10-3 所示。

表 10-3　零件加工表

工时（小时）	A	B	C	D
车床	8	4	6	6
铣床	6	7	2	5

若以 A、B、C、D 零件顺序安排加工，则共需 29 小时。适当调整零件加工顺序，可产生不同实施方案，在各种实施方案中，完成 4 个零件加工至少共需　（69）　小时。

（69）A. 25　　　　　B. 26　　　　　C. 27　　　　　D. 28

试题 23 分析

本题与试题 17 的形式完全是一样的，只是具体的数字不同而已。按照试题 17 的解答方法，调整前的甘特图如图 10-10 所示，调整后的甘特图如图 10-11 所示。

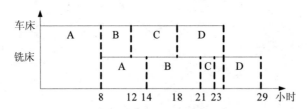

图 10-10　调整前的甘特图

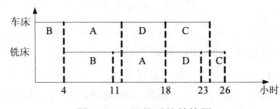

图 10-11　调整后的甘特图

试题 23 答案

（69）B

试题 24（2009 年上半年试题 12）

关于活动资源估算正确的叙述是　（12）　。

(12) A. 进行活动排序时需要考虑活动资源估算问题

B. 活动资源估算过程与费用估算过程无关

C. 活动资源估算的目的是确定实施项目活动所需的资源数量

D. 企业基础设施资源信息可以用于活动资源估算

试题 24 分析

活动资源估算包括决定需要什么资源（人力，设备，原料）和每一样资源应该用多少，以及何时使用资源来有效地执行项目活动。它必须和成本估算相结合。

活动排序在活动资源估算过程之前，进行活动排序时需要考虑活动之间顺序问题而不是资源估算问题。

而依靠组织的过程资产以及估算软件等企业基础设施的强大能力，可以定义资源可用性、费率以及不同的资源日历，从而有助于活动资源的估算。

试题 24 答案

(12) D

试题 25（2009 年上半年试题 14）

某项目的时标网络图如图 10-12 所示（时间单位：周），在项目实施过程中，因负责实施的工程师误操作发生了质量事故，需整顿返工，造成工作 4→6 拖后 3 周，受此影响，工程的总工期会拖延 __(14)__ 周。

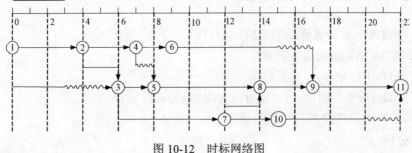

图 10-12　时标网络图

(14) A. 0　　　　B. 1　　　　　　C. 2　　　　　　D. 3

试题 25 分析

本题计划的网络图中关键路径长度为 22 周，"工作 4→6"不在关键路径上。

在项目实施过程中，"工作 4→6"拖后 3 周后，此时它用掉"工作 6→9"2 周的自由时差，还引起整个项目工期 1 周的延期，此时关键路径长度变为 23 周。

参考试题 25

(14) B

试题 26（2009 年上半年试题 15）

关于活动历时估算的说法不正确的是 __(15)__。

（15）A. 活动历时估算不是进行活动排序时首要考虑的问题

　　　　B. 活动历时估算的准确性不依赖于项目团队成员对项目的熟悉程度

　　　　C. 活动历时估算内容包括确定实施项目活动必须付出的工作努力、所需的资源数量、工作时间

　　　　D. 活动历时估算可采用三点估算法

试题 26 分析

活动历时估算过程要对项目的上作时间做出客观、合理的估计，要在综合考虑各种资源、人力、物力、财力的情况下，确定实施项目活动必须付出的工作努力、所需的资源数量、工作时间。

在对活动进行时间估计时，可以选择项目队伍中最熟悉具体活动性质的个人或团体来完成估计。

活动排序过程依据活动清单、活动属性、里程碑清单、项目范围说明书、组织过程资产，首先确定项目中各活动之间的顺序。活动历时估算过程在活动排序过程之后进行。

活动历时估算的工具、技术和方法有专家判断、类比估算、参数估算、三点估算、储备分析。

试题 26 答案

（15）B

试题 27（2009 年上半年试题 26）

　　__(26)__ 能最准确地计算活动的历时（AD）。

（26）A. AD=工作量/人员生产率

　　　　B. AD=工作量/人力资源数量

　　　　C. AD=(最乐观时间+4×最可能时间+最悲观时间)/6

　　　　D. AD=人员生产率 × 项目规模

试题 27 分析

活动历时估算过程估计完成各项计划活动所需的纯的工作时间。活动历时估算时要在综合考虑各种资源、人力、物力和财力的情况，从而把完成项目各项活动所需的纯的工作时间估计出来。

在已估算出完成活动所需的工作量（例如 30 人天）、已有的人力资源数量（如 5 人）后，就可以根据下列公式估算出该活动的历时：

　　　　AD ＝工作量/人力资源数量=30 人天/5 人=6 天

试题 27 答案

（26）B

试题 28（2009 年上半年试题 43）

以下不具有"完成-开始"关系的两个活动是__(43)__。

（43）A. 系统设计，设计评审　　　　　B. 系统分析，需求评审
　　　C. 需求评审，周例会　　　　　　D. 确定项目范围，制定 WBS

试题 28 分析

两个活动之间的"完成-开始"关系是指前序活动结束后，后序活动才能开始。因周例会是一个周期性的管理活动，它与需求评审没能固定的"完成-开始"关系。本题的其他三项选择中的活动都有"完成-开始"关系。

值得注意的是，甲乙双方首先在项目的交付物层面上达成一致，才能确定项目范围。然后再对完成项目交付物的工作进一步分解，才能制定项目的 WBS。

试题 28 答案

（43）C

试题 29（2009 年上半年试题 44）

某项目的主要约束是质量，为了不让该项目的项目团队感觉时间过于紧张，项目经理在估算项目活动历时的时候应采用　(44)　，以避免进度风险。

（44）A. 专家判断　　　B. 定量历时估算　　　C. 设置备用时间　　　D. 类比估算

试题 29 分析

项目经理在组织项目活动历时估算时，可以在总的项目进度表中以预留时间、应急时间、备用时间或缓冲时间为名称增加一些时间，用这种做法来避免进度风险。备用时间的长短可由活动持续时间估算值的某一百分比来确定，或某一固定长短的时间，或根据定量风险分析的结果确定。备用时间可能全部用完，也可能只使用一部分，还可能随着项目更准确的信息增加和积累而到后来减少或取消。这样的备用时间应当连同其他有关的数据和假设一起形成文件。

试题 29 答案

（44）C

试题 30（2009 年上半年试题 52～53）

关键路径法是多种项目进度分析方法的基础。　(52)　将关键路径法分析的结果应用到项目日程表中；　(53)　是关键路径法的延伸，为项目实施过程中引入活动持续期的变化。

（52）A. PERT 网络分析　　　B. 甘特图　　　C. 优先日程图法　　　D. 启发式分析法
（53）A. PERT 网络分析　　　B. 甘特图　　　C. 优先日程图法　　　D. 启发式分析法

试题 30 分析

关键路径法用于确定项目进度网络中各种逻辑网络路线上进度安排灵活性的大小（时差大小），进而确定项目总持续时间最短的一种网络分析技术。使用该法沿着项目进度网络图进行正向与反向分析，从而计算出所有计划活动理论上的最早开始与完成日期、最迟开始与完成日期，也能找到项目的关键路线，不考虑任何资源限制。

甘特图（Gantt Chart），也叫横道图或条形图（Bar Chart），它以横线来表示每项活动的起

止时间，是一种能有效显示活动时间计划编制的方法，主要用于项目计划和项目进度安排。

对（52）题而言，只有甘特图是表示项目进度计划的详细形式，只有甘特图能够反映项目日程表。

在 PERT 网络计划中，某些活动或全部工序的持续时间实现不能准确确定，适用于不可预知因素较多的，过去未曾做过的新项目或复杂项目，或研制新产品的工作中。PERT 技术的理论基础是假设项目持续时间以及整个项目完成时间是随机的，且服从某种概率分布。PERT 可以估计整个项目在某个时间内完成的概率。

试题 30 答案

（52）B　　　　（53）A

试题 31（2009 年上半年试题 57～58）

某工程包括 A、B、C、D、E、F、G、H 8 个作业，各个作业的紧前作业、所需时间和所需人数如表 10-4 所示（假设每个人均能承担各个作业）。

表 10-4　各作业情况

作业	A	B	C	D	E	F	G	H
紧前作业	—	—	A	B	C	C	D,E	G
所需时间（周）	2	1	1	1	2	1	2	1
所需人数	8	4	5	4	4	3	7	8

该工程的工期应为 ___(57)___ 周。按此工期，整个工程至少需要 ___(58)___ 人。

（57）A. 8　　　　B. 9　　　　C. 10　　　　D. 11

（58）A. 8　　　　B. 9　　　　C. 10　　　　D. 11

试题 31 分析

依据给定条件画出双代号网络图，再加时标，并对该网络图进行调整，形成时标网络图，如图 10-13 所示。

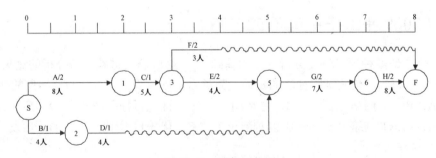

图 10-13　时标网络图

从图 10-13 可以直观地看出，关键路径为 ACEGH，工程工期为 2+1+2+2+1=8。

对图 10-13 进行分析，调整活动 B、D、F 的执行时间，使同一时间段内使用的资源最少，如图 10-14 所示。

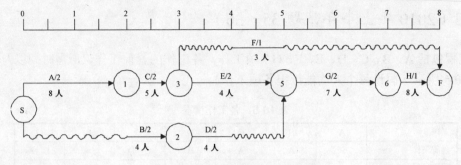

图 10-14　调整后的时标网络图

可见，第 3 周时活动 B、C 并行，共需要 9 人，其余时间段所需人数均少于 9 人。

试题 31 答案

（57）A　　　（58）B

试题 32（2009 年下半年试题 37～38）

图 10-15 为某工程进度网络图。

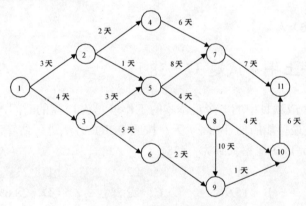

图 10-15　工程进度网络图

结点 1 为起点，结点 11 为终点，那么关键路径为　(37)　，此工程最快　(38)　天完成。

（37）A．1→3→5→8→9→10→11　　　B．1→2→4→7→11

　　　C．1→3→5→7→11　　　　　　　D．1→2→5→8→10→11

（38）A．18　　　　B．28　　　　C．22　　　　D．20

试题 32 分析

根据试题 1 介绍的关键路径求解方法，本题中的关键路径为 1→3→5→8→9→10→11，最大路径长度为 28。

试题 32 答案

（37）A　　　（38）B

试题 33（2010 年上半年试题 35～36）

某工程包括 A、B、C、D、E、F、G 7 项工作，各工作的紧前工作、所需时间以及所需人数如表 10-5 所示（假设每个人均能承担各项工作）。

表 10-5　各工作情况

工作	A	B	C	D	E	F	G
紧前工作	—	A	A	B	C、D	—	E、F
所需时间（天）	5	4	5	3	2	5	1
所需人数	7	4	3	2	1	2	4

该工程的工期应为　 (35)　天。按此工期，整个工程最少需要　 (36)　人。

(35) A. 13　　　　　B. 14　　　　　C. 15　　　　　D. 16

(36) A. 7　　　　　B. 8　　　　　C. 9　　　　　D. 10

试题 33 分析

该工程的工期应为 15 天。按此工期，整个工程最少需要 7 人。具体求解方法请参考试题 31 的分析。

试题 33 答案

(35) C　　　　(36) A

试题 34（2010 年上半年试题 37～38）

完成某信息系统集成项目中的一个最基本的工作单元 A 所需的时间，乐观的估计需 8 天，悲观的估计需 38 天，最可能的估计需 20 天，按照 PERT 方法进行估算，项目的工期应该为　 (37)　，在 26 天以后完成的概率大致为　 (38)　。

(37) A. 20　　　　　B. 21　　　　　C. 22　　　　　D. 23

(38) A. 8.9%　　　　B. 15.9%　　　　C. 22.2%　　　　D. 28.6%

试题 34 分析

期望工期 = (8+4×20+38)/6 = 21 天。

标准差 = (38−8)/6 = 5 天。

26 天与 21 天之间为 1 个标准差，根据正态分布规律，26 天以后完成的概率为 (1−68.26%)/2=15.87%。

试题 34 答案

(37) B　　　　(38) B

试题 35（2010 年上半年试题 54）

某市数字城市项目主要包括 A、B、C、D、E 等 5 项任务，且 5 项任务可同时开展。各项任务的预计建设时间以及人力投入如表 10-6 所示。

表 10-6 各任务情况

任务	预计建设时间	预设投入人数
A	51 天	25 人
B	120 天	56 人
C	69 天	25 人
D	47 天	31 人
E	73 天	31 人

以下安排中，___(54)___ 能较好地实现资源平衡，确保资源的有效利用。

（54）A．5 项任务同时开工

B．待 B 任务完工后，再依次开展 A、C、D、E 4 项任务

C．同时开展 A、B、D 3 项任务，待 A 任务完工后开展 C 任务、D 任务完工后开展 E 任务

D．同时开展 A、B、D 3 项任务，待 A 任务完工后开展 E 任务、D 任务完工后开展 C 任务

试题 35 分析

5 项任务同时开工，总共需要 168 人，120 天。

待 B 任务完工后，再依次开展 A、C、D、E 4 项任务，总共需要 112 人，193 天。

同时开展 A、B、D 1 项任务，待 A 任务完工后开展 C 任务、D 任务完工后开展 E 任务，总共需要 112 人，120 天；此方案使用资源最少，历时最短，是正确答案。

同时开展 A、B、D 3 项任务，待 A 任务完工后开展 E 任务、D 任务完工后开展 C 任务，总共需要 118 人，124 天。

试题 35 答案

（54）C

试题 36（2010 年上半年试题 66～67）

在软件开发项目中，关键路径是项目事件网络中___(66)___，组成关键路径的活动称为关键活动。图 10-16 中的关键路径历时___(67)___个时间单位。

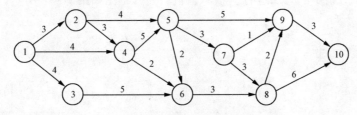

图 10-16 网络计划图

（66）A．最长的回路   B．最短的回路

C．源点和汇点间的最长路径   D．源点和汇点间的最短路径

（67）A．14   B．18   C．23   D．25

试题 36 分析

参考试题 1 的分析，即可得到关键路径的历时为 23 个时间单位。

试题 36 答案

（66）C　　　　（67）C

试题 37（2010 年上半年试题 70）

T 和 H 分别作为系统需求分析师和软件设计工程师，参与①、②、③、④ 4 个软件的开发工作。T 的工作必须发生在 H 开始工作之前。每个软件开发工作需要的工时如表 10-7 所示。

表 10-7　工作所需工时表

	①	②	③	④
需求分析	7 天	3 天	5 天	6 天
软件设计	8 天	4 天	6 天	1 天

在最短的软件开发工序中，单独压缩　　（70）　　对进一步加快进度没有帮助。

（70）A．①的需求分析时间　　　　　　　B．①的软件设计时间

　　　　C．③的需求分析时间　　　　　　　D．③的软件设计时间

试题 37 分析

对任何软件的开发工作而言，都是需求分析在前，软件设计在后，根据题意，可画出甘特图，如图 10-17 所示。

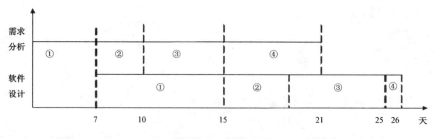

图 10-17　甘特图

按照试题 17 分析中的方法进行调整，调整后的甘特图如图 10-18 所示。

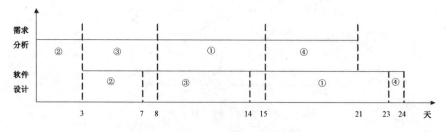

图 10-18　调整后的甘特图

从图 10-18 可以看出：

如果单独压缩①的需求分析时间，则可以使①的软件设计工作提前，从而加快进度。

如果单独压缩①的软件设计时间，则可以使④的软件设计时间提前，从而加快进度。

如果单独压缩③的需求分析时间，则可以使③的软件设计工作提前，从而加快进度。

如果单独压缩③的软件设计时间，因为③的软件设计工作完成后，①的需求分析仍然没有完成，①的软件设计工作还是无法提前，所以，对加快进度没有帮助。

试题 37 答案

（70）D

试题 38（2010 年下半年试题 35）

某项工程由表 10-8 的活动组成。

表 10-8　各活动情况

活动	紧前活动	所需天数	活动	紧前活动	所需天数
A	—	3	F	C	8
B	A	4	G	C	4
C	A	5	H	D, E	2
D	B, C	7	I	G	3
E	B, C	7	J	F, H, I	2

___（35）___ 是该工程的关键路径。

（35）A. ABEHJ　　　B. ACDHJ　　　C. ACGIJ　　　D. ACFJ

试题 38 分析

根据表 10-8，绘制出工程的网络计划图，如图 10-19 所示。

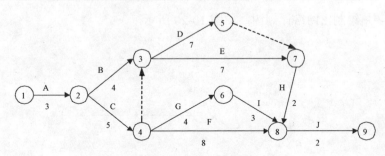

图 10-19　网络计划图

由图 10-19，可以很容易识别出关键路径有两条，分别是 ACDHJ 和 ACEHJ，工期为 19 天。

试题 38 答案

（35）B

试题 39（2010 年下半年试题 36）

表 10-9 给出了项目中各活动的乐观估计时间、最可能估计时间和悲观估计时间，则项目

的期望完工总时间是　（36）　天。

表 10-9　各工序情况

工序	紧前工序	乐观估计时间	最可能估计时间	悲观估计时间
A	—	8	10	12
B	—	11	12	14
C	B	2	4	6
D	A	5	8	11
E	A	15	18	21
F	C, D	7	8	9
G	E, F	9	12	15

（36）A. 36　　　　　　B. 38　　　　　　C. 40　　　　　D. 42

试题 39 分析

用三点估算法求出每项活动的 PERT 值，如表 10-10 所示。

表 10-9　各工序 PERT 值

工序	紧前工序	乐观估计时间	最可能估计时间	悲观估计时间	PERT 值
A	—	8	10	12	10
B	—	11	12	14	12
C	B	2	4	6	4
D	A	5	8	11	8
E	A	15	18	21	18
F	C, D	7	8	9	8
G	E, F	9	12	15	12

根据表 10-9，绘制出网络计划图，如图 10-20 所示。

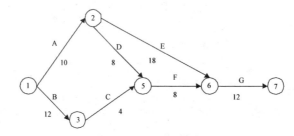

图 10-20　网络计划图

由图 10-20 可以看出，关键路径为 AEG，关键路径长度为 40，即项目工期为 40 天。

试题 39 答案

（36）C

试题 40（2010 年下半年试题 37）

图 10-21 是某工程进度网络图，如果因为天气原因，活动③→⑦的工期延后 2 天，那么总

工期将延后　(37)　天。

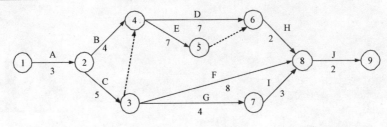

图 10-21　网络计划图

(37) A. 0 　　　　B. 1 　　　　C. 2 　　　　D. 3

试题 40 分析

由图 10-21 可以看出，活动 C 的最早开始时间为第 3 天（第 0 天为起点），活动 G 的最早开始时间为第 8 天，总工期为 19 天（关键路径为 ACDHJ 和 ACEHJ）。活动 J 的最迟开始时间为第 17 天，活动 I 的最迟开始时间为第 14 天，活动 G 的最迟开始时间为第 10 天，由此得出活动 G 的总时差为 2 天，从而可得出总工期延迟 2–2=0 天。

试题 40 答案

(37) A

试题 41（2010 年下半年试题 38）

项目进度管理经常采用箭线图法，以下对箭线图的描述不正确的是　(38)　。

(38) A. 流入同一节点的活动，有相同的后继活动

　　B. 虚活动不消耗时间，但消耗资源

　　C. 箭线图中可以有两条关键路径

　　D. 两个相关节点之间只能有一条箭线

试题 41 分析

箭线图表示法中，有三个基本原则：

（1）网络图中不会有相同的代号。

（2）任何两项活动的紧前事件和紧随事件代号至少有一个不相同，节点代号沿箭线方向越来越大。

（3）流入（流出）同一节点的活动，均有共同的后继活动。

为了绘图的方便，引入一种额外的、特殊的活动，叫做虚活动（Dummy Activity），它既不消耗时间，也不消耗资源，在网络图中用虚箭线表示。

试题 41 答案

(38) B

第11章

项目成本管理

项目的成本管理要估计为了提交项目可交付成果所进行的所有任务和活动，以及这些任务和活动需要进行的时间和所需要的资源。这些都要消耗组织的资金，只有将所有的这些成本累加，项目经理才能真正了解项目的成本并进行相应的成本控制。

根据考试大纲，本章要求考生掌握以下知识点：项目成本管理的原理和术语、估算项目成本、制定项目预算、控制项目成本。

试题1（2005年上半年试题9）

某软件公司项目 A 的利润分析如表 11-1 所示。设贴现率为 10%，第二年的利润净现值是 （9） 元。

表 11-1　某软件公司项目 A 的利润分析表

利润分析	第零年	第一年	第二年	第三年
利润值		￥889,000	￥1,139,000	￥1,514,000

（9）A．1 378 190　　　　B．949 167　　　　C．941 322　　　　D．922 590

试题 1 分析

已知贴现率为 10%，则第 2 年的贴现系数为 $1/(1+10\%)^2$，第 2 年得利润净现值是 $1139000/1.21 = 941322$ 元。

试题 1 答案

（9）C

试题 2（2005 年上半年试题 37）

当评估项目的成本绩效数据时，根据数据与基线的偏差程度将做出不同的反应。例如，10%的偏差可能不需做出反应，而 100%的偏差将需要进行调查，对成本偏差的判断会使用___(37)___。

(37) A. 成本管理计划　　　　　　B. 变更管理计划
　　　 C. 绩效衡量计划　　　　　　D. 偏差管理计划

试题 2 分析

成本管理计划（Cost Management Plan）是对项目成本的规划、组织和控制的方法的行为准则。这个准则的文件可以是正式或者是非正式的。可以在项目管理计划之内，也可以单独列出。

经过批准的成本计划，加上或者减去经过批准的成本变更，则被称为成本基准（Cost Baseline）。成本基准计划规定了成本基线，成本基线是用来量度与监测项目成本绩效的，按时间分段预算。将按时段估算的成本加在一起，即可得出成本基准，通常以 S 曲线形式显示。S 曲线也表明了项目的预期资金。

成本绩效指数（Cost Performance Index，CPI）是成本效果的量度，是项目的已完成工作的实际成本和已完成工作的预算成本的比值。

成本控制（Cost Control）是对造成项目成本偏差的因素施加影响，以达到控制项目成本的目的的行为和过程。

成本偏差（Cost Variance）是项目成本效果的量度，是已完成工作的预算成本和已完成工作的实际成本的差。

在项目管理的计划阶段，需要制定成本管理计划。一个项目，特别是大项目，可能有多个成本基准，用以度量项目成本绩效的各个方面。当进行绩效评估时，实际发生的成本需要与成本基准计划中的成本基线进行比较，根据二者偏差值，采取不同的应对措施。

当出现成本偏差时，如果偏差超过了允许的限度，就要找出项目成本偏差的原因。可以将成本偏差的原因归纳为几个因素，然后计算各个因素对成本偏差程度的影响，判断哪个因素是造成成本偏差的主要因素。或者把总成本分解成几个分项成本，通过总成本和分项成本的比较，找出时哪个分项成本造成了成本偏差。

试题 2 答案

(37) A

试题 3（2005 年上半年试题 38）

如果在挣值分析中，出现成本偏差 CV<0 的情况，说法正确的是___(38)___。

(38) A. 项目成本超支　　　　　　B. 不会出现计算结果
　　　 C. 项目成本节约　　　　　　D. 成本与预算一致

试题 3 分析

挣值管理（Earned Value Management）是一种进度测量技术，可用来估计和确定变更的程度和范围，故而它又常被称为偏差分析法。挣值法通过测量和计算已完成的工作的预算费用与已完成工作的实际费用和计划工作的预算费用得到有关计划实施的进度和费用偏差，而达到判断项目预算和进度计划执行情况的目的。因而它的独特之处在于以预算和费用来衡量工程的进度。挣值法取名正是因为这种分析方法中用到的一个关键数值——挣值（即是已完成工作预算）。

进度偏差（Schedule Variance，SV）。SV 是指检查日期 BCWP 与 BCWS 之间的差异。其计算公式为：

$$SV = EV-PV$$

当 SV 为正值时，表示进度提前；当 SV 为负值时，表示进度延误。

费用偏差（Cost Variance，CV）。CV 是指检查期间 BCWP 与 ACWP 之间的差异。其计算公式为：

$$CV = EV-AC$$

当 CV 为负值时，表示执行效果不佳，即实际消耗人工（或费用）超过预算值或超支。

当 CV 为正值时，表示实际消耗人工（或费用）低于预算值，即有节余或效率高。

当 CV 等于零时，表示实际消耗人工（或费用）等于预算值。

试题 3 答案

（38）A

试题 4（2005 年下半年试题 7~8）

某软件企业 2004 年初计划投资 1000 万元人民币开发一套中间件产品，预计从 2005 年开始，年实现产品销售收入 1500 万元，年市场销售成本 1000 万元。该产品的系统分析员张工根据财务总监提供的贴现率，制作了如表 11-2 所示的产品销售现金流量表。根据表中的数据，该产品的动态投资回收期是___（7）___年，投资收益率是___（8）___。

表 11-2　产品销售现金流量表（单位：万元）

年度	2004	2005	2006	2007	2008
投资	1 000	—	—	—	—
成本	—	1 000	1 000	1 000	1 000
收入	—	1 500	1 500	1 500	1 500
净现金流量	-1 000	500	500	500	500
净现值	-925.93	428.67	396.92	367.51	340.29

（7）A．1　　　　B．2　　　　C．2.27　　　　D．2.73
（8）A．42%　　　B．44%　　　C．50%　　　　D．100%

试题 4 分析

所谓投资回收期，是指投资回收的期限，也就是用投资方案所产生的净现金收入回收初始全部投资所需的时间。对于投资者来讲，投资回收期越短越好，从而减少投资的风险。计算投资回收期时，根据是否考虑资金的时间价值，可分为静态投资回收期（不考虑资金时间价值因素）和动态投资回收期（考虑资金时间价值因素）。投资回收期从信息系统项目开始投入之日算起，即包括建设期，单位通常用"年"表示。

动态投资回收期的计算常采用列表计算，现在一般都使用 Excel 电子表中提供的相应函数进行计算。计算动态投资回收期的实用公式为：

T_P =(累计净现金流量折现值开始出现正值的年份数−1)+(1−上年累计净现金流量折现值/当年净现金流量折现值)

动态投资回收期的计算公式表明，在给定的折现率 i_0 下，要经过 T_P 年，才能使累计的现金流入折现值抵消累计的现金流出折现值，投资回收期反映了投资回收的快慢。

投资回收期指标直观、简单，尤其是静态投资回收期，表明投资需要多少年才能回收，便于为投资者衡量风险。投资者关心的是用较短的时间回收全部投资，减少投资风险。但是，投资回收期指标最大的缺点是没有反映投资回收期以后方案的情况，因而不能全面反映项目在整个寿命期内真实的经济效果。所以投资回收期一般用于粗略评价，需要和其他指标结合起来使用。

在本题中，第 3 年累计折现值开始大于 0，所以，

动态投资回收期 = (3−1) + (1−(428.67 + 396.92 + 367.51 − 925.93)/367.51) = 2.27

投资收益率反映企业投资的获利能力，其计算公式为：

投资收益率=1/动态回收期 × 100%

在本题中，1/2.27 × 100% = 44%。

试题 4 答案

（7）C　　　（8）B

试题 5（2005 年下半年试题 36 ~ 37）

项目经理小张对自己正在做的一个项目进行成本挣值分析后，画出了如图 11-1 所示的一张图，当前时间为图中的检查日期。根据该图小张分析：该项目进度__（36）__，成本__（37）__。

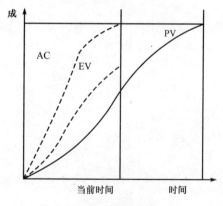

图 11-1　挣值分析

（36）A. 正常　　　B. 落后　　　C. 超前　　　D. 无法判断

（37）A. 正常　　　B. 超支　　　C. 节约　　　D. 无法判断

试题 5 分析

从图 11-1 可以看出，在当前时间，AC>EV，即 CV<0，表示项目进展到当前时间时，实

际支出的成本大于预算支出的成本，因此成本超支；EV>PV，即 SV>0，表示项目的实际进度超过预算进度，即进度超前。

试题 5 答案

（36）C　　　（37）　B

试题 6（2005 年下半年试题 38）

有关成本基准计划的描述，不正确的是 (38) 。

（38）A. 它是用来度量与监测项目成本绩效的按时间分段预算

　　　 B. 许多项目，可能有多个成本基准，以便度量项目成本绩效的各个方面

　　　 C. 它是成本估算阶段的产物

　　　 D. 现金流预测是度量支出的成本基准之一

试题 6 分析

请读者参考试题 2 的分析。

试题 6 答案

（38）C

试题 7（2006 年下半年试题 37）

项目经理小张对自己正在做的一个项目进行挣值分析后，发现 CPI>1，则可以判断该项目 (37) 。

（37）A. 进度超前　　　 B. 进度落后　　　 C. 成本超支　　　 D. 成本节约

试题 7 分析

CPI=EV/AC，其中 EV 为已完成工作的计划成本，AC 为已完成工作的实际成本。CPI>1 说明实际成本少于计划成本，即成本节约。

试题 7 答案

（37）D

试题 8（2006 年下半年试题 38）

一般将成本管理划分为成本估算、成本预算、成本控制几个过程。以下关于成本预算的描述，不正确的是 (38) 。

（38）A. 当项目的具体工作无法确定时，无法进行成本预算

　　　 B. 成本基准计划可以作为度量项目绩效的依据

　　　 C. 管理储备是为范围和成本的潜在变化而预留的预算，因此需要体现在项目成本基线里

　　　 D. 成本预算过程完成后，可能会引起项目管理计划的更新

试题 8 分析

管理储备是为范围和成本的潜在变化而预留的预算，它们是未知的，项目经理在使用之前必须得到批准。管理储备不是项目成本基线的一部分。

试题 8 答案

（38）C

试题 9（2006 年下半年试题 39）

根据 11-3 提供的数据，　（39）　最有可能在时间和成本的约束内完成。

表 11-3　项目相关数据

项目	PV	EV	AC
甲	1200	900	700
乙	1200	700	900
丙	1200	900	1000

（39）A．项目甲　　　　B．项目乙　　　　C．项目丙　　　　D．项目甲和项目乙

试题 9 分析

本题可根据公式 SPI=EV/PV，CPI=EV/AC 来判断。SPI 的值越大，说明项目的实际进度越会相对提前于计划进度。CPI 的值越大，说明项目的实际成本相对于预算会越节约。

试题 9 答案

（39）A

试题 10（2007 年下半年试题 39）

项目经理可以控制　（39）　。

（39）A．审计成本　　　　B．沉没成本　　　　C．直接成本　　　　D．间接成本

试题 10 分析

在进行项目预算时，除了要考虑项目的直接成本，还要考虑其间接成本和一些对成本有影响的其他因素，可能包括以下一些：

（1）非直接成本。包括租金、保险和其他管理费用。例如：如果项目中有些任务是项目组成员在项目期限内无法完成的，那么就可能需要进行项目的外包或者聘请专业的顾问。如果项目进行需要专门的工具或者设备，而采购这些设备并非明智，那么采用租用的方式就必须付租金。

（2）沉没成本。沉没成本是当前项目的以前尝试且已经发生过的成本。比如，一个系统的上一次失败的产品花费了 N 元，那么这 N 元就是为同一个系统的下一个项目的隐没成本。考虑到已经投入了许多的成本，人们往往不再愿意继续投入，但是在项目选择时，沉没成本应该被忘记，不应该成为项目选择的理由。

（3）学习曲线。如果在信息系统项目中采用了项目组成员未使用过的技术和方法，那么

在使用这些技术和方法的初期，项目组成员有一个学习的过程，许多时间和劳动投入到尝试和试验中。这些尝试和试验会增加项目的成本。同样，对于项目组从未从事的项目要比对原有项目的升级的成本高得多，也是由于项目组必须学习新的行业的术语、原理和流程。

（4）**项目完成的时限。** 一般来说，项目需要完成的时限越短，那么项目完成的成本就越高，压缩信息系统的交付日期不仅要支付项目组成员的加班费用，而且如果过于压缩进度，项目组可能在设计和测试上就会减少投入，项目的风险会提高。

（5）**质量要求。** 显然，项目的成本估算中要根据产品的质量要求的不同而不同。登月火箭的控制软件和微波炉的控制软件不但完成的功能不同，而且质量要求也大相径庭，其成本估算自然有很大的差异。

（6）**保留。** 保留是为风险和未预料的情况而准备的预留成本。遗憾的是，有时候管理层和客户会把保留的成本进行削减。没有保留，将使得项目的抗风险能力降低。

试题 10 答案

（39）C

试题 11（2007 年下半年试题 40）

项目经理认为到目前为止的费用在某种程度上是项目将发生的剩余工作所需成本的指示器，则 EAC 的公式为 __(40)__ 。

（40）A．EAC=AC+(BAC−EV)/CPI　　　B．EAC=AC+ETC

　　　C．EAC=AC+BAC−EV　　　　　D．EAC=AC+EV

试题 11 分析

项目出现成本偏差，意味着原来的成本预算出现了问题，已完成工作的预算成本和实际成本不相符。这必然会对项目的总体实际成本带来影响，这时候需要重新估算项目的成本。这个重新估算的成本也称为最终估算成本（Estimate at Completion，EAC），也称为完工估算。

有三种再次进行预算的方法。

第一种是认为项目日后的工作将和以前的工作效率相同，未完成的工作的实际成本和未完成工作预算的比例与已完成工作的实际成本和预算的比率相同：

$$EAC = (AC/EV) \times BAC = BAC/CPI$$

其中 BAC 为完成工作预算（Budget at Completion），即整个项目的所有阶段的预算的总和，也就是整个项目成本的预算值。另外一种计算方法是：

$$EAC = AC+(BAC−EV)/CPI$$

另外一种是假定未完成的工作的效率和已完成的工作的效率没有什么关系，对未完成的工作，依然使用原来的预算值，那么，对于最终估算成本就是已完成工作的实际成本加上未完成工作的预算成本：

$$EAC = AC+BAC−EV$$

第三种方法是重新对未完成的工作进行预算工作，这需要一定的工作量。当使用这种方法时，实际上是对计划中的成本预算的否定，认为需要进行重新的预算：

$$EAC = AC+ETC$$

其中 ETC 为剩余工作的成本（Estimate to Completion，ETC）。完成项目剩余工作预计还需要花费的成本。ETC 用于预测项目完工所需要花费的成本，其计算公式如下：

$$ETC = BAC-EV$$

或

$$ETC = (BAC-EV)/CPI$$

试题 11 答案

（40）A

试题 12（2007 年下半年试题 54）

某高校校园网建设的一个项目经理，正在估算该项目的成本，此时尚未掌握项目的全部细节。项目经理应该首先采用的成本估算方法是___(54)___。

（54）A．类比估算法　　　　　　B．自下而上估算法
　　　　C．蒙特卡罗分析　　　　　D．参数模型

试题 12 分析

类比估算法也被称作自上而下的估算，是一种通过比照已完成的类似项目的实际成本，去估算出新项目成本的方法。类比估算法适合评估一些与历史项目在应用领域、环境和复杂度方面相似的项目。其约束条件在于必须存在类似的具有可比性的软件开发系统，估算结果的精确度依赖于历史项目数据的完整性、准确度以及现行项目与历史项目的近似程度。

自下而上估算的主要思想是把待开发的软件细分，直到每一个子任务都已经明确所需要的开发工作量，然后把它们加起来，得到软件开发的总工作量。

蒙特卡罗分析是一种随机模拟方法，以概率和统计理论方法为基础的一种计算方法。

参数模型通常采用经验公式来预测项目计划所需要的成本、工作量和进度数据。还没有一种估算模型能够适用于所有的项目类型和开发环境，从这些模型中得到的结果必须慎重使用。

试题 12 答案

（54）A

试题 13（2008 年上半年试题 54）

以下关于成本估算的说法错误的是___(54)___。
（54）A．成本一般用货币单位（人民币、美元、欧元、日元）来表示
　　　　B．针对项目使用的所有资源来估算计划活动成本
　　　　C．一般不考虑关于风险应对方面的信息
　　　　D．估算完成每项计划活动所需的资源的近似成本

试题 13 分析

显然，选项 C 是错误的，成本估算必须考虑关于风险应对方面的信息。如果不能很好地控制项目的风险，将使成本增加，甚至造成项目失败。

试题 13 答案

（54）C

试题 14（2008 年上半年试题 55）

以下关于成本基准计划的叙述中，不正确的是 __(55)__ 。

（55）A．按时间分段计算，用做度量和监督成本绩效的基准

　　　B．成本基准反映整个项目生命期的实际成本支出

　　　C．按时段汇总估算的成本编制而成

　　　D．通常以 S 曲线的形式表示

试题 14 分析

成本基准计划即成本基线，是用来量度与监测项目成本绩效的按时间分段预算。将按时段估算的成本加在一起，即可得出成本基准，通常以 S 曲线形式显示。S 曲线也表明了项目的预期资金。项目经理在开销之前如能提供必要的信息去支持资金要求，以确保资金流可用，其意义非常重大。许多项目，特别是大项目，可能有多个成本基准，以便度量项目成本绩效的各个方面。例如，开支计划或现金流预测就是度量支出的成本基准。

成本基准计划是成本预算阶段的产物，而非成本估算阶段的产物。

试题 14 答案

（55）B

试题 15（2008 年上半年试题 57）

表 11-4 为同时开展的 4 个项目在某个时刻的计划值 PV、实际成本 AV 和挣值 EV，该时刻成本超出最多的项目和进度最为落后的项目分别是 __(57)__ 。

表 11-4　4 个项目的挣值分析

项目	PV	AC	EV	CV	SPI
1	10000	11000	10000		
2	9000	7200	6000		
3	8000	8000	8000		
4	10000	7000	5000		

（57）A．项目 1，项目 1　　　　　　　B．项目 3，项目 2

　　　C．项目 4，项目 4　　　　　　　D．项目 2，项目 4

试题 15 分析

根据 CV 和 SPI 的计算公式（CV ＝ EV–AC，SPI ＝ EV/PV），我们把题目的表格填写完整，如表 11-5 所示。

表 11-5　填写完整的 4 个项目参数

项目	PV	AC	EV	CV	SPI
1	10000	11000	10000	−1000	1
2	9000	7200	6000	−1200	0.67
3	8000	8000	8000	0	1
4	10000	7000	5000	−2000	0.5

因此，成本超出最多的是项目 4，进度最为落后的也是项目 4。

试题 15 答案

（57）C

试题 16（2008 年下半年试题 45～46）

希赛公司正在进行中的项目，当前的 PV=2200 元、EV=2000 元、AC=2500 元，当前项目的 SV 和项目状态是　(45)　，该项目的 CPI 和成本绩效是　(46)　。

（45）A．−300 元；项目提前完成　　　　B．+200 元；项目提前完成

　　　C．+8000 元；项目按时完成　　　　D．−200 元；项目比原计划滞后

（46）A．0.20；实际成本与计划的一致　　B．0.80；实际成本比计划成本要低

　　　C．0.80；实际成本超出了计划成本　D．1.25；实际成本超出了计划成本

试题 16 分析

在本题中，SV = EV−PV = 2000−2200 = −200，因此，项目比原计划滞后。CPI = EV/AC = 2000/2500 = 0.8，因此，实际成本超出了计划成本。

试题 16 答案

（45）D　　　　（46）C

试题 17（2009 年上半年试题 55）

关于系统建设项目成本预算，下列说法中不正确的是　(55)　。

（55）A．成本总计、管理储备、参数模型和支出合理化原则用于成本预算

　　　B．成本基准计划是用来衡量差异和未来项目绩效的

　　　C．成本预算过程对现在的项目活动及未来的运营活动分配资金

　　　D．成本基准计划计算的是项目的预计成本

试题 17 分析

成本预算过程将总的项目成本估算分配到各项活动和工作包上，来建立一个成本的基线。成本预算是一个计划过程，并不为未来的运营活动分配资金。

试题 17 答案

（55）C

试题 18（2009 年上半年试题 70）

超出项目经理控制的成本增加因素，除了存款利率、贷款利息和税率外，还包括 __(70)__ 。

(70) A．项目日常开支的速度和生产率　　　B．项目日常开支的速度和工期拖延
　　　C．项目补贴和加班　　　　　　　　　D．原材料成本和运输成本

试题 18 分析

超出项目经理控制的成本增加因素，除了存款利率、贷款利息和税率外，还包括原材料成本和运输成本。这是因为项目处在一个比实施组织更大的自然、社会（包括市场）和政治环境之中。这些环境因素是项目经理无法控制的，如原材料成本和运输成本。但是项目日常开支、项目补贴和加班等项目管理范围内的因素是项目经理可以控制的。

试题 18 答案

(70) D

试题 19（2009 年下半年试题 35）

__(35)__ 不是项目成本估算的输入。

(35) A．项目进度管理计划　　　　　　　　B．项目管理计划
　　　C．项目成本绩效报告　　　　　　　　D．风险事件

试题 19 分析

项目成本从直观上理解是由为了实现项目目标、完成项目活动所必需的资源和这些资源的价格所决定的，因此编制项目成本估算，要以在活动资源估算阶段制定的活动资源需求和这些资源价格为基础进行估算。具体来讲，编制项目成本估算的依据主要有范围基准、项目进度计划、人力资源计划、风险登记册、企业环境因素、组织过程资产。

项目成本绩效报告不是项目成本估算的输入，而是成本控制的输入。

试题 19 答案

(35) C

试题 20（2009 年下半年试题 36）

__(36)__ 不是成本估算的方法。

(36) A．类比法　　　B．确定资源费率　　　C．工料清单法　　　D．挣值分析法

试题 20 分析

成本估算的工具和技术主要有专家判断、类比估算、参数估算、自下而上估算、三点估算、储备分析、质量成本、项目管理估算软件、卖方投标分析。

挣值分析法不是用于成本估算的方法，它属于成本工具常用的工具和技术。

试题 20 答案

(36) D

试题 21（2009 年下半年试题 57）

下列选项中，项目经理进行成本估算时不需要考虑的因素是　(57)　。

(57) A. 人力资源　　　B. 工期长短　　　C. 风险因素　　　D. 盈利

试题 21 分析

成本估算是指对完成项目各项活动所必需的各种资源的成本做出近似的估算。成本估算需要根据活动资源估算中所确定的资源需求（包括人力资源、设备和材料等）以及市场上各种资源的价格信息来进行。

具体来讲，项目成本的大小同项目所耗用资源的数量、质量和价格有关；同项目的工期长短有关（项目所消耗的各种资源包括人力、物力和财力等都有自己的时间价值）；同项目的质量结果有关（因质量不达标而返工时需要花费一定的成本）；同项目范围的宽度和深度有关（项目范围越宽越深，项目的成本就越大；反之，项目成本越小）。项目成本估算同项目造价是两个既有联系又有区别的概念。项目造价中不仅包括项目成本，还包括项目组织从事项目而获取的盈利，即项目造价=项目成本+盈利。

试题 21 答案

(57) D

试题 22（2009 年下半年试题 58）

项目甲、乙、丙、丁的工期都是三年，在第二年末其挣值分析数据如表 11-6 所示，按照趋势最早完工的应是　(58)　。

表 11-6　挣值分析数据

项目	预算总成本	PV	EV	AC
甲	1400	1200	1000	900
乙	1400	1200	1100	1200
丙	1400	1200	1250	1300
丁	1400	1200	1300	1200

(58) A. 甲　　　　B. 乙　　　　C. 丙　　　　D. 丁

试题 22 分析

项目甲、乙、丙、丁的预算总成本都是 1400，计划值都是 1200。EV–PV>0 表示项目实施超过计划进度，EV–PV<0 表示项目实施落后于计划进度，EV–PV 越大，表示项目实施超过计划进度越多。

项目丁的 EV–PV 值最大，因此按照趋势应最早完工。

试题 22 答案

(58) D

试题 23（2009 年下半年试题 59）

某项目成本偏差（CV）大于 0，进度偏差（SV）小于 0，则该项目的状态是　(59)　。

（59）A．成本节省、进度超前　　　　　　B．成本节省、进度落后

　　　C．成本超支、进度超前　　　　　　D．成本超支、进度落后

试题 23 分析

项目的 CV 大于 0，SV 小于 0，因此该项目成本节省、进度落后。

试题 23 答案

（59）B

试题 24（2010 年上半年试题 56）

下列选项中，项目经理进行成本估算时不需要考虑的因素是　（56）　。

（56）A．企业环境因素　　B．员工管理计划　　　C．盈利　　　D．风险事件

试题 24 分析

成本估算的输入包括范围基准、项目进度计划、人力资源计划、风险登记册、企业环境因素、组织过程资产。

试题 24 答案

（56）C

试题 25（2010 年上半年试题 57）

项目Ⅰ、Ⅱ、Ⅲ、Ⅳ的工期都是三年，在第二年末其挣值分析数据如表 11-7 所示，按照趋势最早完工的应是项目　（57）　。

表 11-7　挣值分析数据

项目	预算总成本	EV	PV	AC
Ⅰ	1500	1000	1200	900
Ⅱ	1500	1300	1200	1300
Ⅲ	1500	1230	1200	1300
Ⅳ	1500	1100	1200	1200

（57）A．Ⅰ　　　B．Ⅱ　　　C．Ⅲ　　　D．Ⅳ

试题 25 分析

由计算结果可知项目Ⅱ进度提前最多（EV−PV 的值最大），成本与计划持平。故按照趋势最早完工的应是项目Ⅱ。

试题 25 答案

（57）B

试题 26（2010 年上半年试题 58）

已知某综合布线工程的挣值曲线如图 11-2 所示：总预算为 1230 万元，到目前为止已支出

900 万元，实际完成了总工作量的 60%，该阶段的预算费用是 850 万元。按目前的状况继续发展，要完成剩余的工作还需要　(58)　万元。

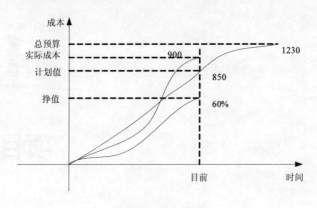

图 11-2　挣值曲线

（58）A. 330　　　　　B. 492　　　　　C. 600　　　　　D. 738

试题 26 分析

首先分析题干，其中的关键字是"按目前的状况继续发展"，由此可判定计算的目标当前的 CPI 来计算剩余工作的预计完工成本。

按目前 CPI 状况继续发展，剩余工作的预计完工成本=(BAC–EV)/CPI，其中 BAC=1230，EV=1230×60%=738，CPI=EV/PV=738/900=0.82。

则剩余工作的预计完工成本=(1230–738)/0.82=600.24。

试题 26 答案

（58）C

试题 27（2010 年上半年试题 59）

对于系统集成企业而言，在进行项目核算时，一般将　(59)　列入项目生命周期间发生的直接成本。

①可行性研究费用　　②项目投标费用　　③监理费用　　④需求开发费用

⑤设计费用　　　　　⑥实施费用　　　　⑦验收费用

（59）A. ①②④⑤⑥⑦　B. ①③④⑤⑥⑦　C. ④⑤⑥⑦　D. ②④⑤⑥⑦

试题 27 分析

项目生命周期包括启动、计划、执行、收尾 4 个阶段。本题中这 4 个阶段中发生的直接成本包括需求开发费用、设计费用、实施费用、验收费用。

试题 27 答案

（59）C

第 12 章

项目质量管理

项目质量管理的目的是通过执行项目质量管理过程和使用一些基本项目管理工具和技术来有力保证信息系统的质量。时间、成本、质量是项目管理的三大目标，如果质量不能满足要求，即使进度再快，成本再节省，项目也没有意义。

根据考试大纲，本章要求考生掌握以下知识点：项目质量计划编制、项目质量保证、质量控制。

试题 1（2005 年上半年试题 41）

利用缺陷分布评估来指导纠错行动，这是___(41)___的要求。

(41) A. 趋势分析　　　　　　　　　B. 项目检查
　　　 C. 项目控制　　　　　　　　　D. 帕累托分析（Pareto）

试题 1 分析

通常，在质量管理中广泛应用的直方图、控制图、因果图、排列图、散点图、核对表和趋势分析等，此外在项目质量管理中，还用到检查、统计分析等方法。

帕累托分析是确认造成系统质量问题的诸多因素中最为重要的几个因素的分析方法，一般借助帕累托图来完成分析。帕累托图来自于帕累托定律，该定律认为绝大多数的问题或缺陷产生于相对有限的原因。也就是通常所说的 80/20 定律，即 20%的原因造成 80%的问题。

帕累托图又叫排列图，是一种柱状图，按事件发生的频率排序而成。它显示由于某种原因引起的缺陷数量或不一致的排列顺序，是找出影响项目产品或服务质量的主要因素的方法。只有找出影响项目质量的主要因素，即项目组应该首先解决引起更多缺陷的问题，以取得良好的经济效益。

帕累托图表是历史数据图表。按照频度排序，显示识别出现的原因引起了哪些结果。项目小组应该首先处理造成最大缺陷的问题。帕累托图表与帕累托法则有概念上的联系，认为小数量的原因可以引起大量的问题。

趋势分析是指运用数字技巧，依据过去的成果预测将来的产品。趋势分析常用来监测以下问题。

（1）技术上的绩效：有多少错误和缺陷已被指出，有多少仍未纠正。

（2）成本和进度绩效：每个阶段有多少活动的完成有明显的变动。

试题 1 答案

（41）D

试题 2（2005 年上半年试题 42）

质量控制非常重要，但是进行质量控制也需要一定的成本，__(42)__可以降低质量控制的成本。

（42）A．进行过程分析　　　　　　　B．使用抽样统计

　　　　C．对全程进行监督　　　　　　D．进行质量审计

试题 2 分析

项目质量控制的主要工具和技术有直方图、控制表、因果图、排列图和趋势分析，以及检验、统计分析等方法。前五种方法都是分析方法，而后两种则是经常采用的质量控制手段。

抽样统计包括抽取总体中的一个部分进行检验（例如，从一份包括 75 个源程序的清单中随机抽取 10 个）。适当的抽样调查往往能降低质量控制成本。

检验包括测量、检查和测试等活动，目的是确定项目成果是否与要求相一致。检验可以在任何管理层次中开展（例如，一个单项活动的结果和整个项目的最后成果都可以检验）。检验有各种名称，如复查、产品复查、审查，以及评审等。

控制表是根据时间推移对程序运行结果的一种图表展示。常用于判断程序是否在控制中进行（例如，程序运行结果中的差异是否因随机变量所产生，是否必须对突发事件的原因查清并纠正等）。当一个程序在控制之中时，不应对它进行调整。这个程序可能为了得到改进而有所变动，但只要它在控制范围之中，就不应人为地去调整它。控制表可以用来监控各种类型的变量的输出。尽管控制表常被用于跟踪重复性的活动，诸如生产事务，它还可以用于监控成本和进度的变动、容量和范围变化的频率，项目文件中的错误，或者其他管理结果，以便判断项目管理程序是否在控制之中。

排列图是一种直方图，由事件发生的频率组织而成，用以显示多少成果是产生于已确定的各种类型的原因的。等级序列是用来指导纠错行动的，项目小组应首先采取措施去解决导致最多缺陷的问题。

因果图又称 Ishikawa 图、因果分析图、石川图或鱼骨图，用于说明各种直接原因和间接原因与所产生的潜在问题和影响之间的关系。因果图法是全球广泛采用的一项技术。该技术首先确定结果（质量问题），然后分析造成这种结果的原因。每个分支都代表着可能的差错原因，用于查明质量问题可能所在和设立相应检验点。它可以帮助项目班子事先估计可能会发生哪些质量问题，然后，帮助制定解决这些问题的途径和方法。

试题 2 答案

（42）B

试题 3（2005 年下半年试题 40）

在项目质量管理中，质量计划编制阶段的输出结果包括__(40)__。

（40）A. 质量管理计划、质量度量指标、建议的预防措施、质量检查单、过程改进计划

      B. 质量管理计划、质量度量指标、质量检查单、过程改进计划、更新的项目管理计划

      C. 质量度量指标、质量检查单、过程改进计划、项目管理计划

      D. 质量管理计划、质量度量指标、建议的预防措施、过程改进计划、更新的项目管理计划

试题 3 分析

项目质量管理包括质量计划编制（规划质量）、质量保证和质量控制 3 个过程。质量计划编制判断哪些质量标准与本项目相关，并决定应如何达到这些质量标准。质量保证过程定期评估项目总体绩效，建立项目能达到相关质量标准的信心。质量控制过程监测项目的总体结果，判断它们是否符合相关质量标准，并找出消除不合格绩效的方法。

在项目质量的计划编制过程中，重要的是确定每个独特信息系统项目的相关质量标准，把质量计划到项目产品和管理项目所涉及的过程之中。质量计划编制还包括以一种能理解的、完整的形式传达为确保质量而采取的纠正措施。在项目的质量计划编制中，描述能够直接促成满足顾客需求的关键因素是很重要的。关于质量的组织政策、特定的项目范围说明书和产品描述，以及相关标准和准则都是质量计划编制过程的重要输入。质量计划编制的重要输出是质量管理计划和为确保整个项目生命周期质量的各种检查表，包括质量管理计划、质量测量指标、质量核对表、过程改进计划、项目文件（更新）。

试题 3 答案

（40）B

试题 4（2005 年下半年试题 41）

某 ERP 系统投入使用后，经过一段时间，发现系统变慢，进行了初步检测之后，要找出造成该问题的原因，最好采用__(41)__方法。

（41）A. 质量审计   B. 散点图   C. 因果分析图   D. 统计抽样

试题 4 分析

在本题中，某 ERP 系统投入使用后，经过一段时间，发现系统变慢，进行了初步检测之后，要找出造成该问题的原因，适合采用因果分析图，将各类问题列出，并找出产生问题的原因。

试题 4 答案

（41）C

试题 5（2006 年下半年试题 40）

　　__(40)__ 是质量计划编制过程常用的工具和技术。

（40）A．因果分析　　　B．基准分析　　　C．质量检查单　　　D．蒙特卡罗分析

试题 5 分析

在进行质量计划编制的时候，可以使用的方法有成本效益分析、质量成本、控制图、标杆对照（基准分析）、实验设计、统计抽样、流程图、专有的质量管理方法、其他质量规划工具等。

基准分析是将实际实施过程或计划之中的项目做法与其他类似项目的实际做法进行比较，通过比较来改善与提高目前项目的质量管理，以达到项目预期的质量或其他目标。其他项目可以是执行组织内部的项目，也可以是外部的项目，可以是同一个应用领域的项目，也可以是其他应用领域的项目。

因果分析、质量检查单是质量控制所使用的工具和技术，蒙特卡罗分析技术一般用于风险定量分析。

试题 5 答案

（40）B

试题 6（2006 年下半年试题 41）

关于项目质量管理的叙述，__(41)__ 是错误的。

（41）A．项目质量管理必须针对项目的管理过程和项目产品

　　　　B．项目质量管理过程包括质量计划编制，建立质量体系，执行质量保证

　　　　C．质量保证是一项管理职能，包括所有为保证项目能够满足相关的质量而建立的有计划的、系统的活动

　　　　D．变更请求也是质量保证的输入之一

试题 6 分析

项目质量管理针对项目的管理过程和项目产品，项目质量管理过程包括质量计划编制、质量保证、质量控制 3 个过程。

试题 6 答案

（41）B

试题 7（2006 年下半年试题 42）

关于常用质量术语的理解中，不正确的是__(42)__。

（42）A．预防是把错误排除在过程之前

　　　　B．检查是把错误排除在产品交付之前

　　　　C．随机原因是指异常事件

　　　　D．如果过程状态超出了控制限度，则应调整过程

试题 7 分析

随机原因引起正常过程偏差，特殊原因引起异常事件。

试题 7 答案

（42）C

试题 8（2007 年下半年试题 11）

CMMI 提供了两种模型表述方式："连续式"和"阶段式"。以下说法中正确的是 (11) 。

(11) A. 前者可以描述项目管理能力成熟度，后者可以描述组织能力成熟度

　　　 B. 前者可以描述软件开发能力成熟度，后者可以描述项目管理能力成熟度

　　　 C. 前者可以描述组织能力成熟度，后者可以描述项目管理能力成熟度

　　　 D. 前者可以描述过程能力成熟度，后者可以描述组织能力成熟度

试题 8 分析

每一种 CMMI 模型都有两种表示法：阶段式和连续式。这是因为在 CMMI 的 3 个源模型中，CMM 是"阶段式"模型，系统工程能力模型是"连续式"模型，而集成产品开发（IPD）CMM 是一个混合模型，组合了阶段式和连续式两者的特点。两种表示法在以前的使用中各有优势，都有很多支持者，因此，CMMI 产品开发群组在集成这三种模型时，为了避免由于淘汰其中任何一种表示法而失去对 CMMI 支持的风险，并没有选择单一的结构表示法，而是为每一个 CMMI 都推出了两种不同表示法的版本。

不同表示法的模型具有不同的结构。连续式表示法强调的是单个过程域的能力，从过程域的角度考察基线和度量结果的改善，其关键术语是"能力"；而阶段式表示法强调的是组织的成熟度，从过程域集合的角度考察整个组织的过程成熟度阶段，其关键术语是"成熟度"。

尽管两种表示法的模型在结构上有所不同，但 CMMI 产品开发群组仍然尽最大努力确保了两者在逻辑上的一致性，二者的需要构件和期望部件基本上都是一样的。过程域、目标在两种表示法中都一样，特定实践和共性实践在两种表示法中也不存在根本区别。因此，模型的两种表示法并不存在本质上的不同。组织在进行集成化过程改进时，可以从实用角度出发选择某一种偏爱的表示法，而不必从哲学角度考虑两种表法之间的差异。

试题 8 答案

（11）D

试题 9（2008 年上半年试题 5）

CMM 是美国卡内基·梅隆大学软件工程研究所开发的（软件）能力成熟度模型，其中 (5) 强调软件开发过程稳定性与项目量化管理。

(5) A. 可重复级　　　 B. 已定义级　　　 C. 已管理级　　　 D. 持续优化级

试题 9 分析

CMM 把软件企业的软件能力成熟度分为 5 个级别，分别如下：

(1) 级别 1（初始级）代表了以不可预测结果为特征的过程成熟度，过程处于无序状态，

成功主要取决于团队的技能。

（2）级别 2（已管理级）代表了以可重复项目执行为特征的过程成熟度。组织使用基本纪律进行需求管理、项目计划、项目监督和控制、供应商协议管理、产品和过程质量保证、配置管理，以及度量和分析。对于级别 2 而言，主要的过程焦点在于项目级的活动和实践。

（3）级别 3（已定义级）代表了以组织内改进项目执行为特征的过程成熟度。强调级别 3 的关键过程域的前后一致的、项目级的纪律，用以建立组织级的活动和实践。

（4）级别 4（定量管理级）代表了以改进组织性能为特征的过程成熟度。4 级项目的历史结果可用来交替使用，在业务表现的竞争尺度（成本、质量、时间）方面的结果是可预测的。

（5）级别 5（优化级）代表了以可快速进行重新配置的组织性能，以及定量的、持续的过程改进为特征的过程成熟度。

试题 9 答案

（5）C

试题 10（2008 年上半年试题 6）

在软件质量模型中，比较有代表性的有 McCall 提出的软件质量模型。在这个质量模型中，软件的质量特性被分成了三组，即产品转移、产品修改和　（6）　。

（6）A. 产品开发　　　B. 产品销售　　　C. 产品升级　　　D. 产品运行

试题 10 分析

软件质量就是软件与明确地和隐含地定义的需求相一致的程度。具体地说，软件质量是软件符合明确叙述的功能和性能需求、文档中明确描述的开发标准、以及所有专业开发的软件都应具有的隐含特征的程度。上述定义强调了以下三点：

（1）软件需求是度量软件质量的基础，与需求就一致就是质量不高。

（2）指定的标准定义了一组指导软件开发的准则，如果没有遵守这些准则，肯定会导致质量不高。

（3）通常，有一组没有显示描述的隐含需求（如期望软件是容易维护的）。如果软件满足明确描述的需求，但却不满足隐含的需求，那么软件的质量仍然是值得怀疑的。

影响软件质量的主要因素，这些因素是从管理角度对软件质量的度量。根据 McCall 提出的软件质量模型，可划分为三组，分别反映用户在使用软件产品时的三种观点。

（1）产品运行：正确性、健壮性、效率、完整性、可用性、风险。

（2）产品修改：可理解性、可维护性、灵活性、可测试性。

（3）产品转移：可移植性、可再用性、互运行性。

试题 10 答案

（6）D

试题 11（2008 年上半年试题 56）

有关质量计划的编制，　（56）　是正确的。

（56）A. 在整个项目的生命周期，应当定期进行质量计划的编制工作

      B. 编制质量计划是编制范围说明书的前提

      C. 仅在编制项目计划时，进行质量计划的编制

      D. 在项目的执行阶段，不再考虑质量计划的编制

试题 11 分析

请参考试题 3 的分析。

试题 11 答案

（56）A

试题 12（2008 年上半年试题 59）

为了让客户对项目团队提供的软件产品的功能满意，项目经理让客户在一份文档上签字以便确认，这份文档是__（59）__。

（59）A. 技术规范   B. 测试规范   C. 用户手册   D. 质量保证计划

试题 12 分析

这份文档属于技术规范，包括软件功能实现的一些问题。测试规范是项目团队内部使用的一个文档，用户手册是是包含软件使用方面的信息，而质量保证计划也是项目团队内部使用的一个保证软件质量的文档。

试题 12 答案

（59）A

试题 13（2008 年上半年试题 60）

希赛公司为某项目的总承包商，小江为该项目的项目经理，希赛公司有一个比较弱的质量方针，参与该项目的其他公司没有质量方针。小江应该__（60）__。

（60）A. 用希赛公司的质量方针，因为希赛公司是总承包商

      B. 不考虑项目质量方面的事情，因为多数公司都没有质量方针

      C. 与来自各个公司的核心成员一起制定这个项目的质量方针，同时不告诉任何其他人以消除负面反应

      D. 从所有参与该项目的公司中寻找支持来建立一个质量计划

试题 13 分析

试题的问题在于各分包商都没有质量方针，总承包商虽然有质量方针，但比较弱。在这种情况下，项目经理应该从所有参与该项目的公司中寻找支持来建立一个质量计划。

另外要注意的是，质量方针（质量体系）是针对整个组织而言的，是组织层面的事。质量计划针对项目组而言的，是项目层面的事。也就是说，质量计划是为具体产品、项目、服务或合同准备的。

试题 13 答案

（60）D

试题 14（2008 年上半年试题 61）

关于质量计划与质量体系之间的描述，正确的是 __(61)__ 。

（61）A. 质量计划是为具体产品、项目、服务或合同准备的

　　　B. 质量体系是为具体产品、项目、服务或合同准备的

　　　C. 质量体系由单个组织实体采用，通常是质量保证部门

　　　D. 质量计划并非组织管理系统的一个组成部分

试题 14 分析

请参考试题 13 的分析。

试题 14 答案

（61）A

试题 15（2008 年下半年试题 35）

根据 GB/T 19000—ISO9000（2000）的定义，质量管理是指确立质量方针和实施质量方针的全部职能及工作内容，并对其工作效果进行 __(35)__ 的一系列工作。

（35）A. 考核和评价　　　B. 评价和记录　　　C. 预测和评价　　　D. 评价和改进

试题 15 分析

根据 GB/T19000—ISO9000（2000）的定义，质量管理是指确立质量方针和实施质量方针的全部职能及工作内容，并对其工作效果进行评价和改进的一系列工作。

试题 15 答案

（35）D

试题 16（2008 年下半年试题 36）

在质量管理的 PDCA 循环中，P 阶段的职能包括 __(36)__ 等。

（36）A. 确定质量改进目标，制定改进措施

　　　B. 明确质量要求和目标，提出质量管理方案

　　　C. 采取应急措施，解决质量问题

　　　D. 规范质量行为，组织质量计划的部署和交底

试题 16 分析

PDCA 循环又叫戴明环，是美国质量管理专家戴明博士首先提出的，它是全面质量管理所应遵循的科学程序。全面质量管理活动的全部过程，就是质量计划的制定和组织实现的过程，这个过程就是按照 PDCA 循环，不停顿地周而复始地运转的。

（1）P（Plan）：计划，确定方针和目标，确定活动计划。

（2）D（Do）：执行，实现计划中的内容。

（3）C（Check）：检查，总结执行计划的结果，注意效果，找出问题。

（4）A（Action）：行动，对总结检查的结果进行处理，成功的经验加以肯定并适当推广、标准化；失败的教训加以总结，以免重现，未解决的问题放到下一个 PDCA 循环。

试题 16 答案

（36）B

试题 17（2008 年下半年试题 37）

项目质量的形成过程，体现了从目标决策到目标细化再到目标实现的过程，而质量目标的决策是__(37)__职能。

（37）A．建设单位　　B．设计单位　　C．监理单位　　D．项目总承包单位

试题 17 分析

显然，质量目标的决策是建设单位的职能，信息系统的建设要符合建设单位的目标和意图，设计单位、承包单位、监理单位通过自己的工作，去实现质量目标。

试题 17 答案

（37）A

试题 18（2008 年下半年试题 38）

项目质量管理的质量基准和过程改进计划等管理文件或手册，是承担该项目实施任务各方应共同遵循的管理依据，它在__(38)__过程中形成。

（38）A．制定系统质量管理制度　　　B．编制系统质量管理计划

　　　C．分析系统质量管理界面　　　D．明确系统质量管理网络

试题 18 分析

项目质量管理的质量基准和过程改进计划等管理文件或手册，是承担该项目实施任务各方应共同遵循的管理依据，它在编制系统质量管理计划过程中形成。

试题 18 答案

（38）B

试题 19（2009 年上半年试题 48～50）

软件质量强调三个方面的内容：__(48)__是测试软件质量的基础；__(49)__定义了一组用于指导软件开发方式的准则；__(50)__间接定义了用户对某些特性的需求。

（48）A．软件需求　　B．软件分析　　C．软件设计　　D．软件实现

（49）A．开发文档　　B．开发标准　　C．维护手册　　D．用户手册

（50）A．功能需求　　　B．非功能需求　　C．期望需求　　　D．质量属性需求

试题 19 分析

测试就是检查软件是否正确、是否满足需求，而需求包含功能需求、性能需求以及质量需求等成分，因此软件需求是测试软件质量的基础，而软件分析、软件设计和软件实现是为了实现软件需求而做的技术工作。

开发标准为软件开发提供了指南并为技术行为规定了准则，开发文档记录了开发成果，维护手册是为软件投入运行后提供维护指导，而用户手册是为用户提供操作软件的指南。

功能需求、非功能需求和质量属性需求直接定义了用户的需求。需求分急切的 (need)、稍缓的（wish）和目前来说是额外的(want)，期望需求（wish）定义了用户的某些稍缓的、期望的需求。期望需求间接定义了用户对某些特性的需求。

试题 19 答案

（48）A　　　　　（49）B　　　　　（50）C

试题 20（2009 年上半年试题 56）

下述有关项目质量保证和项目质量控制的描述不正确的是　(56)　。

（56）A．项目管理班子和组织的管理层应关注项目质量保证的结果

　　　　B．测试是项目质量控制的方法之一

　　　　C．帕累托图通常被作为质量保证的工具或方法，而一般不应用于质量控制方面

　　　　D．项目质量审计是项目质量保证的技术和方法之一

试题 20 分析

在 IT 项目中，常用的质量控制的工具与技术有检查、测试和评审。

查找造成质量问题原因的两个主要工具是因果图和流程图。

找出造成质量问题主要原因的两个工具是帕雷托图和直方图。

分析质量问题趋势的主要技术是趋势分析。

监控过程质量的工具是控制图。

质量保证是一项管理职能，包括所有的有计划的系统地为保证项目能够满足相关的质量标准而建立的活动，质量保证应该贯穿于整个项目生命期。质量保证一般由质量保证部门或者类似的相关部门完成。质量保证还给另一个重要的质量过程——持续改进过程提供保证。持续过程改进提供了一个持续改进整个质量过程的方法。

质量审计是对其他质量管理活动的结构性的审查，是决定一个项目质量活动是否符合组织政策、过程和程序的独立评估。质量审计的主要目的是通过对其他质量管理活动的审查来得出一些经验教训，从而提高该项目以及实施项目的组织内其他项目的质量，是质量保证的有效手段。

试题 20 答案

（56）C

试题 21（2009 年下半年试题 47）

在质量规划中，___(47)___ 是一种统计分析技术，可用来帮助人们识别并找出哪些变量对项目结果的影响最大。

(47) A．成本效益分析   B．基准分析   C．实验设计   D．质量审计

试题 21 分析

实验设计是一种统计分析技术，可用来帮助人们识别并找出哪些变量对项目结果的影响最大。

试题 21 答案

(47) C

试题 22（2009 年下半年试题 48）

以下有关质量保证的叙述，错误的是 ___(48)___ 。

(48) A．质量保证主要任务是识别与项目相关的各种质量标准

     B．质量保证应该贯穿整个项目生命期

     C．质量保证给质量的持续改进过程提供保证

     D．质量审计是质量保证的有效手段

试题 22 分析

请参考试题 20 的分析。

试题 22 答案

(48) A

试题 23（2009 年下半年试题 49）

下列选项中，不属于质量控制工具的是 ___(49)___ 。

(49) A．甘特图   B．趋势分析   C．控制图   D．因果图

试题 23 分析

趋势分析、控制图、因果图都属于质量控制工具，而甘特图则属于进度控制的工具。

试题 23 答案

(49) A

试题 24（2010 年上半年试题 11）

软件能力成熟度（CMM）模型提供了一个框架，将软件过程改进的进化步骤组织成 5 个成熟等级，为过程不断改进奠定了循序渐进的基础。由低到高 5 个等级命名为 ___(11)___ 。

(11) A．初始级、可重复级、已定义级、已管理级、优化级

B. 初始级、已定义级、可重复级、已管理级、优化级

C. 初始级、可重复级、已管理级、已定义级、优化级

D. 初始级、已定义级、已管理级、可重复级、优化级

试题 24 分析

软件能力成熟度模型将软件过程的成熟度分为 5 个等级，各个等级的特征如下。

（1）初始级：在这一成熟级别的组织，其软件开发过程是临时的、有时甚至是混乱的。没有几个过程是被定义的，常常靠个人的能力来取得成功。

（2）可重复级：在这一成熟级别的组织建立了基本的项目管理过程来跟踪软件项目的成本、进度和功能。这些管理过程和方法可供重复使用，把过去成功的经验用于当前和今后类似的项目。

（3）已定义级：在这一级，管理活动和软件工程活动的软件过程被文档化、标准化，并被集成到组织的标准软件过程之中。在达到这一级的组织过程中，所有项目都使用一个经批准的、特制的标准过程版本。在具体使用这个标准时，可以根据项目的实际情况进行适当的剪裁。

（4）已管理级：在这一级，组织和项目为质量和过程绩效建立了量化目标，并以此作为管理过程的依据。软件过程和产品都被置于定量的掌控之中。

（5）持续优化级：处于这一成熟度模型的最高水平，组织能够运用从过程、创意和技术中得到的定量反馈，来对一软件开发过程进行持续改进。故 A 是正确的。

试题 24 答案

（11）A

试题 25（2010 年上半年试题 47）

质量计划的工具和技术不包括 __(47)__ 。

(47) A. 成本分析　　　　B. 基准分析　　　　C. 质量成本　　　　D. 质量审计

试题 25 分析

请参考试题 5 的分析。

试题 25 答案

（47）D

试题 26（2010 年上半年试题 48）

某企业承担一个大型信息系统集成项目，在项目过程中，为保证项目质量，采取了以下做法，其中 __(48)__ 是不恰当的。

(48) A. 项目可行性分析、系统规划、需求分析、系统设计、系统测试、系统试运行等阶段均采取了质量保证措施

B. 该项目的项目经理充分重视项目质量，兼任项目 QA

C. 该项目的质量管理计划描述了项目的组织结构、职责、程序、工作过程以及建立质量管理所需的资源

  D. 要求所有与项目质量相关的活动都要把质量管理计划作为依据

试题 26 分析

信息系统工程的企业组织结构一般是矩阵式的，设有专门的 QA 部门，与各业务职能部门平级。QA 隶属于 QA 部，行政上向 QA 经理负责，业务上向业务部门的高级经理和项目经理汇报。QA 职责包括：负责质量保证的计划、监督、记录、分析及报告工作。项目经理不能兼职做 QA。

试题 26 答案

（48）B

试题 27（2010 年上半年试题 49）

  某企业针对实施失败的系统集成项目进行分析，计划优先解决几个引起缺陷最多的问题。该企业最可能使用 __（49）__ 方法进行分析。

（49）A. 控制图 B. 鱼刺图 C. 帕累托图 D. 流程图

试题 27 分析

帕累托图来自于 Pareto 定律，该定律认为绝大多数的问题或缺陷产生于相对有限的起因。就是常说的 80/20 定律，即 20% 的原因造成 80% 的问题。Pareto 图又叫排列图，是一种柱状图，按事件发生的频率排序而成，它显示由于某种原因引起的缺陷数量或不一致的排列顺序，是找出影响项目产品或服务质量不合格的主要因素的方法。只有找出影响项目质量的主要因素，才能有的放矢，取得良好的经济效益。

  本题中要先识别出引起缺陷最多的问题，然后再优先解决，因此要用帕累托图。

试题 27 答案

（49）C

试题 28（2010 年下半年试题 47）

  在制定集成项目的质量计划时，如某过程的输出不能由后续的监视或测量加以验证，则应对这样的过程实施确认，而确认方法至关重要。 __（47）__ 不属于过程能力确认方法。

（47）A. 设备的认可   B. 人员资格的鉴定

   C. 与过程相关的方法和程序的确定 D. 资金的确定

试题 28 分析

GB/T19001—2000 版标准规定，当生产和服务提供过程的结果不能由后续的监视和测量加以验证时，组织应对任何这样的过程实施确认，这包括仅在产品使用或服务已交付之后问题才显现的过程。组织在识别需确认的过程之后，还要对过程确认的方法作出安排，但是，该标准并没有作具体的、如何确认的规定，过程不同所受的影响也不同，要具体过程具体分析，从而确定确认的方法。

  资金的确定只是一个基础条件，不是方法。

试题 28 答案

（47）D

试题 29（2010 年下半年试题 48）

在质量审计时，审计小组发现如下事实：一批计算机数量为 50 台的进货合同，在检验时抽检了其中 8 台计算机，发现 2 台不合格。该检验员把这 2 台抽出，其余 48 台放行，并已发放到施工现场。审计员的下列行为，恰当的是__(48)__。

（48）A．判定检验过程没问题

　　　B．判定检验过程存在问题，并要求检验员对 50 台电脑全检

　　　C．判定检验过程存在问题，先下令停止使用其余电脑，并给检验部门下发纠正措施通知单

　　　D．判定检验过程存在问题，并要求检验员分析原因，下令改进

试题 29 分析

在总共 50 台计算机中抽取样本为 8 台，发现 2 台不合格，则说明这批计算机的不合格率为 25%。此时，应该要求对全部 50 台计算机进行检验，而不能放行。在已经放行的情况下，审计员应该先下令停止使用其余电脑，并给检验部门下发纠正措施通知单。

试题 29 答案

（48）C

试题 30（2010 年下半年试题 49）

某 OA 系统处于试运行阶段，用户反映不能登录，承建方现场工程师需要对导致该问题的各种原因进行系统分析，使用__(49)__工具比较合适。

（49）A．散点图　　　B．因果图　　　C．帕累托图　　　D．统计抽样

试题 30 分析

在 OA 系统中，用户不能登录的原因有很多，例如用户密码错误、网络已经断开、数据库出错等，此时，需要使用因果图来对导致该问题的各种原因进行系统分析。

试题 30 答案

（49）B

试题 31（2010 年下半年试题 61）

项目实施过程中，围绕对项目质量的监控、追踪管理，以下做法不正确的是__(61)__。

（61）A．可采用控制图来对质量进行监控

　　　B．使用挣值分析来对质量进行监控

　　　C．通过分析测试报告来对质量进行监控

　　　D．通过分析施工日志中的施工参数来对质量进行监控

试题 28 分析

挣值分析可以监控项目的进度、成本和人力资源效率情况，但不能用来监控项目质量。

试题 28 答案

（61）B

第13章

项目人力资源管理

项目人力资源管理主要包括编制人力资源计划、组建项目团队、项目团队建设和管理项目团队四个主要的过程。根据考试大纲，本章要求考生掌握以下知识点：人力资源计划编制、项目团队组建、项目团队建设、项目团队管理。

试题1（2005年上半年试题43）

项目人力资源管理就是有效地发挥每一个项目参与人作用的过程，关于项目人力资源管理说法错误的是___(43)___。

(43) A. 项目人力资源管理包括人力资源编制、组建项目团队、项目团队建设，管理项目团队四个过程

     B. 责任分配矩阵（RAM）被用来表示需要完成的工作和团队成员之间的联系

     C. 好的项目经理需要有高超的冲突管理技巧

     D. 组织分解结构（OBS）根据项目的交付物进行分解，因此团队成员能够了解应提供哪些交付物

试题1分析

项目人力资源管理包括人力资源计划编制、组建项目团队、项目团队建设、管理项目团队四个过程。人力资源计划编制的主要内容包括确定、记录并分派项目角色、职责和请示汇报关系，这个过程的输出主要包括角色和职责分配矩阵、报告关系，以及项目的组织结构；项目团队组建的内容主要是招募、分派到项目工作的所需人力资源，得到项目所需的人员是信息系统项目成败的关键；而项目团队建设的内容主要包括培养项目团队个人与集体的能力，以提高项目的绩效，对于许多信息系统项目而言，是否能够培养团队和集体的能力，也是项目成功要考虑的因素之一。

根据项目的交付物进行分解，使团队成员能够了解应提供哪些应付物的工具是工作分解结构（WBS）而并非是组织分解结构（OBS）。OBS 是一种用于表示组织单元负责哪些工作内容的特定的组织图形。它可以先借用一个通用的组织图形，而后针对组织或分包商中特定部门的单元进行逐步细分。OBS 看上去和 WBS 很相似，但是它不是根据项目的交付物进行分解，而是根据组织的部门、单位或团队进行分解。项目的活动和工作包被列在每一个部门下面。

在人力资源计划编制过程中常使用责任分配矩阵（RAM）工具，RAM 为项目工作（用 WBS 表示）和负责完成工作的人（用 OBS 表示）建立一个映射关系。除了将 RAM 用于具体的工作任务分配之外，RAM 还可以用于定义角色和职责间的关系。

要很好地管理项目团队，对项目经理来说，需要使用的必要工具和技巧包括观察和对话、项目绩效评估、冲突管理和问题日志。

试题 1 答案

（43）D

试题 2（2005 年下半年试题 42）

关于项目的人力资源管理，说法正确的是 （42） 。

（42）A．项目的人力资源与项目干系人二者的含义一致

B．项目经理和职能经理应协商确保项目所需的员工按时到岗并完成所分配的项目任务

C．为了保证项目人力资源管理的延续性，项目成员不能变化

D．人力资源行政管理工作一般不是项目管理小组的直接责任，所以项目经理和项目管理小组不应参与到人力资源的行政管理工作中去

试题 2 分析

项目的人力资源包括所有项目干系人，但是，项目的人力资源概念和项目干系人的概念是有区别的，项目的人力资源是由参与到项目中的人组成的，而项目干系人是项目的结果会影响到的，或者他们的活动会影响到项目的人群。

一般项目的组织形式有职能式、项目单列式和矩阵式等几种形式。矩阵式组织形式的特点是将按照职能划分的纵向部门与按照项目划分的横向部门结合起来，以构成类似矩阵的管理系统。由于矩阵组织中的职权以纵向、横向和斜向在一个公司里流动，因此在任何一个项目的管理中，都需要有项目经理与职能部门负责人的共同协作，将二者很好地结合起来。在矩阵式组织结构中，项目成员是受到项目经理和职能经理的双重领导，项目经理和职能经理应协商确保项目所需的员工按时到岗并完成所分配的项目任务。

在项目生命周期中，根据项目的性质和阶段，项目组相关人员可以发生变化。例如，以软件项目为例，在需求分析阶段需要的人员比较少，而到程序设计阶段时，需要的人员比较多，可以临时增加人员。

人力资源行政管理工作一般不是项目管理小组的直接责任，但是，为了更好提高项目团队的绩效，项目经理和项目管理小组也应该适当地参与到人力资源的行政管理工作中去。

试题 2 答案

（42）B

试题 3（2005 年下半年试题 43）

优秀团队的建设并非一蹴而就，要经历几个阶段，一般按顺序可划分为＿＿（43）＿＿四阶段。

（43）A．形成期、震荡期、表现期、正规期

　　　 B．形成期、表现期、震荡期、正规期

　　　 C．形成期、磨合期、表现期、正规期

　　　 D．形成期、震荡期、正规期、表现期

试题 3 分析

一个项目团队从开始到终止，是一个不断成长和变化的过程，这个发展过程可以描述为四个时期：形成期、震荡期（磨合期）、正规期、表现期（发挥期）。几乎所有的项目都经历过大家被召集到一起的形成期，这是一个短暂的时期，很快进入震荡期，这时成员之间互相还不了解，时常感到困惑，有时甚至会产生敌对心理。接下来在强有力的领导下，团队的工作方式在正规期得以统一。随后团队以最大成效开展工作，直至项目结束，项目团队解散。

（1）形成期。 由于任何项目在形成时期总是带着一点试验性质的，因而一个团队环境就成为新思想、新方案绝佳的试验场。每个方案都应当仔细检验，给予它们公平的争取成功的机会。大量的团队工作是在有关怎样尽早发现错误和怎样能在不引起恼火和责难的情况下改正错误的问题中展开的。如何对待失败的方案是团队在"组建期到成效期"的发展过程中应当学习的一步。在团队发展的不同阶段，需要有不同的方案。

在形成期，团队成员从原来不同的组织调集在一起，大家开始互相认识，这一时期的特征是队员们既兴奋又焦虑，而且还有一种主人翁感，他们必须在承担风险前相互熟悉。一方面，团队成员收集有关项目的信息，试图弄清项目是干什么的和自己应该做些什么。另一方面，团队成员谨慎地研究和学习适宜的举止行为。他们从项目经理处寻找或相互了解，以期找到属于自己的角色。

当成员了解并认识到有关团队的基本情况后，就为自己找到了一个有用的角色，并且有了自己作为团队不可缺少的一部分的意识，当团队成员感到他们已属于项目时，他们就会承担起团队的任务，并确定自己在完成这一任务中的参与程度。当解决了定位问题后，团队成员就不会感到茫然而不知所措，从而有助于其他各种关系的建立。

（2）震荡期。 团队发展的第二阶段是震荡期。团队形成之后，队员们已经明确了项目的工作，以及各自的职责，于是开始执行分配到的任务。在实际工作中，各方面的问题逐渐显露出来，这预示着震荡期的来临。由于现实可能与当初的期望发生较大的偏离，因此队员们可能会消极地对待项目工作和项目经理。在此阶段，工作气氛趋于紧张，问题逐渐暴露，团队士气较形成期明显下沉。

团队的冲突和不和谐是这阶段的一个显著特点。成员之间由于立场、观念、方法、行为等方面的差异而产生各种冲突，人际关系陷入紧张局面，甚至出现敌视、强烈情绪，以及向领导者挑战的情形。冲突可能发生在领导与个别团队队员之间，领导与整个团队之间，以及团队

成员相互之间。这些冲突可能是情感上的，或是与事实有关的，或是建设性的，或是破坏性的，或是争辩性的，或是隐瞒的。不管怎样，应当力图采用理性的、无偏见的态度来解决团队成员之间的争端，而不应当采用情感化的态度。

在这一时期，团队队员与周围的环境之间也会产生不和谐，如队员与项目技术系统之间的不协调，团队队员可能对项目队采用的信息技术系统不熟悉，经常出差错。另外，项目在运行过程中，与项目外其他部门要发生各种各样的关系，也会产生各种各样的矛盾冲突，这需要进行很好地协调。

（3）正规期。经受了磨合期的考验，团队成员之间、团队与项目经理之间的关系已经确立好了。绝大部分个人矛盾已得到解决。总的来说，这一阶段的矛盾程度要低于磨合时期。同时，随着个人期望与现实情形，即要做的工作、可用的资源、限制条件、其他参与的人员相统一，队员的不满情绪也就减少了。项目团队接受了这个工作环境，项目规程得以改进和规范化。控制及决策权从项目经理移交给了项目团队，凝聚力开始形成，有了团队的感觉，每个人觉得他是团队的一员，他们也接受其他成员作为团队的一部分。每个成员为取得项目目标所做的贡献得到认同和赞赏。

这一阶段，随着成员之间开始相互信任，团队的信任得以发展。大量地交流信息、观点和感情，合作意识增强，团队成员互相交换看法，并感觉到他们可以自由地、建设性地表达他们的情绪及评论意见。团队经过这个社会化的过程后，建立了忠诚和友谊，也有可能建立超出工作范围的友谊。

（4）表现期。经过前一阶段，团队确立了行为规范和工作方式。项目团队积极工作，急于实现项目目标。这一阶段的工作绩效很高，团队有集体感和荣誉感，信心十足。项目团队能开放、坦诚、及时地进行沟通。在这一阶段，团队根据实际需要，以团队、个人或临时小组的方式进行工作，团队相互依赖度高。他们经常合作，并在自己的工作任务外尽力相互帮助。团队能感觉到高度授权，如果出现问题，就由适当的团队成员组成临时小组，解决问题，并决定如何实施方案。随着工作的进展并得到表扬，团队获得满足感。个体成员会意识到为项目工作的结果是他们正获得职业上的发展。

相互的理解、高效的沟通、密切的配合、充分的授权，这些宽松的环境加上队员们的工作激情使得这一阶段容易取得较大成绩，实现项目的创新。团队精神和集体的合力在这一阶段得到了充分的体现，每位队员在这一阶段的工作和学习中都取得了长足的进步和巨大的发展，这是一个 1+1>2 的阶段。

当然，任何项目团队都将面临最后的一个时期，那就是项目结束，团队解散。

试题 3 答案

（43）D

试题 4（2005 年下半年试题 44）

_____（44）不是管理项目团队的工具及技术。

（44）A. 观察与对话　　　B. 角色定义　　　C. 项目绩效评估　　　D. 冲突管理

试题 4 分析

管理项目团队是项目人力资源管理的内容之一，其工具及技术包括观察和交谈、项目绩效评估、冲突管理、问题日志、人际关系技能。

试题 4 答案

（44）B

试题 5（2006 年下半年试题 43）

关于表 13-1，___（43）___的描述是错误的。

表 13-1　试题 5 表格

活动	人员				
	小张	小王	小李	小赵	小钱
定义	R	I	I	A	I
测试	A	C	I	I	C
开发	R	C	I	I	C

（43）A. 该表是一个责任分配矩阵

　　　 B. 该表表示了需要完成的工作和团队成员之间的关系

　　　 C. 该表不应包含虚拟团队成员

　　　 D. 该表可用于人力资源计划编制

试题 5 分析

从表 13-1 中可以知道，这是一个 RACI 表。RACI 表是责任分配矩阵（RAM）的一种形式，RAM 被用来表示需要完成的工作和团队成员之间的联系。RAM 是用于编制人力资源计划的技术与工具之一。

虚拟团队是指一群拥有共同目标、履行各自职责但是很少有时间或者没有时间能面对面开会的人员。RAM 应该包含虚拟团队成员。

试题 5 答案

（43）C

试题 6（2006 年下半年试题 44）

项目团队建设内容一般不包括___（44）___。

（44）A. 培训　　　　B. 认可和奖励　　　　C. 职责分配　　　　D. 同地办公

试题 6 分析

团队建设的内容，依据其使用的工具和技术有一般管理技能、培训、团队建设活动、基本原则、同地办公（集中）、认可和奖励等。

职责分配是人力资源计划编制过程要完成的工作。

试题 6 答案

（44）C

试题 7（2007 年下半年试题 45）

在每次团队会议上项目经理都要求团队成员介绍其正在做的工作，然后给团队成员分配新任务。由于要分配很多不同的任务，使得这样的会议变得很长。下列__（45）__项不是导致这种情况发生的原因。

（45）A．WBS 制定得不完整　　　　　B．缺少责任矩阵

　　　 C．缺少资源平衡　　　　　　　D．缺少团队成员对项目计划编制的参与

试题 7 分析

"在每次团队会议上项目经理都要求团队成员介绍其正在做的工作，然后给团队成员分配新任务"，这说明 WBS 制定得不完整，同时也缺少责任矩阵，缺少团队成员对项目计划编制的参与。所谓资源平衡，一般是指在不同的项目之间进行的一项活动。

试题 7 答案

（45）C

试题 8（2007 年下半年试题 46）

某个大型电力系统项目的一个关键团队成员已经出现进度延误的迹象并且工作质量也开始出问题。项目经理相信该成员非常清楚工作的最终期限和质量规范要求。项目经理应采取的措施是__（46）__。

（46）A．把问题报告给人力资源经理以便采取纠正措施

　　　 B．重新把一些工作分配给其他团队成员，直到绩效开始改进

　　　 C．立即找那个员工，强调并提醒进度和质量的重要性

　　　 D．把这种情况上报给那个员工的职能经理并请求协助

试题 8 分析

在这种情况下，项目经理应该把这种情况上报给那个员工的职能经理并请求协助。这种项目工作情况没有必要报告给人力资源部门，因为该成员非常清楚工作的最终期限和质量规范要求，所以再强调也没有什么用。"重新把一些工作分配给其他团队成员，直到绩效开始改进"与这个问题没有什么关系。

试题 8 答案

（46）D

试题 9（2007 年下半年试题 60）

某项目没有超出预算并在规定的时间完成。然而，一个职能部门的经理却十分烦恼，因

为他们的工作人员有一大半在项目期间辞职,辞职的理由是太长的工作时间和缺乏职能经理的支持。对这个项目最正确的描述是　　(60)　。

(60) A. 项目在预算和规定时间内达到了它的目标。上级管理层负责了提供足够的资源

　　　B. 对项目应根据它成功地满足项目章程的程度来测量。这不是在项目期间做的事

　　　C. 项目经理没有获得足够的资源并且没有根据可用的资源制定一个现实的最终期限

　　　D. 职能经理对他的工作人员负责并且一旦制定了进度计划,职能经理负责获得足够的资源以满足该进度计划

试题 9 分析

工作人员辞职的理由是“辞职的理由是太长的工作时间和缺乏职能经理的支持”,这说明项目经理没有获得足够的资源,并且没有根据可用的资源制定一个现实的最终期限。

试题 9 答案

(60) C

试题 10（2008 年上半年试题 45）

团队合作是项目成功的重要保证,下列除　(45)　外都能表明项目团队合作不好。

(45) A. 挫折感　　　　　　　　　　　B. 频繁召开会议

　　　C. 对项目经理缺乏信任和信心　　D. 没有效果的会议

试题 10 分析

团队合作是一种为达到既定目标所显现出来的自愿合作和协同努力的精神。它可以调动团队成员的所有资源和才智,并且会自动地驱除所有不和谐和不公正现象,同时会给予那些诚心、大公无私的奉献者适当的回报。如果团队合作是出于自觉自愿时,它必将会产生一股强大而且持久的力量。

在所给出的 4 个选项中,除 B 外都能表明项目团队合作不好,频繁召开会议的原因并不是项目团队合作不好,而是可能遇到的问题比较多,需要有多方面的沟通和协调工作,以便解决问题。所以,关键的是看会议召开后,是否达到了预期的效果,是否都解决了预定的问题。如果这些目标没有达到,则说明会议没有效果,这就进一步表明团队合作不好。

试题 10 答案

(45) B

试题 11（2008 年上半年试题 46）

在当今高科技环境下,为了成功激励一个团队,　　(46)　可以被项目管理者用来保持一个气氛活跃、高效的士气。

(46) A. 马斯洛理论和 X 理论

　　　B. Y 理论和 X 理论

    C．Y 理论、马斯洛理论和赫兹伯格的卫生理论

    D．赫兹伯格的卫生理论和 X 理论

试题 11 分析

    X 理论是把人的工作动机视为获得经济报酬的"实利人"的人性假设理论的命名。采用 X 理论的管理的唯一激励办法，就是以经济报酬来激励生产，只要增加金钱奖励，便能取得更高的产量。所以这种理论特别重视满足职工生理及安全的需要，同时也很重视惩罚，认为惩罚是最有效的管理工具。

    Y 理论认为一般人本性不是厌恶工作，如果给予适当机会，人们喜欢工作，并渴望发挥其才能；多数人愿意对工作负责，寻求发挥能力的机会；能力的限制和惩罚不是使人去为组织目标而努力的唯一办法；激励在需要的各个层次上都起作用；想象力和创造力是人类广泛具有的。因此，Y 理论激励的办法是：扩大工作范围；尽可能把职工工作安排得富有意义，并具挑战性；工作之后引起自豪，满足其自尊和自我实现的需要；使职工达到自己激励。只要启发内因，实行自我控制和自我指导，在条件适合的情况下就能实现组织目标与个人需要统一起来的最理想状态。

    马斯洛理论把需求分成生理需求、安全需求、社会需求、尊重需求和自我实现需求五类，依次由较低层次到较高层次。马斯洛需求层次理论假定，人们被激励起来去满足一项或多项在他们一生中很重要的需求。更进一步的说，任何一种特定需求的强烈程度取决于它在需求层次中的地位，以及它和所有其它更低层次需求的满足程度。马斯洛的理论认为，激励的过程是动态的、逐步的、有因果关系的。不过马斯洛也明确指出，人们总是优先满足生理需求，而自我实现的需求则是最难以满足的。

    赫兹伯格的双因素理论（激励因素、保健因素），和马斯洛的需要层次理论、麦克利兰的成就激励理论一样，重点在于试图说服员工重视某些与工作有关绩效的原因。首先，这个理论强调一些工作因素能导致满意感，而另外一些则只能防止产生不满意感；其次，对工作的满意感和不满意感并非存在于单一的连续体中。

试题 11 答案

（46）C

试题 12（2008 年上半年试题 47）

    为了成功管理一个项目，项目经理必须承担管理者和领导者的双重角色。作为管理者的角色，下面的选项中，除 （47） 外，都是项目经理应重点关注的。

（47）A．制定流程   B．团结人员

      C．为项目干系人提供所需要的成果   D．关注组织及其机构

试题 12 分析

    项目经理是项目团队的领导者，他们所肩负的责任就是领导他的团队准时、优质地完成全部工作，在不超出预算的情况下实现项目目标。项目经理的工作就是对工作进行计划、组织和控制，从而为项目团队完成项目目标提供领导作用。

    项目经理的角色定位：

（1）项目经理的根本职责是确保项目的全部工作在预算范围内按时、优质地完成，从而使业主满意。

（2）项目经理是项目的主要计划者和确定者。项目的各项活动都要认真进行计划并按计划实施，项目经理是项目计划工作的主要负责人。

（3）项目经理是项目的组织者、合作者。项目的全面实施需要获得足够的人力、物力和财力资源，并合理地分配项目任务，积极地向下授权，及时解决各种矛盾。因此项目经理在项目的实施中始终扮演组织者、合作者的角色。

（4）项目经理是项目的协调者、沟通者。项目经理处于整个项目的中心位置，在确保公司利益的原则下，不仅要沟通和协调项目业主和客户之间的各种关系，还要沟通和协调项目组与业主、客户与其他相关者的利益关系。

（5）项目经理是项目合同的管理者、市场经营者。项目经理必须清楚各类合同的全部内容和要求，严格按合同要求实施并管理好合同，力求以此产生潜在的影响力而获得项目市场。

（6）项目经理是项目的领导者、决策人。项目经理是一个项目团队的最高领导者，是项目管理工作的决策制定者，负责定义项目并规定项目的要求。在某些情况下，项目经理要带领和指导项目团队克服各种困难，保证成功地完成项目。可以说，项目经理的领导作用就是充分运用自己的职权和个人魅力去影响项目组成员——保持沟通，为实现项目的目标而服务。

试题 12 答案

（47）B

试题 13（2008 年上半年试题 48）

有效的团队建设的直接结果是___（48）___。

（48）A. 提高了项目绩效

　　　B. 建设成一个高效、运行良好的项目团队

　　　C. 使项目小组成员认识到对项目的绩效负责的是项目经理

　　　D. 提高了项目干系人和小组成员为项目贡献力量的能力

试题 13 分析

有效的团队建设的直接结果是建设成一个高效、运行良好的项目团队。

试题 13 答案

（48）B

试题 14（2008 年下半年试题 41）

在管理信息系统项目的实施过程中，不仅需要管理过程，也需要技术过程、支持过程、过程改进和商务过程等，它们分别来自项目管理知识、项目环境知识、通用的管理知识和技能、软技能或人际关系技能以及___（41）___。

（41）A. 软件开发方法体系的知识、标准和规定

　　　B. 软件工具和软件工程环境的知识、标准和规定

C．用户或客户业务领域的知识、标准和规定

D．信息技术及客户业务领域的知识、标准和规定

试题 14 分析

从事信息系统的专业人员必须具备丰富的商务知识，懂得利用信息技术增强组织性能，有较强的分析和评判思维能力，具备良好的沟通能力、团队精神和正确的伦理价值观。不仅需要管理过程，也需要技术过程、支持过程、过程改进和商务过程等，它们分别来自项目管理知识、项目环境知识、通用的管理知识和技能、软技能或人际关系技能以及信息技术及客户业务领域的知识、标准和规定。

试题 14 答案

（41）D

试题 15（2008 年下半年试题 42）

在项目管理工作中，项目管理师认识到如果只有领导能力而没有管理能力或只有管理能力而没有领导能力，都可能带来不好的结果。以下这些能力中 （42） 最能代表项目管理师的领导才能。

（42）A．确立方向，招募人员，激发和鼓励其他人

B．通过其他人来完成工作

C．运用超凡的人格魅力来激发其他人

D．运用各种适当的力量作为激发工具

试题 15 分析

在项目管理中，项目管理师具有双重角色，即管理者和领导者，这些角色的工作包括了项目的计划、组织、协调、领导和控制。因此，需要项目管理师同时具有领导能力和管理能力。

在试题所给出的 4 个选项中，A 选项的"确立方向，招募人员，激发和鼓励其他人"最能代表项目管理师的领导才能。而选项 C（运用超凡的人格魅力来激发其他人）和选项 D（运用各种适当的力量作为激发工具）的内容已经包含在 A 选项中了。

试题 15 答案

（42）A

试题 16（2008 年下半年试题 43）

希赛公司小王正在负责为一家水厂开发 MIS 系统，虽然他没有管理类似项目的经验，但其团队的一名成员做过类似的项目。该成员的这些经历为准确估算项目的成本做出了贡献，这一点对实现赢利很有帮助。上述情况表明 （43） 。

（43）A．专业成本建议总是需要的

B．团队里每个项目干系人都可能具有对制定项目管理计划有用的技能和知识

C．参数模型应该与专家的判断一起用，作为一次性付款合同理想的成本估计方法

D. 一个人要提供精确的信息，并不一定要知道当地的环境等情况

试题 16 分析

试题告诉我们，希赛公司小王正在负责为一家水厂开发 MIS 系统，虽然小王没有管理类似项目的经验，但其团队的一名成员做过类似的项目。该成员的这些经历为准确估算项目的成本做出了贡献。这种情况说明，团队里每个项目干系人都可能具有对制定项目管理计划有用的技能和知识。

试题 16 答案

（43）B

试题 17（2009 年上半年试题 21）

有关项目团队激励的叙述正确的是__（21）__。

（21）A. 马斯洛需求理论共分为 4 个层次，即生理、社会、受尊重和自我实现

B. X 理论认为员工是积极的，在适当的情况下员工会努力工作

C. Y 理论认为员工只要有可能就会逃避为公司付出努力去工作

D. 赫兹伯格理论认为激励因素有两种，一是保健卫生，二是激励需求

试题 21 分析

请参考试题 11 的分析。

参考答案

（21）D

试题 18（2009 年上半年试题 22）

把产品技能和知识带到项目团队的恰当方式是__（22）__。

（22）A. 让项目经理去学校学习三年，获得一个项目管理硕士学位，这样就能保证他学到项目管理的所有知识

B. 找一个项目团队，其成员具备的知识与技能能够满足项目的需要

C. 让项目团队在项目的实际工作中实习

D. 找到可以获得必要的技能和知识的来源

试题 18 分析

注意到项目的特殊性和一次性，没有一个人拥有完成项目所需的一切知识和技能，尤其是对大型项目来说。项目越复杂，就越需要更多的技术高手参与项目。项目经理必须知道使项目顺利完成需要哪些技能，但是项目团队没有必要拥有所有技能，只要找到可以获得必要的技能和知识的来源以完成项目就可以了。

试题 18 答案

（22）D

试题 19（2009 年上半年试题 23）

人力资源计划编制的输出不包括 __(23)__ 。

(23) A. 角色和职责   B. 人力资源模板

      C. 项目的组织结构图   D. 人员配备管理计划

试题 19 分析

人力资源计划编制的输出就是人力资源计划，作为项目管理计划的一部分，人力资源计划是关于如何定义、配备、管理、控制以及最终遣散项目人力资源的指南。一般来说，人力资源计划应该包括角色与职责、项目组织结构图、人员配备管理计划 3 个部分。人力资源模板不是人力资源计划编制的工具。

试题 19 答案

(23) B

试题 20（2009 年上半年试题 51）

系统组织结构与功能分析中，可以采用多种工具，其中 __(51)__ 描述了业务和部门的关系。

(51) A. 组织/业务关系图   B. 业务功能一览图

      C. 组织结构图   D. 物资流图

试题 20 分析

在对信息系统项目进行分析时，可以用组织/业务关系图描述业务和部门之间的关系。

在管理项目时，如编制人力资源计划时，可以用层次结构图、矩阵图、文本格式的工具和技术来描述组织结构图和职位。

传统的组织结构图能够以一种图形的形式从上至下地描述团队中的角色和关系。在对信息系统项目进行分析时，可用业务功能一览图描述业务功能。物资流图可用来描述物资流向。

试题 20 答案

(51) A

试题 21（2009 年下半年试题 44）

小王作为项目经理正在带领项目团队实施一个新的信息系统集成项目。项目团队已经共同工作了相当一段时间，正处于项目团队建设的发挥阶段，此时一个新成员加入了该团队，此时 __(44)__ 。

(44) A. 团队建设将从震荡阶段重新开始

      B. 团队将继续处于发挥阶段

      C. 团队建设将从震荡阶段重新开始，但很快就会步入发挥阶段

D．团队建设将从形成阶段重新开始

试题 21 分析

当项目团队已经共同工作了相当一段时间，正处于项目团队建设的发挥阶段时，一个新成员加入了该团队，这个新成员和原有成员之间不熟悉，对项目目标不清晰、不了解，因此团队建设将从形成阶段重新开始。

试题 21 答案

（44）D

试题 22（2009 年下半年试题 45）

冲突管理中最有效的解决冲突方法是___（45）___。

（45）A．问题解决　　　　　B．求同存异　　　　　C．强迫　　　　　D．撤退

试题 22 分析

成功的冲突管理可以大大地提高生产力并建立积极的工作关系。团队的基本规则、组织原则和项目管理经验，如沟通计划和角色定义，都可以大大地减少团队中的冲突。在正确的管理下，不同的意见是有益的，可以增加团队的创造力和做出更好的决策。当不同的意见变成负面的因素时，项目团队成员应该负责解决他们自己的冲突。如果冲突升级，项目经理应帮助团队找出一个满意的解决方案。不管冲突对项目的影响是积极的还是消极的，项目经理都有责任处理它，以避免或者减少冲突对项目的影响，增加对项目积极有利的一面。冲突管理的方法有：

（1）问题解决。问题解决就是双方一起积极地定义问题、收集问题的信息、开发并且分析解决方案，最后直到选择一个最合适的方法来解决问题。如果双方能够找到一个合适的方法来解决问题的话，双方都会满意，也就是说双赢，它是冲突管理中最有效的一种方法。

（2）妥协。妥协就是双方协商并且寻找一种能够使矛盾双方都有一些程度的满意，双方没有任何一方完全满意，是一种都做一些让步的解决方法。这种方法是除问题解决方法之外比较好的一种冲突解决方法。

（3）求同存异。求同存异的方法就是双方都关注他们一致同意的观点，而避免不同的观点。一般求同存异要求保持一种友好的氛围，避免了解决冲突的根源，也就是让大家都冷静下来，先把工作做完。

（4）撤退。撤退就是把眼前的问题放下，等以后再解决，也就是大家以后再处理这个问题。

（5）强迫。强迫就是专注于一个人的观点，而不管另一个人的观点，最终导致一方赢一方失败。一般不推荐这样做，除非是在没有办法的时候，因为这样一般会导致另一个冲突的发生。

试题 22 答案

（45）A

试题23（2009年下半年试题46）

希赛公司定期组织公司的新老员工进行聚会，按照马斯洛的需求层次理论，该行为满足的是员工的___（46）___。

（46）A．生理需求　　　B．安全需求　　　C．社会需求　　　D．受尊重需求

试题23分析

希赛公司定期组织公司的新老员工进行聚会，可以使他们有归属感，满足他们的社会需求。

试题23答案

（46）C

第14章

项目沟通管理

在信息系统项目中，各项目干系人包括项目组成员之间、项目组之间、项目组与客户之间中往往缺乏充分有效的沟通和信息的共享。信息系统研发人员缺乏沟通意识和习惯是比较明显的问题，"自我欣赏、以自我为中心，经验万岁"现象屡见不鲜。

根据考试大纲，本章要求考生掌握以下知识点：沟通原理、有效沟通、沟通计划编制、信息分发、绩效报告、项目干系人管理。

试题 1（2005 年上半年试题 20）

由 n 个人组成的大型项目组，人与人之间交互渠道的数量级为__（20）__。

（20）A. n^2　　　　　B. n^3　　　　　C. n　　　　　D. 2^n

试题 1 分析

一般来说，由 n 个人组成的项目团队，其沟通渠道数为 $n(n-1)/2$，即其数量级为 n^2。

试题 1 答案

（20）A

试题 2（2005 年上半年试题 26）

项目干系人管理的主要目的是__（26）__。

（26）A. 识别项目的所有潜在用户来确保完成需求分析

　　　B. 通过制定对已知的项目干系人反应列表来关注对项目的批评

　　　C. 避免项目干系人在项目管理中的严重分歧

　　D．在进度和成本超越限度的情况下建立良好的客户关系

试题 2 分析

　　项目干系人包括项目当事人，以及其利益受该项目影响的（受益或受损）个人和组织，也可以把他们称作项目的利害关系者。项目管理师必须识别项目干系人，确定他们的需求和期望，然后对这些期望进行管理并施加影响，以确保项目的成功。

　　对所有项目而言，主要的项目干系人包括：

　　（1）项目经理。负责管理项目的个人。

　　（2）用户。使用项目成果的个人或组织。用户可能是多层次、多方面的，比如开发一个电子商务网站，将来可能在网站上购物的人员都是该项目的干系人。

　　（3）项目执行组织。项目组成员，直接实施项目的各项工作，包括可能影响他们工作投入的其他社会人员。

　　（4）项目发起者（Sponsor）。执行组织内部或外部的个人或团体，他们以现金和实物的形式为项目提供资金资源。

　　除了以上这些之外，还有许多不同种类和不同名称的项目干系人——内部和外部的、建设单位和资金提供者、供应商和承包商、项目组成员及其家庭成员、政府代理和媒体、市民个人，甚至整个社会。对项目干系人的命名并进行分类的主要目的，就是识别出哪些个人或组织把自己视为项目干系人。项目干系人的角色和职责可能会有交叉，例如，一个软件公司为自己设计的产品开发提供资金。

　　管理项目干系人的各种期望有时比较困难。这是因为各个项目干系人常有不同的目标，这些目标可能会发生冲突。例如，对于一个需要管理信息系统的部门，部门领导可能要求低成本，而系统设计者则可能强调技术最好，而系统开发商最感兴趣的则是获得最大利润。

　　项目一开始，项目的干系人就以各自的、不同的方式不断地给项目组施加压力或侧面影响，企图项目向有利于自己的方向发展，如前所述，项目干系人之间的利益往往相互矛盾，项目经理又不可能面面俱到。可见，项目管理中有重要的一条就是平衡（Balance），平衡各方利益关系，尽可能消除项目干系人对项目的不利影响。

　　项目干系人管理的主要目的是避免项目干系人在项目管理中的严重分歧。一般来说，解决项目干系人之间期望的不同应以如何对客户有利为原则，但这并不意味着不考虑其他项目干系人的需求和期望。对项目管理而言，找到合理的解决方案来满足不同方面的需求是一种最大的挑战。

试题 2 答案

（26）C

试题 3（2005 年上半年试题 40）

　　每次项目经理会见其所负责的赞助商，赞助商都强调对该项目进行成本控制的重要性，她总是询问有关成本绩效的情况，如哪些预算实现了，哪些预算没有时间，为了回答她的问题，项目经理应该提供＿＿（40）＿＿。

　　（40）A．成本绩效报告　　　　　　　　　　B．绩效衡量图表

C. 资源生产力分析　　　　　　　D. 趋势分析统计数据

试题 3 分析

绩效报告是一个收集并发布项目绩效信息的动态过程，包括状态报告、进展报告和项目预测。

（1）状况报告：描述项目在某一特定时间点所处的项目阶段。状况报告是从达到范围、时间和成本三项目标上讲项目所处的状态。状况报告根据项目干系人的不同需要有不同的格式。

（2）进展报告：描述项目团队在某一特定时间段工作完成情况。信息系统项目中，一般分为周进展报告和月进展报告。项目经理根据项目团队各成员提交的周报或月报提取工作绩效信息，完成统一的项目进展报告。

（3）项目预测：在历史资料和数据基础上，预测项目的将来状况与进展。根据当前项目的进展情况，预计完成项目还要多长时间，还要花费多少成本。

项目干系人通过审查项目绩效报告，可以随时掌握项目的最新动态和进展，分析项目的发展趋势，及时发现项目进展过程中所存在的问题，从而有的放矢地制定和采取必要的纠偏措施。项目管理计划和工作绩效信息是该过程的输入的重要内容。绩效报告的主要输出包括绩效报告、组织过程资产（更新）、变更请求。一份内容翔实、数据全面、分析得当，用条形图、甘特图、S 曲线、柱状图或表格来表述项目成本情况的绩效报告可以给项目干系人展现他所需要了解的全部分内容。

绩效报告的依据也包括项目工作绩效信息、项目管理计划和其他项目记录（文件）也不可少。绩效评审、偏差分析、趋势分析、挣值分析是绩效报告过程的常用工具和技术。

试题中的"绩效衡量图表"是绩效报告的一部分。

试题 3 答案

（40）A

试题 4（2005 年上半年试题 46）

客户已经正式接收了项目，该项目的项目经理下一步工作将是___（46）___。

（46）A. 适当地将接收文件分发给其他项目干系人

　　　　B. 将项目总结向项目档案库归档

　　　　C. 记录你与小组成员获得的经验

　　　　D. 进行项目审计

试题 4 分析

对项目的正式接收要求提交有关文件，该文件应表明客户已经接收项目产品。在其他管理收尾工作开始之前，这些文件散发给其他项目干系人审阅。每当项目有了新的进展情况，都需要及时将信息分发给项目干系人。

本题中客户正式验收通过了项目，首先就需要将有关验收的信息通知给项目干系人，而 B、C、D 选项都是后续的工作。

试题 4 答案

（46）A

试题 5（2005 年下半年试题 26）

项目经理在项目管理过程中需要收集多种工作信息，例如完成了多少工作，花费了多少时间，发生什么样的成本，以及存在什么突出问题，等等，以便 ___(26)___ 。

（26）A．执行项目计划　　B．进行变更控制　　C．报告工作绩效　　D．确认项目范围

试题 5 分析

执行项目计划是指执行在项目管理计划中所定义的工作，以达到项目预期的目标。

进行变更控制是指评审所有的变更请求、批准变更、控制对可交付物和组织过程资产的变更。

项目范围确认是指项目干系人对项目范围的正式承认，但实际上项目范围确认贯穿整个项目生命周期的始终，从 WBS 的确认（或合同中具体分工界面的确认）到项目验收时范围的验收。

试题 5 答案

（26）C

试题 6（2005 年下半年试题 39）

___(39)___ 不属于沟通管理的范畴。

（39）A．编制沟通计划　　B．记录工作日志　　C．编写绩效报告　　D．发布项目信息

试题 6 分析

在信息系统项目中，各项目干系人包括项目组成员之间、项目组之间、项目组与客户之间往往缺乏充分有效的沟通和信息的共享。项目沟通管理包括沟通计划编制、信息分发、绩效报告、项目干系人管理等过程。

（1）编制沟通计划：确定项目干系人的信息和沟通需求，即确定谁需要何种信息，何时需要，以及如何向他们传递。

（2）发布项目信息：以合适的方式及时向项目干系人提供所需要的信息。

（3）编写绩效报告：收集并分发有关项目绩效的信息，包括状态报告、进展报告和预测。

（4）项目干系人管理：对项目沟通进行管理，以满足信息需要者的需求并解决项目干系人的问题。

上述过程不但彼此交互作用，而且也同其他知识领域的过程交互作用。根据项目需要，每个过程可能涉及一个或多个个人或集体的努力。一般说来，每个过程在每个项目阶段至少出现一次。

试题 6 答案

（39）B

试题 7（2007 年下半年试题 42）

某项目经理负责管理公司的第一个复杂的网站开发项目，项目进度安排十分紧张。项目有一个高层发起人，并且项目章程和项目计划都已经获得批准和签字；通过定期会议和报告，向客户人员提供了项目进展的全面情况；项目在预算之内并且符合进度计划要求。项目经理突然得知项目有可能被取消，因为开发的产品完全无法接受。发生这种情况最可能的原因是___（42）___。

    （42）A．一个关键干系人没有充分参与项目

        B．没有充分地向客户介绍项目章程和项目计划或客户没有充分的审核项目章程和计划

        C．沟通安排不充分，没有向有关方提供需要的信息

        D．高级发起人没有向项目提供充足的支持

试题 7 分析

很显然，造成"项目有可能被取消，因为开发的产品完全无法接受"的状况，说明一个关键干系人没有充分参与项目，导致需求不明确。

试题 7 答案

（42）A

试题 8（2007 年下半年试题 43）

某个新的信息系统项目由三个分系统组成。管理层希望该项目以较低的成本带来较高效益。虽然项目经理想花时间和金钱来整合一些可以为公司带来长远利益的问题，但在项目实施过程中，分系统的项目经理们聘用了一些比团队成员平均工资高得多的高级职员。一般地，当与项目干系人一起工作时，项目经理应该___（43）___。

    （43）A．将项目干系人分组以便于辨认

        B．尽量预测并减少可能会对项目产生不良影响的项目干系人的活动

        C．注意到项目的干系人经常有着截然不同的目标，这就使项目干系人管理复杂化

        D．认识到角色和责任可能重叠

试题 8 分析

一般地，当与项目干系人一起工作时，项目经理应该注意到项目的干系人经常有着截然不同的目标，这就使项目干系人管理复杂化。

试题 8 答案

（43）C

试题 9（2007 年下半年试题 44）

一个项目由几个小组协作完成。小组 C 在过去曾多次在最终期限前没有完成任务。这导

致小组D好几次不得不对关键路径上的任务赶工。小组D的领导应该与 ___(44)___ 沟通。

(44) A. 公司项目管理委员会　　　　　　B. 客户

　　　C. 项目经理和管理层　　　　　　D. 项目经理和小组C的领导

试题9分析

显然，在这种情况下，小组D的领导应该与项目经理和小组C的领导进行沟通。因为导致这种情况发生的原因在于小组C本身，而与客户没有关系，没有必要上升到公司的项目管理委员会和管理层。

试题9答案

(44) D

试题10（2007年下半年试题61）

绩效报告过程的输出是 ___(61)___ 。

(61) A. 绩效报告、绩效测量　　　　　　B. 绩效报告、需求变更

　　　C. 绩效偏差分析、项目预测　　　　D. 绩效测量、需求变更

试题10分析

请参考试题3的分析。

试题10答案

(61) B

试题11（2008年上半年试题34）

项目管理中，保证客户和干系人满意的最重要的活动是 ___(34)___ 。

(34) A. 绩效测评存档

　　　B. 变更汇报和项目计划更新以及其他适当的项目文件

　　　C. 及时且有规律地汇报项目绩效

　　　D. 将需求记录下来整理为文件

试题11分析

在所给出的4个活动中，保证客户和干系人满意的最重要的活动是将需求记录下来并整理为文件，因为对于信息系统项目而言，满足用户对项目的需求是至关重要的。

试题11答案

(34) D

试题12（2008年下半年试题51）

沟通、领导和磋商是属于 ___(51)___ 的技能。

(51) A. 项目管理　　　B. 一般管理　　　C. 团队管理　　　D. 执行管理

试题 12 分析

沟通、领导和磋商是属于一般管理的技能。事实上，一般管理是个很广泛的概念，可以包含其他的管理。

试题 12 答案

（51）B

试题 13（2008 年下半年试题 54）

团队成员第一次违反了团队的基本规章制度，项目经理对他应该采取___（54）___形式的沟通方法。

（54）A. 口头　　　　B. 正式书面　　　　C. 办公室会谈　　　　D. 非正式书面

试题 13 分析

在项目管理过程中，沟通可以分为正式沟通和非正式沟通，正式沟通主要是采取会议（会谈）的形式，而非正式沟通形式多样，项目经理可以根据项目干系人的特点，采取不同的非正式沟通方法，有助于问题的解决。在本题中，由于团队成员是第一次违反团队的基本规章制度，此时，项目经理应该采取非正式的沟通方法，跟他谈谈心就可以了。

试题 13 答案

（54）A

试题 14（2008 年下半年试题 55）

以下关于项目干系人管理的叙述中，___（55）___的表述是不正确的。

（55）A. 对项目干系人的管理，由项目团队每个成员分别负责
　　　　B. 项目干系人管理提高了干系人的满意度
　　　　C. 项目干系人管理帮助解决与干系人相关的事宜
　　　　D. 项目干系人管理加强了人员的协调行动能力

试题 14 分析

项目干系人管理就是对项目沟通进行管理，以满足信息需要者的需求并解决项目干系人之间的问题。项目干系人管理的主要目的是避免项目干系人在项目管理中的严重分歧。积极地管理项目干系人，可以提高项目干系人的满意度，加强人员的协调行动能力，避免他们在项目进行期间产生较强烈的矛盾。项目干系人管理是项目经理的职责。

试题 14 答案

（55）A

试题 15（2008 年下半年试题 56）

希赛公司小张负责组织内部的一个系统集成项目。因为组织内部的很多人对该系统及其

进展感兴趣，他决定准备一份项目沟通管理计划。准备这一计划的第一步是___(56)___。

(56) A．进行项目干系人分析以评价对信息的需求

B．确定一个生产进度来显示什么时间进行什么类型的沟通

C．描述计划分配的信息

D．建立所有项目文件的信息库以便于快速查找

试题 15 分析

沟通管理计划确定项目干系人的信息和沟通需求，例如谁需要何种信息，何时需要，以及如何向他们传递。沟通计划编制作为项目沟通管理的第一个过程，其核心是了解项目干系人的需求，制定项目沟通管理计划。虽然所有项目都有交流项目信息的需要，但信息的需求及其传播方式却彼此大相径庭。认清项目干系人的信息需求，确定满足这些需求的恰当手段，是确保项目沟通顺畅的重要因素。

沟通计划编制往往与组织计划密切相关，因为项目组织结构往往对项目的沟通产生重大的影响。在制定沟通管理计划时，最重要的工作就是对项目干系人的信息需求进行详细的分析、评价、分类，通常这些信息要求的总和就是项目的沟通需求。

试题 15 答案

(56) A

试题 16（2008 年下半年试题 59～60）

沟通是项目管理的一项重要工作，图 14-1 为人与人之间的沟通模型。该模型说明了发送者收集信息、对信息加工处理、通过通道传送、接受者接收并理解、接受者反馈等若干环节。由于人们的修养不同和表达能力的差别，在沟通时会产生各种各样的障碍。语义障碍最常出现在___(59)___，认知障碍最常出现在___(60)___。

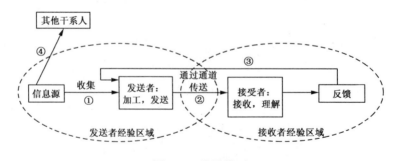

图 14-1　沟通模型

(59) A．①和③　　　B．①和②　　　C．②和③　　　D．①和④

(60) A．①和③　　　B．①和②　　　C．②和③　　　D．①和④

试题 16 分析

沟通的障碍产生于个人的认知，语义的表述，个性、态度、情感和偏见，以及组织结构的影响和过大的信息量等方面。沟通的障碍主要有认知障碍；语义障碍；个性和兴趣障碍；态度、情感和偏见造成的障碍；组织结构的影响；信息量过大造成的障碍。其中语义障碍也称为

个性障碍，是指由于人们的修养不同和表达能力的差别，对于同一思想、事物的表达有清楚和模糊之分。认知障碍产生于个人的学历、经历、经验等方面，不同的人对同一事物（信息源）有不同的认知。

试题 16 答案

（59）C　　　　　　（60）D

试题 17（2009 年上半年试题 41）

作为乙方的系统集成项目经理与其单位高层领导沟通时，使用频率最少的沟通工具是__(41)__。

（41）A. 状态报告　　B. 界面设计报告　　C. 需求分析报告　　D. 趋势报告

试题 17 分析

状态报告作为反映项目当前绩效状态的文档，需要周期性地向单位高层领导报告。趋势报告作为预测项目走势的文档，也需要周期性地向单位高层领导报告。需求分析是整个项目的基础性工作，需求分析报告也用于向单位高层领导汇报需求分析工作之用。而界面设计作为细节性的技术工作为用户所关心，关心界面的是用户。细节性的、成熟的界面设计在与单位高层领导沟通时较少使用。

试题 17 答案

（41）B

试题 18（2009 年下半年试题 55）

在实际沟通中，__(55)__更有利于被询问者表达自己的见解和情绪。

（55）A. 封闭式问题　　B. 开放式问题　　C. 探询式问题　　D. 假设性问题

试题 18 分析

在实际沟通中，询问不同类型的问题可以取得不同的效果。问题的类型有如下几种。

（1）封闭式问题：用来确认信息的正确性。

（2）开放式问题：鼓励应征者详细回答，表达情绪。

（3）探询式问题：用来澄清之前谈过的主题与信息。

（4）假设式问题：用来了解解决问题的方式。

因此，开放式问题更有利于被询问者表达自己的见解和情绪。

试题 18 答案

（55）B

试题 19（2009 年下半年试题 56）

项目沟通中不恰当的做法是__(56)__。

（56）A. 对外一致，一个团队要用一种声音说话

   B. 采用多样的沟通风格

   C. 始终采用正式的沟通方式

   D. 会议之前将会议资料发给所有参会人员

试题 19 分析

项目沟通中，一个团队应该对外一致，用一种声音说话；应该采用多样的沟通风格，认识到项目干系人不同的沟通风格，用别人喜欢被对待的方式来对待他们，可以顺利地达到沟通的目标，即获得双赢局面；会议是项目沟通的一种重要形式，为了提高会议的效率，应在会议之前将会议资料发给所有参会人员；在正式场合，说话正规、书面，自我保护意识也强烈一些，而在私下场合，人们的语言风格可能是非正规和随意的，反倒能获得更多的信息，采用一些非正式的沟通方式可能更有利于关系的融洽。

试题 19 答案

（56）C

试题 20（2010 年上半年试题 44）

系统集成工程建设的沟通协调非常重要，有效沟通可以提升效率、降低内耗。以下关于沟通的叙述，___（44）___是错误的。

（44）A. 坚持内外有别的原则，要把各方掌握的信息控制在各方内部

   B. 系统集成商经过广泛的需求调查，有时会发现业主的需求之间存在自相矛盾的现象

   C. 一般来说，参加获取需求讨论会的人数控制在 5～7 人是最好的

   D. 如果系统集成商和客户就项目需求沟通不够，只是依据招标书的信息做出建议书，可能会导致项目计划不合理，因而造成项目的延期、成本超出、纠纷等问题

试题 20 分析

在信息系统项目中，为了提高沟通的效率和效果，需要把握如下一些基本原则：

（1）沟通内外有别。团队同一性和纪律性是对项目团队的基本要求。团队作为一个整体对外意见要一致，一个团队要用一种声一音说话。在客户面前出现项目组人员表现出对项目信心不足、意见不统一、争吵等都是比较忌讳的情况。

（2）非正式的沟通有助于关系的融洽。在需求获取阶段，常常需要采用非正式沟通的方式以与客户拉近距离。在私下的场合，人们的语言风格往往是非正规和随意的，反而能获得更多的信息。

（3）采用对方能接受的沟通风格。注意肢体语言、语态给对方的感受。沟通中需要传递一种合作和双赢的态度，使双方无论在问题的解决上还是在气氛上都达到"双赢"。

（4）沟通的升级原则。需要合理把握横向沟通和纵向沟通关系，以有利于项目问题的解决。"沟通四步骤"反映了沟通的升级原则：第一步，与对方沟通；第二步，与对方的上级沟通；第三步，与自己的上级沟通；第四步，自己的上级和对方的上级沟通。

（5）扫除沟通的障碍。职责定义不清、目标不明确、文档制度不健全、过多使用行话等都是沟通的障碍。必须进行良好的沟通管理，逐步消除这些障碍。

试题 20 答案

（44）A

试题 21（2010 年上半年试题 45）

绩效报告的步骤包括收集并分发有关项目绩效的信息给项目干系人，这些步骤包括进度和状态报告、预测等。以下关于绩效报告的说法，___（45）___是错误的。

（45）A. 状态报告介绍项目在某一特定时间点上所处的位置，要从达到的范围、时间和成本三项目标上讲明目前所处的状态

　　　B. 进度报告介绍项目组在一定时间内完成的工作

　　　C. 绩效报告通常需要提供有关范围、进度、成本和质量的信息

　　　D. 状态报告除了需要列出基本的绩效指标，同时需要分析进度滞后（或提前）和成本超出（或结余）的原因

试题 21 分析

请参考试题 3 的分析。

试题 21 答案

（45）D

试题 22（2010 年上半年试题 46）

以下关于项目沟通原则的叙述中，___（46）___是不正确的。

（46）A. 面对面的会议是唯一有效地沟通和解决干系人之间问题的方法

　　　B. 非正式的沟通有利于关系的融洽

　　　C. 有效地沟通方式通常是采用对方能接受的沟通风格

　　　D. 有效利用沟通的升级原则

试题 22 分析

请参考试题 20 的分析。

试题 22 答案

（46）A

试题 23（2005 年下半年试题 35）

项目文档应发送给___（35）___。

（35）A. 执行机构所有的干系人　　　　B. 所有项目干系人

　　　C. 项目管理小组成员和项目主办单位　　D. 沟通管理计划中规定的人员

试题 23 分析

每一个信息系统都会经历规划阶段、制定方案阶段、研制阶段、试运行阶段、安装调试阶段、运行阶段和更新阶段，每一阶段都有大量的文档产生。文档是记录系统的痕迹，是系统维护人员的指南，是开发人员与用户交流的工具，是系统相关人员对系统了解和使用的必需资料。

信息系统中的文档是系统中各种参与者之间交流沟通的工具，而项目文档究竟应发送给哪些人，是在沟通管理计划中规定的。

试题 23 答案

（35）D

第15章

项目风险管理

项目需要以有限的成本，在有限的时间内达到项目目标，而风险会影响这一点。风险管理的目的就是最小化风险对项目目标的负面影响，抓住风险带来的机会，增加项目干系人的收益。

根据考试大纲，本章要求考生掌握以下知识点： 风险的定义与风险承受度、风险管理计划的编制、风险识别及 IT 项目风险来源、定性风险分析、定量风险分析、风险应对计划的编制、风险监控、主要的风险事件跟踪方法。

试题 1（2005 年上半年试题 47）

在项目风险管理的基本流程中，不包括下列中的___(47)___。

(47) A. 风险分析   B. 风险追踪
      C. 风险规避措施   D. 风险管理计划编制

试题 1 分析

在项目风险管理的基本流程中，包括六项主要活动。

(1) 规划风险管理：确定项目中风险管理活动的步骤，制定风险管理计划。

(2) 识别风险：确定项目中可能存在的风险。

(3) 风险定性分析：通过对风险的发生概率和潜在影响排定风险优先级，为后续的分析做准备。

(4) 风险定量分析：量化分析风险对项目目标的影响。

(5) 规划风险应对：制定相应的策略，减轻风险对项目目标的影响。

(6) 监控风险：跟踪并监控识别出的风险，执行风险应对策略，并评估其在整个项目生命周期中的效果。

风险规避措施是编制风险应对计划的一项输出，而不属于风险管理基本流程中的活动。

试题 1 答案

（47）C

试题 2（2005 年上半年试题 48）

下列中的 __(48)__ 表述的是风险的两个基本属性。

（48）A．随机性和相对性   B．必然性和绝对性

       C．随机性和绝对性   D．必然性和相对性

试题 2 分析

风险的基本属性包括：

（1）风险的随机性。 风险事件的发生及其后果都具有偶然性。对于项目中的风险可以简单的理解为项目中的不确定因素。从广义的角度说，不确定因素一旦确定了，既可能对当前情况或产生积极的影响，也可能产生消极的影响。

（2）风险的相对性。 风险对于不同项目的活动主体可产生不同的影响。人们对于风险事故有一定的承受能力，但是这种能力因人和时间而异。而且收益的大小、投入的大小，以及项目活动主体地位的高低、拥有资源的多寡，都与人们对项目风险承受能力的大小密切相关。

试题 2 答案

（48）A

试题 3（2005 年下半年试题 45）

__(45)__ 不是对风险的正确认识。

（45）A．所有项目都存在风险   B．风险可以转化成机会

       C．风险可以完全回避或消除   D．对风险可以进行分析和管理

试题 3 分析

任何项目都有风险，由于项目中总是有这样或那样的不确定因素，所以无论项目进行到什么阶段，无论项目的进展多么顺利，随时都会出现风险，进而产生问题。风险发生后既可能给项目带来问题，也可能会给项目带来机会，关键的是项目的风险管理水平如何。

风险管理就是要对项目风险进行认真的分析和科学的管理，这样，是能够避开不利条件、少受损失、取得预期的结果并实现项目目标的，能够争取避免风险的发生或尽量减小风险发生后的影响。但是，完全避开或消除风险，或者只享受权益而不承担风险是不可能的。

试题 3 答案

（45）C

试题 4（2005 年下半年试题 46）

　　__(46)__，人们对风险的承受能力越小。

　　（46）A. 项目的收益越大　　　　　　　B. 项目的投入越大

　　　　　C. 管理人员的地位越高　　　　　D. 项目拥有的资源越多

试题 4 分析

　　在实践过程中，所有项目都是有风险的。对于项目风险，人们的承受能力主要受下列几个因素的影响：

　　（1）收益的大小。 收益总是与损失相伴随，损失的可能性和数额越大，人们希望为弥补损失而得到的收益也越大。反过来，收益越大，人们愿意承担的风险也就越大。

　　（2）投入的大小。 项目活动投入的资源越多，人们对成功所抱的希望也越大，愿意冒的风险也就越小。

　　（3）项目活动主体的地位和拥有的资源。 管理人员中级别高的与级别低的相比，能够承担大的风险。同一风险，不同的个人或组织承受能力也不同。个人或组织拥有的资源越多，其风险承受能力也越大。

试题 4 答案

　　（46）B

试题 5（2005 年下半年试题 47）

　　在某项目中，项目经理采用德尔菲技术和鱼骨图对风险进行分析，这表明其正在进行　__(47)__。

　　（47）A. 风险识别　　B. 定性的风险分析　　C. 定量的风险分析　　D. 风险监控

试题 5 分析

　　风险识别是风险分析和跟踪的基础，项目管理师需要通过风险识别过程确认项目中潜在的风险，并制定风险防范策略。通常，项目环境不断变化，风险识别也不是一蹴而就的，需要贯穿整个项目生命周期。

　　风险识别的主要方法有文档审查、信息收集技术、核对表分析、假设分析、图解技术、SWOT 分析、专家判断等。风险识别的结果是一份风险登记册，其中记录了项目中所有发现的风险。

　　德尔菲（Delphi）法是最流行的专家评估技术，在没有历史数据的情况下，这种方式适用于评定过去与将来，新技术与特定程序之间的差别，但专家"专"的程度及对项目的理解程度是工作中的难点。德尔菲法鼓励参加者就问题相互讨论，要求有多种项目相关经验人的参与，互相说服对方。

试题 5 答案

　　（47）A

试题6（2006年下半年试题45）

按照风险可能造成的后果，可将风险划分为 ___（45）___ 。

(45) A. 局部风险和整体风险
B. 自然风险和人为风险
C. 纯粹风险和投机风险
D. 已知风险和不可预测风险

试题6分析

按照风险可能造成的后果，可将风险划分为纯粹风险和投机风险。

不能带来机会、无获得利益可能的风险叫纯粹风险。纯粹风险只有两种可能的后果：造成损失和不造成损失。纯粹风险造成的损失是绝对的损失，活动主体蒙受了损失，整个社会也跟着受损失。

既可以带来机会、获得利益，又隐含威胁、造成损失的风险叫投机风险。投机风险有三种可能的后果：造成损失、不造成损失和获得利益。投机风险如果使活动主体蒙受了损失，但全社会不一定跟着受损失，相反，其他人有可能因此而获得利益。

此外，按照风险来源或损失产生的原因，风险可分为自然风险和人为风险。按照影响范围，风险可分为局部风险和整体风险。按照风险的可预测性，风险可分为已知风险、可预测风险和不可预测风险。

试题6答案

(45) C

试题7（2006年下半年试题46～47）

在进行项目风险定性分析时，一般不会涉及 ___（46）___ ；在进行项目风险定量分析时，一般不会涉及 ___（47）___ 。

(46) A. 风险数据质量评估
B. 风险概率和影响评估
C. 风险紧迫性评估
D. 建模和仿真

(47) A. 建立概率及影响矩阵
B. 灵敏度分析
C. 期望货币值分析
D. 风险信息访谈

试题7分析

风险定性分析包括对已识别风险进行优先级排序，以便采取进一步措施，如进行风险量化分析或风险应对。组织可以重点关注高优先级的风险，从而可以有效地提高项目绩效。风险定性分析是通过对风险发生的概率以及影响程度的综合评估来确定其优先级的。在进行风险定性分析时，经常会用到的技术与工具包括风险概率和影响评估、概率影响矩阵、风险数据质量评估、风险分类、风险紧迫性评估、专家判断。

风险定量分析过程定量地分析风险对项目目标的影响。它也使用户在面对很多不确定因素时提供了一种量化的方法，以做出尽可能恰当的决策。在进行风险定量分析时，经常会用到的技术与工具包括数据收集和表示技术（包括风险信息访谈、概率分布）、定量风险分析和建模技术（包括灵敏度分析、期望货币值分析、决策树分析和建模技术）和专家判断。

试题 7 答案

（46）D　　　　　　（47）A

试题 8（2006 年下半年试题 48）

进行风险监控一般会 ___（48）___ 。

（48）A．制定应急响应策略　　　　　　B．进行预留管理

　　　　C．制定风险管理计划　　　　　　D．进行项目可能性分析

试题 8 分析

风险监控过程跟踪已经识别的风险，监测残余风险和识别新的风险，保证风险计划的执行，并评价这些计划对减轻风险的有效性。风险监控可能涉及选择备用策略方案、执行某一应急计划、采取纠正措施或重新制定项目计划。风险监控经常会使用风险再评估、风险审计、偏差和趋势分析、技术绩效测量、储备分析、状态审查会等技术。

预留管理是指在项目的执行过程中，总有可能发生某些风险，这会对预算和时间的应急储备产生正面或负面的影响。通过比较剩余的预留储备和剩余的风险，可以看出预留储备是否合适。

试题 8 答案

（48）B

试题 9（2006 年下半年试题 62）

风险的成本估算完成后，可以针对风险表中的每个风险计算其风险曝光度。某软件小组计划项目中采用 50 个可复用的构件，每个构件平均是 100LOC，本地每个 LOC 的成本是 13 元人民币。下面是该小组定义的一个项目风险：

1．风险识别：预定要复用的软件构件中只有 50％将被集成到应用中，剩余功能必须定制开发；

2．风险概率：60％；

3．该项目风险的风险曝光度是___（62）___ 。

（62）A．32500　　　　B．65000　　　　C．1500　　　　D．19500

试题 9 分析

风险曝光度（riskexposure）的计算公式如下：

风险曝光度 = 错误出现率(风险出现率)×错误造成损失(风险损失)

在本题中，风险概率为 60％，风险损失为所有构件价格的 50％，因此，其风险曝光度为：

$$50 \times 100 \times 13 \times 50\% \times 60\% = 19500$$

试题 9 答案

（62）D

试题 10（2008 年上半年试题 49）

准确和无偏颇的数据是量化风险分析的基本要求。可以通过 （49） 来检查人们对风险的理解程度。

(49) A. 风险数据质量评估　　　　B. 发生概率与影响评估
　　　 C. 敏感性分析　　　　　　　D. 影响图

试题 10 分析

定性风险分析要具有可信度，就应该使用准确和无偏颇的数据。风险数据质量分析就是评估有关风险数据对风险管理的有用程度的一种技术。它考察人们对风险的理解程度，以及考察风险数据的准确性、质量、可靠性和完整性。如果数据质量不可接受，就可能需要收集更高质量的数据。

试题 10 答案

(49) A

试题 11（2008 年上半年试题 50）

在处理已识别的风险及其根源时， （50） 用来检查并记录风险应对策略的效果，以及风险管理过程的效果。

(50) A. 风险再评估　　B. 风险审计　　C. 预留管理　　　D. 偏差和趋势分析

试题 11 分析

风险审计可以通过运用风险管理方法，对风险管理过程的充分性和有效性进行检查、评价和报告，提出改进意见，为管理层或审计委员会提供帮助。其中包括确定风险领域、评价风险控制程序的有效性、检查风险管理过程的效果。

试题 11 答案

(50) B

试题 12（2008 年上半年试题 51）

德尔菲技术是一种风险识别技术，它 （51） 。

(51) A. 对定义特定变量发生的概率尤其有用
　　 B. 对减少数据中人为的偏见、防止任何人对结果不适当地产生过大的影响尤其有用
　　 C. 有助于将决策者对待风险的态度考虑在内
　　 D. 为决策者提供一系列图形化的决策方案

试题 12 分析

德尔菲法的实质是利用众多专家的主观判断，通过信息沟通与循环反馈，使预测意见趋

于一致，逼近实际值。德尔菲法的不足之处在于，易受专家主观意识和思维局限影响，而且技术上，征询表的设计对预测结果的影响较大。德尔菲法对减少数据中人为的偏见、防止任何人对结果不适当地产生过大的影响尤其有用。

试题 12 答案

（51）B

试题 13（2008 年上半年试题 52）

希赛公司某项目经理刚刚完成了项目的风险应对计划，　（52）　应该是风险管理的下一步措施。

（52）A. 确定项目整体风险的等级　　　B. 开始分析那些在产品文档中发现的风险

　　　C. 在工作分解结构上增加任务　　D. 进行风险审核

试题 13 分析

风险应对计划是继风险识别、风险分析与评估之后，经过风险的监督、控制和跟踪，针对风险量化结果，为降低项目风险的负面效应制定风险应对策略和技术手段的过程。风险应对计划必须与风险的严重程度、成功实现项目目标的有效性相适应，与风险发生的过程、时间和由于风险而导致的后果相适应。

选项 A 和 D 属于风险分析的范畴，选项 B 属于风险识别的范畴。

试题 13 答案

（52）C

试题 14（2008 年上半年试题 58）

下面是管理项目时可能出现的四种风险。从客户的角度来看，如果没有管理好　（58）　，将会造成最长久的影响。

（58）A. 人力资源风险　　B. 进度计划风险　　　C. 费用风险　　　D. 质量风险

试题 14 分析

显然，如果没有管理好质量风险，造成项目质量问题，将会造成最长久的影响。

试题 14 答案

（58）D

试题 15（2008 年下半年试题 44）

软件项目中，技术风险威胁到要开发软件的质量及交付时间，而　（44）　不属于技术风险。

（44）A. 采用先进技术开发目前尚无用户真正需要的产品或系统

　　　B. 软件需要使用新的或未经证实的硬件接口

C. 产品需求要求开发某些程序构件，这些构件与以前所开发的构件完全不同

D. 需求中要求使用新的分析、设计或测试方法

试题 15 分析

从宏观上来看，可将风险分为项目风险、技术风险和商业风险。

项目风险是指潜在的预算、进度、个人（包括人员和组织）、资源、用户和需求方面的问题，以及它们对软件项目的影响。项目复杂性、规模和结构的不确定性也构成项目的（估算）风险因素。项目风险威胁到项目计划，一旦项目风险成为现实，可能会拖延项目进度，增加项目的成本。

技术风险是指潜在的设计、实现、接口、测试和维护方面的问题。此外，规格说明的多义性、技术上的不确定性、技术陈旧、最新技术（不成熟）也是风险因素。技术风险之所以出现是由于问题的解决比我们预想的要复杂，技术风险威胁到待开发软件的质量和预定的交付时间。如果技术风险成为现实，开发工作可能会变得很困难或根本不可能。

商业风险威胁到待开发软件的生存能力。五种主要的商业风险是：

（1）建立的软件虽然很优秀但不是市场真正所想要的（市场风险）；

（2）建立的软件不再符合公司的整个软件产品战略（策略风险）；

（3）建立了销售部门不清楚如何推销的软件（销售风险）；

（4）由于重点转移或人员变动而失去上级管理部门的支持（管理风险）；

（5）没有得到预算或人员的保证（预算风险）。

试题 15 答案

（44）A

试题 16（2008 年下半年试题 52）

权变措施是在风险管理的 ___(52)___ 过程确定的。

（52）A. 风险识别　　B. 定量风险分析　　　C. 风险应对规划　　　D. 风险监控

试题 16 分析

权变措施（workaround plans）是为了应对先前没有识别或接受的已经出现的风险，而采取的未经计划的应对行动。因此，权变措施是在风险管理的风险监控过程确定的。权变措施的行动中可能是接受风险，也可能是其他办法。

试题 16 答案

（52）D

试题 17（2009 年上半年试题 24）

下列工程项目风险事件中，___(24)___ 属于技术性风险因素。

（24）A. 新材料供货不足　　　　　　　B. 设计时未考虑施工要求

　　　 C. 索赔管理不力　　　　　　　　D. 合同条款表达有歧义

试题 17 分析

请参考试题 15 的分析。

试题 17 答案

（24）B

试题 18（2009 年上半年试题 25）

确定哪些风险会影响项目并记录风险的特性，这个过程称为___（25）___。

（25）A. 风险识别　　　B. 风险处理　　　C. 经验教训学习　　　D. 风险分析

试题 18 分析

风险识别过程负责判断哪些风险会影响项目，并以书面形式记录其特点。

试题 18 答案

（25）A

试题 19（2010 年上半年试题 61）

在进行___（61）___时可以采用期望货币值技术。

（61）A. 定量风险分析　　　B. 风险紧急度评估　　　C. 定性风险分析　　　D. SWOT 分析

试题 19 分析

期望货币值（EMV）技术是定量风险分析的工具。预期货币值分析是当某些情况在未来可能发生、也可能不发生时，计算平均结果的一种统计方法（即不确定性下的分析）。机会的EMV 通常表示为正值，而风险的 EMV 则表示为负值。EMV 是建立在风险中立的假设之上的，既不避险，也不冒险。把每个可能结果的数值与其发生的概率相乘，再把所有乘积相加，就可以计算出项目的EMV。这种技术经常在决策树分析中使用。

试题 19 答案

（61）A

试题 20（2010 年下半年试题 60）

在一个子系统中增加冗余设计，以增加某信息系统的可靠性。这种做法属于风险应对策略中的___（60）___方法。

（60）A. 避免　　　B. 减轻　　　C. 转移　　　D. 接受

试题 20 分析

通常，使用四种策略应对可能对项目目标存在消极影响的风险或威胁。这些策略分别是回避、转移、减轻和接受。

（1）回避。 风险回避是指改变项目管理计划，以完全消除威胁。项目经理也可以将项目目标从风险的影响中分离出来，或改变受到威胁的目标，如延长进度、改变策略或缩小范围等。

最极端的回避策略是取消整个项目。在项目早期出现的某些风险，可以通过澄清需求、获取信息、改善沟通或取得专有技能来加以回避。

（2）**转移**。风险转移是指将某风险的部分或全部消极影响连同应对责任转移给第三方。转移风险是将风险管理责任简单地推给另一方，而并非消除风险。转移风险策略对处理风险的财务后果最有效。采用风险转移策略，几乎总是需要向风险承担者支付风险费用。风险转移可采用多种工具，包括保险、履约保函、担保书和保证书等。可以利用合同将某些具体风险转移给另一方。例如，如果建设单位具备卖方所不具备的某种能力，为谨慎起见，可通过合同规定将部分工作及其风险再转移给建设单位。在许多情况下，成本补偿合同可将成本风险转移给建设单位，而总价合同可将风险转移给卖方。

（3）**减轻**。风险减轻是指将不利风险事件的概率和/或影响降低到可接受的临界值范围内。提前采取行动来降低风险发生概率和/或可能给项目所造成的影响，比风险发生后再设法补救，往往要有效得多。减轻措施的例子包括：采用复杂性较低的流程，进行更多的测试，或者选用比较稳定的供应商。它可能需要开发原型，以降低从实验台模型放大到实际工艺或产品过程中的风险。如果无法降低风险概率，也许可以从决定风险严重性的关联点入手，针对风险影响来采取减轻措施。例如，在一个系统中加入冗余部件，可以减轻主部件故障所造成的影响。

（4）**接受**。因为几乎不可能消除项目的全部威胁，所以就需要采用风险接受策略。该策略表明，项目团队已决定不为处理某风险而变更项目管理计划，或者无法找到任何其他的合理应对策略。该策略可以是被动或主动的。被动地接受风险，只需要记录本策略，而不需要任何其他行动；待风险发生时再由项目团队进行处理。最常见的主动接受策略是建立应急储备，安排一定的时间、资金或资源来应对风险。

试题 20 答案

（60）B

第16章

项目采购管理

项目采购是从项目外部购买项目所需的产品和服务的过程。采购过程涉及到具有不同目标的双方或多方，各方在一定市场条件下相互影响和制约。通过流程化和标准化的采购管理和运作，可以达到降低成本、增加利润的作用。

根据考试大纲，本章要求考生掌握以下知识点：采购计划的编制、合同的编制、招标、供方选择、合同管理（含合同收尾）、外包管理。

试题1（2005年上半年试题31）

某系统集成项目的目标是使人们能在各地书报零售店购买到彩票，希赛公司负责开发该项目适用的软件，但需要向其他公司购买硬件设备。希赛公司外包管理员首先应准备的文件被称为__(31)__。

(31) A. 工作说明书　　　B. 范围说明书　　　C. 项目章程　　　D. 合同

试题1分析

许多项目涉及到承包商为购买方工作的情况。在这种情况下，购买方提供最初的产品描述，也称为工作说明。

工作说明书是采购产品、服务或项目之前应准备好的一份文档，它由项目范围说明书、项目工作分解结构和字典组成。工作说明书应相当详细地规定采购项目，以便潜在的卖方确定他们是否有能力提供这些项目。详细的程序会因项目的性质、买方需求、预期的合同的格式不同而异。工作说明书描述了由卖方供应的产品和服务。说明书中可以包括规格说明书、期望数量、质量等级、绩效数据、有效期、工作地点和其他的需求。

项目范围说明书描述了项目的可交付物和产生这些可交付物所必须做的项目工作。项目范围说明书在所有项目干系人之间建立了一个对项目范围的共识，描述了项目的主要目标。

项目章程是正式批准一个项目的文档。项目章程应当由项目组织以外的项目发起人或投资人发布，其在组织内的级别应能批准项目，并有相应的为项目提供所需资金的权力。项目章程为项目经理使用组织资源进行项目活动提供了授权。

合同是平等主体的自然人、法人和其他组织之间设立、变更、终止民事权利义务关系的协议。

试题 1 答案

（31）A

试题 2（2005 年上半年试题 49）

下列中的 （49） ，不属于合同管理的范畴。

（49）A．买方主持的绩效评审会议　　　　B．回答潜在卖方的问题

　　　　C．确认已经进行了合同变更　　　　D．索赔管理

试题 2 分析

合同管理是确保供方的执行符合合同要求的过程。对于需要多个产品和服务供应商的大型项目，合同管理的主要方面就是管理不同供应商之间的接口（Interfaces）。项目执行组织在管理合同时要采取一系列行动,合同关系的法律本质使项目执行组织在管理合同时必须准确地理解这些行动的法律内涵。

合同管理包括对合同关系应用适当的项目管理程序并把这些过程的输出统一到整个项目的管理中。当涉及多个供方和多种产品的时候，总是需要各个层次上的统一和协调。

合同管理的内容主要由 4 个部分构成，即合同签订管理、合同履行管理、合同变更管理以及合同档案管理。而回答潜在卖方的问题是招投过程中的一项活动，通常发生在合同订立之前，因此不属于合同管理的范畴。

试题 2 答案

（49）B

试题 3（2005 年上半年试题 50）

在招标过程中，下列中的 （50） 应在开标之前完成。

（50）A．确认投标人资格　　　　　　B．制定评标原则

　　　　C．答标　　　　　　　　　　D．发放中标通知书

试题 3 分析

在《中华人民共和国招标投标法》中规定的招投标主要活动有招标、投标、开标、评标和中标。答案中只有确认投标人资格是必须在开标之前完成的活动。

试题 3 答案

（50）A

试题 4（2005 年下半年试题 48）

___(48)___ 时，组织通常会外购产品或服务。

(48) A. 为了稳定现有人力资源　　　　　　　B. 需要保密

　　　C. 需要加强对产品质量的控制　　　　D. 技术能力匮乏

试题 4 分析

项目执行组织对需要采购的产品和服务拥有选择权和决策权，在采购计划的编制过程中，项目管理者一般会采用自制和外购分析。

自制和外购分析用来分析和决定某种产品或服务由项目执行组织自我完成或者外购，这是一种通用的管理技术。自制或是外购分析都包括间接成本和直接成本。例如，在外购分析时，应包括采购产品的成本和管理购买过程的间接费用。自制和外购分析必须反映执行组织的观点和项目的直接需求。

显然，本题的正确答案为 D。因为：

（1）外购产品或服务的话，不但不能稳定现有人力资源，相反，还会引起人力资源浪费和人员流动，职员会担心裁员的问题。

（2）外购产品或服务不利于保护机密信息。因为使用了外购的产品时，势必要使用开发单位的技术支持，在技术支持的过程中，容易泄露系统机密信息。

（3）外购产品或服务，项目对于供方的质量工作是间接管理，一般不会强于组织内部的管理水平。因此，需要加强对产品质量的控制时，应该采用自制的方式。

试题 4 答案

(48) D

试题 5（2005 年下半年试题 49）

采购计划编制完成时，___(49)___ 也应编制完成。

(49) A. 合同　　　　B. 工作说明书　　　　C. 招标文件　　　　D. 评标标准

试题 5 分析

采购计划（Procurement Planning）是确定项目的哪些需求可通过采购项目组织之外的产品和服务来满足的过程，采购计划的目标是决定是否采购，怎样采购，采购什么，采购多少，什么时候采购等。

当项目需要项目组织之外的产品和服务时，对每一产品和服务都将执行一次招标过程。签订合同和采购时，项目管理小组将寻求专家们的支持。

当项目不需从外界获取产品和服务时，或者发现采购和管理外部资源所花的成本可能超过内部开发成本时，招标过程就不必要执行。这时，既没有招标文件和评标标准，也没有合同。

试题 5 答案

(49) B

试题 6（2005 年下半年试题 50）

下列关于投标的叙述中，不正确的是 __(50)__ 。

(50) A. 两个以上法人可以组成一个联合体，以一个投标人的身份共同投标

B. 在招标文件要求提交投标文件的截止时间后送达的投标文件，招标人应当拒收

C. 投标人不得相互串通投标报价

D. 竞标时，投标人可以自行决定报价，报价数额不受限制

试题 6 分析

根据《中华人民共和国招标投标法》的以下条款来解答本题。

第二十八条：投标人应当在招标文件要求提交投标文件的截止时间前，将投标文件送达投标地点。招标人收到投标文件后，应当签收保存，不得开启。投标人少于三个的，招标人应当依照本法重新招标。在招标文件要求提交投标文件的截止时间后送达的投标文件，招标人应当拒收。

第三十一条：两个以上法人或者其他组织可以组成一个联合体，以一个投标人的身份共同投标。联合体各方均应当具备承担招标项目的相应能力；国家有关规定或者招标文件对投标人资格条件有规定的，联合体各方均应当具备规定的相应资格条件。由同一专业的单位组成的联合体，按照资质等级较低的单位确定资质等级。联合体各方应当签订共同投标协议，明确约定各方拟承担的工作和责任，并将共同投标协议连同投标文件一并提交招标人。联合体中标的，联合体各方应当共同与招标人签订合同，就中标项目向招标人承担连带责任。招标人不得强制投标人组成联合体共同投标，不得限制投标人之间的竞争。

第三十二条：投标人不得相互串通投标报价，不得排挤其他投标人的公平竞争，损害招标人或者其他投标人的合法权益。投标人不得与招标人串通投标，损害国家利益、社会公共利益或者他人的合法权益。禁止投标人以向招标人或者评标委员会成员行贿的手段谋取中标。

第三十三条：投标人不得以低于成本的报价竞标，也不得以他人名义投标或者以其他方式弄虚作假，骗取中标。

试题 6 答案

(50) D

试题 7（2005 年下半年试题 51）

对于工作规模或产品界定不甚明确的外包项目，一般应采用 __(51)__ 的形式。

(51) A. 固定总价合同   B. 成本补偿合同

C. 工时和材料合同   D. 采购单

试题 7 分析

以信息系统项目付款方式为标准进行划分，通常可将合同分为两大类，即总价和成本补偿类。还有第三种常用合同类型，即混合型的工料合同。在项目实践中，合并使用两种甚至更多合同类型进行单次采购的情况也不罕见。

（1）**总价合同。** 此类合同为既定产品或服务的采购设定一个总价。总价合同也可以为达到或超过项目目标（如进度交付日期、成本和技术绩效，或其他可量化、可测量的目标）而规定财务奖励条款。承建单位必须依法履行总价合同，否则就要承担相应的违约赔偿责任。采用总价合同，建设单位必须准确定义要采购的产品或服务。虽然允许范围变更，但范围变更通常会导致合同价格提高。

- ✓ 固定总价合同（Firm Fixed Price，FFP）。FFP 是最常用的合同类型。大多数建设单位都喜欢这种合同，因为采购的价格在一开始就被确定，并且不允许改变（除非工作范围发生变更）。因合同履行不好而导致的任何成本增加都由承建单位负责。在 FFP 合同下，建设单位必须准确定义要采购的产品和服务，对采购规范的任何变更都可能增加建设单位的成本。

- ✓ 总价加激励费用合同（Fixed Price Incentive Fee，FPIF）。这种总价合同为建设单位和承建单位都提供了一定的灵活性，它允许有一定的绩效偏离，并对实现既定目标给予财务奖励。通常，财务奖励都与承建单位的成本、进度或技术绩效有关。绩效目标一开始就要制定好，而最终的合同价格要待全部工作结束后根据承建单位绩效加以确定。在 FPIF 合同中，要设置一个价格上限，承建单位必须完成工作并且要承担高于上限的全部成本。

- ✓ 总价加经济价格调整合同（Fixed Price with Economic Price Adjustment，FP-EPA）。如果承建单位履约要跨越相当长的周期（数年），就应该使用本合同类型。如果建设单位和承建单位之间要维持多种长期关系，也可以采用这种合同类型。它是一种特殊的总价合同，允许根据条件变化（如通货膨胀、某些特殊商品的成本增加或降低），以事先确定的方式对合同价格进行最终调整。EPA 条款必须规定用于准确调整最终价格的、可靠的财务指数。FP-EPA 合同试图保护建设单位和承建单位免受外界不可控情况的影响。

（2）**成本补偿合同。** 此类合同向承建单位支付为完成工作而发生的全部合法实际成本（可报销成本），外加一笔费用作为承建单位的利润。成本补偿合同也可为承建单位超过或低于预定目标（如成本、进度或技术绩效目标）而规定财务奖励条款。最常见的三种成本补偿合同是：成本加固定费用合同（Cost Plus Fixed Fee，CPFF）、成本加激励费用合同（Cost Plus Incentive Fee，CPIF）和成本加奖励费用合同(Cost Price Award Fee，CPAF)。如果工作范围在开始时无法准确定义，从而需要在以后进行调整，或者，如果项目工作存在较高的风险，就可以采用成本补偿合同，使项目具有较大的灵活性，以便重新安排承建单位的工作。

- ✓ 成本加固定费用合同。为承建单位报销履行合同工作所发生的一切可列支成本，并向承建单位支付一笔固定费用，该费用以项目初始估算成本的某一百分比计算。费用只能针对已完成的工作来支付，并且不因承建单位的绩效而变化。除非项目范围发生变更，费用金额维持不变。

- ✓ 成本加激励费用。为承建单位报销履行合同工作所发生的一切可列支成本，并在承建单位达到合同规定的绩效目标时，向承建单位支付预先确定的激励费用。在 CPIF 合同中，如果最终成本低于或高于原始估算成本，则建设单位和承建单位需要根据事先商定的成本分摊比例来分享节约部分或分担超出部分。例如，基于承建单位的实际成本，按照 80/20 的比例分担（分享）超过（低于）目标成本的部分。

✓ 成本加奖励费用。为承建单位报销履行合同工作所发生的一切合法成本，但是只有在满足了合同中规定的某些笼统、主观的绩效标准的情况下，才能向承建单位支付大部分费用。完全由建设单位根据自己对承建单位绩效的主观判断来决定奖励费用，并且承建单位通常无权申诉。

（3）工料合同（Time and Material，T&M）。 工料合同是兼具成本补偿合同和总价合同的某些特点的混合型合同。在不能很快编写出准确工作说明书的情况下，经常使用工料合同来增加人员、聘请专家以及寻求其他外部支持。这类合同与成本补偿合同的相似之处在于，它们都是开口合同，合同价因成本增加而变化。在授予合同时，建设单位可能并未确定合同的总价值和采购的准确数量。因此，如同成本补偿合同，工料合同的合同价值可以增加。很多组织会在工料合同中规定最高价格和时间限制，以防止成本无限增加。另一方面，由于合同中确定了一些参数，工料合同又与固定单价合同相似。当买卖双方就特定资源类别的价格（如高级工程师的小时费率或某种材料的单位费率）取得一致意见时，建设单位和承建单位就预先设定了单位人力或材料费率（包含承建单位利润）。

试题 7 答案

（51）C

试题 8（2006 年下半年试题 49）

在组织准备进行采购时，应准备的采购文件中不包括 __（49）__ 。

（49）A．标书　　　　B．建议书　　　　C．工作说明书　　　　D．评估标准

试题 8 分析

在组织准备进行采购时，应准备的采购文件中包括采购管理计划、工作说明书、标书（RFP）和评估标准等内容。

建议书是卖方准备的文件，用来说明卖方提供所需产品或服务的能力和意愿。建议书应该与相关的采购文件的要求相一致，并能反映合同中所定义的原则。

试题 8 答案

（49）B

试题 9（2006 年下半年试题 50）

公开招标是指 __（50）__ 。

（50）A．招标人以投标邀请书的方式邀请特定的法人或者其他组织投标

　　　　B．发布招标广告吸引或者直接邀请众多投标人参加投标并按照规定程序从中选择中标人的行为

　　　　C．招标人以招标公告的方式邀请不特定的法人或者其他组织投标

　　　　D．有限招标

试题 9 析

按照招标投标法规定，招标分为公开招标和邀请招标。公开招标是指招标人以招标公告的方式邀请不特定的法人或者其他组织投标。邀请招标是指招标人以投标邀请书的方式邀请特定的法人或者其他组织投标。

试题 9 答案

（50）C

试题 10（2006 年下半年试题 51）

根据有关法律，招标人与中标人应当自中标通知发出之日__（51）__天内，按招标文件和中标人的投标文件订立书面合同。

（51）A. 15　　　　　B. 20　　　　C. 30　　　　D. 45

试题 10 分析

按照招标投标法规定，招标人与中标人应当自中标通知发出之日 30 天内，按招标文件和中标人的投标文件订立书面合同。

试题 10 答案

（51）C

试题 11（2007 年下半年试题 28）

下列有关《中华人民共和国政府采购法》的陈述中，错误的是__（28）__。

（28）A. 任何单位和个人不得采用任何方式，阻挠和限制供应商自由进入本地区和本行业的政府采购市场

　　　B. 政府采购应当采购本国货物、工程和服务。需要采购的货物、工程或者服务在中国境内无法获取或者无法以合理的商业条件获取的则除外

　　　C. 政府采购应当采购本国货物、工程和服务。为在中国境外使用而进行采购的则除外

　　　D. 政府采购实行集中采购和分散采购相结合。其中集中采购由国务院统一确定并公布；分散采购由各省级人民政府公布的采购目录确定并公布

试题 11 分析

本题直接考查《中华人民共和国政府采购法》的条款。

第五条：任何单位和个人不得采用任何方式，阻挠和限制供应商自由进入本地区和本行业的政府采购市场。

第七条：政府采购实行集中采购和分散采购相结合。集中采购的范围由省级以上人民政府公布的集中采购目录确定。

第十条：政府采购应当采购本国货物、工程和服务。但有下列情形之一的除外：

（1）需要采购的货物、工程或者服务在中国境内无法获取或者无法以合理的商业条件获

取的。

（2）为在中国境外使用而进行采购的。

（3）其他法律、行政法规另有规定的。

试题 11 答案

（28）D

试题 12（2007 年下半年试题 29）

依据中华人民共和国政府采购法中有关供应商参加政府采购活动应当具备的条件，下列陈述中错误的是___（29）___。

（29）A. 供应商参加政府采购活动应当具有独立承担民事责任的能力

　　　 B. 采购人可以要求参加政府采购的供应商提供有关资质证明文件和业绩情况，对有资质的供应商免于资格审查

　　　 C. 供应商参加政府采购活动应当具有良好的商业信誉和健全的财务会计制度

　　　 D. 供应商参加政府采购活动应当具有依法缴纳税收和社会保障资金的良好记录，并且参加政府采购活动前三年内，在经营活动中没有重大违法记录

试题 12 分析

《中华人民共和国政府采购法》第二十二条规定，供应商参加政府采购活动应当具备下列条件：

（1）具有独立承担民事责任的能力。

（2）具有良好的商业信誉和健全的财务会计制度。

（3）具有履行合同所必需的设备和专业技术能力。

（4）有依法缴纳税收和社会保障资金的良好记录。

（5）参加政府采购活动前三年内，在经营活动中没有重大违法记录。

（6）法律、行政法规规定的其他条件。

采购人可以根据采购项目的特殊要求，规定供应商的特定条件，但不得以不合理的条件对供应商实行差别待遇或者歧视待遇。

试题 12 答案

（29）B

试题 13（2007 年下半年试题 30）

下列有关中华人民共和国政府采购法的陈述中，错误的是___（30）___。

（30）A. 政府采购可以采用公开招标方式

　　　 B. 政府采购可以采用邀请招标方式

　　　 C. 政府采购可以采用竞争性谈判方式

　　　 D. 公开招标应作为政府采购的主要采购方式，政府采购不可从单一来源采购

试题 13 分析

本题直接考查《中华人民共和国政府采购法》的条款。

第二十六条：政府采购采用以下方式：

（1）公开招标。

（2）邀请招标。

（3）竞争性谈判。

（4）单一来源采购。

（5）询价。

（6）国务院政府采购监督管理部门认定的其他采购方式。

公开招标应作为政府采购的主要采购方式。

第二十七条：采购人采购货物或者服务应当采用公开招标方式的，其具体数额标准，属于中央预算的政府采购项目，由国务院规定；属于地方预算的政府采购项目，由省、自治区、直辖市人民政府规定；因特殊情况需要采用公开招标以外的采购方式的，应当在采购活动开始前获得设区的市、自治州以上人民政府采购监督管理部门的批准。

第二十八条：采购人不得将应当以公开招标方式采购的货物或者服务化整为零或者以其他任何方式规避公开招标采购。

第二十九条：符合下列情形之一的货物或者服务，可以依照本法采用邀请招标方式采购。

（1）具有特殊性，只能从有限范围的供应商处采购的。

（2）采用公开招标方式的费用占政府采购项目总价值的比例过大的。

第三十条：符合下列情形之一的货物或者服务，可以依照本法采用竞争性谈判方式采购：

（1）招标后没有供应商投标或者没有合格标的或者重新招标未能成立的。

（2）技术复杂或者性质特殊，不能确定详细规格或者具体要求的。

（3）采用招标所需时间不能满足用户紧急需要的。

（4）不能事先计算出价格总额的。

第三十一条：符合下列情形之一的货物或者服务，可以依照本法采用单一来源方式采购：

（1）只能从唯一供应商处采购的。

（2）发生了不可预见的紧急情况不能从其他供应商处采购的。

（3）必须保证原有采购项目一致性或者服务配套的要求，需要继续从原供应商处添购，且添购资金总额不超过原合同采购金额百分之十的。

第三十二条：采购的货物规格、标准统一、现货货源充足且价格变化幅度小的政府采购项目，可以依照本法采用询价方式采购。

试题 13 答案

（30）D

试题 14（2007 年下半年试题 31）

依据中华人民共和国政府采购法，在招标采购中，关于应予废标的规定， ___(31)___ 是不成立的。

（31）A. 符合专业条件的供应商或者对招标文件做实质响应的供应商不足三家的应予废标

　　　B. 出现影响采购公正的违法、违规行为的应予废标

　　　C. 投标人的报价均超过了采购预算，采购人不能支付的应予废标

　　　D. 废标后，采购人将废标理由仅通知该投标人

试题 14 分析

本题直接考查《中华人民共和国政府采购法》的条款。

第三十六条：在招标采购中，出现下列情形之一的，应予废标：

（1）符合专业条件的供应商或者对招标文件作实质响应的供应商不足三家的。

（2）出现影响采购公正的违法、违规行为的。

（3）投标人的报价均超过了采购预算，采购人不能支付的。

（4）因重大变故，采购任务取消的。

废标后，采购人应当将废标理由通知所有投标人。

第三十七条：废标后，除采购任务取消情形外，应当重新组织招标；需要采取其他方式采购的，应当在采购活动开始前获得设区的市、自治州以上人民政府采购监督管理部门或者政府有关部门批准。

试题 14 答案

（31）D

试题 15（2007 年下半年试题 33）

按照《中华人民共和国招标投标法》的规定，下列说法中正确的是 ___（33）___ 。

（33）A. 投标人在向招标方递交投标文件后，就无权对投标文件进行补充、修改或者撤回了

　　　B. 两个以上法人或者其他组织可以组成一个联合体，以一个投标人的身份共同投标。由同一专业的单位组成的联合体，按照资质等级较高的单位确定资质等级

　　　C. 中标通知书发出后，中标人放弃中标项目的，不用承担法律责任

　　　D. 中标人按照合同约定或者经招标人同意，可以将中标项目的部分非主体、非关键性工作分包给他人完成

试题 15 分析

本题直接考查《中华人民共和国招标投标法》的规定。

投标人在招标文件要求提交投标文件的截止时间前，可以补充、修改或者撤回已提交的投标文件，并书面通知招标人。补充、修改的内容为投标文件的组成部分。

中标人确定后，招标人应当向中标人发出中标通知书，并同时将中标结果通知所有未中标的投标人。中标通知书对招标人和中标人具有法律效力。中标通知书发出后，招标人改变中标结果的，或者中标人放弃中标项目的，应当依法承担法律责任。

中标人应当按照合同约定履行义务，完成中标项目。中标人不得向他人转让中标项目，也不得将中标项目肢解后分别向他人转让。中标人按照合同约定或者经招标人同意，可以将中

标项目的部分非主体、非关键性工作分包给他人完成。接受分包的人应当具备相应的资格条件，并不得再次分包。中标人应当就分包项目向招标人负责，接受分包的人就分包项目承担连带责任。

试题 15 答案

（33）D

试题 16（2007 年下半年试题 34）

按照《中华人民共和国招标投标法》的规定，下列说法中错误的是　(34)　。

（34）A．招标人根据招标项目的具体情况，可以组织潜在投标人踏勘项目现场

　　　B．招标人不得向他人透露已获取招标文件的潜在投标人的名称、数量以及可能影响公平竞争的有关招标投标的其他情况。招标人设有标底的，标底必须在招标文件中载明

　　　C．投标人应当按照招标文件的要求编制投标文件。投标文件应当对招标文件提出的实质性要求和条件做出响应

　　　D．招标人应当确定投标人编制投标文件所需要的合理时间；但是，依法必须进行招标的项目，自招标文件开始发出之日起至投标人提交投标文件截止之日止，最短不得少于二十日

试题 16 分析

本题直接考查《中华人民共和国招标投标法》的规定。

招标人根据招标项目的具体情况，可以组织潜在投标人踏勘项目现场。招标人不得向他人透露已获取招标文件的潜在投标人的名称、数量以及可能影响公平竞争的有关招标、投标的其他情况。招标人设有标底的，标底必须保密。

投标人应当按照招标文件的要求编制投标文件。投标文件应当对招标文件提出的实质性要求和条件做出响应。招标项目属于建设施工的，投标文件的内容应当包括拟派出的项目负责人与主要技术人员的简历、业绩和拟用于完成招标项目的机械设备等。

招标人应当确定投标人编制投标文件所需要的合理时间。但是，依法必须进行招标的项目，自招标文件开始发出之日起至投标人提交投标文件截止之日止，最短不得少于二十日。

试题 16 答案

（34）B

试题 17（2008 年上半年试题 25）

合同生效后，当事人就质量、价款或者报酬、履行地点等内容没有约定或者约定不明确的，可以以协议补充；不能达成补充协议的，按照　(25)　或者交易习惯确定。

（25）A．公平原则　　　　　　　　　　B．项目变更流程

　　　C．第三方调解的结果　　　　　　D．合同有关条款

试题 17 分析

根据合同法的规定，合同生效后，当事人就质量、价款或者报酬、履行地点等内容没有约定或者约定不明确的，可以以协议补充；不能达成补充协议的，按照合同有关条款或者交易习惯确定。

试题 17 答案

（25）D

试题 18（2008 年上半年试题 26）

___（26）___ 与《中华人民共和国政府采购法》的有关内容一致。

（26）A. 政府采购是指各级国家机关、事业单位和团体组织，使用贷款、财政性资金或自筹资金采购依法制定的集中采购目录以内的或者采购限额标准以上的货物、工程和服务的行为

B. 货物是指各种形态和种类的物品，包括原材料、燃料、设备、产品等。工程是指建设工程，包括建筑物和构筑物的新建、改建、扩建、装修、拆除、修缮等

C. 在技术咨询合同、技术服务合同履行过程中，受托人利用委托人提供的技术资料和工作条件完成的新的技术成果，属于受托人。委托人利用受托人的工作成果完成的新的技术成果，属于委托人。当事人另有约定的，按照其约定

D. 中标人按照合同约定或者经招标人同意，可以将中标项目的部分非主体、非关键性工作分包给他人完成

试题 18 分析

根据《中华人民共和国政府采购法》的定义：

（1）政府采购是指各级国家机关、事业单位和团体组织，使用财政性资金采购依法制定的集中采购目录以内的或者采购限额标准以上的货物、工程和服务的行为。

（2）货物是指各种形态和种类的物品，包括原材料、燃料、设备、产品等。

（3）工程，是指建设工程，包括建筑物和构筑物的新建、改建、扩建、装修、拆除、修缮等。

在分包方面，政府采购法的规定是：经采购人同意，中标、成交的供应商可以依法采取分包方式履行合同。政府采购合同分包履行的，中标、成交的供应商就采购项目和分包项目向采购人负责，分包供应商就分包项目承担责任。

政府采购法在技术成果归属方面，没有明确的规定。

试题 18 答案

（26）B

试题 19（2008 年上半年试题 27）

根据《中华人民共和国政府采购法》的规定，当___（27）___时不采用竞争性谈判方式采购。

（27）A. 技术复杂或性质特殊，不能确定详细规格或具体要求

B．采用招标所需时间不能满足用户紧急需要

C．发生了不可预见的紧急情况不能从其他供应商处采购

D．不能事先计算出价格总额

试题 19 分析

请参考试题 13 的分析。

试题 19 答案

（27）C

试题 20（2008 年上半年试题 29）

希赛网的一名项目经理遵照合同实施某项目，为 236 台服务器的操作系统进行升级。项目经理在执行合同的收尾过程中，应该　（29）　。

（29）A．合同付款　　B．进行绩效测量　　C．正式验收　　D．进行产品验证

试题 20 分析

合同收尾包括正式验收（所有工作都正确地、令人满意地完成了吗？）和管理收尾（更新记录以反映最终结果并将信息存档以备将来使用）。

试题 20 答案

（29）C

试题 21（2008 年上半年试题 41）

合同收尾过程涉及　（41）　。

（41）A．客户满意度分析和最终付款　　　　　B．管理收尾和档案保存

C．向承包商最终付款和整理经验　　　　D．产品验收和管理收尾

试题 21 分析

本题与试题 20 的考查点是一致的。

试题 21 答案

（41）D

试题 22（2008 年下半年试题 26）

合同可以变更，但是当事人对合同变更的内容约定不明确的，推定为　（26）　。

（26）A．变更为可撤销　　B．部分变更　　C．已经变更　　D．未变更

试题 22 分析

《中华人民共和国合同法》第七十八条规定，当事人对合同变更的内容约定不明确的，推定为未变更。

试题 22 答案

（26）D

试题 23（2008 年下半年试题 27）

根据《中华人民共和国合同法》，隐蔽工程在隐蔽以前，承包人应当通知__（27）__来检查。若其没有及时来检查，承包人可以顺延工程日期，并有权要求赔偿停工等造成的损失。

（27）A．承建人　　　　B．发包人　　　　C．分包人　　　　D．设计方

试题 23 分析

《中华人民共和国合同法》第二百七十八条规定，隐蔽工程在隐蔽以前，承包人应当通知发包人检查。发包人没有及时检查的，承包人可以顺延工程日期，并有权要求赔偿停工、窝工等损失。

试题 23 答案

（27）B

试题 24（2008 年下半年试题 28）

在建设工程合同的订立过程中，投标人根据招标内容在约定期限内向招标人提交的投标文件，此为__（28）__。

（28）A．要约邀请　　　B．要约　　　C．承诺　　　D．承诺生效

试题 24 分析

根据《中华人民共和国合同法》，要约是希望和他人订立合同的意思表示，要约邀请是希望他人向自己发出要约的意思表示。寄送的价目表、拍卖公告、招标公告、招股说明书、商业广告等为要约邀请。商业广告的内容符合要约规定的，视为要约。承诺是受要约人同意要约的意思的表示。承诺生效时合同成立。

根据以上定义，在建设工程合同的订立过程中，招标人所发布的招标公告，是一种要约邀请；投标人根据招标内容在约定期限内向招标人提交的投标文件，可以看作是一种要约。

试题 24 答案

（28）B

试题 25（2008 年下半年试题 29）

按照《中华人民共和国政府采购法》的规定，供应商可以在知道或者应知其权益受到损害之日起七个工作日内，以书面形式向采购人提出质疑。__（29）__不属于质疑的范围。

（29）A．采购过程　　B．采购文件　　C．合同效力　　D．中标、成交结果

试题 25 分析

《中华人民共和国政府采购法》第五十二条规定，供应商认为采购文件、采购过程和中标、

成交结果使自己的权益受到损害的，可以在知道或者应知其权益受到损害之日起七个工作日内，以书面形式向采购人提出质疑。

试题 25 答案

（29）C

试题 26（2008 年下半年试题 30）

对承建方来说，固定单价合同适用于 __(30)__ 的项目。

（30）A．工期长，工程量变化幅度很大　　　B．工期长，工程量变化幅度不太大

　　　C．工期短，工程量变化幅度不太大　　　D．工期短，工程量变化幅度很大

试题 26 分析

固定单价合同是指根据单位工程量的固定价格与实际完成的工程量计算合同的实际总价的工程承包合同。如果采用固定单价合同，在整个施工过程中合同单价是固定不变的，实际支付时以投标时的价格、实际完成的工程量为准计算。因此，采用固定单价合同，不利于业主控制工程造价。业主的工作量将增加，主要表现在核实已完成工程量的工作量加大；而对于承建方而言，不存在工程量风险。但是，如果工期长，工程量变化幅度大的话，则由于物价上涨等原因，可能造成承建方在单价上受损，因此，不管是对于业主还是承建方，固定单价合同只适用于工期短、工程量变化幅度不太大的项目。

试题 26 答案

（30）C

试题 27（2008 年下半年试题 33）

自制或外购的决定需要考虑 __(33)__ 。

（33）A．战术成本和战略成本　　　B．管理成本和项目成本

　　　C．拖延成本和滞留成本　　　D．直接成本和间接成本

试题 27 分析

请参考试题 4 的分析。

试题 27 答案

（33）D

试题 28（2009 年上半年试题 6）

关于政府采购法的描述，正确的是 __(6)__ 。

（6）A．各级人民政府财政部门是负责政府采购监督管理的部门，依法履行对政府采购活动的监督管理职责

　　　B．集中采购机构是非营利事业法人，也可以是营利性事业法人，根据采购人的委托

办理采购事宜

  C. 自然人、法人或者其他组织不能组成一个联合体以一个供应商的身份共同参加政府采购

  D. 竞争性谈判应作为政府采购的主要采购方式

试题 28 分析

依据《中华人民共和国政府采购法》第十三条的如下规定：

各级人民政府财政部门是负责政府采购监督管理的部门，依法履行对政府采购活动的监督管理职责。

各级人民政府其他有关部门依法履行与政府采购活动有关的监督管理职责。

因此，选项 A 是正确的。

而选项 B 根据《中华人民共和国政府采购法》的第十六条如下规定："集中采购机构为采购代理机构。设区的市、自治州以上人民政府根据本级政府采购项目组织集中采购的需要设立集中采购机构。""集中采购机构是非营利事业法人，根据采购人的委托办理采购事宜。"可知，选项 B 不正确。

依据《中华人民共和国政府采购法》第二十四条的规定："两个以上的自然人、法人或者其他组织可以组成一个联合体，以一个供应商的身份共同参加政府采购。"可知，选项 C 不正确。

依据《中华人民共和国政府采购法》第二十六条的规定："公开招标应作为政府采购的主要采购方式。"因此，选项 D 也不正确。

试题 28 答案

（6）A

试题 29（2009 年上半年试题 7）

合同可以变更，但是当事人对合同变更的内容约定不明确的，推定为___（7）___。

（7）A. 未变更 B. 部分变更 C. 已经变更 D. 变更为可撤销

试题 29 分析

请参考试题 22 的分析。

试题 29 答案

（7）A

试题 30（2009 年上半年试题 8）

两个以上法人或者其他组织组成联合体投标时，若招标文件对投标人资格条件有规定的，则联合体___（8）___。

（8）A. 各方的加总条件应符合规定的资格条件

  B. 有一方应具备规定的相应资格条件即可

C. 各方均应具备规定的资格条件

D. 主要一方应具备相应的资格条件

试题 30 分析

请参考试题 6 的分析。

试题 30 答案

（8）C

试题 31（2009 年上半年试题 9）

在我国境内进行的工程建设项目，可以不进行招标的环节是__（9）__。

（9）A. 监理　　　　　B. 可研　　　C. 勘察设计　　　　D. 施工

试题 31 分析

依据《中华人民共和国招标投标法》第三条的如下规定。

在中华人民共和国境内进行下列工程建设项目包括项目的勘察、设计、施工、监理以及与工程建设有关的重要设备、材料等的采购，必须进行招标：

（一）大型基础设施、公用事业等关系社会公共利益、公众安全的项目；

（二）全部或者部分使用国有资金投资或者国家融资的项目；

（三）使用国际组织或者外国政府贷款、援助资金的项目。

前款所列项目的具体范围和规模标准，由国务院发展计划部门会同国务院有关部门制定，报国务院批准。

法律或者国务院对必须进行招标的其他项目的范围有规定的，依照其规定。

试题 31 答案

（9）B

试题 32（2009 年上半年试题 10）

关于项目收尾与合同收尾关系的叙述，正确的是__（32）__。

（10）A. 项目收尾与合同收尾无关　　　　　B. 项目收尾与合同收尾等同

C. 项目收尾包括合同收尾和管理收尾　　D. 合同收尾包括项目收尾和管理收尾

试题 32 分析

项目收尾过程涉及项目管理计划的项目收尾部分的执行，包括合同收尾和管理收尾。

管理收尾覆盖整个项目，并且在每个阶段完成时规划和准备阶段的收尾。管理收尾详述了在项目和任何阶段执行管理收尾时涉及的所有的活动、交互、项目团队成员和其他项目干系人的相关角色和职责。

合同收尾涉及结算和关闭任何项目所建立的合同、采购或买进协议，也定义了为支持项目的正式管理收尾所需的与合同相关的活动。

试题 32 答案

（10）C

试题 33（2009 年上半年试题 11）

企业将某些业务外包，可能会给发包企业带来一些风险，这些风险不包括 （11） 。

（11）A．与客户联系减少进而失去客户 　　　 B．企业业务转型

　　　 C．企业内部知识流失 　　　 D．服务质量降低

试题 33 分析

外包是企业利用外部的专业资源为己服务，从而达到降低成本、提高效率、充分发挥自身核心竞争力乃至增强自身应变能力的一种管理模式，同时也是现代社会非常重要的一种商业模式。企业将业务外包利弊并存。

企业实施外包后带来的主要利益包括降低服务成本、专注于核心服务、品质改善和专业知识获取等。外包带来的不总是正面利益，其负面影响主要表现在以下几个方面：

（1）无法达到预期的成本降低目标。

（2）以前内部自行管理领域的整体品质降低。

（3）未和服务供应商达成真正的合作关系。

（4）无法借机开拓出满足客户新层次需求和符合弹性运作需求的机会。

（5）企业内部知识流失。

试题 33 答案

（11）B

试题 34（2009 年下半年试题 29）

在投标文件的报价单中，如果出现总价金额和分项单价与工程量乘积之和的金额不一致时，应当 （29） 。

（29）A．以总价金额为准，由评标委员会直接修正即可

　　　 B．以总价金额为准，由评标委员会修正后请该标书的投标授权人予以签字确认

　　　 C．以分项单价与工程量乘积之和为准，由评标委员会直接修正即可

　　　 D．以分项单价与工程量乘积之和为准，由评标委员会修正后请该标书的投标授权人予以签字确认

试题 34 分析

在投标文件的报价单中，如果出现总价金额和分项单价与工程量乘积之和的金额不一致时，应当以分项单价与工程量乘积之和为准，由评标委员会修正后请该标书的投标授权人予以签字确认。

试题 34 答案

（29）D

试题 35（2009 年下半年试题 30）

下列描述中，___(30)___ 不是《中华人民共和国招标投标法》的正确内容。

(30) A．招标人采用公开招标方式的，应当发布招标公告。

　　 B．招标人采用邀请招标方式的，应当向三个以上具备承担招标项目的能力、资信良好的特定的法人或者其他组织发出投标邀请书。

　　 C．投标人报价不受限制

　　 D．中标人不得向他人转让中标项目，也不得将中标项目肢解后分别同他人转让。

试题 35 分析

《中华人民共和国招标投标法》第二章第十六条规定，招标人采用公开招标方式的，应当发布招标公告。依法必须进行招标的项目的招标公告，应当通过国家指定的报刊、信息网络或者其他媒介发布。招标公告应当载明招标人的名称和地址、招标项目的性质、数量、实施地点和时间以及获取招标文件的办法等事项。

《中华人民共和国招标投标法》第二章第十七条规定，招标人采用邀请招标方式的，应当向三个以上具备承担招标项目的能力、资信良好的特定的法人或者其他组织发出投标邀请书。

《中华人民共和国招标投标法》第三章第三十二条规定，投标人不得相互串通投标报价，不得排挤其他投标人的公平竞争，损害招标人或者其他投标人的合法权益。投标人不得与招标人串通投标，损害国家利益、社会公共利益或者他人的合法权益。禁止投标人以向招标人或者评标委员会成员行贿的手段谋取中标。

《中华人民共和国招标投标法》第四章第三十三条规定，投标人不得以低于成本的报价竞标，也不得以他人名义投标或者以其他方式弄虚作假，骗取中标。

《中华人民共和国招标投标法》第四章第四十八条规定，中标人应当按照合同约定履行义务，完成中标项目。中标人不得向他人转让中标项目，也不得将中标项目肢解后分别向他人转让。中标人按照合同约定或者经招标人同意，可以将中标项目的部分非主体、非关键性工作分包给他人完成。接受分包的人应当具备相应的资格条件，并不得再次分包。中标人应当就分包项目向招标人负责，接受分包的人就分包项目承担连带责任。

试题 35 答案

(30) C

试题 36（2010 年上半年试题 28）

某市政府采购采用公开招标。招标文件要求投标企业必须通过 ISO9001 认证并提交 ISO9001 证书。在评标过程中，评标专家发现有多家企业的投标文件没有按标书要求提供 ISO9001 证书。依据相关法律法规，以下处理方式中，___(28)___ 是正确的。

(28) A．因不能保证采购质量，招标无效，重新组织招标

　　 B．若满足招标文件要求的企业达到三家，招标有效

　　 C．放弃对 ISO9001 证书的要求，招标有效

D. 若满足招标文件要求的企业不足三家，则转入竞争性谈判

试题 36 分析

请参考试题 13 的分析。

试题 36 答案

（28）B

试题 37（2010 年上半年试题 29）

希赛公司中标某大型银行综合业务系统，并将电信代管托收系统分包给了 G 公司。依据相关法律法规，针对该项目，以下关于责任归属的叙述中，___（29）___是正确的。

（29）A. X 公司是责任者，G 公司对分包部分承担连带责任

B. X 公司是责任者，与 G 公司无关

C. G 公司对分包部分承担责任，与 X 公司无关

D. G 公司对分包部分承担责任，X 公司对分包部分承担连带责任

试题 37 分析

根据《中华人民共和国招标投标法》第四十八条规定，中标人应当按照合同约定履行义务，完成中标项目。中标人不得向他人转让中标项目，也不得将中标项目肢解后分别向他人转让。

中标人按照合同约定或者经招标人同意，可以将中标项目的部分非主体、非关键性工作分包给他人完成。接受分包的人应当具备相应的资格条件，并不得再次分包。

中标人应当就分包项目向招标人负责，接受分包的人就分包项目承担连带责任。

试题 37 答案

（29）A

试题 38（2010 年上半年试题 43）

某省级政府对一个信息系统集成项目进行招标，2010 年 3 月 1 日发招标文件，定于 2010 年 3 月 20 日 9 点开标。在招投标过程中，___（43）___是恰当的。

（43）A. 3 月 10 日对招标文件内容做出了修改，3 月 20 日 9 点开标

B. 3 月 20 日 9 点因一家供应商未能到场，在征得其他投标人同意后，开标时间延后半个小时

C. 3 月 25 日发布中标通知书，4 月 15 日与中标单位签订合同

D. 评标时考虑到支持地方企业发展，对省内企业要求系统集成二级资质，对省外企业要求系统集成一级资质

试题 38 分析

根据《中华人民共和国招标投标法》第三十四条：开标应当在招标文件确定的提交投标文件截止时间的同一时间公开进行；开标地点应当为招标文件中预先确定的地点。

第二十九条：评标委员会可以要求投标人对投标文件中含义不明确的内容作必要的澄清或者说明，但是澄清或者说明不得超出投标文件的范围或者改变投标文件的实质性内容。

第四十条：评标委员会应当按照招标文件确定的评标标准和方法，对投标文件进行评审和比较；设有标底的，应当参考标底。评标委员会完成评标后，应当向招标人提出书面评标报告，并推荐合格的中标候选人。招标人根据评标委员会提出的书面评标报告和推荐的中标候选人确定中标人。招标人也可以授权评标委员会直接确定中标人。

第四十六条：招标人和中标人应当自中标通知书发出之日起三十日内，按照招标文件和中标人的投标文件订立书面合同。招标人和中标人不得再行订立背离合同实质性内容的其他协议。

招标文件要求中标人提交履约保证金的，中标人应当提交。

试题 38 答案

（43）C

试题 39（2010 年下半年试题 29）

根据《中华人民共和国政府采购法》，针对＿＿（29）＿＿情况，不能使用单一来源方式采购。

（29）A．只有唯一的供应商可满足采购需求

　　　B．招标后没有供应商投标

　　　C．发生了不可预见的紧急情况不能从其他供应商处采购

　　　D．必须保证原有采购项目一致性或者服务配套的要求，需要继续从原供应商处添购，且添购资金总额不超过原合同采购金额百分之十

试题 39 分析

请参考试题 13 的分析。

试题 39 答案

（29）B

试题 40（2010 年下半年试题 30）

某地政府采取询价方式采购网络设备，＿＿（30）＿＿是符合招投标法要求的。

（30）A．询价小组由采购人的代表和有关专家共 8 人组成

　　　B．被询价的 A 供应商提供第一次报价后，发现报价有误，调整后提交了二次报价

　　　C．询价小组根据采购需求，从符合资格条件的供应商名单中确定三家供应商，并向其发出询价通知书让其报价

　　　D．采购人根据符合采购需求、质量和服务相等且报价最低的原则确定成交供应商，最后将结果通知成交供应商

试题 40 分析

根据《中华人民共和国政府采购法》第四十条：

采取询价方式采购的，应当遵循下列程序。

（1）成立询价小组。 询价小组由采购人的代表和有关专家共三人以上的单数组成，其中专家的人数不得少于成员总数的三分之二。询价小组应当对采购项目的价格构成和评定成交的标准等事项作出规定。

（2）确定被询价的供应商名单。 询价小组根据采购需求，从符合相应资格条件的供应商名单中确定不少于三家的供应商，并向其发出询价通知书让其报价。

（3）询价。 询价小组要求被询价的供应商一次报出不得更改的价格。

（4）确定成交供应商。 采购人根据符合采购需求、质量和服务相等且报价最低的原则确定成交供应商，并将结果通知所有被询价的未成交的供应商

试题 40 答案

（30）C

试题 41（2010 年下半年试题 43）

以下关于招投标的叙述，不正确的是 __(43)__ 。

（43）A．采购单位可直接从已有的供应商管理库中抽取若干供应商作为竞标者

      B．采购文件是竞标方准备

      C．采用加权系统对供方进行定性分析，可减少招投标活动中人为偏见带来的影响

      D．对于关键性采购物，可采用多渠道采购以规避风险

试题 41 分析

显然，采购文件应该由采购人或招标代理机构准备，由竞标方准备的是投标文件。

试题 41 答案

（43）B

试题 42（2010 年下半年试题 57）

按照采购控制程序的规定，在采购合同招标前，由项目部提交采购项目的工作说明书（SOW）。某项目按计划要采购一批笔记本电脑，项目经理给采购部提交了采购文件，主要内容有数量、配置、性能和交货日期。以下叙述正确的是__(57)__。

（57）A．项目经理提交的采购文件不是 SOW

      B．该采购文件是 SOW，如果符合文件规定和流程，采购部可接受

      C．只要是项目经理给的采购文件，采购部就可以接受

      D．只有在项目外包时才有采购工作说明书，物品采购可以不产生 SOW

试题 42 分析

SOW 应该描述拟采购的产品、服务或成果，以便潜在卖方确定他们是否有能力提供这些产品、服务或成果。至于详细到什么程度，可依项目的实际情况而定。从而可以得知，本题中项目经理提交的采购文件属于 SOW 的范畴。

试题 42 答案

（57）B

试题 43（2010 年下半年试题 58）

某集成企业把部分集成项目分包出去，准备采用竞争性谈判方式。以下叙述不正确的是 __（58）__ 。

（58）A．竞争性谈判的结果主要依据供应商的综合实力确定

　　　B．应先确立一个标准，然后按照标准进行竞争性谈判

　　　C．可先从合格供应商数据库中筛选供应商，再进行竞争性谈判

　　　D．进行竞争性谈判时，选择供应商的基本原则是一致的

试题 43 分析

根据《中华人民共和国政府采购法》第三十八条：

采用竞争性谈判方式采购的，应当遵循下列程序。

（1）成立谈判小组。谈判小组由采购人的代表和有关专家共三人以上的单数组成，其中专家的人数不得少于成员总数的三分之二。

（2）制定谈判文件。谈判文件应当明确谈判程序、谈判内容、合同草案的条款以及评定成交的标准等事项。

（3）确定邀请参加谈判的供应商名单。谈判小组从符合相应资格条件的供应商名单中确定不少于三家的供应商参加谈判，并向其提供谈判文件。

（4）谈判。谈判小组所有成员集中与单一供应商分别进行谈判。在谈判中，谈判的任何一方不得透露与谈判有关的其他供应商的技术资料、价格和其他信息。谈判文件有实质性变动的，谈判小组应当以书面形式通知所有参加谈判的供应商。

（5）确定成交供应商。谈判结束后，谈判小组应当要求所有参加谈判的供应商在规定时间内进行最后报价，采购人从谈判小组提出的成交候选人中根据符合采购需求、质量和服务相等且报价最低的原则确定成交供应商，并将结果通知所有参加谈判的未成交的供应商。

试题 43 答案

（58）A

试题 44（2010 年下半年试题 59）

如何以合适的方法监督供方是项目外包管理的一个重点，以下监控方式正确的是 __（59）__ 。

（59）A．由项目监理来监督，委托方不用过问

　　　B．所有项目成果都必须测试

　　　C．所有过程和产品监控须由委托方人员来执行

　　　D．与供应商先确定评价的频次和方法，列出日程表，按照计划进行评价

试题 44 分析

在项目外包管理过程中，既可以由项目监理来监督，也可以由委托方来监督，需要根据具体情况而定。一般来说，重要的项目成果都必须经过测试，但并不是所有的项目成果都必须测试。

项目监控和评价也需要做好计划，委托方应事先与供应商确定评价的频次和方法，列出日程表，按照计划进行评价。

试题 44 答案

（59）D

第17章

项目配置管理

信息系统中的文档在其开发、运行、维护的过程中会得到许多阶段性的成果，并且每个文档在开发和运行过程中还需要用到多种工具软件或配置。所有这些信息项都需要得到妥善的管理，绝不能出现混乱，以便于在提出某些特定的要求时，将它们进行约定的组合来达到使用的目的。

根据考试大纲，本章要求考生掌握以下知识点：信息系统项目管理文档的重要性及其种类、配置管理的基本概念、版本控制、变更控制、配置控制、过程支持、构造管理、团队支持、状态报告、审计控制。

试题1（2005年上半年试题51）

在配置管理的主要工作中，不包括下列中的 (51) 。

(51) A．标识配置项　　　　　　　　　　　B．控制配置项的变更
　　　C．对工作结束的审核　　　　　　　　D．缺陷分析

试题1分析

配置管理的活动主要有编制项目配置管理计划、配置标识、变更管理和配置控制、配置状态说明、配置审核，以及进行版本管理和发行管理。

（1）编制项目配置管理计划。在项目启动阶段，项目经理首先要制定整个项目的开发计划，它是整个项目研发工作的基础。总体研发计划完成之后，配置管理的活动就可以展开了，如果不在项目开发之初制定配置管理计划，那么配置管理的许多关键活动就无法及时有效地进行，而它的直接后果就是造成项目开发状况的混乱，并注定使配置管理活动成为一种救火的行为。由此可见，在项目启动阶段制定配置管理计划是项目成功的重要保证。

（2）配置标识。配置标识是配置管理的基础性工作，是管理配置管理的前提。配置标识

是确定哪些内容应该进入配置管理形成配置项，并确定配置项如何命名，用哪些信息来描述该配置项。

（3）变更管理和配置控制。配置管理的最重要的任务就是对变更加以控制和管理，其目的是对于复杂，无形的软件，防止在多次变更下失控，出现混乱。

（4）配置状态说明。配置状态说明也称为配置状态报告，它是配置管理的一个组成部分，其任务是有效地记录报告管理配置所需要的信息，目的是及时、准确地给出配置项的当前状况，供相关人员了解，以加强配置管理工作。

（5）配置审核。配置审核的任务便是验证配置项对配置标识的一致性。软件开发的实践表明，尽管对配置项做了标识，实现了变更控制和版本控制，但如果不做检查或验证仍然会出现混乱。配置审核的实施是为了确保软件配置管理的有效性，体现配置管理的最根本要求，不允许出现任何混乱现象。

（6）版本管理和发行管理。版本控制用于将管理信息工程中生成的各种不同的配置的规程和相关管理工具结合起来。配置管理中，版本包括配置项的版本和配置的版本，这两种版本的标识应该各有特点，配置项的版本应该体现出其版本的继承关系，它主要是在开发人员内部进行区分，另外还需要对重要的版本做一些标记，如对纳入基线的配置项版本就应该做一个标识。

试题 1 答案

（51）D

试题 2（2005 年上半年试题 52）

下列中的 __（52）__ 是不包含在项目配置管理系统的基本结构中的。

（52）A．开发库　　　B．知识库　　　　　C．受控库　　　　D．产品库

试题 2 分析

配置库有以下 3 类。

（1）开发库。存放开发过程中需要保留的各种信息，供开发人员个人专用。库中的信息可能有较为频繁的修改，只要开发库的使用者认为有必要，无需对其做任何限制。因为这通常不会影响到项目的其他部分。开发库有时也被称为动态系统、开发系统、工作空间等。

（2）受控库。在信息系统开发的某个阶段工作结束时，将工作产品存入或将有关的信息存入。存入的信息包括计算机可读的，以及人工可读的文档资料。应该对库内信息的读写和修改加以控制。受控库有时也被称为主库、主系统、受控系统等。

（3）产品库。在开发的信息系统产品完成系统测试之后，作为最终产品存入库内，等待交付用户或现场安装。库内的信息也应加以控制。产品库有时也被称为备份库、静态系统等。

作为配置管理的重要手段，上述受控库和产品库的规范化运行能够实现对配置项的管理。

试题 2 答案

（52）B

试题 3（2005 年下半年试题 52）

项目配置管理的主要任务中，不包括__(52)__。

(52) A. 版本管理　　　B. 发行管理　　　C. 检测配置　　　D. 变更控制

试题 3 分析

请读者参考试题 1 的分析。

试题 3 答案

(52) C

试题 4（2005 年下半年试题 53）

配置管理系统通常由__(53)__组成。

(53) A. 动态库、静态库和产品库　　　　B. 开发库、备份库和产品库
　　　C. 动态库、主库和产品库　　　　　D. 主库、受控库和产品库

试题 4 分析

请读者参考试题 2 的分析。

试题 4 答案

(53) C

试题 5（2006 年下半年试题 52 ~ 53）

信息系统项目完成后，最终产品或项目成果应置于__(52)__内，当需要在此基础上进行后续开发时，应将其转移到__(53)__后进行。

(52) A. 开发库　　　B. 服务器　　　C. 受控库　　　D. 产品库
(53) A. 开发库　　　B. 服务器　　　C. 受控库　　　D. 产品库

试题 5 分析

信息系统项目完成后，最终产品或项目成果应置于产品库内，当需要在此基础上进行后续开发时，应将其转移到受控库后进行。详细的介绍请参考试题 2 的分析。

试题 5 答案

(52) D　　　　　　(53) C

试题 6（2009 年下半年试题 62）

在信息系统开发某个阶段工作结束时，应将工作产品及有关信息存入配置库的__(62)__。

（62）A．受控库　　　　B．开发库　　　　C．产品库　　　　D．知识库

试题 6 分析

知识库不属于配置管理中的配置库。在信息系统开发某个阶段工作结束时，应将工作产品及有关信息存入配置库的受控库。

试题 6 答案

（62）A

试题 7（2009 年下半年试题 63）

以下有关基线的叙述，错误的是　（63）　。

（63）A．基线由一组配置项组成

　　　B．基线不能再被任何人任意修改

　　　C．基线是一组经过正式审查并且达成一致的范围或工作产品

　　　D．产品的测试版本不能被看作基线

试题 7 分析

基线由一组配置项组成，这些配置项构成了一个相对稳定的逻辑实体，是一组经过正式审查并且达成一致的范围或工作产品。基线中的配置被"冻结"了，不能再被任何人随意修改。基线通常对应于开发过程中的里程碑，一个产品可以有多个基线，也可以只有一个基线。产品的测试版本可以作为一个基线。

试题 7 答案

（63）D

试题 8（2009 年下半年试题 64）

某个配置项的版本由 1.0 变为 2.0，按照配置版本号规则表明　（64）　。

（64）A．目前配置项处于正式发布状态，配置项版本升级幅度较大

　　　B．目前配置项处于正式发布状态，配置项版本升级幅度较小

　　　C．目煎配置项处于正在修改状态，配置项版本升级幅度较大

　　　D．目前配置坝处于正在修改状态，配置项版本升级幅度较小

试题 8 分析

版本管理的目的是按照一定的规则保存配置项的所有版本，避免发生版本丢失或混淆等现象，并且可以快速、准确地查找到配置项的任何版本。配置项的状态有三种："草稿"、"正式发布"和"正在修改"。

配置项的版本号与配置项的状态紧密相关。

（1）处于"草稿"状态的配置项的版本号格式为：0.YZ，YZ 数字范围为 01～99。随着草稿的不断完善，YZ 的取值应递增。YZ 的初值和增幅由开发者自己把握。

（2）处于"正式发布"状态的配置项的版本号格式为：X.Y。X 为主版本号，取值范围为

1～9。Y 为次版本号，取值范围为 1～9。

（3）配置项第一次"正式发布"时，版本号为 1.0。

（4）如果配置项的版本升级幅度比较小，一般只增大 Y 值，X 值保持不变。只有当配置项版本升级幅度比较大时，才允许增大 X 值。

（5）处于"正在修改"状态的配置项的版本号格式为：X.YZ。在修改配置项时，一般只增大 Z 值，X.Y 值保持不变。

因此，某个配置项的版本由 1.0 变为 2.0，按照配置版本号规则表明"目前配置项处于正式发布状态，配置项版本升级幅度较大"。

试题 8 答案

（64）A

试题 9（2009 年下半年试题 65）

下列选项中，不属于配置审核的作用是 __(65)__ 。

（65）A. 防止向用户提交不适合的产品　　B. 确保项目范围的正确

　　　 C. 确保变更遵循变更控制规程　　　D. 找出各配置项间不匹配的现象

试题 9 分析

配置审核的任务便是验证配置项对配置标识的一致性。配置审核的实施是为了确保项目配置管理的有效性，体现配置管理的最根本要求，不允许出现任何混乱现象，如：

（1）防止出现向用户提交不适合的产品，如交付了用户手册的不正确版本。

（2）发现不完善的实现，如开发出不符合初始规格说明或未按变更请求实施变更。

（3）找出各配置项间不匹配或不相容的现象。

（4）确认配置项已在所要求的质量控制审查之后作为基线入库保存。

（5）确认记录和文档保持着可追溯性。

因此，选项 B 是错误的，其属于项目范围管理的内容。

试题 9 答案

（65）B

试题 10（2010 年上半年试题 62）

在开发的软件产品完成系统测试之后，作为最终产品应将其存入 __(62)__ ，等待交付用户或现场安装。

（62）A. 知识库　　　B. 开发库　　　C. 受控库　　　D. 产品库

试题 10 分析

作为最终产品应将其存入产品库。

试题 10 答案

（62）D

试题 11（2010 年上半年试题 63）

某软件开发项目计划设置如下基线：需求基线、设计基线、产品基线。在编码阶段，详细设计文件需要变更，以下叙述中， __(63)__ 是正确的。

(63) A. 设计文件评审已通过，直接变更即可

　　　B. 设计基线已经建立，不允许变更

　　　C. 设计基线已经建立，若变更必须走变更控制流程

　　　D. 详细设计与设计基线无关，直接变更即可

试题 11 分析

本题中的软件开发项目设置了需求基线、设计基线、产品基线，在编码阶段设计基线已经建立。若要对详细设计文件进行变更，必须走变更控制流程。

试题 11 答案

(63) C

试题 12（2010 年上半年试题 64）

某个配置项的版本由 1.11 变为 1.12，按照配置版本号规则表明 __(64)__ 。

(64) A. 目前配置项处于正在修改状态，配置项版本升级幅度较大

　　　B. 目前配置项处于正在修改状态，配置项版本升级幅度较小

　　　C. 目前配置项处于正式发布状态，配置项版本升级幅度较小

　　　D. 目前配置项处于正式发布状态，配置项版本升级幅度较大

试题 12 分析

根据试题 8 的分析，本题中某配置项的版本由 1.11 变为 1.12，变化幅度较小。

试题 12 答案

(64) B

试题 13（2010 年上半年试题 65）

配置审计包括物理审计和功能审计， __(65)__ 属于功能审计的范畴。

(65) A. 代码走查　　　　　　　　　　　B. 变更过程的规范性审核

　　　C. 介质齐备性检查　　　　　　　　D. 配置项齐全性审核

试题 13 分析

配置审核（审计）工作主要集中在两个方面，一是功能配置审核，即验证配置项的实际功效是与其信息系统需求是一致的；二是物理配置审核，即确定配置项符合预期的物理特性。这里所说的物理特性是指定的媒体形式。

功能配置审核包括以下几个方面：

（1）配置项的开发已圆满完成。

（2）配置项已达到规定的性能和功能特定特性。

（3）配置项的运行和支持文档已完成并且是符合要求的。

功能配置审核可以包括按测试数据审核正式测试文档、审核验证和确认报告、评审所有批准的变更、评审对以前交付的文档的更新、抽查设计评审的输出、对比代码和文档化的需求、进行评审以确保所有测试已执行。另外，功能配置审核还可以包括依据功能和性能需求进行额外的和抽样的测试。

物理配置审核是进行审核以验证每个构建的配置项符合相应的技术文档，以及配置项与配置状态报告中的信息相对应。物理配置审核可以包括审核系统规格说明书的完整性，审核功能和审核报告，了解不符合时采取的措施，比较架构设计和详细设计构件的一致性，评审模块列表以确定符合已批准的编码标准，审核手册（如用户手册、操作手册）的格式、完整性和与系统功能描述的符合性等。

试题 13 答案

（65）A

试题 14（2010 年下半年试题 62）

在集成项目实施中，建设方要求建立项目配置管理。关于配置管理，以下叙述正确的是___（62）___。

（62）A. 配置管理适合软件开发过程，集成过程无法建立配置管理

　　　B. 配置管理必须要有配置工具，否则无法建立

　　　C. 如果没有专用工具，用手工方式也可以进行配置管理

　　　D. 配置库中把各设施登记清楚就可以

试题 14 分析

无论是软件开发过程还是系统集成过程，均需要建立配置管理。配置管理最初就是用手工进行管理的，后来随着配置管理越来越复杂，才过渡到用专用工具来管理来提高工作效率，但并非没有专用工具，就无法进行配置管理。

配置库并非简单地把设施登记一下，而是要存放软件与硬件方面的各种半成品、阶段性产品以及相关的管理信息（比如变更记录等）。

试题 14 答案

（62）C

试题 15（2010 年下半年试题 63）

某软件开发组针对两个相关联但工作环境可能有些差异的系统 1（对应"用户 1"）和系统 2（对应"用户 2"）进行配置管理。产品设计阶段的内部设计模块对应如下：

用户 1：采用 A，B，C，D，E 和 F 模块

用户 2：采用 A，B，C，D，E，G 和 H 模块

根据配置管理要求，以下做法正确的是 （63） 。

（63）A. 在设计阶段用户 1 和用户 2 对应的相同模块的配置项可以合并为一个配置项

B. 在设计阶段只需分别建立模块 F、G、H 的配置项，形成不同的基线

C. 在设计阶段就要对两个用户所要求的所有模块分别建立配置项并形成基线

D. 在后续开发阶段两个用户所要求的所有模块都要作为不同的分配置进行管理

试题 15 分析

显然，在设计阶段就要对两个用户所要求的所有模块分别建立配置项并形成基线。

试题 15 答案

（63）C

试题 16（2010 年下半年试题 65）

项目组成员中有一名专职的文件管理员，其主要职责之一是负责项目组的文件收发和保管。针对于文件收发环节，以下叙述不正确的是 （65） 。

（65）A. 电子版文件可通过授权系统来控制收发

B. 对于纸制文件可以采用编号、盖章等方法控制文件的有效性

C. 发给客户的文件可以不进行文件回收管理

D. 对现场使用的外来文件可不进行文件收发管理

试题 16 分析

选项 A 和选项 B 都是文件收发管理中常见的工作方法。

发给客户的文件通常是不会再回到项目组的，所以自然不需要进行文件回收管理。而现场使用的外来文件属于文件管理的范畴。

试题 16 答案

（65）D

第18章

组织级项目管理

根据考试大纲，本章要求考生掌握以下知识点。

（1）大型、复杂项目和多项目管理：大型、复杂项目和多项目管理的特征和分解，大型、复杂项目和多项目的计划过程，跟踪和控制管理、范围管理、资源管理和协作管理。

（2）项目绩效考核与绩效管理：信息系统项目整体绩效评估原则、整体绩效评估方法和财务绩效评估。

试题 1（2005 年上半年试题 39）

进行项目绩效评估时通常不会采用___（39）___。

（39）A．偏差分析　　B．趋势分析　　C．挣值分析　　D．因果分析

试题 1 分析

项目绩效评估是项目的事后评价，它是在项目结束后的一段时间内，对项目的立项、运作过程、效益、作用和影响进行的客观分析和总结，以确定项目预期的目标是否达到，项目或规划是否合理有效，项目的主要效益指标是否能够实现。通过分析、评价找出成败的原因，总结经验教训，并通过及时有效的信息反馈，对项目实施运营中出现的问题提出改进建议，从而达到提高投资效益的目的，同时，也可为以后相类似项目的可行性分析和决策提供参考。

项目绩效评估方法大致可分为三种类型，即定性评价方法、定量评价方法和定性定量相结合方法。其中定性方法来源久远，早期的评估决策均属此类方法，目前应用比较多的主要有趋势分析法、同行评议法、回溯分析法和德尔菲法等；定量方法主要是与财务会计有关的方法，如偏差分析法、投资回收期法、内部收益率法、挣值分析法等；定性定量相结合方法应用比较广泛，主要有：功效系数法、平衡记分法等。定性定量相结合法的实施思路是，首先选用一些定量指标、数据，例如，使用会计数据等；然后，对一些定性指标，如技术先进性、服务优良

等应用特定的数理方法，如层次分析法等，进行量化；最后进行定量评估。有时，分别进行定性和定量评价，最后以定量为主，用定性指标进行修正。

试题 1 答案

（39）D

试题 2（2005 年上半年试题 55）

下列关于项目组合管理的叙述，__（55）__是不恰当的。

（55）A. 项目组合管理借鉴了金融投资行业的投资组合理论

　　　B. 项目组合管理主要是平衡项目的风险和收益，选择最佳的投资组合

　　　C. 组织应该持续地评估和跟踪项目组合的风险和收益情况

　　　D. 项目组合管理是把项目合并起来进行管理

试题 2 分析

由于项目管理领域的多项目管理最初来源于金融投资领域，所以有时又被称为项目投资组合管理（Project Portfolio Management），它是一个保证组织内所有项目都经过风险和收益分析、平衡的方法论。

项目投资组合管理要求对组织内部的所有项目都进行风险评估和收益分析，并且随着项目的进展，持续的跟踪项目的风险和收益变化，以掌握这些项目的状态。根据项目的风险评估和收益分析结果，可将项目粗略地分为以下 4 类。

A 类：低风险，高收益；

B 类：低风险，低收益；

C 类：高风险，高收益；

D 类：高风险，低收益。

毫无疑问，对于高风险、低收益的项目（D 类），坚决不能立项。最理想的当然是低风险、高收益的项目（A 类），但遗憾的是，现实世界中的这类项目太少，更多的都是低风险、低收益（B 类）或者高风险、高收益（C 类）的项目。

任何组织，如果只在高风险、高收益的项目（C 类）上全力以赴，很可能会使组织陷入困境；但如果只在低风险、低收益的项目（B 类）上投资，组织就不可能得到大的发展。

试题 2 答案

（55）D

试题 3（2005 年上半年试题 56）

在项目管理当中，下列关于"间接管理"的论述中正确的是"间接管理"__（56）__。

（56）A. 有利于信息传递

　　　B. 不利于解决管理幅度问题

　　　C. 依赖于管理制度的建设

　　　D. 更容易建立管理者和被管理者之间的沟通和信任

试题 3 分析

所谓间接管理，是指组织的最终责任人不直接对组织内的每个人和每件事进行管理，而是通过授权和建立工作制度来对组织进行管理。

大型、复杂项目规模较大，目标构成复杂，项目经理很难直接管理到项目团队的每一个成员和项目的每一项目标，一般需要建立一个管理团队，实行分级管理和分工管理。

大型、复杂项目的项目经理的职责更集中于管理职责，管理所体现的效益更直接地影响项目目标的实现。同时，大型、复杂项目多实行分级管理制，项目经理一般采用间接管理的方式。

间接管理的最大好处就是每个管理者只需管理很少的直接下属，可以节省管理者的时间和精力。但是，采用间接管理后，组织中就多了一些管理层，这可能会导致组织在信息传递上出现问题。同时，不同层面、不同部分的管理者和被管理者之间也难以建立信任，必须依赖于一套规范的和健全的管理制度。

试题 3 答案

（56）C

试题 4（2006 年下半年试题 27）

关于项目管理办公室(PMO)的描述中，不正确的是　__(27)__　。

（27）A．PMO 在组织内部承担起了将组织战略目标通过一个个的项目执行加以实现的职能

　　　　B．PMO 建立组织内项目管理的支撑环境

　　　　C．PMO 负责组织内多项目的管理和监控

　　　　D．PMO 和项目经理追求相同的任务目标，并受相同的需求驱动

试题 4 分析

PMO 是在管辖范围内集中、协调地管理项目或多个项目的组织单元。PMO 关注于与上级组织或客户的整体业务目标相联系的项目或子项目之间的协调计划、优先级和执行情况。下列是 PMO 的一些关键特征（但不限于此）：

（1）在所有 PMO 管理的项目之间共享和协调资源。

（2）明确和制定项目管理方法、最佳实践和标准。

（3）项目方针、规程、模板和其他共享资料的交换场所和管理。

（4）为所有项目进行集中的配置管理。

（5）所有项目的集中的共同风险和独特风险存储库，并对之加以管理。

（6）项目工具（例如企业级项目软件）的实施和管理中心办公室。

（7）项目之间的沟通管理协调中心。

（8）对项目经理进行指导的平台。

（9）通常在企业级对所有 PMO 管理的项目的时间线和预算进行中央控制。

（10）在项目经理和任何内部或外部的质量人员或标准化组织之间协调整体项目质量标准。

项目经理和 PMO 在组织中处于不同的层次，其工作的关注重点不同，工作目标和需求也不相同。

试题 4 答案

（27）D

试题 5（2006 年下半年试题 56）

____（56）____属于项目组合管理的基本过程。

（56）A．项目管理　　　B．项目控制　　　C．项目选择　　　　　D．项目策划

试题 5 分析

传统的项目管理采取的是自下而上的管理方式，即数据从项目管理的底层开始收集，传送至高层经过分析后对项目进行管理和控制。这是一种战术性的项目管理方式，不能及时发现与组织战略目标的偏差。

项目组合管理采取的是自上而下的管理方式，即先确定组织的战略目标，优先选择符合组合管理战略目标的项目，在组织的资金和资源能力范围有效执行项目。

试题 5 答案

（56）C

试题 6（2007 年下半年试题 51）

美国项目管理协会（PMI）于 2003 年公布了组织级项目管理成熟度模型（OPM3），OPM3 的最佳实践由过程组、知识领域和过程改进的若干个阶段组成。其中过程改进的四个阶段是（51）。

（51）A．通用术语，通用过程，基准比较，持续性改进

　　　B．初始级，可重复级，可控制级，持续改进级

　　　C．初始级，标准级，可管理级，持续改进级

　　　D．标准化，可测量，可控制，持续性改进

试题 6 分析

完整的 OPM3 模型包括知识、评估和改进 3 个组成要素。OPM3 模型是一个三维的模型，第一维是成熟度的 4 个等级，第二维是项目管理的 9 个领域和 5 个基本过程，第三维是组织项目管理的 3 个版图层次。

4 个等级是标准化的（Standardizing）、可测量的（Measuring）、可控制的（Controlling）、持续改进的（Continuously Improving）。

9 个领域指项目整体管理、项目范围管理、项目时间管理、项目费用管理、项目质量管理、项目人力资源管理、项目沟通管理、项目风险管理和项目采购管理。

5 个基本过程是指启动过程（Initiating Processes）、计划编制过程（Planning Processes）、执行过程（Executing Processes）、控制过程（Controlling Processes）和收尾过程（Closing

Processes）。

3 个版图是单个项目管理（Project Management）、项目组合管理（Program Management）和项目投资组合管理（Portfolio Management）。

试题 6 答案

（51）D

试题 7（2007 年下半年试题 52）

企业级项目管理办公室（PMO）的主要功能和作用可以分为两大类：日常性职能和战略性职能。__（52）__属于项目管理办公室战略职能。

（52）A. 提供项目管理的指导和咨询，培养项目管理人员

      B. 建立企业内项目管理的支撑环境以及提供项目管理的指导

      C. 项目组合管理和提高企业项目管理能力

      D. 企业内的多项目的管理和监控

试题 7 分析

企业级项目管理办公室（PMO）的主要功能和作用可以分为两大类：日常性职能和战略性职能。

日常性职能主要有：

（1）建立组织内项目管理的支撑环境。包括统一的项目实施流程、项目过程实施指南和文档模板、项目管理工具、项目管理信息系统。

（2）培养项目管理人员。在企业内提供项目管理相关技能的培训。

（3）提供项目管理的指导和咨询。最大限度的集中项目管理专家，提供项目管理的咨询与顾问服务。

（4）组织内的多项目管理和监控。PMO 统一收集和汇总所有项目的信息和绩效，并对组织高层或其他需要这些信息的部门或组织进行报告

战略性职能主要有：

（1）项目组合管理。包括将组织战略和项目关联，项目选择和优先级排定。组合管理所关心的是适配、效用（用途和价值）和平衡。

（2）提高企业项目管理能力。一方面通过 PMO 所承担的日常性职能来贯彻和体现，另一方面把项目管理能力变成一种可持久体现的、而不依赖于个人行为的组织行为。将企业的项目管理实践和专家知识整理成适合于本企业的一套方法论，提供在企业内传播和重用。

试题 7 答案

（52）C

试题 8（2008 年上半年试题 30）

以下关于项目绩效评估的表述，不正确的是__（30）__。

（30）A. 项目经理需要收集来源于项目内部和外部资源的正式和非正式的项目绩效评估

B．项目经理必须评估每一个团队成员

C．作为绩效评估的结果，一些团队成员在 RAM（责任分配矩阵）中的角色将被调整

D．即使项目组织是临时的，项目评估也应列入到组织绩效评估中

试题 8 分析

显然，A 是错误的。项目经理不需要收集来源于外部资源项目绩效评估。

试题 8 答案

（30）A

试题 9（2008 年上半年试题 38）

在项目每个阶段结束时进行项目绩效评审是很重要的，评审的目标是__（38）__。

（38）A．根据项目的基准计划来决定完成该项目需要多少资源

B．根据上一阶段的绩效调整下一阶段的进度和成本基准

C．得到客户对项目绩效认同

D．决定项目是否可以进入下一个阶段

试题 9 分析

显然，项目阶段绩效评审的目标是评审本阶段的任务是否已经完成，决定项目是否可以进入下一个阶段。

试题 9 答案

（38）D

试题 10（2008 年上半年试题 32）

在项目的一个阶段末，开始下一阶段之前，应该确保__（32）__。

（32）A．下个阶段的资源能得到

B．进程达到它的基准

C．采取纠正措施获得项目结果

D．达到阶段的目标以及正式接受项目阶段成果

试题 10 分析

在项目的一个阶段末，开始下一阶段之前，应该确保达到阶段的目标以及正式接受项目阶段成果。

试题 10 答案

（32）D

试题 11（2008 年上半年试题 53）

项目组合管理的一个目标是 __(53)__ 。

(53) A. 管理项目组合中每个项目文件中的各项内容

B. 评估组织的项目管理成熟度，并依据评估结果估算完成组织当前在建项目所需的资源

C. 通过慎重选择项目或大型项目并及时剔除不满足项目组合战略目标的项目，使项目组合的价值最大

D. 在组织的所有项目上平衡所使用的资源

试题 11 分析

项目组合是项目或大项目和其他工作的一个集合，将其组合在一起的目的是为了进行有效的管理以满足战略上的业务目标。项目组合中的项目或大项目并不必需是相互依赖或直接相关的。

组织依据特定的目标管理这些项目组合。项目组合管理的目标就是通过对准备纳入项目组合的候选项目和大项目的仔细检查，并定期排除不满足项目组合的战略目标的项目，以最大化项目组合的价值。另外的目标是平衡项目组合中的递增的和基本的投资，使资源得到有效的利用。大多情况下，高级项目经理或高级管理团队负责组织的项目组合管理。

试题 11 答案

(53) C

试题 12（2008 年下半年试题 57~58）

在大型项目或多项目实施的过程中，负责实施的项目经理对这些项目大都采用 __(57)__ 的方式。投资大、建设周期长、专业复杂的大型项目最好采用 __(58)__ 的组织形式或近似的组织形式。

(57) A. 直接管理　　B. 间接管理　　C. 水平管理　　D. 垂直管理

(58) A. 项目型　　　B. 职能型　　　C. 弱矩阵型　　D. 直线型

试题 12 分析

大型及复杂项目具有项目周期长，项目规模大、目标构成复杂，团队构成复杂等特点。在大型项目或多项目实施的过程中，项目经理的日常职责更集中于管理职责。在大型及复杂项目的状况下，需要更明确而专一的分工机制，管理所体现的效率因素更直接地影响项目的目标实现。同时，由于大型项目大多数是以项目群的方式进行，因此，最好采用项目型的组织形式或近似的组织形式，而大型项目经理面临更多的是间接管理。

试题 12 答案

(57) B　　　　　(58) A

试题 13（2009 年上半年试题 31）

___(31)___ 属于项目财务绩效评估的基本方法。

(31) A. 动态分析法   B. 预期效益分析法

      C. 风险调整贴现率法   D. 因果图

试题 13 分析

对项目的投资效果进行经济评价的方法，有静态分析法和动态分析法。

静态分析法对若干方案进行粗略评价，或对短期投资项目作经济分析时，不考虑资金的时间价值。此法简易实用，包括投资收益率法、投资回收期法、追加投资回收期法和最小费用法。

动态分析法也叫贴现法，它考虑了资金的时间价值，较静态分析法更为实际、合理。其中包括净现值法、内部收益率法、净现值比率法和年值投资回收期等方法。

试题 13 答案

(31) A

试题 14（2009 年上半年试题 54）

关于项目管理办公室（PMO）的叙述，___(54)___ 是错误的。

(54) A. PMO 可以为项目管理提供支持服务

      B. PMO 应该位于组织的中心区域

      C. PMO 可以为项目管理提供培训、标准化方针及程序

      D. PMO 可以负责项目的行政管理

试题 14 分析

PMO 可以负责项目的行政管理，但没有必要"位于组织的中心区域"。

试题 14 答案

(54) B

试题 15（2009 年上半年试题 62）

关于大型及复杂项目的描述，下列说法不正确的是 ___(62)___ 。

(62) A. 大型及复杂项目的项目经理日常职责更集中于管理职责

      B. 大型及复杂项目的管理与一般项目管理的方法有质的变化

      C. 大型及复杂项目的管理模式以间接管理为主

      D. 大型及复杂项目的管理是以项目群的方式进行

试题 15 分析

大型或复杂项目与普通项目之间界限并不明确，或许合同额、团队规模和涉及的合作方

多少可以作为衡量是否为大型或复杂项目的标准。虽然把大型或复杂项目首先分解成多个中小项目或简单项目（即项目群）来管理，但从项目管理的角度来说，如果这些因素不导致所采用的项目管理方法有根本的变化，则仅仅是"量变"而不是"质变"。

对于大型及复杂项目，一般有如下特征：项目周期较长；项目规模较大，目标构成复杂；项目团队构成复杂；大型项目经理的日常职责将更集中于管理职责。同时，由于大型项目大多数是以项目群的方式进行，而大型项目经理面临更多的将是"间接管理"的挑战。

试题 15 答案

（62）B

试题 16（2009 年上半年试题 63）

关于大型及复杂项目的计划过程的描述正确的是　__（63）__。

（63）A．大型及复杂项目的计划主要关注项目的活动计划
　　　 B．大型及复杂项目必须建立以活动为基础的管理体系
　　　 C．大型及复杂项目建立单独的过程规范不会增加成本
　　　 D．大型及复杂项目的计划必须先考虑项目的过程计划

试题 16 分析

一般项目的计划主要关注的是项目活动的计划。但是对大型及复杂项目来说，制定活动计划之前，必须先考虑项目的过程计划，也就是必须先确定什么方法和过程来完成项目。

所谓过程，就是通过系统的方法和步骤来实现一个预定的目标。过程最根本的目的和益处就在于：当你遵循一个预定义的过程时，具有较高的可能性来实现预定的目标和结果。

对于大型和复杂项目来说，则必须建立以过程为基础的管理体系。因为对大型和复杂项目来说，协作的效率要远远高于个体的效率，也会有力地保证项目质量。

试题 16 答案

（63）D

试题 17（2009 年上半年试题 64）

当一个大型及复杂项目在　__（64）__　确定后，就需要制定项目计划。

（64）A．需求定义　　 B．活动计划　　　　　 C．项目过程　　　 D．项目团队

试题 17 分析

一般项目的计划主要关注的是项目活动的计划。但是对大型及复杂项目来说，制定活动计划之前，必须先考虑项目的过程计划，也就是必须先确定什么方法和过程来完成项目。

当确定了项目过程后，就需要制定项目计划。一个项目的计划是最终表述如何实现项目目标的具体过程。

在明确项目过程后，在进行"产品工程过程"时，应该认识到大型 IT 项目都是在需求不十分清晰的情况下开始的。所以项目就自然分成了两个主要的阶段：需求定义阶段和需求实现

阶段。这两个阶段所要求完成的任务性质并不一致，前者往往要求对业务领域有深刻的理解；后者则主要放在对技术领域的精通上。

项目进入需求定义阶段之前往往需求很粗糙，随着项目进行，需求逐步清晰的时候，应该对先前的项目计划进行一次较大的详细的修订。这也体现了项目的渐进明细特点。

试题 17 答案

（64）C

试题 18（2009 年上半年试题 65）

大型及复杂项目因其复杂性和多变性使得范围管理尤为重要，其中应遵循的基本原则不包括__（65）__。

（65）A．通过分解结构对项目进行管理

B．包含了一系列子过程，用以确保能够实现项目目标所必需的工作

C．项目过程的持续改进

D．对项目变更应该统一控制

试题 18 分析

在制定大型及复杂项目的计划时，例如在明确大型及复杂项目的范围时，所用的工具和一般项目相同也是"分解结构"，即按照项目组织结构、产品结构和生命周期 3 个层次制定分解结构。

大型及复杂项目项目计划应明确实现项目目标的一系列子过程，因此制定大型及复杂项目项目计划时，该计划首先应明确项目的范围，即项目要完成的工作是什么；然后明确项目的质量要求、进度要求和成本要求等。

大型项目中，由于涉及多方的共同协调，对变更需要统一的控制，否则会直接导致项目执行中的大量混乱。

与项目的计划过程不同，过程改进聚焦于工作的不同优化和改善，过程改进描述如何在项目进行当中不断地改进，同时也会把改进的建议作为组织过程资产沉淀下来。

试题 18 答案

（65）C

试题 19（2009 年上半年试题 66）

一般来说，多项目管理从项目目标上看项目可能是孤立无关的，但是这些项目都是服务于组织的产品布局和战略规划，项目的协作管理不包括__（66）__。

（66）A．共享和协调资源 　　　　　B．项目进行集中的配置管理

C．统一收集和汇总项目信息 　　D．与甲方的技术主管部门的沟通

试题 19 分析

虽然从项目目标和执行层面上看，一个组织内的多个项目之间好像是孤立的、无关联的。

但实际上这些项目都是服务于组织的产品布局和战略规划，它们存在着以下这些共有的特性：

（1）这些项目的最终目标都是支撑企业既定战略的实现，为企业创造利润。

（2）这些项目共享组织的资源，资源的调配会在项目之间产生影响。

（3）共享项目的最佳实践将会提高整个组织实施项目的能力。

（4）这些项目需进行集中的配置管理。

（5）在组织的层面上，需统一收集和汇总这些项目的信息。

而"与甲方的技术主管部门的沟通"属于单个项目的任务，不属于多项目之间的协作。

试题 19 答案

（66）D

试题 20（2009 年上半年试题 67）

投资大、建设周期长、专业复杂的大型项目最好采用　__(67)__　的组织形式或近似的组织形式。

（67）A．项目型　　　　B．职能型　　　　C．弱矩阵型　　　　D．直线型

试题 20 分析

投资大、建设周期长、专业复杂的大型项目有如下特点：战略意义重大；规模大；需要跨组织的资源协作、团队构成复杂；需要跨领域业务协作；创新成份多，项目风险较大；持续时间长，含有运营成分。这些特点表明，要想使大型项目成功，必须对项目的资源进行严格的控制，而不能有来自组织内各部门的干扰，因此项目型就成为大型项目最好的组织形式。

试题 20 答案

（67）A

试题 21（2009 年上半年试题 68）

大型复杂项目各子项目由于目标相同而存在，以下关于子项目的描述不恰当的是 __(68)__ 。

（68）A．需明确各子项目之间相互依赖、相互配合和相互约束的关系

　　　 B．为每一个子项目的绩效测量制定明确的基准

　　　 C．一个子项目的变更不会引起其它子项目范围的巨大的变动

　　　 D．各子项目也应确定明确的范围、质量、进度、成本

试题 21 分析

对大型复杂项目的管理，一般来讲首先把它们分解成一个个独立的而又相互联系的子项目来管理。但需明确这些子项目之间相互依赖、相互配合和相互约束的关系。因子项目也是项目，因此应为每一个子项目的绩效测量制定明确的基准，如范围、质量、进度和成本等方面的基准。

因为大型复杂项目的子项目之间相互依赖、相互配合和相互约束，所以一个子项目的变

更通常会引起其他子项目范围的相应变动。

试题 21 答案

（68）C

试题 22（2009 年下半年试题 32）

项目每个阶段结束时进行项目绩效评审是很重要的，评审的目标是 ___（32）___ 。

（32）A. 决定项目是否应该进入下一个阶段

　　　　B. 根据过去的绩效调整进度和成本基准

　　　　C. 得到客户对项目绩效认同

　　　　D. 根据项目的基准计划来决定完成该项目需要多少资源

试题 22 分析

请参考试题 9 的分析。

试题 22 答案

（32）A

试题 23（2009 年下半年试题 50）

下列选项中，有关项目组合和项目组合管理的说法错误的是 ___（50）___ 。

（50）A. 项目组合是项目或大项目和其他工作的一个集合

　　　　B. 组合中的项目或大项目应该是相互依赖或相关的

　　　　C. 项目组合管理中，资金和支持可以依据风险/回报类别来进行分配

　　　　D. 项目组合管理应该定期排除不满足项目组合的战略目标的项目

试题 23 分析

　　项目组合是项目或大项目和其他工作的一个集合。项目组合管理是一个保证组织内所有项目都经过风险和收益分析、平衡的方法论。任何组织如果只在高风险的项目上全力以赴，将会使组织陷入困境。项目组合管理从风险和收益的角度出发，它要求每一个项目都有存在的价值。如果一个项目风险过大或是收益太小，它就不能在组织内通过立项。项目组合管理要求对组织内部的所有项目都进行风险评估和收益分析，并随着项目的进展，持续地跟踪项目的风险和收益变化，以掌握这些项目的状态。在项目组合管理中，资金和支持可以依据风险/回报类别进行分配，应该定期排除不满足项目组合的战略目标的项目。但项目组合中的项目或大项目不一定是相互依赖或相关的。

试题 23 答案

（50）B

试题 24（2009 年下半年试题 51）

项目组合管理可以将组织战略进一步细化到选择哪些项目来实现组织的目标，其选择的主要依据在于__(51)__。

(51) A. 交付能力和收益　　　　　　B. 追求人尽其才

　　　 C. 追求最低的风险　　　　　　D. 平衡人力资源专长

试题 24 分析

项目组合管理可以将组织战略进一步细化到选择哪些项目来实现组织的目标，其选择的主要依据在于交付能力和收益。

试题 24 答案

(51) A

试题 25（2009 年下半年试题 53）

项目经理小丁负责一个大型项目的管理工作，目前因人手紧张只有 15 个可用的工程师，因为其他工程师已经被别的项目占用。这 15 个工程师可用时间不足所需时间的一半，并且小丁也不能说服管理层改变这个大型项目的结束日期。在这种情况下，小丁应该__(53)__。

(53) A. 与团队成员协调必要的加班，以便完成工作

　　　 B. 告诉团队成员他们正在从事一项很有意义的工作，以激发他们的积极性

　　　 C. 征得管理层同意，适当削减工作范围，优先完成项目主要工作

　　　 D. 使用更有经验的资源，以更快地完成工作

试题 25 分析

小丁不能说服管理层改变这个大型项目的结束日期，而这 15 个工程师可用时间不足所需时间的一半。项目人手紧张，不能抽调有经验的资源。可用时间和所需时间相差太多，因此不能简单地通过加班和激发积极性来完成，必须征得管理层同意，适当削减工作范围，优先完成项目主要工作。

试题 25 答案

(53) C

试题 26（2010 年上半年试题 50）

大型及复杂项目可以按照项目的__(50)__3 个角度制定分解结构。

(50) A. 产品范围、可交付物、约束条件

　　　 B. 组织体系、需求分析、基准计划

　　　 C. 组织结构、产品结构、生命周期

　　　 D. 组织过程资产、范围说明书、范围管理计划

试题 26 分析

请参考试题 18 的分析。

试题 26 答案

（50）C

试题 27（2010 年上半年试题 51）

张工程师被任命为一个大型复杂项目的项目经理，他对于该项目的过程管理有以下认识，其中 __（51）__ 是不正确的。

（51）A. 可把该项目分解成为一个个目标相互关联的小项目，形成项目群进行管理

    B. 建立统一的项目过程会大大提高项目之间的协作效率，为项目质量提供有力保证

    C. 需要平衡成本和收益后决定是否建立适用于本项目的过程

    D. 对于此类持续时间较长并且规模较大的项目来说，项目初期所建立的过程，在项目进行过程中可以不断优化和改进

试题 27 分析

大型复杂项目具有项目规模大、目标构成复杂的特点。在这种情况下，往往把项目分解成为一个个目标相互关联的小项目，形成项目群进行统一管理。

对于大型复杂项目来说，必须建立以过程为基础的管理体系。因为这时协作的效率远远高于个体的效率。建立统一的项目过程会大大提高项目之间的协作效率，有利于保证项目质量。

每个企业一般都有自己的通用过程，但是项目的特征又使得每个项目都有其各自不同的要求。所以每个项目单独建立一套适合自己的过程是有益的，但这本身也会产生成本，需要平衡成本和收益。对于大型复杂项目来说，为项目单独建立一套合适的过程规范无疑是值得的。

通常过程是作为经验的继承，既然过程来自于最佳实践经验，也就意味着它需要不断更新和发展。所以过程本身不是一成不变的，而是可以随着经验的增加和积累，不断优化和改进。对于一个持续时间较长的规模较大的项目来说，项目初期所建立的过程，在项目进行过程中可以不断优化和改进。

试题 27 答案

（51）C

试题 28（2010 年上半年试题 52）

针对大型 IT 项目，下列选项中 __（52）__ 是不正确的。

（52）A. 大型 IT 项目一般是在需求不十分清晰的情况下开始的，所以需要对项目进行阶段性分解

    B. 通常由专业的咨询公司对需求进行详细的定义

    C. 使用甘特图制定项目的进度计划

　　D．项目需求定义和需求实现通常都是一方完成的

试题 28 分析

　　一般来说，大型 IT 项目一般是在需求不十分清晰的情况下开始的，所以项目就自然分解为两个主要的阶段：需求定义阶段和需求实现阶段。这两个阶段要求完成的任务性质并不一致，前者往往要求对业务领域有深刻的理解；后者则主要放在对技术领域的精通上。这种差别已被越来越多的组织所认识。故很多大型 IT 项目都采用下列项目运作模式：

　　第一阶段由专业的咨询公司对需求进行详细的定义，需求定义的结果作为实现阶段的输入，而第一阶段的咨询公司转变成需求实现阶段的项目监理的角色。这样分工改变了过去项目的需求定义和需求实现均由一方完成的缺陷。

　　大型 1T 项目在制定项目计划时所用的工具与一般项目管理无异，可使用甘特图制定项目的进度计划。对于大型复杂项目来说里程碑的设置至关重要。

试题 28 答案

　　（52）D

试题 29（2010 年上半年试题 53）

　　大型项目可能包括一些超出单个项目范围的工作。项目范围是否完成以在　(53)　中规定的任务是否完成作为衡量标志。

　　①项目管理计划　②项目范围说明书　③WBS　④产品验收标准　⑤更新的项目文档　⑥WBS 字典

　　（53）A．①②③④　　　B．①②③⑥　　　C．①③④⑤　　　D．②④⑤⑥

试题 29 分析

　　项目范围是否完成以在项目管理计划、项目范围说明书、WBS 和 WBS 字典中规定的任务是否完成作为衡量标志。

试题 29 答案

　　（53）B

试题 30（2010 年下半年试题 50）

　　　(50)　不属于大型项目控制的三要素。

　　（50）A．项目绩效跟踪　　B．质量改进　　　C．外部变更请求　　　D．变更控制

试题 30 分析

　　大型、复杂项目规模庞大，团队构成复杂，项目实施过程中的监督和控制尤为重要。控制过程的主要任务和目标是：获取项目的实施绩效，将项目实施的状态和结果与项目的基准计划进行比较，如果出现偏差及时进行纠正和变更。大型及复杂项目主要是依托项目集的组织，项目实施绩效是通过组织结构层层传递的，这就可能导致信息的传递失真。通常，信息系统项目的进度和成本实际绩效信息比较明确，传递过程中这些信息失真的概率较小，但是在范围和

质量上，则存在很大信息失真的概率。

在大型项目管理中，项目控制过程的 3 个重要因素是外部变更请求、变更控制、项目绩效跟踪。在大型项目中，由于涉及多方的共同协调，因此必须对变更统一地控制，否则会直接导致项目执行中的大量混乱，即外部变更和内部偏差所引起的变更必须遵循变更控制流程来作用于项目。在大型及复杂项目中，CCB 往往是项目的最高控制机构之一。

试题 30 答案

（50）B

试题 31（2010 年下半年试题 51）

在大项目管理中，往往要在项目各阶段进行项目范围确认。有关范围确认的叙述，正确的是　（51）　。

（51）A. 应由项目管理办公室组织项目经理、市场代表进行范围确认

　　　B. 应由项目管理办公室组织客户代表等项目干系人进行范围确认

　　　C. 软件的回归测试是质量管理范围内的内容，与范围确认关系不大

　　　D. 范围确认就是对交付的实物进行认可

试题 31 分析

范围确认是项目干系人（发起人、客户和顾客等）正式接受已完成的项目范围的过程。范围确认往往通过检查来实现。检查包括测量、测试、检验等活动，以判断结果是否满足项目干系人的要求和期望，检查也被称为审查、产品评审和走查。项目范围确认时，项目管理组织必须向客户方出示能够明确说明项目（或项目阶段）成果的文件，如项目管理文件（计划、控制、沟通等）、技术需求确认说明书、技术文件、竣工图纸等。

试题 31 答案

（51）B

试题 32（2010 年下半年试题 53）

关于项目管理办公室对多项目的管理，以下叙述不正确的是　（53）　。

（53）A. 使用项目管理系统可强化对各项目的监控

　　　B. 出于成本考虑，一般不对单个项目建立独立的一套过程规范

　　　C. 项目管理办公室不仅要对各项目实施有效监控，还要负责对各项目进行专业指导

　　　D. 为了不对各个项目的实施造成影响，项目管理办公室一般不对各项目进行资源平衡

试题 32 分析

由于 PMO 需要在各项目之间共享资源，当资源受限时，就需要对各项目进行资源平衡，以充分利用资源。

试题 32 答案

（53）D

试题 33（2010 年下半年试题 54）

希赛公司目前有 15 个运维服务合同正在执行，为提高服务质量和效率，企业采取的正确做法应包括　(54)　。

①建立一个服务台统一接受客户的服务请求；②设立一个运维服务部门对 15 个项目进行统一管理；③建立相同的目标确保各项目都能提供高质量的服务；④建立一套统一的知识库

（54）A. ①②③　　　　B. ②③④　　　　C. ①③④　　　　D. ①②④

试题 33 分析

希赛公司目前有 15 个运维服务合同正在执行，建立一个服务台统一接受客户的服务请求，设立一个运维服务部门对 15 个项目进行统一管理，建立一套统一的知识库，都可以提高服务质量和效率。而对于不同的项目，应该建立不同的目标。

试题 33 答案

（54）D

第19章

项目管理高级知识

作为一名优秀的信息系统项目管理师，除了掌握基本的项目管理体系外，还必须熟悉一些项目管理方面的高级知识和信息系统监理知识。根据考试大纲，本章要求考生掌握以下知识点。

（2）战略管理：战略的概念、战略制定、战略执行和战略评估。

（3）用户业务流程管理：业务流程分析方法、业务流程改造、管理咨询、业务流程建模、业务流程实施和业务流程评估与持续优化。

（4）知识管理：知识管理概念、知识管理对项目管理的意义、知识管理的内容、知识管理常用的工具、手段和知识产权保护。

试题 1（2005 年上半年试题 57）

战略管理的主要活动可以分为下列的 __（57）__ 。

（57）A. 战略分析、战略执行、战略评估　　B. 战略制定、战略执行、战略评估

　　　 C. 战略分析、战略制定、战略执行　　D. 战略分析、战略指定、战略评估

试题 1 分析

企业是一个复杂、动态、开放的系统，有效的项目管理活动必须能根据企业战略要求，并从企业整体角度出发整合其范围内的所有项目管理活动，进行企业战略管理，将分散于企业系统中的项目管理活动集成到战略范畴。

战略管理是指对一个组织的未来方向制定决策和实施这些决策，它大体可以分解如下。

（1）战略制定：企业制定战略的步骤包括明确企业使命、进行外部环境分析、展开内部环境评估、确定战略目标、形成战略方案，以及选择战略方案。

（2）战略执行：企业的战略一旦形成后，战略管理的关键就是战略的执行。企业战略的

执行一般包括建立组织、配置资源、制定政策、实施领导，以及创造企业文化等。

（3）战略评估：战略监控是企业战略管理过程中的最后一个环节，其基本目的是要保证企业完成规定的战略计划。在监控过程中，一般是将实际执行情况与预期结果进行比较，通过必要的信息反馈正确地评估战略的实施成果，或采取相应的修正措施。实施评估是战略监控的重要内容，必须按照预定的标准和时间进行评价。

试题 1 答案

（57）B

试题 2（2005 年上半年试题 58）

下列关于企业文化的叙述中，不正确的是 __(58)__ 。

（58）A．反映了企业的内部价值观   B．反映了企业中人员的态度和做事方式

      C．企业文化总能发挥积极的作用   D．可以体现在企业战略中

试题 2 分析

企业文化是指企业的基本信息、基本价值观和对企业内外环境的基本看法，是由企业的全体成员共同遵守和信仰的行为规范及价值体系，是指导人们从事工作的哲学观念。

每一个企业都有自己独特的企业文化，这种文化是一种无形的力量，它影响并规定着企业成员的思维和行为方式，从而对实施企业战略产生重大的影响。可见，创造富有活力的企业文化是实施战略的重要内容之一。

企业文化可以是积极的也可能是消极的，要视具体表现而定，不要认为企业文化总能发挥积极作用。企业在一定时期内所实施的战略与原有企业文化有时是一致的，有时是有冲突的，高层管理人员必须采取不同的对策。

企业文化不是短时间内形成的，必须经过长时间才能见效，毫无疑问，这是组织设计中的一项重点工作。

试题 2 答案

（58）C

试题 3（2005 年下半年试题 57）

一个产业的竞争状态取决于五种基本竞争力量：新竞争者的进入、替代品的威胁、买方的讨价还价能力、供应者的讨价还价能力及 __(57)__ 。

（57）A．买方的意向   B．宏观经济环境

      C．国家政策   D．现有竞争者之间的竞争

试题 3 分析

波特（M.E.Porter）认为，企业的竞争强度取决于市场上存在的五种基本竞争力量，即现有企业间的竞争力量、供方讨价还价能力、买方讨价还价能力、潜在进入者的威胁、替代产品生产的威胁。正是这五种力量的共同作用影响、决定了企业在产业中的最终盈利潜力。这五种

基本竞争力量的状况及其综合强度，决定着特定市场的竞争激烈程度，决定着特定市场中获得利润的最终潜力。从战略制定的观点看，五种竞争力量共同决定特定市场竞争的强度和获利能力。但是，各种力量的作用是不同的，常常是最强的力量或是某股合力共同处于支配地位，起决定作用。

一个特定市场的企业，其竞争战略目标应是在此特定市场中找到一个位置，在这个位置上，该企业能较好地防御五种竞争力量，或者说，该企业能够对这些竞争力量施加影响，使它们有利于本企业。因此，企业在制定战略时，应透过现象抓住本质，分析每个竞争力量的来源，了解特定市场的竞争力量及其基本情况，明确与这些竞争比较，本企业的优势和劣势，从而确定本企业对各种竞争力量的态度，以及采取的基本政策，制定出有效的竞争战略。其中包括如何抵制进入者，如何与代用品竞争，如何提高与供应者和购买者讨价还价的能力，如何应付原有竞争者的抗衡等。

试题 3 答案

（57）D

试题 4（2006 年下半年试题 57）

下列关于 BPR 的叙述中，___（57）___是不正确的。

（57）A．BPR 需要对流程重新构思　　B．BPR 是对当前流程激进的破坏性创造

　　　　C．BPR 是针对管理流程的重组　　D．BPR 有时会导致组织的不稳定

试题 4 分析

业务流程重组（业务流程改造）是指为了在衡量绩效的关键指标上取得显著改进，从根本上重新思考、彻底改进业务流程。其中，衡量绩效的关键指标包括产品和服务质量、顾客满意度、成本、员工工作效率等。与以往的"目标管理"、"全面质量管理"、"战略管理"等理论相比，业务流程重组要求企业管理者从根本上重新思考业已形成的基本信念，即对长期以来企业在经营中所遵循的基本信念，如分工思想、等级制度、规模经营、标准化生产等体制性问题进行重新思考。这就需要打破原有的思维定势，进行创造性思维。业务流程进行重组的第一步，就是要先决定自己应该做什么，以及怎样做，而不能在既定的框框中实施重组。这是因为，业务流程重组不是对组织进行肤浅的调整修补，而是要进行脱胎换骨式的彻底改进，抛弃现有的业务流程和组织结构，以及陈规陋习，另起炉灶。

确切地说，是针对企业业务流程的基本问题进行反思，并对它进行彻底的重新设计，以便在成本、质量、服务和速度等当今衡量企业业绩的这些重要指标上取得显著性的提高。

企业流程重组理论是从企业管理开始的，要求对企业的流程、组织结构、文化进行全面的、急剧的重塑，以达到工作流程和生产率的最优化，实现绩效的飞跃。

企业流程改造成功的关键是什么是实现信息技术和人的有机结合，将信息技术和人这两个关键要素有效运作于流程再设计与再造活动中，推进组织的技术性和社会性；利用信息技术协调分散与集中的矛盾，即在设计和优化企业业务流程时，强调尽可能利用信息技术实现信息的一次处理与共享使用机制，将串行工作流程改造为并行工作流程。

企业流程重组的核心原则是指导变革方向的根本性原则，即坚持以流程为导向的原则，

坚持团队式管理的原则，坚持以顾客为中心的原则。

试题 4 答案

（57）C

试题 5（2007 年下半年试题 57）

基于业务流程重组的信息系统规划主要步骤是___(57)___。

（57）A. 系统战略规划阶段、系统流程规划阶段、系统功能规划阶段和系统实施阶段

B. 系统战略规划阶段、系统流程规划阶段、系统数据规划阶段、系统功能规划阶段和系统实施阶段

C. 系统战略规划阶段、系统流程规划阶段、系统数据规划阶段和系统实施阶段

D. 系统战略规划阶段、系统流程规划阶段、系统方案规划阶段、系统功能规划阶段和系统实施阶段

试题 5 分析

基于业务流程重组的信息系统规划主要步骤如下：

（1）系统战略规划阶段。主要是明确企业的战略目标，认清企业的发展方向，了解企业运营模式；进行业务流程调查，确定成功实施企业战略的成功因素，并在此基础上定义业务流程远景和信息系统战略规划，以保证流程再造、信息系统目标与企业的目标保持一致，为未来工作的进行提供战略指导。

（2）系统流程规划阶段。面向流程进行信息系统规划，是数据规划与功能规划的基础。主要任务是选择核心业务流程，并进行流程分析，识别出关键流程以及需要再造的流程，并勾画重构后的业务流程图，直至流程再造完毕，形成系统的流程规划方案。

（3）系统数据规划阶段。在流程重构的基础上识别和分类由这些流程所产生、控制和使用的数据。首先定义数据类，所谓数据类指的是支持业务流程所必须的逻辑上的相关数据。然后进行数据的规划，按时间长短可以将数据分为历史数据、年报数据、季报数据、月报数据、日报数据等，按数据是否共享可以分为共享数据和部门内部使用数据，按数据的用途可分为系统数据（系统代码等）、基础数据和综合数据等。

（4）系统功能规划阶段。在对数据类和业务流程了解的基础上，下一步就是建立数据类与过程的关系矩阵（U/C 矩阵）对它们的关系进行综合，并通过 U/C 矩阵识别子系统，进一步进行系统总体逻辑结构规划，即功能规划，识别功能模块。

（5）实施阶段。在实施阶段进行系统的总体网络布局，并针对这些应用项目的优先顺序给予资源上的合理分配，并根据项目优先顺序来进行具体实施。

试题 5 答案

（57）B

试题 6（2007 年下半年试题 58）

业务流程重组的实施步骤包括：项目的启动，拟定变革计划，建立项目团队，重新设计

 （58） 并实施，持续改进，重新开始。

 （58）A．已有流程　　　　B．系统架构　　　C．目标流程　　　D．企业架构

试题 6 分析

业务流程重组的实施步骤有：

（1）**BPR 项目的启动**。包括确立发起人的地位、引进变革思想、采取有效的行动。

（2）**拟订变革计划**。包括组成领导小组、建立高级管理层变革的概念、对环境和组织进行调查、开发经营案例、关联努力方向和经营战略、筛选变革项目、开发行动的整体计划。

（3）**建立项目团队**。

（4）**分析目标流程**。包括叙述性描述、社会系统分析。

（5）**重新设计目标流程**。包括确定设计原则、重新设计组织。

（6）**实施新的设计**。包括关注实施的特殊问题、文化的彻底变革、与组织性能相关的问题、改进文化的关键、使用"桥头堡"战略实施变革。所谓"桥头堡"战略是指选择一个区域（桥头堡），建立一个表现非凡的工作团队，然后逐个阶段地覆盖整个流程。

（7）**持续改进**。包括建立流程优化团队、定义优化目标、绘制流程图、形成改进项目的计划（确定根本原因、开发解决方案、实施变革、结果评估）。

（8）**重新开始**。指导小组要通过刷新他们的经营战略、改进计划和选择其他流程进行优化，继续业务流程改进的另一个周期。

试题 6 答案

（58）C

试题 7（2007 年下半年试题 59）

为保证成功实施 BPR 项目，下列说法正确的是 （59） 。

（59）A．企业人员不一定参与到重组的具体工作中

　　　B．要保证 BPR 项目在启动时就建立起有效的领导机制

　　　C．只需要重要的企业员工对 BPR 项目的理解和参与

　　　D．对无法衡量的部分，BPR 实施中尽量包括进来

试题 7 分析

为保证成功实施 BPR 项目，需要所有人员的参与，要保证 BPR 项目在启动时就建立起有效的领导机制。对无法衡量的部分，BPR 实施中不要包括进来。

试题 7 答案

（59）B

试题 8（2008 年上半年试题 4）

在实施企业业务流程改造的过程中，许多企业领导人和员工在变革之初对变革抱有很大期望和热情，但在变革实施以后发现似乎一切又恢复了老样子，其遗憾的原因往往在于变革的

设计者和领导者未能在变革中坚持企业流程改造的核心原则，即　(4)　。

(4) A. 以流程为中心的原则　　　B. 以人为本的团队式管理原则

　　　C. 顾客导向原则　　　　　　D. 以上都是

试题 8 分析

请参考试题 4 的分析。

试题 8 答案

(4) D

试题 9（2009 年下半年试题 33）

如果一个企业经常采用竞争性定价或生产高质量产品来阻止竞争对手的进入，从而保持自己的稳定，它应该属于　(33)　。

(33) A. 开拓型战略组织　　　　　B. 防御型战略组织

　　　C. 分析性战略组织　　　　　D. 反应型战略组织

试题 9 分析

根据一个组织在解决开创性问题、工程技术问题或行政管理问题时采用的思维方式和行为特点（即战略倾向），可以将组织分为防御型、开拓型、分析型和被动反应型四种类型。前三种战略组织都有其市场和能力相适应的战略，而第四种战略组织却是一种失败的组织类型。

（1）防御型战略组织。 防御型战略组织试图在解决开创性问题过程中建立一种稳定的经营环境，生产有限的一组产品，占领整个潜在市场的一部分。在这个有限市场中，防御型组织常采用竞争性定价和生产高质量产品来阻止竞争对手的进入，从而保持自己的稳定。

（2）开拓型战略组织。 与防御型组织不同，开拓型组织更适合于动态的环境，它的能力主要体现在寻找和开发新的产品和市场的机会上。对于一个开拓型组织来说，在行业中保持一个创新者的声誉比获得高额利润更重要。

（3）分析型战略组织。 防御型组织有较高的组织效率但适应性差，而开拓型组织正相反，分析型组织是介于两者之间，试图以最小的风险和最大的机会获得利润。

（4）反应型战略组织。 以上两种类型的组织虽然各自的形式不同，但都能适应外部环境的变化和市场的需求，并随着时间的推移，都会形成各自稳定的模式。而反应型组织在外部环境变化时却采取了一种动荡不定的调整方式，缺少灵活应变的机制。也就是说，它的适应循环会对环境变化和不确定性做出不适当的反应，并且对以后的经营行为犹豫不决，其结果总是处于不稳定的状态，所以，反应型组织是一种消极无效的组织形态。

试题 9 答案

(33) B

试题 10（2009 年下半年试题 34）

广义理解，运作管理是对系统　(34)　。

（34）A．设置和运行的管理　B．设置的管理　C．运行的管理　D．机制的管理

试题 10 分析

所谓生产运作管理，是指为了实现企业经营目标，提高企业经济效益，对生产运作活动进行计划、组织和控制等一系列管理工作的总称。

生产运作管理有狭义和广义之分，狭义的生产运作管理仅局限于生产运作系统的运行管理，实际上是以生产运作系统中的生产运作过程为中心对象。广义的生产运作管理不仅包括生产运作系统的运行管理，而且包括生产运作系统的定位与设计管理，可以认为是选择、设计、运行、控制和更新生产运作系统的管理活动的总和。广义生产运作管理以生产运作系统整体为对象，实际上是对生产运作系统的所有要素和投入、生产运作过程、产出和反馈等所有环节的全方位综合管理。按照广义理解生产运作管理、符合现代生产运作管理的发展趋势。

广义生产运作管理的内容可分为生产运作系统的定位管理（战略决策）、设计管理和运行管理三大部分。

（1）生产运作系统战略决策。生产运作系统战略决策是从生产系统的产出如何很好地满足社会和用户的需求出发，根据企业营销系统对市场需求情况的分析以及企业发展的条件和限制，从总的原则方面解决"生产什么、生产多少"和"如何生产"的问题。具体地讲，生产运作系统战略决策就是从企业竞争优势的要求出发对生产运作系统进行战略定位，明确选择生产运作系统的结构形式和运行机制的指导思想。

（2）生产运作系统设计管理。根据生产运作系统战略管理关于生产运作系统的定位，具体进行生产运作系统的设计和投资建设。一般包括产品开发管理和厂房设施及机器系统购建管理两方面内容。

（3）生产运作系统运行管理。生产运作系统运行管理是根据社会和市场的需求以及企业的生产经营目标，在设计好的生产运作系统内对生产运作系统的运行进行计划、组织和控制。具体地讲，生产运作系统运行管理就是在设计好的生产运作系统框架下，不断进行综合平衡，合理分配人、财、物等各种资源，科学安排生产运作系统各环节、各阶段的生产运作任务，妥善协调生产运作系统各方面的复杂关系，对生产运作过程进行有效控制，确保生产运作系统正常运行。生产运作系统运行管理属于生产运作管理的日常工作，最终都要落实到生产运作现场，因此，搞好现场管理是生产运作管理的一项重要的基础性工作。

试题 10 答案

（34）A

试题 11（2009 年下半年试题 54）

以下有关行业集中度的说法，错误的是　（54）　。

（54）A．计算行业集中度要考虑该行业中企业的销售额、职工人数、资产额等因素

　　　B．行业集中度较小则表明该行业为竞争型

　　　C．计算行业集中度要涉及该行业的大多数企业

　　　D．稳定的集中度曲线表明市场竞争结构相对稳定

试题 11 分析

行业集中度也称为行业集中率（Concentration Ratio，CR），是指规模最大的前几位企业的

有关数值（销售额、增加值、职工人数、资产额等）占整个行业的份额。行业集中度是衡量一个行业的产量或市场份额向行业核心企业集中的程度的一个指标，一般用行业排名前 4 位的企业占整个行业总产量或市场份额的比例来表示。关于行业集中度的分类，国际上比较通行的方法是贝恩分类法，即如果行业集中度 CR4<30（CR4 指前 4 大企业的市场份额之和）或 CR8<40，则该行业为竞争型；如果 CR4>30 或 CR8>40，则该行业为寡占型，寡占型又根据程度的不同分为 I～V 型。

试题 11 答案

（54）C

试题 12（2009 年下半年试题 70）

根据企业内外环境的分析，运用 SWOT 配比技术就可以提出不同的企业战略。S-T 战略是　（70）　。

（70）A. 发挥优势、利用机会　　　　　　　　B. 利用机会、克服弱点

　　　 C. 利用优势、回避威胁　　　　　　　　D. 减小弱点、回避威胁

试题 12 分析

SWOT 分析代表分析企业优势（Strength）、劣势（Weakness）、机会（Opportunity）和威胁（Threats）。因此，SWOT 分析实际上是对企业内外部条件各方面内容进行综合和概括，进而分析组织的优劣势、面临的机会和威胁的一种方法。

根据企业内外环境的分析，运用 SWOT 配比技术就可以提出不同的企业战略：

（1）S-O 战略：发出优势，利用机会。

（2）W-O 战略：利用机会，克服弱点。

（3）S-T 战略：利用优势，回避威胁。

（4）W-T 战略：减小弱点，回避威胁。

试题 12 答案

（70）C

试题 13（2010 年上半年试题 31）

希赛公司为提升企业竞争能力，改进管理模式，使业务流程合理化实施了　（31）　，对业务流程进行了重新设计，使公司在成本、质量和服务质量等方面得到了提高。

（31）A. BPR　　　　 B. CCB　　　　 C. ARIS　　　　 D. BPM

试题 13 分析

业务流程管理（BPM）以一种规范化地构造端到端的卓越业务流程为中心，以持续地提高组织业务绩效为目的的系统化方法。

流程管理首先保证了流程是面向客户的流程，流程中的活动是增值的活动。流程管理保证了组织的业务流程是经过精心设计的，且这种设计是可以不断地继续下去的，使得流程本身可以保持永不落伍。

流程管理与原有的 BPR 管理思想最根本的不同在于流程管理并不要求对所有的流程进行再造。构造卓越的业务流程并不是流程再造，而是根据现有流程的具体情况，对流程进行规范化的设计。流程包括三个方面：规范流程、优化流程和再造流程。流程管理的思想应该是包含了 BPR，但比 BPR 的概念更广泛、更适合现实的需要。

PM 的作用在于帮助企业进行业务流程分析、监督和执行。要强调的是业务流程的管理不是在流程规划出来之后才进行的，而在流程规划之前就要进行管理。

因此，良好的业务流程管理的步骤包括流程设计、流程执行、流程评估和流程改进，这也是 PDCA 闭环的管理过程，其逻辑关系为：

（1）明确业务流程所欲获取的成果。

（2）开发和计划系统的方法，实现以上成果。

（3）系统地部署方法，确保全面实施。

（4）根据对业务的检查和分析以及持续的学习活动，评估和审查所执行的方法。并进一步提出计划和实施改进措施。

试题 13 答案

（31）D

试题 14（2010 年上半年试题 32）

希赛公司进行业务流程重组，在实施的过程中公司发生了多方面、多层次的变化，假定希赛公司的实施是成功的，则 __(32)__ 不应是该实施所带来的变化。

（32）A．企业文化的变化   B．服务质量的变化

       C．业务方向的变化   D．组织管理的变化

试题 14 分析

BPR 的产生源于对企业持久竞争力的追求，而竞争力归根结底来自两个方面，即内部效率的提高和外部客户满意度的增强。BPR 理论以"流程"为变革的核心线索，把跨职能的企业业务流程作为基本工作单元。这里的流程是指可共同为顾客创造价值的一系列相关互联的行为。它与代表系统与外界相联系和作用的功能是截然不同的概念。传统的组织结构多是按功能划分的，呈金字塔形，BPR 的实施就是要打破这种金字塔形的组织结构，创建一种面向流程的、也是跨功能的组织结构。为实现顾客满意度的明显增强，BPR 兼顾产品质量和服务质量，倡导以顾客为中心的企业文化。

BPR 的实施会引起企业多方面、多层次的变化，主要包括企业文化与观念的变化、业务流程的变化、组织与管理的变化。

试题 14 答案

（32）C

试题 15（2010 年上半年试题 34）

下列关于知识管理的叙述，不确切的是 __(34)__ 。

（34）A. 知识管理为企业实现显性知识和隐性知识共享提供新的途径

　　　B. 知识地图是一种知识导航系统，显示不同的知识存储之间重要的动态联系

　　　C. 知识管理包括建立知识库；促进员工的知识交流；建立尊重知识的内部环境；把知识作为资产来管理

　　　D. 知识管理属于人力资源管理的范畴

试题 15 分析

知识就是它所拥有的设计开发成果、各种专利、非专利技术、设计开发能力、项目成员所掌握的技能等智力资源。这些资源不像传统的资源那样有形便于管理，知识管理就是对一个项目组织所拥有的和所能接触到的知识资源，如何进行识别、获取、评价，从而充分有效地发挥作用的过程。

项目组织内部有两种类型的知识：显性知识和隐性知识。显性知识是指有关项目组织的人员以及外部技术调查报告等表面的信息，是可以表达的、物质存在的、可确知的；也是指那些能够用正式、系统的语言表述和沟通的知识，它以产品外观、文件、数据库、说明书、公式和计算等形式体现出来。隐性知识是个人技能的基础，是通过试验、犯错、纠正的循环往复而从实践中形成的"个人的惯例"。它一般是以个人、团队和组织的经验、印象、技术诀窍、组织文化、风俗等形式存在。

知识管理是指为了增强组织的绩效而创造、获取和使用知识的过程。知识管理主要涉及四个方面：自上而下地监测、推动与知识有关的活动；创造和维护知识基础设施；更新组织和转化知识资产；使用知识以提高其价值。知识管理为企业实现显性知识和隐性知识共享提供新的途径。知识地图是一种知识（既包括显性的、可编码的知识，也包括隐性知识）导航系统，并显示不同的知识存储之间重要的动态联系。它是知识管理系统的输出模块，输出的内容包括知识的来源，整合后的知识内容，知识流和知识的汇聚。它的作用是协助组织机构发掘其智力资产的价值、所有权、位置和使用方法；使组织机构内各种专家技能转化为显性知识并进而内化为组织的知识资源；鉴定并排除对知识流的限制因素；发动机构现有的知识资产的杠杆作用。

试题 15 答案

（34）D

试题 16（2010 年下半年试题 31）

价值活动是企业从事的物质上和技术上的界限分明的各项活动，是企业生产对买方有价值产品的基石。价值活动分为基本活动和辅助活动，其中，基本活动包括　（31）　等活动。

①内部后勤　②外部后勤　③生产经营　④采购　⑤人力资源管理　⑥市场营销

（31）A. ①③④⑥　　　B. ①②⑤⑥　　　C. ②③④⑤　　　D. ①②③⑥

试题 16 分析

价值链分析法是辨别某种价值活动是否能给本企业带来竞争力的方法。波特认为，在一个企业中，可以将企业的活动分为基本活动与辅助活动两种。基本活动包括内部后勤、生产经营、外部后勤、市场营销、服务；辅助活动包括采购、技术开发、人力资源管理、企业基础设施。以上各项活动因企业或行业不同而具体形式各异，但所有的企业都是从这些活动的链接和

价值的积累中产生了面向顾客的最终价值。因此，将一个企业的活动分解开来，并分析每一个链条上的活动的价值，就可以发现究竟哪些活动是需要改进的。例如，可以按照某项业务将有关的活动细分为几个范围（例如，将产品销售分解成市场管理+广告+销售人员管理+……），从中发现可以实现差别化和产生成本优势的活动。

试题 16 答案

（31）D

试题 17（2010 年下半年试题 32）

在进行业务流程改进时，通过对作业成本的确认和计量，消除"不增值作业"、改进"可增值作业"，将企业的损失、浪费减少到最低限度，从而促进企业管理水平提高的方法是__（32）__。

（32）A．矩阵图法　　　　B．蒙特卡罗法　　　　C．ABC 法　　　　D．帕累托法

试题 17 分析

ABC（Activity Based Costing，基于活动的成本计算）法又称活动成本分析法或作业成本管理，主要用于对现有流程的描述和成本分析。ABC 成本分析法和价值链分析法有某种程度的类似，都是将现有的业务进行分解，找出基本活动。但 ABC 成本分析法着重分析各个活动的成本，特别是活动中所消耗的人工、资源等。

ABC 法从以产品为中心转移到以活动为中心上来，通过对活动成本的确认、计量，尽可能消除不增加价值的活动，改进可增加价值的活动，及时提供有用信息，从而将有关损失、浪费减少到最低限度。这是深挖降低成本的潜力，实现成本降低的基本源泉。ABC 法最为重要的一点在于，它不是就成本论成本，而是将着眼点与着重点放在成本发生的前因后果上，通过对所有活动进行跟踪反映，对最终产品形成的过程中所发生的活动成本进行有效控制。

试题 17 答案

（32）C

试题 18（2010 年下半年试题 33）

通过建设学习型组织使员工顺利地进行知识交流，是知识学习与共享的有效方法。以下关于学习型组织的描述，正确的包括__（33）__。

①学习型组织有利于集中组织资源完成知识的商品化

②学习型组织有利于开发组织员工的团队合作精神

③建设金字塔型的组织结构有利于构建学习型组织

④学习型组织的松散管理弱化了对环境的适应能力

⑤学习型组织有利于开发组织的知识更新和深化

（33）A．①②③　　　　B．①②⑤　　　　C．②③④　　　　D．③④⑤

试题 18 分析

学习型组织（Learning Organization）是一个能熟练地创造、获取和传递知识的组织，同

时也要善于修正自身的行为，以适应新的知识和见解。当今世界上所有的组织，不论遵循什么理论进行管理，主要有两种类型，一类是等级权力控制型，另一类是非等级权力控制型，即学习型组织。学习型组织的涵义为面临剧烈变化的外在环境，组织应力求精简、扁平化、终生学习、不断自我组织再造，以维持竞争力。

学习型组织不存在单一的模型，它是关于组织的概念和员工作用的一种态度或理念，是用一种新的思维方式对组织的思考。在学习型组织中，每个人都要参与识别和解决问题，使组织能够进行不断的尝试，改善和提高它的能力。学习型组织的基本价值在于解决问题，与之相对的传统组织设计的着眼点是效率。在学习型组织内，员工参与问题的识别，这意味着要懂得顾客的需要。员工还要解决问题，这意味着要以一种独特的方式将一切综合起来考虑以满足顾客的需要。组织因此通过确定新的需要并满足这些需要来提高其价值。它通常是通过新的观念和信息而不是物质的产品来实现价值的提高。

学习型组织的特点如下：有利于员工的相互影响、沟通和知识共享；有利于设计开发组织的知识更新和深入化；有利于设计开发组织集中资源完成知识的商品化；有利于设计开发组织掌握对环境的适应能力；有助于增加设计开发组织员工的团队合作精神。

金字塔型组织结构严重地禁锢了不同部门具有不同知识结构的员工之间的接触和交流，妨碍了知识的更新和应用。

试题 18 答案

（33）B

试题 19（2010 年下半年试题 34）

下面关于知识管理的叙述中，正确的包括　（34）　。
①扁平化组织结构设计有利于知识在组织内部的交流
②实用新型专利权、外观设计专利权的期限为 20 年
③按照一定方式建立显性知识索引库，可以方便组织内部知识分享
④对知识产权的保护，要求同一智力成果在所有缔约国（或地区）内所获得的法律保护是一致的

（34）A. ①③　　　　B. ①③④　　　　C. ②③④　　　　D. ②④

试题 19 分析

实用新型专利权、外观设计专利权的保护期限为 10 年，发明专利权的保护期为 20 年。

知识产权国际条约主要规定了知识产权保护的基本原则：国民待遇原则、最惠国待遇原则、透明度原则、独立保护原则、自动保护原则、优先权原则。其中独立保护原则是指某成员国就同一智力成果在其他缔约国（或地区）所获得的法律保护是互相独立的。这也是巴黎公约和 TRIPS 的共同规定。独立保护是指外国人在另一个国家所受到的保护只能适用于该国法律，按照该国法律规定的标准实施。

试题 19 答案

（34）A

第 20 章

专 业 英 语

　　考试大纲要求考生熟练阅读并准确理解相关领域的英文文献，但并没有详细的细则。从往年试题来看，在计算机专业英语方面，信息系统项目管理师的试题基本上聚集在项目管理的专业领域中，考查的核心还是项目管理知识。

试题 1（2005 年上半年试题 66～68）

　　__（66）__ is a method of constructing a project schedule network diagram that uses boxes or rectangles, referred to as nodes, to represent activites and connects them with arrows that asow the dependencies.

　　This method includes following types of dependcies orprecedence relationships:

　　__（67）__ the initiation of the successor activity, depends upon the completion of the predecessor activity.

　　__（68）__ the initiation of the successor activity, depends upon the initiation of the predecessor activity.

　　（66）A．PDM　　　B．CPM　　　　　C．PERT　　　　D．AOA

　　（67）A．F-S　　　　B．F-F　　　　　C．S-F　　　　　D．S-S

　　（68）A．F-S　　　　B．F-F　　　　　C．S-F　　　　　D．S-S

试题 1 分析

　　PDM 是以一种方块或矩形（或称为节点）来表示活动，并将它们用表示依存关系的箭线连接起来，以构建项目进度网络图的方法。

　　这种方法包括了下列依存或前导关系：

　　完成-开始（F-S），后续活动的开始依赖于前置活动的完成。

开始-开始（S-S），后续活动的开始依赖于前置活动的启动。

试题1答案

（66）A　　　　　（67）A　　　　　（68）D

试题2（2005年上半年试题69～71）

Estimating schedule activity costs involves developing an ___（69）___ of the cost of the resources needed to complete each schedule activity. Cost estimating includes identifying and considering various costing alternatives. For example, in mostapplication areas, additional work during a design phase is widely held to have the potential for reducing the cost of the execution phase and product operations. The cost estimating process considers whether the expected savings can offset the cost of the additional design work. Cost estmates are generally expressed in units of ___（70）___ to facilitate comparisions both within and across projects. The ___（71）___ describes important information about project requirement that is considered during cost estimating.

（69）A. accuracy　　　B. approximation　　　C. specification　　　D. summary

（70）A. activity　　　B. work　　　C. currency　　　D. time

（71）A. project scope statement　　　　　B. statement of work

　　　C. project management plan　　　　　D. project policy

试题2分析

估算计划活动的成本涉及估算完成每项计划活动所需资源的近似成本。成本估算包括识别和考虑各种成本计算方案。例如，在大多数的应用领域中，普遍在设计阶段多做些额外工作以降低执行阶段和产品运行时的潜在成本。成本估算过程考虑预期的成本节省是否能够弥补额外设计工作的成本。成本估算一般以货币单位表示，以利于在项目内和项目间进行比较。项目范围说明书描述了项目的需求的重要信息，这些信息在成本估算时必须考虑。

试题2答案

（69）B　　　　　（70）C　　　　　（71）A

试题3（2005年上半年试题72）

The ___（72）___ technique involves using project characteristics in a mathematical model to predict total project cost. Models can be simple or complex.

（72）A. cost aggregation　　　　　B. reserve analysis

　　　C. parametric estimating　　　D. funding limit reconciliation

试题3分析

参数估算技术涉及在一个数学模型中利用项目特性来预测整体项目成本。模型可以是简单的也可以是复杂的。

试题 3 答案

（72）C

试题 4（2005 年上半年试题 73）

_____（73）_____ is a measurable, verifiable work poduct such as specification, feasibility study report, detail document, or working prototype.

（73）A. Milestone   B. Deliverable   C. Etc   D. BAC

试题 4 分析

可交付物是指类似于规格说明书、可行性研究报告、详细文档或可运行的原型之类的可测量和验证的工作产品。

试题 4 答案

（73）B

试题 5（2005 年上半年试题 74）

_____（74）_____ are individuals and organizations that are actively involved in the project, or whose interests may be affected as aresult of project execution or project completion, they may also exert influence over the project and its results.

（74）A. Controls   B. Baselines   C. Project stakeholders   D. Project managers

试题 5 分析

项目干系人是积极参与到项目中，或其利益可能会受项目执行或完成结果影响的个人和组织，他们可能会对项目及其结果施加影响。

试题 5 答案

（74）C

试题 6（2005 年上半年试题 75）

_____（75）_____ is the process of obtaining the stakeholders' formal acceptance of the completed project scope. Verifying the scope includes reviewing deliverables and work results to ensure that all were completed satisfactorily.

（75）A. Project acceptance   B. Scope verification

　　　　C. Scope definition   D. WBS Creation

试题 6 分析

范围验证是指获取项目干系人对已完成的项目范围的正式认可的过程。验证范围包括评审可交付物和工作成果，以确保这些工作都已按照范围定义中的要求完成。

试题 6 答案

（75）B

试题 7（2005 年下半年试题 66）

___(66)___ means that every project has a definite beginning and a definite end.

（66）A. Project phase　　　B. Unique　　　C. Temporary　　　　D. Closure

试题 7 分析

临时性是指每一个项目都有一个明确的开始时间和结束时间。

试题 7 答案

（66）C

试题 8（2005 年下半年试题 67）

The ___(67)___ defines the phases that connect the beginning of a project to its end.

（67）A. schedule　　　B. project life cycle　　　　C. temporary　　　D. milestone

试题 8 分析

项目生命周期定义了从项目开始到项目结束的阶段。

试题 8 答案

（67）B

试题 9（2005 年下半年试题 68）

___(68)___ are individuals and organizations that are actively involved in the project, or whose interests may be affected as a result of project execution or project completion.

（68）A. Project managers　　　　　　B. Project team members

　　　　C. Sponsors　　　　　　　　　　D. Project stakeholders

试题 9 分析

请参考试题 5 的分析。

试题 9 答案

（68）D

试题 10（2005 年下半年试题 69）

The ___(69)___ Process Group consists of the processes used to complete the work defined in the project management plan to accomplish the project's requirements.

（69）A. Planning　　　　　　　　　　B. Executing

　　　　C. Monitoring and Controlling　　D. Closing

试题 10 分析

执行过程组由用于完成为达成项目要求而在项目管理计划中定义的工作的过程组成。

试题 10 答案

（69）B

试题 11（2005 年下半年试题 70）

The ___（70）___ provides the project manager with the authority to apply organizational resources to project activities.

（70）A. project management plan　　　B. contract

　　　　C. project human resource plan　　D. project charter

试题 11 分析

项目章程为项目经理使用组织资源进行项目活动提供了授权。

试题 11 答案

（70）D

试题 12（2005 年下半年试题 71）

The ___（71）___ describes, in detail, the project's deliverables and the work required to create those deliverables.

（71）A. project scope statement　　　B. project requirement

　　　　C. project charter　　　　　　　D. product specification

试题 12 分析

项目范围说明书详细描述了项目的可交付物，以及为创建这些可交付物所需的工作。

试题 12 答案

（71）A

试题 13（2005 年下半年试题 72）

The process of ___（72）___ schedule activity durations uses information on schedule activity scope of work, required resource types, estimated resource quantities, and resource calendars with resource availabilities.

（72）A. estimating　　　B. defining　　　C. planning　　　D. sequencing

试题 13 分析

估算进度活动历时的过程会用到进度活动工作范围、所需资源类型、估计的资源数量，以及建立在资源可用性上的资源日历等信息。

试题 13 答案

（72）A

试题 14（2005 年下半年试题 73）

PDM includes four types of dependencies or precedence relationships:

...

（73）The completion of the successor activity depends upon the initiation of the predecessor activity.

（73）A．Finish-to-Start　B．Finish-to-Finish　C．Start-to-Start　D．Start-to-Finish

试题 14 分析

PDM 包括四种活动依赖或前导关系：

……

开始–结束。后续活动的结束依赖于前置活动的开始。

试题 14 答案

（73）D

试题 15（2005 年下半年试题 74）

（74）is the budgeted amount for the work actually completed on the schedule activity or WBS component during a given time period.

（74）A．Planned value　　B．Earned value　　C．Actual cost　　D．Cost variance

试题 15 分析

挣值是在给定时期内按进度活动或 WBS 部件所实际完成工作的预算值。

试题 15 答案

（74）B

试题 16（2005 年下半年试题 75）

（75）involves comparing actual or planned project practices to those of other projects to generate ideas for improvement and to provide a basis by which to measure performance. These other projects can be within the performing organization or outside of it, and can be within the same or in another application area.

（75）A．Metrics　　B．Measurement　　C．Benchmarking　　D．Baseline

试题 16 分析

基准分析涉及将实际或计划的项目实践与其他项目进行比较，以产生改进的思想并提供一个测量绩效的基准。所谓其他项目，既可以是执行组织内部的，也可以是外部的。既可以是同一个应用领域的，也可以是其他应用领域的。

试题 16 答案

（75）C

试题 17（2006 年下半年试题 66）

___（66）___ from one phase are usually reviewed for completeness and accuracy and approved before work starts on the next phase.

（66）A. Process   B. Milestone   C. Work   D. Deliverables

试题 17 分析

一个阶段所产生的可交付物通常要在开始下一阶段的工作之前对其完备性和正确性进行评审并获得批准。

试题 17 答案

（66）D

试题 18（2006 年下半年试题 67）

Organizations perform work to achieve a set of objectives. Generally, work can be categorized as either projects or operations, although the two sometimes are___（67）___.

（67）A. confused   B. same   C. overlap   D. dissever

试题 18 分析

组织执行工作以达成一组目标。通常，工作可被分为项目或者运营，虽然两者在某些时候会有些重叠。

试题 18 答案

（67）C

试题 19（2006 年下半年试题 68）

In the project management context, ___（68）___ includes characteristics of unification, consolidation, articulation, and integrative actions that are crucial to project completion, successfully meeting customer and other stakeholder requirements, and managing expectations.

（68）A. integration   B. scope   C. process   D. charter

试题 19 分析

在项目管理语境中，整体包含了统一、合并、连接的特性，以及对于完成项目、成功满足顾客和其他干系人的需求及管理期望至关重要的整体行动。

试题 19 答案

（68）A

试题 20（2006 年下半年试题 69）

Project___（69）___Management includes the processes required to ensure that the project includes all the work required, and only the work required, to complete the project successfully.

（69）A. Integration   B. Scope   C. Configuration   D. Requirement

试题 20 分析

项目范围管理包括为确保项目包含且仅包含成功完成项目必需工作的所需过程。

试题 20 答案

（69）B

试题 21（2006 年下半年试题 70）

On some projects, especially ones of smaller scope, activity sequencing, activity resource estimating, activity duration estimating, and___（71）___are so linked that they are viewed as a single process that can be performed by a person over a relatively short period of time.

（70）A. time estimating   B. cost estimating

      C. project planning   D. schedule development

试题 21 分析

在某些项目，特别是在范围较小的项目中，活动排序、活动资源估算、活动历时估算和进度制定连接得如此紧密，以至于它们被视为可以由一个人在相对较短的时间内执行的单独过程。

试题 21 答案

（70）D

试题 22（2006 年下半年试题 71）

In approximating costs, the estimator considers the possible causes of variation of the cost estimates, including___（71）___.

（71）A. budget   B. plan   C. risk   D. contract

试题 22 分析

在估算成本时，估算者会考虑成本估算偏差的潜在原因，包括风险。

试题 22 答案

（71）C

试题 23（2006 年下半年试题 72）

Project Quality Management must address the management of the project and the ___(72)___ of the project. While Project Quality Management applies to all projects, regardless of the nature of their product, product quality measures and techniques are specific to the particular type of product produced by the project.

（72）A．performance　　　B．process　　　C．product　　　D．object

试题 23 分析

项目质量管理必须专注于对项目和项目产品的管理。当所有项目在运用项目质量管理时，无论项目产品的本质如何，都要依据项目所产生的产品的类型明确产品质量的度量和技术。

试题 23 答案

（72）C

试题 24（2006 年下半年试题 73）

___(73)___ is a category assigned to products or services having the same functional use but different technical characteristics. It is not same as quality.

（73）A．Problem　　　B．Grade　　　C．Risk　　　D．Defect

试题 24 分析

等级是对具有相同使用功能，但技术特性不同的产品或服务所赋予的类别。它与质量不同。

试题 24 答案

（73）B

试题 25（2006 年下半年试题 74）

Project___(74)___Management is the Knowledge Area that employs the processes required to ensure timely and appropriate generation, collection, distribution, storage, retrieval, and ultimate disposition of project information.

（74）A．Integration　　　B．Time　　　C．Planning　　　D．Communication

试题 25 分析

项目沟通管理是使用所需过程，以确保及时和恰当地产生、收集、分发、存储、收回和最终处置项目信息的知识域。

试题 25 答案

（74）D

试题 26（2006 年下半年试题 75）

The＿＿（75）＿＿process analyzes the effect of risk events and assigns a numerical rating to those risks.

（75）A. Risk Identification   B. Quantitative Risk Analysis

       C. Qualitative Risk Analysis   D. Risk Monitoring and Control

试题 26 分析

定量风险分析过程分析风险事件的影响并对这些风险赋予一个数值化的评价。

试题 26 答案

（75）B

试题 27（2007 年下半年试题 71）

Project Quality Management processes include all the activities of the＿＿（71）＿＿that determine quality policies, objectives and responsibilities so that the project will satisfy the needs for which it was undertaken.

（71）A. project   B. project management team

       C. performing organization   D. customer

试题 27 分析

项目质量管理过程包括执行组织关于确定质量方针、目标和职责的所有活动，使得项目可以满足其需求。

试题 27 答案

（71）C

试题 28（2007 年下半年试题 72）

The project team members should also be aware of one of the fundamental tenets of modern quality management: quality is planned, designed and built in, not＿＿（72）＿＿.

（72）A. executed in   B. inspected in   C. check-in   D. look-in

试题 28 分析

项目团队成员必须清楚现代质量管理的基本原则：质量是计划、设计和构造出来的，而不是检查出来的。

试题 28 答案

（72）B

试题 29（2007 年下半年试题 73）

The project __（73）__ is a key input to quality planning since it documents major project deliverables, the project objectives that serve to define important stakeholder requirements, thresholds, and acceptance criteria.

（73）A. work performance information   B. scope statement

      C. change requests   D. process analysis

试题 29 分析

项目范围说明书是质量计划的一个重要输入，因为它记录了主要的项目可交付物、用来定义重要的干系人的需求的项目目标、项目的假设和可接受的标准。

试题 29 答案

（73）B

试题 30（2007 年下半年试题 74）

Performing __（74）__ involves monitoring specific project results to determine if they comply with relevant quality standards and identifying ways to eliminate causes of unsatisfactory results.

（74）A. quality planning   B. quality assurance

      C. quality performance   D. quality control

试题 30 分析

执行质量控制包括监控特定的项目成果，决定它们是否满足相关的质量标准，指出消除导致不合格的因素的途径。

试题 30 答案

（74）D

试题 31（2007 年下半年试题 75）

__（75）__ involves using mathematical techniques to forecast future outcomes based on historical results.

（75）A. Trend analysis   B. Quality audit

      C. Defect repair review   D. Flowcharting

试题 31 分析

趋势分析包括使用数学方法，基于历史记录预测将来的结果。

试题 31 答案

（75）A

试题 32（2008 年上半年试题 71～72）

The___(71)___is a general description of the architecture of a workflow management system used by the WFMC, in which the main components and the associated interfaces are summarized. The workflow enactment service is the heart of a workflow system which consists of several ___(72)___.

（71）A. waterfall model   B. workflow reference model

　　　C. evolutionary model   D. spiral model

（72）A. workflow engines   B. processes   C. workflow threads   D. tasks

试题 32 分析

工作流参考模型是 WFMC 用来对工作流管理系统架构的通用描述，在这个模型中，对主要组件和相关接口进行了概括。工作流例行服务是一个工作流系统的核心，由几个工作流引擎组成。

试题 32 答案

（71）B   （72）A

试题 33（2008 年上半年试题 73）

The project maintains a current and approved set of requirements over the life of the project by doing the following:

• ___(73)___ all changes to the requirements

• Maintaining the relationships among the requirements, the project plans, and the work products

• ...

（73）A. Monitoring   B. Managing   C. Gathering   D. Reducing

试题 33 分析

项目在整个生命周期中，通过下列活动来维护一组当前的和被验证的需求：

• 管理所有需求变更。

• 维护需求、项目计划和工作产品之间的关系。

• ……

试题 33 答案

（73）B

试题 34（2008 年上半年试题 74）

The receiving activities conduct analyses of the requirements with the requirements provider to ensure that a compatible, shared understanding is reached　on the meaning of the requirements. The result of this analysis and dialog is an　（74）　set of requirements.

（74）A．agreed-to　　　　B．agree-to　　　　C．agree-to-do　　　　D．agree-with

试题 34 分析

接收需求者与需求提供者一起对需求进行分析，以确保对需求的含义达成共识。这个分析和对话的成果是一组可接受的需求。

试题 34 答案

（74）A

试题 35（2008 年上半年试题 75）

During the project, requirements change for a variety of reasons. As needs change and as work proceeds, additional requirements are derived and changes may have to be made to the existing requirements. It is essential to manage these additions and changes efficiently and effectively. To effectively analyze the impact of the changes, it is necessary that the source of each requirement is known and the rationale for any change is　documented. The project manager may, however, want to track appropriate measures of requirements volatility to judge whether new or revised　（75）　renecessary.

（75）A．proceedings　　B．controls　　　C．forecasting's　　　D．prelibations

试题 35 分析

在项目实施过程中，有很多因素会导致需求变更。随着需要的变化和项目工作的开展，将导出额外的需求，已有的需求也可能会发生变更。最重要的是要有效地和高效的管理这些额外的需求和变更。对于有效地分析变更的影响，知道每个变更的出处和记录任何变更的原因是很重要的。然而，项目经理可能想跟踪对多变的需求进行合适的测量，来判断是新的控制还是被修订过的控制，这是很重要的。

试题 35 答案

（75）B

试题 36（2008 年下半年试题 71）

Define Activities is the process of identifying the specific actions to be performed to produce the　（71）

（71）A．project elements　　　　　　　　B．work drafts

　　　　C．work package　　　　　　　　　D．project deliverables

试题 36 分析

活动定义是识别需要执行的具体活动的过程，该过程用来产生项目可交付物。

试题 36 答案

（71）D

试题 37（2008 年下半年试题 72）

Project work packages are typically decomposed into smaller components called activities to provide a basis for （72） , scheduling, executing, and monitoring and controlling the project work.

（72）A. reviewing   B. estimating   C. auditing   D. expecting

试题 37 分析

项目工作包通常分解为更小的称为活动的组件，以便提供一个基线，用来估算、计划、执行、监控项目工作。

试题 37 答案

（72）B

试题 38（2008 年下半年试题 73）

The Estimate Activity Resource process is closely coordinated with the （73） process.

（73）A. Estimate Costs   B. Sequence Activities

C. Plan Communications   D. Conduct Procurements

试题 38 分析

活动资源估算过程与成本估算过程密切相关。

试题 38 答案

（73）A

试题 39（2008 年下半年试题 74）

Estimating activity durations uses information on activity scope of （74） , required resource types, estimated resource quantities, and resource calendars.

（74）A. milestone   B. baseline   C. quality   D. work

试题 39 分析

活动历时估算需要用到以下信息：工作的活动范围、需要的资源类型、估计的资源数量、资源日历等信息。

试题 39 答案

（74）D

试题 40（2008 年下半年试题 75）

Developing the project schedule is often an iterative process. It determines the planned start and finish dates for project activities and milestones. Schedule development can require the review and revision of duration estimates and resource estimates to create an approved project schedule that can serve as a baseline to （75） progress.

（75）A. analyze   B. track   C. level   D. extend

试题 40 分析

项目计划制定通常是一个迭代的过程，它决定了项目活动和里程碑的计划开始与结束时间。制定计划可能需要评审和修订历时估算和资源估算的结果，以便创建一个被认可的项目计划，该计划可以作为一个跟踪项目进展的基准。

试题 40 答案

（75）B

试题 41（2009 年上半年试题 71 ~ 75）

Many of the activities performed during the preliminary investigation are still being conducted in （71） but in much greater depth than before.During this phase, the analyst must become   fully aware of the （72） and must develop enough knowledge about the

 （73） and the existing systems to enable an effective solution to be proposed and implemented.Besides the （74） for process and data of current system, the deliverable from this phase also includes the （75） for the proposed system.

（71）A. analysis phase   B. design phase
　　　C. implementation phase   D. maintenance phase
（72）A. main symptom   B. root problem
　　　C. final blueprint   D. data specification
（73）A. hardware environment   B. testing environment
　　　C. software environment   D. business environment
（74）A. logical models   B. physical models
　　　C. design models   D. implementation models
（75）A. hardware and software specification B. system performance specification
　　　C. formal requirements definition   D. general problem statement

试题 41 分析

在初步调研时完成的许多活动在分析阶段还要继续进行，只是比以前更深入地去做。在这个分析阶段，系统分析师一定要充分注意到问题的根源，并且充分掌握关于业务环境和现行系统的知识，以提交和实施一个有效的解决方案。除了提交现行系统的过程和数据的逻辑模型外，这一分析阶段的交付物还包括推荐系统的正式需求定义。

试题 41 答案

（71）A　　　　（72）B　　　　（73）D　　　　（74）A　　　　（75）C

试题 42（2009 年下半年试题 71）

The __(71)__ process ascertains which risks have the potential of affecting the projectand documenting the risks' characteristics.

（71）A．Risk Identification　　　　　　B．Quantitative Risk Analysis
　　　C．Qualitative Risk Analysis　　　　D．Risk Monitoring and Control

试题 42 分析

项目风险管理主要包括风险管理计划编制、风险识别、定性风险分析、定量风险分析、风险应对计划编制和风险监控。其中风险识别过程是确定哪些风险可能会对项目产生影响，并将这些风险的特征形成文档。

试题 42 答案

（71）A

试题 43（2009 年下半年试题 72）

The strategies for handling risk comprise of two main types：negative risks, andpositive risks. The goal of the plan is to minimize threats and maximize opportunities.Whendealing with negative risks,there are three main response strategies - __(72)__ ，Transfer,Mitigate.

（72）A．Challenge　　　B．Exploit　　　C．Avoid　　　D．Enhance

试题 43 分析

风险应对策略包括两种类型：负面风险的应对策略和正向风险的应对策略。风险应对计划的目标是最小化威胁，并且最大化机会。处理负面风险有三种典型的战略：回避、转移和减轻。

试题 43 答案

（72）C

试题 44（2009 年下半年试题 73）

__(73)__ is a property of object-oriented software by which an abstract operation may be performed in different ways in different classes.

（73）A．Method　　B．Polymorphism　　C．Inheritance　　D．Encapsulation

试题 44 分析

多态是面向对象的特征之一，它提供了一个抽象操作，在不同的类中能够执行不同的方法。

试题 44 答案

（73）B

试题 45（2009 年下半年试题 74）

The Unified Modeling Language is a standard graphical language for modeling object-oriented software. （74）can show the behavior of systems in terms of how objects interact with each other.

（74）A. Class diagram   B. Component diagram

       C. Sequence diagram   D. Use case diagram

试题 45 分析

统一建模语言是为面向对象软件建模的一种标准图形语言。顺序图可以根据对象间如何交互来展示系统的行为。

试题 45 答案

（74）C

试题 46（2009 年下半年试题 75）

The creation of a work breakdown structure（WBS）is the process of （75） the major project deliverables.

（75）A. subdividing   B. assessing   C. planning   D. integrating

试题 46 分析

创建工作分解结构是分解项目可交付物的过程。

试题 46 答案

（75）A

试题 47（2010 年上半年试题 71）

（71） assesses the priority of identified risks using their probability of occurring, the corresponding impact on project objectives if the risks do occur, as well as other factors such as the time frame and risk tolerance of the project constraints of cost, schedule, scope, and quality.

（71）A. Quantitative Risk Analysis   B. Qualitative Risk Analysis

       C. Enterprise Environmental Factors   D. Risk Management Plan

试题 47 分析

定性风险分析利用风险发生概率、风险一旦发生对项目产生的影响以及其他因素（如时间框架和项目制约条件，即成本、进度、范围、质量的风险承受水平），对已识别风险进行优先级的评估。

试题 47 答案

（71）B

试题 48（2010 年上半年试题 72）

___（72）___describes, in detail, the project's deliverables and the work required to create those deliverables.

（72）A. Product scope description   B. Project objectives

     C. Stakeholder Analysis   D. The project scope statement

试题 48 分析

项目范围说明书详细描述项目的可交付成果和为了提交这些可交付成果而必须开展的工作。

试题 48 答案

（72）D

试题 49（2010 年上半年试题 73～75）

Fair and___（73）___competition in government procurement around the world is good business and good public policy.Competitive pricing, product___（74）___and performance improvements result from competitive practices and help ensure that government authorities get the best___（75）___for the public they serve.

（73）A. open   B. continue   C. dependent   D. reliable

（74）A. recession   B. innovation   C. crisis   D. ability

（75）A. help   B. server   C. value   D. policy

试题 49 分析

在世界各地的政府采购中，采用公平、公开的竞争是良好的贸易政策和良好的公共政策。富有竞争力的价格、产品的创新和绩效的提高源于竞争性实践活动，并有助于确保政府为公众提供最有价值的服务。

试题 49 答案

（73）A   （74）B   （75）C

试题 50（2010 年下半年试题 71）

Project schedule management is made up of six management processes including: activity definition, activity sequencing,   （71） , and schedule control by order.

（71）A. activity duration estimating, schedule developing, activity resource estimating

　　　B. activity resource estimating, activity duration estimating, schedule development

　　　C. schedule developing, activity resource estimating, activity duration estimating

　　　D. activity resource estimating, schedule developing, activity duration estimating

试题 50 分析

项目进度管理由 6 个管理过程组成，依次包括活动定义、活动排序、活动资源估算、活动历时估算、制定进度计划和进度控制。

试题 50 答案

（71）B

试题 51（2010 年下半年试题 72）

Many useful tools and techniques are used in developing schedule.   （72） is a schedule network analysis technique that modifies the project schedule to account for limited resource.

（72）A. PERT　　　　　　　　　　　B. Resource leveling

　　　C. Schedule compression　　　　D. Critical chain method

试题 51 分析

许多有用的工具和技术应用于制定进度计划中，关键链法是一种进度网络分析技术，可以根据有限的资源对项目进度计划进行调整。

试题 51 答案

（72）D

试题 52（2010 年下半年试题 73）

Changes may be requested by any stakeholder involved with the project, but changes can be authorized only by （73） .

（73）A. executive IT manager　　　　B. project manger

　　　C. change control board　　　　D. project sponsor

试题 52 分析

变更可能来自于任何项目干系人，但变更的决策权在 CCB。

试题 52 答案

（73）C

试题53（2010年下半年试题74）

Configuration management system can be used in defining approval levels for authorizing changes and providing a method to validate approved changes. (74) is not a project configuration management tool.

(74) A. Rational Clearcase
B. Quality Function Deployment
C. Visual SourceSafe
D. Concurrent Versions System

试题53分析

配置管理系统是整个项目管理系统的一个子系统。它由一系列正式的书面程序组成，用于对以下工作提供技术和管理方面的指导与监督：识别并记录产品、成果、服务或部件的功能特征和物理特征；控制对上述特征的任何变更；记录并报告每一项变更及其实施情况；支持对产品、成果或部件的审查，以确保其符合要求。该系统包括文件和跟踪系统，并明确了为核准和控制变更所需的批准层次。

质量功能展开（QFD）不是项目配置管理工具。

试题53答案

(74) B

试题54（2010年下半年试题75）

Creating WBS means subdividing the major project deliverables into smaller components until the deliverables are defined to the (75) level.

(75) A. independent resource
B. individual work load
C. work milestone
D. work package

试题54分析

创建WBS意味着将一个大的项目分解为更小的组成部分，直到将项目可交付物分解至工作包的层次。

试题54答案

(75) D

第21章

管理科学基础

根据考试大纲，本章要求考生掌握有关运筹学模型、系统模型、数量经济模型和系统工程方面的基础知识。从历年考试情况来看，主要考查线性规划、决策论和图论应用等相关知识。

试题 1（2005 年下半年试题 22）

假设市场上某种商品有两种品牌 A 和 B，当前的市场占有率各为 50%。根据历史经验估计，这种商品当月与下月市场占有率的变化可用转移矩阵 P 来描述：

$$P = \begin{pmatrix} p(A \to A) & p(A \to B) \\ p(B \to A) & p(B \to B) \end{pmatrix} = \begin{pmatrix} 0.8 & 0.2 \\ 0.4 & 0.6 \end{pmatrix}$$

其中 $p(A \to B)$ 是 A 的市场占有份额中转移给 B 的概率，依次类推。这样，两个月后的这种商品的市场占有率变化为 ___（22）___。

（22）A．A 的份额增加了 10%，B 的份额减少了 10%

     B．A 的份额减少了 10%，B 的份额增加了 10%

     C．A 的份额增加了 14%，B 的份额减少了 14%

     D．A 的份额减少了 14%，B 的份额增加了 14%

试题 1 分析

我们先介绍通用的计算公式。

假设市场上某种商品有 m 种品牌，其当前的市场占有率为：

$$p_1 = (p_1(A_1),\ p_1(A_2)...p_1(A_m))$$

其转移矩阵为：

$$p = \begin{pmatrix} p(A_1 \to A_1) & p(A_1 \to A_2) & ... & p(A_1 \to A_m) \\ p(A_2 \to A_1) & p(A_2 \to A_2) & ... & p(A_2 \to A_m) \\ ... & & ... & ... \\ p(A_m \to A_1) & p(A_m \to A_2) & ... & p(A_m \to A_m) \end{pmatrix}$$

则第两个月这两个品牌的市场占有率 $p_2 = p_1 \times p$。

显然，如果 p 为常数矩阵，则第 n 个月两个品牌的市场占有率为：

$$p_n = p_{n-1} \times p = p_{n-2} \times p^2 = ... = p_1 \times p^{n-1}$$

在本题中，$p_1 = (0.5, \ 0.5)$，把有关数据代入上述公式，就可求得 $p_3 = (0.64, \ 0.36)$。因此，p_3 与 p_1 相比，品牌 A 的份额增加了 14%，而品牌 B 的份额则减少了 14%。

试题 1 答案

（22）C

试题 2（2006 年下半年试题 61）

某公司需要根据下一年度宏观经济的增长趋势预测决定投资策略。宏观经济增长趋势有不景气、不变和景气三种，投资策略有积极、稳健和保守三种，各种状态的收益如表 21-1 所示。基于 maxmin 悲观准则的最佳决策是 (61) 。

表 21-1　投资决策表

预计收益（单位：百万）		经济趋势预测		
		不景气	不变	景气
投资策略	积极	50	150	500
	稳健	100	200	300
	保守	400	250	200

（61）A．积极投资　　　　B．稳健投资　　　C．保守投资　　　　D．不投资

试题 2 分析

这是一个随机型决策问题。所谓随机型决策问题，是指决策者所面临的各种自然状态是随机出现的一类决策问题。一个随机型决策问题，必须具备以下几个条件：

（1）存在着决策者希望达到的明确目标；

（2）存在着不以决策者的主观意志为转移的两个以上的自然状态；

（3）存在着两个以上的可供选择的行动方案；

（4）不同行动方案在不同自然状态下的益损值可以计算出来。

随机型决策问题，又可以进一步分为风险型决策问题和非确定型决策问题。在风险型决策问题中，虽然未来自然状态的发生是随机的，但是每一种自然状态发生的概率是已知或者可以预先估计的。在非确定型决策问题中，不仅未来自然状态的发生是随机的，而且各种自然状态发生的概率也是未知和无法预先估计的。

在本题中，由于下一年度宏观经济的各种增长趋势的概率是未知的，所以是一个非确定型决策问题。常用的非确定型决策的准则主要有以下几个：

（1）乐观主义准则。 乐观主义准则也叫最大最大准则（maxmax 准则），其决策的原则是"大中取大"。持这种准则思想的决策者对事物总抱有乐观和冒险的态度，他决不放弃任何获得最好结果的机会，争取以好中之好的态度来选择决策方案。决策者在决策表中各个方案对各个状态的结果中选出最大者，记在表的最右列，再从该列中选出最大者。

（2）悲观主义准则。 悲观主义准则也叫做最大最小准则（maxmin）准则，其决策的原则是"小中取大"。这种决策方法的思想是对事物抱有悲观和保守的态度，在各种最坏的可能结果中选择最好的。决策时从决策表中各方案对各个状态的结果选出最小者，记在表的最右列，再从该列中选出最大者。在本题中，要求使用 maxmin 准则，在三种投资方案下，积极方案的最小结果为 50，稳健方案的最小结果为 150，保守方案的最小结果为 200。其最大值为 200，因此选择保守投资方案。

（3）折中主义准则。 折中主义准则也叫做赫尔威斯准则（Harwicz Decision Criterion），这种决策方法的特点是对事物既不乐观冒险，也不悲观保守，而是从中折中平衡一下，用一个系数 a（称为折中系数）来表示，并规定 $0 \leq a \leq 1$，用以下算式计算结果

$$cv_i = a * \max\{a_{ij}\} + (1-a) \min\{a_{ij}\}$$

即用每个决策方案在各个自然状态下的最大效益值乘以 σ，再加上最小效益值乘以 $1-a$，然后比较 cvi，从中选择最大者。

（4）等可能准则。 等可能准则也叫做 Laplace 准则，它是 19 世纪数学家 Laplace 提出来的。他认为，当决策者无法事先确定每个自然状态出现的概率时，就可以把每个状态出现的概率定为 $1/n$（n 是自然状态数），然后按照最大期望值准则决策。

（5）后悔值准则。 后悔值准则也叫做 Savage 准则，决策者在制定决策之后，如果不能符合理想情况，必然有后悔的感觉。这种方法的特点是每个自然状态的最大收益值（损失矩阵取为最小值），作为该自然状态的理想目标，并将该状态的其他值与最大值相减所得的差作为未达到理想目标的后悔值。这样，从收益矩阵就可以计算出后悔值矩阵。

试题 2 答案

（61）C

试题 3（2006 年下半年试题 63）

图 21-1 标出了某地区的运输网。

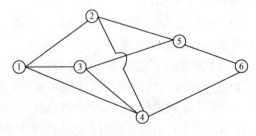

图 21-1　某地区的运输网

各节点之间的运输能力如表 21-2 所示（单位：万吨/小时）。

表 21-2　运输能力

	①	②	③	④	⑤	⑥
①		6	10	10		
②	6				7	
③	10				14	
④	10	4	1			5
⑤		7	14			21
⑥				5	21	

从节点①到节点⑥的最大运输能力（流量）可以达到___（63）___万吨/小时。

（63）A．26　　　　　B．23　　　　　C．22　　　　　D．21

试题 3 分析

为了便于计算，我们把表中的数据标记到图上，形成图 21-2。

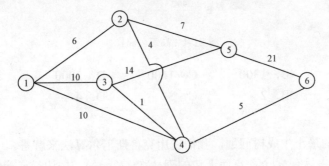

图 21-2　新的运输网

从图 21-2 可以看出，只能从节点④和⑤到达到节点⑥，其运输能力为 26。而只能从节点②和③到达节点⑤，且能满足最大运输量 21（14+7）。但是，到达节点③的最大数量为 11（10+1），因此，节点⑤的最终输出能力为 18，即从节点①到节点⑥的最大运输能力为 23。最终的运输方案如图 21-3 所示。

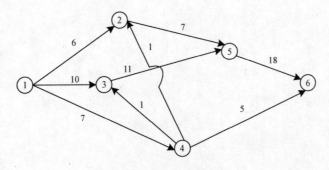

图 21-3　最终运输方案

试题 3 答案

（63）B

试题4（2008年上半年试题66~67）

图21-4标明了六个城市（A~F）之间的公路（每条公路旁标注了其长度公里数）。为将部分公路改造成高速公路，使各个城市之间均可通过高速公路通达，至少要改造总计___(66)___公里的公路，这种总公里数最少的改造方案共有___(67)___个。

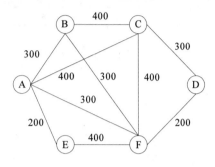

图21-4　高速公路图

(66) A. 1000　　　　B. 1300　　　　C. 1600　　　　D. 2000
(67) A. 1　　　　　　B. 2　　　　　　C. 3　　　　　　D. 4

试题4分析

这是一道求图的最小生成树问题，我们使用克鲁斯卡尔算法来解答。

设T的初始状态只有n个顶点而无边的森林T=(V，ℂ)，按边长递增的顺序选择E中的n−1条安全边(u，v)并加入T，生成最小生成树。所谓安全边是指两个端点分别是森林T里两棵树中的顶点的边。

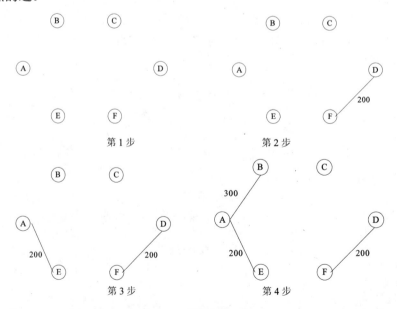

图21-5　求最小生成树的过程

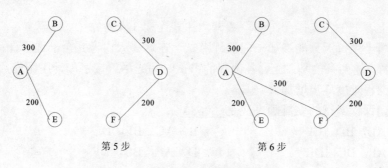

图 21-5 求最小生成树的过程（续）

到了第 5 步，就有了多种选择，即可以选择 AF，也可以选择 BF，因为其路程都是 300。我们给出的第 6 步是选择 AF 的结果。还有一种结果，就是在第 4 步时，不是选择 AB，而是选择 AF 或者 BF，则结果如图 21-6 所示。

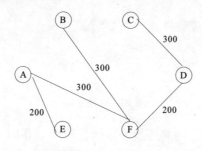

图 21-6 另外一个结果

从第 6 步的结果可以计算出，至少要改造的公路长度为 200×2+300×3=1300 公里。

试题 4 答案

（66）B （67）C

试题 5（2008 年上半年试题 68）

某学院 10 名博士生（B1～B10）选修 6 门课程（A～F）的情况如表 21-3 所示（用 √ 表示选修）。

表 21-3 课程选修表

	B1	B2	B3	B4	B5	B6	B7	B8	B9	B10
A	√	√	√		√				√	√
B	√			√				√	√	
C		√			√	√	√			√
D	√				√			√		
E				√		√	√			
F			√	√			√		√	√

现需要安排这 6 门课程的考试，要求是：

（1）每天上、下午各安排一门课程考试，计划连续 3 天考完；

（2）每个博士生每天只能参加一门课程考试，在这 3 天内考完全部选修课；

（3）在遵循上述两条的基础上，各课程的考试时间应尽量按字母升序做先后顺序安排（字母升序意味着课程难度逐步增加）。

为此，各门课程考试的安排顺序应是 ___(68)___ 。

(68) A. AE，BD，CF   B. AC，BF，DE

       C. AF，BC，DE   D. AE，BC，DF

试题 5 分析

将 6 门课程作为 6 个结点画出，如图 21-7 所示。

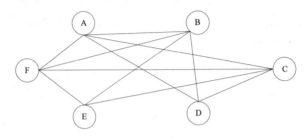

图 21-7   图示法

我们可以在两个课程结点之间画连线表示他们不可以在同一天安排考试，那么，每个博士生的各门选修课程之间都应画出连线。例如，B1 博士生选修了 A、B、D 三门课程，则 ABD 之间都应有连线，表示这三门课中的任何二门都不能安排在同一天。

从图 21-7 看出，能够安排在同一天考试的课程（结点之间没有连线）有：AE、BC、DE、DF。

因此，课程 A 必须与课程 E 安排在同一天。课程 B 必须与课程 C 安排在同一天，余下的课程 D 只能与课程 F 安排在同一天。

试题 5 答案

(68) D

试题 6（2008 年上半年试题 69）

A、B 两个独立的网站都主要靠广告收入来支撑发展，目前都采用较高的价格销售广告。这两个网站都想通过降价争夺更多的客户和更丰厚的利润。假设这两个网站在现有策略下各可以获得 1000 万元的利润。如果一方单独降价，就能扩大市场份额，可以获得 1500 万元利润，此时，另一方的市场份额就会缩小，利润将下降到 200 万元。

如果这两个网站同时降价，则他们都将只能得到 700 万元利润。这两个网站的主管各自经过独立的理性分析后决定，___(69)___ 。

(69) A. A 采取高价策略，B 采取低价策略

       B. A 采取高价策略，B 采取高价策略

       C. A 采取低价策略，B 采取低价策略

　　D．A 采取低价策略，B 采取高价策略

试题 6 分析

这是一个简单的博弈问题，可以表示为图 21-8 所示的得益矩阵。

		A网站	
		高价	低价
B网站	高价	1000，1000	200，1500
	低价	1500，200	700，700

图 21-8　得益矩阵

　　由图 21-8 可以看出，假设 B 网站采用高价策略，那么 A 网站采用高价策略得 1000 万元，采用低价策略得 1500 万元。因此，A 网站应该采用低价策略。如果 B 网站采用低价策略，那么 A 网站采用高价策略得 200 万元，采用低价策略得 700 万元，因此 A 网站也应该采用低价策略。采用同样的方法，也可分析 B 网站的情况，也就是说，不管 A 网站采取什么样的策略，B 网站都应该选择低价策略。因此，这个博弈的最终结果一定是两个网站都采用低价策略，各得到 700 万元的利润。

　　这个博弈是一个非合作博弈问题，且两博弈方都肯定对方会按照个体行为理性原则决策，因此虽然双方采用低价策略的均衡对双方都不是理想的结果，但因为两博弈方都无法信任对方，都必须防备对方利用自己的信任（如果有的话）谋取利益，所以双方都会坚持采用低价，各自得到 700 万元的利润，各得 1000 万元利润的结果是无法实现的。即使两个网站都完全清楚上述利害关系，也无法改变这种结局。

试题 6 答案

（69）C

试题 7（2008 年上半年试题 70）

　　某电子商务公司要从 A 地向 B 地的用户发送一批价值 90 000 元的货物。从 A 地到 B 地有水、陆两条路线。走陆路时比较安全，其运输成本为 10 000 元；走水路时一般情况下的运输成本只要 7000 元，不过一旦遇到暴风雨天气，则会造成相当于这批货物总价值的 10% 的损失。根据历年情况，这期间出现暴风雨天气的概率为 1/4，那么该电子商务公司 　(70)　。

　　（70）A．应选择走水路　　　　　　B．应选择走陆路
　　　　　C．难以选择路线　　　　　　D．可以随机选择路线

试题 7 分析

这是一个不确定性决策问题，其决策树如图 21-9 所示。

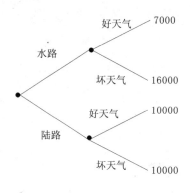

图 21-9　决策树

根据本问题的决策树，走水路时，成本为 7000 元的概率为 75%，成本为 16 000 元的概率为 25%，因此走水路的期望成本为(7000×75%)+(16000×25%) = 9250 元。走陆路时，其成本确定为 10 000 元。因此，走水路的期望成本小于走陆路的成本，所以应该选择走水路。

试题 7 答案

（70）A

试题 8（2008 年下半年试题 53）

希赛公司项目经理向客户推荐了四种供应商选择方案。每个方案损益值已标在图 21-10 的决策树上。根据预期收益值，应选择设备供应商___（53）___。

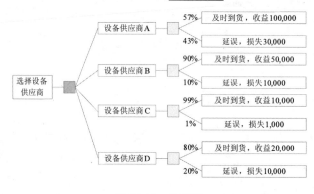

图 21-10　决策树

（53）A. 1　　　　　　B. 2　　　　　　C. 3　　　　　　D. 4

试题 8 分析

本题考查决策树的使用，利用决策树来进行决策的方法属于风险型决策，我们只要直接计算出各分支的预期收益值，然后选择其中一个最大的值就可以了。

设备供应商 1 的预期收益值：100000×60%+(-30000) ×40% = 60000-12000 = 48000。

设备供应商 2 的预期收益值：50000×90%+(-10000) ×10% = 45000-1000 = 44000。

设备供应商 3 的预期收益值：10000×99%+(−1000) ×1% = 9900−10 = 9890。

设备供应商 4 的预期收益值：20000×80%+(−10000) ×20% = 16000−2000 = 14000。

设备供应商 1 的预期收益值最大，因此应该选择设备供应商 1。

试题 8 答案

（53）A

试题 9（2008 年下半年试题 68）

希赛公司准备将新招聘的 4 名销售员分配到下属 3 个销售点甲、乙和丙。各销售点增加若干名销售员后可增加的月销售额如表 21-4 所示。

表 21-4　月销售量增加表

增加销售额（千元）	增 1 人	增 2 人	增 3 人	增 4 人
甲	12	22	30	38
乙	11	20	24	30
丙	13	25	30	36

根据表 21-4，只要人员分配适当，公司每月最多可以增加销售额 ___（68）___ 千元。

（68）A. 43　　　　　 B. 47　　　　　 C. 48　　　　　 D. 49

试题 9 分析

把 4 名销售员分配给 3 个销售点，其组合情况有 4 种，分别是 4+0+0、3+1+0，2+2+0、2+1+1。根据试题给出的表格，我们很容易求出这 4 种方案各自可以增加的销售额数量：

（1）"4+0+0"方案：可以增加的销售额最大为 38 千元（甲增加 4 人）；

（2）"3+1+0"方案：可以增加的销售额最大为 43 千元（甲增加 3 人，丙增加 1 人）；

（3）"2+2+0"方案：可以增加的销售额最大为 47 千元（甲、丙各增加 2 人）；

（4）"2+1+1"方案，可以增加的销售额最大为 48 千元（丙增加 2 人，甲、乙各增加 1 人）。

试题 9 答案

（68）C

试题 10（2008 年下半年试题 70）

制造某种产品需要四道工序，每道工序可选用多种方法。图 21-11 列出了制造这种产品各道工序可选用的不同方法：从节点 1 开始，连续经过 4 条线段（表示 4 道工序所选用的方法），组成一条线路，直到节点 12 结束。每条线段上标记的数字表示利用相应方法每件产品可以获得的利润（元）。企业为了获取最大利润，需要找出从节点 1 到节点 12 的一条线路，使其对应的各道工序的利润之和达到最大。利用运筹方法计算后可知，制造每件产品可以获得的最大利润是___（70）___元。

（70）A. 28　　　　　 B. 31　　　　　 C. 33　　　　　 D. 34

试题 10 分析

本题的要求是需要找出从节点 1 到节点 12 的一条线路，使其对应的各道工序的利润之和达到最大，其实质是求图的关键路径。按照求关键路径的方法，我们可以得出其关键路径为 1→3→8→9→12，路径长度为 4+10+12+7=33。

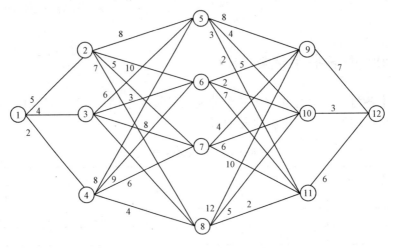

图 21-11　产品工序图

试题 10 答案

（70）C

试题 11（2009 年上半年试题 59）

某 IT 企业计划对一批新招聘的技术人员进行岗前脱产培训，培训内容包括编程和测试两个专业，每个专业要求在基础知识、应用技术和实际训练三个方面都要得到提高。根据培训大纲，每周的编程培训可同时获得基础知识 3 学分、应用技术 7 学分以及实际训练 10 学分；每周的测试培训可同时获得基础知识 5 学分、应用技术 2 学分以及实际训练 7 学分。企业要求这次岗前培训至少能完成基础知识 70 学分，应用技术 86 学分，实际训练 185 学分。以上说明如表 21-5 所示。

表 21-5　岗前培训要求

	编程（学分/周）	测试（学分/周）	学分最低要求
基础知识	3	5	70
应用技术	7	2	86
实际训练	10	7	185

那么这样的岗前培训至少需要　（59）　周时间才能满足企业的要求。

（59）A．15　　　　　B．18　　　　　C．20　　　　　D．23

试题 11 分析

设编程需要 x 周，测试需要 y 周，则下列方程式成立：

基础知识：$3x+5y = 70$

应用技术：$7x+2y = 86$

实际训练：$10x+7y = 185$

解上述方程式，得出的 $x=15$，$y=5$ 之和 20 就是需要的值。

试题 11 答案

（59）C

试题 12（2009 年上半年试题 60）

载重量限 24 吨的某架货运飞机执行将一批金属原料运往某地的任务。待运输的各箱原料的重量、运输利润如表 21-6 所示。

表 21-6 待运输的原料

箱号	1	2	3	4	5	6
重量（吨）	8	13	6	9	5	7
利润（千元）	3	5	2	4	2	3

经优化安排，该飞机本次运输可以获得的最大利润为 __（60）__ 千元。

（60）A. 11   B. 10   C. 9   D. 8

试题 12 分析

在给定有限集的所有具备某些条件（总载重≤24 吨）的子集中，按某种目标找出一个最优子集（总利润最大）。因待运输的箱子有限，因此在实际工作中，可以用工具软件来解决此类问题或自己编程解决。针对本题而言，箱子的数量只有 6 个，因此用手工处理方法，按利润从高到低进行排列即可找到总利润最大的一种组合。在满足载重量要求的前提下，具体的几个方案如下：

箱子 2 利润最大为 5，但其重量为 13，因此凡是与箱子 2 组合的箱子余重不超过 11，由上表可以看出，任何两个箱子的重量之和都超过了 11，因此与箱子 2 的组合最高的总利润为 9。

箱子 4 利润最大为 4，但其重量为 9，因此凡是与箱子 4 组合的箱子余重不超过 15，由上表可以看出，箱子 4、1、6 组合利润为 10；箱子 4 的其他组合利润均低于 10。

剩余的其他组合利润均小于 9。

试题 12 答案

（60）B

试题 13（2009 年上半年试题 61）

某公司希望举办一个展销会以扩大市场，将北京、天津、上海、深圳作为候选会址。获利情况除了会址关系外，还与天气有关。天气可分为晴、多云、多雨三种。根据天气预报，估计三种天气情况可能发生的概率为 0.25、0.50、0.25，其收益（单位：万元）情况如表 21-7 所示。使用决策树进行决策的结果为 __（61）__ 。

表 21-7　收益表

	晴(0.25)	多云(0.50)	多雨(0.25)
北京	4.5	4.4	1
天津	5	4	1.6
上海	6	3	1.3
深圳	5.5	3.9	0.9

（61）A．北京　　　　B．天津　　　　C．上海　　　　D．深圳

试题 13 分析

各城市的收益期望值计算如下：

北京：$4.5 \times 0.25 + 4.4 \times 0.5 + 1 \times 0.25 = 1.125 + 2.2 + 0.25 = 3.575$。

天津：$5 \times 0.25 + 4 \times 0.50 + 1.6 \times 0.25 = 1.25 + 2 + 0.4 = 3.65$。

上海：$6 \times 0.25 + 3 \times 0.5 + 1.3 \times 0.25 = 1.5 + 1.5 + 0.325 = 3.325$。

深圳：$5.5 \times 0.25 + 3.9 \times 0.5 + 0.9 \times 0.25 = 1.375 + 1.5 + 0.225 = 3.55$。

因此，根据收益期望值最大的原则，应该选择天津。

试题 13 答案

（61）B

试题 14（2009 年上半年试题 69）

经济计量分析的工作程序依次是 __（69）__ 。

（69）A．设定模型、检验模型、估计模型、改进模型

　　　B．设定模型、估计参数、检验模型、应用模型

　　　C．估计模型、应用模型、检验模型、改进模型

　　　D．搜集资料、设定模型、估计参数、应用模型

试题 14 分析

经济计量分析是用统计推论方法对经济变量之间的关系作出数值估计的一种数量分析方法。它首先把经济理论表示为可计量的数学模型即经济计量模型，然后用统计推论方法加工实际资料，使这种数学模型数值化。计量经济研究分为模型设定、参数估计、检验模型和应用模型 4 个步骤。

试题 14 答案

（69）B

试题 15（2009 年下半年试题 66～67）

某工厂生产甲、乙两种产品，生产 1 公斤甲产品需要煤 9 公斤、电 4 度、油 3 公斤，生

产 1 公斤乙产品需要煤 4 公斤、电 5 度、油 10 公斤。该工厂现有煤 360 公斤、电 200 度、油 300 公斤。已知甲产品每公斤利润为 7 千元，乙产品每公斤利润为 1.2 万元，为了获取最大利润应该生产甲产品　(66)　公斤，乙产品　(67)　公斤。

(66) A. 20　　　　　B. 21　　　　　C. 22　　　　　D. 23

(67) A. 22　　　　　B. 23　　　　　C. 24　　　　　D. 25

试题 15 分析

为求解上述问题，设 x_1 为甲产品生产量，x_2 为乙产品生产量。对该问题求解最优方案可以由下列数学模型描述：

$$\max z=7x_1+12x_2$$
$$\begin{cases} 9x_1+4x_2 \leqslant 360 \\ 4x_1+5x_2 \leqslant 200 \\ 3x_1+10x_2 \leqslant 300 \\ x_1 \geqslant 0, x_2 \geqslant 0 \end{cases}$$

求解得 $x_1=20$，$x_2=24$。

试题 15 答案

(66) A　　　　　(67) C

试题 16（2009 年下半年试题 68）

某厂需要购买生产设备生产某种产品，可以选择购买四种生产能力不同的设备，市场对该产品的需求状况有三种（需求量较大、需求量中等、需求量较小）。厂方估计四种设备在各种需求状况下的收益由表 21-8 给出，根据收益期望值最大的原则，应该购买　(68)　。

表 21-8　收益表

设备 / 需求概率	设备 1	设备 2	设备 3	设备 4
需求量较大概率为 0.3	50	30	25	10
需求量中等概率为 0.4	20	25	30	10
需求量较小概率为 0.3	−20	−10	−5	10

(68) A. 设备 1　　　　B. 设备 2　　　　C. 设备 3　　　　D. 设备 4

试题 16 分析

设备 1 收益期望值为：$0.3 \times 50+0.4 \times 20-0.3 \times 20=17$。

设备 2 收益期望值为：$0.3 \times 30+0.4 \times 25-0.3 \times 10=16$。

设备 3 收益期望值为：$0.3 \times 25+0.4 \times 30-0.3 \times 5=18$。

设备 4 收益期望值为：$0.3 \times 10+0.4 \times 10+0.3 \times 10=10$。

因此，根据收益期望值最大的原则，应该购买设备 3。

试题 16 答案

（68）C

试题 17（2009 年下半年试题 69）

某公司新建一座 200 平米的厂房，现准备部署生产某产品的设备。该公司现空闲生产该产品的甲、乙、丙、丁四种型号的设备各 3 台，每种型号设备每天的生产能力由下表给出。在厂房大小限定的情况下，该厂房每天最多能生产该产品 ___（69）___ 个。

表 21-9　月销售量增加表

	甲	乙	丙	丁
占地面积（平方米）	40	20	10	5
每天生产能力（个）	100	60	20	8

（69）A．500　　　　B．520　　　　C．524　　　　D．530

试题 17 分析

设备甲每平方米的生产能力为 100/40＝2.5 个。

设备乙每平方米的生产能力为 60/20＝3 个。

设备丙每平方米的生产能力为 20/10＝2 个。

设备丁每平方米的生产能力为 8/5＝1.6 个。

在有限的厂房和设备的情况下，为了生产最多的产品，应该按照设备乙、甲、丙、丁的顺序使用设备。所以，先安排 3 个设备乙，占用 60 平方米，每天能生产 180 个产品；再安排 3 个设备甲，占用 120 平方米，每天能生产 300 个产品；最后安排 2 个设备丙，占用 20 平方米，每天能生产 40 个产品。

该厂房每天最多能生产该产品 520 个。

试题 17 答案

（69）B

试题 18（2010 年上半年试题 68）

某工厂生产两种产品 S 和 K，受到原材料供应和设备加工工时的限制。单件产品的利润、原材料消耗及加工工时如表 21-10 所示。为获得最大利润，S 应生产 ___（68）___ 件。

表 21-10　产品信息表

产品	S	K	资源限制
原材料消耗（公斤/件）	10	20	120
设备工时（小时/件）	8	8	80
利润（元/件）	12	16	

（68）A．7　　　B．8　　　C．9　　　D．10

试题 18 分析

设利润为 z，为了获得最大利润，S 应生产 x_1 件，K 应生产 x_2 件。对该问题求解最优方案可以由下列数学模型描述：

$$\max z = 12x_1 + 16x_2$$
$$10x_1 + 20x_2 \leqslant 120$$
$$8x_1 + 8x_2 \leqslant 80$$
$$x_1 \geqslant 0, x_2 \geqslant 0$$

求解得 $x_1 = 8$，$x_2 = 2$。故 S 应生产 8 件。

试题 18 答案

（68）B

试题 19（2010 年上半年试题 69）

S 公司开发一套信息管理软件，其中一个核心模块的性能对整个系统的市场销售前景影响极大，该模块可以采用 S 公司自己研发、采购代销和有条件购买三种方式实现。S 公司的利润（单位：万元）收入如表 21-11 所示。

表 21-11　利润收入表

	销售 50 万套	销售 20 万套	销售 5 万套	卖不出去
自己研发	450000	200000	−50000	−150000
采购代销	65000	65000	65000	65000
有条件购买	250000	100000	0	0

按经验，此类管理软件销售 50 万套，20 万套，5 万套和销售不出的概率分别为 15%，25%，40% 和 20%，则 S 公司应选择　（69）　方案。

（69）A. 自己研发　　B. 采购代销　　C. 有条件购买　　D. 条件不足无法选择

试题 19 分析

自己研发的可能利润值为：$450000 \times 15\% + 200000 \times 25\% - 50000 \times 40\% - 150000 \times 20\% = 67500$。

采购代销的可能利润值为：$65000 \times 15\% + 65000 \times 25\% + 65000 \times 40\% + 65000 \times 20\% = 65000$。

有条件购买的可能利润值为：$250000 \times 15\% + 100000 \times 25\% = 62500$。

因此，S 公司应选择 A 方案以获得最高可能利润。

试题 19 答案

（69）A

试题 20（2010 年下半年试题 66）

某公司打算经销一种商品，进价为 450 元/件，售价 500 元/件。若进货商品一周内售不完，则每件损失 50 元。假定根据已往统计资料估计，每周最多销售 4 件，并且每周需求量分别为

0，1，2，3和4件的需求量与统计概率之间的关系如表21-12所示。

表21-12　需求量与统计概率之间的关系

需求量（件）	0	1	2	3	4
统计概率	0	0.1	0.2	0.3	0.4

则公司每周进货　（66）　件可使利润最高。

（66）A．1　　　　　B．2　　　　　C．3　　　　　D．4

试题20分析

若每周进货1件，则销售的概率为0.1+0.2+0.3+0.4=1，即总会卖出去，所以利润为50元（500–450=50元）。

若每周进货2件，全部卖出去的概率为0.2+0.3+0.4=0.9，此时获利50+50=100元；仅卖出去1件的概率为0.1，此时获利50–50=0。所以最终利润为100×0.9+0×0.1=90元。

若每周进货3件，全部卖出去的概率为0.3+0.4=0.7，此时获利50+50+50=150元；卖出两件的概率为0.2，此时获利50+50–50=50元；仅卖出一件的概率为0.1，此时获利50–50–50=–50。所以最终利润为150×0.7+50×0.2+(–50)×0.1=105+10–5=110元。

若每周进货4件，全部卖出去的概率为0.4，此时获利50+50+50+50=200元；卖出三件的概率为0.3，此时获利50+50+50–50=100元；卖出两件的概率为0.2，此时获利50+50–50–50=0元；仅卖出一件的概率为0.1，此时获利50–50–50–50=–100元。所以最终利润为200×0.4+100×0.3+0×0.2+(–100)×0.1=80+30+0–10=100元。

综上所述，应该选择每周进货3件，才能使利润最高。

试题20答案

（66）C

试题21（2010年下半年试题67）

某项目有I、II、III、IV四项不同任务，恰有甲、乙、丙、丁四个人去完成各项不同的任务。由于任务性质及每人的技术水平不同，他们完成各项任务所需时间也不同，具体如表21-13所示。项目要求每个人只能完成一项任务，为了使项目花费的总时间最短，应该指派丁完成　（67）　任务。

表21-13　各任务所需时间表

人员＼任务	I	II	III	IV
甲	2	15	13	4
乙	10	4	14	15
丙	9	14	16	13
丁	7	8	11	9

（67）A．I　　　　　B．II　　　　　C．III　　　　　D．IV

试题 21 分析

根据表 21-13，从任务来看，I 的最短时间为 2（甲），II 的最短时间为 4（乙）、III 的最短时间为 11（丁）、IV 的最短时间为 4（甲）。但如果这样安排的话，则甲的时间冲突，所以需要适当调整。问题是丙做任务 I 还是任务 IV。

如果丙做任务 I（甲做任务 IV），则总时间为 9+4+11+4=28；如果丙做任务 IV（甲做任务 I），则总时间为 2+4+11+13=30。因此，为了使项目花费的总时间最短，丙应做任务 I，乙应做任务 II，丁应做任务 III，甲应做任务 IV。

试题 21 答案

（67）C

第22章

信息系统项目管理案例分析

在信息系统项目管理师下午的考试中，一般有 3 道项目管理案例的分析与问答题，每道试题 25 分，满分为 75 分。根据考试大纲，这些案例试题可能涉及的知识点如下。

（1）项目启动：项目启动的过程和技术、项目章程的制定、项目的约束条件和对项目的假定。

（2）项目管理计划：项目管理计划的内容和项目管理计划的制定。

（3）项目实施：项目实施阶段项目管理师的地位、作用、任务和项目实施。

（4）项目监督与控制：项目监督与控制过程、整体变更控制、范围变化控制、进度控制、成本控制、质量控制和绩效和状态报告。

（5）项目收尾：项目收尾的内容、项目验收和管理收尾。

试题 1（2005 年上半年试题 1）

M 是负责某行业一个大型信息系统集成项目的高级项目经理，因人手比较紧张，M 从正在从事编程工作的高手中选择了小张作为负责软件子项目的项目经理，小张同时兼任模块的编程工作，这种安排导致了软件子项目失控。

【问题 1】（4 分）

请用 150 字以内的文字，分析导致软件子项目失控的可能原因。

【问题 2】（9 分）

请用 200 字以内的文字，说明你认为 M 事先应该怎么做才能让小张作为子项目的项目经理，并避免软件子项目失控？

【问题 3】（12 分）

请用 400 字以内的文字，概述典型的系统集成项目团队的角色构成，并叙述在组建项目团队、建设项目团队和管理项目团队方面所需的活动，结合实例说明。

试题 1 分析

IT 行业技术日新月异，要求从业人员具有高素质和高水平。而且，从我国的实际状况来看，IT 工程师紧缺，人员流动十分频繁，合格人选很难找到和保留在某个项目中。因此，有效的管理人力资源，是项目经理们认为最困难的一件事情。

本题的背景是，M 是负责某行业一个大型信息系统集成项目的高级项目经理，因人手比较紧张，M 从正在从事编程工作的高手中选择了小张作为负责软件子项目的项目经理，小张同时兼任模块的编程工作。这种安排导致了软件子项目失控。

【问题 1】

问题 1 要求考生分析导致软件子项目失控的可能原因。因为试题描述很简单，所以只能根据小张是新手这个线索，靠考生的常识来解答这个问题。

（1）项目经理的选择。企业人手比较紧张，于是 M 就选择了"编程工作的高手"小张作为项目经理。这种"饥不择食"的现象在国内的软件企业中比较普遍。软件项目经理甚至高级项目经理通常直接来自编程高手，中间未经过任何的培训。我们知道，在信息系统工程中，开发和管理是两条不同的主线，开发人员所需要的技能与管理人员所需要的技能很不一样。

当然，如果一个既是开发高手又是管理能手的人担任项目经理，那是再好不过了。系统分析师就是这样的复合型人才，但是，我国的系统分析师太少，远远不能满足软件企业的需求。因此，还必须考虑从开发高手中选择项目经理，但这种选择，必须是培养后的选择。开发人员要胜任项目经理岗位，不仅需要技术背景、行业知识，还需要具备一定的管理知识和经验。普通技术人员，未经培训和考查就直接任命为项目经理，在实际工作中，很可能会出现问题。

（2）身兼数职的问题。根据试题的描述，小张在担任了软件子项目的项目经理后，仍然同时兼任模块的编程工作。这也是国内软件企业存在的一个实际性问题。在实际的项目中，通常存在"能者多劳"现象，一个人担任多个角色、承担过重的工作，在分配角色之前没有仔细计算人员的工作负荷问题。特别是在小企业中，这种情况更为严重。

在本题中，作为技术出身的小张，由于仍然要编程，可能没有多少时间去学习管理知识，去从事管理工作。小张一人承担两个角色的工作，导致工作负荷过载，身心疲惫，其后果可能给全局带来不利影响。

另外，小张初为项目经理，可能会存在思维转换和角色转换问题。一般而言，技术人员看待问题往往比较片面和深入，注重细节问题，而管理人员往往会关注问题的全面和大的问题。因此，虽然角色发生了部分变化（之所以说是"部分变化"，是因为小张仍然兼任程序员的工作），但小张的思维方式、看待问题和处理问题的方式都暂时还没有转变过来。而且，由于身兼开发职务，还会延缓这种转变。

（3）间接管理问题。高级项目经理 M 选择了小张作为软件子项目的项目经理，并且未经过任何管理方面的培训。在项目开展过程中，可能由于自己比较忙，也缺乏对小张工作的引导和帮带，缺乏全程的跟踪和监控。这种间接管理导致高级项目经理 M 不能及时发现项目中的问题，从而造成项目失控。

【问题 2】

问题 2 要求考生回答，先应该怎么做才能让小张作为子项目的项目经理，并避免软件子项目失控。

根据问题 1 的分析，我们知道，要委任小张作为子项目的项目经理，至少应该做好以下几件事：

（1）根据项目经理岗位的任职条件和职责，选择合适的人员担任子项目的项目经理。由于企业人才紧缺，找不到合适的人选，要委任程序员小张担任项目经理，并需要对小张进行岗前培训。

（2）重新考虑和衡量小张的工作量问题，确保项目经理的工作都能完成。

（3）在项目管理方面，由于小张是新手，所以，在当前情况下，应尽量让小张放弃编程工作，专心从事管理工作，学习管理知识。

（4）在项目进行过程中，高级项目经理 M 应加强对小张的培养和监控，以便及时发现问题，避免项目失控。同时，要敦促小张转换思维方式，即实现从技术人员思维方式到管理者思维方式的转变。

【问题 3】

问题 3 要求考生回答，典型的系统集成项目团队的角色构成，以及在组建项目团队、建设项目团队和管理项目团队方面所需的活动。

问题 3 与试题描述没有关系，是一个简单的问答题，读者可以从《信息系统项目管理师辅导教程》中直接找到答案，这里不再进行分析。

试题 1 解答要点

【问题 1】

（1）小张缺乏足够的项目管理能力和经验。

（2）小张身兼二职，精力和时间不够用，顾此失彼。

（3）小张没有进入管理角色，只关注于编程工作，疏于对项目的管理。

（4）高级项目经理对小张的工作缺乏事先培训和全程的跟踪和监控。

【问题 2】

（1）事先要制定岗位的要求、职责和选人的标准，并选择合适的人选。

（2）高级项目经理应对小张的工作进行全面估算，如果小张的负荷确实过重，需要找人代替小张当时正在从事的技术工作，解决负载平衡问题。

（3）要事前沟通、对小张明确要求、明确角色的轻重缓急，促使小张尽快转换角色。

（4）上级应该注意平时对人员的培养和监控。

【问题 3】

（1）针对选定的项目，根据项目的特点，需要的角色如下：

✓ 管理类，如项目经理。

✓ 工程类，如系统分析师、架构设计师、软件设计师、程序员、测试工程师、美工、网络工程师、主机人员、实施人员。

✓ 行业专家。

✓ 辅助类，如文档管理员、秘书等。

（2）结合实际项目，叙述进行如下活动的经验：

✓ 组建项目团队，明确责任（制定责任分配矩阵）。

✓ 建设项目团队。

✓ 提高项目团队成员的个人绩效。

✓ 提高项目团队成员之间的信心和凝聚力，以通过更好的团队合作提高工作效率。

（3）管理项目团队：

✓ 跟踪个人和团队的执行情况、提供反馈。

✓ 协调变更，以提高项目的绩效、保证项目的进度。

✓ 项目管理团队还必须注意团队的行为、管理冲突、解决问题。

✓ 评估团队成员的绩效。

试题 2（2005 年上半年试题 2）

在一个正在实施的系统集成项目中出现了下述情况：一个系统的用户向他所认识的一个项目开发人员抱怨系统软件中的一项功能问题，并且表示希望能够进行修改。于是，该开发人员就直接对系统软件进行了修改，解决了该项功能问题。针对这样一种情况，请分析如下问题：

【问题 1】（5 分）

请用 150 字以内的文字，说明上述情况中存在着哪些问题？

【问题 2】（10 分）

请用 300 字以内的文字，说明上述情况可能会导致什么样的后果？

【问题 3】（10 分）

请用 300 字以内的文字，说明配置管理中完整的变更处置流程。

试题 2 分析

变更来源有两个方面。一是用户，他们是信息系统项目需求的提出者。要求用户一次性地把需求讲清楚，并且不允许此后做任何变更，这是不现实的，开发方只能尽力减少变更，降低其影响。开发人员如何解决好自己的工作产品与变更的用户需求之间的一致性，是 CMM2 级需求管理这个关键过程域的主要目标。

变更来源的另一个方面来自开发人员自身。他们在工作中可能发现前期工作中有些不妥当的地方，便要修改已经确定了的设计方案或是设计的细节。也许是项目管理人员提出要修订已经确定了的项目方案。由此所导致的返工甚至部分工作产品的报废也是在所难免的。

无论来自哪个方面的变更，都需要严格按照变更控制的流程进行，否则会给开发和后续维护带来很多问题。

【问题 1】

根据试题描述，这个开发人员在听到用户的口头抱怨后，就直接对系统软件进行了修改，解决用户的问题。显然，该开发人员没有遵照变更控制的程序来解决问题。具体来说，存在以下问题：

（1）没有对用户口头反映的问题进行文档化，即没有对用户的要求进行记录。任何变更申请都必须以书面的形式提出。

（2）没有分析和评估用户变更请求。事实上，开发人员在获得用户的变更请求后，应该提交给 CCB，由 CCB 对变更请求进行分析和评估。在得到 CCB 的批准后，才能开始实施变更。

（3）在修改过程中没有注意进行版本管理。开发人员直接对系统软件进行修改，没有进行任何配置管理工作，这也是不对的。这样，会造成后续的维护工作出现差错。

（4）修改完成后未进行验证。开发人员直接修改了软件，并"解决了该项功能问题"。但这种解决是局部性的，由于该功能的正常运行可能会引起其他功能的不正常，所以对软件修改后，一定要进行验证测试。

（5）修改的内容未和项目干系人进行沟通。由于变更请求是由"一个系统的用户"提出的，这种请求不一定合理，不一定在项目范围之内。由于一个配置项出现变更，可能会涉及到一些相关的部件和文档进行变更，这将影响到项目开发工作中的许多人员，所以需要和项目干系人沟通。

【问题2】

问题 2 要求考生说明上述情况可能会导致什么样的后果。变更管理简单地说就是控制修改，使之不出现改错、改乱的现象。没有按照变更控制流程来实施信息系统的变更，会出现很多问题。具体而言，我们针对问题1分析中存在的 5 个问题，分别列举其可能导致的问题：

（1）由于没有记录用户的变更请求，可能会导致对系统软件变更的历史无法追溯，并会导致对工作产品的整体变化情况失去把握。

（2）由于没有对变更进行分析和评估，可能会导致后期的变更工作出现工作缺失，或与其他工作不一致等问题，对项目的进度、成本、质量方面也会产生一定影响。

（3）由于在修改过程中不注意版本管理，万一变更失败，则无法进行复原，造成成本损耗和进度拖延。而且，没有版本管理，对于后续的开发和维护工作也会带来困难，对于组织财富和经验的积累也是不利的。

（4）由于修改完成后不进行验证，难以确认变更是否正确实现，可能会影响系统其他功能的正常运行。同时，由于没有进行验证，为变更付出的工作量也无法得到承认。

（5）由于未与项目干系人进行沟通，可能会导致项目干系人的工作之间出现不一致之处，进而影响项目的整体质量。

【问题3】

问题 3 要求考生说明配置管理中完整的变更处置流程。读者可以在《信息系统项目管理师辅导教程》中找到现成的答案，在此不再重复。

试题2解答要点

【问题1】

（1）对用户的要求未进行记录。

（2）对变更请求未进行足够的分析，也没有获得批准。

（3）在修改过程中没有注意进行版本管理。

（4）修改完成后未进行验证。

（5）修改的内容未和项目干系人进行沟通。

【问题 2】

（1）缺乏对变更请求的记录可能会导致对产品的变更历史无法追溯，并会导致对工作产物的整体变化情况失去把握。

（2）缺乏对变更请求的分析可能会导致后期的变更工作出现工作缺失、与其他工作不一致等问题，对项目的进度、成本、质量方面也会产生一定影响。

（3）在修改过程中不注意版本管理，一方面可能会导致当变更失败时无法进行复原，造成成本损耗和进度拖延；另一方面，对于组织财富和经验的积累也是不利的。

（4）修改完成后不进行验证则难以确认变更是否正确实现，为变更付出的工作量也无法得到承认。

（5）未与项目干系人进行沟通可能会导致项目干系人的工作之间出现不一致之处，进而影响项目的整体质量。

【问题 3】

（1）变更申请。应记录变更的提出人、日期、申请变更的内容等信息。

（2）变更评估。对变更的影响范围、严重程度、经济和技术可行性进行系统分析。

（3）变更决策。由具有相应权限的人员或机构决定是否实施变更。

（4）变更实施。由管理者指定的工作人员在受控状态下实施变更。

（5）变更验证。由配置管理人员或受到变更影响的人对变更结果进行评价，确定变更结果和预期是否相符、相关内容是否进行了更新、工作产物是否符合版本管理的要求。

（6）沟通存档。将变更后的内容通知可能会受到影响的人员，并将变更记录汇总归档。如提出的变更在决策时被否决，其初始记录也应予以保存。

试题 3（2005 年上半年试题 3）

假设某项目的主要工作已经基本完成，经核对项目的"未完成任务清单"后，终于可以向客户方代表老刘提交并验收了。在验收过程中，老刘提出了一些小问题。项目经理张斌带领团队很快地妥善解决了这些问题。但是随着时间的推移，客户的问题似乎不断。时间已经超过了系统试用期，但是客户仍然提出一些小问题，而有些问题都是客户方曾经提出过的，并实际上已经解决了的问题。时间一天一天的过去，张斌不知道什么时候项目才能验收、结项，才能得到最后一批款项。

【问题 1】（9 分）

请用 200 字左右的文字，分析发生这件事情可能的原因？

【问题 2】（7 分）

请用 200 字以内的文字，说明现在张斌应该怎么办？

【问题 3】（9 分）

请用 200 字以内的文字，说明应当吸取的经验和教训？

试题 3 分析

试题中描述的问题在现实生活中，也普遍存在，确实是令很多项目经理头疼的事情。事实上，在项目开发过程中，如果甲乙双方严格按照有关合同和规定进行项目活动的话，则这些问题都很好解决。但是，由于我们的文化背景和社会传统的制约，人们往往以"情"的角度去考虑问题，而不是从"法"的角度去考虑，人情高于合同。

【问题 1】

问题 1 要求考生分析发生这件事情可能的原因。

从试题描述来看，我们可以抓住几个关键词语："主要工作已经基本完成"、"未完成任务清单"、"客户的问题似乎不断"，以及"有些问题都是客户方曾经提出过的，并实际上已经解决了的问题"。根据这些关键词语进行分析和思考。

（1）从题中可知，在双方签合同时，很可能没有规定验收标准是什么、什么时候验收、验收步骤和流程是什么，以及售后服务的范围是什么等问题。这样，就导致验收时没有依据。当然，也可能是合同里规定得很清楚，但如前所述，由于"人情高于合同"的缘故，双方都没有按照合同来执行。

在项目开发合同中，应该要明确规定项目验收标准（规定哪些工作必须完成、完成到什么程度、交付哪些产品（项目的交付物）等）和验收流程（验收时具体按何流程进行操作，包括何时提供验收、验收表格、验收人员、验收步骤、验收有关问题的处理）。

（2）客户方代表老刘问题似乎不断，而且重复提出问题，这可能有三个方面的原因：

一是项目的变更管理可能做得不好，变更未以书面形式提出申请。这样，原来提出并修改过的问题后来又忘记了，甚至出现一种恶性修改的情况，即某一天要求把"黑"改成"白"，没过多久，又要求把"白"改成"黑"，拿开发方的时间和费用开玩笑。

二是虽然有好的变更控制流程，但老刘没有在变更申请上签字。在现实中，这种情况也是有的，例如，笔者就曾经碰到过这样的甲方"领导"。他对项目管理流程很清楚，也清楚变更是需要付出代价的，但就是始终不肯在变更申请上签字。他这样做的目的是，如果项目不出问题，事情就这样过去了，反正我们会帮他们代签字，执行我方的变更流程。如果项目出了问题，他的领导追究下来，他会很无辜地说"我不知道啊，怎么变成这样子了！"。

三是老刘对项目质量如何心里没底，在故意拖延时间。这样，就能有更充裕的时间来进行测试和试用。而老刘心里没底的原因，一是可能因为合同里没有售后服务的承诺，老刘担心签字付款后，系统出问题就没有人管；二是对于未完成问题，张斌没有承诺完成的时间；第三可能是张斌和老刘沟通不好，关系欠融洽，老刘对张斌没有信心，所以不能放心签字。

（3）从试题描述来看，除了上述两种可能外，还可能存在双方的沟通问题。客户代表老刘不断提出相同的问题，这说明项目经理张斌对于老刘所需信息的传递不够或者有误，客户获得的信息不全或不及时。而且，如果老刘使用这种手段故意为难张斌，则更说明两者的关系处理得太差。

【问题 2】

问题 2 要求考生说明现在张斌应该怎么办。

项目经理张斌的目的是促成客户尽早验收，针对问题 1 分析中给出的几种原因，可采取相应的措施。

（1）如果合同中没有规定验收事宜或者规定得不清晰，则需要将验收的事项规定清楚。通过签订补充合同跟客户签订一个详细的验收计划，将验收标准、流程规定清楚，双方需要签字确认。

（2）如果没有完善的文档，则需尽快完善文档。将阶段性验收的结果、变更的结果、试运行的报告等做详细记录，逐一让客户签字确认。

（3）如果合同中没有售后服务的承诺，则需要对售后服务问题向客户做出承诺，对于未完成的工作进行评估，需要完成的要承诺完成时间。

（4）进一步做好沟通工作。除了把项目文档发送给有关项目干系人外，项目经理张斌需要跟客户代表老刘多进行非正式的沟通，解除其中可能存在的疙瘩，让老刘了解项目的进展，了解主要工作已经完成，并理解项目结项对张斌的重要性，达成理解和融洽的关系。

【问题 3】

问题 3 要求考生说明应当吸取的经验和教训。这些问题的回答还是需要根据问题 1 分析中的可能原因来总结，存在什么样的问题，就有什么样的教训，吸取了教训，以后就有了经验。根据试题的要求，下面我们从合同管理、过程控制和项目沟通管理三个方面进行归纳和总结。

（1）合同管理方面。 在合同或其附件中要详细和清楚地规定有关的验收事宜，包括验收标准、验收时间、验收步骤和流程，以及售后服务的有关承诺；由于合同双方现实环境和相关条件的变化，许多合同都有可能变更，而这些变更必须根据合同的相关条款适当处理。

（2）过程控制方面。 在信息系统集成项目中，变更是很频繁的，也是很正常的，关键是要制定和执行一个完善的变更控制流程；在项目活动过程中，文档要齐全，使项目进展有据可查；加强项目配置管理，设置项目里程碑，进行阶段性验收，并要求客户签字确认。

（3）沟通方面。 在项目计划编制阶段制定一份详尽的项目沟通计划，并按其执行；定期出具绩效报告，让项目干系人了解项目的进展情况。如果发生变更，则要及时把信息提供给项目干系人；营造良好的客户关系。项目经理要经常与客户方进行非正式的沟通，需要营造良好的客户关系，让客户成为自己真正的和长期的朋友。

试题 3 解答要点

【问题 1】

（1）合同中缺乏以下内容：
- ✓ 项目目标中关于产品功能和交付物组成的清晰描述。
- ✓ 项目验收标准、验收步骤和方法（或流程）。
- ✓ 对客户的售后服务承诺。

（2）项目实施过程控制中出现的问题：
- ✓ 由于在项目实施过程中没有及时将项目绩效报告递交给客户，因此客户对项目进展和质量状况不了解。

✓ 没有让客户及时对阶段成果签字确认。

（3）由于没有售货服务的承诺，客户担心没有后续服务保证。

（4）合作氛围不良，客户存在某种程度的抵触情绪，双方缺乏信任感，客户对项目质量信心不足，怕承担责任，因此不愿签字。

【问题2】

根据项目现状，需要采取补救措施，加强沟通以解决问题。

（1）就项目验收标准和客户达成共识，确定哪些主要工作完成即可通过验收。

（2）就项目验收步骤和方法与客户达成共识。

（3）就项目已经完成的程度让用户确认。例如出具系统试作报告，请客户签字确认。

（4）向客户提出明确的服务承诺，使客户没有后顾之忧。

【问题3】

（1）项目合同中要规定项目成果的正式验收标准、验收步骤、验收流程和运营维护服务承诺等内容。

（2）加强项目执行过程中的控制。

✓ 加强变更控制。包括制定变更控制流程，按流程进行变更的评估、审核、实施、记录、确认等工作。

✓ 加强项目沟通管理。包括及时向客户提供项目绩效报告，让客户了解项目进展；设置对阶段性成果的验收，并让客户对阶段性成果进行签字确认；项目文档要齐全，使项目进展有据可查。

✓ 加强计划执行的控制。制定详尽的项目管理计划（包括进度管理计划、成本管理计划等各分项计划），按计划实施和检查。

（3）项目经理还应注重跟客户相处的技巧，努力促成双方的良好合作氛围。

试题4（2005年下半年试题1）

某系统集成公司现有员工50多人，业务部门分为销售部、软件开发部、系统网络部等。经过近半年的酝酿后，在今年一月份，公司的销售部直接与某银行签订了一个银行前置机的软件系统的项目。合同规定，6月28日之前系统必须投入试运行。在合同签订后，销售部将此合同移交给了软件开发部，进行项目的实施。

项目经理小丁做过5年的系统分析和设计工作，但这是他第一次担任项目经理。小丁兼任系统分析工作，此外项目还有2名有1年工作经验的程序员，1名测试人员，2名负责组网和布线的系统工程师。项目组的成员均全程参加项目。

在承担项目之后，小丁组织大家制定了项目的WBS，并依照以往的经历制定了本项目的进度计划，简单描述如下：

（1）应用子系统。

① 1月5日~2月5日：需求分析

② 2月6日~3月26日：系统设计和软件设计

③ 3月27日~5月10日：编码

④ 5 月 11 日～5 月 30 日：系统内部测试

（2）综合布线。

2 月 20 日～4 月 20 日：完成调研和布线

（3）网络子系统。

4 月 21 日～5 月 21 日：设备安装、联调

（4）系统内部调试、验收。

① 6 月 1 日～6 月 20 日：试运行

② 6 月 28 日：系统验收

春节后，在 2 月 17 日小丁发现系统设计刚刚开始，由此推测 3 月 26 日很可能完不成系统设计。

【问题 1】（4 分）

请用 150 字以内的文字，分析问题发生的可能原因。

【问题 2】（9 分）

请用 200 字以内的文字，建议小丁应该如何做以保证项目整体进度不拖延。

【问题 3】（12 分）

请用 400 字以内的文字，概述典型的信息系统集成项目的进度/时间管理的过程和方法，以及资源配置对进度的制约。

试题 4 分析

本题给出了一个项目进度滞后的例子。为了有效地控制进度，必须对影响进度的因素进行分析，以便事先采取措施，尽量缩小实际进度与计划进度的偏差，实现项目的主动控制与协调。

【问题 1】

问题 1 要求考生分析项目进度滞后的原因。就一个普通项目而言，影响进度的因素可能有以下几种：

（1）错误估计了项目实现的特点及实现的条件。 低估了项目实现在技术上存在的困难；未考虑到某些项目设计和实施问题的解决，必须进行科研和实验，而它既需要资金又需要时间；低估了项目实施过程中，各项目参与者之间协调的困难；对环境因素、物资供应条件、市场价格的变化趋势等了解不够。

（2）盲目确定工期目标。 不考虑项目的特点，不采用科学的方法，盲目确定工期目标，使得工期要么太短，无法实现，要么太长，效率低下。

（3）工期计划方面的不足。 项目设计、材料、设备等资源条件不落实，进度计划缺乏资源的保证，以致进度计划难以实现；进度计划编制质量粗糙，指导性差；进度计划未认真交底，操作者不能切实掌握计划的目的和要求，以致贯彻不力；不考虑计划的可变性，认为一次计划就可以一劳永逸；计划的编制缺乏科学性，致使计划缺乏贯彻的基础而流于形式；项目实施者不按计划执行，凭经验办事，使编制的计划徒劳无益，不起作用。

（4）项目参加者的工作失误。 设计进度拖延；突发事件处理不当；项目参加各方关系协

调不顺等。

（5）不可预见事件的发生。 如恶劣气候条件、天灾人祸等不可抗拒的事件。

以上仅列举了几类问题，而实际出现的问题更多，其中有些是主观的干扰因素，有些是客观的干扰因素。这些干扰因素的存在，充分说明了加强进度管理的必要性。在项目实施之前和项目进展过程中，加强对干扰因素的分析、研究，将有助于进度管理。

具体落实到本题中，造成进度延迟的可能原因如下：

（1）根据试题描述，"公司的销售部直接与某银行签订了一个银行前置机的软件系统的项目"，"在合同签订后，销售部将此合同移交给了软件开发部，进行项目的实施"。通常情况下，售前工作应该由软件开发部和销售部共同完成，或者由软件开发部配合销售部完成。这样做，既可以让软件开发部尽早熟悉项目情况，还可以避免销售部的过度承诺，给开发带来不必要的麻烦（这也是很常见的事情，销售部为了拿单，对客户讲得神乎其神，很多功能其实是不必要的或者是当前技术条件或费用下是不可能实现的）。

（2）"项目经理小丁做过 5 年的系统分析和设计工作，但这是他第一次担任项目经理"。由此可知，小丁的项目经理经验不足，也缺乏培训，进度估算时方法可能欠妥，直接导致进度估算不准。例如，在应用子系统中，编码的时间安排过长，而分析与设计、测试的时间过短。

（3）一方面，"小丁兼任系统分析工作"，说明项目的资源配置不足，缺乏专门的系统分析和设计人员。小丁身兼两职，可能导致两份工作都没有全心做好，直接影响项目进展，甚至影响系统质量。另一方面，小丁没有对项目进行及时的监控，人员搭配不合理，也没有合理使用。有的人力资源缺乏而自己没有及时补位，有的资源有闲置。例如，在 2 月 20 日前，两名系统工程师是闲置的。

（4）在安排进度时可能未考虑法定节假日的因素。从小丁的进度安排来看，缺乏严格的评审，没有考虑到春节放假及对项目人员绩效的影响，也没有把项目对人员的要求、人员的知识结构等考虑周全。

【问题 2】

问题 2 要求考生建议小丁应该如何做以保证项目整体进度不拖延。

既然已经发现了进度延迟，就要想办法尽量在现有资源配置的情况下，调整进度。如果现有资源不足，则可以申请增加资源。缩短项目工期以保证项目整体进度的办法有赶工、快速跟进（并行）、增加优质资源、提高资源利用率、改变开发流程、加强沟通和监控、外包和缩小范围等。

在本题中，根据问题 1 分析中给出的原因，可以采取的具体措施有：

（1）向职能经理申请增加系统设计和软件设计人员，以保证系统设计和软件设计按计划完成。

（2）临时加班或赶工，尽可能补救由于春节放假耽误的时间或提升资源的利用效率。但加班的时间不能过长，否则会物极必反，影响项目质量。

（3）将部分阶段的工作改为并行进行。例如，完成一个模块的设计后，就可以对该模块进行评审和编码，没有必要等设计全部完成后再统一开始编码。其他阶段工作也可以此类推。

（4）对原来的进度计划进行变更，压缩编码时间。在进行进度安排时，要尽量留有余地（一般预留 20%的时间）。对进度计划的变更，要得到相关干系人的一致同意。

（5）小丁要加强对项目管理知识的学习，加强对项目的检查和控制，做好沟通和协调工作，避免后期频繁出现变更。加强对项目组成员的培训和教育工作，保证项目质量，避免后期出现返工。

【问题 3】

问题 3 要求考生概述典型的信息系统集成项目的进度/时间管理的过程和方法，以及资源配置对进度的制约。这是一个纯理论性问题，读者可以在《信息系统项目管理师辅导教程》中找到现成的答案，在此不再重复。

试题 4 解答要点

【问题 1】

（1）销售部没有及时让软件开发部参与项目早期工作，需求分析耗时过长。

（2）项目经理经验不足，进度估算不准确。

（3）项目资源配置不足，缺乏专门的系统分析和设计人员。

（4）工作安排没有充分利用分配的项目资源，资源有闲置。

（5）在安排进度时可能未考虑法定节假日的因素。

【问题 2】

（1）向职能经理申请增加特定资源，特别是要增加系统分析设计人员。

（2）临时加班/赶工，尽可能补救耽误的时间或提升资源的利用效率。

（3）将部分阶段的工作改为并行进行。

（4）对后续工作的工期重新进行估算，并考虑节假日问题，修订计划，尽量留有余地。

（5）加强沟通，争取客户能够对项目范围以及需求、设计、验收标准进行确认，避免后期频繁出现变更。

（6）加强对阶段工作的检查和控制，避免后期出现返工。

【问题 3】

进度/时间管理的过程如下。

（1）活动定义。 活动定义把工作包进一步分解为活动，以方便进度管理。活动定义的方法有分解、模板、专家判断等，主要输出是项目活动清单。

（2）活动排序。 活动排序也称为工作排序，即确定各活动之间的依赖关系，并形成文档。项目活动排序的工具和技术有前导图法、箭线图法、进度计划网络模板、确定依赖关系等，主要输出是项目计划网络图。

（3）活动资源估算。 活动资源估算包括决定需要什么资源（人力、设备、原料）和每一样资源应该是多少，以及何时使用资源来有效地执行项目活动。它必须和成本估算相结合。项目活动资源估算的工具和技术有专家判断法、替换方案确定、公开的估算数据、估算软件、自下而上的估算等，主要输出是活动资源需求。

（4）活动历时估算。 活动历时估算直接关系到各事项、各工作网络时间的计算和完成整个项目任务所需要的总时间。项目活动历时估算的工具和技术有专家判断、类比估算法、基于定额的历时、历时的三点估算、预留时间、最大活动历时等，主要输出是定量的活动历时估算结果。

（5）**制定进度计划**。制定进度计划就是决定项目活动的开始和完成的日期。制定进度计划的工具和技术有关键路径法、进度压缩、仿真、资源平衡、关键链、项目管理软件、编码结构、所采用的日历、超前和滞后、计划评审技术等，主要输出是项目进度计划。

（6）**进度控制**。项目进度控制是依据项目进度计划对项目的实际进展情况进行控制，使项目能够按时完成。进度控制的工具和技术有进展报告、进度变更控制系统、绩效测量、项目管理软件、偏差分析、计划比较甘特图等，主要输出是进度计划（更新）、变更需求、建议的纠正措施、取得的教训。

资源对进度的影响如下：

在一般情况下，项目活动的历时与项目规模成正比，与投入的资源数量成反比。即投入的资源数量越多，活动的历时越短。但是要注意任何活动都具有压缩点（Crash Point），当活动的历时已达到自身的压缩点之后，增加再多的资源也无法进一步缩短活动历时。

由于在一个非关键活动的一个较大时间延误也许只对项目产生较小的影响或不产生影响，而在关键活动的较小延误也许就需要马上采取纠正措施。因此每当缩短项目工期时，应当首先考虑在关键活动上增加资源，以加快进度缩短项目工期。

试题 5（2005 年下半年试题 2）

一个预算 100 万的项目，为期 12 周，现在工作进行到第 8 周。已知成本预算是 64 万，实际成本支出是 68 万，挣值为 54 万。

【问题 1】（8 分）

请计算成本偏差（CV）、进度偏差（SV）、成本绩效指数 CPI、进度绩效指数 SPI。

【问题 2】（5 分）

根据给定数据，近似画出该项目的预算成本、实际成本和挣值图。

【问题 3】（12 分）

对图 22-1 所示的四幅图表，分别分析其所代表的效率、进度和成本等情况，针对每幅图表所反映的问题，可采取哪些调整措施？

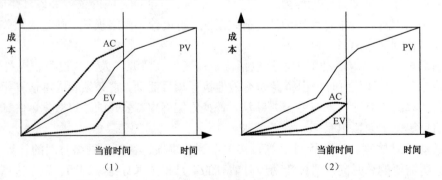

图 22-1　挣值曲线

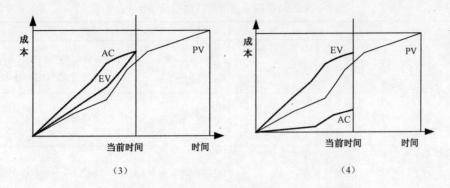

图 22-1　挣值曲线（续）

试题 5 分析

这是一道关于挣值管理的计算题，有关名词和计算公式，请读者参考第 11 章的分析，在此不再重复。

试题 5 解答要点

【问题 1】

CV = EV−AC = 54−68 = −14（万元）。

SV = EV−PV = 54−64 = −10（万元）。

CPI = EV/AC = 54/68 = 0.794。

SPI = EV/PV = 54/64 = 0.843。

【问题 2】

问题 2 的答案如图 22-2 所示。

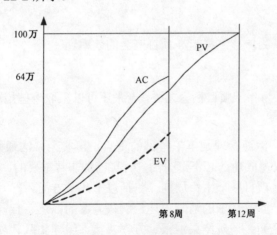

图 22-2　问题 2 的答案

【问题 3】

问题 3 的答案如表 22-1 所示。

表 22-1　四幅图可采取的措施

图　号	三个参数的关系	含　义　分　析	措　　施
（1）	AC>PV>EV	效率低 进度拖延 投入超前	提高效率,例如用工作效率高的人员更换一批工作效率低的人员;赶工、工作并行以追赶进度;加强成本监控
（2）	PV>AC≥EV	进度效率较低 进度拖延 成本支出与预算相差不大	增加高效人员投入;赶工、工作并行以追赶进度
（3）	AC≥EV>PV	成本效率较低 进度提前 成本支出与预算相差不大	提高效率,减少人员成本,加强人员培训和质量控制
（4）	EV>PV>AC	效率高 进度提前 投入延后	密切监控,加强质量控制

试题 6（2005 年下半年试题 3）

老张是某个系统集成公司的项目经理。他身边的员工始终在抱怨公司的工作氛围不好，沟通不足。老张非常希望能够通过自己的努力来改善这一状况，因此他要求项目组成员无论如何每周必须按时参加例会并发言，但对例会具体应如何进行，老张却不知如何规定。很快项目组成员就开始抱怨例会目的不明、时间太长、效率太低、缺乏效果，等等，而且由于在例会上意见相左，很多组员开始相互争吵，甚至影响到了人际关系的融洽。为此，老张非常苦恼。

【问题 1】（5 分）

针对上述情况，请分析问题产生的可能原因。

【问题 2】（15 分）

针对上述情况，你认为应该怎样提高项目例会的效率。

【问题 3】（5 分）

针对上述情况，你认为除了项目例会之外，老张还可以采取哪些措施来促进有效的沟通？

试题 6 分析

从考试的试题来看，沟通管理是下午考试的重点。事实上，沟通是人际之间传递和沟通信息的过程，对于项目取得成功是必不可少的，而且也是非常重要的。在信息系统项目中，项目干系人之间的沟通贯穿项目整个生命周期，包括以下几个方面。

（1）用户和开发商之间：需求的清晰表述、解决方案的描述、合同签订过程。

（2）团队和管理层之间：调研结果汇报、方案决策、组建团队、项目评审过程。

（3）开发团队内部：项目计划、技术方案的制定和变更。

（4）开发商和供货商之间：采购沟通、供货和验收过程。

（5）开发商和分包商之间：任务外包、提交和验收过程等。

【问题 1】

直接从试题描述中捕捉有关信息，找出问题的可能原因。

（1）"他身边的员工始终在抱怨公司的工作氛围不好，沟通不足。老张非常希望能够通过自己的努力还改善这一状况，因此他要求项目组成员无论如何每周必须按时参加例会并发言"。老张只知道项目组成员抱怨工作气氛不好，沟通不足，而没有分析其中的真正原因，没有去了解项目组成员对沟通的需求，没有分析沟通风格，就要求每周开发，并且要求每人都要发言。

（2）既然每周都开会，"但对例会具体应如何进行，老张却不知如何规定"，导致缺乏完整的会议规程、会议目的和议程。每个人都发言，职责不清、缺乏控制，导致会议效率低下，缺乏效果。久而久之，项目组成员就会讨厌这种会议。

（3）从试题描述来看，会议没有目的，没有记录，也没有引发相应的行动。这种会议根本就没有必要举行，免得浪费时间。

（4）在会议中，组员可能因为项目问题，甚至是个人问题产生争吵，"甚至影响到了人际关系的融洽"，说明老张没有进行冲突管理。在项目过程中，有冲突并不是坏事。事实上，冲突经常是有利的。冲突经常能够产生重要的成果，比如好的建议，更好的解决方案，以及更加努力的工作和更好合作的积极性。如果在项目的不同方面没有冲突的意识，那么项目的团队成员就会变的迟钝，缺乏创造性和创新性。但是，如果不能很好地进行冲突管理，则其效果就会相反，往往由项目讨论变为个性碰撞和误解产生的情感冲突，从而影响项目团队的绩效。

（5）从试题描述来看，老张只知道开会来进行沟通，沟通方式过于单一。

【问题 2】

会议是项目沟通的一种重要形式。一个成功的会议能成为鼓励项目团队建立和加强对项目的期望、任务、关系和责任的工具。失败的会议会对一个项目产生负面的影响。

在某些组织中，员工经常需要参加一些效率低下的会议，并且是被召去开几个小时完全不相干的会议。对于人员工资相对较高的信息系统行业，低效会议的机会成本是相当大的。

【问题 3】

根据问题 1 分析中给出的原因，老张至少可以采取下列措施来促进有效的沟通。

（1）加强对项目组成员进行沟通需求和沟通风格的分析，要分析清楚项目组成员为什么有这种抱怨，他们究竟有什么沟通需求，期望什么样的沟通方式等问题，然后再根据分析结果采取相应的措施，做到沟通因人而异，因事而异，不能搞一刀切。认识和把握人际沟通风格，针对不同沟通风格的人，"个性化定制"，采用对方喜欢的方式去沟通，就会取得好的沟通效果。

（2）增加丰富的沟通渠道和方法，除了单一的项目例会之外，可以通过电话、电子邮件、项目管理软件、OA 软件等工具进行沟通。尽量多采取非正式的沟通，因为非正式的沟通有助于关系的融洽。

（3）如果是正式的沟通，则需要记录沟通的结果，采取相应的措施，保证落实。

（4）可以引入一些标准的沟通模板，如项目章程、绩效报告和口头状态报告等。书面的和口头的范例和模板对于从来没有写过项目文件和做过项目陈述的人来说，特别有帮助。

（5）在项目组内培养团结的氛围并注意加强冲突管理，在讨论问题时，对事不对人。

（6）如果条件允许，可引进项目管理系统辅助沟通。

（7）就老张本人而言，要发展更好的沟通技能。

试题 6 解答要点

【问题 1】

（1）缺乏对项目组成员的沟通需求和沟通风格的分析。

（2）缺乏完整的会议规程，会议目的、议程、职责不清，缺乏控制，导致会议效率低下，缺乏效果。

（3）会议没有产生记录。

（4）会议没有引发相应的行动。

（5）沟通方式单一。

（6）没有进行冲突管理。

【问题 2】

（1）事先制定一个例会制度。 在项目沟通计划里，确定例会的时间，参加人员范围及一般议程等。

（2）放弃可开可不开的会议。 在决定召开一个会议之前，首先要明确会议是否必须举行，还是可以通过其他方式进行沟通。

（3）明确会议的目的和期望结果。 明确要开的会议的目的，是集体讨论一些想法、彼此互通信息，还是解决一个面临的问题。确定会议的效果是以信息同步为目的还是必须要讨论出一个确定的解决方案。

（4）发布会议通知。 在会议通知中要明确：会议目的、时间、地点、参加人员、会议议程和议题。有一种被广泛采用的决策方法是：广泛征求意见，少数人讨论，核心人员决策。由于许多会议不需要项目全体人员参加，因此需要根据会议的目的来确定参会人员的范围。事先应明确会议议程和讨论的问题，可以让参会人员提前做准备。

（5）在会议之前将会议资料发到参会人员。 对于需要有背景资料支持的会议，应事先将资料发给参会人员，以提前阅读，直接在会上讨论，可以有效地节约会议时间。

（6）可以借助视频设备。 对于有异地成员参加或者需要演示的场合，可以借用一些必要的视频设备，可以使会议达到更好效果。

（7）明确会议规则。 指定主持人，明确主持人的职责，主持人要对会议进行有效控制，并营建一个活跃的会议气氛。

主持人要事先陈述基本规则，例如明确每个人的发言时间，每次发言只有一个声音。

主持人根据会议议程的规定控制会议的节奏，保证每一个问题都得到讨论。

① 会议后要总结，提炼结论。主持人在会后总结问题的讨论结果，重申有关决议，明确责任人和完成时间。

② 会议要有纪要。如果将工作的结果、完成时间、责任人都记录在案，则有利于督促和检查工作的完成情况。

③ 做好会议的后勤保障。很多会议兼有联络感情的作用，因此需要选择一个合适的地点，提供餐饮、娱乐和礼品，制定一个有张有弛的会议议程。对于有客户或合作伙伴参加的会议更要如此。

【问题 3】

（1）首先应对项目组成员进行沟通需求和沟通风格的分析。

（2）对于具有不同沟通需求和沟通风格的人员组合设置不同的沟通方式。

（3）除了项目例会之外，可以通过电话、电子邮件、项目管理软件、OA 软件等工具进行沟通。

（4）正式沟通的结果应形成记录，对于其中的决定应有人负责落实。

（5）可以引入一些标准的沟通模板。

（6）在项目组内培养团结的氛围并注意冲突管理。

试题 7（2006 年下半年试题 1）

老高承接了一个信息系统开发项目的项目管理工作。在进行了需求分析和设计后，项目人员分头进行开发工作，期间客户提出的一些变更要求也由各部分人员分别解决。各部分人员在进行自测的时候均报告正常，因此老高决定直接在客户现场进行集成，但是发现问题很多，针对系统各部分所表现出来的问题，开发人员又分别进行了修改，但是问题并未有明显减少，而且项目工作和产品版本越来越混乱。

【问题 1】（5 分）

请用 200 字以内的文字，分析出现这种情况的原因。

【问题 2】（10 分）

请用 300 字以内的文字，说明配置管理的主要工作并作简要解释。

【问题 3】（10 分）

请用 300 字以内的文字，说明针对目前情况可采取哪些补救措施。

试题 7 分析

【问题 1】

结合题目的主体方向对试题进行分析，可以得出，在题目场景中存在的问题。

【问题 2】

问题 2 主要考查对于配置管理过程的记忆和理解，应该按照配置管理过程的框架，对配置管理过程及其所涉及的主要活动进行总结。有关配置管理过程的框架的详细介绍，请参考本书第 17 章。

【问题 3】

问题 3 主要考查考生对于项目整体管理和配置管理的具体应用。针对题目场景，应该从怎么样保护已有工作成果、理清问题原因、推动项目继续良好进展的角度来回答问题。

试题 7 解答要点

【问题 1】

（1）缺乏项目整体管理，尤其是整体问题分析。

（2）缺乏整体变更控制规程。

（3）缺乏项目干系人之间的沟通。

（4）缺乏配置管理。

（5）缺乏整体版本管理。

（6）缺乏单元接口测试和集成测试。

【问题2】

（1）制定配置管理计划。确定方针，分配资源，明确责任，计划培训，确定干系人，制定配置识别准则，制定基线计划，制定配置库备份计划，制定变更控制规程，制定审批计划。

（2）配置项识别。识别配置项，分配唯一标识，确定配置项特征，记录配置项进入时间，确定配置项拥有者职责，进行配置项登记管理。

（3）建立配置管理系统。建立分级配置管理机制，存储和检索配置项，共享和转换配置项进行归档、记录、保护和权限设置。

（4）基线化。获得授权，建立或发布基线，形成文件，使基线可用。

（5）建立配置库。建立动态库、受控库和静态库。

（6）变更控制。包括变更的记录、分析、批准、实施、验证、沟通和存档。

（7）配置状态统计。统计配置项的各种状态。

（8）配置审计。包括功能配置审计和物理配置审计。

【问题3】

（1）针对目前系统建立或调整基线。

（2）梳理变更脉络，确定统一的最终需求和设计。

（3）梳理配置项及其历史版本。

（4）对照最终需求和设计逐项分析现有配置项及历史版本的符合情况。

（5）根据分析结果由相关干系人确定整体变更计划并实施。

（6）加强单元接口测试与系统的集成测试或联调测试。

（7）加强整体版本管理。

试题8（2006年下半年试题2）

小李是国内某知名IT企业的项目经理，负责西南某省的一个企业管理信息系统建设项目的管理。

在该项目合同中，简单地列出了几条项目承建方应完成的工作，据此小李自己制定了项目的范围说明书。甲方的有关工作由其信息中心组织和领导，信息中心主任兼任该项目的甲方经理。可是在项目实施过程中，有时是甲方的财务部直接向小李提出变更要求，有时是甲方的销售部直接向小李提出变更要求，而且有时这些要求是相互矛盾的。面对这些变更要求，小李试图用范围说明书来说服甲方，甲方却动辄引用合同的相应条款作为依据，而这些条款要么太粗糙、不够明确，要么小李跟他们有不同的理解。因此小李对这些变更要求不能简单地接受或拒绝而左右为难，他感到很沮丧。如果不改变这种状况，项目完成看来要遥遥无期。

【问题 1】（5 分）

针对上述情况，结合你的经验，请用 150 字左右的文字分析问题产生的可能原因。

【问题 2】（15 分）

如果你是小李，你怎样在合同谈判、计划和执行阶段分别进行范围管理？请用 350 字左右的文字说明。

【问题 3】（5 分）

请用 150 字左右的文字，说明合同的作用，详细范围说明书的作用，以及两者之间的关系。

试题 8 分析

由于本题的答案已经比较详细，相对能体现分析的思路，所以不再给出具体分析。

试题 8 解答要点

【问题 1】

（1）合同没有定好，没有就具体完成的工作形成明确清晰的条款。

（2）甲方没有对各部门的需求及其变更进行统一的组织和管理。

（3）缺乏变更的接受/拒绝准则。

（4）由于乙方对项目干系人及其关系分析不到位，缺乏足够的信息来源，范围定义不全面、不准确。

（5）甲乙双方对项目范围没有达成一致认可或承诺。

（6）缺乏项目全生命周期的范围控制。

（7）缺乏客户/用户参与。

【问题 2】

在项目全生命周期的范围管理过程中，小李在不同的阶段做出相应的解决方案。

（1）**合同谈判阶段**：取得明确的工作说明书或更细化的合同条款；在合同中明确双方的权利和义务，尤其是关于变更问题；采取措施，确保合同签约双方对合同的理解是一致的。

（2）**计划阶段**：编制项目范围说明书；创建项目的工作分解结构；制定项目的范围管理计划。

（3）**执行阶段**：在项目执行过程中加强对已分解的各项任务的跟踪和记录；建立与项目干系人进行沟通的统一渠道；建立整体变更控制的规程并执行；加强对项目阶段性成果的评审和确认。

（4）**项目全生命周期范围变更管理**：在项目管理体系中应该包含一套严格、实用、高效的变更程序；规定对用户的范围变更请求，应正式提出变更申请，并经双方项目经理审核后，根据不同情况，做出相应的处理。

【问题 3】

合同法规定，合同是平等主体的自然人、法人、其他组织之间设立、变更、终止民事权利义务关系的协议。合同是买卖双方形成的一个共同遵守的协议，卖方有义务提供合同指定的产品和服务，而买方则有义务支付合同规定的价款。

详细的范围说明书描述了项目的可交付物和产生这些可交付物所必须做的项目工作。详细的范围说明书在所有项目干系人之间建立了一个对项目范围的共识，描述了项目的主要目标，使团队能进行更详细的规划，指导团队在项目实施期间的工作，并为评估是否为客户需求进行变更或附加的工作是否在项目范围内提供基线。

合同是制定项目范围说明书的依据。

试题 9（2006 年下半年试题 3）

小张是负责某项目的项目经理。经过工作分解后，此项目的范围已经明确，但是为了更好地对项目的开发过程进行有效监控，保证项目按期、保质完成，小张需要采用网络计划技术对项目进度进行管理。经过分析，小张得到了一张表明工作先后关系及每项工作的初步时间估计的工作列表，如表 22-2 所示。

表 22-2 初步时间估计

工作代号	紧前工作	历时（天）
A	—	5
B	A	2
C	A	8
D	B、C	10
E	C	5
F	D	10
G	D、E	15
H	F、G	10

【问题 1】（15 分）

请根据表 22-2 完成此项目的前导图（单代号网络图），表明各活动之间的逻辑关系，并指出关键路径和项目工期。节点用样图 22-3 标识。

ES	DU	EF
	ID	
LS		LF

图例：

ES：最早开始时间   EF：最早结束时间

LS：最迟开始时间   LF：最迟完成时间

DU：工作历时   ID：工作代号

图 22-3 样图

【问题 2】（6 分）

请分别计算工作 B、C 和 E 的自由浮动时间。

【问题 3】（4 分）

为了加快进度，在进行工作 G 时加班赶工，因此将该项工作的时间压缩了 7 天（历时 8 天）。请指出此时的关键路径，并计算工期。

试题 9 分析

【问题 1】

（1）按题目中给定活动的依赖关系和历时，可得到如图 22-4 所示的项目活动网络图。

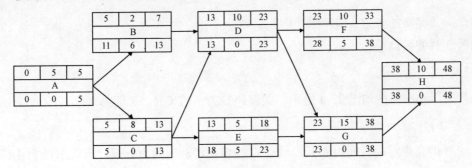

图 22-4　活动网络图

（2）因为本题比较简单，可以列出图 22-4 中所有路径，并计算其时间跨度。具体如表 22-3 所示。

表 22-3　路径列表

图中路径	时间跨度
ABDFH	5+2+10+10+10=37
ABDGH	5+2+10+15+10=42
ACEGH	5+8+5+15+10=43
ACDGH	5+8+10+15+10=48
ACDFH	5+8+10+10+10=43

因此，关键路径为 ACDGH，工期为 48 天。

【问题 2】

活动的自由浮动时间也就是自由时差，其计算公式为：

$$自由浮动时间 = 活动的最迟结束时间 - 活动的最早结束时间$$
$$= 活动的最迟开始时间 - 活动的最迟开始时间$$

因此，活动 B 的自由浮动时间为 13-7=6；11-5=6。活动 C 的自由浮动时间为 5-5=0；13-13=0；活动 E 的自由浮动时间为 18-13=5；23-18=5。

【问题 3】

活动 G 的历时变为 8 天，则重新计算各路径的时间跨度如表 22-4 所示。

表 22-4　新路径表

图中路径	时间跨度
ABDFH	5+2+10+10+10=37
ABDGH	5+2+10+8+10=35
ACEGH	5+8+5+8+10=36
ACDGH	5+8+10+8+10=41
ACDFH	5+8+10+10+10=43

因此，关键路径变为 ACDFH，工期为 43 天。

试题 9 解答要点

【问题 1】

项目的活动网络图如图 22-4 所示。关键路径为 ACDGH，工期为 48 天。

【问题 2】

活动 B 的自由浮动时间为 6 天，活动 C 的自由浮动时间为 0 天，活动 E 的自由浮动时间为 5 天。

【问题 3】

关键路径变为 ACDFH，工期为 43 天。

试题 10（2007 年下半年试题 1）

希赛公司最近正在争取某钢铁公司（A 公司）的办公网络迁移到外地的项目。李某是希赛公司负责捕捉项目机会的销售经理，鲍某是希赛公司负责实施的项目经理。由于以往项目销售经理的过度承诺给后继的实施工作带来了很大困难，此次鲍某主动为该项目做售前支持。该办公网络迁移项目的工作包括 A 公司新办公楼的综合布线、局域网网络系统升级、机房建设、远程视频会议系统、生产现场的闭路监控系统等 5 个子系统。A 公司对该项目的招标工作在 2006 年 8 月 4 日开始。该项目要求在 2006 年 12 月 29 日完成，否则将严重影响钢铁公司 A 的业务。

时间已到 2006 年 8 月 8 日，A 公司希望希赛公司能在 8 月 15 日前能够提交项目建议书。A 公司对项目的进度非常关注，这是他们选择集成商的重要指标之一。根据经验，A 公司的实际情况和现有的资源，鲍某组织制定了一个初步的项目计划，通过对该计划中项目进度的分析预测，鲍某认为按正常流程很难达到客户对进度的要求。拟订的合同中将规定对进度的延误要处以罚款。但是销售经理李某则急于赢得合同，希望能在项目建议书中对客户做出明确的进度保证，首先赢得合同再说。鲍某和李某在对项目进度承诺的问题上产生了分歧，李某认为鲍某不帮助销售拿合同，鲍某认为李某乱承诺对以后的项目实施不负责任。本着支持销售的原则，鲍某采取了多种措施，组织制定了一个切实可行的进度计划，虽然其报价比竞争对手略高，但评标委员会认为该方案有保证，是可行的，于是希赛公司中标。希赛公司中标后，由其实施部负责项目的实施。

【问题 1】（12 分）

在制定进度计划时，鲍某可能会采取哪些措施使制定的进度计划满足客户的要求？

【问题 2】（8 分）

希赛公司目前的组织类型是什么？如何改进其项目的组织方式？如何改进其项目管理的流程？如何降低管理外地项目的成本？

【问题 3】（5 分）

在项目实施过程中，负责售前工作的李某应继续承担哪些工作？

试题 10 分析

【问题 1】

案例的背景"A 公司对项目的进度非常关注"和"按正常流程很难达到客户对进度的要求"，现在试题问的是"在制定进度计划时，鲍某可能会采取哪些措施使制定的进度计划满足客户的要求"。也就是说，在现有资源受限的情况下，如果按照正常流程安排进度，是肯定不能满足用户的进度要求的，因此，必须采取一些压缩项目工期的方法，包括增加工作的并行度（赶工）、缩短工作历时、增加资源或提高资源率（加班）、外包等。

【问题 2】

从试题介绍来看，"李某是希赛公司负责捕捉项目机会的销售经理，鲍某是希赛公司负责实施的项目经理"，以及后面关于李某和鲍某的争执，可以看出希赛公司实施项目的组织方式是职能式的。职能式项目组织结构有很多不好的地方，例如，在各部门之间的协调就存在问题，正如本题案例所描述的情况，这是职能式项目组织的一个通病。因此，希赛公司实施项目的组织方式应该改进为矩阵式结构。项目下一个阶段的人员要提前介入到前一个阶段，例如，实施阶段的项目经理正式参与售前工作。也可以选择做好各流程间交接工作，例如，实施与售后服务之间的技术交底。

本项目是一个外地项目，那么如何降低管理外地项目的成本呢？与本地实施项目相比，外地实施项目需要增加人员差旅费、通信费，以及管理成本。因此，为了降低成本，可以委托或分包给当地有相应资质的集成商，或在当地招人。如果材料或服务在当地获得可降低成本，则尽量在当地采购。另外，要尽量压缩人员差旅成本，使用 QQ、MSN、E-mail 等电子沟通手段，以降低通信成本。

【问题 3】

由于在项目实施以前，一直都是负责售前工作的李某与客户联系，而且，也是由于李某"急于赢得合同，希望能在项目建议书中对客户做出明确的进度保证"，导致整个项目进度难以安排。鲍某本着支持销售的原则，采取了多种措施，组织制定了一个切实可行的进度计划，但该计划的执行需要一些资源的支持，也需要客户的支持。因此，需要李某继续与客户高层沟通，了解客户对项目实施情况的反映，维护客户关系。同时，也可能会发掘一些新的项目机会。

作为内部来说，为了便于与客户沟通，李某应该参加周例会，或至少每周收一次周报以了解项目的进展和问题，要参与可能发生变更的前期评审工作。最后，在项目收尾时，李某要负责或者协助收款。

试题10 解答要点

【问题1】

（1）沟通。强调该项目对希赛公司的意义，提高该项目优先级。例如开会这种方式，争得相关部门建议、支持与承诺。

（2）从现有的资源和实际情况出发，优化网络图，例如重排活动之间顺序，压缩关键路径长度。

（3）增加资源，或者使用经验丰富的员工。

（4）子任务并行、内部流程优化。

（5）尽可能地完成调配非关键路径上的资源到关键路径上的任务。

（6）优化外包、采购等环节并全程监控。

【问题2】

（1）希赛公司实施项目的组织方式是职能式的。

（2）希赛公司实施项目的组织方式应该改进为矩阵式。

（3）项目下阶段人员提前介入到前一阶段，如实施阶段的项目经理正式参与售前工作。也可选择做好各流程间交接工作，如实施与售后服务之间的技术交底。

（4）委托、分包给当地有相应资质的集成商，或在当地招人。如果材料或服务在当地获得可降低成本，则尽量在当地采购。尽量压缩人员差旅成本。使用虚拟远程的沟通手段。

【问题3】

（1）与客户高层继续沟通，了解客户对项目实施情况的反映，维护客户关系，发掘新的项目机会。

（2）参加周例会，或至少每周收一次周报以了解项目的进展和问题。

（3）参与可能发生变更的前期评审工作。

（4）负责或者协助收款。

试题11（2007年下半年试题2）

希赛公司负责某大学城A的3个校园网的建设，是某弱电总承包商的分包商。田某是希赛公司的高级项目经理，对3个校园网的建设负总责。关某、夏某和宋某是希赛公司的项目经理，各负责其中的一个校园网建设项目。项目建设方聘请了监理公司对项目进行监理。

希赛公司承揽的大学城A校园网建设项目，计划从2002年5月8日启动，至2004年8月1日完工。期间因项目建设方的资金问题，整个大学城的建设延后5个月，其校园网项目的完工日期也顺延到2005年1月1日，期间田某因故离职，其工作由希赛公司的另一位高级项目经理鲍某接替。鲍某第一次拜访客户时，客户对项目状况非常不满。和鲍某一起拜访客户的有希赛公司的主管副总、销售部总监、销售经理和关某、夏某和宋某3个项目经理。客户的意见如下：

你们负责的校园网项目进度一再滞后，你们不停地保证，又不停地延误。

你们在实施自己的项目过程中，不能与其他承包商配合，影响了他们的进度。

你们在项目现场，不遵守现场的管理规定，造成了现场的混乱。

你们的技术人员水平太差，对我方的询问，总不能提供及时的答复。

……

听到客户的意见，鲍某很生气，而关某、夏某和宋某也向鲍某反映项目现场的确很乱，他们已完成的工作经常被其他承包商搅乱，但责任不在他们。至于客户的其他指控，关某、夏某和宋某则显得无辜，他们管理的项目不至于那么糟糕，他们项目的进展和成绩客户一概不知，而问题却被扩大甚至扭曲。

【问题 1】（12 分）

请简要叙述发生上述情况的可能原因有哪些？

【问题 2】（8 分）

针对监理的作用，承建方如何与监理协同？

【问题 3】（5 分）

简要指出如何制定有多个承包商参与的项目的沟通管理计划？

试题 11 分析

【问题 1】

田某是希赛公司的高级项目经理，但后来离职，由鲍某接替。而鲍某接任高级项目经理时，似乎对整个项目一无所知，这至少说明希赛公司的内部管理有问题，对整个项目监管缺位或不得力，没有及时把项目经验累积为组织资产。

"期间因项目建设方的资金问题，整个大学城的建设延后 5 个月"，这说明客户自己本身的原因，导致项目发生延迟以后的混乱状况。

"至于客户的其他指控，关某、夏某和宋某则显得无辜，他们管理的项目不至于那么糟糕，他们项目的进展和成绩客户一概不知，而问题却被扩大甚至扭曲"，这则说明希赛公司没有或极少与客户进行直接沟通，导致客户对自己的工作不熟悉。客户从总承包商或其他承包商那里获得的信息有失真。从试题描述来看，显然，总承包商报告渲染了问题，推卸了责任。

"听到客户的意见，鲍某很生气，而关某、夏某和宋某也向鲍某反映项目现场的确很乱，他们已完成的工作经常被其他承包商搅乱，但责任不在他们"，这说明希赛公司没建立现场管理制度，或者现场管理制度不严密不明确，或现场管理制度执行不力。而且，总承包商与分包商（希赛公司）责任不是十分清楚。

最后，因为在这个项目中，还有第三方（监理方）的参与，监理方是代表建设方对整个项目进行监控的，但在监控之下，项目仍然发生混乱，这说明项目的监理工作没有到位。

【问题 2】

监理作为独立的第三方，需要公平、公正、公立地处理项目建设过程中所出现的问题，维护各方利益。监理方与承建方是没有合同关系的，监理方与建设方签订监理合同，按照监理合同的要求来对承建方的建设工作进行监控，其监控的依据之一就是承建方和建设方所签订的建设合同，其目的就是要确保项目按期完成，并达到建设合同的要求。因此，承建方要正确认识监理方的作用，要认识到承建方和监理方不是对立关系，而是有着共同的目标，就是完成项目目标。

在项目管理方法上，采取的是"三方一法"，即建设方、承建方、监理方都采用项目管理方法来对项目进行管理，监理的主要内容是"四控三管一协调"，承建方也需要在这些方面进行配合，接受监理的监督和协调，有关中间成果需要通过监理的审核或评审。另外，承建方要积极主动地与监理方搞好关系，进行周期性的沟通，确保项目"沟通无障碍"。

【问题 3】

这也是一个理论性试题，与试题描述的案例背景的关系不大，考查的内容是项目沟通管理计划的制定。有关这方面的内容，在第 14 章中有详细的介绍，在此不再重复。

试题 11 解答要点

【问题 1】

（1）希赛公司内部管理有问题，至少监管缺位或不得力。

（2）希赛公司没有或极少与客户进行直接沟通。

（3）没建立现场管理制度，或者现场管理制度不严密不明确，或现场管理制度执行不力。

（4）总承包商与分包商责任不是十分清楚。

（5）客户从总承包商或其他承包商那里获得的信息有失真。总承包商报告渲染了问题，推卸了责任。

（6）客户自己本身的原因。

（7）监理工作做得不好。

【问题 2】

（1）承建方要正确认识监理的作用，他们和监理方不是对立关系，而是有共同的目标，就是把项目做好。

（2）双方都采用项目管理的方法，承建方协助和配合监理方对项目的"四控三管一协调"，接受监理方的协调和监督，中间成果需要通过监理方的评审。

（3）承建方和与监理方要进行周期性的沟通。

【问题 3】

（1）调研各集成商的沟通需求，进行项目干系人分析。

（2）发挥总承包商牵头作用和监理方的协调作用。

（3）对共用资源的可用性进行分析，引入资源日历。

（4）解决冲突，包括干系人对项目期望之间的冲突、资源冲突等。

（5）建立健全项目管理制度并监管其执行。

（6）采用项目管理信息系统。

试题 12（2007 年下半年试题 3）

某电子政务项目涉及保密信息。项目建设的资源尤其是人力资源必须从甲方单位内部获得，因为如果把项目的部分任务交给分包商，一方面要征得甲方的同意，一方面要求分包商具有相应的保密资质，而保密资质的审核需要很长时间，等待审核结果也需要一段时间，这将严重危及到项目的交付日期。当项目团队内的工程师完成 90%的编程和测试任务时，项目承建单位的一名副总裁承揽了一个新项目，他把程序员、测试工程师从该项目上调走，去执行他新承揽的项目。

【问题 1】（8 分）

请简要说明发生上述情况的可能原因。

【问题 2】（8 分）

简要叙述如果项目经理希望继续推进该项目，应如何进行？

【问题 3】（9 分）

请简要叙述如何处理多个项目之间的资源冲突。

试题 12 分析

【问题 1】

本题的案例描述比较简短。因为项目涉及保密信息，所以项目建设的资源尤其是人力资源比较紧张，而且在完成 90%的编程和测试任务时，项目承建单位的一名副总裁承揽了一个新项目，他把程序员、测试工程师从该项目上调走，去执行他新承揽的项目。那么出现这种情况的原因是什么呢？在这种简单背景下，我们只能凭自己的项目经验，来"猜测"其中的原因。

首先，副总裁承揽了新的项目，就可以在原项目未完成的情况下就把人员调走，这说明可能是单位没有对项目进行统一管理，谁的权力大谁的项目就获得优先支持。当然，也可能说明副总裁承揽的新项目对整个单位来说更重要，更符合企业的战略目标，因此，就可以把一些次要的项目的资源减少甚至下马。

其次，我们认可副总裁承揽的新项目更重要，但一个单位可能同时实施着多个项目，为什么恰好就要从该项目中把程序员、测试工程师调走呢？这说明可能是本项目的绩效不好，项目的完工不能给单位带来利益，已经失去了单位有关方面的支持，甚至可能是公司高层领导已经内定该项目暂停或者下马。

最后，在完成 90%的编程和测试任务时，人员被调走，也说明了项目经理可能忽视了单位内可能的竞争性项目的出现所带来的风险，在人员、时间的预算上做得不到位。

【问题 2】

当前的状况是完成 90%的编程和测试任务，程序员、测试人员被调走了，那么，如果项目经理希望继续推进该项目，应该怎么做呢？我们首先要搞清楚，项目经理的职责就是接受公司高层的委派，在已有资源约束条件下管理一个项目。根据问题 1 的分析，项目经理要组织有关专家评估该项目，评估之后，如果认为项目还是"有利可图"的，则就应写出充分准备反映项目现状与前景预测的报告，向主管领导汇报、说服和沟通，陈述该项目的重要性和预期的利润，如果项目下马会造成的损失等，以得到及时的和满足要求的资源支持。

如果领导批准了该项目继续推进，则因为本项目的特殊性（要保密），所以要用本单位可靠又能干的人员。如果单位人手不够，则尽量让本单位的其他非涉密项目去社会招聘或外包。如果单位确实无法增加资源，因为项目只剩下不到 10%的工作，此时，项目经理应该说服原来的团队加班或赶工以按期完成项目。

【问题 3】

在多项目管理中，资源冲突是难以避免的，关键的是如何解决好冲突。当发生资源冲突时，最简单的办法就是增加资源，或者把一些非核心的开发任务外包出去。然而，作为一个单位来说，资源总是有限的，因此，还必须采取其他措施。

在进行多项目管理时，要成立项目管理办公室，由项目管理办公室统一管理所有的项目和资源，制定资源在项目之间分配的原则。定期检查项目的执行情况，根据项目进展情况和企业整体绩效重新排定项目的优先顺序（例如，使用 DIPP 方法），从资源上优先支持重要的和进展良好的项目。

试题 12 解答要点

【问题 1】

（1）可能是单位没有对项目进行统一管理，谁的权大谁的项目就获得优先支持。

（2）副总裁承揽了新的更重要的项目。

（3）项目经理忽视了单位内可能的竞争性项目的出现所带来的风险。

（4）可能是本项目的绩效不好，已失去了本单位有关方面的支持。

（5）可能是重要干系人如客户、公司高层管理者内定项目暂停或者下马。

【问题 2】

（1）如果经评估后，认为项目可为，就应写出充分准备反映项目现状与前景预测的报告，向主管领导汇报、说服和沟通，陈述该项目的重要性和预期的利润，如果项目下马会造成的损失等，以得到及时的和满足要求的资源支持。

（2）因本项目要保密，所以要用本单位可靠又能干的人员。如果单位人手不够，尽量让本单位的其他非涉密项目去社会招聘或外包。

（3）如果只剩下不到 10% 的工作，应说服原来的团队加班赶工以期完成项目。

【问题 3】

（1）建议单位统一管理所有的项目和资源，制定资源在项目之间分配的原则。

（2）定期检查项目的执行情况，根据项目进展情况和企业整体绩效重新排定项目的优先顺序，从资源上优先支持重要的和进展良好的项目。

（3）外包。

（4）必要时，增加资源。

（5）建立项目管理体系，设立项目管理办公室，统一管理单位所有项目。

试题 13（2008 年上半年试题 1）

希赛公司是一家中小型系统集成公司，在 2006 年 3 月份正在准备对京发证券公司数据大集中项目进行投标，希赛公司副总裁张某授权销售部的林某为本次投标的负责人，来组织和管理整个投标过程。

林某接到任务后，召集了由公司商务部、销售部、客服部和质管部等相关部门参加的启动说明会，并把各自的分工和进度计划进行了部署。

随后，在投标前 3 天进行投标文件评审时，发现技术方案中所配置的设备在以前的项目使用中是存在问题的，必须更换，随后修改了技术方案。最后希赛公司中标并和客户签订了合同。根据公司的项目管理流程，林某把项目移交到了实施部门，由他们具体负责项目的执行与验收。

实施部门接手项目后，鲍某被任命为实施项目经理，负责项目的实施和验收工作。鲍某发现由于项目前期自己没有介入，许多项目前期的事情都不是很清楚，而导致后续跟进速度较慢，影响项目的进度。同时鲍某还发现设计方案中尚存在一些问题，主要有：方案遗漏一项基本需求，有多项无效需求，没有书面的需求调研报告；在项目的工期、系统功能和售后服务等方面，存在过度承诺现象。于是项目组重新调研用户需求，编制设计方案，这就增加了实施难度和成本。可是后来又发现采购部仍是按照最初的方案采购设备，导致设备中的模块配置功能不符合要求的情况。

而在希赛集成公司中，类似现象已多次发生。

【问题 1】（10 分）

针对说明中所描述的现象，分析希赛公司在项目管理方面存在的问题（200 字以内）。

【问题 2】（10 分）

针对希赛公司在该项目管理方面存在的问题，提出补救措施（300 字以内）。

【问题 3】（5 分）

针对希赛公司的项目管理现状，结合你的实际经验，就希赛公司项目管理工作的持续改进提出意见和建议（300 字以内）。

试题 13 分析

【问题 1】

问题 1 要求考生回答希赛公司在项目管理中存在哪些问题，这需要从试题的描述中去寻找。

（1）"林某接到任务后，召集了由公司商务部、销售部、客服部和质管部等相关部门参加的启动说明会"，这说明投标前期没有让技术部门人员参加。

（2）"发现技术方案中所配置的设备在以前的项目使用中是存在问题的"，这说明没有把以往的经验教训收集、归纳和积累。经过修改后，"采购部仍是按照最初的方案采购设备，导致设备中的模块配置功能不符合要求的情况"，这就说明项目中没有实行有效的变更管理。

（3）鲍某在被任命为实施项目经理后，发现"设计方案中尚存在一些问题"，甚至"存在过度承诺现象"，那么这种方案是怎么提交出去的呢？这就说明没有建立完善的内部评审机制，或者虽然有评审机制但未能有效执行。

（4）"而在希赛集成公司中，类似现象已多次发生"，这就说明没有建立公司级的项目管理体系，或者公司级的项目管理体系不健全，或执行得不好。

【问题 2】

在问题 1 中已经找到存在的问题，现在需要的是把这些问题解决掉。这就需要针对问题 1 中的每个问题，找出解决方案就可以了。

【问题 3】

这里可以针对问题 1 中的解答和问题 2 的补救措施进行回答。例如，建立项目管理体系、实施 CMM/CMMI，做好需求管理与需求跟踪，采用项目管理工具等。

这种类型的试题几乎每次考试都会出现，解答好这类试题的关键在于认真阅读试题描述，从描述中找出存在的问题，然后再根据问题找解决办法。

试题 13 解答要点

【问题 1】

（1）投标前的项目内部启动会上，没有邀请技术或实施部门。
（2）没有把以往的经验教训收集、归纳和积累。
（3）没有建立完善的内部评审机制，或虽有评审机制但未有效执行。
（4）项目中没有实行有效的变更管理。
（5）公司级的项目管理体系不健全，或执行得不好。

【问题 2】

（1）改进项目的组织形式，明确项目团队和职能部门之间的协作关系和工作程序。
（2）做好项目当前的经验教训收集、归纳工作。
（3）明确项目工作的交付物，建立和实施项目的质量评审机制。
（4）建立项目的变更管理机制，识别变更中的利益相关方并加强沟通。
（5）加强对项目团队成员和相关人员的项目管理培训。

【问题 3】

（1）建立企业级的项目管理体系和工作规范。
（2）加强对项目工作记录的管理。
（3）加强项目质量管理和相应的评审制度。
（4）加强项目经验教训的收集、归纳、积累和分享工作。
（5）引入合适的项目管理工具平台，提升项目管理工作效率。

试题 14（2008 年上半年试题 2）

希赛公司是一家系统集成商，章某是希赛公司的一名高级项目经理，现正在负责某市开发区的办公网络项目的管理工作，该项目划分为综合布线、网络工程和软件开发 3 个子项目，需要 3 个项目经理分别负责。章某很快找到了负责综合布线、网络工程的项目经理，而负责软件开发的项目经理一直没有合适的人选。原来由于希赛公司近年业务快速发展，承揽的项目逐年增多，现有的项目经理人手不够。章某建议从在公司工作两年以上业务骨干中选拔项目经理。结果李某被章某选中负责该项目的软件开发子项目。在项目初期，依照公司的管理规定，李某带领几名项目团队成员刻苦工作，项目进展顺利。

随着项目的进一步展开，项目成员的逐步增加，李某在项目团队管理方面遇到很多困难。他领导的团队因经常返工而效率低下、团队成员对发生的错误互相推诿、开会时人员从来没有到齐过，甚至李某因忙于自己负责的模块开会时都迟到过。大家向李某汇报项目的实际进度、成本时往往言过其实，直到李某对自己负责的模块进行接口调试时才发现这些问题。

【问题 1】（10 分）

请分析项目中出现这些情况的可能原因（200 字以内）。

【问题 2】（10 分）

你认为高级项目经理章某应该如何指导和帮助李某（300 字以内）。

【问题 3】（5 分）

请说明李某作为项目经理要承担哪些角色？要成为一名合格的项目经理要具备哪些知识与技能？（300 字以内）

试题 14 分析

【问题 1】

问题 1 要求考生分析产生问题的原因。这类试题考得比较多了，其核心原因就是李某不称职，既做项目经理，又做程序员（自己负责模块的开发）。而造成李某"霸王硬上弓"的原因又是希赛公司的人员储备不足，没有建立一个人才培养体系，或者团队建设不好，留不住人才。李某初次担任项目经理，没有通过任何培训（也没有人指导），角色转换不过来，对项目管理方法不熟悉。

【问题 2】

问题 2 要求回答高级项目经理章某如何帮助李某。作为高级项目经理，章某应该事先对李某进行培训，培训项目管理的一些基本理论和方法。同时，在工作中，要注意对李某的指导，起帮带作用，传授自己的项目管理经验。另外，真的要帮好李某，就需要找人把李某的开发任务接过去。

【问题 3】

问题 3 问作为项目经理，李某要承担哪些角色。简单地说，项目经理必须承担领导者和管理者的双重角色。有关本题的详细资料，请阅读《信息系统项目管理师辅导教程》。

试题 14 解答要点

【问题 1】

（1）李某不具备担任项目经理所需的能力和经验。

（2）公司对项目经理的选拔任命不规范。

（3）公司对项目经理的工作缺乏指导和监督。

（4）项目工作中的沟通没有建立有效的机制和方式方法。

（5）缺乏有效的项目绩效管理机制。

【问题2】

（1）章某应明确李某的工作职责，帮助其实现向项目经理角色的转变。

（2）对李某提供相关工作的指导或培训，尤其是在项目管理方面。

（3）从整体项目层面对各子项目进行计划和协调，对子项目提出具体的工作要求。

（4）加强对子项目的日常监管，要项目经理以身作则。

（5）针对子项目中出现的问题，及时提出纠正和预防措施。

【问题3】

（1）作为一名项目经理，要同时承担项目管理者和项目领导者的角色，包括了项目的计划、组织、协调、领导和控制。

（2）项目经理应同时具备管理和专业技术，包括：广博的知识包括项目管理知识、IT知识、客户行业知识，丰富的经历与经验，良好的协调能力，良好的职业道德，良好的沟通与表达能力，良好的领导能力。

试题15（2008年上半年试题3）

希赛公司2008年3月中标某市公安局的人口管理系统开发项目，因该市要在2008年11月举办某大型国际会议，因此公安局要求人口管理系统一定要在2008年7月1日之前投入使用。强某是负责这个项目的项目经理，虽然他进公司才不到3年，但他已成功地管理过两个类似的项目，被大家称之为"救火队长"，而强某也对自己信心十足。但这次和以往不同的是强某还同时管理着另外两个项目，而这个人口管理系统项目的工期要求紧、他能调用的人手少。

该人口管理系统项目属于升级项目。原来的系统为希赛公司开发，是C/S结构，只能管理本地城区常住人口。新的人口管理系统要求是B/S结构，要既能管理城区常住人口又能管理郊区常住人口、市辖县常住人口和流动人口，而公安局要求该新系统首先把流动人口管理起来。该项目从技术角度可分为网络改造和软件开发，而软件又分界面、业务流程和数据库三个子系统。他们团队有6人，其中有人做过类似的C/S结构的项目，而公司刚刚结束的一个网络项目与本次承担的网络改造项目在技术架构方面几近相同，只是规模不同。公安局要求新系统能够支持移动接入，而项目团队中没有一人接触过移动接入技术。强某凭直觉知道依现有的人员在2008年7月1日之前完成项目是不可能的。

【问题1】（10分）

请说明强某可以用什么方法和技术来估算项目的工期（300字以内）？

【问题2】（10分）

请说明强某可以采取哪些方法来压缩工期，以使项目能够在2008年7月1日之前交付（300字以内）？

【问题3】（5分）

请说明强某可以采用哪些方法来跟踪项目的进度，以确保项目能够按期交付（300字以内）？

试题 15 分析

【问题 1】

问题 1 要求考生说明强某用什么方法来估算项目工期。常用估算方法有的德尔菲法、类比法、参数估算法、三点估算法、功能点估算法等，在这里使用什么方法呢？这要根据试题的描述来决定，试题告诉我们，这是一个升级项目，原来也是希赛公司开发的，项目团队中有人曾做过类似的项目，公司刚刚结束一个相近的项目。因此，这里可以采取类比法。对于新增的移动接入模块，可以联系业界专家，采用德尔菲法进行估算。

【问题 2】

问题 2 要求考生回答如何压缩工期，以保证按期交付。压缩工期的典型方法有并行、赶工、缩短工作的持续时间、增加资源等。而在本题中，增加资源似乎不可行（"他能调用的人手少"就起这个作用），而工作是固定的，其持续时间一般也是不可缩短的，所以，只有并行（网络部分和软件部分并行工作）和赶工（没有办法，只有加班了）。另外，针对本案例，因为曾经做过类似的项目，可以加大重用的力度，节约一些时间（这也相当于是"缩短工作的持续时间"）。如果允许的话，可以把自己不熟悉的那部分任务外包出去。

【问题 3】

问题 3 要求考生回答强某可以采取哪些方法来跟踪项目进度，确保按期交付。进度监控的方法主要有日常的观测、进展报告，比较与分析（甘特图、挣值分析、香蕉曲线等）。这在《信息系统项目管理师辅导教程》中有详细的讨论。

试题 15 解答要点

【问题 1】

（1）明确定义项目的工作分解结构（WBS）。

（2）由于是升级项目，所以部分工作的工期估计方法可以采用类比估算法。

（3）对于新增的移动接入模块，可以联系业界专家，采用德尔菲法进行估算。

（4）对于 WBS 进行足够细化后，可依据历史数据采用参数估算或三点估算进行进一步历时估算。

【问题 2】

（1）与客户进行沟通，梳理业务需求中的关键需求，与客户进行协商能否在期限前先完成关键需求，其他部分分期交付。

（2）制定出合理可靠的技术方案，对其中不熟悉的部分，可以采用外包的方法。

（3）清晰定义各功能模块之间的接口，然后可以加大并行工作的程度。

（4）明确目标、责任和奖惩机制，提高员工的工作绩效。

（5）必要时，进行赶工。

【问题 3】

（1）基于 WBS 和工时估算制定活动网络图，制定项目工作计划。

（2）建立对项目工作的监督和测量机制。

（3）确定项目的里程碑，并建立有效的评审机制。

（4）对项目中发现的问题，及时采取纠正和预防措施，并进行有效变更管理。

（5）使用有效的项目管理工具，提升项目管理的工作效率。

试题 16（2008 年下半年试题 1）

希赛公司钱某新接手一个信息系统集成项目的管理工作，根据用户的业务要求，该项目要采用一种新的技术架构，项目团队没有应用这种架构的经验。钱某的管理风格是 Y 型的，在项目启动之初，为了调动大家的积极性，宣布了多项激励政策，如"按期用该新技术架构搭建出系统原型有奖，按时保质保量完成任务者有奖"，并分别公布了具体的奖励数额；在项目实施期间，为了激励士气，经常请大家聚餐。由于希赛公司单位领导属于 X 型管理风格，很多餐票都不予报销。而在项目实施现场，因施工人员技术不过关导致一台电源烧坏，钱某也悄悄地在项目中给予报销。负责新技术架构的架构师经历多次失败之后，总算凭自己的经验和探索搭建出了系统原型。最后，虽然项目实际的进度、成本和质量等目标大体达到了要求，钱某自我感觉尚可，项目好歹也通过了验收，但他当初关于奖励的承诺并没有兑现，有人甚至认为他跟领导一唱一和，钱某有苦难言。

【问题 1】（6 分）

请概括出希赛公司钱某在人力资源管理方面存在的问题。

【问题 2】（12 分）

针对本案例，项目经理钱某应该用哪些措施进行团队建设？如何运用自己的 Y 型管理风格有效地管理项目？

【问题 3】（7 分）

请用 200 字以内文字叙述钱某的单位及钱某应该如何处理新技术开发与项目管理之间的关系。

试题 16 分析

【问题 1】

试题描述中涉及到了人力资源管理理论：X 理论和 Y 理论。下面先简单介绍一下这两个理论。

X 理论和 Y 理论是管理学中关于人们工作源动力的理论。这是一对基于两种完全相反假设的理论，X 理论认为人们有消极的工作源动力，而 Y 理论则认为人们有积极的工作源动力。持 X 理论的管理者会趋向于设定严格的规章制度（硬措施），以减低员工对工作的消极性。或者采取一种软措施，即给予员工奖励、激励和指导等。而持 Y 理论的管理者会趋向于对员工授予更大的权力，让员工有更大的发挥机会，以激发员工对工作的积极性。

从试题的描述来看，钱某在人力资源管理方面至少存在以下问题：

（1）钱某给员工的奖励政策并没有得到希赛公司领导的同意，只是他个人的行为。

（2）"项目好歹也通过了验收"，这说明项目是勉强通过验收，但项目工期可能拖延、成本超支、质量不尽如人意，项目可能存在其他让单位领导或客户不满意的地方。

（3）钱某是 Y 型的管理风格，而希赛公司领导是 X 型的管理风格，而 X 理论和 Y 理论建立在两种完全不同的假设之上，因此，钱某的管理风格没有与直接领导的管理风格相协调。另外，Y 型风格趋向于给员工机会和权力，但没有与切实可行的规章制度相结合。

【问题 2】

有关进行团队建设方面的知识，请参考第 9 章的试题分析。

前面已经提到，Y 型管理风格强调激励员工，给员工更多的机会，则这种激励应该与制度约束结合起来。因此，钱某应该加强对项目团队成员的教育，强调激励与约束并重。

【问题 3】

如何处理新技术开发与项目管理之间的关系，也是信息系统项目中经常碰到的一个问题。如果资源允许的话，一般应该在组织一级通过设立研发部的形式解决新技术开发与项目管理之间的问题。也就是说，新技术在研发部完成研发，然后再应用到项目中去。如果资源不允许，则需要根据新技术占项目合同额的比例情况分别进行处理。

试题 16 解答要点

【问题 1】

（1）奖励政策没有得到领导的同意。

（2）虽然勉强通过验收，但项目工期可能拖延、成本超支、质量不尽如人意，项目可能存在其他让单位领导或客户不满意的地方。

（3）Y 型的管理风格没有与切实可行的规章制度相结合。

（4）钱某的管理风格没有与直接领导的管理风格相协调。

【问题 2】

钱某可以采取下列措施进行团队建设：

（1）一般管理技能。 如经常与项目团队成员进行沟通，了解其后顾之忧，并帮助他们解决问题。

（2）培训。 培训个人和团队，以分别提高二者的绩效

（3）团队建设活动。 每一次的集体活动都是一次团队建设活动，团队建设活动更多地体现在团队的日常工作中，也可以通过专门的团队建设活动来进行。

（4）共同的行为准则。 越早建立清晰的准则，越能减少误解，提高生产率。

（5）尽量集中办公。 如果条件不允许集中办公，则可以通过大会、虚拟技术等方式弥补。

（6）恰当的奖励与表彰措施。 如尽量采用赢—赢的奖励与表彰措施，尽量少用输—赢的奖励与表彰措施。

钱某应该按照如下方法运用自己的 Y 型管理风格有效地管理项目：

（1）对员工的激励和授权，要与切实可行的规章制度相结合。

（2）加强对项目团队成员的教育，强调激励与约束并重。

【问题 3】

（1）应该在组织一级通过设立研发部的形式解决新技术开发与项目管理之间的问题。也就是新技术在研发部完成研发，然后再应用到项目中。

（2）如果新技术在组织内不具普遍性，但新技术占项目合同额一定比例以上，如 30%以上，则把新技术的掌握作为一个单独项目先行开发，然后再把新技术应用到项目中。

（3）如果新技术在组织内不具普遍性，但新技术占项目合同额一定比例以下，如 30%以下，则在项目内应先掌握新技术，或通过招聘掌握该新技术的人员，或通过采购新技术，然后再应用到项目中去。

试题 17（2008 年下半年试题 2）

希赛信息技术有限公司中标了某大型餐饮连锁企业集团的信息系统项目，该项目包含单店管理、物流系统和集团 ERP 等若干子项目。由希赛信息技术有限公司的高级项目经理张工全面负责项目实施。张工认为此项目质量管理的关键在于系统地进行测试。

张工制定了详细的测试计划用来管理项目的质量。在项目实施过程中，他通过定期发给客户测试报告来证明项目质量是有保证的。可是客户总觉得有什么地方不对劲，对项目的质量还是没有信心。

【问题 1】（6 分）

客户对项目质量没有信心的原因可能是什么？

【问题 2】（10 分）

一般地，项目质量管理计划应该包括哪些内容？

【问题 3】（9 分）

张工应该如何实施项目的质量保证？项目的质量控制与质量保证有哪些区别与联系？

试题 17 分析

【问题 1】

张工认为"项目质量管理的关键在于系统地进行测试"，这种认识本身就是错误的。软件质量形成于开发过程，质量出自计划，不是靠测试或检查出来的，而是开发过程的质量保证和质量控制，测试只是提高软件质量的一种方法或手段。因此，张工虽然"制定了详细的测试计划用来管理项目的质量。在项目实施过程中，他通过定期发给客户测试报告来证明项目质量是有保证的"，但是客户"对项目的质量还是没有信心"。

【问题 2】

这是一道理论试题，考查质量管理计划的内容，请阅读第 12 章相关试题的分析。

【问题 3】

这是一道理论试题，请直接阅读试题解答要点。

试题 17 解答要点

【问题 1】

（1）张工没有为项目制定一个可行的质量管理计划。

（2）质量出自计划，而不仅仅是检查。

【问题 2】

（1）编制依据。
（2）质量宗旨与质量目标。
（3）质量责任与人员分工。
（4）项目的各个过程及其依据的标准。
（5）质量控制的方法与重点。
（6）验收标准。

【问题 3】

张工应该首先制定项目的质量管理计划，然后在项目的实施过程中，进行质量控制，每隔一定时间如阶段末实施质量计划中确定的、系统的质量活动例如审计或同行审查，以评价项目的整体绩效，确保项目为了满足项目干系人的期望实施了所有必须过程。

项目的质量控制与质量保证的联系与区别如下：

质量保证一般是每隔一定时间如阶段末进行的，主要通过系统的质量审计来保证项目的质量。质量控制是实时监控项目的具体结果，以判断它们是否符合相关质量标准，制定有效方案，以消除产生质量问题的原因。

一定时间内质量控制的结果也是质量保证的质量审计对象。质量保证的成果又可以指导下一阶段的质量工作包括质量控制和质量改进。

试题 18（2008 年下半年试题 3）

去年底希赛集团公司的财务处经过分析发现，员工手机通话量的 80%是在企业内部员工之间进行的，而 90%的企业内部通话者之间的距离不到 1000 米。如果能引入一项新技术降低或者免掉内部员工通话费，这对集团来说将能节省很大一笔费用，对集团的发展意义相当大。财务处将这个分析报告给了集团的总经理，总经理又把这个报告转给了集团信息中心主任李某，责成他拿出一个方案来实现财务处的建议。

李某找到了集团局域网的原集成商 A 公司，反映了集团的需求。A 公司管理层开会研究后命令项目经理章某积极跟进，与李某密切联系。章某经过调研，选中了一种基于无线局域网 IEEE802.11n 改进的新技术"无线通"手机通信系统，也了解到有一家山寨机厂家在生产这种新技术手机。这种手机能自动识别"无线通"、移动和联通，其中"无线通"为优先接入。经过初步试验，发现通话效果很好，因为是构建在集团现有的局域网之上，除去购买专用无线路由器和这种廉价手机之外，内部通话不用缴费。而附近其他单位听说后，也纷纷要求接入"无线通"，于是章某准备放号并准备收取这些单位适当的话费。

但等到"无线通"在集团内部推广时，发现信号覆盖有空白、噪声太大、高峰时段很难打进打出，更麻烦的是当地政府的主管部门要他们暂停并要对他们罚款。此时章某骑虎难下，欲罢不能。

【问题 1】（10 分）

造成这样局面的可能原因是什么？章某在实施"无线通"时可能遇到的风险有哪些？

【问题 2】（7 分）

针对本案例，章某应该在前期进行可行性分析，请问可行性分析的基本内容有哪些？

【问题 3】（7 分）

请用 200 字以内文字简要叙述章某为走出这样的局面，可能采取的措施。

试题 18 分析

【问题 1】

试题的案例描述了章某在得到客户李某的一个需求后，认为发现了一个很好的机会，经过简单的调查后，就开发了"无线通"产品，造成自己"骑虎难下，欲罢不能"的局面，那么，这其中可能的原因是什么呢？我们还是需要从试题描述中的语句来找出原因。

"章某经过调研，选中了一种基于无线局域网 IEEE802.11n 改进的新技术无线通手机通信系统，也了解到有一家山寨机厂家在生产这种新技术手机"，这说明章某没有进行系统的可行性分析，没有进行多个方案比较，只是在技术上能够达到当前要求就选择了该技术。

"在集团内部推广时，发现信号覆盖有空白、噪声太大、高峰时段很难打进打出"，这说明项目调研不充分，章某没有调研大规模应用的案例。

"更麻烦的是当地政府的主管部门要他们暂停并要对他们罚款"，这说明章某没有调研国家政策是否允许。

那么，针对这样一个新技术项目，李某在实施"无线通"时可能遇到的风险有哪些呢？从风险的分类来看，可以有项目风险、技术风险、商业风险，有关这些概念，请阅读第 11 章的分析。具体落实到本题，章某可能面临的风险有：

（1）技术风险：章某采用的这种新技术目前还没有成为行业标准，那么这种技术的生存能力存在风险。

（2）政策风险：章某涉嫌无照运营，这是目前的政策所不允许的。正因为章某没有考虑到这个风险，才造成了后来的"当地政府的主管部门要他们暂停并要对他们罚款"。

（3）市场风险：系统运行也有风险，章某采用的是山寨机厂家生产的手机，而山寨机厂家随时都可能会倒闭。

【问题 2】

可行性研究的任务就是用最少的代价在尽可能短的时间内确定问题是否能够解决，可行性研究的目的不是解决问题，而是确定问题是否值得去解决。要达到这个目的，必须分析几种主要的可能解法的利弊，从而判断原定的系统目标和规模是否现实，系统完成后所能带来的效益是否大到值得投资开发这个系统的程度。

一般来说，系统可行性研究可从技术可行性、经济可行性和操作可行性三个方面来考虑。有关这方面的知识，请参考第 3 章的试题分析。

【问题 3】

问题已经出现了，那么，章某为走出这样的局面，可能会采取哪些措施呢？这需要根据试题的描述，结合我们的实际经验，来进行推理。

问题可以归结为两个方面，一个是在集团内部推广时，发现信号覆盖有空白、噪声太大、高峰时段很难打进打出。第二个是当地政府的主管部门要他们暂停并要对他们罚款。相对而言，第二个问题比第一个问题更严重。

针对第二个问题，章某应该立即停止放号，系统的运行只局限在各客户公司自己的办公场所内。然后去咨询有关专家和法律界人士，看是否有政策限制。如果有政策限制，则需要在政策允许范围内进行改进。如果没有政策限制，则再解决第一个问题。

针对第一个问题，需要增加无线发射点、扩大接入能力及无线带宽，改进技术方案。如果目前的技术方案改进后，也不能解决问题，则就需要考虑其他的实现方案。

试题 18 解答要点

【问题 1】

可能原因如下：

（1）没有进行系统的可行性分析，没有进行多个方案的比较。

（2）调研不充分，没有调研大规模应用的案例。

（3）没有调研国家政策是否允许。

可能遇到的风险有：

（1）技术风险，章某采用的这种新技术目前还没有成为行业标准。

（2）政策风险，章某涉嫌无照运营，这是目前的政策所不允许的。

（3）市场风险，系统运行也有风险，因设备供应商可能倒闭而产生。

【问题 2】

信息系统项目可行性研究的内容如下。

（1）概述：提出项目开发的背景、必要性和经济意义，确定项目工作的依据和范围、产品交付的形式、种类、数量。

（2）确定需求：调查研究客户的需求，对技术趋势进行分析，确定项目的规模、目标、产品、方案和发展方向。

（3）现有资源、设施情况分析：调查现有的资源（包括硬件设备、软件系统、数据、规章制度等种类与数量，以及这些资源的使用情况和可能的更新情况）。

（4）确定设计（初步）技术方案（或称技术可行性、或称搭建系统原型等）：确定项目的总体和详细目标、范围，总体的结构和组成，核心技术和关键问题、产品的功能与性能。

（5）项目实施进度计划建议。

（6）投资估算和资金筹措计划（或称经济可行性）。

（7）法律、政策和操作使用上的问题（操作可行性）。

（7）项目组织、人力资源、技术培训计划：包括现有的人员规模、组织结构、人员层次、个人技术能力、人员技术培训计划等。

（8）经济和社会效益分析（效果评价）。

（9）合作/协作方式。

【问题3】

（1）停止放号，系统的运行只局限在本公司办公场所，同时咨询是否有政策限制。

（2）增加无线发射点、扩大接入能力及无线带宽，改进技术方案。如果目前的技术方案改进后，也不能被接受，则考虑其他的方案。

试题19（2009年上半年试题1）

2007年3月希赛公司承担了某市电子政务三期工程，合同额为5000万元，全部工期预计6个月。

该项目由希赛公司执行总裁涂总主管，小刘作为项目经理具体负责项目的管理，希赛公司总工程师老方负责项目的技术工作，新毕业的大学生小吕负责项目的质量保证。项目团队的其他12个成员分别来自公司的软件产品研发部、网络工程部。来自研发部的人员负责项目的办公自动化软件平台的开发，来自网络工程部的人员负责机房、综合布线和网络集成。

总工程师老方把原来类似项目的解决方案直接拿来交给了小刘，而WBS则由小刘自己依据以往的经验进行分解。小刘依据公司的计划模板，填写了项目计划。因为项目的验收日期是合同里规定的，人员是公司配备的，所以进度里程碑计划是从验收日期倒推到启动日期分阶段制定的。在该项目计划的评审会上，大家是第一次看到该计划，在改了若干错别字后，就匆忙通过了该计划。该项目计划交到负责质量保证的小吕那里，小吕看到计划的内容，该填的都填了，格式也符合要求，就签了字。

在需求分析时，他们制作的需求分析报告的内容比合同的技术规格要求更为具体和细致。小刘把需求文档提交给了甲方联系人审阅，该联系人也没提什么意见。

在项目启动后的第二个月月底，甲方高层领导来到开发现场听取项目团队的汇报并观看系统演示，看后甲方领导很不满意，具体意见如下：

系统演示出的功能与合同的技术规格要求不一致，最后的验收应以合同的技术规格要求为准。

进度比要求落后两周，应加快进度赶上计划。

……

【问题1】（8分）

你认为造成该项目的上面所述问题的原因是什么？

【问题2】（7分）

项目经理小刘应该如何科学地制定该项目的WBS（说明WBS的制定过程）？如何在项目的执行过程中监控项目的范围（说明WBS的监理过程）？

【问题3】（10分）

项目经理小刘应该如何科学地检查及控制项目的进度执行情况？

试题 19 分析

【问题 1】

在回答这个问题之前，先要根据本题的说明来分析，根据说明里提供的线索顺藤摸瓜：

（1）"该项目由希赛公司执行总裁涂总主管，小刘作为项目经理具体负责项目的管理，希赛公司总工程师老方负责项目的技术工作，新毕业的大学生小吕负责项目的质量保证"，就暗示项目的团队管理面临挑战，负责项目质量保证的人员可能不符合要求。

（2）"总工程师老方把原来类似项目的解决方案直接拿来交给了小刘，而 WBS 则由小刘自己依据以往的经验进行分解"，说明缺乏一些必要的技术评审等质量管理环节。

（3）"在该项目计划的评审会上，大家是第一次看到该计划，在改了若干错别字后，就匆忙通过了该计划"，暗示评审会流于形式、走过场，没有起到应有的作用。

【问题 2】

考查如何科学地制定该项目的 WBS、如何监控项目的范围，这是一道纯理论性试题，考生可参考《信息系统项目管理师辅导教程》中的相关内容。

【问题 3】

考查如何科学地检查及控制项目的进度执行情况，这也是一道纯理论性试题，考生可参考《信息系统项目管理师辅导教程》中的相关内容。

试题 19 解答要点

【问题 1】

（1）项目经理小刘和负责质量保证的小吕的问题：无论是需求确认、对项目计划的评审还是质量保证人员的把关，都存在走过场问题，没有深入地评审。

（2）希赛公司的问题：项目管理流程形同虚设，没有深入切实的检查；用人不当，不应选新毕业生做质量保证。

（3）项目经理小刘的问题：需求分析闭门造车、项目计划一手包办；没有进行干系人分析，也没有请对确认需求分析说明书的项目干系人。

【问题 2】

（1）WBS 的制定过程：需求分析结果需要关键干系人认可；依据需求分析结果和技术规格要求分解 WBS，而且要关键干系人认可。

（2）WBS 的监控过程：在项目的执行过程中，定时收集项目实际完成的工作，这些工作应得到关键干系人认可，再与 WBS 进行比较。如果一致，则说明项目范围在可控范围内；如果不一致，则分析原因，然后采取相应的措施，例如变更项目的范围。

【问题 3】

（1）科学地制定进度计划，设置恰当监控点。

（2）进行恰当的工作记录。

（3）绩效测量和报告

（4）偏差分析。

（5）制定相应的进度控制手段计划，例如，资源调配、赶工等。

试题20（2009年上半年试题2）

希赛公司组织结构属于弱矩阵结构，公司的项目经理小刘正在接手公司售后部门转来的一个项目，要为某客户的企业管理软件实施重大升级。小刘的项目组由5个人组成，项目组中只有资深技术人员M参加过该软件的开发，主要负责研发该软件最难的核心模块。根据公司与客户达成的协议，需要在一个月之内升级完成M原来开发过的核心模块。

M隶属于研发部，由于他在日常工作中经常迟到早退，经研发部经理口头批评后仍没有改善，研发部经理萌生了解雇此人的想法。但是M的离职会严重影响项目的工期，因此小刘提醒M要遵守公司的有关规定，并与研发部经理协商，希望给M一个机会，但M仍然我行我素。项目开始不久，研发部经理口头告诉小刘要解雇M，为此，小刘感到很为难。

【问题1】（6分）

从项目管理的角度，请简要分析造成小刘为难的主要原因。

【问题2】（9分）

请简要叙述面对上述困境应如何妥善处理。

【问题3】（10分）

请简要说明该公司和项目经理应采取哪些措施以避免类似情况的发生。

试题20分析

在弱矩阵结构下，项目团队成员接受多头领导，项目经理对成员的影响弱于部门经理，项目经理权力受限，对项目团队成员的管理、考核、监控等有一定局限性。同时从本题的说明可以看出，希赛公司不注重组织过程资产的积累，软件过程成熟度低，不能重复与成功的旧项目相类似的新项目的成功。希赛公司沟通不畅，没有搞清M的问题真正出在哪里。希赛公司没有充分发挥激励机制，没有做好人才培养、传帮带等工作，以至于项目的成功与否依赖于某个人，而非一个组织。

【问题1】

要分析项目经理小刘在使用资深技术人员M时遇到挑战的主要原因，需要从本题的说明提供的背景入手，可以推断如下的可能原因：

（1）"希赛公司组织结构属于弱矩阵结构"，这暗示项目经理小刘对项目团队成员的影响力要弱于部门经理。

（2）"只有资深技术人员M参加过该软件的开发"，这说明M是一个完成项目的关键干系人。

（3）"M隶属于司研发部，由于他在日常工作中经常退到早退"、"研发部经理萌生了解雇此人的想法"，这提醒项目经理小刘可能要发生冲突。但由于项目需要还要倚重M，由此小刘陷入困境。

【问题2】

在问题1找到的原因的基础上，分别给出相应的解决方案即可。

【问题 3】

应从公司层面以及项目经理的立场来论述，例如，公司的组织架构向有利于项目管理的方向优化、建立健全项目管理的规章制度、加强沟通并强化对项目经理的培养。

试题 20 解答要点

【问题 1】

（1）弱矩阵型组织内项目经理对资源的影响力弱于部门经理，多头领导，项目经理对员工难以监测、管理、考核。

（2）M 本身的问题，迟到早退而且我行我素。

【问题 2】

（1）与 M 沟通以改善 M 的劳动纪律。

（2）与研发部部门经理协商如何保障项目顺利进行。

（3）制定应对此人流失的风险应对措施，如引进与 M 技术相当的人员与 M 协同工作、加强文档和过程管理、改进技术方案、外包、与客户协商等。

【问题 3】

（1）应注意资源和知识的积累，保障资源的可用性，例如，通过培训、设置 AB 角等办法，解决关键技术人员的后备问题，以应对关键人员流失的风险。

（2）针对组织现状制定有效的项目考核和奖惩制度。

（3）与职能部门明确关键资源的保障机制。

（4）及早发现问题的苗头，并及时与公司管理层沟通和协商。

（5）加强团队建设，创建一个分工协作，能够互相补位的团队。

试题 21（2009 年上半年试题 3）

希赛公司是从事粮仓自动通风系统开发和集成的企业，公司内的项目管理部作为研发与外部的接口，在销售人员的协助下完成与客户的需求沟通。

某日，销售人员小王给项目管理部提交了一条信息，说客户甲要求对"JK 型产品的 P1 组件更换为另外型号的组件"的可行性进行技术评估。项目经理接到此信息后，发出正式通知让研发部门修改 JK 型产品并进行了测试，再把修改后的产品给客户试用。但客户甲对此非常不满，因为他们的意图并不是要单一改变 JK 产品的这个 P1 组件，而还要求把 JK 产品的 P1 组件放到其他型号产品的外壳中，上述技术评估只是他们需求的一个方面。

经项目管理部了解，销售部其实知道客户的目的，只是认为 P1 组件的评估是最关键的，所以只向项目经理提到这个要求，而未向项目经理说明详细情况。

【问题 1】（8 分）

请分析上案例中希赛公司在管理中主要存在哪些问题导致客户非常不满。

【问题 2】（5 分）

请简要叙述需求管理流程的主要内容。

【问题 3】（12 分）

请简要叙述上述案例中，项目经理在接到销售部的信息后应如何处理。

试题 21 分析

本题考核的是需求管理、配置管理与沟通管理的问题。

【问题 1】

要分析案例中希赛公司导致客户非常不满的问题有哪些，应从本题的说明中找到线索。

（1）"公司内的项目管理部作为研发与外部的接口，在销售人员的协助下完成与客户的需求沟通"，说明希赛公司的沟通机制可能存在沟通不良问题。

（2）"经项目管理部了解，销售部其实知道客户的目的，只是认为 P1 组件的评估是最关键的，所以只向项目经理提到这个要求，而未向项目经理说明详细情况"，说明希赛公司的项目管理存在一些问题，导致销售部以自己的想象代替客户需求。

【问题 2】

CMMI 在总结了 IT 行业优秀经验的基础上，为过程的持续改进和组织成熟度的不断提高指明了方向，需求管理作为 CMMI 2 级过程域之一，对其流程进行了归纳总结，是指导我们做好需求管理的最佳途径。本题要求考生简要描述需求管理流程的主要内容，对此考生可参考《信息系统项目管理师辅导教程》的相关内容。

【问题 3】

结合需求管理流程，考虑相关责任、分工和流程等，说明作为项目经理在接到销售部的信息后应如何做。本题考查如何处理客户的此类不满，此时项目经理应根据"发现问题、寻找原因、制定解决方案、执行解决方案、跟踪事件处理的过程与结果、不断改进与提高"的处理原则，及时了解客户不满的原因、找到不满的根源、提出解决方案，然后跟踪反馈，不断改进。同时注意与销售部和客户进行沟通协调。

试题 21 解答要点

【问题 1】

（1）未获得用户确认就实施了需求变更。

（2）分工不明确或者虽有分工但没有落实。

（3）项目管理部没有履行自己的全部职责。

（4）销售部门未能将正确的客户需求传递给研发部门。

（5）没有建立完善的需求管理的相关流程。

【问题 2】

需求管理的流程包括制定需求管理计划、求得对需求的理解、求得对需求的承诺、管理需求变更、维护对需求的双向跟踪性、识别项目工作与需求之间的不一致性。

【问题 3】

（1）需要和销售部门作清晰的确认。

（2）明确和销售部门的分工和权限，真正承担对外接口的角色。

（3）需要和客户进行细节的澄清和确认。

（4）将确认的需求正确地传递给研发部门。

（5）管理产品的需求变更。

（6）与研发部门进行验证，确保产品符合客户需求。

试题 22（2009 年下半年试题 1）

某市电力公司准备在其市区及各县实施远程无线抄表系统，代替人工抄表。经过考察，电力公司指定了国外的 S 公司作为远程无线抄表系统的无线模块提供商，并选定本市 F 智能电气公司作为项目总包单位，负责购买相应的无线模块，开发与目前电力运营系统的接口，进行全面的项目管理和系统集成工作。F 公司的杨经理是该项目的项目经理。

在初步了解用户的需求后，F 公司立即着手系统的开发与集成工作。5 个月后，整套系统安装完成，通过初步调试后就交付用户使用。但从系统运行之日起，不断有问题暴露出来，电力公司要求 F 公司负责解决。可其中很多问题，比如数据实时采集时间过长、无线传输时数据丢失，甚至有关技术指标不符合国家电表标准等等，均涉及无线模块。于是杨经理同 S 公司联系并要求解决相关技术问题，而此时 S 公司因内部原因已退出中国大陆市场。因此，系统不得不面临改造。

【问题 1】（6 分）

请用 300 字以内文字指出 F 公司在项目执行过程中有何不妥。

【问题 2】（9 分）

风险识别是风险管理的重要活动。请简要说明风险识别的主要内容并指出选用 S 公司无线模块产品存在哪些风险？

【问题 3】（10 分）

请用 400 字以内文字说明项目经理应采取哪些办法解决上述案例中的问题。

试题 22 分析

在进行项目风险管理时首先要进行风险的识别。只有认识到风险因素才可能加以防范和控制，辨识风险是整个风险管理系统的基础，找出各种重要的风险来源，推测与其相关联的各种合理的可能性，重点找出影响项目质量、进度、安全和投资等目标顺利实现的主要风险。

【问题 1】

要求指出项目执行过程中有哪些不妥的情况。根据题目说明，可以分析出以下几种情况：

（1）由于项目采用国外公司的产品，并由国内一家公司进行系统集成，因此存在对产品不能进行充分调研的风险，尤其是在用户实际的运营环境中的应用情况。

（2）题目提到"在初步了解用户的需求后"，说明 F 公司没有详细了解用户需求。

（3）由于"S 公司是国外无线模块提供商"，在项目实施时，没有进行有效的风险管理，没有考虑相应运行风险和防范措施。

【问题 2】

要求考生简要说明风险管理中风险识别的主要内容及选用国外公司产品存在的风险，可以参考《信息系统项目管理师辅导教程》的有关内容分析。

【问题 3】

要求回答作为项目经理应该采取哪些应对措施来防范和解决项目实施中的风险。考生可以通过对问题 1 和问题 2 的分析结果，给出相应的解决措施。

试题 22 解答要点

【问题 1】

（1）F 公司没有对 S 公司无线模块产品进行充分调研和熟悉，没有在用户环境中对无线模块进行充分测试。

（2）没有充分了解用户需求。

（3）F 公司没有实施有效的风险管理。

【问题 2】

风险识别的主要内容：

（1）识别并确定项目有哪些潜在的风险。

（2）识别引起这些风险的主要因素。

（3）识别项目风险可能引起的后果。

存在的风险：

（1）技术风险。无线模块提供商 S 公司的产品和技术是否满足用户的需求，能否提供相应的技术支持以解决出现的问题。

（2）运行风险。S 公司退出中国大陆市场，甚至可能会倒闭。

【问题 3】

（1）对原有方案进行充分评估，进行系统改造的可行性分析。

（2）对新采用的无线模块提供商从技术、政策、运行等多方面进行调研和评估。

（3）与客户充分沟通，详细了解用户的需求，特别是重要的技术指标，对于不能满足的需求或者技术指标，向客户详细说明。

（4）在项目进行过程中，将风险管理纳入日常工作，建立风险预警机制。

试题 23（2009 年下半年试题 2）

希赛公司承担了某科研机构的信息系统集成项目，建设内容包括应用软件开发、软硬件系统的集成等工作。

在项目建设过程中，由于项目建设单位欲申报科技先进单位，需将此项目成果作为申报的重要内容之一，在合同签订后 30 天内，建设单位向希赛公司要求总工期由 10 个月压缩到 6 个月，同时增加部分功能点。

由于此客户为希赛公司的重要客户，为维护客户关系，希赛公司同意了建设单位的要求。

为了完成项目建设任务，希赛公司将应用软件分成了多个子系统，并分别组织开发团队突击开发，为提高效率，尽量采用并行的工作方式，在没有全面完成初步设计的情况下，有些开发组同时开始详细设计与部分编码工作；同时新招聘了 6 名应届毕业生加入开发团队。

在项目建设过程中，由于客户面对多个开发小组，觉得沟通很麻烦，产生了很多抱怨，虽然希赛公司采取了多种措施来满足项目工期和新增功能的要求，但项目还是频繁出现设计的调整和编码工作的返工，导致项目建设没有在约定的 6 个月工期内完成，同时在试运行期间系统出现运行不稳定情况和数据不一致的情况，直接影响到建设单位科技先进单位的申报工作；并且项目建设单位对希赛公司按合同规定提出的阶段验收申请不予回应。

【问题 1】（10 分）

请简要分析希赛公司没有按期保质保量完成本项目的原因。

【问题 2】（5 分）

结合本试题所述项目工期的调整，请简述希赛公司应按照何种程序进行变更管理。

【问题 3】（10 分）

公司重新任命王工为该项目的项目经理，负责项目的后续工作。请指出王工应采取哪些措施使项目能够进入验收阶段。

试题 23 分析

很多系统项目实施失败的原因是在项目实施过程当中没有进行有效的需求变更管理的问题。实施信息系统项目具有实施周期长、对业务的依赖性强的特点，在开发过程中常常出现一些需求不稳定、需求变更、项目范围失控的现象，如果没有一个很好的控制，那么项目将失去可控性，随之而来的是项目的风险和成本无法控制，更严重的是导致项目的滞后和失败。

【问题 1】

根据题目说明找出由于用户需求的变化，造成项目失败的主要原因。例如，为了提高效率，"采用并行工作模式"、"在没有全面完成初步设计的情况下，有些开发组同时开始详细设计与部分编码工作"、"新招聘了 6 名应届毕业生加入开发团队"；由于没有统一的规范和接口，使得出现需求变更时，"客户面对多个开发小组，觉得沟通很麻烦，产生了很多抱怨"，等等。

【问题 2】

需要给出具体的项目变更管理的过程，请参考试题 2 的分析与解答要点。

【问题 3】

考生可针对问题 1 分析的结果以及变更管理的过程提出相应的解决措施。

试题 23 解答要点

【问题 1】

（1）没有对变更进行充分地论证和评估，没有采取合适的方案。

（2）缺乏与客户清晰的、统一的接口，与客户沟通不是很有效。

（3）变更的实施过程缺少有效的监控。

（4）在压缩工期的情况下，没有考虑新增加开发人员的可用性。

（5）项目没有完成整体设计的同时就开始详细设计和编码，没有考虑到并行工作带来的风险。

（6）子系统的划分不恰当，或者缺少有效的（数据）整合，又或者缺少有效数据规划、设计。

【问题2】

（1）受理变更申请。

（2）对变更进行审核。

（3）变更方案论证。

（4）提交上级部门（变更管理委员会）审查批准。

（5）实施变更。

（6）对变更的实施进行监控。

（7）对变更效果评估。

说明：也可以按照试题2的解答要点进行回答。

【问题3】

（1）召集应用软件各个子系统的负责人，了解项目存在的问题，并提出解决问题的技术方案。

（2）安排公司管理层、项目负责人与客户的管理层、项目负责人进行交流，就项目的后续进度等事宜达成一致，妥善处理前期项目变更措施不当对用户产生的影响。

（3）根据新的进度要求，按照变更程序实施变更。

（4）加强文档管理，妥善保存变更产生的相关文档，确保其完整、及时、准确和清晰，适当的时候可以引入配置管理工具。

（5）对变更过程进行有效的监控。

（6）加强与客户的沟通，确保各个子系统对用户的需求理解一致。

（7）加强各个子系统的项目负责人之间的沟通，确保子系统的同步。

试题24（2009年下半年试题3）

希赛公司是由3个大学同学共同出资创建的一家信息系统开发公司，经过近两年时间的磨砺，公司的业务逐步达到了一定规模。公司成员也从最初的3人发展为近30人，公司的组织机构也逐渐完善。

为了适应业务发展需要，逐渐摆脱作坊式开发状态，公司决定实施项目管理制度。随后公司成立了项目管理部，并聘请了计算机专业博士生小王作为项目管理部经理。小王上任后，首先用了半天的时间给公司成员介绍项目管理相关理念，然后参考项目管理教材和国外一些大型项目管理经验制定了一系列相关规定以及奖惩措施,针对正在开发的项目分别指定了技术骨干作为项目的项目经理。

但是由于公司承担的业务大多是时间紧任务重的项目，每个人可能同时承担着多个项目，开发人员对项目管理不是很热心，认为"公司规模小没有必要进行项目管理"，与其花费了大量时间开会、写文档，不如几个人碰碰头说说就可以了。实际开发工作中总是以开发任务重等原因不按照规定履行项目管理程序。

小王根据自己制定的规定，对公司一些员工进行了处罚。公司员工对此有不满情绪，使得某些项目没有按期完成，公司也因此受到了一定的损失。

【问题 1】（10 分）

请用 200 字以内的文字指出希赛公司在实行项目管理制度的过程中存在的问题。

【问题 2】（6 分）

针对"公司规模小没有必要进行项目管理"的说法，请用 200 字以内的文字谈谈你的看法。

【问题 3】（9 分）

请用 300 字以内的文字说明小王应该采取哪些措施来摆脱目前面临的困境。

试题 24 分析

有了良好规范的管理措施，有了专业的管理人员并不一定能够实施好项目管理，尤其在小型企业中。很多企业员工认为项目管理针对大型企业项目实施能够起到很好的作用，而对于小企业中那种"短平快"的项目没有必要实施。因此在小型企业中实施项目管理会遇到很大阻力甚至失败，很多时候并不是项目管理水平的问题，而是来自于公司总体管理水平，以及管理人员与被管理人员之间的相处技巧。

很多企业或者管理团队希望用"空降兵"（如本题中的小王）模式快速提高管理水平，但这些空降兵很难快速融入项目团队中。因此如何当好空降而来的项目经理，特别是在小型企业中尤为重要。

【问题 1】

要求考生根据题目说明分析公司实施项目管理中存在的问题，需要从项目管理内涵、项目人力资源管理、项目沟通管理和项目绩效管理几个方面进行综合分析，寻找答案。

【问题 2】

考生要明确项目管理的实施，不仅对大型企业和项目适用，也适合规模小的企业应用，有助于企业向正规化和规模化发展。在项目管理实施过程中，不能仅仅靠书本知识或者其他企业的经验，要根据自身企业的情况和环境，实施有自身企业特色的项目管理。

【问题 3】

根据以上分析，结合考生自己的项目管理经验，给出解决措施。

试题 24 解答要点

【问题 1】

（1）聘任的项目管理部经理小王照搬国外大型项目管理理论或经验。

（2）技术骨干担任项目经理不一定合适。

（3）没有根据小企业的具体情况制定相应的管理措施。

（4）制定的奖惩制度可能不够合理。

（5）小王与企业员工缺乏灵活和有效的沟通。

（6）公司领导层的重视不够。

（7）公司其他职能部门支持或协作不够。

（8）小王缺少项目管理实践经验。

【问题2】

（1）小规模企业也需要实施项目管理，项目管理有助于企业正规化、规模化发展，长期来看有助于企业降低生产和维护成本。

（2）实施项目管理，不可能也没必要全盘照搬其他企业的经验，需要根据自身企业的具体情况和环境，灵活运用项目管理的方法和技术。

【问题3】

（1）根据企业的具体环境，设计一套适用于本企业的项目管理流程（规定哪些步骤，产生哪些文档，设置哪些控制点等）。由于多数项目比较小，那么项目管理方面的流程也可以设计得简单一些，抓主要矛盾。

（2）落实项目管理部的职责。（注：可具体化）

（3）多与企业员工进行正式与非正式的沟通，适当激励项目团队，以赢得大家的信任。

（4）采用灵活的工作方式。对项目进行中出现的问题，通过各种方式处理，而不是一味地按照规章制度进行相应的奖惩。

（5）寻求公司领导层支持。

试题 25（2010 年上半年试题 1）

希赛公司业务发展过快，项目经理人员缺口较大，因此决定从公司工作 3 年以上的业务骨干中选拔一批项目经理。张某原是公司的一名技术骨干，编程水平很高，在同事中有一定威信，因此被选中直接担当了某系统集成项目的项目经理。张某很珍惜这个机会，决心无论自己多么辛苦也要把这个项目做好。

随着项目的逐步展开，张某遇到很多困难。他领导的小组有两个新招聘的高校毕业生，技术和经验十分欠缺，一遇到技术难题，就请张某进行技术指导。有时张某干脆亲自动手编码来解决问题，因为教这些新手如何解决问题反而更费时间。由于有些组员是张某之前的老同事，在他们没能按计划完成工作时，张某为了维护同事关系，不好意思当面指出，只好亲自将他们未做完的工作做完或将不合格的地方修改好。该项目的客户方是某政府行政管理部门，客户代表是该部门的主任，和公司老总的关系很好。因此对于客户方提出的各种要求，张某和组内的技术人员基本全盘接受，生怕得罪了客户，进而影响公司老总对自己能力的看法。张某在项目中遇到的各种问题和困惑，也感觉无处倾诉。项目的进度已经严重滞后，而客户的新需求不断增加，各种问题纷至沓来，张某觉得项目上的各种压力都集中在他一个人身上，而项目组的其他成员没有一个人能帮上忙。

【问题1】（9分）

请问希赛公司在项目经理选拔与管理方面的制度是否规范？为什么？

【问题 2】（10 分）

请结合本案例，分析张某在工作中存在的问题。

【问题 3】（6 分）

请结合本案例，你作为项目经理可以向张某提出哪些建议？

试题 25 分析

本题考查企业在项目经理选拔与管理方面的不足，项目经理在工作中存在的问题，以及项目经理可以从哪些方面进行改进。

【问题 1】

根据题目说明可以分析出希赛公司在项目经理选拔与管理方面的制度是不规范的。

（1）"由于项目经理人员缺口较大，就决定从公司工作 3 年以上的业务骨干中选拔项目经理"。对项目经理的选择仅从技术角度考虑，没有考虑到其是否能承担得起项目管理者和项目领导者的双重责任。

（2）"张某原是公司的一名技术骨干，编程水平很高，在同事中有一定威信，因此被选中直接担当了某系统集成项目的项目经理"。其实，项目经理与技术骨干是两类不同的岗位，对项目经理应该有具体要求。因技术水平高就当项目经理，没有对其进行培训，管理技能没有跟上肯定是会产生问题的。

（3）"张某在项目中遇到的各种问题和困惑，也感觉无处倾诉"。这说明公司没有对项目经理进行监督指导，公司和项目经理之间没有建立完善的沟通渠道。

【问题 2】

根据题目说明，可以看出张某作为项目经理有如下不足：

（1）"项目成员一遇到技术难题，就请张某进行技术指导。有时张某干脆亲自动手编码来解决问题，因为教这些新手如何解决问题反而更费时间"。这说明张某没有做好角色转变，不了解项目经理的工作重点。

（2）"在项目成员没能按计划完成工作时，张某为了维护同事关系，不好意思当面指出，只好亲自将他们未做完的工作做完或将不合格的地方修改好"。这说明张某计划不周、分工不明，责权不清，事必躬亲，没能提高团队的战斗力，缺乏领导者的管理能力。

（3）"对于客户方提出的各种要求，基本全盘接受，生怕得罪了客户，进而影响公司老总对自己能力的看法"。这说明张某缺乏沟通能力和沟通技巧。

（4）"项目的进度已经严重滞后，而客户的新需求不断增加，各种问题纷至沓来"。这说明张某最终也没能控制好项目范围，导致需求蔓延。

（5）"张某觉得项目上的各种压力都集中在他一个人身上，而项目组的其他成员没有一个人能帮上忙"。其根源是没有做好团队建设工作，不能充分发挥团队整体效用。

【问题 3】

针对张某在工作中存在的问题，结合考生自己在项目管理方面的实践，提出改进建议。请直接阅读解答要点。

试题 25 解答要点

【问题 1】

不规范。原因如下：

（1）公司仅从技术能力方面考察和选拔项目经理，而没有或较少考虑其管理方面的经验、能力。

（2）公司对项目经理缺乏必要的管理知识与技能方面的培训。

（3）公司对项目经理的工作缺乏指导和监督。

（4）公司和项目经理之间缺乏完善的沟通渠道。

【问题 2】

（1）项目管理经验不足，未能完成从技术骨干到项目经理的角色转变。

（2）计划不周、分工不明，责权不清。

（3）缺乏团队领导经验，事必躬亲的做法不正确。

（4）缺乏良好的沟通能力和沟通技巧。

（5）没有控制好项目范围，导致需求蔓延。

（6）缺乏团队合作精神，没有做好团队建设工作，不能充分发挥团队的整体效用。

【问题 3】

（1）在客户和管理层等项目干系人之间建立良好的沟通。

（2）根据项目计划，进行良好的项目分工，明确工作要求，发挥团队的集体力量。

（3）对客户提出的新需求，按变更管理的流程管理。

（4）对项目组成员，按岗位要求提供相应培训。

（5）对已完成工作和剩余工作进行评估，重新进行资源平衡，如有问题，应及时进行协调。

（6）做好角色转变，将工作重点向项目管理方面侧重，注重提高管理技能技巧。

试题 26（2010 年上半年试题 2）

希赛公司 2009 年 5 月中标某单位（甲方）的电子政务系统开发项目，甲方要求电子政务系统必须在 2010 年 12 月之前投入使用。王某是希赛公司的项目经理，并且刚成功地领导一个 6 人的项目团队完成了一个类似项目，因此公司指派王某带领原来的团队负责该项目。

王某带领原项目团队结合以往经验顺利完成了需求分析、项目范围说明书等前期工作，并通过了审查，得到了甲方的确认。由于进度紧张，王某又从公司申请调来了两个开发人员进入项目团队。

项目开始实施后，项目团队原成员和新加入成员之间经常发生争执，对发生的错误相互推诿。项目团队原成员认为新加入成员效率低下，延误项目进度；新加入成员则认为项目团队原成员不好相处，不能有效沟通。王某认为这是正常的项目团队磨合过程，没有过多干预。同时，批评新加入成员效率低下，认为项目团队原成员更有经验，要求新加入成员要多向原成员虚心请教。

项目实施两个月后，王某发现大家汇报项目的进度言过其实，进度没有达到计划目标。

【问题 1】（8 分）

请简要分析造成该项目上述问题的可能原因。

【问题 2】（9 分）

（1）写出项目团队建设所要经历的主要阶段。

（2）结合你的实际经验，概述成功团队的特征。

【问题 3】（8 分）

针对项目目前的状况，在项目人力资源管理方面王某可以采取哪些补救措施？

试题 26 分析

本题主要考查项目人力资源管理方面的知识，涉及团队建设经历的主要阶段、成功的项目团队的特征，以及本案例王某可以采取的补救措施。

【问题 1】

根据题目说明中描述的后果可知产生上述问题的具体原因如下：

（1）"项目团队原有成员和新加入成员之间经常发生争执，对发生的错误相互推诿"。表明在项目团队形成之初，王某没有对新员工的工作能力和团队合作素质进行考察，没有进行有效的团队建设和团队管理。

（2）"项目团队原有成员认为新加入成员效率低下，延误项目进度；新加入成员则认为项目团队原有成员不好相处，不能有效沟通"。表明在项目团队震荡阶段，王某没有进行有效的团队建设和团队管理，团队成员之间已经产生了隔阂；此外王某没有对进度进行有效控制。

（3）"王某对团内发生的争执没有过多干预，同时批评新加入成员效率低下，认为项目团队原有成员更有经验，要求新加入成员要多向原有成员虚心请教"。表明王某对于冲突的处理方式过于简单，同时对人员的绩效评估缺乏有效的考核手段。

（4）"项目实施两个月后，王某发现大家汇报项目的进度言过其实，进度没有达到计划目标"。说明由于王某对人员的绩效评估缺乏有效的考核手段，造成成员的不如实汇报，严重影响项目进度及整体目标的实现。

【问题 2】

要求指出团队建设经历的主要阶段、成功的项目团队的特征，这是一道纯理论性试题，请参考本书第 13 章试题 3 的分析。

【问题 3】

根据问题 1 中的原因和考生自身的项目管理实践，提出改进建议，具体见解答要点。

试题 26 解答要点

【问题 1】

（1）王某对新员工的工作能力和团队合作素质没有进行考察。

（2）王某没有进行有效的团队建设和团队管理。

（3）王某对于冲突的处理方式过于简单。

（4）王某对人员的绩效评估缺乏有效的考核手段。

（5）王某没有对进度进行有效控制。

【问题 2】

团队建设将经历形成阶段、震荡阶段（磨合阶段）、正规阶段、发挥阶段（表现阶段）和结束阶段（解散阶段）。成功的项目团队的特征如下：

（1）团队的目标明确，成员清楚自己工作对目标的贡献。

（2）团队的组织结构清晰，岗位明确。

（3）有成文或习惯的工作流程和方法，而且流程简明有效。

（4）项目经理对团队成员有明确的考核和评价标准。

（5）组织纪律性强。

（6）相互信任，善于总结和学习。

【问题 3】

（1）采用合适的团队建设手段，消除团队成员间的隔阂。

（2）加强技术培训，提高工作效率。

（2）明确项目团队的目标，及项目组各成员的分工。

（3）建立清晰的工作流程和沟通机制，及时了解项目进展等情况。

（4）建立明确的考核评价标准。

（5）鼓励团队成员之间建立参与和分享的氛围，提高凝聚力。

（6）制定有效的激励措施。

试题 27（2010 年上半年试题 3）

小方是希赛集团信息处工作人员，承担集团主网站、分公司及下属机构子网站具体建设的管理工作。小方根据在学校学习的项目管理知识，制定并发布了项目章程。因工期紧，小方仅确定了项目负责人、组织结构、概要的里程碑计划和大致的预算，便组织相关人员开始各个网站的开发工作。

在开发过程中，不断有下属机构提出新的网站建设需求，导致子网站建设工作量不断增加，由于人员投入不能及时补足，造成实际进度与里程碑计划存在严重偏离；同时，因为与需求提出人员同属一个集团，开发人员不得不对一些非结构性的变更做出让步，随提随改，不但没有解决项目进度，质量问题时有出现，而且工作成果的版本越来越混乱。

【问题 1】（8 分）

请简要分析该项目在启动及计划阶段存在的问题。

【问题 2】（10 分）

（1）简要叙述正确的项目启动应包含哪些步骤？

（2）针对在启动阶段存在的问题，可以采取哪些措施（包括应采用的具体工具和技术）进行补救？

【问题 3】（7 分）

请为该项目设计一个项目章程（列出主要栏目及核心内容）。

试题 27 分析

本题考查项目启动及项目计划阶段应注意的问题，项目启动应包含哪些步骤？针对在启动阶段存在的问题，可以采取的补救措施，可采用的具体工具和技术，以及项目章程内容。

【问题 1】

根据题目说明可以分析出在启动及计划阶段，该项目存在如下问题：

（1）"小方根据在学校学习的项目管理知识，制定并发布了项目章程"。这是错误的做法，项目章程应由项目发起人发布。

（2）"因工期紧，小方仅确定了项目负责人、组织结构、概要的里程碑计划和大致的预算，便组织相关人员开始各个网站的开发工作"。这说明项目章程不完整，没有形成完善的项目计划，对需求没有进行深入的分析，对需求认识不足，资源估算不足。

（3）"在开发过程中，不断有下属机构提出新的网站建设需求，导致子网站建设工作量不断增加，由于人员投入不能及时补足，造成实际进度与里程碑计划存在严重偏离"。这说明新需求提出后没有及时对项目管理计划、人员配备、项目实施等进行调整，造成进度滞后。

（4）"因为与需求提出人员同属一个集团，开发人员不得不对一些非结构性的变更做出让步，随提随改，不但没有解决项目进度，质量问题时有出现，而且工作成果的版本越来越混乱"。这说明对项目变更风险认识不足，未制定变更控制流程、未对变更进行有效分析控制，配置管理和版本控制没有做好。

【问题 2】

问题 2 分为两个部分，第 1 部分要求考生给出项目启动的步骤，这是一道纯理论性试题。第 2 部分要求针对在启动阶段存在的问题，给出可以采取的补救措施，以及可采用的具体工具和技术，请直接阅读解答要点。

【问题 3】

要求给出项目章程内容，这是一道纯理论性试题，请参考本书第 8 章试题 9 的分析。

试题 27 解答要点

【问题 1】

（1）项目没有遵循正确的立项流程，例如，项目章程应由项目发起人发布。

（2）项目章程不完整。

（3）对需求估计不准确，资源估算不足，项目管理计划没有根据项目的实际情况进行调整。

（4）对项目变更风险认识不足，未制定变更控制流程。

（5）配置管理和版本控制没有做好。

【问题 2】

步骤：制定项目章程；制定初步项目范围说明书。

解决措施：

（1）完善项目章程。

（2）由项目发起人正式发布项目章程。

（3）采用项目管理方法论、项目管理信息系统和专家判断等工具和方法制定项目管理计划。

（4）应采用配置管理系统进行变更和版本控制。

（5）应采用风险核对表、头脑风暴、概率影响矩阵等工具，管理项目风险，根据项目需要重新配置项目资源。

（6）可使用需求追踪矩阵等工具管理项目需求。

【问题 3】

（1）项目需求，反映了干系人的要求与期望。

（2）项目必须实现的商业需求、项目概述或产品需求。

（3）项目的目的或论证的结果。

（4）任命项目经理并授权。

（5）里程碑进度计划。

（6）干系人的影响。

（7）组织职能。

（8）组织的、环境的和外部的假设。

（9）组织的、环境的和外部的约束。

（10）论证项目业务方案，包括投资回报率。

（11）概要预算。

试题 28（2010 年下半年试题 1）

某国有大型制造企业 H 计划建立适合其业务特点的 ERP 系统。为了保证 ERP 系统的成功实施，H 公司选择了一家较知名的监理单位，帮助选择供应商并协助策划 ERP 的方案。

在监理单位的协助下，H 公司编制了招标文件，并于 5 月 6 日发出招标公告，规定投标截止时间为 5 月 21 日 17 时。在截止时间前，H 公司共收到 5 家公司的投标书，其中甲公司为一家外资企业。H 公司觉得该项目涉及公司的业务秘密，不适合由外资企业来承担。因此，在随后制定评标标准的时候，特意增加了关于企业性质的评分条件：国有企业可加 2 分，民营企业可加 1 分，外资企业不加分。

H 公司又组建了评标委员会，其中包括 H 公司的领导一名，H 公司上级主管单位领导一名，其他 4 人为邀请的行业专家。在评标会议上，评标委员会认为丙公司的投标书能够满足招标文件中规定的各项要求，但报价低于成本价，因此选择了同样投标书满足要求，但报价次低的乙公司作为中标单位。

在发布中标公告后，H 公司与乙公司开始准备签订合同。但此时乙公司提出，虽然招标文件中规定了合同格式并对付款条件进行了详细的要求，但这种付款方式只适用于硬件占主体的系统集成项目，对于 ERP 系统这种软件占主体的项目来说并不适用，因此要求 H 公司修改付款方式。H 公司坚决不同意乙公司的要求，乙公司多次沟通未达到目的只好做出妥协，直到第 45 天，H 公司才与乙公司最终签订了 ERP 项目合同。

【问题 1】（10 分）

请指出在该项目的招投标过程中存在哪些问题？并说明原因。

【问题 2】（8 分）

（1）评标委员会不选择丙公司的理由是否充分？依据是什么？

（2）乙公司要求 H 公司修改付款方式是否合理？为什么？为此，乙公司应如何应对？

【问题 3】（7 分）

请说明投标流程中投标单位的主要活动有哪些。

试题 28 分析

本题主要考查考生对招标投标法的掌握，以及在实际工作中如何运用招标投标法。

【问题 1】

可以从试题的说明中找到该项目的招投标过程中存在的问题，具体如下：

（1）"在监理单位的协助下，H 公司编制了招标文件，并于 5 月 6 日发出招标公告，规定投标截止时间为 5 月 21 日 17 时"。招标投标法规定，自招标文件开始发出之日起至投标人提交投标文件截止之日止，最短不得少于 20 日。

（2）"在随后制定评标标准的时候，特意增加了关于企业性质的评分条件：国有企业可加 2 分，民营企业可加 1 分，外资企业不加分"。招标投标法规定，必须进行招标的项目，其招标投标活动不受地区或者部门的限制。任何单位和个人不得违法限制或者排斥本地区、本系统以外的法人或其他组织参加投标，不得以任何方式非法干涉招标投标活动；招标人不得以不合理的条件限制或者排斥潜在投标人，不得对潜在投标人给予歧视待遇。

（3）"H 公司又组建了评标委员会，其中包括 H 公司的领导一名，H 公司上级主管单位领导一名，其他 4 人为邀请的行业专家"。招标投标法规定，依法必须进行招标的项目，其评标委员会由招标人的代表和有关技术、经济等方面的专家组成，成员人数为 5 人以上单数，其中技术、经济等方面的专家不得少于成员总数的三分之二。

（4）"H 公司坚决不同意乙公司的要求，乙公司多次沟通未达到目的只好做出妥协，直到第 45 天，H 公司才与乙公司最终签订了 ERP 项目合同"。招标投标法规定，招标人和中标人应当自中标通知书发出之日起 30 日内，按照招标文件和中标人的投标文件订立书面合同。

【问题 2】

"在评标会议上，评标委员会认为丙公司的投标书能够满足招标文件中规定的各项要求，但报价低于成本价"，这说明评标委员会不选择丙公司的理由是"报价低于成本价"，这是合理的，因为招标投标法规定，中标人的投标应当符合下列条件之一：

（1）能够最大限度地满足招标文件中规定的各项综合评价标准。

（2）能够满足招标文件的实质性要求，并且经评审的投标价格最低；但是投标价格低于成本的除外。

乙公司要求 H 公司修改付款方式是不合理的，因为"招标文件中规定了合同格式并对付款条件进行了详细的要求"，既然乙公司提交了投标文件，就说明乙公司已经同意该付款条件。而且并没有相关法律规定项目合同的付款方式，所以乙公司的要求是不合理的。为了解决这个问题，乙公司可以在提交投标书之前加强与 H 公司的沟通，建议 H 公司修改付款条款。

【问题 3】

这是一道纯理论性试题，请直接阅读解答要点。

试题 28 解答要点

【问题 1】

（1）发出招标公告投标截止之间的时间太短（只有 15 天）。招标投标法规定，自招标文件开始发出之日起至投标人提交投标文件截止之日止，最短不得少于 20 日。

（2）对民营企业和外资企业给予了歧视待遇。招标投标法规定，必须进行招标的项目，其招标投标活动不受地区或者部门的限制。任何单位和个人不得违法限制或者排斥本地区、本系统以外的法人或其他组织参加投标，不得以任何方式非法干涉招标投标活动；招标人不得以不合理的条件限制或者排斥潜在投标人，不得对潜在投标人给予歧视待遇。

（3）评标委员会组建不合理（人数为 6 人，且行业专家只有 4 人）。招标投标法规定，依法必须进行招标的项目，其评标委员会由招标人的代表和有关技术、经济等方面的专家组成，成员人数为 5 人以上单数，其中技术、经济等方面的专家不得少于成员总数的三分之二。

（4）中标通知书发出与签合同之间的时间太长（45 天）。招标投标法规定，招标人和中标人应当自中标通知书发出之日起 30 日内，按照招标文件和中标人的投标文件订立书面合同。

【问题 2】

（1）评标委员会不选择丙公司的理由是充分的。因为招标投标法规定，中标人的投标应当符合下列条件之一：

✓ 能够最大限度地满足招标文件中规定的各项综合评价标准。

✓ 能够满足招标文件的实质性要求，并且经评审的投标价格最低；但是投标价格低于成本的除外。

（2）乙公司要求 H 公司修改付款方式是不合理的，因为招标文件中规定了合同格式并对付款条件进行了详细的要求。为了解决这个问题，乙公司可以在提交投标书之前加强与 H 公司的沟通，建议 H 公司修改付款条款。

【问题 3】

（1）获取招标文件（购买标书）。

（2）编写投标文件（现场探勘、编写标书、签字密封）。

（3）参加投标活动（投标文件送达投标地点、唱标与讲标）。

试题 29（2010 年下半年试题 2）

某软件开发项目已进入编码阶段，此时客户方提出有若干项需求要修改。由于该项目客户属于公司的重点客户，因此项目组非常重视客户提出的要求，专门与客户就需求变更共同开会进行沟通。经过几次协商，双方将需求变更的内容确定下来，并且经过分析，认为项目工期将延误两周时间，并会对编码阶段里程碑造成较大的影响。项目经理将会议内容整理成备忘录让客户进行了签字确认。随后，项目经理召开项目组内部会议将任务口头布置给了小组成员。会后，主要由编码人员按照会议备忘录的要求对已完成的模块编码进行修改，而未完成的模块按照会议备忘录的要求进行编写。项目组加班加点，很快完成了代码编写工作。项目进入了集成测试阶段。

【问题 1】（10 分）

请说明此项目在进行需求变更的过程中存在的问题。

【问题 2】（10 分）

请分析该项目中的做法可能对后续工作造成什么样的影响？

【问题 3】（5 分）

请简要说明整体变更控制流程。

试题 29 分析

本题主要考查变更控制流程，以及如果不遵守流程会带来的影响。本题的 3 个问题与试题 2 的 3 个问题具有一一对应关系，因此，在此不再重复，而是直接给出解答要点。

试题 29 解答要点

【问题 1】

（1）没有对客户的变更申请作书面记录。

（2）对变更请求未进行全面的分析与论证，也没有成立 CCB 来批准变更。

（3）仅有一个备忘录是不够的，且项目经理将变更任务口头布置给编码人员也不对。

（4）对变更过程缺乏监控，且在变更过程中没有进行版本管理。

（5）对变更效果没有进行验证与评估。

（6）修改的内容未和项目干系人进行沟通。

【问题 2】

（1）缺乏对变更请求的记录可能会导致对产品的变更历史无法追溯，并会导致对工作产物的整体变化情况失去把握，将来容易出现分歧。

（2）缺乏对变更请求的全面分析与论证，可能会导致后期的变更工作出现工作缺失、与其他工作不一致的问题，以及对项目的成本、质量产生意料之外的影响。而没有成立 CCB，也会使得对变更的批准缺乏权威性。

（3）仅有一个备忘录是不够的，应当有正式的变更通知，变通知到相关的干系人，这样才能让相关干系人步调一致。项目经理将变更任务口头布置给编码人员也不对，应有书面的计划安排，否则容易出现修改工作混乱。

（4）对变更过程缺乏监控，可能导致变更工作不受控，并引发新的问题。

（5）在修改过程中不注意版本管理，一方面可能会导致当变更失败时无法进行复原，造成成本损耗和进度拖延；另一方面，对于组织财富和经验的积累也是不利的。

（6）对变更效果没有进行验证与评估，无法验证变更是否达到预期目的，而且为变更付出的工作量也无法得到承认。

（7）没有对整个变更过程的情况整理归档，这样容易出现配置混乱，给项目的整体质量以及今后的验收、维护工作带来隐患。

【问题3】

（1）变更申请。应记录变更的提出人、日期、申请变更的内容等信息。

（2）变更评估。对变更的影响范围、严重程度、经济和技术可行性进行系统分析。

（3）变更决策。由具有相应权限的人员或机构决定是否实施变更。

（4）变更实施。由管理者指定的工作人员在受控状态下实施变更。

（5）变更验证。由配置管理人员或受到变更影响的人对变更结果进行评价，确定变更结果和预期是否相符、相关内容是否进行了更新、工作产物是否符合版本管理的要求。

（6）沟通存档。将变更后的内容通知可能会受到影响的人员，并将变更记录汇总归档。如提出的变更在决策时被否决，其初始记录也应予以保存。

试题30（2010年下半年试题3）

某项目经理将其负责的系统集成项目进行了工作分解，并对每个工作单元进行了成本估算，得到其计划成本。第四个月底时，各任务的计划成本、实际成本及完成百分比如表 22-5 所示。

表22-5　各任务情况

任务名称	计划成本（万元）	实际成本（万元）	完成百分比
A	10	9	80%
B	7	6.5	100%
C	8	7.5	90%
D	9	8.5	90%
E	5	5	100%
F	2	2	90%

【问题1】（10分）

请分别计算该项目在第四个月底的 PV、EV、AC 值，并写出计算过程。请从进度和成本两方面评价此项目的执行绩效如何，并说明依据。

【问题2】（5分）

有人认为：项目某一阶段实际花费的成本（AC）如果小于计划支出成本（PV），说明此时项目成本是节约的，你认为这种说法对吗？请结合本题说明为什么。

【问题3】（10分）

（1）如果从第五月开始，项目不再出现成本偏差，则此项目的预计完工成本（EAC）是多少？

（2）如果项目仍按目前状况继续发展，则此项目的预计完工成本（EAC）是多少？

（3）针对项目目前的状况，项目经理可以采取什么措施？

试题 30 分析

【问题 1】

项目在第四个月底的 PV 值等于各任务的计划成本之和，即：

$$PV = 10+7+8+9+5+2 = 41（万元）$$

AC 为各任务的实际成本之和，即：

$$AC = 9+6.5+7.5+8.5+5+2 = 38.5（万元）$$

EV 为已完成工作的计划值，即：

$$EV = 10×80\%+7×100\%+8×90\%+9×90\%+5×100\%+2×90\% = 37.1（万元）$$

根据以上三个参数，可以计算出项目的 SV 和 CV：

$$SV = EV–PV = 37.1–41 = –3.9 万元；CV = EV–AC = 37.1–38.5 = –1.4（万元）$$

因为 SV 和 CV 都小于 0，所以该项目目前成本超支，进度滞后，整体绩效不好。

【问题 2】

项目在某个阶段 AC<PV，则说明实际花费成本比计划成本要少，但项目成本是否节约，还需要看完成了多少工作。例如，本题中的 AC=38.5 万元，PV=41 万元，AC 是小于 PV 的，但事实上，本题中的项目成本超支。

具体落实到某个任务上，以任务 A 为例，PV=10 万元，AC=9 万元，EV=8 万元，虽然当前 AC 小于 PV，但是当前完成的工作只值 8 万元，也就是说，花了 9 万元只完成 8 万元应该完成的工作，因此，成本实际上是超支的。

【问题 3】

根据第 11 章试题 11 的分析，如果从第五月开始，项目不再出现成本偏差，则此项目的 EAC = AC+BAC–EV；如果项目仍按目前状况继续发展，则此项目的 EAC = (AC/EV)×BAC。由于试题并没有给出整个项目 BAC 的值，因此无法计算 EAC 的值。

退一步讲，假设整个项目本来就是打算四个月完工的，则可以用项目前四个月的 PV 来代替 BAC（即 BAC=41 万元），这时是可以计算出 EAC 的，估计出题者的本意也是这样的，否则，本题无解。

项目目前的状况是成本超支，进度滞后，且 EV<AC<PV，此时应该增加高效人员投入；赶工、工作并行以追赶进度。另外，还需要明确成本控制的方法，加强成本变更控制。

试题 30 解答要点

【问题 1】

$$PV = 10+7+8+9+5+2 = 41（万元）$$
$$AC = 9+6.5+7.5+8.5+5+2 = 38.5（万元）$$
$$EV = 10×80\%+7×100\%+8×90\%+9×90\%+5×100\%+2×90\% = 37.1（万元）$$
$$SV = EV–PV = 37.1–41 = –3.9（万元）；CV = EV–AC = 37.1–38.5 = –1.4（万元）$$

该项目目前成本超支，进度滞后。因为 SV 和 CV 都小于 0。

【问题 2】

不对。项目成本是否节约，需要看 CV 而不是 PV–AC 的值。例如，本题中的 AC=38.5 万元，PV=41 万元，AC 是小于 PV 的，但事实上，该项目成本超支。

【问题 3】

（1）EAC = AC+BAC–EV = 38.5+41–37.1 = 42.4（万元）

（2）EAC = (AC/EV)×BAC = (38.5/37.1)×41 = 42.5（万元）

（3）增加高效人员投入；赶工、工作并行以追赶进度；明确成本控制的方法，加强成本变更控制。

第23章

信息系统项目管理论文

根据考试大纲，在信息系统项目管理师的下午 II 考试中，要求根据试卷上给出的与项目管理有关的四个论文题目，选择其中一个题目，按照规定的要求写论文和摘要。但在往年的考试中，试卷都只给出了两个论文题目，要求考生选择其中的一个题目。

论文涉及的类别如下。

（1）信息系统项目管理：项目选择、可行性分析、项目全生命期流程管理、项目的整体、范围、进度、成本、质量、人力资源、沟通、风险和采购管理、项目评估、企业级信息系统项目管理体系的建立和项目中的质量管理与企业质量管理异同分析。

（2）信息安全：信息安全体系、信息安全体系的安全风险评估和企业信息安全策略。

（3）信息系统工程监理：监理的方法和工作流程，监理的机构及监理工程师，监理中的质量、投资、进度和变更控制，监理中的合同管理，信息管理和安全管理和监理中的组织协调。

（4）信息化战略与实施：企业建设信息化系统的过程、信息化系统建设过程中常见问题、新技术对信息化建设的影响、CIO 在信息化建设过程中的作用、信息化规划、不同类型信息化建设过程中的差异、电子政务建设和企业自身管理成熟度对企业信息化建设的影响。

（5）大型、复杂信息系统项目和多项目的管理：计划过程、跟踪和控制管理、范围管理、资源管理和协作管理。

（6）项目绩效考核与绩效管理：团队绩效与项目绩效的关系、绩效评估方法、项目绩效指标设计和绩效改进。

试题 1（2005 年上半年试题 1）

试题　论信息系统项目的需求管理和范围管理

在信息系统项目的开发过程中，人们越来越体会到需求管理和范围管理的重要性，含糊的需求和范围经常性的变化使信息系统项目的甲乙双方吃尽了苦头，这使得人们急于寻找良策以管理范围。

请围绕"需求管理和范围管理"论题，分别从以下三个方面进行论述：

1. 概要叙述与你参与管理过的信息系统项目，以及该项目在需求管理和范围管理方面的情况；

2. 论述需求开发、需求管理和范围管理的区别与联系；

3. 详细论述在你参与管理过的大型信息系统项目中具体采用的范围管理过程、方法、工具及其实际效果。

试题 1 分析

要写好这个论文，考生必须首先弄清楚需求管理和范围管理的概念，以及这两个概念之间的区别和联系，否则难以下笔。

需求是指用户对目标系统在功能、行为、性能、设计约束等方面的期望。通过对应问题及其环境的理解与分析，为问题涉及的信息、功能及系统行为建立模型，将用户需求精确化、完全化，最终形成需求规格说明，这一系列的活动即构成信息系统开发生命周期的需求分析阶段。需求工程是指应用已证实有效的技术、方法进行需求分析，确定客户需求，帮助分析人员理解问题并定义目标系统的所有外部特征的一门学科。它通过合适的工具和记号系统地描述待开发系统及其行为特征和相关约束，形成需求文档，并对用户不断变化的需求演进给予支持。

项目范围是为了达到项目目标，为了交付具有某种特制的产品和服务，项目所规定要做的。项目的范围管理就是要确定哪些工作是项目应该做的，哪些不应该包括在项目中。项目范围是项目目标的更具体的表达。如果项目的范围不明确，那么项目解决的不是对应的问题，或者项目人员把时间浪费在从事不属于他们职责的工作上。范围管理必须清晰地定义项目目标，此定义必须在客户与执行项目的组织之间达成一致，并且把项目工作范围详细的划分为工作包。

由于进行项目的范围管理，能够确定项目的边界，明确项目的目标和项目的主要可交付成果，所以范围管理能够提高对项目费用、时间和资源估算的准确性。首先人们对复杂的事务的预测要比相对简单的事务的预测要困难得多，而且误差也大得多。而且，即使两者误差相同，由于范围管理使用项目分解结构，将项目范围分解成可管理的工作包，人们发现误差的和小于和的误差，虽然人们多项目分解结构的每一项的估算都存在误差，但由于这些误差可能相互抵消，所以最终误差将比总估算的误差要小。

从上面的分析我们可以知道，虽然需求管理贯穿信息系统项目的整个生命周期，但只有经过需求分析过程之后才能确定项目的范围，需求的变更会引起项目范围的变更。首先通过需求开发来获取项目的需求，在此基础上确定项目的范围，进行项目范围管理。需求管理是对已批准的项目需求进行全生命周期的管理，其过程包括需求管理定义、需求管理流程、制定需求管理计划、管理需求和实施建议等，其中最主要的工作是需求的变更管理。

试题 1 写作要点

从上面的分析中，我们可以得知，关于"论信息系统项目的需求管理和范围管理"论文的写作，要点大体上包括以下几个方面：

（1）简单介绍项目的背景、发起单位、目的、开始时间和结束时间、主要交付物、最终交付的产品。着重介绍项目的需求、范围和作者在其中担任的工作。

（2）根据上面的分析，结合项目实际，讨论需求开发、需求管理和范围管理的区别与联系。

（3）详细阐述作者在参与管理过的大型信息系统项目中具体采用的范围管理过程、方法、工具。5 个管理过程必须完整无缺，其中使用的工具和方法可以进行选择，不一定要全部写出来，每个过程选择 1~2 个方法和工具做具体介绍。

（4）简单说明和评价使用上述过程、方法和工具后，整个项目管理的实际效果如何。然后进行总结，指出其不足之处，并且说明这种不足是什么原因造成的，在今后如何避免或改进。值得注意的是，实际效果要切实际，要谈出体会和深度来。

试题 2（2005 年下半年试题 1）

试题　论项目的风险管理

对项目风险进行管理，已经成为项目管理的重要方面。每一个项目都有风险。完全避开或消除风险，或者只享受权益而不承担风险，都是不可能的。另一方面，对项目风险进行认真的分析、科学的管理，能够避开不利条件、减少损失、取得预期的结果并实现项目目标。

请围绕"项目的风险管理"论题，分别从以下三个方面进行论述：

1．概要叙述你参与管理过的信息系统项目（项目的背景、发起单位、目的、项目周期、交付的产品等），以及该项目在风险管理方面的情况。

2．请简要叙述你对于项目风险的认识，以及项目风险管理的基本过程。

3．结合你的项目经历，概要论述信息系统项目经常面临的主要风险、产生根源和可以采取的应对措施。

试题 2 分析

项目风险是一种不确定的事件或条件，一旦发生，会对项目目标产生某种正面或负面的影响。风险有其成因，同时，如果风险发生，也导致某种后果。当事件、活动或项目有损失或收益与之相联系，涉及某种或然性或不确定性和涉及某种选择时，才称为有风险。以上三条，每一个都是风险定义的必要条件，不是充分条件。具有不确定性的事件不一定是风险。

风险管理的目的就是最小化风险对项目目标的负面影响，抓住风险带来的机会，增加项目干系人的收益。作为项目经理，必须评估项目中的风险，制定风险应对策略，有针对性地分配资源，制定计划，保证项目顺利的进行。虽然不能说项目的失败都是由于风险造成的，但成功的项目必然是有效地进行了风险管理。任何项目都有风险，由于项目中总是有这样那样的不确定因素，所以无论项目进行到什么阶段，无论项目的进展多么顺利，随时都会出现风险，进而产生问题。

信息系统项目的风险从宏观上来看，可以分为项目风险、技术风险和商业风险。在具体细节方面，对于不同的风险，要采用不同的应对方法。在信息系统开发项目中，常见的风险项、产生原因及应对措施如表 23-1 所示。

表 23-1　常见的风险及应对措施

风　险　项	产　生　原　因	应　对　措　施
没有正确理解业务问题	项目干系人对业务问题的认识不足、计算起来过于复杂、不合理的业务压力、不现实的期限	用户培训、系统所有者和用户的承诺和参与、使用高水平的系统分析师
用户不能恰当地使用系统	信息系统没有与组织战略相结合、对用户没有做足够的解释、帮助手册编写得不好、用户培训工作做得不够	用户的定期参与、项目的阶段交付、加强用户培训、完善信息系统文档
拒绝需求变化	固定的预算、固定的期限、决策者对市场和技术缺乏正确的理解	变更管理、应急措施
对工作的分析和评估不足	缺乏项目管理经验、工作压力过大、对项目工作不熟悉	采用标准技术、使用具有丰富经验的项目管理师
人员流动	不现实的工作条件、较差的工作关系、缺乏对职员的长远期望、行业发展不规范、企业规模比较小	保持好的职员条件、确保人与工作匹配、保持候补、外聘、行业规范
缺乏合适的开发工具	技术经验不足、缺乏技术管理准则、技术人员的市场调研或对市场理解有误、研究预算不足、组织实力不够	预先测试、教育培训、选择替代工具、增强组织实力
缺乏合适的开发和实施人员	对组织架构缺乏认识、缺乏中长期的人力资源计划、组织不重视技术人才和技术工作、行业人才紧缺	外聘、招募、培训
缺乏合适的开发平台	缺乏远见、没有市场和技术研究、团队庞大陈旧难以转型、缺乏预算	全面评估、推迟决策
使用了过时的技术	缺乏技术前瞻人才、轻视技术、缺乏预算	延迟项目、标准检测、前期研究、培训

试题 2 写作要点

从上面的分析中，我们可以得知，关于"论项目的风险管理"论文的写作，要点大体上包括以下几个方面：

（1）简单介绍项目的背景、发起单位、目的、开始时间和结束时间、主要交付物、最终交付的产品。着重介绍项目的风险管理和作者在其中担任的工作。

（2）根据上面的分析，谈谈作者对于项目风险的认识。结合项目实际，详细叙述项目风险管理的基本过程，包括每个过程的名称、每个过程的基本工作和要注意的问题。

（3）结合项目实际，概要阐述信息系统项目经常面临的主要风险、产生根源和可以采取的应对措施。可以参考表 23-1，从其中选择一些主要的风险进行介绍。

（4）简单说明和评价作者在项目中进行风险管理的实际效果如何。然后进行总结，指出其不足之处，并且说明这种不足是什么原因造成的，在今后如何避免或改进。

试题 3（2005 年下半年试题 2）

试题　论项目的质量管理

现代项目管理中非常重视质量管理，很多个人和组织将质量作为判定项目是否成功的重要依据。在 IT 业界，有很多知名公司将质量提高到了公司战略的高度来对待，并投入大量资源用于质量管理。

请围绕"项目的质量管理"论题，分别从以下三个方面进行论述：

1．概述你参与管理过的信息系统项目，以及在项目中所遇到的质量管理问题。

2．请简要论述你对于质量、质量管理和质量成本的认识。

3．简要论述你认为提升项目质量应做哪些工作。

试题 3 分析

对于信息系统质量，需要从以下层次来理解：

（1）信息系统产品中能满足给定需求的性质和特性的总体。例如，符合需求规格说明。

（2）信息系统具有所期望的各种属性的组合程度。

（3）顾客和用户觉得信息系统满足其综合期望的程度。

（4）确定信息系统在使用中将满足顾客预期要求的程度。

质量管理是在质量方面指挥和控制组织的协调的活动，包括制定质量方针、质量目标和责任的所有工作，以及通过质量系统中的质量计划、质量保证、质量控制和质量提高等手段来实施这些工作。质量管理体系是在质量方面指挥和控制组织的管理体系。

项目质量管理必须考虑项目过程和项目产品两个方面。在信息系统项目管理中，一般使用术语产品来涵盖信息系统产品与客户服务两者。因为在实际工作中，信息系统供应商往往需要为信息系统产品提供配套的客户服务，两者是作为一个整体提供给客户的。只要两者之一不符合质量要求，就会给项目干系人或客户带来严重的消极后果。

项目的实施过程，也是质量的形成过程。质量并不是只存在于开发产品或项目实施起始阶段，也不只是在交付客户的时候才存在，而是关系到产品的整个生命周期，并涉及产品的各层面。项目的生命周期的每个阶段（可行性研究、需求分析、系统设计、编码阶段、测试阶段、维护阶段等）都会有质量问题。在这一过程中，追求项目成果质量的主要目的就是开发出正确的产品及正确地开发产品。

项目的质量是通过项目生命周期传递给客户的。而在项目整个生命周期中，项目的工作不可避免地会出现失误。实践表明，在项目生命周期中，越早检测出的错误，改正错误所需的费用就越低。在设计、实现、使用阶段出现的质量问题所付出的成本一般存在这样一个比率 $1:3:8$。在 IT 行业，在信息系统使用阶段修正一个错误所花的成本，比在设计阶段发现并改正这个错误所需成本高出很多倍。据估算，有 40%以上的信息系统错误发生在需求说明和设计阶段。

质量成本是为了取得信息系统产品所付出的所有努力的总成本，是一致成本和不一致成本之和。一致意味着交付满足要求的和适用的产品。如编制一个质量计划有关的成本分析和管理产品要求的成本、软件测试成本和配置管理成本等属于一致成本。不一致成本意味着对信息系统故障或没有满足质量期望负责。

项目管理团队应该意识到项目决策能影响质量成本，在产品返工、保证的赔偿和产品召回时都会发生质量成本。反之，质量成本的估算也是指导项目决策的重要信息。然而，重要的是项目管理团队必须明确：项目的暂时性特征使得产品质量提高上的投资，尤其是预防缺陷和评审的成本，要依赖于实施项目的组织来提供，因为这种投资的效果可能在项目结束以后才能得以体现。

对于如何提升项目质量，可以从以下几个方面论述：

（1）强有力的领导。 强有力的领导是 IT 企业提高信息系统项目质量的基础。朱兰和许多质量专家都认为，质量问题的主要原因是缺乏强有力领导。大部分质量问题出在管理上，而非技术上。

（2）建立组织级项目管理体系。 IT 企业是全面实施项目管理的优质土壤，企业高层管理者必须高度重视项目管理，确立组织级战略项目管理地位。组织级战略项目管理要求，在企业内建立一整套完整的实践性很强的项目管理体系，以提供良好的项目运作环境，主要包括组织机构、工作流程和内部项目环境等方面。

（3）建立组织级质量管理体系。 保持和改进现有的质量管理体系。采用上述方法的组织能对其过程能力和产品质量树立信心，为持续改进提供基础，从而增进顾客和其他相关方满意并使组织成功。

（4）建立项目级激励制度。 基于项目绩效考核情况，把责任、绩效与奖励捆绑在一起，实施目标管理和挣值管理，采取必要的物质和精神激励措施将极大调动团队成员的积极性。

试题 3 写作要点

从上面的分析中，我们可以得知，关于"论项目的质量管理"论文的写作，要点大体上包括以下几个方面：

（1）简单介绍项目的背景、发起单位、目的、开始时间和结束时间、主要交付物、最终交付的产品。着重介绍在项目中遇到的质量管理问题，以及作者在其中担任的工作。

（2）根据上面的分析，谈谈作者对于质量、质量管理和质量成本的认识。在这里，最好能结合项目实际情况来讨论。

（3）结合项目实际，概要作者为了提升项目质量，做了哪些工作，使用了什么方法和工具等。

（4）简单说明和评价作者在项目中进行质量管理的实际效果如何。然后进行总结，指出其不足之处，并且说明这种不足是什么原因造成的，在今后如何避免或改进。

试题 4（2006 年下半年试题 1）

试题 论项目的人力资源管理

在信息系统项目中经常会遇到很多关于人力资源方面的问题，例如：招募到的项目成员不适合当前项目的需要；团队的组成人员尽管富有才干，但是却很少或者根本没有彼此合作的经验；团队的气氛不积极，造成项目团队成员的士气低落；项目团队的任务和职责分配不清等。这些问题导致了项目工作效率的降低，甚至项目失败。

请围绕"项目的人力资源管理"论题，分别从以下三个方面进行论述：

1. 简要叙述你参与管理过的信息系统项目（项目的背景、发起单位、目的、项目周期、交付的产品等），以及该项目在人力资源方面的情况。

2. 概要叙述你对于项目人力资源管理的认识以及项目人力资源管理的基本过程。

3. 结合你的项目经历，论述在信息系统项目中人力资源管理方面经常会遇到的问题及其产生原因，针对这些问题给出你在管理项目时所采取的解决措施。

试题 4 分析

项目人力资源管理就是有效地发挥每一个参与项目人员作用的过程。人力资源管理包括组织和管理项目团队所需的所有过程。项目团队由为完成项目而承担了相应的角色和责任的人员组成，团队成员应该参与大多数项目的计划和决策工作。项目团队成员的早期参与能在项目计划过程中增加专家意见和加强项目的沟通。项目团队成员是项目的人力资源。项目管理团队是项目团队的一个子集，负责项目的管理活动，如计划编制、控制和收尾。项目发起人与项目管理团队一起工作，通常会协助处理项目资金问题、澄清项目范围问题和影响其他人使其有利于项目。

第三部分是题目的考查重点，考生应根据自身的实践积累，对信息系统项目中常见的人力资源问题进行总结、分析，并给出解决措施。在论述时应注意问题归纳、原因分析和对应措施之间的逻辑结构以及理论体系与自身实践经验的相互结合。

（1）常见问题
- ✓ 招募不到合适的项目成员。
- ✓ 团队的组成人员尽管富有才干，但是却很难合作。
- ✓ 团队的气氛不积极，造成项目团队成员的士气低落。
- ✓ 项目团队的任务和职责分配不清楚。
- ✓ 人员流动过于频繁。

（2）产生原因
- ✓ 没有能够建立人力资源获取和培养的稳定体制。
- ✓ 没有能够完整地识别项目所需要的人力资源的种类、数量和相关任职条件。
- ✓ 没有建立一个能充分、有效地发挥能力的项目团队。
- ✓ 没有清楚的分配工作职责到个人或人力单元。

（3）对应措施
- ✓ 建立稳定的人力资源获取和培养机制。
- ✓ 在项目早期，进行项目的整体人力资源规划，明确岗位设置、工作职责和协作关系。
- ✓ 进行项目团队建设，加强团队沟通，建立合作氛围。
- ✓ 根据项目团队成员的工作职责和目标，跟踪工作绩效，及时予以调整和改进，提升项目整体绩效。

试题 4 写作要点

从上面的分析中，我们可以得知，关于"论项目的人力资源管理"论文的写作，要点大体上包括以下几个方面：

（1）简要叙述项目的背景、发起单位、目的、项目周期、交付的产品等，简要叙述项目的人力资源管理体制，介绍自己在项目中所担任的角色及在项目人力资源管理方面承担的职责。

（2）结合自身实践，谈谈对项目人力资源管理的认识（概念和作用），然后具体叙述项目人力资源管理的主要过程及过程之间的相互联系。要求对每个过程进行解释和说明，将主要的工具和方法列举出来。

（3）结合项目经历，论述在信息系统项目中人力资源管理方面经常会遇到的问题及其产生原因，针对这些问题给出你在管理项目时所采取的解决措施。

试题5（2006年下半年试题2）

试题 论项目的整体管理

项目的整体管理是项目管理中一项综合性和全局性的管理工作。项目整体管理的任务之一就是要决定在什么时间做哪些工作，并协调各项工作以达到项目的目标。

项目经理或其所在的组织通常会将项目分成几个阶段，以增强对项目的管理控制并建立起项目与组织的持续运营工作之间的联系。

请围绕"项目的整体管理"论题，分别从以下三个方面进行论述：

1．简要叙述你参与管理过的大型信息系统项目（项目的背景、发起单位、目的、项目周期、交付的产品等）。

2．针对下列主题，请结合项目管理实际情况论述你是如何进行项目整体管理的。

（1）信息系统项目的阶段如何划分？

（2）每个阶段应完成哪些工作？

（3）每个阶段应提交哪些交付物？

（4）每个阶段都有哪些种类的人员参与？

（5）该项目实施阶段有哪些过程？

3．结合大型项目管理的特点简要叙述你管理大型项目的经验体会。

试题5分析

本题的主体在第两个部分，而这一部分又是按照 5 个问题进行提问，因此，需要考生详细解答这5个问题。

1．典型信息系统项目阶段

把项目全生命周期划分成一个个阶段，明确每个阶段要完成的各个过程。

信息系统项目一般有可行性分析与立项、业务流程优化、计划、实施（包括系统需求分析、系统设计、系统实现、系统测试、验收、系统试运行）、运营与维护等几个阶段。根据行业特点、企事业单位的规模、项目特点等对这些阶段可以有不同程度的裁剪或迭代。

2．典型信息系统项目每个阶段应完成的工作

（1）可行性分析阶段主要从技术可行性、经济可行性和操作可行性等几方面对项目的可行性做出判断，并提出可行性方案。信息系统项目是一项耗资多、耗时长、风险性大的工程项目，因此，在进行大规模系统开发之前，要从有益性、可能性和必要性三个方面对未来系统的经济效益和社会效益进行初步分析，以避免盲目投资，减少不必要的损失。

（2）业务流程优化阶段主要对企事业单位的业务流程、组织机构进行改良或改造，重新组织，以适应企事业单位信息化的要求，并对业务流程进行规范化、优化，使信息系统能够促进企业业务的发展。

（3）计划阶段的任务是要站在全局的角度，对所开发的系统进行统一的总体考虑，从总体的角度来规划系统应该由哪些部分组成、它们之间的关系如何，并根据系统需求提出解决方案。在系统开发之前要确定开发顺序，合理安排人力、物力和财力，制定项目计划。

（4）系统需求分析阶段是分析获取信息化建设的需求，包含软件系统的需求分析和硬件网络系统的需求分析，其任务是按照整体计划的要求，逐一对系统计划中所确定的各组成部分进行详细的分析。

（5）系统设计阶段包括软件系统的设计、硬件网络系统的设计、软件基础平台与软硬件集成设计。进行系统设计前，应进行系统分析。

（6）系统实现阶段主要指软件系统的编码与实现，另一方面是系统硬件设备的购置与安装。

（7）系统测试阶段在软件系统的测试和硬件系统的测试等的基础上进行，其中软件系统测试指单元测试、集成测试和确认测试。系统测试是从总体出发，测试系统应用软件的整体表现及系统各个组成部分的功能完成情况，测试系统的运行效率和可靠性等。

（8）验收阶段指软件系统的安装、调试和验收，数据准备及加工，系统试运行与工程收尾。

（9）运营与维护阶段指信息系统投入运营后的日常维护工作及系统的备份、数据库的恢复、运行日志的建立、系统功能的修改与增加等。运营与维护阶段是信息系统最重要的一个阶段，一般不包含在信息系统项目的生命周期中。

3．每个阶段应提交的交付物

（1）可行性分析阶段：可行性报告、立项报告。

（2）业务流程优化阶段：业务流程优化建议书。

（3）计划阶段：项目整体管理计划。

（4）系统需求分析阶段：需求分析报告。

（5）系统设计阶段：系统总体设计报告，包含软件系统和网络系统设计方案、软件系统的测试计划、系统测试计划。

（6）系统实现阶段：软件模块代码、系统硬件设备的购置清单与安装图。

（7）系统测试阶段：软件系统的测试报告、系统测试报告。

（8）验收和试运行阶段：验收报告、综合布线竣工图、用户手册、用户培训计划。

（9）运营与维护阶段：运行日志等。

4．每个阶段参与的人员

（1）管理类：项目经理及助理（每个阶段都需要）。

（2）技术类：架构师（系统分析和设计阶段）、系统分析员（系统分析和设计阶段）、软件工程师（系统分析和设计阶段）、测试工程师（设计阶段）、网络工程师（系统分析、设计阶段与实现阶段）、数据库工程师（系统分析、设计阶段与实现阶段）、综合布线工程师（系统设计阶段/布线）。

（3）实施和技术类：实施/现场工程师（系统实施阶段）、配置管理人员（全过程）。

5．项目实施阶段的过程

系统需求分析、系统设计、系统实现、系统测试、软件系统的安装调试、数据准备及加载、系统试运行、项目验收、收尾。

6．大型项目管理的特点

（1）项目周期较长。这类项目往往从所交付产品的早期就开始了，如何在一个相对较长的周期内，保持项目运作的完整性和一致性就成了关键性的问题。

（2）项目规模较大，目标构成较复杂。在这种情况下，都会把项目分解成一个个目标相互关联的小项目，形成项目群进行管理。这种意义上的项目经理往往成为项目群经理或是大项目经理。

（3）项目团队构成复杂。不仅包括 项目内部所形成的项目管理体系，也包括合作方，有时甚至有多个单位参与。这种复杂的团队构成会导致团队之间的协作、沟通和冲突解决所需要的成本大幅度上升，所以如何降低协作成本就成了提高整个项目效率的关键。

（4）大型项目经理的日常职责将更集中于管理职责。在大型及复杂项目的状况下，将需要更明确而专一的分工机制，管理所体现的效率因素将更直接的影响项目的目标实现。而同时，由于大型项目大多数是以项目群的方式进行，而大型项目经理将面临更多的是间接管理的挑战。

7. 大型项目过程管理的特点

（1）计划过程。建立项目组织所需要的各个过程文件，支撑过程实施的操作指南、文档模板和检查表。

（2）执行过程。按照预定义的过程实施项目。

（3）监督过程。由独立的组织检查项目组织实施预定义过程的符合度。

试题 5 写作要点

从上面的分析中，我们可以得知，关于"论项目的整体管理"论文的写作，要点大体上包括以下几个方面：

（1）介绍项目的背景、发起单位、目的、项目周期、交付的产品等，着重介绍项目整体管理情况。

（2）结合项目管理实际情况，论述如何进行项目整体管理，包括信息系统项目的阶段如何划分、每个阶段应完成哪些工作、每个阶段应提交哪些交付物、每个阶段都有哪些种类的人员参与、该项目实施阶段有哪些过程等问题。

（3）结合自己管理大型项目的实际经验，指出下面各方面（但不局限于这些方面）的经验体会：计划、组织、资源冲突、沟通协调以及控制。在这些方面，遇到了哪些问题？难点在哪里？自己是如何解决的？最终效果如何？有什么经验教训？

试题 6（2007 年下半年试题 1）

试题　论大型项目的计划与监控

一般把具有周期长，或者规模大，或具有战略意义，或者涉及面广等特征的项目称为大型项目。管理时往往会把大型项目分解成一个个目标相互关联的中、小项目来统一管理。

请围绕"大型项目的计划与监控"论题，分别从以下三个方面进行论述：

1. 简要叙述你参与管理过的大型信息系统项目（项目的背景、发起单位、目的、项目周期、交付的产品等）。

2. 针对下列主题结合项目管理实际情况论述你是如何进行大型信息系统项目管理的。

（1）大型信息系统项目的组织。

（2）制定大型信息系统项目进度计划的方法。

（3）同时管理多个同类项目。

（4）大型信息系统项目的风险管理。

（5）大型信息系统项目的监控。

3．简要介绍你管理大型项目时遇到的最棘手问题及其解决办法。

试题 6 分析

本题考查大型项目的计划与监控，在第 2 个问题中，要求考生按照规定的条目进行回答，这就变成了一个问答题，只是需要把理论实例化。

（1）大型信息系统项目的组织。 大型项目通常有自己的 PMO。大型项目有管理团队、实施团队，这些人员可以从单位各有关部门抽调。大型项目通常采用项目群的方式进行实施，高级项目经理对项目的管理通常采用的是间接管理的方式。

（2）制定大型信息系统项目进度计划的方法。 一般项目的计划主要关注的是项目活动的计划，但是对大型、复杂项目来说，制定活动计划之前，必须先考虑项目的过程计划，也就是必须先确定用什么方法和过程来完成项目。大型项目一般均可分解为若干个子项目，在制定大型项目的项目计划时，不仅应制定整个项目的范围、质量、进度和成本计划，还应确定每一个子项目的范围、质量、进度和成本要求，以及各个子项目之间的相互依赖、相互配合和相互约束关系，为每一个子项目的绩效测量和控制提供一个明确的基准线，使整个项目的实施和控制更易操作，责任分工更加明确。因此，在这一部分需要介绍单位高层用的里程碑计划、大型项目管理层用的阶段计划、各子系统项目团队使用的详细进度计划。

（3）同时管理多个同类项目。 同类多项目的管理也有自己的 PMO。同类多项目管理时有统一的管理团队、设计团队，每个项目有自己的实施团队。同类多项目对单位的资源有冲突性的要求，所以，这里需要讨论对资源冲突的处理。

（4）大型信息系统项目的风险管理。 与中、小型项目相比，大型项目的投资大、复杂性高、建设周期长，因此各类风险也高，这里需要讨论技术风险、资源冲突、进度冲突和延误等情况。

（5）大型信息系统项目的监控。 大型项目规模庞大，团队构成复杂，项目实施过程中的监督和控制尤为重要。控制过程的主要任务和目标是获取项目的实施绩效，将项目实施的状态和结果与项目的基准计划进行比较，如果出现偏差及时进行纠正和变更。由于项目目标是范围、质量、进度和成本（资源）等几方面的集合，无论是基准计划还是实施绩效，都要从这几个方面来反映项目的特征。另外，由于对于大型项目，协作的作用特别突出，所以在控制过程中特别增加了协作管理的内容。首先，把大型项目分解为多个子项目，分别监控子项目的状况，尤其是关键子项目进展状况，把握大型项目的整体进展，解决子项目之间的资源等冲突，利用运筹学原理解决子项目之间的进度冲突。

试题 6 写作要点

从上面的分析中，我们可以得知，关于"论大型项目的计划与监控"论文的写作，要点大体上包括以下几个方面：

（1）简要叙述子自己参与管理过的大型信息系统项目，包括项目的背景、发起单位、目的、项目周期、交付的产品等。要注意的是，这里需要突出"大型"，也就是项目周期长、投资大、复杂性高的项目。

（2）结合项目管理实际情况，按照下列顺序介绍你是如何进行大型信息系统项目管理的：大型信息系统项目的组织、制定大型信息系统项目进度计划的方法、同时管理多个同类项目、大型信息系统项目的风险管理、大型信息系统项目的监控。

（3）简要介绍自己管理大型项目时遇到的最棘手问题，以及是如何解决这些问题的，或者如果再有一次机会，我们将如何解决这些问题。要注意的是，根据这个部分的回答，可以确定我们有无大型项目管理的经验。因此，陈述问题要得当，要符合实际情况，解决问题的方法要可行。

试题7（2007年下半年试题2）

试题　论组织级项目管理的绩效考核

目前，虽然项目管理的理念已经深入人心，但是项目管理在每个单位的实施程度却是参差不齐。有的单位已全面引入了项目管理制度，已经在按项目进行考核，项目经理的地位也得到了加强，单位也尝到了实施项目管理的好处。但是，很多单位对项目的组织形式还是弱矩阵，即项目经理责任很大，权限很小，这不利于项目的实施。

请围绕"组织级项目管理的绩效考核"论题，分别从以下三个方面进行论述：

1. 介绍你所在单位信息系统项目管理的现状（项目管理制度和流程、项目的组织形式）。
2. 阐述项目考核的优点是什么？在项目考核过程中会遇到哪些问题？
3. 论述你单位项目的人力资源绩效考核的目的、流程和效果。

试题7分析

项目考核是项目的事后评价，它是在项目结束后的一段时间内，对项目的立项、运作过程、效益、作用和影响进行的客观分析和总结，以确定项目预期的目标是否达到，项目或规划是否合理有效，项目的主要效益指标是否能够实现。通过分析、评价找出成败的原因，总结经验教训，并通过及时有效的信息反馈，对项目实施运营中出现的问题提出改进建议，从而达到提高投资效益的目的。同时，也可为以后相类似项目的可行性分析和决策提供参考。

项目考核的优点主要有提高项目利润率，提高客户满意度，降低应收款，节约成本。对于项目组人员的考核，有利于调动人员积极性，奖勤罚懒，充分发挥资源的利用率。实行项目考核后，技术好、人品好的员工大受项目经理的欢迎，这样就敦促员工提高技术水平，增强团队意识，单位也不用养太多的闲人。

但是，项目考核也有其不利的一面，例如，由于是对单个项目的考核，可能出现赶工而降低质量的现象，只追求目前的项目能按时交付，而不管其他项目或后期项目的承建问题，甚至不管软件后期的维护问题。

项目的人力资源绩效考核的流程如下：

（1）项目经理根据人力资源部提供的数据、行情、历史经验、专家评定，确定人员按天计算基准工资、公司管理系数（目前的行业管理系数为2.8），物资基准价格、服务的基准价格、劳动生产率基准，以组织制定项目的预算。

（2）人力资源部门制定各岗位考评标准。员工的绩效评价参考人一般为员工所在项目组的项目经理。

（3）根据各项目经理送报的项目出工表确定员工的工作量。一般来说，项目的人力资源绩效考核工作由项目经理组织，评价环节分三个步骤进行：

第一步，绩效评价参考人对照考评标准、预期计划、目标或岗位职责要求，对任务完成的进度、质量、成本及季度工作中的优点和改进点进行评价。

第二步，参考人评价完毕，员工工作量自动汇总到资源部门主管那里。资源部门主管对员工业绩、改进点进行最后的评价，对与项目经理不一致的意见进行协调沟通，并按照比例控制原则对项目经理给出的考核等级进行调整。

第三步，各大部门的人力资源管理委员会审计各部门考评结果及比例。

接下来，进行分层沟通、反馈和辅导，制定下阶段/季度目标，对需改进的员工签订绩效限期改进计划表。

（4）结果应用。绩效考核结果与员工在公司的利益相挂钩，包括与年度绩效考核挂钩、与年终奖金和内部股票的发放挂钩、与技术任职资格和管理任职资格挂钩、为晋升、加薪、辞退等人力资源职能提供有力的证据。

试题 7 写作要点

从上面的分析中，我们可以得知，关于"论组织级项目管理的绩效考核"论文的写作，要点大体上包括以下几个方面：

（1）介绍自己所在单位信息系统项目管理的现状，包括项目管理制度和流程、项目的组织形式，以及是如何对项目考核机制。

（2）阐述项目考核的优点，以及在项目考核过程中通常会遇到的问题。也就是说，在这里需要结合自己单位的实际情况，讨论项目考核的优点和缺点。

（3）介绍自己单位项目人力资源绩效考核的情况。这里要分 3 个部分进行介绍，分别是目的、流程和效果。

试题 8（2007 年下半年试题 3）

试题　论评审在项目质量管理过程中的重要作用

评审工作贯穿信息系统项目始终。评审是确保项目质量的重要手段之一，在项目管理过程中，系统地运用评审方法可以起到事半功倍的效果。

请围绕"评审在项目质量管理过程中的重要作用"论题，分别从以下三个方面进行论述：

1．什么是技术评审？什么是阶段管理评审？简要论述技术评审和阶段管理评审对保证项目质量的重要作用。

2．质量保证人员（QA）的角色和职责有哪些？

3．结合你的项目管理经验，系统地论述你是如何运用评审方法来确保项目质量的，着重介绍评审活动的组织、人员构成和评审过程。

试题 8 分析

与其他试题相比，本题看起来更想是一道问答题，只要按照题目的要求回答好各个问题，然后组合起来就成了一篇文章。

1. 技术评审

在软件开发中，技术评审是很重要的一项工作，同时，也是目前国内开发最不重视的工作。

技术评审并不是在技术开发工作完毕后进行评审，而是在技术开发工作的各个阶段都要进行评审。因为在技术开发工作的各个阶段都可能产生错误，如果这些错误不及时发现并纠正，会不断地扩大，最后可能导致开发工作的失败。

技术评审的主要目标是发现任何形式表现的技术功能、逻辑或实现方面的错误；通过评审验证系统的需求；保证系统按预先定义的标准表示；已获得的系统是以统一的方式开发的；使项目更容易管理。

技术评审可以有正式的会议评审和非正式的抽查。如果召开评审会议，则一般应有 3 至 5 人参加，会前每个参加者做好准备，评审会每次一般不超过 2 小时。所提出的问题都要进行记录，在评审会结束前产生一个评审问题表，另外必须完成评审简要报告。会议结束时必须做出以下决策之一：接受该产品，不需做修改；由于错误严重，拒绝接受；暂时接受该产品。

在技术评审的过程中，需要遵循一些基本的准则，列举如下：

（1）评审产品，而不是评审设计者（不能使设计者有任何压力）。

（2）会场要有良好的气氛。

（3）建立议事日程并维持它（会议不能脱离主题）。

（4）限制争论与反驳（评审会不是为了解决问题，而是为了发现问题）。

（5）指明问题范围，而不是解决提到的问题。

（6）展示记录（最好有黑板，将问题随时写在黑板上）。

（7）限制会议人数和坚持会前准备工作。

（8）对每个被评审的产品要尽力评审清单（帮助评审人员思考）。

（9）对每个正式技术评审分配资源和时间进度表。

（10）对全部评审人员进行必要的培训。

（11）及早地对自己的评审做评审（对评审准则的评审）。

2. 阶段管理评审

阶段管理评审依据定义好的每个开发阶段的开始和结束边界，检查该阶段的过程与工作成果是否符合质量标准。例如：

（1）范围、进度、成本是否按计划进行？

（2）目前阶段存在哪些问题？

（3）目前阶段的工作是否符合质量要求且全部完成？

（4）是否可以进入下一阶段？

同行评审的目的是由一组对等的评审人员通过一个正式的且结构化的评审过程，识别出一个工作产品中存在的故障和问题。评审是有成本效益的，甚至可以用于不能执行的工作产品。评审是改进质量和提高生产率以及监督项目状态的重要技能。

3. QA 的角色和职责

一个合格的 QA 在项目中会充当三种角色：

（1）老师，具备学习和培训的能力。

（2）医生，通过度量数据对项目过程进行诊断，帮助分析原因，找出解决问题的方法。

（3）警察，以企业流程为依据，但要告诉大家流程背后的原因；如果和项目组针对某些问题意见相左，可以直接汇报高层经理。

典型的 QA 的职责包括过程指导、过程评审、产品审计、过程改进、过程度量，具体来说，可以按照其三种角色来分配职责。

（1）老师。在项目前期，QA 辅助项目经理制定项目计划，包括根据质量体系中的标准过程裁剪得到项目定义的过程，帮助项目进行估算，设定质量目标等；对项目成员进行过程和规范的培训以及在过程中进行指导等。

（2）警察。在项目过程中，QA 有选择性地参加项目的技术评审，定期对项目的工作产品和过程进行审计和评审。

（3）医生。在项目过程中，QA 也可以承担收集、统计、分析度量数据的工作，用于支持管理决策。

4．运用评审方法确保项目质量

（1）人员构成。参加评审的人员可以有同行专家、上下阶段的人员、主管领导等，必要时，也可以请客户参加。

（2）评审组织。评审的组织形式可以有正式评审（会议形式）、随机检查、邮件评审等。

（3）评审过程。评审的主要过程有以下几个阶段：制定评审计划；会议准备；缺陷纪录；编辑、返工与跟踪；缺陷分类、原因分析；过程改进、更新评审数据库；评审结束。

试题 8 写作要点

从上面的分析中，我们可以得知，关于"论评审在项目质量管理过程中的重要作用"论文的写作，要点大体上包括以下几个方面：

（1）分别回答什么是技术评审，什么是阶段管理评审，并简要论述技术评审和阶段管理评审对保证项目质量的重要作用。

（2）回答质量保证人员的角色和职责有哪些。这一步和第（1）步都不需要结合实际的项目，只是纯理论上的介绍。

（3）首先，介绍自己参与管理过的项目的实际情况，包括名称、背景、客户、质量计划与执行情况等基本信息。然后，结合自己的项目管理经验，系统地论述是如何运用评审方法来确保项目质量的，着重介绍评审方法的人员构成、组织和评审过程。

试题 9（2008 年上半年试题 1）

试题　论企业级信息系统项目管理体系的建立

对于一个信息系统集成企业来说，仅停留在单个项目进行管理的水平上是不够的，因为一个项目管得好不等于全部项目都管得好。企业级的项目管理体系能够极大的提升企业的核心竞争力，对于企业的不断成熟发展极为重要。

请围绕"企业级信息系统项目管理体系的建立"论题，分别从以下几个方面进行论述：

1．简要叙述你单位信息系统项目管理的现状（包括企业级项目管理的组织、项目管理流程和项目管理的工具）。

2．就你单位在建立企业级项目管理体系方面的实际情况，分析在这方面还存在的问题，并给出你的解决和改进方案。

试题9分析

本题与其他的试题有点不一样，主要区别体现在两个方面。一是本题只有两个问题，而其他试题都有3个问题；二是本题不需要介绍某个项目的情况，而是要介绍考生所在单位的项目管理现状。

本题考查的重点是项目管理体系的建立。根据考生所在单位的实际情况不一样，可以建立不同的项目管理体系。例如：

（1）可以根据需要设立企业级、部门级、项目级的PMO等。

（2）作为一个完整的项目管理体系，要有项目立项流程、招投标流程、项目管理流程、技术研发流程。

（3）项目管理的工具：包括文档模板、表格模板、项目管理软件等。

（4）设立案例库：把项目的过程资产转变为组织的过程资产。

（5）项目管理知识管理：周例会经验教训的交流、通报表扬与批评、奖励与惩罚、设立年度优秀项目经理奖、设立年度优秀工程奖、设立年度优秀解决方案奖、设立年度优秀客户关系奖。

（6）项目交付物的电子化，把项目全生命期的所有记录、成果的电子版放在企业的内部网站上，以利于项目管理的经验传播与传承。

试题9写作要点

从上面的分析中，我们可以得知，关于"论企业级信息系统项目管理体系的建立"论文的写作，要点大体上包括以下几个方面：

（1）简述自己所在单位信息系统项目管理的现状，包括企业级项目管理的组织、项目管理流程、项目管理的工具、项目管理知识管理等基本情况，以及现在项目管理方面存在的问题。

（2）结合自己所参与的项目管理实际，给出在建立企业级项目管理体系方面遇到的最棘手的问题（列举2~3个问题），并提出解决这些问题的方法。

试题10（2008年上半年试题2）

试题　论项目的质量管理

在系统集成行业内，有很多公司都建立并实施了质量管理制度。但我们仍然会听到在各个信息系统集成项目中或在项目交付后，出现了这样或那样的质量问题。这些质量问题为IT系统的使用者甚至社会经济造成了很大的损失。

请围绕"项目的质量管理"论题，分别从以下几个方面进行论述：

1．简要叙述你参与管理过的信息系统项目及项目管理过程中出现的质量问题（项目的背景、发起单位、目的、项目特点等）。

2．请简要论述在项目的早期阶段如何制定项目质量管理计划，以给客户质量信心？

3．请简要论述如何在项目的整个生命周期中确保项目质量管理计划能够顺利实施？

试题 10 分析

本题主要考查质量管理计划的制定方法、所包含的内容，以及如何执行质量管理计划。有关这方面的知识，在本书的第 12 章和第 22 章都有详细的介绍，在此不再重复。

对于在项目的整个生命周期中确保项目质量管理计划能够顺利实施，可以采取以下措施：

（1）建立企业级的质量管理体系。

（2）建立企业级的质量管理部门。

（3）基于企业的质量管理体系，建立项目的质量管理计划。

（4）为项目提供质量保证。

（5）对项目的过程及其阶段性成果实施及时的质量控制。

试题 10 写作要点

从上面的分析中，我们可以得知，关于"论项目的质量管理"论文的写作，要点大体上包括以下几个方面：

（1）简述自己参与管理过的信息系统项目基本情况，包括项目的背景、发起单位、目的、项目特点等，以及项目管理过程中出现的质量问题。

（2）通过制定切实可行的项目质量管理计划，给客户以质量信心，该计划至少要包括编制依据、质量责任与人员分工、工程的各个过程及其依据的标准、质量控制的方法与重点、验收标准。

（3）简要论述在项目的整个生命周期中，确保项目质量管理计划能够顺利实施的措施。

试题 11（2008 年上半年试题 3）

试题　论项目的团队建设与绩效考核

在现代企业管理中，非常重视对绩效的评估和管理，在项目管理中也越来越多的引入了绩效管理的概念和要求。这些绩效管理的要求会在项目团队建设中结合项目及其团队成员的实际情况予以实施。

请围绕"项目的团队建设与绩效考核"论题，分别从以下几个方面进行论述：

1. 简要叙述你参与管理过的信息系统项目（项目的背景、发起单位、目的、项目特点、项目团队成员的角色、能力和经验等）。

2. 你为了建设一个高绩效的项目团队，采用过哪些工具与方法？

3. 请具体论述项目绩效考核方案的主要内容及考核方法。

试题 11 分析

本题与试题 7 有些类似，主要考查项目的团队建设与绩效考核。有关建设项目团队的工具与方法，在本书第 13 章和第 22 章有详细的介绍，在此不再重复。下面，简单介绍项目绩效考核方案的主要内容及考核方法。

在信息系统项目中，或者在一个单位中，要形成一个成熟的绩效考核方法，需要一个过程：

（1）依据单位的项目管理制度。

（2）项目经理提出建议稿。

（3）征求主管领导和组员的意见。

（4）讨论。

（5）正式发布。

（6）动态收集每一个团队成员的绩效，论功行赏，奖惩分明。

绩效考核方法的内容如下：

（1）目的。

（2）适用人员。

（3）考核方法：包括考核周期、奖项的设置（如技术，团队合作，客户满意，进度，成本，质量等奖项，也可设总的奖项）、每个奖项的设置级别（如技术一等奖，团队合作二等奖等），具体的奖惩措施）。

（4）评分标准（考核项包括任务完成情况、进度绩效、成本绩效、质量绩效、过程记录与归档、出勤记录、团队合作、总分，每个考核项量化为 10 个级别）。

试题 11 写作要点

从上面的分析中，我们可以得知，关于"论项目的团队建设与绩效考核"论文的写作，要点大体上包括以下几个方面：

（1）简述自己参与管理过的信息系统项目的基本情况，包括项目的背景、发起单位、目的、项目特点、项目团队成员的学历与经验等。

（2）介绍自己为了建设一个高绩效的项目团队，采用过工具与方法，包括团队建设活动、集中办公、激励与约束、培训等。

（3）具体论述项目绩效考核方案的主要内容及考核方法，包括绩效考核方法的形成过程。

试题 12（2008 年下半年试题 1）

试题 论项目的采购管理

项目采购管理是为完成项目工作从承担该项目的组织外部购买或获取项目所需的产品、服务或成果的过程。随着 IT 行业的快速发展和技术不断进步行业的分工更细，更加强调分工与合作。对本企业不能提供，或虽然能提供但不具备竞争力，同时市场已存在的高性价比的产品、服务和成果，可以以采购的方式获得。

项目采购管理对项目的成功至关重要，规范的项目采购管理要符合项目需要，兼顾经济性、合理性和有效性。规范的采购管理不仅能降低成本、增强市场竞争力，还可以促进项目成功地完成。

请围绕"项目的采购管理" 论题，分别从以下几个方面进行论述：

1．简述你参与的信息系统项目情况（项目的概况如名称、客户、项目目标、系统构成、采购特点以及你的角色）。

2．请结合你的项目采购管理经历，论述你是如何灵活运用采购管理理论来管理项目采购的。

3．简要叙述在实际管理项目时，遇到的典型采购问题及其解决方法。

试题 12 分析

本题的实质是考查项目采购管理的过程，以及每个过程需要做的事情；在采购管理过程中，经常会遇到的问题，以及如何解决这些问题。因此，要解答好本题，我们必须要对项目采购管理的过程有清晰的理解。

项目采购管理的过程如下：

（1）规划采购。 规划采购是记录项目采购决策、明确采购方法、识别潜在卖方的过程，它识别哪些项目需求最好或必须通过从项目组织外部采购产品、服务或成果来实现，而哪些项目需求可由项目团队自行完成。

（2）实施采购。 实施采购是获取承建单位应答、选择承建单位并授予合同的过程。在本过程中，项目团队收到投标书或建议书，并按事先确定的选择标准选出一家或多家有资格履行工作且可接受的承建单位。

（3）管理采购。 管理采购是管理采购关系、监督合同绩效以及采取必要的变更和纠正措施的过程。建设单位和承建单位都出于相似的目的而管理采购合同。任何一方都必须确保双方履行合同义务，确保各自的合法权利得到保护。管理采购过程旨在确保承建单位的绩效达到采购要求，并且建设单位也按合同条款履约。

（4）结束采购。 结束采购是完成单次项目采购的过程。要结束采购，就需要确认全部工作和可交付成果均可验收；因此，结束采购过程可以支持结束项目或阶段过程。结束采购过程还包括一些行政工作，例如，处理未解决的索赔、更新记录以反映最后的结果，以及将信息存档供未来使用等。需要针对项目或项目阶段中的每个合同，开展结束采购过程。

试题 12 写作要点

从上面的分析中，我们可以得知，关于"论项目的采购管理"论文的写作，要点大体上包括以下几个方面：

（1）介绍自己参与管理过的信息系统项目的概况，包括名称、客户、项目目标、系统构成、采购特点等，介绍自己所担任的具体工作。

（2）结合项目采购管理过程的实例说明，自己是如何运用采购管理理论进行项目的实际采购管理的。这里至少需要包含编制采购计划、供方选择、合同管理（或合同收尾、或采购总结）等 3 个过程。

（3）结合自己的实际项目，阐述采购管理中遇到的典型采购问题，以及是如何解决这些问题的。要注意的是，这里的问题要符合自己项目的实际情况，解决问题的方法要切合实际、可行。

试题 13（2008 年下半年试题 2）

试题　论项目的沟通管理

沟通管理是项目管理的重要方面，统计表明沟通管理的成败直接关系到 IT 项目的成败。项目的沟通管理，应该包括项目实施组织内部的沟通以及与组织外部的沟通。

项目的推动需要内部和外部项目干系人协同工作。项目经理应以积极的心态、热情的态度与内部和外部项目干系人沟通，甚至应主动影响这些项目干系人的理念与行为。当项目中存在多种干系人、多个协作单位时，项目的沟通管理尤为关键。

请围绕"项目的沟通管理"为论题，分别从以下几个方面进行论述：

1．简要叙述你参与的信息系统项目情况（项目的背景、客户、项目目标、项目特点以及你的角色等）。

2．请结合具体实例论述你是如何灵活运用沟通管理的理论来管理项目沟通的。

3．简要叙述你在沟通管理中遇到的典型内部沟通问题以及典型外部沟通问题，对这些问题你是如何解决的。

试题 13 分析

本题的实质是考查沟通管理的基本过程，沟通管理的技术与方法；在沟通管理中会遇到的一些问题，以及如何解决这些问题。有关这些知识，在本书第 14 章和第 22 章都有详细的分析，在此不再重复。

试题 13 写作要点

关于"论项目的沟通管理"论文的写作，要点大体上包括以下几个方面：

（1）介绍自己参与管理过的信息系统项目情况，包括项目的背景、客户、项目目标、项目特点等，并介绍自己所担任的主要工作。

（2）结合自己的实际项目，给出沟通管理的实际方法。这里只要要包括制定沟通管理计划、发布项目信息、报告绩效、协调项目干系人等内容。

（3）结合自己的实际项目，论述沟通管理中遇到的典型内部沟通问题（如项目团队内部沟通、项目团队和领导层之间的沟通、项目团队和各职能部门之间的沟通）以及典型的外部沟通（如项目团队与用户客户之间的沟通、项目团队与供货商之间的沟通、项目团队与分包商之间的沟通、项目团队与监理等干系人之间的沟通）问题，以及对这些问题的解决方法。

试题 14（2009 年上半年试题 1）

试题　论软件项目质量管理及其应用

软件工程的目标是生产出高质量的软件。ANSI/IEEE Std 729—1983 对软件质量的定义是"与软件产品满足规定的和隐含的需求能力有关的特征或特性的全体"，实际上反映了三方面的问题：

（1）软件需求是度量软件质量的基础。

（2）只满足明确定义的需求，而没有满足应有的隐含需求，软件质量也无法保证。

（3）不遵循各种标准定义的开发规则，软件质量就得不到保证。

软件质量管理贯穿于软件生命周期，极为重要。软件质量管理过程包括软件项目质量计划、软件质量保证和软件质量控制。质量管理的关键是预防重于检查，应事前计划好质量，而不只是事后检查，这有助于降低软件质量管理成本。

请围绕"软件项目质量管理及其应用"论题，依次从以下三个方面进行论述。

1．概要叙述你参与管理和开发的软件项目以及你在其中担任的主要工作。

2．详细论述在该项目中进行质量保证和质量控制时所实施的活动，并论述二者之间的关系。

3．分析并讨论你所参与的项目中的质量管理成本，并给出评价。

试题 14 分析

质量保证是为了使项目将会达到有关质量标准而开展的有计划、有组织的工作活动。软件质量保证的目的是验证在软件开发过程中是否遵循了合适的过程和标准。质量保证的主要活动是项目产品审计和项目执行过程审计。

质量控制可以确定项目结果是否与质量标准相符，同时确定消除不符的原因和方法，控制产品的质量，及时纠正缺陷。质量控制的主要活动是技术评审（包括同行技术评审）、代码走查、代码评审、单元测试、集成测试、压力测试、系统测试、验收测试和缺陷追踪等。

质量保证与质量控制的关系如下：

（1）质量保证的焦点在于过程，而质量控制的焦点在于交付产品（包括阶段性产品）前的质量把关。

（2）质量保证是一种通过采取组织、程序、方法和资源等各种手段的保证来得到高质量软件的过程，属于管理职能；质量控制是直接对项目工作结果的质量进行把关的过程，属于检查职能。

（3）质量保证的关键点是确保正确地做；质量控制的关键点是检查做得是否正确。

（4）质量保证和质量控制有共同的目标，有一组既可用于质量保证，也可用于质量控制的方法、技术和工具。

有关质量成本的概念，请参考试题 3 的分析。

试题 14 写作要点

从上面的分析中，我们可以得知，关于"论软件项目质量管理及其应用"论文的写作，要点大体上包括以下几个方面：

（1）简单介绍软件项目的概况，包括名称、客户、项目交付的系统构成、项目的质量管理特点等，介绍自己担任的工作。

（2）结合软件项目的质量管理过程的实例来说明，重点讲述如何对该软件项目进行质量保证和质量控制的，进行了哪些质量保证和质量控制活动，并论述二者之间的关系。应该结合自己的实际经验进行论述，并对取得的效果进行说明，同时论述质量保证和质量控制的关系。

（3）分析并讨论在该项目中的质量管理成本，并给出评价。应清晰地论述项目质量活动中的成本，对成本组成予以中肯的评价。

试题 15（2009 年上半年试题 2）

试题　论大型信息系统项目的风险管理

项目风险管理应贯穿项目的整个过程，成功的风险管理会大大增加项目成功的概率。对信息系统项目进行有效的风险管理，使用合理的方法、工具，针对不同风险采取相应的防范、化解措施，及时有效地对风险进行跟踪与控制，是减少项目风险损失的重要手段。大型项目具有规模大、周期长、复杂度高等特点，一旦出现问题，造成的损失更是难以预料，所以针对大型项目进行有效的风险管理尤为重要。

请围绕"大型信息系统项目的风险管理"论题，分别从以下三个方面进行论述：

1．结合你参与管理过的大型信息系统项目，概要叙述项目的背景（发起单位、目的、项目周期、交付产品等）以及你在其中承担的工作。

2．简要描述你承担的大型信息系统项目中可能存在的风险因素以及采取的应对措施。

3．结合你所在组织的情况，论述组织应如何实施大型信息系统项目的风险管理。

试题 15 分析

请参考试题 2 的分析。

试题 15 写作要点

关于"论大型信息系统项目的风险管理"论文的写作，要点大体上包括以下几个方面：

（1）简单介绍大型项目的情况，包括项目的背景、发起单位、目的、项目周期、交付产品等、项目的风险管理特点，还要介绍自己担任的工作。

（2）结合实际项目，给出风险识别及应对方法。应在论述中反映自己的大型项目实施风险管理经验，例如，能提出分解大型项目风险（将大型项目分解成为若干个相对独立而项目目标又相互关联的子项目，然后"分而治之"），能清楚区分风险因素对项目风险的影响，陈述问题得当、符合常理等。

（3）结合自己单位的实际情况，分别介绍项目风险管理的主要内容，特别是风险管理计划的编制；对项目风险进行识别与分析；项目风险的应对计划、风险规避和转移的措施；项目风险的监控。在结合实际论述时，必须有实际的风险管理计划或类似的计划文件。

试题 16（2009 年下半年试题 1）

试题　论信息系统项目的成本管理

项目成本管理是项目管理的一个重要组成部分，它是指在项目的实施过程中，为了保证完成项目所花费的实际成本不超过其预算成本而展开的项目成本估算、项目预算编制和项目成本控制等方面的管理活动。

为保证项目能完成预定的目标，必须要加强对项目实际发生成本的控制，一旦项目成本失控，就难以在预算内完成项目，不良的成本控制会使项目处于超出预算的危险境地。在项目的实际实施过程中，项目超预算的现象还是屡见不鲜。实际上，只要在项目成本管理中树立正确思想，采用适当方法，遵循一定程序，严格做好估算、预算和成本控制工作，将项目的实际成本控制在预算成本以内是完全可能的。

请围绕"论信息系统项目的成本管理"论题，分别从以下三个方面进行论述：

1．概要叙述你参与管理和开发的信息系统项目以及你在其中担任的主要工作。

2．结合你所参与的项目，从成本估算、成本预算和成本控制三方面论述项目成本管理所应实施的活动。

3．叙述你所参与的项目的成本管理过程，并加以评价。

试题 16 分析

本题考查的重点是成本管理各过程所应实施的活动。

（1）成本估算。编制一个为完成项目活动所需要的资源成本的近似估算。成本估算的步骤是：识别并分析项目成本的构成科目；根据已识别的项目成本构成科目，估算每一个成本科目的成本大小；分析成本估算结果，找出各种可以相互替代的成本，协调各种成本之间的比例关系。成本估算的工具和技术包括专家判断、类比估算、参数估算、自下而上估算、三点估算、储备分析、质量成本、项目管理估算软件、卖方投标分析等。

（2）成本预算。 项目成本预算是进行项目成本控制的基础，是将项目的成本估算分配到项目的各项具体工作上，以确定项目各项工作和活动的成本定额，制定项目成本的控制标准，规定项目意外成本的划分与使用规则的一项项目管理工作。成本预算的步骤是：分摊项目总成本到项目工作分解的各个工作包中，为每一个工作包建立总预算成本，在将所有工作包的预算成本额加总时，结果不能超过项目的总预算成本；将每个工作包分配得到的成本再二次分配到工作包所包含的各项活动上；确定各项成本预算支出的时间计划以及每一时间点对应的累计预算成本，制定出项目成本预算计划。成本预算的工具和技术包括成本汇总、储备分析、专家判断、历史关系、资金限制平衡等。

（3）成本控制。 指项目组织为保证在变化的条件下实现其预算成本，按照事先拟订的计划和标准，采用各种方法对项目实施过程中能够发生的各种实际成本与计划成本进行对比、检查、监督、引导和纠正，尽量使项目的实际成本控制在计划和预算范围内的管理过程。成本控制的主要内容如下：

- ✓ 识别可能引起项目成本基准计划发生变动的因素，并对这些因素施加影响，以保证该变化朝着有利的方向发展。
- ✓ 以工作包为单位，监督成本的实施情况，发现实际成本与预算成本之间的偏差，查找出产生偏差的原因，做好实际成本的分析评估工作。
- ✓ 对发生成本偏差的工作包实施管理，有针对性地采取纠正措施，必要时可以根据实际情况对项目成本基准计划进行适当调整和修改，同时要确保所有相关变更都准确记录在成本基准计划中。
- ✓ 将核准的成本变更和调整后的成本基准计划通知项目的相关人员。
- ✓ 防止不正确、不合适的或未授权的项目变更所发生的费用被列入项目成本预算。
- ✓ 在进行成本控制的同时，应该与项目范围变更、进度计划变更和质量控制等紧密结合，防止因单纯控制成本引起项目范围、进度和质量方面的问题，甚至出现无法接受的风险。

有效控制成本的关键是经常及时地分析成本绩效，尽早发现成本差异和成本执行的无效率，以便在情况变坏之前能够及时采取纠正措施。成本控制的工具和技术包括挣值管理、预测、完工尚需绩效指数、绩效审查、偏差分析、项目管理软件等。

试题 16 写作要点

从上面的分析中，我们可以得知，关于"论信息系统项目的成本管理"论文的写作，要点大体上包括以下几个方面：

（1）概要叙述你参与管理和开发的信息系统项目，包括项目背景、名称、客户、项目周期、产品功能和成本方面的信息，以及你在其中担任的主要工作。

（2）结合你所参与的项目，从成本估算、成本预算和成本控制三方面论述项目成本管理所应实施的活动。要求对每个过程都要介绍其基本活动、所采用的主要工具/技术（结合项目介绍其中所使用的工具和技术即可，不用都介绍）。

（3）叙述你所参与的项目的成本管理过程，并加以评价。叙述所参与的项目在成本管理方面所做的工作有哪些，哪些工作没有做，造成了什么后果，哪些工作做得很成功，效果如何；最后总结此项目管理中的得失，写出自己关于信息系统项目的成本管理的体会。

试题 17（2009 年下半年试题 2）

试题　论信息系统项目的需求管理

项目需求管理的目的是确保各方对需求的一致理解，管理和控制需求的变更，从需求到最终产品的双向追踪。项目的需求管理可以在很大程度上影响项目的成败。项目的需求管理流程主要包括制定需求管理计划、求得对需求的理解、求得对需求的确认、管理需求变更、维护对需求的双向跟踪、识别项目工作与需求之间的不一致等。

请围绕"论信息系统项目的需求管理"论题，分别从以下三个方面进行论述：

1. 概要叙述项目的背景（发起单位、目的、项目周期、交付产品等）以及你在其中承担的工作。

2. 结合你承担的项目，从制定需求管理计划、需求变更管理和需求跟踪等三方面论述需求管理应实施的活动。

3. 叙述你所参与的项目的需求管理过程，并加以评价。

试题 17 分析

本题的考查重点在于制定需求管理计划、需求变更管理、需求跟踪三方面应实施的活动。

（1）制定需求管理计划的主要步骤：建立并维护需求管理的组织方针；确定需求管理所使用的资源；分配责任；培训计划；确定需求管理的项目相关人员，并确定其介入时机；制定判断项目工作与需求不一致的准则和纠正规程；制定需求跟踪性矩阵；制定需求变更审批规程；制定审批规程。

（2）需求变更管理。需求变更管理必须保证的事项：应仔细评估已建议的变更；挑选合适的人选对变更做出决定；变更应及时通知所涉及的人员；项目要按一定程序来采纳需求变更。需求变更管理的过程和程序应遵照项目整体变更控制的流程，有关这方面的知识，在本书第 8 章和第 9 章中已经有详细介绍，在此不再重复。

（3）需求跟踪。从需求跟踪的目的、需求跟踪能力矩阵、需求跟踪能力工具、需求跟踪能力过程和需求跟踪能力的可行性方面进行论述。有关这方面的知识，请参考本书第 9 章试题 8 的分析。

试题 17 写作要点

从上面的分析中，我们可以得知，关于"论信息系统项目的需求管理"论文的写作，要点大体上包括以下几个方面：

（1）概要叙述你参与管理和开发的信息系统项目，包括项目背景、名称、客户、项目周期、产品功能和需求管理方面的信息，以及你在其中担任的主要工作。

（2）从制定需求管理计划、需求变更管理、需求跟踪三方面论述需求管理应实施的活动，要求对每个过程都要介绍其基本活动、所采用的主要工具/技术（结合项目介绍其中所使用的工具和技术即可，不用都介绍）。

（3）叙述你所参与的项目的需求管理过程，并加以评价。叙述所参与的项目在需求管理方面所做的工作有哪些，哪些工作没有做，造成了什么后果，哪些工作做得很成功，效果如何；最后总结此项目管理中的得失，写出自己关于信息系统项目需求管理的体会。

试题 18（2010 年上半年试题 1）

试题　论信息系统工程项目的范围管理

项目范围管理对信息系统项目的成功具有至关重要的意义，在项目范围管理方面出现的问题，是导致项目失败的一个重要原因。要实现高水平的项目范围管理，就要做好与项目干系人的沟通，明确范围需求说明，管理好范围的变更。

请围绕"信息系统工程项目的范围管理"论题，分别从以下三个方面进行论述：

1．概要叙述你参与的信息系统项目的背景、目的、发起单位的性质、项目周期、交付的产品等相关信息，以及你在其中担任的主要工作。

2．请简要列出该信息系统项目范围说明书的主要内容，并简要论述如何依据项目范围说明书制定 WBS。

3．请结合你的项目经历，简要论述做好项目范围管理的经验。

试题 18 分析

本题的核心考查点是项目范围说明书的主要内容和如何制定 WBS。

作为定义范围过程的主要成果，项目范围说明书详细描述项目的可交付成果，以及为提交这些可交付成果而必须开展的工作。项目范围说明书也表明项目干系人之间就项目范围所达成的共识。为了便于管理干系人的期望，项目范围说明书可明确指出哪些工作不属于本项目范围。项目范围说明书使项目团队能开展更详细的规划，并可在执行过程中指导项目团队的工作；它还为评价变更请求或额外工作是否超出项目边界提供基准。

项目范围说明书描述要做和不要做的工作的详细程度，决定着项目管理团队控制整个项目范围的有效程度。详细的项目范围说明书包括如下具体内容：

（1）**产品范围描述**。逐步细化在项目章程和需求文件中所述的产品、服务或成果的特征。

（2）**产品验收标准**。定义已完成的产品、服务或成果的验收过程和标准。

（3）**项目可交付成果**。可交付成果既包括组成项目产品或服务的各种结果，也包括各种辅助成果，如项目管理报告和文件。对可交付成果的描述可详可简。

（4）**项目的除外责任**。通常需要识别出什么是被排除在项目之外的。明确说明哪些内容不属于项目范围，有助于达到管理干系人的期望。

（5）**项目制约因素**。列出并说明与项目范围有关、且限制项目团队选择的具体项目制约因素，例如，客户或执行组织事先确定的预算、强制性日期或强制性进度里程碑。如果项目是根据合同实施的，那么合同条款通常也是制约因素。有关制约因素的信息可以列入项目范围说明书，也可以独立成册。

（6）**项目假设条件**。列出并说明与项目范围有关的具体项目假设条件，以及万一不成立而可能造成的后果。在项目规划过程中，项目团队应该经常识别、记录并验证假设条件。有关假设条件的信息可以列入项目范围说明书，也可以独立成册。

关于制定 WBS 的基本原则、方法等知识，在本书第 9 章中已经有详细的介绍，此处不再重复。

试题 18 写作要点

从上面的分析中，我们可以得知，关于"论信息系统工程项目的范围管理"论文的写作，要点大体上包括以下几个方面：

（1）概要叙述你参与的信息系统项目的背景、目的、发起单位的性质、项目周期、交付的产品等相关信息，以及你在其中担任的主要工作，要有针对性地介绍项目情况和所承担的主要工作。

（2）简要列出该项目范围说明书的主要内容，以及依据项目范围说明书制定 WBS 的过程、WBS 的大致内容。要求要有 WBS 的具体表现例子。

（3）叙述该项目在项目范围管理方面所做的工作，有哪些不足，造成了什么后果，哪些工作做得很好，效果如何。

（4）总结该项目管理中的得失，阐述自身关于项目范围管理的认识。

试题 19（2010 年上半年试题 2）

试题　论信息系统工程项目的可行性研究

项目的可行性研究是项目立项前的重要工作，需要对项目所涉及的领域、投资的额度、投资的效益、采用的技术、所处的环境、融资的措施、产生的社会效益等多方面进行全面的评价，以便能够对技术、经济和社会可行性进行研究，从而确定项目的投资价值。项目可行性研究阶段若出现失真现象，将对项目的投资决策造成严重损失。因此，必须要充分认识项目可行性研究的重要性。

请围绕"信息系统工程项目的可行性研究"论题，分别从以下三个方面进行论述：

1. 结合你参与过的信息系统工程项目，概要叙述研究的背景、目的、发起单位性质、项目周期、交付产品等相关信息，以及你在其中担任的主要工作。

2. 结合你所参与的项目，从可行性研究的原则、方法、内容三个方面论述可行性研究所应实施的活动。

3. 叙述你所参与的项目可行性研究过程，并加以评价。

试题 19 分析

本题的考查点是从可行性研究的原则、方法、内容（步骤）等方面论述在项目可行性研究过程中所实施的活动，以及项目可行性研究的过程。

1. 可行性研究的原则

（1）**科学性原则**：要求运用科学的方法和认真的态度来收集、分析和鉴别原始的数据和资料，以确保它们的真实和可靠；要求每一项技术与经济的决定要有科学的依据，是经过认真地分析、计算而得出的。

（2）**客观性原则**：要求承担可行性研究的单位正确地认识各种信息化建设条件；要求实事求是地运用客观的资料做出符合科学的决定和结论；可行性研究报告和结论必须是分析研究过程合乎逻辑的结果，而不参照任何主观成分。

（3）公正性原则：要求在可行性研究过程中，应该把国家和人民利益放在首位，综合考虑项目干系人的各方利益，绝不为任何单位或个人而产生偏私之心。

2. 可行性研究的方法

可行性研究过程中所运用到的方法包括经济评价法、市场预测法、投资估算法、增量净效益法等。有关这些方法的详细知识，请阅读第 7 章试题 11 的分析。

3. 可行性研究的内容

（1）市场需求预测：从市场需求分析的内容、需求预测的内容、预测方法三个方面进行论述。

（2）配件和投入的选择供应：从配件和投入的分类、配件投入的选择与说明、配件和投入的特点三个方面论述。

（3）信息系统结构及技术方案的确定：从技术的先进性、实用性、可靠性、连锁性以及技术后果的危害性等几个方面论述。

（4）技术与设备选择：从技术选择、设备选择两个方面论述。

（5）网络物理布局：从基本设施、社会经济环境、当地条件等三个方面论述。

（6）投资、成本估算与资金筹措：从总投资费用、资金筹措、开发成本、财务报表四个方面论述。

（7）经济评价及综合分析：从经济评价（包括企业经济评价和国民经济评价）、综合（包括不确定性分析、综合分析）两个方面论述。

4. 可行性研究的步骤

（1）确定项目规模和目标。

（2）研究正在运行的系统。

（3）建立新系统的逻辑模型。

（4）导出和评价各种方案。

（5）推荐可行性方案。

（6）编写可行性研究报告。

（7）递交可行性研究报告。

试题 19 写作要点

从上面的分析中，我们可以得知，关于"论信息系统工程项目的可行性研究"论文的写作，要点大体上包括以下几个方面：

（1）简单介绍你参与过的信息系统工程项目，概要叙述项目背景、目的、发起单位性质、项目周期、交付产品等相关信息，以及你在其中担任的主要工作，要有针对性地介绍项目情况和所承担的主要工作。

（2）从可行性研究的原则、方法、内容（步骤）等方面论述可行性研究所应实施的活动，应侧重于对方法的使用，叙述该项目在这三个方面所做的工作，有哪些不足，造成了什么后果，哪些工作做得很好，效果如何。

（3）概要叙述你所参与的项目可行性研究过程，总结该项目前期可行性研究阶段中的得与失，阐述自身关于项目可行性研究的认识。

试题 20（2010 年下半年试题 1）

试题　论大型项目的进度管理

一般把周期长、规模大，或具有战略意义、涉及面广的项目称为大型项目，大型项目除了周期长、规模大、目标构成复杂等特征外，还具有项目团队构成复杂的特点。在进行管理时，往往会把大型项目分解成一个个目标相互关联的中、小项目来统一管理，大型项目的管理方法与普通项目并没有本质的变化，但在实际的项目过程中仍然有许多需要注意的地方。

请围绕"大型项目的进度管理"论题，分别从以下三个方面进行论述：

1．概要叙述你参与管理过的大型信息系统项目（项目的背景、项目规模、发起单位、目的、项目内容、组织结构、项目周期、交付的产品等）。

2．结合项目管理实际情况论述你对大型项目的进度管理的认识。可围绕但不局限于以下要点叙述：

（1）大型信息系统项目的特点。

（2）大型信息系统项目的组织结构。

（3）根据大项目的特点，在制定进度计划应该考虑哪些内容，遵循哪些步骤。

（4）大型信息系统项目的进度控制要点。

（5）实施进度管理的工具和方法。

3．请结合论文中所提到的大型项目，介绍你如何对其进度进行管理（可叙述具体做法），并总结你的心得体会。

试题 20 分析

对于大型及复杂项目，一般有如下特征：

（1）项目周期较长，因此如何在一个相对较长的周期内保持项目运作的完整性和一致性就成了关键性的问题。

（2）项目规模较大，目标构成复杂。我们会把项目分解成一个个目标相互关联的小项目，形成项目群进行管理。这种意义上的项目经理往往成为项目群经理或是大项目经理。

（3）项目团队构成复杂，而复杂的团队构成会使团队之间的协作、沟通和冲突解决所需要的成本大幅度上升，所以如何降低协作成本就成了提高整个项目效率的关键。

（4）大型项目经理的日常职责更集中于管理职责。在大型及复杂项目的状况下，需要更明确而专一的分工机制，管理所体现的效率因素更直接地影响项目的目标实现。

大型及复杂项目分解的总原则是：各个子项目的复杂程度之和应小于整个项目的复杂程度，在分解时既要考虑到技术性因素，还要考虑到非技术性因素。

（1）技术性因素：软件设计中"高内聚、低耦合"的模块划分原则同样适用于大型、复杂项目的子项目划分。

（2）非技术性因素：由于这类项目往往是多方投资、多方参与、多方受益，因此在分解时还应考虑到资金来源、知识产权和利益分配等非技术性因素。

对于大型、复杂项目来说，必须建立以过程为基础的管理体系，过程作为一个项目团队内部共同认可的制度而存在，它主要起到约束各个相关方以一致的方式来实施项目的作用。大型、复杂项目一般可以分解为若干个子项目，在制定大型、复杂项目的项目计划时，不仅应制定整个项目的范围、质量、进度和成本计划，还应确定每一个子项目的范围、质量、进度和成本要求，以及各子项目之间的相互依赖、相互配合和相互约束关系，为每一个子项目的绩效测量和控制提供一个明确的基准，使整个项目的实施和控制更易操作，责任分工更加明确。

大型、复杂项目规模庞大，团队构成复杂，项目实施过程中的监督和控制尤为重要。控制过程的主要任务和目标是：获取项目的实施绩效，将项目实施状态和结果与项目的基准计划进行比较，如果出现偏差及时进行纠正和变更。由于项目的目标是范围、质量、进度和成本等几方面的集合，无论是基准计划还是实施绩效，都要从这几个方面来反映，另外，由于对此类项目来说，协作的作用特别突出，因此在控制过程中特别要有协作管理的内容。

（1）范围控制。 项目范围的变更几乎是不可避免的，项目范围控制的主要任务就是采用科学的策略和方法，对项目范围变更实施控制和管理，实现项目范围变更的规范化和程序化。

（2）质量控制。 与一般项目相比，大型、复杂项目的质量问题更加突出，因此质量控制在此类型项目管理中占有特别重要的地位。质量控制手段主要包括评审、测试和审计。

（3）进度控制。 大型、复杂项目往往是逐级分解的由成千上万个相对独立的任务组成的，这些任务可以分为关键任务和非关键任务。大型、复杂项目进度控制的重点是关键任务的进度控制。常用的工具和技术包括：甘特图、PERT 图与关键路径等。

（4）成本控制。 大型、复杂项目的规模大、时间长，项目成本的不确定因素较多，一旦项目成本失控，要在预算内完成项目是非常困难的，为了避免此类风险，我们应及时分析成本绩效，尽早发现实际成本与计划成本的差异，及时采取纠正措施。大型、复杂项目成本控制的技术方法主要包括：费用分解结构（CBS）、挣值分析、类比估算法（自上而下估算法）、参数模型法等。

（5）协作管理。 项目组织内部的协调：项目组织内部的协调是指一个项目组织内部各种关系的协调，如人际关系协调、组织关系协调和资源需求协调等。

有关进度管理方面的知识，在本书第 10 章中已经有详细的介绍，此处不再重复。

试题 20 写作要点

从上面的分析中，我们可以得知，关于"论大型项目的进度管理"论文的写作，要点大体上包括以下几个方面：

（1）简单介绍你参与管理过的大型信息系统项目的基本情况，包括项目的背景、项目规模、发起单位、目的、项目内容、组织结构、项目周期、交付的产品等。

（2）结合项目管理实际情况，论述你对大型项目的进度管理的认识，包括：

✓　大型信息系统项目的特点。

✓　大型信息系统项目的组织结构。

✓　根据大项目的特点，在制定进度计划应该考虑哪些内容，遵循哪些步骤。

✓　大型信息系统项目的进度控制要点。

✓　实施进度管理的工具和方法。

（3）结合论文中所提到的大型项目，按照进度管理的各个过程，写出其输入、输出、工具和技术。这个部分尤其是重点介绍制定进度计划和进度控制的步骤、方法和工具，要结合项目实际情况，每个过程至少详细描述 1～2 个方法和工具。

（4）总结你在大型项目的进度管理方面的心得体会，要求体会中肯，切合实际。

试题 21（2010 年下半年试题 2）

试题 论多项目的资源管理

在很多企业中，同时实施的项目越来越多，项目经理们经常同时负责多个项目。项目越多，管理就越复杂，因此企业越来越多地遇到多项目管理的问题。多项目的范围既包括相关联的多个项目，也可以是相互没有关联的多个项目。多项目管理区别于单个项目管理已成为一种新的管理模式，它要对所有涉及的项目进行评估、计划、组织、执行与控制。如何协调和分配现有项目资源，以获取最大的收益则成为多项目管理的核心内容。

请围绕"多项目的资源管理"论题，分别从以下三个方面进行论述：

1. 简要叙述你同时管理的多个信息系统工程项目，或你所在的组织中同时开展的多个项目的基本情况，包括多项目之间的关系、项目的背景、目的、周期、交付产品等相关信息，以及你在其中担任的主要工作。

2. 结合你所参与的多项目管理实践，从多项目的资源管理原则、方法、内容及要点等方面论述如何进行多项目的资源管理。

3. 结合你参与过的项目中遇到的资源管理的问题，阐述如何从企业层面提供多项目资源管理的保障和支持。

试题 21 分析

任何组织如果只在高风险的项目上全力以赴，将会使组织陷入困境。项目组合管理从风险和收益的角度出发，它要求每一个项目都有存在的价值。如果一个项目风险过大、或是收益太小，它就不能在组织内通过立项。项目组合管理要求对组织内部的所有项目都进行风险评估和收益分析，并且随着项目的进展，持续的跟踪项目的风险和收益变化，以掌握这些项目的状态。

风险评估和提高资源利用率是项目组合管理的两个要素。任何组织的资源都是有限的，所以项目驱动型的组织必须慎重选择项目的类型和数量。同时，由于资源安排与项目所处阶段有着紧密的关联，如何提高项目的资源利用率，降低项目风险正是项目组合管理所要研究的主题。

项目组合管理的重要作用如下：

（1）在组织内引进统一的项目评估与选择机制。 对项目的特性以及成本、资源、风险等项目要素（选择一项或多项因素）按照统一的评定计分标准进行优先级评定，选择符合组织战略目标的项目。

（2）实现项目的财务和非财务收益，保持竞争优势。 项目组合管理兼顾了项目的财务收益和非财务收益，以及项目之间的依赖关系和贡献，从而实现整个项目组合的最佳收益，保证组织的竞争优势。

（3）对组织中所有的项目进行平衡。 组织发展到一定阶段就会产生不同的项目，只有实行组合管理，才能有效平衡长期和短期、高风险和低风险以及其他的项目因素。

（4）在组织范围内对项目分配资源，保证高优先项目的资源分配。 实施项目组合管理，有利于将资源优先分配到关键的项目上，以保证组织目标的顺利实现。

多项目管理包括将企业战略和项目关联，项目选择和优先级排定。多项目管理所关心的是适配、效用（用途和价值）和平衡。

（1）适配。 多项目管理的第一个主要内容是识别机会，并且确定这些机会与公司的战略方向是否吻合。某种意义上说，这是在进行深入分析之前对项目所进行的识别和初步审查。需要提出的问题有：项目是什么?项目与企业所关注的焦点、商业战略及各种目标是否适配? 需要考虑的事情有：建立一个过程来识别机会，并使这个过程易于掌握；建立一个模板用于判别项目，并将这个模板作为过程的一部分；建立最低接受条件，并将其作为过程的一部分；鼓励出主意和提建议；确保已经建立明确的战略方向和商业目标。

（2）效用。 多项目管理的第二个主要内容是进一步定义项目（如果需要的话），并且分析项目效用方面的细节。项目的效用包括了项目的用途和价值，通常用成本、收益和相关的风险来定义。需要提出的问题有：为什么要实施这个项目? 这个项目的用途和价值是什么? 要考虑的事情有：建立准则，并构造一个模型来支持决策过程；确保决策时准确的数据是可用的；建立一个过程来分析项目信息；在整个企业中使用统一的方法。

（3）平衡。 多项目管理的第三个、也是最后一个领域是项目组合的构建与选择。需要提出的问题有：应当选择哪个项目? 项目与整个组合是如何关联的? 如何使项目的混合达到最佳化? 要考虑的事情有：建立一个过程，使其帮助将组合最佳化；不仅仅是单独的项目；召集组合决策会议以做出决策。

有关项目选择和优先级排序的方法（决策表技术、财务分析和 DIPP 分析），请参考本书第 7 章的相关内容。

从企业层面提供多项目资源管理的保障和支持的主要方法是建立 PMO，从企业全局对资源进行协调和控制。有关 PMO 的详细知识，请参考本书第 18 章的相关内容。另外，提高企业的项目管理能力，把项目管理能力变成一种可持久体现的、而不依赖于个人行为的企业行为，将企业的项目管理实践和专家知识整理成适合于本企业的一套方法论，提供在企业内传播和重用，也有利于从企业层面提供对多项目管理的支持。

试题 21 写作要点

从上面的分析中，我们可以得知，关于"论多项目的资源管理"论文的写作，要点大体上包括以下几个方面：

（1）概要叙述你同时管理的多个信息系统工程项目，或你所在的组织中同时开展的多个项目的基本情况，包括多项目之间的关系、项目的背景、目的、周期、交付产品等相关信息，以及你在其中担任的主要工作。要注意的是，由于是多项目管理，你的职责至少是 PMO 的成员而不只是一个项目经理。

（2）结合你所参与的多项目管理实践，从多项目的资源管理原则、方法、内容及要点等方面论述如何进行多项目的资源管理。要注意的是，这里只要求讲资源管理方面的问题，其他方面的问题可以涉及，但不能作为重点。

（3）结合你参与过的项目中遇到的资源管理的问题，阐述如何从企业层面提供多项目资源管理的保障和支持，例如，建立 PMO、提高企业项目管理能力等。

主要参考文献

[1] 张友生，田俊国，殷建民. 信息系统项目管理师辅导教程（第2版）[M]. 北京：电子工业出版社，2009.1

[2] 王勇，张斌. 项目管理知识体系指南（第4版）[M]. 北京：电子工业出版社，2009.4

[3] 全国计算机专业技术资格考试办公室. 2005～2010年信息系统项目管理师考试试题

[4] 中国项目管理委员会. 中国项目管理知识体系与国际项目管理专业资质认证标准[M]. 北京：机械工业出版社. 2001.4

[5] 张友生. 信息系统项目管理师考试全程指导[M]. 北京：清华大学出版社，2009.5

[6] 韩万江，姜立新. 软件开发项目管理[M]. 北京：机械工业出版社，2004.1

[7] 白思俊. 现代项目管理[M]. 北京：机械工业出版社，2002.4

[8] 刘慧. IT执行力——IT项目管理实践[M]. 北京：电子工业出版社，2004.5

[9] 邓世忠. IT项目管理[M]. 北京：机械工业出版社，2004.5

[10] 忻展红，舒华英. IT项目管理[M]. 北京：北京邮电大学出版社，2005.8

[11] 钟璐. 软件工程[M]. 北京：清华大学出版社，2005.9

[12] 孙强. 信息系统审计安全、风险管理与控制[M]. 北京：机械工业出版社，2003.1

[13] 张海藩. 软件工程导论（第4版）[M]. 北京：清华大学出版社，2003.12

[14] 全国计算机专业技术资格考试办公室. 信息系统项目管理师考试大纲[M]. 北京：清华大学出版社，2009.1

[15] 张友生. 信息系统项目管理师考点突破、案例分析、试题实战一本通[M]. 北京：电子工业出版社，2010.9

PUBLISHING HOUSE OF ELECTRONICS INDUSTRY
http://www.phei.com.cn

Broadview®
WWW.BROADVIEW.COM.CN

技术凝聚实力　专业创新出版

北京博文视点（www.broadview.com.cn）资讯有限公司成立于2003年，是工业和信息化部直属的中央一级科技与教育出版社——电子工业出版社（PHEI）下属旗舰级子公司，已走过了六年的开拓、探索和成长之路。

六年来，博文视点以开发IT类图书选题为主业，以传播完美知识为己任，年组织策划图书达300个品种，并开展相关信息和知识增值服务。

六年来，博文视点将专业眼光面向专业领域，用诚挚之心奉献精品佳作，创建了完备的知识服务体系、形成了独特的竞争优势，打造了IT图书领域的高端品牌。

六年来，博文视点始终保持着励精图治、兢兢业业的专业精神，打造了一支团结一心的专业队伍、赢得了众多才华横溢的作者朋友和肝胆相照的合作伙伴。

请访问 www.broadview.com.cn（博文视点的服务平台）了解更多更全面的出版信息；您的投稿信息在这里将会得到迅速的反馈。

博文软考精品汇聚

《信息系统项目管理师考试
试题分类精解（第4版）》

希赛教育软考学院 张友生 桂 阳 主编
ISBN 978-7-121-13019-9
定价：55.00元

《系统集成项目管理工程师考试
试题分类精解（第2版）》

希赛教育软考学院 张友生 罗勇红 主编
ISBN 978-7-121-13025-0
定价：55.00元

《网络管理员考试考点分析
与真题详解（第4版）》

即将出版

《网络工程师考试试题
分类精解（第4版）》

即将出版

《网络工程师考试考点分析
与真题详解（第4版）》

即将出版

《数据库系统工程师考试考点分析
与真题详解（第4版）》

即将出版

《软件设计师考试考点分析
与真题详解（第4版）》

即将出版

《软件评测师考试考点分析
与真题详解（第4版）》

即将出版

博文视点资讯有限公司
电　话：（010）51260888　传真：（010）51260888-802
E-mail：market@broadview.com.cn（市场）
　　　　editor@broadview.com.cn　jsj@phei.com.cn（投稿）
通信地址：北京市万寿路173信箱 北京博文视点资讯有限公司
邮　编：100036

电子工业出版社发行部
发 行 部：（010）88254055
门 市 部：（010）68279077　68211478
传　　真：（010）88254050　88254060
通信地址：北京市万寿路173信箱
邮　编：100036

博文视点·IT出版旗舰品牌

《信息系统项目管理师考试试题分类精解（第4版）》读者交流区

尊敬的读者：

　　感谢您选择我们出版的图书，您的支持与信任是我们持续上升的动力。为了使您能通过本书更透彻地了解相关领域，更深入的学习相关技术，我们将特别为您提供一系列后续的服务，包括：

　　1．提供本书的修订和升级内容、相关配套资料；

　　2．本书作者的见面会信息或网络视频的沟通活动；

　　3．相关领域的培训优惠等。

　　您可以任意选择以下四种方式之一与我们联系，我们都将记录和保存您的信息，并给您提供不定期的信息反馈。

　　1．在线提交

　　登录www.broadview.com.cn/13019，填写本书的读者调查表。

　　2．电子邮件

　　您可以发邮件至**jsj@phei.com.cn**或**editor@broadview.com.cn**。

　　3．读者电话

　　您可以直接拨打我们的读者服务电话：**010-88254369**。

　　4．信件

　　您可以写信至如下地址：北京万寿路**173**信箱博文视点，邮编：**100036**。

　　您还可以告诉我们更多有关您个人的情况，及您对本书的意见、评论等，内容可以包括：

　　（1）您的姓名、职业、您关注的领域、您的电话、E-mail地址或通信地址；

　　（2）您了解新书信息的途径、影响您购买图书的因素；

　　（3）您对本书的意见、您读过的同领域的图书、您还希望增加的图书、您希望参加的培训等。

　　如果您在后期想停止接收后续资讯，只需编写邮件"退订+需退订的邮箱地址"发送至邮箱：market@broadview.com.cn 即可取消服务。

　　同时，我们非常欢迎您为本书撰写书评，将您的切身感受变成文字与广大书友共享。我们将挑选特别优秀的作品转载在我们的网站（**www.broadview.com.cn**）上，或推荐至**CSDN.NET**等专业网站上发表，被发表的书评的作者将获得价值**50**元的博文视点图书奖励。

　　更多信息，请关注博文视点官方微博：**http://t.sina.com.cn/broadviewbj**。

我们期待您的消息！

博文视点愿与所有爱书的人一起，共同学习，共同进步！

通信地址：北京万寿路 173 信箱　博文视点（100036）　　电话：010-51260888

E-mail：jsj@phei.com.cn，editor@broadview.com.cn

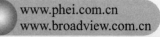
www.phei.com.cn
www.broadview.com.cn

反侵权盗版声明

电子工业出版社依法对本作品享有专有出版权。任何未经权利人书面许可，复制、销售或通过信息网络传播本作品的行为；歪曲、篡改、剽窃本作品的行为，均违反《中华人民共和国著作权法》，其行为人应承担相应的民事责任和行政责任，构成犯罪的，将被依法追究刑事责任。

为了维护市场秩序，保护权利人的合法权益，我社将依法查处和打击侵权盗版的单位和个人。欢迎社会各界人士积极举报侵权盗版行为，本社将奖励举报有功人员，并保证举报人的信息不被泄露。

举报电话：（010）88254396；（010）88258888

传　　真：（010）88254397

E-mail：　dbqq@phei.com.cn

通信地址：北京市万寿路 173 信箱

　　　　　电子工业出版社总编办公室

邮　　编：100036